WILLIAM V. CROCKETT

Die Keltin

Buch

Das römische Reich steht im Zenit seiner Macht. Nur im kalten, unwirtlichen Norden von Britannien gelingt es den Legionen nicht, die Kelten von Kaledonien zu unterwerfen. In diesen kriegerischen Zeiten wachsen die Geschwister Neeve und Taranis auf. Neeve ist gerade mal acht Jahre alt, als sie und ihr Bruder mit ansehen müssen, wie ihr Vater, einer der großen Führer der Kelten, von den Römern auf grauenvolle Weise hingerichtet wird. Von diesem Tag an schwören Taranis und Neeve bittere Rache.

Zur gleichen Zeit genießen die Kinder eines der mächtigsten Senatoren, Vectis und Sabina, das luxuriöse Leben im glanzvollen Rom. Vectis tritt in die Fußstapfen seines Vaters und wird zu einem geschickten Centurio ausgebildet. Im Auftrag des römischen Senates soll Vectis in Britannien die Legionen stärken und die aufsässigen Kelten endlich unterwerfen. Und tatsächlich bemerken die keltischen Stämme, mittlerweile unter der Führung von Taranis, dass Vectis für sie eine echte Gefahr bedeutet. Obwohl Taranis nicht einverstanden ist, lässt sich die schöne, eigensinnige Neeve von Vectis anstellen: Sie soll, da sie der Gegend kundig ist, für die römischen Legionen Landkarten zeichnen. Eine perfekte Tarnung für Neeve, die natürlich die Pläne der römischen Legionen ausspionieren will. Doch schon bald gerät Neeve in schwere Gewissenskonflikte, denn als sie Vectis im Laufe der Zeit näher kennen lernt, weiß sie, dass er die große Liebe ihres Lebens ist – und ihre Liebe wird erwidert …

Autor

William V. Crockett unterrichtet römische Geschichte an einer Universität in Nyack, New York. »Die Keltin« ist sein erstes belletristisches Werk. Der zweite Roman ist bei Blanvalet bereits in Vorbereitung.

WILLIAM V. CROCKETT

Die Keltin

Roman

Deutsch von Joachim Peters

BLANVALET

Umwelthinweis:
Alle bedruckten Materialien dieses Taschenbuches
sind chlorfrei und umweltschonend.

Blanvalet Taschenbücher erscheinen im Goldmann Verlag,
einem Unternehmen der Verlagsgruppe Random House GmbH.

Deutsche Erstveröffentlichung Dezember 2001

Umschlaggestaltung: Design Team München
Umschlagillustration: F. Regiös
Redaktion: Gerhild Gerlich
Satz: deutsch-türkischer fotosatz, Berlin
Druck und Bindung: GGP Media, Pößneck
Verlagsnummer: 35701
KvD · Herstellung: Heidrun Nawrot
Made in Germany
ISBN 3-442-35701-2
www.blanvalet-verlag.de

1 3 5 7 9 10 8 6 4 2

1

Er sah sie, sah ihre Schattenrisse sich vom nächtlichen Himmel abheben, sah sie sich flink durch die regennasse Heide bewegen. Er duckte sich, schaute sich verzweifelt nach einem Versteck um. »Die Götter sind mit mir«, murmelte der Junge, doch panische Angst erfüllte sein Herz. Der Wind peitschte die Gräser, Wolken rasten über die fahle Sichel des Mondes. In der Ferne schrie eine Eule, verstummte wieder. Am liebsten wäre er gerannt, wie ein Schatten über das Heidekraut gehuscht. Doch genau darauf warteten sie. Die Angst war ihr Verbündeter. Er würde es nie bis zum Wald schaffen, nicht einmal zu dem Ginster, der am Waldrand wucherte.

Sein Vater hatte ihn nach dem alten keltischen Himmelsgott Taranis benannt, aber als er nun ausgestreckt auf dem regennassen Heideboden lag, erschien ihm sein ruhmreicher Name wie bittere Ironie. Auf offenem Gelände saß er in der Falle.

Er biss sich auf die Lippe. Warum nur war er nicht im Schutz der Bäume geblieben? Dann hätte er das Drama, das sich nun in der Ebene abspielte, aus sicherer Entfernung verfolgen können, statt selbst zum Beteiligten zu werden. Er wollte nicht sterben. Nicht hier in der einsamen Heide. Er lag nun auf dem Bauch und wand sich, als wollte er sich in die Erde graben. Sein Atem ging stoßweise, während er versuchte, sich mit Heidekraut zu bedecken, und er riss und zerrte an den Zweigen der Sträucher, bis seine Hände bluteten. Er musste mit der Landschaft verschmelzen wie ein Tier. Wie oft schon war er ganz dicht an einem Hasen vorbeigegangen, ohne ihn zu sehen, hatte das Tier erst bemerkt, wenn es aus seiner Deckung aufschreckte und in wilder Panik um sein Leben zu rennen begann. Aber es wäre pure Dummheit, ausgewachsenen Männern davonrennen zu wollen. Taranis blieb keine andere Wahl, als sich still zu verhalten. Die kleinste Bewegung würde die Soldaten auf ihn aufmerksam machen, die jetzt über das Moor ausschwärmten.

Sie kamen näher. Mit regennass glänzenden Rüstungen, die kurzen Schwerter gezogen, durchstreiften sie lautlos die nächtliche Landschaft. Ein Blitz tauchte das Moor in ein gespenstisches Blau. Ein Soldat stockte im Schritt, wandte sich der flachen Mulde zu, in der Taranis lag, den das blanke Entsetzen packte. Er drückte sich noch fester an den Boden. Über seinem Kopf surrten Stechmücken, von denen sich etliche auf seinem schweißnassen Nacken niederließen. Der Stumpf einer aus dem Boden herausragenden Heidekrautwurzel bohrte sich ihm schmerzhaft in die Rippen. Er schloss die Augen und wünschte sich weit weg.

Es begann wieder zu regnen, und Taranis spürte die kalten Tropfen hart auf seiner Haut und wie sie Gras und Sträucher um ihn herum niederschlugen. Wasser lief ihm übers Gesicht, tropfte ihm vom Kinn. Der Regen störte ihn nicht. Er vermittelte ihm vielmehr ein Gefühl der Sicherheit, wie ein Mantel, der ihn einhüllte. Unweit von ihm knackte der Zweig eines Heidekrautstrauchs. Er riss die Augen weit auf, aber außer geknickten Zweigen, die sich im Nachtwind bewegten, sah er nichts. Rechts von ihm schlug jemand auf einen Strauch, dann noch einmal. Danach war es wieder still, nur das gleichmäßige Prasseln des Regens war zu hören. Der Soldat war nahe, sehr nahe sogar. Taranis schauderte. Er wagte kaum, seine Augen zu bewegen, weil er fürchtete, dass selbst diese Bewegung den Krieger, der über ihm stand, auf ihn aufmerksam machen würde. Er sah immer noch nichts, versuchte noch einmal, die Dunkelheit zu durchdringen. Plötzlich teilte ein schmutziger Lederstiefel die Heidezweige, spritzte ihm Wasser ins Gesicht, trat keine zwei Handbreit vor seinen bebenden Lippen auf. Taranis konnte die Riemen des Soldatenschuhs genau erkennen und den keuchenden Atem durch den Wind und den Regen hören.

Er erwartete jeden Augenblick, dass ein Schwert seinen bebenden Körper durchbohrte und ihn aufspießte wie eine Schlange auf einen spitzen Stock. Er war zwölf Jahre alt und damit ein Erwachsener, und als solcher hatte er es mit den Soldaten Roms zu tun. Sie waren gründlich und gnadenlos und stellten nie einen Befehl in Frage. Bis drei Meilen vor ihrer Grenze war ihre Aufgabe immer dieselbe: durchsuchen und töten. Streifen säuberten regelmäßig das Gebiet von Eindringlingen, für sie war Taranis auch ein solcher Eindringling.

Der Feind stand fast schon auf ihm; wie lange konnte es da noch dauern, bis der Soldat nach unten schaute? Selbst in diesem Dunkel würde ein einziger Blick genügen. Sein Rücken kam ihm vor wie der Kiel eines gekenterten Bootes.

»Au!«, schrie der Soldat plötzlich auf, beugte sich zu Taranis hinunter und schlug sich einen Käfer von der Wade. Er murmelte noch irgendetwas, bevor er sich umdrehte und in der Nacht verschwand, um zu seinen Kameraden jenseits des Moores zurückzukehren.

Volle zehn Minuten lang lag Taranis noch wie tot da, wie ein Ast, wagte sich nicht umzusehen oder auch nur zu bewegen. Der Regen hatte aufgehört, und in der Luft hing der intensive Duft von Heidekraut. Vorsichtig stand er auf und suchte das Gelände, auf dem die Römer gerade noch gewesen waren, ab. An der nördlichen Grenze des flachen Moores registrierte er eine Bewegung; eine schattenhafte Gestalt streckte den Kopf hinter dem Stamm eines efeubewachsenen Baumes hervor. Taranis stieß einen Seufzer der Erleichterung aus. Es war sein Bruder. Eston kam direkt auf ihn zugelaufen, sich beim leisesten Geräusch vorsichtig umschauend.

»Ich dachte schon, sie hätten dich erwischt«, flüsterte Eston aufgeregt.

»Schhh …« Taranis legte den Zeigefinger an die Lippen. »Darüber reden wir später.« Er suchte die Heide und die fernen Berge ab, zu denen die Römer weitergezogen waren. »Die Berge da sind höher, als sie aussehen, und bald wird es hell.«

Die beiden Jungen machten sich auf den Weg über das offene

Land, das sanft zu flach gewellten Hügeln anstieg, und danach zu dem breitflächigen felsigen Bergzug, der sich das Tal entlangstreckte. Über eine Stunde lang gingen sie denselben Weg wie die Römer, von deren Stiefeln das Gras noch immer niedergedrückt war. Sie hatten den Bergzug fast erreicht, als sich am Himmel das erste Strahlen der Sonne zeigte. In den Wipfeln der Bäume krächzten Krähen, verkündeten allen Lebewesen in den Bergen, dass Eindringlinge in der Nähe waren. Hoch am Himmel bildeten sich Federwolken. Taranis seufzte. Er hatte gehofft, die ungeschützte Steigung vor Tagesanbruch zu erklimmen; jetzt aber liefen sie Gefahr, auf dem offenen Gelände entdeckt zu werden.

Taranis bahnte sich vorsichtig seinen Weg hinauf zur Bergkuppe, ohne sich um das Wasser zu kümmern, das ihm immer wieder in den Nacken lief, wenn er die nassen Heidesträucher streifte. Er warf einen Blick über die Schulter, um zu sehen, ob Eston ihm noch folgte, und er schaute in große, angsterfüllte Augen. Taranis hoffte, dass sein Gesicht weniger verräterisch war. Niemand brauchte sich seiner Angst zu schämen, hatte sein Vater ihm erklärt, es war nur wichtig, sie nicht zu zeigen. Im Morgenlicht sahen sie den rundlichen Gipfel auf sich zukommen. Sie hatten kaum noch eine Viertelmeile zu steigen.

Etwas stimmte nicht; Taranis spürte es. Hinter ihm. Rennende Füße. Und dann eine Stimme.

»Bleib doch stehen! Ich sehe dich!«

Taranis fuhr herum, als die Worte seiner Schwester ein gutes Dutzend Spatzen von ihren Schlafplätzen aufscheuchten. Sie kletterte keine hundert Schritte hinter ihm einen grasbewachsenen Buckel hinauf und winkte ihm dabei ungestüm zu. Oben angekommen, trat sie versehentlich auf ihr Kleid, stolperte und kreischte auf. Taranis zuckte zusammen, als sie, kaum auf den Beinen, zu reden begann. Er bedeutete ihr, sofort den Mund zu halten, und sah sich ängstlich um. Sie war schrecklich laut; er hatte sich immer schon gefragt, wie ein so kleines Mädchen bloß eine derart durchdringende Stimme haben konnte.

»Ihr dachtet wohl, ich finde euch nicht«, plärrte sie über das ganze Gelände. Neeve war acht; sie hatte wache blaue Augen und glattes blondes, im Nacken unbeholfen geschnittenes Haar. Ihr langärmliges Kleid war viel zu lang für sie, und so war sie gezwungen, es beim Laufen anzuheben. Als sie durch die hohe Heide auf die Jungen zulief, bauschte sich ihr Kleid, und es sah aus, als ob sie eine Decke hinter sich herzöge.

»Neeve, was machst du hier?«, zischte Taranis. »Wir sind ganz nah an der römischen Grenze, und ich hab dir doch gesagt, dass du zu Hause bleiben sollst.«

»Ich weiß, was du mir gesagt hast.«

»Dann geh jetzt nach Hause«, sagte er.

»Nein! Ich komme mit euch.«

»Das tust du nicht!«

»Doch.«

»Nein.«

»Doch!«, schrie sie.

Taranis zuckte zusammen. Er musste sie irgendwie zum Schweigen bringen – sie war sich der Gefahr einfach nicht bewusst. Er schaute in ihr trotziges kleines Gesicht, das Haar vom Regen verfilzt, die Zähne fest zusammengebissen, die Augen fest auf ihn geheftet, als ob sie ihn warnen wollte, noch etwas zu sagen. Er kannte diesen Blick und fragte sich, was wohl jetzt das Beste sei. Natürlich konnte er ihr befehlen, nach Hause zu gehen; das würde ihr zwar nicht gefallen, aber letzten Endes würde sie ihm trotzdem gehorchen. Aber heute war ihm nicht danach, Befehle zu erteilen, schon gar nicht in dieser Situation. Neeves nächste Worte katapultierten Taranis schlagartig wieder in die Wirklichkeit zurück.

»Da drüben soll es geschehen, stimmt's?«, sagte sie ruhig, und ihre Blicke wanderten hinüber zur Bergkuppe. »Dahinter ist der Wall … und da sind auch all die Römer.«

»Neeve, du musst jetzt gehen«, sagte Taranis, nun mit sanfterer Stimme. »Du solltest zu Hause bei deiner Schwester sein.«

»Ich will aber zuschauen.«

Taranis starrte sie an. Wie konnte er sie zuschauen lassen? Er war sich ja nicht einmal sicher, dass er und Eston verkraften konnten, was die Soldaten des Römischen Reiches für diesen Tag geplant hatten. »Du kannst nicht zuschauen«, sagte er und schüttelte den Kopf. »Du bist dafür noch zu jung. Vater wäre sehr wütend auf mich, wenn ich dich –«

»Das glaube ich nicht«, sagte sie bestimmt. »Er würde mich mitkommen lassen, das weiß ich ganz genau.« Sie hielt inne und schaute ihrem Bruder fest in die Augen, während sie mit nervösen Fingern eine Haarsträhne zwirbelte. »Bitte, Taranis, bitte lass mich mitkommen. Ich bin auch mucksmäuschenstill, das verspreche ich.«

»Da oben gibt es Ratten«, log er. »Ganz oben, am höchsten Punkt … große Ratten mit langem Schwanz. Die beißen dich in deine nackten Füße.«

Neeve schluckte. Sie rieb ihre Zehen aneinander, als suchte sie sie nach Bissen ab. »Dann bleibe ich eben ganz nah bei euch. Bitte, bitte, lass mich mitkommen.«

Taranis sagte dazu nichts. Neeve beharrte auf ihrem Wunsch, obwohl sie große Angst vor Ratten hatte. Er atmete tief durch. Unfähig, ihr noch länger ins Gesicht zu sehen, merkte er nach einiger Zeit, dass er einen moosbewachsenen Felsen anstarrte, als erwartete er von ihm eine Antwort.

»Ich weiß nicht recht«, hörte er sich sagen. Taranis verfluchte sich selbst für seine Unfähigkeit, eine Entscheidung zu treffen. Er war sonst nicht so, aber heute wusste er einfach nicht, was er tun sollte.

»Sie hat dasselbe Recht wie wir«, meinte Eston. Er war zehn, zwei Jahre jünger als sein Bruder. Er stellte sich nur selten gegen Taranis, aber wenn er es tat, dann in aller Regel aus gutem Grund, wie Taranis eingestehen musste.

»Was war das?«, flüsterte Neeve, die Augen vor Schreck geweitet.

Alle drei hatten es gehört: zunächst einen scharfen Knall und dann einen dumpfen Schlag. Sie erstarrten, hielten den Atem an, wagten nicht einmal, sich umzudrehen. Die Geräusche kamen von der anderen Seite der Bergkette. Taranis übernahm die Führung. »Mir nach«, sagte er mit seiner festesten Stimme, und dann, vor allem an Neeve gewandt: »Duck dich ... und keinen Laut.«

Die beiden Jungen nahmen den Hügel, immer von einem Busch zum anderen springend. Taranis hielt kurz hinter einer verkrüppelten grünen Eiche an, die der Nordwind gekrümmt hatte wie eine Ahle. Er schaute zu Neeve zurück und sah, wie sie zögerte. Dann raffte sie ihr Kleid an der Taille zusammen, holte tief Luft und kletterte den steilen Hang hinauf. Taranis war als Erster oben. Der Anblick verschlug ihm den Atem. Vor seinen Augen erstreckte sich die weitläufige Landschaft des Südens, und unmittelbar auf der anderen Seite des engen und tiefen Tals lag ein römisches Kastell. Das dominierende Merkmal der Landschaft aber war der Wall. So weit das Auge reichte, wand sich der Wall in beide Richtungen, von Ost nach West, wie eine böse, dunkle Schlange.

Er hatte natürlich schon von ihm gehört; der Wall war schließlich jedem ein Begriff. Die Römer hatten ihn errichtet, um die keltischen Stämme des Nordens – also sein Volk – daran zu hindern, in das von römischen Legionen besetzte Land im Süden vorzudringen. Nach ihrem Kaiser nannten sie ihn den Antoninischen Wall. Sein Vater meinte, die Römer hätten den Wall aus Angst vor dem Zorn der kaledonischen Götter errichtet. Nie zuvor waren römische Legionen auf einen derart erbitterten Widerstand gestoßen. Die keltischen Stämme Kaledoniens waren, wie sein Vater immer gesagt hatte, keine unterwürfigen Hunde und hatten deshalb nicht die Absicht, sich römischen Herren zu Füßen zu legen. Kaledonien war ein freies Land und würde es immer bleiben. Die Römer, davon war er überzeugt, waren hirnlose Anbeter von Ordnung und Konformismus. Wo immer sie auftauchten, starben die alten Traditionen aus. Sie alle marschierten und kleideten sich auf dieselbe Weise, und alle lebten sie in gleichartigen, trostlosen Städten voller quaderförmiger Bauten und steinerner Bögen.

Oft genug hatte Taranis mitbekommen, was sein Vater über die Stämme des Tieflands im Süden sagte, deren Heimat nun von den Römern besetzt war. Jahrhundertelang, berichtete er, hätten sie in Frieden gelebt – bis die römischen Legionen kamen. Die Menschen wurden gezwungen, sich auf den Feldern vor ihren Dörfern und Städten zu versammeln. Wer es wagte, seine Heimat zu verteidigen, wurde von den Römern abgeschlachtet wie Vieh oder als Sklave ans andere Ende der Welt verschifft. Mütter wie Töchter wurden aus ihren Dörfern in die Lager verschleppt, denn die Truppen wollten unterhalten werden. Besonders schöne Frauen verkaufte man nach Rom an fette Patrizier. Wer es schaffte, im Land seiner Ahnen zu überleben, konnte sich nicht mehr frei bewegen. Die Menschen schufteten auf den Feldern und in den Bergwerken, um die Steuereinnahmen ihrer römischen Herren zu mehren. Deshalb kämpfen wir, hatte sein Vater gesagt, und deshalb sterben wir.

Taranis inspizierte das Gelände südlich seines Standortes. Es fiel sanft zu einem Bach ab und stieg dann steil an. An der steilsten Stelle hatten die Römer ihr Erdkastell erbaut, das mit seinen sich auf der Umwallung hinziehenden und an ihrer Nordseite hoch über dem Wall stehenden hölzernen Wehrgängen etwa eine Fläche von vier Morgen einnahm. Auf den Galerien der Ecktürme und auf den Wehrgängen hielten schwer bewaffnete Soldaten in Zweiergruppen Wache. Er sah, dass an der Umwallung noch viel zu tun war; an einigen Stellen schauten noch die roten Sandsteinblöcke des Fundaments heraus.

Römische Vermesser markierten große Abschnitte des grasbewachsenen Hanges mit Stangen, und dutzende von Soldaten stachen die dicke Grasnarbe ab. Reihen von Männern transportierten die zu Quadern abgestochenen Grassoden auf dem Rücke, von Seilen gehalten. Mit diesen Grassoden schloss man den aus Erde und Steinen errichteten Wall zu einer senkrechten Mauer ab. Wo Taranis auch hinschaute, schaufelten Männer Erde und Steine in Weidenkörbe und niedrige rechteckige Karren, die dann von anderen zum Wall geschafft wurden. An einigen Abschnitten rammten Männer zur Versteifung dicke Pfähle ins Innere des Erdwalls, und hinter die Umwallung bauten sie eine Straße. Rund dreißig römische Fuß vor dem Wall hoben Soldaten in dem abfallenden Gelände einen Graben aus, häuften das ausgehobene Material zu einem weiteren Hindernis an, um einen zusätzlichen Schutz gegen die Kaledonier zu errichten.

»Sollen wir hier warten?«, fragte Neeve.

Taranis aber ignorierte sie.

»Sind die Ratten hier in diesen Felsen?« Ihre Augen wanderten umher.

»Es gibt gar keine Ratten.«

»Aber du hast es doch gesagt.«

»Das habe ich mir nur ausgedacht. Und jetzt sei still.«

Sie zerrte an seinem Arm. »Weißt du, was ich glaube?«

»Still!«

»Ich glaube, es ist gefährlich –«

»Neeve!«, warnte Taranis sie.

»Ich wollte doch nur sagen, dass es gefährlich ist, hier oben zu bleiben.« Sie sprach so schnell, dass ihre Worte sich förmlich überschlugen.

»Glaubst du vielleicht, ich weiß das nicht? Noch ein Wort, und du gehst sofort nach Hause.«

Neeve presste die Lippen zusammen und starrte ihn schweigend aus ihren kobaltblauen Augen an.

»Das ist mein voller Ernst«, sagte er. »Noch ein Wort, und du verschwindest.«

»Du musst wirklich still sein«, erklärte Eston in freundlicherem Ton.

Neeve schlug die Augen nieder. »Tut mir Leid«, flüsterte sie.

Taranis wandte sich wieder den Soldaten zu, die glücklicherweise voll und ganz mit ihrer Arbeit beschäftigt zu sein schienen. Selbst die Wachposten schienen mehr daran interessiert zu sein, die Arbeiten zu beobachten als die umliegenden Hügel. Vielleicht konnten sie ja unbemerkt den Kamm hinunterlaufen. Er suchte nach einem Versteck, und sein Blick blieb an einem kleinen Buchenwäldchen – zumindest hatten dort vor ein paar Wochen noch Buchen gestanden – auf einem schmalen, keilförmigen Stück Land am östlichen Bachufer hängen. Die meisten Bäume waren von den Römern für den Bau ihres Militärlagers gefällt worden. Haufenweise lagen Äste herum, was das Bachufer zu einer idealen Stelle machte, von wo aus man das Kastell beobachten konnte. Doch dann ließ er seine Idee wieder fallen; die Stelle lag viel zu nahe dran. Er würde wohl doch mit der Strauchheide vorlieb nehmen müssen. Sie wuchs überall, und ein Stück weiter unten am Hang stand sie auf dem dunklen roten Sandboden besonders üppig.

Er gab den anderen ein Zeichen und begann langsam mit dem Abstieg, wobei er sich so unauffällig wie möglich bewegte und hoffte, dass Neeve schlau genug sein würde, wenigstens einmal den Mund zu halten. Auf halber Strecke kroch er zwischen den gräulich roten Sträuchern hindurch, wo er für jeden, der zufällig in seine Richtung schaute, so gut wie unsichtbar war. Die beiden Kleinen folgten ihm so geschickt, dass er fast erschrak, als sie plötzlich neben ihm aus der Heide auftauchten. Sie duckten sich rechts und links von ihm, ganz augenscheinlich stolz darauf, sich lautlos bewegt zu haben.

Drüben gingen das Abstechen, Aufladen und Abladen weiter. Unmengen von Soldaten schleppten Unmengen von Grassodenquadern zum Wall. Aus allen Richtungen kamen Karren mit Erde, die wie schlammiges rotes Blut in einen Abwasserkanal strömte. Auf diese kurze Entfernung konnte Taranis sie sogar riechen, diese frisch ihrer Ruhestätte entrissene Erde. Sie waren so nah dran, dass Taranis den Schweiß auf den Gesichtern der Männer glitzern sah.

»Ihr braucht keine Angst zu haben«, flüsterte er seinen Geschwistern zu. »Sie können uns nicht sehen in all den Sträuchern.« Dann schaute er sich nervös um in der Hoffnung, dass er Recht hatte. Neeve duckte sich unter seinen Arm; ihr Kleid war schmutzig, und ihre Lippen bewegten sich in einem stillen Gebet. »Die Götter sind mit uns«, wiederholte sie lautlos.

Auf dem feuchten Boden war es kalt, und im Lauf des Tages wurde es immer kälter. Sie schmiegten sich eng aneinander, und Taranis schlang seinen groben Wollmantel um alle drei, sodass sie aus der Ferne aussahen wie ein Mann mit drei Köpfen, der unter einem Busch hervorlugte. Sie warteten den ganzen Nachmittag. Taranis fragte sich schon, ob er auch den richtigen Tag – oder überhaupt das richtige Kastell – erwischt hatte. Nein, sagte er sich, wenn die Römer es tun würden, dann hier und heute. Also starrte er angestrengt weiter hinüber, obwohl ihm die Augen vor Müdigkeit fast zufielen.

Taranis schoss hoch, als seine Schwester seinen Arm schüttelte. Eine Nacht ohne Schlaf war zu viel für ihn gewesen. Er fröstelte, er fühlte sich steif und desorientiert. Römische Trompeten ließen ihn innerlich sofort strammstehen, er hörte die Befehle der Centurionen und das Wiehern von Pferden. Das Lager sah jetzt anders aus. Sein riesiges Holztor stand offen, und die Schanzarbeiten waren eingestellt. Dutzende gepanzerte und schwer bewaffnete Soldaten hatten in Reihen Aufstellung genommen, standen reglos wie Steinskulpturen da. Dreißig Fuß vom Kastell entfernt war eine erhöhte hölzerne Plattform errichtet, die Taranis zuvor nicht aufgefallen war. Sie maß etwa zwölf römische Fuß in jeder Richtung und ruhte auf Baumstämmen einen Fuß über dem Boden. Ein Soldat mit einem schweren Eisenhammer inspizierte die rauen Bretter, blieb hier und da stehen, um ein Brett gerade zu schlagen.

In prunkvoller Prozession verließen sie das Kastell. Als Erster erschien der Militärtribun zu Pferde, gefolgt von vier Offizieren, die im Zweierglied ritten. Hinter den Offizieren gingen drei Männer, halb nackt, die Hände auf den Rücken gebunden, eine Wache auf jeder Seite. Um den Hals des einen war ein Lederriemen geworfen, der ihm rechts und links bis auf die Knie herabhing. Hinter ihnen gingen die Centurionen und Standartenträger, die lange, in einer Lanze endende Stangen mit runden Scheiben und Bildnissen ihrer Götter aufrecht vor sich hertrugen. Das erste Feldzeichen bekrönte eine goldene Adlerfigur mit ausgebreiteten Schwingen und einem goldenen Blitzbündel in den Klauen – das Zeichen, das alle römischen Legionen führten, und das ranghöchste. Dann folgten drei spezielle Standarten, von denen Taranis wusste, dass die II. Legion sie führte: Eine war mit einer Ziege, die andere mit einem fliegenden Pferd und die letzte mit ihrem Kriegsgott, Mars Ultor, Mars der Rächer, bekrönt. Taranis starrte den bärtigen Kriegsgott und die Figur des grimmigen Wolfs zu seiner Rechten, der ihm geweiht war, an und fragte sich, ob der Gott wohl seine Gegenwart spürte. Für alle Fälle senkte er vorsichtshalber den Blick auf die Querstange, von der Lederstreifen mit Zierscheiben herabhingen und kleine Kränze. Es gab auch noch andere Standarten – eine zu den Göttern ausgestreckte Hand; ein farbenprächtiges quadratisches Banner, das im Wind flatterte. Hinter den Standarten marschierte eine lange Kolonne von Legionären im Gleichschritt und in Sechserreihen.

Innerhalb weniger Minuten hatten sich die Legionäre, zu vier Quadraten formiert, um das viereckige Podium verteilt. Die Wächter gaben den Verurteilten Zeichen und stießen zwei von ihnen auf das Podium. Mittlerweile waren die Offiziere abgesessen, und einer von ihnen begann mit lauter Stimme einen Beschluss zu verlesen, der offenbar auf Pergament geschrieben war. Als er geendet hatte, ertönte wie aus einem Mund ein lauter Schrei, die Legionäre reckten den rechten Arm mit flacher Hand schräg nach oben. Dann gab der Tribun den Wachen ein Zeichen, und gleich darauf trat hinter jeden Verurteilten ein Wächter und riss ihm den Kopf nach hinten. Der vor den Verurteilten stehende Soldat hob langsam sein Schwert und stieß es dann mit aller Kraft dem Ersten in die entblößte Brust.

Wieder brandete ein Schrei auf.

Taranis war wie betäubt. Sie taten es, sie taten es wirklich. Die Römer hatten nie davor zurückgeschreckt, Kaledoniern das Leben zu nehmen. Er sah zu, wie nun sein Vater das blutbefleckte Podium betrat. Die Enden des Riemens baumelten noch immer vor seinen Knien. Als Führer eines Angriffs auf das Römische Reich sollte er einen ganz besonderen Tod sterben. Der Angriff war von Anfang an zum Scheitern verurteilt gewesen, und sein Vater hatte das auch gewusst. Rom hatte seine II. Legion entsandt, um die Kelten für den Angriff auf eines ihrer Kastelle zu bestrafen. Und zwölf lange Tage, grausame Tage, brannten sie jedes Dorf und jedes Feld in einem zwei Meilen breiten Streifen quer durch Kaledonien ab. Sein Vater hatte versucht, sie mit ein paar hundert Freiwilligen abzulenken, hatte plötzlich und unerwartet von den Bergen aus zugeschlagen und sich anschließend in die Sümpfe und Wälder zurückgezogen, wo die schützenden Geister auf sie warteten. Am Ende bliesen die Römer, der ständigen Kämpfe müde, zum Rückmarsch, aber nicht ohne dutzende von kaledonischen Kriegern zu töten oder gefangen zu nehmen. Und jetzt sollte sein Vater dafür büßen, dass er es gewagt hatte, gegen das Reich aufzubegehren.

Das Geschehen auf der anderen Seite lief mit eiskalter Effizienz ab. Graue Gestalten bewegten sich im Gänsemarsch, zollten ihrem Kaiser mit »Heil, Caesar«-Rufen ihren Tribut, schafften die Leichen weg und führten Taranis' Vater auf das Podium. Ruhig und gefasst schaute er über die Köpfe der Legionäre hinweg.

»Taranis, tu doch was!«, wimmerte Neeve mit angsterfüllter Stimme.

»Still!«

»Ooooh«, sie stöhnte und biss sich auf die Lippe, »bitte nicht.«

»Neeve, wir können überhaupt nichts tun«, sagte er hilflos.

Sie sprang auf und funkelte ihn an. »Wir könnten sie doch mit einem Trick reinlegen. Wenn wir sie dazu bringen, uns zu jagen, dann –«

Sie kam nicht dazu, ihren Satz zu beenden. Taranis riss sie zu Boden, dass ihr der Atem stockte. Dann überflog er rasch mit einem Blick das Lager. Offenbar hatte sie niemand bemerkt; alle Augen waren auf den Anführer des Aufstandes gerichtet.

Taranis erkannte, dass der Gesichtsausdruck seines Vaters sich geändert hatte. Seine einstudierte Gelassenheit war verschwunden. Er beugte sich vor und kniff die Augen zusammen.

»Ich glaube, er sieht uns«, meinte Eston. »Er schaut genau in unsere Richtung.«

Die beiden Henker standen nun zu seiner Rechten und Linken, die Enden des Lederriemens fest um ihre Hände gewickelt, und prüften, ob sie einen ausreichend festen Stand hatten, beugten die Knie und zogen den Riemen leicht stramm. Der Würgestrick war vorbereitet. Sie wandten sich dem Tribun zu und warteten auf das Zeichen.

Die Kinder beobachteten das Geschehen wie im Traum. Ihr Vater stand ruhig da und schaute in ihre Richtung. Dann nickte er fast unmerklich, um ihnen zu bedeuten, dass er sie gesehen hatte. Er blinzelte nun nicht mehr, und die Andeutung eines Lächelns erhellte sein Gesicht.

Die Hand des Militärtribunen senkte sich. Die Henker lehnten sich zurück und zogen an dem Riemen. Die Legionäre brachen in Hurrageschrei aus.

Neeve starrte, vom Grauen gepackt, auf ihren toten Vater. In ihrem Schmerz öffnete sie den Mund, und ihr Körper begann krampfartig zu zittern. Ihr Kopf fiel vornüber, und sie presste das Gesicht in die kalte Erde, als suchte sie vergeblich bei ihr Trost. Taranis beugte sich instinktiv zu ihr hinunter, ohne sich darum zu kümmern, ob ihn jemand dabei sehen konnte. Er hockte sich hin und schob eine Hand unter ihren dünnen Körper. Seine Schwester leistete einen Augenblick lang Widerstand, bevor sie aufsprang und sich ihm so ungestüm in die Arme warf, dass es ihm wehtat. Sie klammerte sich an ihn, als müsste sie ertrinken, ihr Atem kam stoßweise, und als ihre Tränen sich über ihr Gesicht auf seinen Hals ergossen, wiegte er sie vor und zurück und summte ein Schäferlied aus glücklicheren Zeiten.

Neeve stöhnte nur.

Stunden vergingen, bevor Taranis wieder zum Römerlager hinüberschauen konnte. Die Legionäre hatten ihr Abstechen, Aufladen, Abladen wieder aufgenommen. Taranis sah, wie sein Vater und die beiden anderen Toten hinten in einen der roh gezimmerten Karren geworfen wurden, wo sie in widernatürlichen Stellungen liegen blieben. Es kam ihm wie eine Ewigkeit vor, bis die Soldaten endlich beschlossen, den Karren wegzufahren. Er folgte mit seinen Blicken dem großen, ruckelnden Kasten mit seinen beiden riesigen Rädern, wie er den Hügel hinaufholperte. Oben am Abfallabladeplatz drehten die Legionäre die offene Rückseite des Karrens dem Wall zu. Dann traten sie zurück. Die Deichsel schnellte nach oben, der Karren kippte seine Ladung über die Kante des Steilabfalls.

Taranis war sehr müde, und kalt war ihm auch. Er sah die

Gesichter der Römer, die neben dem leeren Karren standen, miteinander redeten und hin und wieder hinunterschauten. Einer lächelte. Einer der Römer auf dem Abfallabladeplatz lächelte. Ganz kurz nur, aber er hatte gelächelt.

Taranis schaute zu seinem Bruder hinüber, der sich zu einer Kugel zusammengerollt hatte und teilweise unter dem Heidekraut verborgen war. Seine Schwester lag, in seinen Mantel gehüllt, friedlich schlafend unter seinem Arm. Selbst an diesem Tag verlangte ihr Körper nach seiner Ruhe. Taranis strich ihr das Haar aus dem Gesicht und versuchte, den Schmutz unter ihren Augen wegzuwischen. Wie sich doch alles verändert hatte, dachte er, und nur in wenigen Stunden. Das letzte schwache Lächeln seines Vaters kam ihm in den Sinn. Aufs Tiefste berührt, spürte er, wie seine Augen brannten und er seine Selbstkontrolle zu verlieren drohte. Er lehnte sich zurück, zog Neeve näher an sich und schloss die Augen.

2

Der Mann war riesig, sein Gesicht breit und dümmlich. Er hatte die Augen eines Fanatikers und fuchtelte wild mit dem Schwert herum, während er unablässig grinste. Man sah auf den ersten Blick, dass er ein Kelte aus dem Norden war, denn er trug eine gelbe Perücke mit Stachelhaaren und war, von seinem Lendentuch abgesehen, von Kopf bis Fuß mit blauer Farbe bemalt. Er ging in die Hocke und kroch langsam auf zwei Soldaten des Reiches zu, die mit dem Rücken zu ihm auf der Erde saßen und sich an ihrem Mittagessen gütlich taten.

Vectis Trebellius Quadratus saß wie erstarrt auf seinem steinernen Sitz und wagte kaum zu atmen. Nicht anders erging es den tausend anderen Kindern im Theater, die mit weit aufgerissenen Augen mucksmäuschenstill die Vorstellung verfolgten. Als der Kelte ganz dicht hinter den beiden Soldaten stand, hob er das Schwert. Er machte noch einen Schritt – und fiel durch eine

Klapptür im Boden der Bühne, nachdem sein Schwert scheppernd zu Boden gefallen war. Die Soldaten aßen ungerührt weiter. Einer von beiden gähnte und warf eine halb abgezauste Gänsekeule in das Loch. Die Zuschauer brachen in schallendes Gelächter aus. Auch Vectis lachte, und er lachte so laut, dass ihm fast die Tränen kamen. Fast. Er erinnerte sich daran, dass er ein Römer war und schon zwölf Jahre alt. Er wollte um keinen Preis, dass man ihn weinen sah wie ein Mädchen. Schließlich wollte er nicht wie seine ältere Schwester Sabina aussehen, die neben ihm wie verrückt kicherte, bis ihr vor Lachen die Tränen übers Gesicht liefen. Aber die Geschichte an sich war schon gut und vielleicht sogar ein paar Tränen wert. Selbst sein Vater lächelte.

Sein Vater mochte die zotigen, anspruchslosen Lustspiele, und ganz besonders die Possenspiele, diese derben Darstellungen komischer Szenen aus dem Alltagsleben. Sie waren etwas ganz anderes als die eleganten Pantomimen, bei denen ein Schauspieler die Geschichte stumm und mit getanzten Gebärden erzählte; sein Vater hasste solche Stücke. Sie waren ihm zu kultiviert. Die Mimenaufführungen waren da etwas anderes. Da sah man ihn den Kopf zurückwerfen, und er brüllte vor Lachen, wenn's um lüsterne Schlafzimmerfarcen und dümmliche Mordgeschichten ging, die unweigerlich mit Strömen falschen Blutes auf der Bühne endeten. Seine Lieblingsschauspiele aber waren Possen, die Geschichten, gewürzt mit derben Witzen, über einfache Soldaten, berüchtigte Räuber und Narren unter den Herrschenden erzählten. Auch die Stücke für Kinder mochte er sehr. Heute waren Kinder aus der ganzen Hauptstadt gekommen, um sich die wöchentliche Aufführung anzusehen.

Auf der Bühne stand nun ein Schauspieler, der wie ein Parther vom äußersten östlichen Rand des riesigen Römischen Reiches gekleidet war. Er war wesentlich kleiner und dunkelhäutiger und behänder als der Kelte. Unter großem Geschrei sprang er mal hierhin, mal dahin, und in jeder Hand blitzte ein Dolch auf, als er sich auf imaginäre Feinde stürzte und mit Hilfe einer Hebevorrichtung über zwei Meter hoch in die Luft sprang. Es dauerte nicht lange, bis die beiden römischen Soldaten ihm kleine, mit Sand gefüllte Beutel um die Knöchel banden, um seine Bewegungsfreiheit einzuschränken. Beutel um Beutel kam hinzu, bis er sich nur noch mit größter Mühe über die Bühne schleppen konnte. Erschöpft brach er schließlich neben einer zweiten Falltür zusammen. Er stöhnte, wälzte sich ein Stückchen weiter und verschwand in dem Loch. Die Soldaten aßen unter stürmischem Applaus weiter.

Als die Possenspiele vorüber waren, hob sich aus einem Schlitz im Bühnenboden der Vorhang. Er blieb hochgezogen, solange sich die Schauspieler für das eigentliche Theaterstück herrichteten.

»Kannst du dir ein Leben ohne Theater vorstellen?«, fragte Sabina und ergriff Vectis' Hand.

Er lächelte, wohl wissend, dass dies keine ernsthafte Frage war.

»Ach so, du versuchst schon wieder, dich wie ein Soldat zu benehmen«, kicherte sie. »So, als ob dich gar nichts beeindrucken könnte. Aber mich hältst du nicht zum Narren.«

Vectis errötete. Er ging zwar gern ins Theater, konnte sich aber sehr wohl ein Leben ohne es vorstellen. Es war wohl in Ordnung, wenn Sabina ihren überschwänglichen Gefühlen freien Lauf ließ, obwohl sie ein Jahr älter war als er; sie war schließlich ein Mädchen. Sollte sie ruhig ihre kleinen Scherze genießen; er aber würde eines Tages Soldat sein, ein Heerführer, würde Truppen des Römischen Reichs befehligen.

»Oh, wie ich dich liebe«, sagte sie zärtlich, drehte den Kopf und liebkoste mit ihren Blicken jede Ecke des Theaters.

»Hier fehlt es aber auch an nichts«, bestätigte Vectis.

»Ja, hier gibt es alles … Falltüren und Seile und Hebezüge.« Sie hielt inne und schaute nach oben. »Und dann diese Sonnensegel – hast du je so ein Sonnendach gesehen?«

Die Überdachung aus Segeltuch war wirklich eindrucksvoll, das musste selbst Vectis zugeben. Das Sonnendach war über den gesamten Zuschauerraum gespannt, um das Publikum vor Sonne und Regen zu schützen. Zudem erhöhten die rot gefärbten, im Wind flatternden Bahnen die suggestive Wirkung des Theaters, indem sie über den ansteigenden Sitzreihen unheimliche, immer in Bewegung befindliche Lichteffekte erzielten.

Die Musik setzte ein, das Zeichen dafür, dass die Schauspieler bereit waren. Der Vorhang senkte sich, und das Stück begann: »Das Tau« von Plautus, seit längerem ein Lieblingsstück der Römer. Vectis kannte das Stück in- und auswendig. Ein junger römischer Adliger namens Plesidippus verliebt sich in das Sklavenmädchen Palaestra. Natürlich dürfen sie nicht heiraten, doch am Ende geht alles gut aus, weil sich herausstellt, dass Palaestra trotz allem eine Freigeborene ist, die Tochter eines reichen Patriziers.

Als das Stück zu Ende war, fragte sich Vectis, was wohl geschehen wäre, wenn Palaestra tatsächlich eine Sklavin gewesen wäre. Doch lange dachte er nicht darüber nach, denn schließlich war das ja nur eine erfundene Geschichte.

Vectis verabschiedete sich von Sabina und ihren Dienerinnen. »Ich wünsche dir einen angenehmen Heimweg«, sagte er, obwohl er genau wusste, dass sie nicht nach Hause gehen würde.

»Pelopidas, der griechische Sänger, tritt in den Gärten des Lukull auf«, sagte sie in neckischem Ton.

»Du triffst dich doch nur wieder mit Atilius Titianus! Wenn Vater das herauskriegt …«

»Was du gleich wieder denkst! Ich höre einfach gerne gesungene griechische Lyrik, das ist alles.«

»Du spielst ein gefährliches Spiel, Sabina. Eine deiner Dienerinnen plappert es ganz bestimmt bald aus.«

Ihr Gesicht versteinerte sich. »Nicht, wenn ihnen die Peitsche droht.« Dann warf sie den Kopf zurück und lachte. »Ich werde mir einen schönen Tag machen.« Ihr Kuss ging in einen spielerischen Biss in seine Wange über. »Verrat mich bloß nicht«, sagte sie in warnendem Ton und war auch schon verschwunden.

Vectis rannte seinem Vater nach, der mit flottem Schritt schon ein gutes Stück voraus war. Er wünschte, Sabina wäre weniger rebellisch; ihr Umgang mit Atilius Titianus würde sie nur in Schwierigkeiten bringen.

Trotz der Menschenmenge, die sich am Nachmittag in den gepflasterten Straßen drängte, erreichten sie in weniger als fünf Minuten die schmalen Seitengassen, die zum großen Sklavenmarkt unweit des Stadtzentrums führten. Mehr als einmal fiel Vectis auf, dass sein Vater geradewegs durch die Menge ging und die Menschen zur Seite traten. Viele auf der Straße erkannten ihn und verneigten sich ehrerbietig. Er war zwar nur ein Centurio, hatte aber für den Kaiser schon Centurien auf der ganzen Welt befehligt. Wenn Schwierigkeiten drohten, rief man in aller Regel nach seinem Vater.

Heute hatten Vectis und sein Vater etwas zu erledigen. Schon der bloße Gedanke daran ließ ihn vor Aufregung zittern. »Etwas zu erledigen.« So hatte sein Vater es formuliert. Zum ersten Mal sollte er an der Spitze eines Kontingents der Prätorianergarde – der besten Soldaten der Welt – reiten! Und vielleicht durfte er sogar auf dem Markt einen der Sklaven aussuchen, die sie kaufen wollten.

»Wie viele Sklaven wollen wir kaufen?«, rief Vectis seinem Vater zu, der zwei Schritte vor ihm ging.

»Vierzig oder fünfzig, aber Pudens wird sie inzwischen ausgesucht haben«, erwiderte er, ohne seinen Schritt zu verlangsamen.

Vectis fiel es schwer, seine Enttäuschung zu verbergen. Oft schon hatte er Männer dabei beobachtet, wie sie Sklaven begutachteten, den Preis aushandelten, und er sehnte sich schon nach dem Tag, an dem er selbst einen kaufen durfte. Aber für den Einkauf war Pudens zuständig, der seinem Vater diese Last abnahm. Pudens war ein Freigelassener. Sein Vater hatte ihn am Tag von Vectis' Geburt rechtsgültig freigelassen – als Geschenk an die Götter. Er hatte Pudens einst auf dem ägyptischen Sklavenmarkt erstanden, und im Lauf der Jahre hatte sich eine Beziehung zwischen Herr und Sklave entwickelt. So war es nur natürlich, dass Pudens auch nach seiner Freilassung im Haus seines Vaters blieb.

Neben Pudens besaß sein Vater sechs weitere Sklaven, die ihm zu Diensten waren, wenn auch im Grunde nur vier von ihnen, weil zwei Sklavinnen ausschließlich Sabina bedienten. Dabei beklagte sich seine Schwester immer darüber, dass sie so wenige Sklaven hatten. Jeder, der von Stand war, sollte ihrer Ansicht nach mindestens zehn Sklaven besitzen. Sie konnte es auch nicht ausstehen, wenn sein Vater mit Pudens sprach wie mit einem Gleichgestellten. Zwar war er ein Freigelassener, aber schließlich waren seine Rechte noch immer eingeschränkt. Die guten Sitten verlangten, dass ihr Vater so wenig wie nur irgend möglich mit ihm sprach, insbesondere in der Öffentlichkeit. Ein kurzer Befehl musste genügen. Er aber kümmerte sich wenig um Umgangsformen, und mitunter sprach er gar in Gegenwart bedeutender Persönlichkeiten mit seinen Sklaven! Ein Bauer verschwendete schließlich auch seinen Atem nicht an einen Ochsen auf dem Feld, pflegte Sabina bei solchen Gelegenheiten ihrem Bruder angewidert zuzumurmeln. Wozu also sollte jemand sich um die Ansichten menschlicher Zweibeiner kümmern, die letzten Endes nichts anderes waren als sprechende Werkzeuge?

Der Junge und sein Vater passierten einen kleinen Tempel, der Juno, der Göttin der Ehe, geweiht war, überquerten einen Abwasserkanal am Straßenrand und bogen in die Via Lata ein. Wie die heiße Zugluft eines Brennofens schlug der Lärm Vectis ins Gesicht. Käufer und Verkäufer schrien scheinbar wild durcheinander, schacherten und warfen sich gegenseitig Beleidigungen an den Kopf. Schaulustige kämpften sich unter Einsatz ihrer Ellbogen durch die Säulengänge, die an den Straßen entlangliefen. Sie reckten den Hals, um zu sehen, wo die interessanteren Auktionen stattfanden, und scherten sich nicht um die freudlosen Gesichter derer, die zum Verkauf standen. Überall schwenkten geschäftstüchtige Sklavenhändler weiße, mit roten Buchstaben beschriebene Tafeln an Holzstangen, die von den jeweiligen Vorzügen des feilgebotenen Sklaven kündeten. Überall waren Bettler, drängten sich in der Menge, lungerten an den Wänden, die einen auf Krücken umherhumpelnd oder von Freunden gestützt, andere auf Strohsäcken oder Matten liegend. »Eine Spende!«, riefen sie. »Die Götter sehen euch zu!« Zwischen den Säulen der Portiken standen enge, mit Menschenfleisch voll gestopfte

Pferche, wie am Viehmarkt, die einen beißenden Geruch nach Schweiß und Urin ausströmten wie ein schlecht ausgemisteter Stall.

Vectis kämpfte sich durch die Menge, stieß die Ekel erregenden Bettler beiseite und versuchte, den breiten Rücken seines Vaters nicht aus den Augen zu verlieren. Ein Sklavenhändler versuchte, das Interesse seines Vaters zu wecken. Er fuchtelte lebhaft mit den Armen herum, brüllte seiner Ware ins Ohr und zeigte auf einen Pferch mit griechischen und thrakischen Sklaven, wie in roter Kreide über seinem Stand geschrieben stand. Sklavenhändler beteuerten immer, ihre Ware sei griechischen Ursprungs, wenn sie glaubten, damit jemanden übers Ohr hauen zu können. Jeder Sklave, der auch nur ein paar Brocken Griechisch sprach, konnte nämlich als Hauslehrer eingesetzt werden – vor allem, wenn er auch noch über philosophische oder mathematische Kenntnisse verfügte. Römer mit bescheidenen finanziellen Mitteln kauften häufig diese angeblichen Griechen in der Hoffnung, mit einer griechisch angehauchten Erziehung die Aufstiegschancen ihrer Kinder in der Gesellschaft zu verbessern.

Vectis' Vater aber war an verweichlichten, weibischen Griechen, wie er sie nannte, ebenso wenig interessiert wie an ihrer Musik und Mathematik; er suchte vielmehr Zweibeiner mit breitem Kreuz, die schwere Arbeit aushielten. Kelten und Teutonen – und neuerdings auch Afrikaner aus den Gebieten jenseits des Atlasgebirges – hielten auf den Feldern auch dann noch durch, wenn die Sonne brannte und der Boden schwer zu pflügen war. Stadtsklaven mit zarten Händchen hingegen waren zu nichts weiter nutze, als die primitiven Leidenschaften ihrer Besitzer zu befriedigen.

Pudens wartete neben einem flachen Gebäude an der Ecke eines offenen Platzes. In mehreren Reihen saßen, die Hände zusammengebunden, rund vierzig Sklaven im Staub, und hinter ihnen standen die Prätorianer. Mit ehrfürchtigem Staunen musterte Vectis die groß gewachsenen, gut gebauten Soldaten in ihren scharlachroten, kurz geschürzten Tuniken und glänzenden

Schienenpanzern. Ja, heute würde er mit den Prätorianern reiten, der kaiserlichen Elitegarde. Es waren zwar nicht mehr als zehn von ihnen, aber mehr brauchte sein Vater für die zweitägige Reise auch nicht. In einer teuren Stadt wie Rom war es nicht ganz einfach, vom Sold eines Centurio zu leben, und so verdiente er sich oft etwas hinzu, indem er Sklaven an die Arbeitslager außerhalb der Stadt lieferte. Er hatte viele Freunde bei den Prätorianern, die ihm bei Bedarf bereitwillig ein paar Mann aus der Garde zur Verfügung stellten, und die Aufseher der Landgüter waren froh, dass jemand vom Kaliber seines Vaters sich um den Kauf der Arbeiter kümmerte. Die Sklavenhändler hätten es nie gewagt, jemanden zu betrügen, der Beziehungen zur Garde hatte.

»Gut gemacht, Pudens«, sagte sein Vater, nachdem er sich einen Überblick über die Sklaven verschafft hatte. Die Gruppe bestand im Wesentlichen aus großen, kräftigen Männern, und ein paar Frauen und Kinder sorgten für eine ausgewogene Mischung. »Ich denke, wir brauchen noch ungefähr drei Arbeiter und eine Dienerin. Höchste Zeit, dass der junge Vectis lernt, wie man einen gesunden Zweibeiner aussucht.«

Die Vorfreude ließ Vectis' Gesicht erstrahlen. Sein Vater wollte tatsächlich, dass er Sklaven kaufte!

Pudens lächelte und legte Vectis die Hand auf die Schulter. »Ich bringe ihm alles Nötige bei«, sagte er. »Wir brauchen nicht lange.«

Vectis und Pudens eilten den Abhang hinunter, während der Centurio auf ein kleines Gespräch zum Befehlshaber der Garde hinüberschlenderte. Sie kamen am ersten Stand vorbei mit seinen weiß gestrichenen Brettern und eisernen Käfigen voller Frauen, und dann am zweiten, an dem Stadtsklaven angeboten wurden. Sein Vater aber brauchte Ochsen für die Feldarbeit und keine Diener oder Schneider.

Vectis blieb vor dem dritten Stand stehen. »Wir wär's mit dem hier, Pudens?«

»Du bist hier der Käufer, Vectis. Hier zählt nur deine Meinung.«

Vectis strahlte, denn er wusste Pudens' Lehrmethode zu schätzen. »Na ja«, meinte er, während er mühsam die Schilder entzifferte, »die scheinen überwiegend von den Inseln des Römischen Meers zu kommen – Kreta und Zypern.«

»Und?«

»Und deshalb können wir sie nicht brauchen. Die sind zu sehr an Müßiggang gewöhnt, um als Landarbeiter zu bestehen.«

»Sehr gut.«

Die nächsten beiden Läden waren mit den Hinweisen »Nur private Verkäufe« abgeschirmt. In ihnen wurden besonders hochwertige Sklaven angeboten: Attisch sprechende Lehrer, exotische Tänzer, begabte Künstler oder Musiker und natürlich schöne Männer und Frauen, die gelernt hatten, jeden Wunsch ihrer Herrn zu erfüllen. Vectis wusste, dass er für den Preis eines solchen ganz speziellen Sklaven an den Ständen hundert Feldarbeiter bekommen würde.

Auf der anderen Straßenseite verkündete ein Ausrufer die Ankunft einer frischen Schiffsladung von Galliern, die er als Maultiere für die Felder anpries. Vectis drängte sich in den Laden hinein und vor zur weniger überfüllten Ecke neben dem Käfig. Der Gestank warf ihn fast um, als er die rund fünfzig Körper besichtigte, die in dem eisernen Gehege gehalten wurden. Viele von ihnen hatten offene Wunden und waren allem Anschein nach sehr schlecht behandelt worden.

»Wie viele? Wie viele?«, rief ein kurzbeiniger Sklavenhändler, während er mit künstlichem Lächeln auf Vectis zuging und ihn behandelte, als wäre er sein Lieblingsneffe. Bevor Vectis antworten konnte, hatte ihm der Mann einen Stock in die Hand gedrückt, dessen Spitze in limonengrüne Farbe getaucht war. »Hier, bitte!« Er zeigte auf den Käfig. »Such dir eine Hand voll aus. Du musst sie nicht kaufen. Schau sie dir einfach an, solange du willst.« Er gab den Sklaven ein Zeichen, woraufhin sie sich in ihrem Pferch im Uhrzeigersinn in Bewegung setzten.

Vectis fühlte sich ein wenig unter Druck gesetzt, aber er hatte bereits drei muskulöse Körper entdeckt, die ihm makellos erschienen. Er wollte sich noch nicht festlegen, sondern einfach nur schauen. Er nahm den Stock und steckte ihn durch die Eisenstangen, um die Betreffenden mit einem Punkt auf dem Rücken zu markieren.

»Ah! Du hast wahrlich ein gutes Auge. Drei meiner Besten!« Ein Lächeln breitete sich auf dem ledrigen Gesicht des Händlers aus, und seine Augen glitzerten in freudiger Erwartung eines Geschäfts. Er öffnete die Gittertür, wischte sich das verdreckte Haar aus den Augen und winkte die drei Sklaven herbei, die ihn bei weitem überragten. »Hier aufstellen«, befahl er, und sie reihten sich vor dem Käfig auf, damit Vectis sie begutachten konnte. Für römische Verhältnisse waren die Sklaven geradezu Riesen, und sie wirkten noch größer, als der Händler sie auf die Auktionssteine trieb, damit sie noch besser zu sehen waren. Immer mehr Schaulustige drängten in den Laden. Die drei Sklaven warteten stumm auf ihren Steinen und machten willfährig die von ihnen erwarteten Bewegungen, wenn der Sklavenhändler sie in eine andere Richtung schob oder stieß. Er hob ihre Arme und zwickte sie an der Unterseite, um ihre hervorragende Hautfarbe zu zeigen. »Das sind keine zerbrechlichen Parther«, schrie er. »Das sind muskulöse Kelten aus Gallien. Stark wie Maultiere! Die kannst du den ganzen Tag arbeiten lassen!« Dann schlug er ihnen auf die Bäuche und schüttelte sie an den Schultern, um das Gesagte zu untermauern, bevor er von einem das Lendentuch abnahm und seine Genitalien entblößte. »Gute Zuchthengste, diese Kelten!« Schließlich gab er dem Mann sein Kleidungsstück zurück und meinte, bei solchen Prachtexemplaren sei Kastrieren unnötig, was sowohl dem Herrn wie auch dem Sklaven zweifellos gefallen würde – ein Kommentar, der bei den aufmerksamen Zuschauern Gelächter auslöste.

Einen ganz kurzen Augenblick lang verspürte Vectis so etwas wie Bedauern über das hoffnungslose Leben der Sklaven. Wie unglücklich sie doch aussahen, während sie mit leerem Blick über die Köpfe der neugierigen Menge starrten; vielleicht dachten sie in diesem Augenblick an eine andere Zeit, einen anderen Ort. Aber das Schicksal hatte sie eben hierher verschlagen, und so war es nun einmal ihr Los, dem Reich zu dienen.

Vectis trat vor, um die Körper zu begutachten. Alle drei waren von der Taille aufwärts nackt; zwei trugen ein Lendentuch, der dritte lederne lange, weite Hosen, die oben von einem Gürtel gehalten wurden und an den Knöcheln zugebunden waren. Während er ihre Gaumen nach eventuellen wunden Stellen untersuchte, ließ sich der Verkäufer weiter über ihre starken Körper aus, ihre kräftigen Zähne und Knochen und ihre ausgezeichneten Augen. Er versprach sogar, schriftlich zu garantieren, dass sie nicht unter Launen oder Schwermut litten.

Vectis schaute Pudens Hilfe suchend an und sah, wie er dem Sklaven mit den Beinkleidern einen stirnrunzelnden Blick zuwarf, um ihm seine Bedenken zu signalisieren. Vectis sah sich daraufhin den Betreffenden näher an und bemerkte am unteren Teil seines Rückens unmittelbar über der Hose einen verräterischen Striemen. »Zieh ihn aus«, forderte er.

Der Sklavenhändler protestierte zunächst, bevor er dann doch die Hose bis auf die Knie herunterzog und die Zeichen einer nicht lange zurückliegenden Auspeitschung auf Hinterbacken und Beinen entblößte. Vectis schaute dem Händler in die Augen.

»Nur eine harmlose kleine Auspeitschung«, meinte dieser achselzuckend. »Er hat eine Extraportion Suppe stibitzt. Aber sonst ist er kein Dieb, dafür lege ich die Hand ins Feuer.«

»Du hast ihm die Hosen nur angezogen, um mich hinters Licht zu führen.«

»Nein, nein, bei den Göttern, ich schwöre, das ist die Wahrheit, er ist ein guter Kauf.« Der Mann wirkte geradezu gekränkt angesichts der Unterstellung. »Ich habe ihn nur bedeckt, weil ich weiß, dass es nur eine harmlose kleine Auspeitschung war.«

Pudens inspizierte den Rücken des Sklaven. Mit dem Zeigefinger fuhr er dünne weiße Linien nach, um Vectis zu zeigen, dass der Mann auch vorher schon mehrfach ausgepeitscht worden war.

»Mein Freigelassener meint, dass dein Sklave ein Unruhestifter ist«, erklärte Vectis unverblümt.

»Bei allem Respekt vor deinem Freigelassenen«, meinte der

Mann unterwürfig, »aber diese Spuren von Auspeitschungen stammen aus dem Schuldnergefängnis, bevor er sich in die Sklaverei verkauft hat. Er hat seine ganze Familie in die Sklaverei verkauft; seine Frau und seine Töchter sind da hinten. Du kannst sie dir gerne anschauen«, fügte er hinzu und deutete auf einen kleineren Käfig an der Seite, in dem sich etliche Frauen befanden. »Er macht schon keine Schwierigkeiten, das schwöre ich. Schau!« Er schlug dem Mann die Hand ins Gesicht. »Na bitte, der ist lammfromm.« Er schlug ihn wieder und wieder, bis ihm Blut aus dem Mundwinkel rann. »Da, siehst du? Ein Schaf, das sich vor einem Wolf duckt – er weiß genau, wer hier der Herr ist.« Und mit einem breiten Grinsen erklärte er dann: »Ich gebe dir meine schriftliche Garantie. Er wird so fügsam sein wie ein junges Kaninchen.«

»Wir brauchen keine schriftliche Garantie«, sagte Pudens. »Wir kaufen diese Sklaven für den Ersten Centurio Gaius Trebellius.«

Der Sklavenhändler wurde blass. »Aber natürlich! Ich hätte dich gleich erkennen müssen ...« Er zögerte. »Meine Information über diesen Sklaven«, erklärte er schließlich, während er dem Mann auf die Schulter klopfte und ihm bedeutete, seine Hose wieder hochzuziehen, »stammt, wie soll ich sagen, aus vielen Mündern. Aber man hat mir versichert, dass er keinen Ärger macht. Wenn er euch trotzdem Schwierigkeiten bereitet, dann bringt ihn einfach zurück, und ich liefere euch Ersatz.« Nach einem eisigen Blick von Pudens fügte er schnell hinzu: »Na schön, ich gebe euch zwei an seiner statt, ja, meinetwegen, ich gebe euch zwei. Das garantiere ich.«

Das Lächeln des Händlers kehrte zurück.

Beim Feilschen um den Kaufpreis tat Vectis sein Bestes, um sich nicht übervorteilen zu lassen. Er ließ Pudens nicht aus den Augen, um kein noch so subtiles Anzeichen von Zustimmung oder Ablehnung von seiner Seite zu übersehen, und schließlich einigten sie sich auf 4000 Sesterzen für die drei. Es war ein guter Preis, und Vectis war in Hochstimmung. Sein Vater würde stolz auf ihn sein.

Der Sklavenhändler redete immer noch, als sie sich zum Gehen anschickten. »Das sind nicht einfach nur Wildschweine«, sagte er in Bezug auf die Frauen in dem Käfig im hinteren Bereich seines Ladens. »Sie haben eine erstklassige Ausbildung genossen.« Seine Mundwinkel verzogen sich, aber es war eher ein lüsternes Grinsen als ein Lächeln. »Ich kann persönlich ihre ... außerordentlichen Qualitäten bezeugen.«

Pudens mischte sich ein. »Wir halten Ausschau nach einer Dienerin. Wir brauchen keine ...«

»Eine Dienerin? Dann komm mit! Bitte schön!«, rief er über die Schulter, während er rasch zum hinteren Käfig ging. »Schau doch mal! Bei meinen Frauen sind auch viele junge Mädchen. Acht oder zehn der Besten, die du finden kannst.« Er befahl den Jüngeren, sich von den erwachsenen Frauen zu trennen. »Na? Was sagst du dazu?« Er lachte aufgeregt und nickte zum Zeichen dafür, dass alle seine Gruppe gut fanden. »Und das auch noch zu einem guten Preis. Der vierte Sklave«, fügte er achselzuckend hinzu, »kostet nur die Hälfte.«

Vectis riskierte einen Blick auf die frisch gebadeten Mädchen, deren Haar noch tropfnass war. Bei Männern legte man auf Sauberkeit keinen Wert, aber eine verdreckte Dienerin wollte niemand. Erneut drückte ihm der Händler den in limonengrüne Farbe getauchten Stock in die Hand. Vectis aber schob seinen Arm beiseite. Etwas hatte seine Aufmerksamkeit erregt. Noch nie im Leben hatte er derart sonderbare Augen gesehen; sie waren nicht dunkel wie die einer Römerin, sondern so kristallklar, als könnte er durch sie in ihre Seele blicken.

»Zeig mir doch mal die da«, sagte er und deutete auf das Mädchen.

»Ah, ja. Das ist das Beste, was ich anzubieten habe.« Er wackelte mit dem Kopf, als wollte er andeuten, das Vectis ein besonders gerissener Sklavenkäufer sei.

Beim Anblick des Mädchens verspürte Vectis ein seltsames Prickeln auf der Haut. Sie trug wie die anderen im Käfig ein sandfarbenes knielanges Gewand und Sandalen, gebärdete sich aber vollkommen anders. Sie hielt sich aufrecht und wirkte – im

Gegensatz zu den Übrigen – kein bisschen eingeschüchtert. Und dann waren da noch ihre Augen; sie wandte nie den Blick ab, wie die meisten der bedauernswerten Geschöpfe es taten, wenn ein Römer sie anschaute. Sie stand einfach nur da, mitten im Käfig, die Arme in die Hüften gestemmt, und starrte ihn an. Ihr Gesicht und ihre Augen waren ausdruckslos, aber etwas an ihrer Haltung schien anzudeuten, dass sie mehr war als nur eines jener sprechenden Werkzeuge auf dem Markt.

Vectis ging zu den steinernen Podesten, wo das Mädchen nun stand. Er spürte Pudens' Missbilligung. Der Freigelassene hatte sich rechts neben Vectis und einen Schritt hinter ihn gestellt, um nicht den Eindruck zu erwecken, seinen Herrn beeinflussen zu wollen, aber seine Absicht war unmissverständlich. Er hielt es für unklug, ein Mädchen im selben Laden zu kaufen, weil es leicht aus derselben Familie wie einer der männlichen Sklaven stammen konnte. Aus derselben Kolonne von Sklaven Männlein und Weiblein auszuwählen, verhieß in aller Regel nur Ärger.

Vectis wusste zwar, dass Pudens Recht hatte, ignorierte aber den Freigelassenen, der neben ihm schwer atmend sein Unbehagen kundtat. Aus einem Grund, den er selbst nicht verstand, fühlte er sich zu dieser Sklavin hingezogen. Er musste sie aus nächster Nähe sehen, ihr in die Augen schauen oder womöglich gar die Wärme ihrer Haut spüren.

Das Mädchen beobachtete ihn immer noch, als er näher kam. Noch immer tropfte Wasser aus ihrem Haar auf ihren Nacken und färbte die Ränder ihres Kleids dunkel. Sie war etwa so alt wie er, hatte flachsblondes Haar und einen Körper, der einen unterernährten Eindruck machte. Vectis fiel die grobe Wolle ihres Kleides auf, die noch letzte Spuren selbst gemachter grüner Farbe aufwies, die schon weitgehend zu einem fleckigen Gelb verblichen war. Das Kleid hing schlaff über ihre Knie, und unter ihm kamen Beine zum Vorschein, die zerkratzt und nicht vollständig sauber waren. Das Mädchen trug schlampig genähte Sandalen und stand, abgesehen von ihren sich ständig bewegenden Zehen, regungslos auf dem Sockel.

»Die ist gut«, bestätigte der Sklavenhändler Vectis' Gedanken. »Ein bisschen drahtig, aber kerngesund.« Er griff nach dem Saum ihres Kleides und wollte es ihr schon über den Kopf ziehen, damit sein Kunde ihren Körper begutachten konnte. Vectis hatte schon erlebt, wie Sklaven volle fünf Minuten lang mit der Tunika über dem Kopf dastanden, während potenzielle Käufer ihre Ware abtasteten.

Ohne nachzudenken, hob er die Hand, um dem übereifrigen Händler Einhalt zu gebieten. Er wusste selbst nicht recht, warum, aber er wollte dem Mädchen die Demütigung ersparen. Sie schaute ihn erstaunt an, als begriffe sie erstmals, in welcher Situation sie sich befand, und wandte schließlich den Blick ab.

Vectis versuchte, die wahren Gründe dafür zu verbergen, dass er einem völlig natürlichen Vorgehen des Sklavenhändlers zuvorgekommen war, und sagte gereizt: »Ich sehe selber, dass sie gesund ist. Kann sie Lateinisch oder Griechisch?« Nein. Hatte sie schon einmal als Dienerin gearbeitet oder gelernt, die verschiedenen Obst- und Gemüsesorten voneinander zu unterscheiden? Nein. Aber sie lernte schnell, versicherte ihm der Sklavenhändler, und hätte ein Gesicht, das selbst die schöne Helena von Troja vor Neid erblassen ließe.

Sie feilschten lange um den Kaufpreis. Der Händler hielt sich zurück, weil er wusste, dass er sich für ein eventuelles Fehlverhalten vor den Prätorianern verantworten musste, aber zugleich merkte er natürlich, wie sehr sein Kunde die Sklavin begehrte. Sie einigten sich schließlich auf 1500 Sesterzen, was für eine Dienerin zwar nicht maßlos übertrieben war, aber eben auch nicht der halbe Preis, den er vorher genannt hatte. Vectis wusste, dass es lächerlich war, einen guten Preis zu bezahlen für ein Mädchen, das er nie wieder sehen würde. Sein Vater würde sie auf einem Landgut abliefern, und das war es dann gewesen. Aber vielleicht konnte er ihn ja überreden, sie zu behalten. Vielleicht könnte sie ja für Sabina von Nutzen sein, dachte er, wohl wissend, dass er in Wahrheit an sich selbst dachte. Die Geschichte von Palaestra, dem Sklavenmädchen, wollte ihm nicht aus dem Kopf. War diese Sklavin womöglich die Tochter eines reichen Patriziers? Anders war sie auf alle Fälle. Aber natürlich wusste er, dass sie keine Patriziertochter sein konnte. Schon beim bloßen Gedanken daran kam er sich ziemlich dumm vor.

Die Prozession aus Sklaven und Soldaten zog in gleichmäßigem Trott durch das Schwemmland eines knöcheltiefen Flusses, der sich durch die bewaldeten Hügel vor den Toren Roms wand. Das erste Stück des Wegs begleiteten Vectis und sein Vater den Befehlshaber der Prätorianer – eine unvermeidliche Geste der Höflichkeit, wie sein Vater erklärt hatte, die Vectis im Übrigen nicht das Geringste ausmachte. Aber nun hatten sie sich ans Ende des Zuges zurückfallen lassen. Sein Vater wollte mit ihm reden.

»Ich habe mein Leben lang Menschen getötet«, begann er abrupt. »Das ist etwas ganz anderes als das, was wir heute Morgen im Theater gesehen haben.«

Schockiert von der Bemerkung seines Vaters fuhr Vectis herum. »Wie ist es denn, jemanden zu töten?«, fragte er.

»Krieg ist etwas ganz anderes.« Er ließ sein Pferd langsamer gehen und klopfte ihm den Hals. »Das ist nicht wie Mord … nicht so, wie jemandem auf der Straße ein Messer in den Rücken zu stoßen, wie die Politiker es gerne tun. Alle stehen in Reih und Glied, und alle sind bewaffnet, die Feinde ebenso wie du …«

»Hattest du jemals Angst … du weißt schon … etwa davor, dass dir ein Arm abgeschlagen werden könnte?«

Sein Vater dachte nach. »Das mit der Angst ist schon merkwürdig. Selbst wenn du kämpfen willst, selbst wenn du tapfer genug bist, dich freiwillig für die vordersten Linien zu melden … wenn du dann dem Feind gegenüberstehst, wird dir ganz flau im Magen. Du beißt die Zähne zusammen und kriegst kaum mehr Luft. Aber das ist ganz normal, so geht es allen. Du sagst dir einfach, dass du eine Arbeit zu erledigen hast, und genau das tust du dann auch.«

»Wahrscheinlich hilft es einem zu wissen, dass wir immer gewinnen.«

»Schon möglich, aber nicht immer läuft alles wie geplant. Oft überrascht dich der Feind auch. Die sind nicht so dumm, wie manche glauben, und fallen nicht einfach in Löcher.«

»Aber wir gewinnen trotzdem immer.«

Sein Vater nickte, sagte aber nichts.

»Atilius Titianus meint …«

»Atilius! War er schon wieder da?« Dann, ohne auf eine Antwort zu warten: »Ich werde seinen Besuchen ein Ende setzen. Der Mann bringt nur Ärger. Ich habe dir schon einmal erklärt, dass Reichtum, der sich nicht auf Arbeit gründet, nur Hochmut erzeugt, und Hochmut ist der Wirbelwind des Lebens.«

Vectis schnitt eine Grimasse angesichts seiner eigenen Dummheit, Atilius überhaupt erwähnt zu haben. Sein Vater konnte ihn nicht ausstehen. Er würde Sabina nicht mehr aus der Villa lassen, bis sie alt und runzlig war, wenn er herausfand, dass sie sich heimlich mit ihm getroffen hatte. Für alles, was sie besaßen, hatte sein Vater hart arbeiten müssen. Atilius hingegen stammte aus einer reichen Patrizierfamilie, brach das Brot mit den Reichen und strebte aggressiv nach seinem Anteil an der Macht in Rom. Und was noch schwerer wog: Er wollte Sabina zur Frau nehmen.

Der Sarkasmus in der Stimme seines Vaters war unüberhörbar, als er sagte: »Dann erzähl mir doch mal, was Atilius Titianus zu sagen hatte!«

Vectis schluckte. »Atilius meint, dass nichts die römischen Legionen aufhalten kann.« Ohne eine Antwort zu bekommen, fuhr er fort. »Er meint, die Feinde Roms seien wie Bettler an der Tür.«

»Atilius versteht von den Feinden Roms ungefähr so viel wie ich vom Weben eines Schals.« Er hielt sein Pferd an. »Vectis, ich möchte, dass du eines begreifst. Unser Reich ist eine sehr zerbrechliche Angelegenheit, eine Insel in einem Meer des Chaos.« Er beugte sich in seinem Sattel vor und zeigte auf die blonden Sklaven in der Mitte der Kolonne. »Siehst du die Kelten da? Die stammen aus Gallien, das seit zweihundert Jahren befriedet ist. Aber trotzdem gibt es da noch immer Nester des Widerstands, wo Leute sich weigern, Steuern zu zahlen, in den Hilfstruppen des Reiches zu dienen und sich an die Gesetze zu halten. Deshalb finden sie sich nun in der Sklaverei wieder. Die Kelten sind ein widerspenstiges Volk. Gerade machen wilde Horden ihrer Volksgenossen die Moore Nordbritanniens unsicher. Sie töten reihenweise Legionäre, und so ziemlich das Einzige, was uns noch bleibt, ist, quer durch die Insel einen Wall zu errichten, um uns vor ihnen zu schützen.«

»Ich dachte, wir hätten bereits einen Wall.«

»Haben wir auch«, bestätigte er und trieb sein Pferd wieder an. »Kaiser Hadrians Wall. Aber wir bauen einen weiteren, rund siebzig Meilen weiter nördlich, weil der Druck auf diesen Grenzwall zu stark wird.«

»Dann werden wir also zwei Grenzwälle haben?«

»Richtig. Als nach Hadrians Tod Antoninus Kaiser geworden war, beschloss er, die kriegerischsten der keltischen Stämme nach Norden ins Hochland zu vertreiben. Jetzt sitzen sie nördlich der Senke, die sich von Ost nach West zieht, der Forth-Clyde-Linie, fest, und das gefällt ihnen gar nicht. Deshalb bauen wir einen zweiten Wall, um das Reich vor ihnen zu schützen. Die Kastelle entlang des Antoninischen Walls und ein paar noch weiter im Norden werden Roms äußerste Posten sein.«

»Und warum erobern wir nicht einfach die ganze Insel?«, fragte Vectis.

»Das hatten wir schon, vor etwa fünfzig Jahren. Der Feldherr Agricola hat damals mit vier Legionen sämtliche Heere der Kelten aufgerieben. Aber dann brachen auf dem Festland Aufstände aus, und Agricola musste zurückbeordert werden.«

Vectis stöhnte vor Entsetzen auf.

»Unglaublich – Rom hatte die ganze Insel in der Hand und hat sie dann wieder durch die Finger gleiten lassen.«

»Aber warum holen wir sie uns nicht zurück?«

»Das haben wir ja versucht«, erklärte sein Vater. »Erst vor ein paar Jahren. Lollius Urbicus wollte in Agricolas Fußstapfen treten; er hat die alten Kastelle im Norden wieder aufgebaut und seine Legionen auf den Kampf gegen den keltischen Stamm der Kaledonier vorbereitet. Aber er konnte Agricolas Eroberung des Nordens nicht wiederholen. Die Kelten waren einfach zu stark.

Er wurde von den Kaledoniern bei Alauna geschlagen und konnte von Glück reden, dass er sich mit seinen Legionen auf die Linie zwischen der Bucht des Clyde im Westen und der Meeresbucht des Forth im Osten zurückziehen konnte. Und da sitzt er jetzt und baut am Wall.«

Vectis versuchte, sich den Wall, der quer über die Insel lief, und die wilden Krieger des Nordens vorzustellen. Er sah sich die Kelten aus Gallien an und machte sich ein Bild von denen in Britannien – blauäugige Riesen mit langem, offenem blondem Haar. Aber nicht mit Fesseln aneinander gebunden und barfuß mit hängenden Köpfen einherstolpernd. Vielmehr sah er sie vor sich, wie sie unter lautem Kriegsgeheul in ihren Streitwagen dahinfegten. In seinem Tagtraum trugen sie Kleider in leuchtenden Farben, lederne Hosen und Schuhe, und ihre Gesichter waren blau bemalt oder zumindest so geheimnisvoll wie das des Mädchens, das er auf dem Markt erstanden hatte.

Beim Gedanken an das Mädchen wurde ihm auf einmal ganz heiß. Er hatte nur hie und da einen flüchtigen Blick auf sie erhascht, wie sie in ihrem ausgewaschenen grünen Kleid gefügig, aber hoch erhobenen Hauptes wie eine Prinzessin hinter den in Scharlachrot gekleideten Prätorianern einherging. Der Tag neigte sich, und er fragte sich, wie er seinem Vater wohl am besten beibringen könnte, dass er sie behalten wollte. Er wartete auf den geeigneten Augenblick, doch der kam nicht. Selbst während der Ruhepause, in der er das Thema hätte ansprechen können, schaffte er es stattdessen, seinen Vater dadurch zu verärgern, dass er in seinem Verlangen, das Mädchen zu sehen, sich zu nah an die Sklaven heranwagte.

Zum Glück hatte sein Vater noch nichts von seinem ganz besonderen Interesse gemerkt. Ein anderer hatte dies aber sehr wohl. Der Sklave mit den Spuren der Auspeitschungen am Leib hatte das Mädchen angesehen und ihm dann ein viel sagendes Lächeln zukommen lassen.

Die Sonne stand schon dunkelorange über den Pappeln, als sie Halt machten. Auf einer Hochfläche oberhalb einer Flussbiegung schlugen die Soldaten das Nachtlager auf, bauten einen Pferch aus Pappelpfählen für die Sklaven und errichteten einen Schanzpfahlzaun für das gesamte Lager. Selbst so nahe an Rom hielten sie sich an ihre Angewohnheit, für die Nacht eine Umwehrung zu errichten, auch wenn sie auf den üblichen Graben um ihr Lager verzichteten.

Vectis saß mit seinem Vater am Ufer des Flusses und sah den Soldaten dabei zu, wie sie ihre Pferde tränkten. Die Tiere mussten nicht erst dazu aufgefordert werden, von dem kühlen Nass zu trinken, das über die Felsen rann; sie soffen genüsslich aus dem Fluss.

Sein Vater spritzte sich Wasser ins Gesicht und rieb sich den Nacken. Dann schüttelte er die Hände trocken und setzte seine Erzählung über den großen Feldzug Trajans im Osten gegen die Parther fort. »Ich war damals noch jung und begierig darauf, mich im Kampf zu beweisen«, erklärte er, »aber der Krieg ist nicht annähernd so glorreich, wie die Zivilisten immer glauben. Es wird höchste Zeit, dass du das verstehst.«

Vectis saß ganz still. Sein Vater redete nur selten über den Krieg, und was er sagte, war erschreckend. Er klang so gar nicht wie die Männer in den Bädern, die bei eingelegtem Fisch und süßem Kuchen über ihre Heldentaten an Europas Grenzen schwadronierten.

Der Vater schaute seinen Sohn an, als wüsste er nicht recht, ob er fortfahren sollte, und zuckte dann mit den Achseln. »Zunächst fegten wir durch den Osten wie Alexanders großes Heer. Wir marschierten den ganzen Weg bis zum Persischen Golf. Manche glaubten schon, Trajan wolle Indien erobern, und eine Zeit lang sah es ganz danach aus. Eine Stadt fiel nach der anderen. Wir kamen uns vor wie die Götter.« Ein Schatten huschte über sein Gesicht. »Doch in unserem Rücken sammelten sich schon die Heere der Parther. Tag für Tag füllte sich das weite, karge Land mit unzähligen Hufabdrücken ... dann folgte das hohle Dröhnen der parthischen Kesselpauken, das wie Donner die Erde zu erschüttern schien.«

»Aber ihr habt gesiegt.«

»Ja, wir haben gesiegt.« Er machte eine Pause. »Aber erst, nachdem ich Dinge gesehen hatte, die ich noch heute vor Augen habe ... Du hast gefragt, wie das ist mit dem Töten ... es ist gar nicht so schwer, wenn du den Kopf eines Römers siehst, der von den Barbaren auf einen Speer gespießt worden ist.«

Vectis verzog das Gesicht. »So etwas haben die Parther bei ihrem Aufstand getan?« Er starrte seinen Vater schweigend an und wusste nicht, ob es angebracht war, noch weitere Fragen zu stellen.

Sein Vater schien zu verstehen. »Viel mehr gibt es nicht zu erzählen«, sagte er. »Eines Morgens nach einer schweren Schlacht schauten wir zu den parthischen Linien hinüber, und da waren sie und stießen unter großem Geheul wieder und wieder ihre Speere in die Höhe. Auf den Speeren steckten die Köpfe römischer Soldaten. Einige von ihnen waren meine Freunde gewesen. Das war das Schlimmste, was ich je zu Gesicht bekommen habe.«

Sie verließen ihren Platz am Fluss und gingen zu ihrem Zelt, wo jemand ein Feuer entzündet hatte. Vectis starrte auf die Silhouette seines Vaters, die sich dunkel vom Feuer abhob. Er sah mehr und mehr aus wie der Soldat, der er war. Gaius Trebellius Quadratus, *primus pilus*, Führer der ersten Hundertschaft der ersten Kohorte einer Legion, Erster Centurio. Und Centurio wurde man erst nach vielen Jahren Kampferfahrung, und sein Vater, das wusste Vectis, war »Erster« Centurio, der am meisten respektierte Soldat in der aus fast sechstausend Mann bestehenden Legion. Über ihm gab es nur drei Dienstgrade: Lagerpräfekt, Militärtribun und Legionslegat. Der Legat befehligte die gesamte Legion. War die Schlacht aber erst einmal im Gange, traf in aller Regel sein Vater, der Erste Centurio, sämtliche Entscheidungen.

Manchmal vergaß Vectis, dass sein Vater Offizier war, ein Erster Centurio des römischen Heeres. Oft war er für ihn einfach nur ein Vater, wie jeder andere Vater auch. Im Lauf der Jahre hatte er die Leute von den Auszeichnungen reden hören, die er bekommen hatte – Zierscheiben, silberne Speere und mehrere goldene Kränze. Vectis wusste nicht genau, was sie zu bedeuten hatten. Einige waren ihm für besonders tapferes Verhalten verliehen worden – etwa dafür, dass er kleine Gruppen bei nächtlichen Angriffen auf feindliche Lager geführt hatte. Und dann gab es da noch eine seltsam aussehende Auszeichnung, die er häufig trug: die *corona muralis*, die er dafür bekommen hatte, dass er als Erster die Mauer einer feindlichen Stadt überwunden hatte. Etwas Vergleichbares hatte Vectis noch nie gesehen.

Nach dem Essen ging er, noch immer an einem großen Stück Feigenbrot knabbernd, an den Zelten entlang zum Pferch der Sklaven. Die Sonne war bereits hinter den Bäumen verschwunden, die sich als schwarze Silhouetten vom purpurroten Himmel abhoben. Als er an den Korral kam, suchte er ihn nach dem Sklavenmädchen ab.

»Sst!«, zischte es aus dem Innern.

Es war der Sklave mit den Peitschenstriemen. Er stand auf der anderen Seite des Pferchs und winkte Vectis mit seinen gefesselten Händen zu sich. Vectis aber blieb, wo er war. Er hatte nicht die Absicht, sich ohne einen Wächter dem Korral weiter zu nähern. Der Mann gab erneut Handzeichen und deutete hinter sich. Im letzten Licht des Tages erkannte Vectis das Gesicht des Mädchens, dessen Miene ebenso ausdruckslos war wie zuvor auf dem Markt. Er sah, wie sie auf den Holzzaun zuging, und ihm schien es fast, als ob sie ein wenig traurig wäre. Ihre schlanken Arme glitten durch die Zwischenräume des Pfahlzauns, und Vectis registrierte erfreut, dass die Soldaten ihr nicht die Hände gefesselt hatten. Sie lächelte ihn an – ein winziges Lächeln, das sein Herz erwärmte. Er lächelte zurück und kam näher.

»Du ... guter Römer«, sagte sie in fast unverständlichem Latein.

Vectis lächelte wieder und wollte erklären, dass er versuchen würde, sie zu kaufen. Sie schien ihn nicht zu verstehen, schaute ihm aber tief in die Augen. Nach einem langen Augenblick streckte sie eine Hand aus und legte sie zärtlich auf die seine. Ihre Finger waren kühl wie die Nachtluft.

Plötzlich schnellten zwei gefesselte Hände aus dem Korral und rissen ihn nach vorn. Sein Kopf knallte gegen einen der Pappelstämme, und vor seinen Augen drehte sich alles. Jemand zerrte an seiner Tunika, öffnete seinen Gürtel und schnappte sich seine Geldbörse. Als er wieder klarer sah, stand Vectis ein Stück vom Zaun entfernt bei dem Sklaven, der ausgepeitscht worden war. Das Mädchen hielt das Feigenbrot in der Hand und offensichtlich auch die Münzen aus seinem Geldbeutel. Der Mann deutete mit einer Kopfbewegung auf sie, als wollte er sagen, dass er die Münzen und das Brot nur für sie genommen hätte. Er drehte die Handflächen nach oben, um ihm zu bedeuten, dass er nichts für sich behalten hatte, und an seinem besorgten Blick war zu erkennen, dass er wollte, dass Vectis den Diebstahl auf sich beruhen ließ. »Tochter«, sagte er immer wieder. »Das ... meine Tochter.«

»Was ist denn hier los?« Die dröhnende Stimme des Soldaten brachte Vectis wieder zur Besinnung. Erst jetzt merkte er, dass seine gürtellose Tunika ihm bis auf die Knöchel herabhing und seine leere Geldbörse zu seinen Füßen lag. Er hob seinen Gürtel und seinen Geldbeutel auf und richtete seine Tunika.

In der Zeit, die er brauchte, um sich den Gürtel umzubinden, hatten ihn bereits drei Prätorianer, Fackeln in der Hand, den Sklaven im Blick, eingekreist.

»Was ist passiert, mein Sohn?«, fragte sein Vater, der eben angekommen war.

Vectis schaute zu dem Mädchen in dem Pferch, das wie angewurzelt vor Angst dastand. »Nichts«, sagte er, »ich ... ich habe nur ...« Er hielt inne, als er merkte, wie sehr seine Stimme bebte.

Sein Vater tippte mit einem Finger an Vectis' Stirn und zeigte ihm das Blut. »Was ist geschehen?«

»Einer der Sklaven, die ich gekauft habe, er ...«

»Der mit den Striemen?«, fragte Pudens.

Vectis nickte.

Wenige Sekunden später hatten die Soldaten den Sklaven aus dem Korral geholt und mit dem Gesicht nach unten in den Schmutz gedrückt. Einer von ihnen zerrte das Mädchen am Arm, und Vectis sah den Schmerz in ihrem Gesicht, als sie vergeblich versuchte, nicht über den steinigen Untergrund geschleift zu werden.

Pudens sprach kurz mit Vectis' Vater und deutete dabei mit einer Kopfbewegung zu dem Mädchen und dem männlichen Sklaven hinüber.

Sein Vater wandte sich an einen Soldaten und sagte: »Sucht einen Baum und nagelt ihn an.«

»Und was machen wir mit ihr?«, fragte der Soldat. »Auspeitschen?«

»Nein!«, sagte Vectis eine Spur zu schnell. Er schaute seinen Vater an. »Sie hat nichts Böses getan.«

Vectis spürte, wie die Augen seines Vaters ihn musterten. Der sagte dann: »Steckt sie wieder in den Pferch. Und gebt ihr das Brot zurück.«

Schreie erfüllten die sternenklare Nacht. Irgendwo im Tal unter ihnen hatten die Soldaten ihre grausame Aufgabe verrichtet und den Sklaven an einen Baum genagelt.

Als sie an dem schwachen Feuer neben ihrem Zelt saßen und dem fernen Stöhnen lauschten, erzählte Vectis seinem Vater, wie er zu dem Korral gelockt worden war. Er schämte sich und wusste, wie dumm es gewesen war, dem Mädchen zu vertrauen, wollte aber immer noch nicht glauben, dass sie sich freiwillig für das Täuschungsmanöver zur Verfügung gestellt hatte.

Sein Vater stocherte in den glühenden Kohlen und hörte ihm schweigend zu. Dann blickte er auf. »Vectis, weißt du noch, woher ich deinen Namen habe?«

Die Frage kam ihm seltsam vor. »Von der Insel Vectis vor der Küste Britanniens«, antwortete er.

»Ja, die Insel Vectis«, sinnierte er und schien in diesem Augenblick mit den Gedanken ganz weit weg. »Und weißt du auch noch, warum ich dich nach dieser Insel benannt habe?«

»Du hast gesagt, dass du damals das erste Mal gegen den Feind gekämpft hast und nie vergessen wolltest, wie das war.«

»Genau. Aber ich habe dir nie erzählt, was da draußen geschehen ist.« Er stocherte weiter in den Kohlen. »Unsere Streifen reagierten auf die Schreie zweier Kinder, die in einem Fluss zu ertrinken schienen. Kein Mensch hätte je gedacht, dass sie

Kinder einsetzen würden. Ich weiß noch genau, wie ich zum Fluss hinunterrannte, um diese keltischen Kinder zu retten, und dann ihre Freudenschreie hörte, als die Krieger zu dutzenden aus dem Gebüsch am Ufer brachen. Jeder Römer, der an diesem Kontrollgang beteiligt war – fünfzehn waren es insgesamt –, wurde getötet. Aber sie wurden nicht einfach nur getötet, sondern grausam verstümmelt. Die Verwundeten unter uns mussten zusehen, wie ihre verrückten heiligen Männer von Leichnam zu Leichnam gingen, um die Köpfe abzuschneiden. Sie steckten sie in Säcke und sangen leise vor sich hin, als würden sie Blumen pflücken. Und dann fielen sie über die Verwundeten her. Etliche Männer schrien, und einige bettelten um Gnade. Ich war als Letzter dran. Als die Druiden zu mir kamen, hielten sie inne, um sich zu beraten. Einer von ihnen war sehr jung und hinkte merklich. Sein Mund verzog sich beim Sprechen auf merkwürdige Weise, und für mich war offensichtlich, dass es ihm um meinen Kopf ging. Er hätte ihn nur zu gern in seinem Sack gehabt. Plötzlich löste er sich aus der Gruppe und stürzte sich auf mich, bis sein Gesicht nur noch um Haaresbreite von meinem entfernt war. Er verdrehte die Augen wie ein Geisteskranker, und sein Atem stank bestialisch. Fast verzweifelt fuhr er mit den Händen über mein Haar und mein Gesicht und zischte wütend, als die anderen ihn wegzerrten. Einer der älteren Druiden beugte sich zu mir herab und sagte in gebrochenem Latein: ›Bösewicht, sag deinen Kommandeuren, dass wir keine Römer in unserem Land wollen.‹ Und dann verschwanden die Priester.«

Sie saßen längere Zeit schweigend da. Vectis dachte über die Kelten, ihre blutrünstigen heiligen Männer und ihre Hinterhältigkeit nach. Ihm schoss das Blut ins Gesicht, als er sich vergegenwärtigte, wie naiv er gewesen war; sich im Vertrauen auf ein freundliches Gesicht an einen Käfig mit Wilden heranzuwagen, war wirklich unverzeihlich.

»Vectis, du hast heute einen Fehler gemacht. Das passiert uns allen immer wieder einmal. Aber Fehler können auch nützlich sein, vor allem, wenn man jung ist. Heute hast du eine wichtige

Lektion gelernt: Vertraue nie dem Feind. Ein Soldat kann es sich nicht leisten, wie Atilius Titianus zu sein, der sich einbildet, man könne einen guten Ausgang einer Schlacht herbeireden. Du musst deinen Feind richtig einschätzen, und das geht nur mit brutaler Ehrlichkeit. Gelingt dir das nicht, könnten die Folgen noch weit schlimmer sein als heute. Dann geht es dir am Ende womöglich wie Quintilius Varus.«

Der Name rüttelte ihn auf. Vectis wusste alles über Quintilius Varus. Jeder Schuljunge kannte Varus und seine vernichtende Niederlage in den Wäldern Germaniens. Vor zweihundert Jahren hatte Kaiser Augustus Varus mit drei Legionen nach Germanien entsandt. Varus aber hatte Arminius, den jungen Heerführer der Germanen, unterschätzt, der sich mit seinen nur fünfundzwanzig Jahren als fähiger Kommandeur und geschickter Nachahmer römischer Kriegstechniken erwies. Seine Angriffe waren schnell und verheerend. Eines stürmischen Tages fiel er dann im Teutoburger Wald über Varus, seine drei Legionen und ihre Hilfstruppen her. Varus hatte nie damit gerechnet, dass der Feind mitten in einem Sturm angreifen würde, und übersehen, dass der Wald sich hervorragend für einen Hinterhalt eignete. Die Centurionen versuchten noch, ihre Truppen in Schlachtordnung aufzustellen, aber es war zu spät. Ihre Linien waren zu weit auseinander gezogen, und das Wetter wurde immer schlechter. Der Wind peitschte durch den Wald, entwurzelte Bäume und blockierte die schmalen Pfade. Zwischen den finsteren Wolken flammten Blitze auf, und Baumwipfel brachen ab wie Streichhölzer und krachten zu Boden. Dann kam der sintflutartige Regen, in dem die Soldaten kaum mehr ihre Vorderleute erkennen konnten. Drei angsterfüllte Tage lang stolperten die verzweifelten römischen Soldaten durch den schlammigen Wald, und überall lauerte der Feind. Quintilius Varus und seine Kommandeure stürzten sich in ihre Schwerter. Über zwanzigtausend Soldaten ergaben sich und lieferten sich so der Gnade des Arminius und seiner Wilden aus. Der Germanenführer teilte sie in Gruppen und schaffte sie in den Wald. Einige von ihnen ließ er foltern, die übrigen in Stücke hauen.

»Unterschätze nie deinen Feind«, erklärte ihm sein Vater, »und traue ihm vor allem nie. Kelten wie Germanen sind die geborenen Lügner. Ihr Wort ist wertlos.« Dann langte er in sein Zelt nach seinem Schwert. »Das hier«, sagte er, strich über die Klinge und beschrieb in der Luft einen Bogen, »ist die einzige Sprache, die sie verstehen.« Das kurze spanische Schwert, das Roms Soldaten im ganzen Reich benutzten, wirkte dunkel und tödlich, als es sich wie ein Schatten in der Nacht bewegte.

Ein plötzlicher Windstoß ließ das Laub der Bäume rascheln und fachte das ersterbende Feuer noch einmal an, ließ aber auch, so schien es, erneutes Stöhnen aus dem Tal heraufdringen. Sein Vater schüttelte den Kopf und deutete in die Richtung, aus der die Laute kamen. »Die Finsternis in den Köpfen der Barbaren ist unvorstellbar. Selbst in einen Käfig gesperrt wie ein Vogel glaubte dieser Kelte noch, einen Römer bestehlen zu können. Und jetzt ist er Futter für die Hunde.«

»Aber ich habe dich einen Sklaven gekostet«, sagte Vectis.

Sein Vater zwinkerte. »Mach dir mal darüber keine Gedanken. Ich bin ganz sicher, dass der Sklavenhändler als Geste des guten Willens zwei oder drei Zweibeiner abtreten wird. Sein Sklave hatte ganz offensichtlich eine Geistesstörung.«

»Aber warum stellen sich die Barbaren so erbittert gegen alles, was mit Zivilisation zu tun hat?«, fragte Vectis.

»Dieser hier war vermutlich von Anfang an nicht erziehbar. Aber wenn du die echten Barbaren von jenseits der Reichsgrenzen meinst, dann musst du verstehen, woher sie kommen. In manchen Gegenden, die ich gesehen habe, lebten die Menschen vor der Ankunft unserer Legionen wie die Tiere. Keine Straßen, keine Abwasserkanäle, keine Bäder, kein Wasser außer im Fluss – nichts als Schmutz und Hunger.« Er schüttelte den Kopf, als könnte er es selbst kaum glauben. »Da bist du gerade eine Meile von unserer Grenze entfernt, und die Leute tragen Tierhäute und leben in verräucherten, fensterlosen Hütten. Regierung oder Disziplin sind für sie Fremdwörter, und Gesetze kennen sie nicht. Ihr einziges Bestreben besteht darin, Waffen herzustellen, Römer zu töten und alles zu zerstören, was wir aufgebaut haben. Wenn eine solche Horde von Barbaren unsere Grenzen überschritten hat, steckt sie als Erstes alles in Brand, was nach Zivilisation riecht. Sie vernichten einfach alles – Gebäude, Statuen, Bücher, Gemälde –, und wenn wir nicht aufpassen, vernichten sie auch uns.«

»Aber warum? Warum sind sie nur so zerstörerisch?«

»Ich weiß es nicht«, sagte er langsam. »Ich weiß es wirklich nicht.«

»Vielleicht wissen sie es selber nicht. Ich meine, vielleicht wissen sie nicht genug über uns und darüber, wie es ist, Teil des Reiches zu sein. Sie sehen zwar unsere Aquädukte und Bäder und Theater, verstehen das alles aber nicht.«

»Es ist mehr als das«, meinte sein Vater. »Jenseits unserer Grenzen leben Barbaren, die zum Töten erzogen werden. Die Kelten und die Germanen sind die schlimmsten. Sie lieben den Krieg. Sie stürzen sich furchtlos in die Schlacht, blasen in Tierhörner und kreischen in den wildesten Tönen. Und sie sind groß wie Riesen«, fügte er hinzu. »Größer als diese gallischen Kelten, die wir hier haben. Nur die römische Disziplin kann sie im Zaum halten. Ich habe gesehen, wie sie vom Schlachtfeld in ihre eigenen Dörfer gelaufen sind, ihre Häuser angezündet und ihre Frauen und Kinder getötet haben. Stell dir das mal vor!«

»Was würde wohl geschehen, wenn diese Barbaren die Welt beherrschen würden?«

»Dunkelheit würde alles verschlingen«, erwiderte sein Vater. »Überall würden Chaos und Dunkelheit herrschen.«

Vectis schauderte.

»Zum Glück gibt es kein Heer, das mit dem von Rom zu vergleichen wäre. Wir haben die Disziplin, die Ausrüstung und den Willen, die Welt zu regieren. Und, den Göttern sei Dank, tun wir das auch, denn ohne Rom würde die Welt, wie du sie kennst, sich auflösen wie Nebel in der Morgensonne.« Er lachte. »Du solltest mal einige dieser Kelten sehen. Sie tragen weite, vorne offene Mäntel, die ihnen bis an die Knie reichen, und darunter Hosen aus Schafsfell, die an den Knöcheln zugebunden sind. Sie können kein Buch lesen und keine Straße bauen, halten sich aber sauber wie römische Senatoren. Wie sie das tun? Sie baden in den Flüssen, und zwar sommers wie winters!« Er brüllte vor Lachen. »Der Norden ist im Winter eine zugefrorene Wüste, aber glaubst du, sie hätten Bäder? Nein. Sie schlagen Löcher ins Eis und schleppen Eimer voller Wasser in ihre Hütten, um sich damit abzureiben.« Er schaute Vectis an. »Deshalb hat ihre Haut auch die Farbe von Fischfleisch.«

Vectis lächelte.

Aus dem Tal drangen plötzlich grelle Schreie, die schnell lauter und verzweifelter wurden. Die Hunde waren gekommen.

Als Vectis zwischen seine Decken kroch, dachte er an das Mädchen und fragte sich, ob sie wirklich die Tochter des Mannes sein konnte, der da im Tal schrie. Oder war sie vielleicht auch nur eine Lügnerin und Betrügerin wie alle anderen Feinde Roms? Irgendwo in seinem Innern aber kannte er die Wahrheit: Sie war seine Tochter und hörte jetzt in ihrem Käfig dieselben erbärmlichen Schreie. Vectis zog sich die Decke über den Kopf, um die Schreie zu ersticken.

Als sie früh am nächsten Morgen durch das Tal zogen, bot sich ihnen ein Anblick, der selbst die Soldaten erblassen ließ. Knurrende Hunde sprangen zu dem Gekreuzigten hoch und versuchten, das Fleisch aus seinem Körper zu reißen. Sie hatten bereits ein Bein abgekaut und einen Teil des anderen, aber der größte Teil des Festmahls am Baum hing für sie ein Stückchen zu hoch. Über dem Leichnam flatterten die Raben und zerrten am glänzenden Fleisch. Von ein paar verfilzten Haarsträhnen abgesehen, die noch an der Rückseite seines Schädels hingen, hatten sie alle Haut vom Kopf des Toten weggepickt, sodass sie ihm nun in Fetzen auf den Brustkorb hing. Die leeren Augenhöhlen starrten Vectis anklagend an, als wäre er an all dem schuld.

Als sie aus dem Tal ritten, sagte sein Vater: »Die römischen Strafen sind hart, aber wirksam. Brutalität sichert den Frieden für uns alle.«

Den größten Teil des Tages ritten sie zusammen, und Vectis bekam das Sklavenmädchen nur einmal zu Gesicht. Ihre Hände waren gefesselt, und ihre Schultern wirkten gebeugter als am Vortag.

Vectis versuchte, sich im Gespräch mit seinem Vater von seinen Gedanken abzulenken. Noch nie hatte er ihn so lange reden hören. Er beschrieb die Barbaren der ganzen Welt. Im Osten, hinter dem Land der Parther, lag Indien mit seinen gewaltigen Flüssen, exotischen Düften und Edelsteinen. Seine Bewohner waren seltsame, dünnknochige Menschen, die in den Straßen der Städte auf Elefanten ritten und zur Stärkung das Blut von Panthern tranken. Jenseits der südlichen Grenzen Ägyptens und Afrikas, so sagte er, lag das Land der Schlangen. Es war voll von getüpfelten Katzen, Angst einflößenden wilden Tieren und winzigen schwarzen Männern von der Größe fünfjähriger Jungen. Sie rannten nackt mit hölzernen Rohren durch den Wald und bliesen aus hundert Fuß Entfernung mit erstaunlicher Treffsicherheit tödliche Pfeile heraus, mit denen sie Antilopen erlegten. Die Spiele in Rom bezogen die meisten ihrer Tiere aus jenem Land. Und im Westen schließlich erstreckte sich ein endloser Ozean, der nur in Reichweite der Götter lag.

Es war schon fast dunkel, als Vectis die flackernde Linie von Fackeln im sanften, welligen Hügelland unter ihnen sah. Sie waren gleichmäßig auf der Steinmauer verteilt, die ein ebenes Stück Ackerland umschloss. In einer Welt voller Gefahren wirkte der Schein von Fackeln warm und einladend. Vectis verlagerte sein Gewicht im Sattel und dachte an den Wall und jene merkwürdigen wilden Gestalten in den Mooren.

3

Vier Jahre später

Taranis tauchte die Hände schon zum dritten Mal in den Bach, und zum dritten Mal zog er sie schmierig vom Pflanzensaft wieder heraus. Die Zeder war dieses Jahr besonders klebrig, und selbst ein Abreiben mit Bleicherde zeitigte wenig Wirkung. Das Entrinden war die Arbeit, die er am wenigsten mochte. Aber einer musste sie ja tun, und sein Bruder hatte – sei es durch Zufall oder aus Absicht (Taranis vermutete Letzteres) – nie ganz die exakten Bewegungen des Messers erlernt, die zum Abziehen von Baumrinde erfoderlich waren.

So stand er also da mit verklebten Fingern und Hunderten von Zedernschösslingen um sich herum, die noch entrindet, zu Schäften geschnitten, am oberen Ende gekerbt und mit Spitzen versehen werden mussten, bevor sie als Pfeile benutzt werden konnten. Und kein Eston weit und breit. Er war irgendwo im Wald und genoss wahrscheinlich noch die letzte laue Sommerbrise, während er nach dem passenden Holz für den Bogen suchte. Taranis rieb sich die Schultern; sein Rücken schmerzte. Er schaute zu Neeve hinüber, die das Schießen übte.

»Neeve, was hab ich dir gerade gesagt?« Seine Stimme klang angestrengt, aber das kümmerte ihn nicht, so sehr tat ihm der Rücken weh. »Du hältst den Bogen ja immer noch wie einen Pflug. Du musst ihn lockerer halten.«

Er stand auf und ging zu seiner Schwester hinüber, die die ganze letzte Stunde geübt hatte. Sie stand rund sechzig Fuß vor einer steilen Böschung, auf der ein Stück Bärenfell von etwa einem Fuß Durchmesser angebracht war. Im Lauf der Jahre hatte das Hochwasser in den festen Lehm eine fast senkrechte Wand geschnitten, die sich in idealer Weise für Zielübungen eignete. »Tiefer. Du musst den Bogen tiefer halten«, sagte er. »Wenn du nicht auf mich hörst, trifft du nie was.«

Neeve blinzelte in die Morgensonne. »Ich höre doch auf dich.«

»Nein, das tust du nicht.«

Neeve funkelte ihn an.

»Warum hältst du dich nicht an meine Anweisungen?«

»Ich halte mich an deine Anweisungen«, entgegnete sie scharf.

Taranis murmelte etwas, das wie Widerspruch klang.

»Schau doch mal«, sagte sie, jetzt mit lauterer Stimme. »Mein

Pfeil liegt in der Mitte auf der Sehne. Ich habe einen Finger auf dem Schaft und zwei darunter. Ich konzentriere mich auf das Ziel. Ziehe die Sehne an, halte kurz inne, bevor ich sie loslasse. Alles genau so, wie du es mir gesagt hast.«

Taranis starrte in Neeves frostig blaue Augen, hielt ihrem Blick aber nicht stand. Er wusste ganz genau, dass er soeben seine eigene Frustration auf Neeve übertragen hatte. Eine Waffe zu beherrschen war nicht leicht, und er sah ja, dass seine Schwester ihr Bestes gab. Sie war ein ernstes Mädchen, das sich bei allem, was sie tat, sehr bemühte, und Taranis konnte sich nicht erinnern, dass Neeve jemals an einer Aufgabe gescheitert wäre, ob sie nun nähen oder Wasser holen oder sich um ihre wenigen Tiere kümmern sollte. Erst, wenn sie ihre Arbeit erledigt hatte, widmete sie sich ihren Zeichnungen und verbesserte mit äußerster Genauigkeit kleinere Unvollkommenheiten in den Bildern, die sie von Seen oder grob gezimmerten Holzhütten gemacht hatte. Taranis wusste nie so ganz ihre Fähigkeit zu würdigen, alles zu zeichnen, was sie zu Gesicht bekam, auch wenn ihr ihre Arbeit auf dem Markt die eine oder andere Münze einbrachte. Das Bogenschießen aber fiel ihr schwer.

»Versuch's noch mal«, sagte er und zwang sich dabei zu einem geduldigeren Ton. »Zeig mir, was du kannst.«

Sie schaute ihn an, befeuchtete sich die Lippen und konzentrierte sich auf das Ziel. Taranis hoffte auf einen guten Schuss; sie brauchte ihn, um nicht den Mut zu verlieren. Überall lagen Pfeile verstreut – auf der Uferböschung, auf dem Boden, nur im Bärenfell steckten keine.

Sie zielte sorgfältig, schoss aber weit daneben. »Warte!« Sie warf die Hände hoch, um jedem möglichen Kommentar Taranis' zuvorzukommen. »Das war gar nichts.« Sie nahm einen weiteren Pfeil, zielte und traf den Fuß der Böschung. »Warte! Warte! Der ist mir ausgerutscht. Ich war noch nicht bereit.«

»Neeve …«

»Nein, warte noch.« Sie schoss noch einmal, diesmal nur ganz knapp am Ziel vorbei. Mit einem breiten Grinsen im Gesicht drehte sie sich zu ihm um.

»Na endlich!«, sagte er und bereute es auch schon, als er das Lächeln auf ihrem Gesicht schwinden sah. Er fuhr ihr durchs Haar. »Lass dich nicht entmutigen. Wenn du weiter so übst, lernst du es schon noch.« Sie war im Bogenschießen so ziemlich das Unbegabteste, was er je kennen gelernt hatte.

Er setzte sich wieder hin und machte mit seiner Arbeit weiter. Seine Schwester starrte auf ihren Bogen und zupfte an ihrem Haar, was sie immer tat, wenn sie verstimmt war. Taranis machte sich Sorgen. Die Zeiten waren hart, und Neeve konnte mit fast zwölf Jahren noch immer nicht mit Pfeil und Bogen umgehen. In ihrer Naivität glaubte sie, ihre beiden älteren Brüder könnten sie immer beschützen. Er aber wusste es besser. Sie brauchte eine Waffe, wenn auch weniger für das Schlachtfeld, so doch aber für ihre persönliche Sicherheit.

Vor dem Einfall der Römer war Kaledonien ein Land der Bauern und unberührten Wälder gewesen, in dem man Mädchen im Moor spielen oder Frauen ohne männliche Begleitung von einem Ort zum anderen hatte ziehen sehen. Jetzt aber war das Land im Norden vom Krieg verwüstet. Selbst wenn die Römer hinter ihrem kürzlich errichteten Wall blieben, würde Kaledonien nie mehr so sein wie früher. Fast täglich sah man Fremde durch die Hügel streifen, zahlreiche heimatlos gewordene Krieger ziellos umherziehen. Der Bogen war schnell und tödlich und auch von Frauen leicht zu beherrschen.

Taranis war etwa in Neeves Alter gewesen, als er der Macht des Bogens zum ersten Mal begegnete. Nach dem Tod seines Vaters fand er sich in einer gnadenlosen Welt wieder, in der nur die Stärksten überlebten. Er hatte geglaubt, sein Vater würde immer für ihn da sein und ihm alles beibringen, aber nun war er wie andere Jungen, die ihre Väter verloren hatten, auf kleinere Diebereien angewiesen, und so stahl er auf den Märkten, was er in die Finger bekam. Seine Mutter war eine tatkräftige Frau, die unermüdlich zu Hause arbeitete, wenn sie nicht gerade in den benachbarten Feldern Steine klaubte. Im Lauf der Monate aber wurde immer offensichtlicher, dass es auf Dauer so nicht weitergehen konnte.

Als Taranis eines Tages zur frei stehenden Kochhütte hinter ihrem Rundhaus ging, fand er seine Mutter weinend unter der riesigen Weide sitzen. »Mutter?«, fragte er ratlos. Er hatte seine Mutter noch nie weinen sehen.

Sie trocknete ihre Augen mit dem Saum ihres Kleides. »Hol die Kinder«, sagte sie.

Als sie alle vier unter der Weide versammelt waren, nahm sie das Gesicht jedes einzelnen Kindes zwischen die Hände und murmelte ein Gebet. Dann erzählte sie ihnen von ihrem Traum, in dem große, hagere, in Lumpen gekleidete Geister aus den Wäldern gekommen waren, um die Schwachen und Gebrechlichen mitzunehmen.

»Wir haben nichts zu befürchten«, wandte Taranis ein.

»Die großen Geister werden kommen«, sagte sie. »Wenn im Winter der Schnee den Boden bedeckt, werden sie kommen.« Und dann erklärte sie ihnen die harte Wahrheit. Familien, die nicht für sich selbst sorgen konnten, wurden zur Speise der großen Geister. Und mit Für-sich-selbst-Sorgen, erklärte sie, meinte sie nicht etwa, auf dem Markt Brot zu stehlen. Dann lächelte sie und versicherte ihnen, dass sie es nicht zulassen werde, dass die Geister sie holten. Die Familie würde sich trennen, und in ein paar Jahren, wenn die Jungen älter und in der Lage seien, sich von ehrlicher Arbeit zu ernähren, würden sie wieder zusammenkommen. Mehrere Verwandte hätten angeboten, sie und die Mädchen bei sich aufzunehmen. Die Jungen mussten sich selber durchschlagen.

Taranis nahm seinen Bogen und hielt ihn ihr vors Gesicht. »Warum müssen wir uns trennen? Ich kann doch auf die Jagd gehen.«

»Für eine Familie sorgen bedeutet mehr als nur auf die Jagd gehen«, sagte seine Mutter traurig. »Du bist einfach noch nicht alt genug.«

»Ich denke schon«, widersprach Taranis und streckte das Kinn vor. »Gib mir eine Chance.«

»Es geht nicht nur um dein Alter.«

»Um was dann?«

»Wenn du's unbedingt wissen willst – es geht um deine Einstellung. Dir fehlt jedes Verantwortungsbewusstsein. Du bildest dir ein, du kannst von den Marktständen stehlen –«

»Dann stehle ich eben nicht mehr.«

»Pffft!« Seine Mutter glaubte ihm nicht.

»Ich verspreche es bei den Göttern.«

»Du versprichst immer etwas! Du hast auch versprochen, dich nicht mehr mit den Jungen im Dorf zu schlagen.«

»Ich kann anders werden. Um der Familie willen kann ich mich ändern.«

»Er schafft es bestimmt«, flehte Neeve.

»Ich werde auch mithelfen«, schloss Eston sich an.

»Wir werden alle mithelfen«, rief Neeve. »Ich habe noch eine Zeichnung, die ich auf dem Markt verkaufen kann.«

An jenem Tag stöberten die Kinder den Werkzeugschuppen ihres Vaters durch und trugen alles zusammen, was sie finden konnten: Holzkisten, Wacholderöl, abgetragene Schafsfelle, Schweinehäute zum Verhängen der Fenster, eiserne Sägeblätter, eine Schaufel, zwei Bündel Zaunpfosten aus Kiefernholz und ein Dutzend Bündel Stroh. Früh am nächsten Morgen zogen Taranis und Eston mit wackligen Gemüsekarren und all ihrem Gerümpel darin ins Dorf Celynedd.

»Hier ist meine Zeichnung«, sagte Neeve und wickelte die Papyrusrolle in einen bunten, groß karierten Wollstoff.

Taranis versteckte die Rolle unter zwei Bündeln Stroh und machte sich auf den Weg. Drei Stunden später erreichten die beiden Jungen die Stelle auf einem Hügel, von dem aus sie die Schafställe am Ortsrand sehen konnten. Die nächtlichen Regenfälle hatten die Pferche in Schlammlöcher verwandelt, und die Hinterteile der braunen Schafe waren mit einer dicken Schicht getrockneten Schlamms bedeckt. Mehrere Männer trieben Schafe in den Schuppen des Schlachters, und selbst ohne dass der Wind von dort gekommen wäre, roch Taranis den scharfen Geruch frischen Blutes. Hinter den Pferchen stieg grauer Rauch aus den Schmelzöfen zum Himmel, nackte Kinder jagten einander durch die schmutzigen Gassen, und aus dem Tal drang ein

Geräusch wie das Donnern eines Wasserfalls herauf. Es war wunderbar. Der ganze Ort pulsierte vor Energie und Wohlstand, und in seiner Mitte lag Celynedds riesiger Hauptplatz, auf dem hunderte von Händlern in Vorfreude auf die Geschäfte des Tages ihre Karren aneinander reihten.

»Oh nein, sieh doch mal!«, sagte Eston und zeigte in Richtung der schwarzen Ochsen, die die gewaltigen Mahlsteine der Getreidemühle drehten. Ein halbes Dutzend Jungen waren auf dem Feld neben der Mühle dabei, den Schwertkampf zu üben. »Wir müssen umkehren. Geir ist bei ihnen.«

Taranis stöhnte. Geir hatte ihm schon immer Ärger gemacht, aber in jüngster Zeit verlangte der große Einfaltspinsel auch noch von ihm eine Münze – irgendeine Bronzemünze, gleichgültig welche – für die Benutzung seiner Straße. Natürlich war es keine Straße, die steuerpflichtig war, und Geirs Straße schon gleich gar nicht. Nur die Römer beanspruchten für sich das Recht, für die Benutzung ihrer Straßen eine Steuer zu erheben. Als Taranis sich vor Wochen geweigert hatte, Geir seine Münze zu geben, hatten Geirs Kameraden ihm eine kräftige Abreibung verpasst. Er sah noch immer die wütende Miene seiner Mutter vor sich, mit der sie ihn begrüßt hatte, als er abgerissen und humpelnd nach Hause gekommen war. Er konnte sich keinen Ärger mit Geir mehr leisten – jetzt, da seine Mutter mit dem Gedanken spielte, die Familie auseinander zu reißen.

»Schau nach vorn«, sagte Taranis.

»Ich denke, wir sollten besser umkehren.«

»Ich weiß, was du denkst. Schau nach vorn. Und lass die Finger von deinem Bogen«, sagte er und fügte hinzu: »Sie haben Schwerter.«

So kämpften sie sich weiter über die mit tiefen Furchen durchzogene Straße; Taranis zog den zweirädrigen Karren, während Eston schob. Als sie sich dem Feld näherten, unterbrachen die Jungen ihre Schwertkampfübungen und schlenderten zur Straße hinüber. Einer von ihnen – ein Junge mit großen Ohren und rotem Haarschopf – warf einen Stein nach Taranis und schrie: »Schaut euch doch mal den Esel an, der den Karren zieht!«

Taranis hielt sich an den Rat, den er seinem Bruder gegeben hatte, und richtete den Blick stur geradeaus. Keine Kämpfe mehr, sagte er sich. Er musste an seine Familie denken, die nun von ihm abhängig war. Irgendwie musste er den Dorfjungen aus dem Weg gehen, zum Markt gelangen und seine Waren verkaufen. Außerdem konnte er es ohnehin kaum mit Jungen aufnehmen, die bereits im kaledonischen Heer gekämpft hatten, noch dazu mit Geir in ihrer Mitte.

»Esel!«, rief der Junge, als sie näher kamen.

Taranis ging weiter.

»Ich rede mit dir, Esel!«

Die anderen kicherten und stellten sich dem Karren in den Weg. Taranis versuchte, den Karren am äußersten Rand der Straße an ihnen vorbeizumanövrieren, doch dann blieb ein Rad zwischen den Steinen hängen.

»Sieht ganz so aus, als ob der Esel feststeckt!«, sagte einer der Jungen lachend.

»Hilf ihm!«, rief Geir und stieß den Jungen mit dem Kopf voran in den Karren. »Packt alle mit an und schiebt den Karren wieder auf die Straße.« Die Jungen ließen sich das nicht zweimal sagen.

Mit einem übertrieben besorgten Ausdruck im Gesicht kam Geir auf Taranis zu. »Ich hoffe, deine Räder sind nicht beschädigt. Die Steine da können nämlich ganz schön heimtückisch sein.«

»Das geht schon in Ordnung«, erwiderte Taranis.

»Gut ... gut«, sagte Geir und rieb sich nachdenklich das Kinn. Geir war nur drei Jahre älter als Taranis, hatte aber schon den schweren Knochenbau eines ausgewachsenen Mannes. »Da fällt mir etwas ein«, sagte er. »Was machst du eigentlich auf meiner Straße?«

Taranis antwortete nicht.

Geir fuhr im selben höflichen Ton fort: »Wer nicht zahlt, muss nämlich durchs Gebüsch fahren. Ich dachte eigentlich, ich hätte dir das schon mal erklärt.«

»Wir wollen keinen Ärger machen. Lass uns einfach durch.«

»Aber wie würde das denn aussehen, Hinterwäldler, wenn wir dich so einfach durchließen? Du bist auf meiner Straße, und ich will meine Steuer.«

Taranis stellte sich schon vor, wie seine Hände sich um Geirs Hals schlossen, aber er schluckte seinen Stolz hinunter. Jetzt zählte nur noch seine Familie. Er zog aus dem Hosengürtel eine Bronzemünze hervor.

Lächelnd nahm Geir die Münze entgegen. »Schon besser. Viel besser sogar als letztes Mal, was?« Sein Gesicht verhärtete sich. »Als du mir den Zahn ausgeschlagen hast!« Er zeigte auf ein Loch in seiner unteren Zahnreihe. »Oder glaubst du vielleicht, ich hätte das vergessen?« Er versetzte Taranis einen Schlag in die Magengrube, der ihn zu Boden gehen ließ, und trat anschließend auf ihn ein.

Taranis stand auf und klopfte sich den Staub ab, ohne Geir in die Augen zu schauen. Er zerrte schon wieder am Karren, als Geir ihm die Hand auf die Schulter legte. »Wo willst du hin, Hinterwäldler?«, fragte er, nun wieder ganz höflich.

»Du hast deine Münze bekommen.«

»Das stimmt. Du hast mir eine Münze gegeben. Aber du hast mir auch viel Ärger gemacht«, fügte Geir zur Belustigung der anderen Jungen hinzu. »Deshalb bekomme ich heute zwei Münzen von dir.«

Taranis aber hatte keine weiteren Münzen.

»Er kann die Steuer nicht zahlen«, sagte Geir mit gespieltem Entsetzen. »Was machen wir denn da?«

»Vielleicht ist bei dem Gerümpel ja was Brauchbares dabei?«, meinte einer der Jungen, während er Neeves Zeichnung unter dem Stroh herausholte.

»Lass die Finger davon!«, rief Taranis, aber es war bereits zu spät. Der Junge hatte die Rolle bereits Geir gegeben.

Über Geirs Gesicht breitete sich ein Grinsen aus. »Was haben wir denn hier? Sieht ganz so aus wie Four Meadows bei Blanid.«

»Das ist auch Four Meadows«, sagte der Junge mit dem roten Kopf. »Da im Hintergrund siehst du Medbs Berg.«

Taranis griff nach der Zeichnung. »Gib sie mir zurück.«

»Hast du noch eine Münze?« Geir starrte ihn an.

»Gib mir die Zeichnung!«

»Gib mir die Zeichnung«, äffte Geir ihn nach. »Schaut her, ich erzittere vor ihm wie ein Blatt im Wind.«

Taranis versuchte, seine Wut im Zaum zu halten. Er streckte die Hand aus. »Gib sie mir! Auf der Stelle!«

Geir riss Neeves Zeichnung mittendurch. »Welches Stück möchtest du zuerst?«

Bevor die übrige Bande auch nur einen Finger rühren konnte, hatte Taranis Geir bereits drei Schläge versetzt.

Stunden später kehrten Taranis und Eston nach Hause zurück. Der Karren war kaum mehr zu gebrauchen, Neeves Zeichnung in Stücke gerissen und ihre Gesichter blutverschmiert.

»Wir hatten Ärger mit den Dorfjungen«, erklärte Taranis, bevor seine Mutter etwas sagen konnte.

»Ist das Neeves Zeichnung?«, fragte sie, den Blick auf das verknitterte Stück Stoff gerichtet, das zwischen einer Holzkiste und einer Schaufel eingeklemmt war.

»Sie haben sie zerrissen«, sagte Taranis, und die Worte blieben ihm fast im Hals stecken. »Es war nicht meine Schuld.«

»Hast du was verkauft?«

»Wir sind gar nicht bis in den Ort gekommen.«

»Jetzt ziehst du also auch noch Eston in deine Kämpfe mit hinein«, sagte sie mit Blick auf seinen jüngeren Bruder.

Taranis trat verlegen von einem Fuß auf den anderen. »Ich … ich habe versucht –«

»Wessen Kind bist du eigentlich?«

Taranis sagte nichts. Die Worte seiner Mutter kränkten ihn sehr.

»Jedenfalls nicht das Kind deines Vaters«, fuhr sie fort. »Du bist nicht wie dein Vater. Kein bisschen. Auf ihn konnte man sich verlassen.«

Taranis senkte den Blick.

»Wenn dein Vater dich so sehen könnte … ich schäme mich ja so für dich, Taranis.«

»Ich wollte mich doch nicht prügeln –«

»Einen Augenblick lang habe ich geglaubt, du könntest vielleicht doch deinen Platz in dieser Familie einnehmen. Aber jetzt muss ich einsehen, dass ich mich geirrt habe. Dir ist es ganz egal, was mit deiner Schwester oder sonst einem von uns geschieht –«

»Das ist nicht wahr, ich wollte doch nur –«

Ihre Augen füllten sich mit Tränen, aber sie wischte sie mit geballter Faust weg, selbst wütend über den Verlust ihrer Selbstbeherrschung. »Was soll ich denn jetzt tun? Antworte mir doch! Soll ich zulassen, dass die großen Geister die Seelen deiner Schwestern ernten? Der Winter steht vor der Tür! Verstehst du denn nicht?« Sie wandte sich von ihm ab, konnte aber ihren Schmerz nicht verbergen.

Taranis ging auf seine Mutter zu und versuchte, sie zu trösten.

»Lass mich«, sagte sie und drehte ihm den Rücken zu. »Du hast Schande über diese Familie und den Namen deines Vaters gebracht. Wenn mich die Leute fragen, warum mein Sohn nicht für uns sorgen kann, werde ich ihnen die Wahrheit sagen.«

Als ihre Mutter am nächsten Morgen losfuhr, um die nötigen Vorbereitungen zu treffen, schauten die vier Kinder schweigend dem Pferdekarren nach, der quietschend und langsam über die schlammige Straße ruckelte, bis er außer Sichtweite war. Nes weinte, und Eston murmelte nur, dass es nicht ihre Schuld gewesen sei. Am beeindruckendsten für Taranis war aber, wie Neeve wie von der Tarantel gestochen aufsprang, zum Küchenherd rannte und ein Stück glühende Kohle aus dem Feuer holte. Mit einem Stock beförderte sie es durch das Gras bis zu den anderen. Dann stellte sie sich barfuß drauf und erklärte mit lauter Stimme: »Wir werden uns niemals trennen! Ich schwöre das im Angesicht der Götter.« Der Geruch verbrannten Fleisches erfüllte die Luft, aber Neeve hatte nicht eine Träne in den Augen, als sie Taranis aufforderte: »Schwöre auch du es.« Wie sollte er einen solchen Schwur halten? Seine Mutter würde jetzt nie mehr auf ihn hören. Dennoch beschloss er in diesem Augenblick, niemals zuzulassen, dass seiner Familie etwas zustieß. Er und Eston und sogar Nes stellten sich auf die glühende Kohle und schworen einander, sich niemals zu trennen.

Als seine Mutter am Nachmittag nach Hause kam, gestand Taranis ein, dass er seiner Verantwortung nicht gerecht geworden sei. Eine große Angst habe sich in sein Herz geschlichen, erklärte er, als ihm die Bedeutung ihres Traums klar geworden sei. Er sei in vielerlei Hinsicht ein schlechter Sohn. Er habe kaum Ahnung vom Ackerbau und könne keinen Zaun reparieren oder einen Eimer flicken, geschweige denn über die langen Wintermonate eine ganze Familie ernähren. Sie habe allen Grund, seine Fähigkeiten anzuzweifeln, nachdem er ein paar Tage zuvor nicht einmal in der Lage gewesen sei, eine undichte Stelle im Lehmbewurf ihres Daches ausfindig zu machen.

Aber, erklärte er und schaute ihr dabei fest in die Augen, falls sie mit ihren Träumen ins Reine kommen könne, wisse er, dass er und Eston für sie alle sorgen könnten, wenn sie nur die Gelegenheit bekämen, es zu zeigen.

Etwas an diesem Geständnis oder der Art, wie er mit ihr sprach, bewirkte, dass sie ihre Meinung änderte. Sie gab ihm einen Monat Zeit, sich zu beweisen.

Am nächsten Tag machten sich Taranis und sein Bruder erneut mit ihrem Karren in den Ort auf. Im Stroh hatte Taranis einen drei Fuß langen Eichenknüppel versteckt.

Sein Plan war einfach: Taranis wollte die Dorfjungen ablenken, während Eston den Karren in den Ort schieben sollte. Der Plan war gut, doch als sie die Stelle erreichten, von der sie die Schafställe überblicken konnten, spürte Taranis, wie sein ganzer Körper sich versteifte. Faustkämpfe waren eine Sache, einen Eichenknüppel zu schwingen eine andere. Die Dorfjungen besaßen schließlich Schwerter und könnten versucht sein, sie auch zu benutzen. Sie schauten bereits in seine Richtung.

»Bring den Wagen in den Ort«, sagte Taranis, während er den Knüppel aus dem Stroh holte. »Und mach dir um mich keine Sorgen.« Er heftete seinen Blick auf die Jungen und ging quer über das Feld auf sie zu.

Schon in dem Augenblick, als er Geir sah, wusste Taranis,

dass er Schwierigkeiten bekommen würde. Der hoch gewachsene Tyrann schien außer sich vor Wut. Mit glasigen Augen kam er den Hang heraufgestürmt, fuchtelte wie wild mit seinem Schwert herum und schrie immer wieder: »Ich haue ihn in Stücke! Ich haue ihn in Stücke!« Die anderen Jungen trieben ihn mit Grunzlauten und Kriegsgeschrei an. Sie sammelten Steine und kreisten Taranis ein wie hungrige Wölfe im Winter.

Taranis hob seinen Eichenknüppel und versuchte, sich auf die zuckenden Bewegungen von Geirs Händen zu konzentrieren, was aber im Steinhagel nicht einfach war. Er fragte sich schon, wie lange er noch durchhalten müsse, bevor er sich endlich umdrehen und davonlaufen konnte. Was die Dorfjungen von ihm denken mochten, war ihm egal. Er hatte begriffen, wie verzweifelt seine Mutter war; die Familie brauchte ihn, und er durfte sie nicht wieder enttäuschen.

Plötzlich warf Geir wie ein tollwütiger Hund den Kopf herum und stieß einen fürchterlichen Schrei aus. Dann sank er auf die Knie, ließ sein Schwert fallen und fasste sich ans Hinterteil. Taranis starrte mit offenem Mund auf den Pfeil, der aus seinen ledernen Hosen ragte.

»Lasst meinen Bruder in Ruhe!«, kreischte Eston mit seinem dünnen Stimmchen. Er hatte den Karren stehen lassen und stand nun dreißig Fuß von den Kampfhähnen entfernt; mit seinem zweiten Pfeil zielte er auf Geirs Brust. »Lasst ihn in Ruhe«, wiederholte er. »Ich bin ein guter Schütze.«

Während Taranis die Rinde von den Schösslingen schälte, dachte er daran, wie leicht er an jenem Tag vor dem Dorf sein Leben hätte verlieren können. Er erinnerte sich, wie er zu Eston gerannt war und sie beide wie die Hasen in panischer Flucht über das Feld geflohen waren. Aber immerhin hatten sie eine wichtige Lektion in Bezug auf den Bogen gelernt. Er war eine mächtige Waffe, mit der selbst ein Zehnjähriger eine ganze Horde wild entschlossener Jungen in Schach halten konnte. Wenn nur Neeve das Bogenschießen beherrschen würde, dachte Taranis, dann könnte auch sie sich besser selbst schützen.

Die Dorfjungen legten sich nie wieder mit Taranis und Eston

an. In den folgenden Wochen suchten die beiden Brüder ehemalige Schlachtfelder nach Pfeilspitzen, Äxten, Messern und anderen verwertbaren Dingen ab, die sie anschließend gegen Fleisch, Decken, Wasserschläuche, Töpfe und andere Haushaltsgegenstände eintauschten. Ihre Mutter arbeitete im Haus und auf dem Hof, wobei Neeve und Nes ihr halfen. Vormittags melkten sie die Ziegen, scherten die Schafe, sammelten Beeren und arbeiteten im Gemüsegarten, und an den Nachmittagen webten sie mit großen, aufrecht an der Wand lehnenden Holzrahmen oder sponnen Schafwolle zu Wollgarn. Die ganze Zeit über ließ sich Neeve ununterbrochen darüber aus, wie wunderbar es doch sei, die Familie zusammenhalten zu können. Ihre Mutter sagte dazu kein Wort.

Als der Monat vorüber war, setzten sich die Geschwister noch einmal zusammen mit ihrer Mutter unter die Weide. »Bald wird der Herbstregen fallen«, sagte sie, »Und wir haben noch immer nicht unsere Keller mit Wurzelgemüse gefüllt. Faule Familien hungern im Winter, aber nach allem, was ich gesehen habe, sind wir keine faule Familie.« Dann zeigte sie ihr warmherziges Lächeln und legte die Hand an Taranis' Wange. »Ich habe nie wirklich geweifelt«, sagte sie. »An keinem meiner Kinder.«

Das war ein stolzer Moment in Taranis' Leben. Seine Mutter war hocherfreut, und seine Schwester Neeve strahlte ihn den ganzen Tag lang an.

Im Lauf der Jahre wurden Taranis und Eston immer bessere Bogenschützen, und sie brachten Kleinwild und manchmal sogar einen Elch nach Hause. Neeve wurde eine ausgezeichnete Fischerin, lernte sehr gut nähen und handelte am Markt die besten Preise aus. Die Tage waren lang und anstrengend, doch die Familie blieb zusammen, und kaum jemals mangelte es ihr an Lebensmitteln.

Neeve schaute ihn an. Ihre letzten Pfeile waren weniger als einen Fuß von dem Fell eingeschlagen, und ihr Gesicht glühte vor Stolz. »Ich glaube, langsam bekomme ich ein Gefühl für den Bogen«, sagte sie.

»Meinst du?« Taranis lächelte. Er schrubbte sich noch einmal die Hände und ging zu ihr hinüber.

Sie zog die Stirn in Falten. »Ich will damit doch nur sagen, dass ich auf dem besten Weg –«

Er lachte.

»Was ist daran so witzig?«, fragte sie und stieß ihm spielerisch die Faust in die Rippen.

»Tut mir Leid, Neeve. Du machst das schon ganz gut, aber … ich meine ja nur … du hast wirklich noch kein großes Gefühl für den Bogen.«

Sie schnitt eine Grimasse. »Ich weiß.« Dann zog sie mit ernster Miene einen weiteren Pfeil aus dem Korb. »Ich werde mich bessern, das verspreche ich.«

»Das braucht eben seine Zeit«, meinte er und drückte ihr aufmunternd den Arm. »Du bist jedenfalls schon besser, als ich in deinem Alter war.«

»Ehrlich?« Sie schien ihm nicht recht glauben zu wollen.

Eines musste man Neeve lassen – dumm war sie nicht. Abgesehen davon sprachen die vielen Pfeile, die auf dem Boden herumlagen, ohnehin für sich.

»Hör mal, nach dem Tag am Wall, als Vater …« Taranis hielt inne; er brachte es immer noch nicht über sich, den Vorfall zu erwähnen. »Ich habe damals mit einem alten Bogen aus dem Dorf geübt und nie getroffen, was ich treffen wollte. Dann habe ich vom zusammengesetzten Bogen der Skythen gehört.« Er nahm ihr die Schusswaffe aus der Hand. »Der ist leichter und stärker und zielsicherer.«

In jüngster Zeit hatten er und Eston begonnen, regelmäßig mit dem langen Keltenschwert zu üben. Taranis war rasch gewachsen und mit seinen sechzehn Jahren schon größer als die meisten Männer. Sein Bruder Eston, obwohl erst vierzehn Jahre alt, war so groß wie Taranis und wirkte schon beinahe so kräftig. Das Schwert hochzuheben war für beide kein Problem.

»Ich zeige dir mal, was du falsch machst«, sagte Taranis, froh über seine neu gefundene Geduld. »Du hältst den Bogen zu hoch. Und du darfst nicht am Pfeil entlang aufs Ziel schauen.«

Er stellte sich in Schussposition. »Siehst du«, sagte er, setzte den Pfeil auf die Sehne, streckte den einen Arm aus, zog mit dem anderen den Pfeil zurück bis an seinen Mundwinkel. »Konzentrier dich auf das Ziel, und leg den Pfeil immer an dieselbe Stelle des Gesichts an.« Er ließ die Sehne los. Der Pfeil zischte durch die Luft und traf das Fell knapp neben dem gelben Fleck in der Mitte.

»Ha!«, rief Neeve schadenfroh. »Daneben!«

»Das wäre immerhin ein toter Römer«, sagte er und gab ihr den Bogen zurück.

Taranis machte sich wieder ans Abziehen der Rinde. Normalerweise trocknete er die Schösslinge einen Tag lang im Wind, bevor er sie mit Fett einrieb. Bei längerem Trocknen hätten sich die Schäfte verzogen. Ein Pfeil musste glatt und gerade sein, wenn er sein Ziel finden sollte.

Die Herstellung von Bogen und Pfeilen war für Taranis und Eston weit mehr als nur ein vorübergehendes Steckenpferd. Sie hatten ein derartiges Geschick darin entwickelt, Pfeile und Bogen nach Art der Skythen zu bauen, dass sie davon leben konnten. Die Skythen, die dem fernen Volk der Parther angehörten, galten als die besten Bogenschützen der Welt. Zum römischen Heer gehörten auch Sondereinheiten wie Bogenschützen, die sich überwiegend aus Söldnern rekrutierten. So standen auch skythische Bogenschützen hier am Wall. Taranis hatte sie nie zu Gesicht bekommen, wusste aber alles über ihre Bogen.

Plötzlich schreckte Taranis aus seiner Arbeit auf. Das Knacken von Zweigen brach in die Ruhe des Waldes ein wie ein hungriger Bär. Es war Eston mit ihrem alten Arbeitspferd, auf dessen Rücken ein dickes Bündel kräftiger Ahornstangen befestigt war. Als er die Seile löste, krachten die Stangen unter unerwartet lautem Geklapper zu Boden.

»Hartes, gerades Ahornholz«, sagte Eston. »Über fünfzig Stück.«

Taranis überflog die Stangen, die sie bald zu dünnen, flachen Stäben schneiden würden, die die mittlere Schicht des Bogens bilden sollten. Sie leimten drei dieser flachen Stäbe zusammen und banden die Enden des in Schichten zusammengefügten Bogenstabes so gut wie zu einem Kreis zusammen, in der entgegengesetzten Krümmung, die der fertige Bogenstab haben würde. Am Ende beschichteten sie die Innenseite des Stabes mit Hornsplittern und die Außenseite mit Tiersehnen. Nach acht bis zehn Monaten Trocknung banden sie die Enden des Bogenstabes auseinander, bogen ihn in die Gegenrichtung und bespannten ihn zum ersten Mal. Der zusammengesetzte Bogen war eine gefährliche Waffe; viel gefährlicher als der einfache Bogen. Ein Pfeil mit Eisenspitze, der mit ihm abgeschossen wurde, konnte noch auf hundert Schritt eine Rüstung durchschlagen.

»Du warst aber lange weg«, merkte Taranis an. »Hast du Schwierigkeiten gehabt?« Mit einem Lächeln deutete er an, dass sein Bruder womöglich eine kleine Ruhepause in der Sonne eingelegt hatte.

Eston ging nicht weiter darauf ein. »Den Ahorn zu finden war nicht so schwer«, sagte er. »Die Hügel sind voll davon. Aber ich fürchte, es braut sich ein Sturm zusammen.« Er zeigte über seine Schulter. »Ich war hinter der nächsten Bergkette; der Himmel am Horizont ist schon ganz dunkel.«

»Hier sieht es gar nicht danach aus. Was ist das für ein Sturm?«

»Das ist ganz seltsam ... an einer Stelle ist er braun.«

Taranis wirkte alarmiert. »Was meinst du mit braun? Sind da Wolken? Regnet es?«

»Kein Regen. Vielleicht ist es ja Staub ...

»Wo?« Taranis schrie fast.

»Im ... im Süden«, sagte Eston, dem im selben Augenblick klar wurde, was er da sagte.

»Was ist denn los?«, fragte Neeve flüsternd.

Die Jungen tauschten Blicke. »Das könnten die Römer sein«, sagte Eston.

»Die Römer«, wiederholte Neeve schreckensbleich.

»Wir müssen ganz ruhig bleiben«, sagte Taranis. »Der Staub am Horizont könnte ebenso gut von einer Schafherde kommen oder einfach nur vom Wind aufgewirbelt worden sein. Keiner der Stämme hat den Wall angegriffen, also gibt es auch keinen Grund für die Römer, sich so weit vorzuwagen. Wahrscheinlich ist es nur ein Staubsturm.« Er sah sich um. »Kommt, räumen wir erst mal das Lager auf, und dann sehen wir uns den Staub mal an.«

Sie brauchten über eine Stunde bis zur Bergkette. Unterwegs spekulierten sie, ob die Römer wohl wieder gegen Kaledonien marschieren würden. Eigentlich war es unmöglich. Der letzte Feldzug der Römer lag nun schon Jahre zurück, und bei der letzten größeren Schlacht bei Alauna waren die römischen Truppen von den keltischen Stämmen mit vereinten Kräften zurückgeschlagen worden. Seither hatten sie nur noch selten einen Vorstoß gewagt, und alle waren sich einig, dass die Römer ihre Lektion gelernt hatten und sich künftig hinter ihrem Wall verschanzen würden.

»Die lassen uns nie in Ruhe«, meinte Neeve.

»So sind sie eben, die Römer«, sagte Eston. »Ständig versuchen sie, neues Land für ihren Kaiser zusammenzuraffen.«

Trotz des deprimierenden Themas munterte ihr Gespräch sie auf, während sie über das wellige Grasland und durch dichte Wälder wanderten. Eston versuchte, Heiterkeit zu verbreiten, indem er seiner Überzeugung Ausdruck gab, dass die Römer schon verrückt sein müssten, um Kaledonien anzugreifen. Neeve und ihre Fähigkeiten als Bogenschützin würden sie derart mit Entsetzen erfüllen, dass sie schnell das Weite suchen würden.

»Und das findest du witzig?«, fragte Neeve mit einem vernichtenden Blick auf ihren Bruder. »Warte nur; in einem Jahr schieße ich besser als ihr beide zusammen.«

»Neeve, die Skythin«, sagte Eston lächelnd.

Sie streckte ihm die Zunge heraus. »Wirst schon sehen.«

Sie überquerten den letzten Hügel vor der Bergkette. »Bald wissen wir Bescheid«, sagte Taranis.

Sie rannten fast durch das Tal und erkletterten atemlos die Erhebung, die über dem Kamm aufragte. Taranis lief zielstrebig auf die erste Stelle zu, von der aus sie das Tal einsehen konnten.

Der Tag war klar, und nicht die geringste Spur von Nebel behinderte ihre Sicht auf die weite Ebene vor ihnen.

»Da drüben!« Eston zeigte auf eine dunkle, sich vor Wolken von Staub bewegende Linie. Jedes weitere Wort konnte er sich sparen. Drei Stunden zuvor hatte er nur einen dunklen Fleck am Horizont gesehen, aber nun hatte dieser Fleck Gestalt angenommen. Die dünne, in der Ferne flimmernde Linie konnte nichts anderes sein als eine Kolonne von Soldaten.

Einen Augenblick lang sprach keiner ein Wort. Alle ihre Hoffnungen auf Staubstürme oder Schafherden waren dahin, die Truppen Roms tatsächlich im Vormarsch. Taranis drückte Neeve die Zügel in die Hand. »Wenn du ins Dorf kommst, sag ihnen, was du gesehen hast. Sag ihnen, dass die Römer im Anmarsch auf Kaledonien sind.« Er gab dem Pferd einen Klaps und schaute zurück auf die wellenförmige Linie. »Das könnte ein Stoßtrupp sein, eine ganze Legion oder noch mehr. Sie werden ihr Lager aufschlagen und vermutlich morgen früh angreifen.«

»Aber beeil dich, Neeve«, sagte Eston. »Und wenn du die Nachricht übermittelt hast, tust du genau das, was wir ausgemacht haben. Du gehst sofort mit Nes und Mutter zur Jagdhütte in Celywic. Taranis und ich kommen euch holen, wenn die Römer weg sind.«

Sie nickte.

»Aber sei vorsichtig«, fügte Eston hinzu.

»Sei *du* lieber vorsichtig«, sagte sie und küsste ihn. »Und macht keine Dummheiten.« Dann schaute sie Taranis an. »Vor allem du. Ich brauche meine *beiden* Brüder.«

Taranis küsste sie und drückte ihren kleinen Körper einen Augenblick lang fest an sich. Ihre Arme hingen schlaff herunter, und ihre Augen starrten ins Nichts. Er hob ihr Kinn ein klein wenig an. »Ist alles in Ordnung?«, fragte er.

Wieder nickte sie.

Er legte ihre Wange an seine Brust und strich ihr sanft übers Haar. »Das wird schon, Neeve. Uns passiert schon nichts. Wir bleiben immer zusammen.«

Sie drückte ihn mit aller Kraft, straffte die Schultern und trat einen Schritt zurück. »Dann geh ich jetzt besser«, sagte sie und putzte sich die Nase. »Hilf mir rauf.«

Taranis packte sie an der Taille und warf sie auf den Rücken des Pferdes, als sei sie ein Weidenschössling.

»Mach dem alten Vieh Beine«, sagte er.

Sie rang sich ein schwaches Lächeln ab und drückte die Fersen in die Flanken des Pferdes.

4

Es war schon dunkel, als Taranis und Eston das Dorf erreichten. Anstelle der üblichen vereinzelten Lampen in einem Fenster erwartete sie ein ganzer Wald von Fackeln. Männer schrien Befehle, begrüßten einander und rannten wild durcheinander. Trauben von Menschen hockten um riesige Feuer, deren Funken hundert Fuß hoch in den Nachthimmel stoben, und hier und da erkannte Taranis im Vorbeigehen Männer aus anderen Dörfern.

»Hinterwäldler!«, rief plötzlich jemand von hinten.

Als Taranis sich umdrehte, schaute er in Geirs grinsendes Gesicht. Jeder Zoll ein Krieger: das Haar mit Lehm und Kalk zu gelben Stacheln geformt, sein nackter Oberkörper blau bemalt.

»Sie lassen mich mitkämpfen«, sagte er, »als Schwertträger!« Er stieß sein Langschwert in den schwarzen Himmel, warf den Kopf zurück und heulte.

Taranis packte ihn am Arm. »Wer hat gesagt, dass du kämpfen darfst?«

»Dich lässt bestimmt keiner kämpfen«, erwiderte Geir mit verächtlichem Grinsen.

»Wer hat es gesagt?«, fragte Taranis.

»Bronix«, sagte er. »Bronix höchstpersönlich. Aber Feiglinge kann er nicht brauchen ... oder Jüngelchen wie deinen Bruder da.« Er schaute auf Eston herab wie auf einen Wurm.

»Ich bin immer noch ein guter Schütze«, erwiderte Eston trotzig.

»Halt du bloß das Maul!«, schrie Geir.

Taranis trat vor Geir. »Wo ist Bronix?«, fragte er ruhig.

Geir zuckte mit den Achseln. »Am zweiten Feuer, glaube ich. Er hat den Dorfrekrutierer angewiesen, alle Krieger – mich eingeschlossen – zu den Schwertkämpfern zu bringen.«

»Haben sie dich also zum Schwertträger gemacht«, sagte Taranis.

»Genau«, sagte Geir und blies seinen Körper zu voller Größe auf. »Aber Wasserträger können sie noch brauchen. Wenn du dich schnell meldest, nehmen sie dich vielleicht.«

Taranis lächelte. Er fand es reichlich kindisch, am Vorabend einer Schlacht noch zu zanken. Wer wusste schon, was alles auf sie zukam? »Mögen die Götter mit dir sein«, sagte Taranis in ernstem Ton.

Geir musterte Taranis kurz, bevor er seinerseits ein kurzes Gebet murmelte.

Taranis sah zu, wie er sich aufgeregt den Männern an den Feuern anschloss. Auch er sehnte sich danach, gegen die Soldaten Roms zu kämpfen. »Die Zeit ist reif«, erklärte er Eston. »Endlich bekommen wir unsere Chance gegen die Römer.«

Taranis ging auf das Feuer zu, wo sich die gewaltige Silhouette von Bronix gegen die lodernden Flammen abhob. Sein Körper wirkte wie ein Baumstamm und seine Arme wie Äste, während er seine Leute hierhin und dorthin dirigierte. Aus seinem bronzenen Helm ragten zwei wuchtige Hörner, die ihn noch größer wirken ließen, obgleich er ohnehin schon einen ganzen Kopf größer schien als jeder andere. Der Feind habe einen Heidenrespekt vor Bronix, hatte sein Vater einmal gesagt. Nicht selten habe Bronix mit einem einzigen Schwerthieb gleich zwei oder drei Römer getötet.

»Bronix«, sagte Taranis respektvoll. »Ich bin bereit zu kämpfen.«

Bronix drehte sich um und musterte Taranis und seinen Bruder. Er hatte scharfe, durchdringende Augen, einen goldenen Reif um den Hals und den längsten Schnurrbart, den Taranis je gesehen hatte. Er war rot und hing seitlich weit über sein vorstehendes Kinn herunter. »Was haben wir denn hier?«, meinte er lächelnd und ließ dabei seine großen, makellosen Zähne aufblitzen. »Der Sohn von Carados will gegen die Römer kämpfen«, brummte er. »Aber du bist noch zu jung. Geh nach Hause.«

»Du hast gesagt, dass Geir aus Celynedd kämpfen darf, und der ist nur ein Jahr älter.« In Wahrheit war Geir über drei Jahre älter, aber Taranis war fast genauso groß wie er, sodass er seine Lüge allenfalls als leichte Übertreibung empfand.

»Richtig.« Er zog seine große Stirn in Falten. »Aber jetzt sage ich dir mal was, Taranis. Dein Vater und ich, wir haben viele Jahre lang Seite an Seite gekämpft, und niemals haben die Götter einen besseren Mann erschaffen als ihn. Ohne ihn hätten wir die Schlacht bei Alauna verloren. Ich verdanke ihm viel, wahrscheinlich sogar mein Leben. Ich werde ihm das nicht dadurch vergelten, dass ich für seinen Sohn einen Scheiterhaufen errichte.« Er sah sich um. »Stunde um Stunde stoßen immer mehr Männer zu uns«, sagte er und fuhr sich mit einer riesigen Hand über den Mund, »aber es sieht gar nicht gut aus. Bis morgen früh werden wir dreitausend schlecht ausgebildete Männer und eine Hand voll alter Streitwagen haben. Unsere Kundschafter haben einen Stoßtrupp von rund zweitausend Legionären gemeldet; deshalb bewegen sie sich auch so schnell vorwärts. Sie wollen uns überrumpeln, und bis jetzt ist ihnen das auch ganz gut gelungen. Wir müssen versuchen, sie aufzuhalten, bis noch mehr Krieger zu uns stoßen, aber sehr wahrscheinlich wird das nicht geschehen. Solche Sturmtruppen sind schnell wie der Wind.« Er hielt inne. »Ich kann dich nicht kämpfen lassen, Taranis. Du bist zu jung.«

»Ich muss den Tod meines Vaters rächen«, sagte Taranis fest entschlossen.

»Rache ist ein edler Vorsatz, aber du bist dazu noch nicht bereit.«

Taranis gab nicht nach. »Ich bin größer als die meisten und beherrsche das Schwert.« Er hielt Bronix das Heft seines Schwertes hin.

»Ja, das ist sicher wahr. Aber du hast meine Antwort gehört.«

»Du musst mich kämpfen lassen«, sagte Taranis mit erhobener Stimme. »Die Götter haben mich gerufen. Meine Zeit ist gekommen. Du hast in meinem Alter auch schon gekämpft, das hat mein Vater mir erzählt.«

Bronix starrte ihn an.

»Ich beherrsche das Schwert«, wiederholte Taranis.

»Und auch den Bogen, wie man hört.« Der große Krieger seufzte. »Ich schicke dich zu den Bogenschützen. Das ist weniger gefährlich, und so bekommst du einen kleinen Vorgeschmack vom Krieg.«

»Und was ist mit mir?«, fragte Eston. »Ich schieße genau so gut wie Taranis.«

»Das mag sein, mein Sohn, aber deine Zeit kommt später.« Er bückte sich zu Eston hinunter. »Denk an deinen Vater, Junge, und respektiere, was ich sage.« Dann wandte er sich wieder Taranis zu. »Melde dich bei Uryen.« Er zeigte auf eine Gruppe von Bogenschützen, die Taranis kaum erkennen konnte. »Sag ihm, er soll dich in die vierte Reihe stellen. Mögen die Götter dich beschützen.« Er legte Taranis die Hand auf die Schulter. »Du hast das Feuer deines Vaters in dir. Sorge dafür, dass dies nicht deine letzte Schlacht sein wird.«

Dann drehte Bronix sich um und bellte weiter seine Befehle in die Dunkelheit hinaus.

Taranis konnte sich ein triumphierendes Lächeln nicht verkneifen. Bogenschützen waren zwar in der Art der Kriegsführung, wie die Kelten sie praktizierten, fast wie Zaungäste, aber immerhin war er dabei. Außerdem sollte Bronix, der größte aller Krieger, sie in den Kampf gegen das Reich führen.

Er sah sich die Bogenschützen an, die sich um Uryen versammelt hatten. Viele von ihnen kannte er von den Bogenwettbewerben an Festtagen. Uryen selbst hatte er noch nie gesehen, obwohl er sich erinnerte, dass sein Vater gesagt hatte, er hätte schon als kleiner Junge Geschichten über ihn gehört. So alt war Uryen schon. Nun sah Taranis ihn aus der Gruppe der Bogenschützen treten. Er war groß und drahtig, und sein langes graues Haar fiel ihm locker auf die Schultern. Sein ledriges Gesicht sah ein wenig aus wie eine Axt, und seine Augen wirkten müde, als hätten sie schon alles im Leben gesehen. Sein Gang war so langsam und schleppend, dass Taranis sich schon fragte, wie dieser Mann andere in den Krieg führen oder auch nur kraftvoll schießen konnte. Aber jedermann im Nordland hatte Geschichten über Uryen und seine Fähigkeiten als Bogenschütze gehört. Keiner schoss wie Uryen.

In diesem Augenblick kam ein Reiter angaloppiert. Sein Pferd war nass von Schweiß. Die Römer, erklärte der Bote, errichteten gerade ein Lager für die Nacht. Taranis war empört. Schon der bloße Gedanke daran, dass römische Soldaten wenige Meilen weiter unten im Tal ihr Lager aufschlugen, ließ ihn mit den Zähnen knirschen. Zweifellos saßen sie jetzt lachend um ihre Lagerfeuer und malten sich aus, wie sie die hinterwäldlerischen Bergstämme verprügeln würden wie räudige Hunde. Neeve hatte schon Recht: Sie ließen einfach niemanden in Ruhe. Wieder fielen sie wie eine Seuche über den freien Norden her. Warum bloß? Es schien keinen vernünftigen Grund zu geben. Die keltischen Stämme hatten sich in den letzten Jahren ruhig verhalten. Taranis fragte sich schon, ob das Reich ganz einfach jeden hasste, der nicht bereit war, sich ihm zu unterwerfen. Zwei Drittel der Insel hatten sich ihm bereits ergeben, aber das schien Roms Machthunger noch immer nicht zu stillen. Sie wollten mehr. Alle sollten sie vor ihnen kriechen, das war genau der Punkt. Was für eine ungeheure Arroganz! Aber sie waren hier in Kaledonien, und die Kaledonier gingen nie vor einem fremden Volk in die Knie. In ein paar Stunden würde ihnen das Lachen schon vergehen. Die Römer würden sich noch wünschen, sie wären nie hierher gekommen.

Der Klang von Uryens Stimme riss Taranis aus seinen Gedanken. Seine Stimme war tief und herrisch und schien so gar nicht zu einem so alten Mann passen zu wollen. Überall brüllten die Truppenführer Befehle. Wer diese Anführer waren, war unschwer auszumachen. Sie gingen vor den Männern auf und ab, fuchtelten mit den Armen herum und erteilten lautstark Anweisungen. Sie trugen leuchtend gefärbte Waffenröcke, Helme, die unter dem Kinn mit einem Riemen festgezurrt waren, sowie einen Brustpanzer. Im Gegensatz zu ihnen waren die meisten der einfachen Krieger halb nackt; sie trugen lediglich Stiefel und an den Knöcheln zugebundene weite Hosen. Viele hatten ihr Haar zu gelben Stacheln geformt und manche ihren Oberkörper blau bemalt, um den Zorn der Götter zu verkörpern. Zwischen den Männern standen auch ein paar Frauen zum Kampf bereit. Sie trugen ein Überkleid, einen Helm und unten zusammengebundene Hosen. Einige von ihnen waren Bogenschützinnen, ein paar wenige fuhren Streitwagen, und die übrigen standen bei den Schwertträgern. Traditionsgemäß erwarteten die Kelten von jeder Frau, die Land besaß, dass sie zur Abwehr von Eindringlingen zu den Waffen griff.

Als die Krieger zur Zufriedenheit der Offiziere aufgestellt waren, schritten Bronix und drei weitere Befehlshaber die Linien des hastig zusammengestellten Heeres ab. Hier und dort blieben sie stehen, um einen älteren Soldaten zu grüßen oder einen neu rekrutierten aufzumuntern. Sie hatten das Heer in drei Abteilungen geteilt. In der Mitte standen die Schwertträger, zusätzlich bewaffnet mit Speer und Messer und geschützt durch einen Helm und Schild und in dicht geschlossener Achterreihe. Sie bildeten den Kern einer jeden keltischen Streitmacht. An den Flügeln waren die Bogenschützen postiert, ebenfalls mit Schwertern ausgerüstet, deren Hauptwaffe aber der Bogen blieb. An den äußersten Enden schließlich befanden sich dutzende von Streitwagen, die von jeweils zwei Pferden gezogen wurden und im Zeitalter der Reiterei zwar reichlich überholt schienen, für Fußsoldaten aber eine tödliche Waffe bedeuteten. Sie waren schnell und beweglich und konnten von ihrem sitzenden Lenker in vollem Galopp herumgerissen werden. Hinter jedem Lenker stand ein Krieger, bewaffnet mit einer Schleuder und vier bis sechs Speeren, der mitunter auch vom Wagen sprang, um mit dem Schwert zu kämpfen. Vor dem Kampf wurden die Streitwagen vor der Schlachtlinie aufgestellt.

Es war Zeit zum Aufbruch. Die prasselnden Feuer, die wütende Funken zum Himmel hatten schießen lassen, waren zu flackernden Lichtzungen am Fuß der Felsen geschrumpft. Abgesehen von gelegentlichen Wolken, die wie Rauch an dem zu drei Vierteln vollen Mond vorüberzogen, war der Nachthimmel klar. Die Streitwagen am linken Flügel führten den Zug an. Ihnen folgten die Bogenschützen, die Schwertkämpfer, weitere Bogenschützen und Streitwagen. Hinter dieser Marschanordnung stand die Absicht, so weit wie möglich immer kampfbereit zu sein. Das hieß, die Truppen marschierten in Schlachtordnung, bis auf den Unterschied, dass sie Feldgerät und Tross zum besseren Schutz in der Mitte des Heerhaufens führten, während Letzterer sich in der Schlacht hinter die Reihen zurückzog.

Der Marsch wühlte Taranis innerlich viel mehr auf, als er erwartet hatte. Unzählige Bilder schwirrten ihm durch den Kopf, darunter auch eine Erinnerung an seinen Vater, der ihn, als er noch ein kleines Kind gewesen war, einmal so hoch in die Luft geworfen hatte, dass er vor Angst wie gelähmt gewesen war. Er sah römische Soldaten ihre Speere schleudern, Bronix sein gewaltiges Schwert schwingen und Pfeile auf den Feind herabregnen. Er schaute zu den anderen Bogenschützen des rechten Flügels, doch auch die schienen in ihre Gedanken versunken.

»Ist das für dich die erste Schlacht?«

Als Taranis sich umdrehte, sah er einen Jungen von etwa achtzehn Jahren mit dicken Backen und welligem braunem Haar. Er hatte durchdringende Augen, die häufig blinzelten. Seine Hosen und sein mit Borten besetzter Umgang sahen aus, als seien sie von einem Schneider gemacht, und ohne den Bogen auf dem Rücken hätte er ausgesehen, als wäre er auf dem Weg zu einer Verabredung im nächsten Ort.

»Für mich auch«, fuhr er fort und stellte sich als Lon vor. »Hast du eine Ahnung, wie viele Römer es wohl sind?«

»Ungefähr zweitausend«, antwortete Taranis.

»Hab ich auch gehört. Wir sind weit mehr; vielleicht sogar doppelt so viele.«

Taranis sagte dazu nichts, hatte aber seine Zweifel, dass sie tatsächlich viertausend Krieger zusammenbekommen hatten. Vielleicht eher dreitausend.

Lon plapperte weiter über die Römer und ihre Techniken der Kriegsführung. Sie hätten sich zu weit vom Wall entfernt, meinte er, und das auch noch mit zu wenigen Soldaten. »Die Römer kämpfen nur, wenn sie sich ihres Sieges sicher sind«, meinte er. »Ich habe gehört, dass sie vielleicht überhaupt nicht kämpfen werden. Sie sind sehr vorsichtig ... meinst du nicht auch? Wenn sie erst einmal sehen, wie viele wir sind, laufen sie wahrscheinlich davon.« Er lachte unsicher. »Eigentlich jammerschade, weil ich wirklich gern kämpfen würde.«

»Die Römer laufen nicht davon.«

»Was?«

»Ich sagte, die Römer laufen nicht davon. Wir werden schon kämpfen müssen.«

Schweigend trottete Lon ein paar Minuten weiter. »Wie willst du wissen, dass sie kämpfen werden? Vielleicht lassen sie es wirklich bleiben, wenn sie merken, wie sehr sie in der Unterzahl sind.« Er leckte sich die Lippen und wischte sich über die Stirn, wobei er in schneller Folge mit den Augen zwinkerte.

»Bronix hat gesagt, das sind Legionäre, und Legionäre kommen nie so weit nach Norden, wenn sie nicht die Absicht haben zu kämpfen.«

»Legionäre? Ich habe gehört, es sind römische Hilfstruppen vom Wall.«

»Legionäre.«

»Also werden sie kämpfen ... Legionäre hier in Kaledonien.« Der Junge sagte nichts mehr; er schien über ihr Gespräch nachzudenken. Dann hustete er, als bekäme er nicht genug Luft. Ein paar Schritte weiter schloss er die Augen und warf den Kopf zurück.

Taranis packte ihn beim Arm. »Alles in Ordnung mit dir?«

Er öffnete die Augen. »Ja, ich ... äh ... ich fühl mich nur ein bisschen flau im Magen. Das geht schon seit ein paar Tagen so«, fügte er hastig hinzu.

Taranis hatte Mitleid mit ihm, denn auch in ihm kroch die

Angst hoch. »Wir kommen wahrscheinlich nicht näher als hundert Schritte an die Römer heran«, sagte er. »Wir schießen ein paar Pfeile ab und halten uns bei der Schlacht dann im Hintergrund.«

»Das stimmt auch wieder«, sagte Lon, während er sich auf den Boden vor ihm konzentrierte. Mehrere Minuten vergingen, bevor er Taranis ansah. »Danke«, sagte er.

Taranis lächelte ihm aufmunternd zu.

Schweigend marschierten sie über die hügeligen Felder und felsigen Anhöhen, bis sie einen windumtosten Berg erreichten, der auf der einen Seite von zerklüfteten Felsen und auf der anderen von einem hohen Wald begrenzt wurde. Taranis hatte in dieser Gegend oft gejagt. Der mondbeschienene Talboden unter ihnen war eben und grasbewachsen, von Heidekrautsträuchern und Stechginster durchsetzt und somit bestens geeignet für ihre Streitwagen und – für eine Schlacht im Morgengrauen. Die aufgehende Sonne würde genau hinter ihnen stehen und ihre Feinde blenden. Bronix hatte den Ort mit Bedacht gewählt.

Die Truppenführer ordneten die Abteilungen neu und befahlen ihren Leuten, sich zu setzen. Kundschafter gingen im Lager ein und aus und informierten Bronix und seine Befehlshaber laufend über jede Bewegung des Feindes. Im Lager verbreitete sich das Gerücht, dass römische Kundschafter unmittelbar nach ihrem Aufbruch aus dem Sammlungsort gesichtet worden seien. Offenbar hatten diese Kundschafter die Kelten schon den ganzen Abend beobachtet, und nun hieß es, der größte Teil der römischen Truppen habe sich in Bewegung gesetzt. Sie waren noch etwa fünf Meilen entfernt.

Taranis band sich zu Ehren seines Vaters, der im Kampf immer ein leuchtend rotes Hemd getragen hatte, ein rotes Band um die Stirn. So sei er für seine Leute leichter zu erkennen, hatte sein Vater gesagt. Taranis schaute zu den Karren des Trosses hinüber, wo Eston saß. Dass er nicht als Kämpfer genommen worden war, empfand er als demütigend, und Taranis konnte sich vorstellen, wie er sich gefühlt hatte, als er wie ein kleiner Junge weggeschickt worden war. Immerhin hatte er eine Aufgabe im

Rücken des Heeres im Tross – eine Aufgabe, die Geir verspottet hätte, die Eston aber wieder etwas aufmunterte. Er hatte zwar nie ernsthaft erwartet, dass Bronix ihn als Schwertträger aufstellen würde, aber einen Platz bei den Bogenschützen hatte er angesichts seiner Größe und seiner Fähigkeiten schon erhofft.

Aber auch als Träger von Feldgerät erfüllte er eine wichtige Aufgabe, denn ohne Nachschub konnte kein Heer lange kämpfen. Die Hilfssoldaten waren von den Gepäckmännern abhängig, denn nur, wenn diese ihnen rechtzeitig Körbe mit Pfeilen brachten, war die Kampfkraft der vordersten Front sichergestellt. Und im Fall eines Rückzugs hing das Schicksal eines Heeres weitgehend von Karrenführern ab, die einen kühlen Kopf bewahrten und ihre Karren rechtzeitig zur jeweils neuen Stellung brachten.

»Schlaft!«, donnerte Bronix. »Ich will, dass alle schlafen.« Überall riefen Offiziere denselben Befehl.

»Ich kann nicht schlafen«, flüsterte Lon. »Mir fällt es ja schon schwer, zu Hause in meinem Federbett einzuschlafen. Wie soll ich es da auf dem Erdboden schaffen?«

Taranis fragte sich schon, ob Lon einen Scherz gemacht hatte, doch ein Blick in sein ernstes Gesicht zeigte ihm, dass dies nicht der Fall war. Lon kam aus einer privilegierten Familie. »Du hast noch nie auf dem Boden geschlafen?«, fragte Taranis.

»Nur, wenn ich mit meinem Vater auf die Jagd gehe. Aber dann haben wir Zelte und Decken dabei.«

»Das hier ist auch nicht viel anders.«

»Vielleicht fällt es mir auch schwer einzuschlafen, weil ich weiß, dass da drüben die Römer sind.«

Taranis schaute in Richtung des in der Dunkelheit liegenden Bergrückens. Obwohl er die Umrisse der Gipfel kaum erkennen konnte, schienen sie sich alle mit einer bösartigen, sein Leben unmittelbar bedrohenden Absicht zu bewegen. Auch für ihn war an Schlafen nicht zu denken, aber als die Älteren sich nacheinander einen möglichst bequemen Schlafplatz suchten, tat er es ihnen gleich.

Zwei Stunden später, als die Truppenführer ihre Männer

weckten, war es immer noch dunkel. Auf dem Bergrücken jenseits des Tals bewegten sich die ersten Schatten. Die Römer sammelten sich und errichteten womöglich eines ihrer befestigten Marschlager

»Die Götter sind mit uns!«, schrien die Führer, und jeder begab sich auf die ihm zugeteilte Stellung. Der Ruf pflanzte sich fort durch die Reihen, und es dauerte nicht lange, bis das ganze Lager schrie und die keltischen Götter anrief. Dieser Lärm verlieh Taranis das Gefühl, stark zu sein. Stark und unbesiegbar. Er brüllte die Namen aller Götter heraus, die ihm einfielen. Einige flehten den Tutorix an, den ältesten und, wie manche meinten, unheimlichsten Gott, der sich gern Blutopfer darbringen ließ. Andere baten seinen Namensvetter Taranis, den Gott des Himmels, ihnen mit Streitwagen aus Feuer und Donner voranzugehen. Wieder andere riefen Lug an, den rätselhaften Gott und Zauberer, und baten ihn, die Augen der Römer zu blenden, oder forderten Esus, den Gott der Unterwelt, auf, ihre Feinde in die Tiefe zu ziehen.

Dann setzte der Gesang tiefer Stimmen ein, begleitet von seltsamen, flötenartigen Tönen, als hätte der Himmel sich geöffnet und die Götter zu sprechen begonnen. Das ganze Lager verstummte, als der Gesang lauter wurde und wellenartig an- und wieder abschwoll. Ergänzt wurde der Singsang von unirdisch klingenden Sopranstimmen, die sich um das tiefe, monotone Brummen zu winden schienen. Die Stimmen kamen aus den dunklen Wäldern am Rand des Lagers, und jeder kannte ihre Quelle – Druiden. Die Priester der Kelten lebten tief in den Wäldern und wurden, weil sie Bäume so verehrten, auch die »Weisen der Eichen« genannt. Aber sie hatten auch etwas Bösartiges an sich, und viele Kelten fürchteten ihre makabren Rituale. Auf der Jagd war Taranis einmal auf einen heiligen Hain gestoßen, in dem jeder einzelne Baum mit Menschenblut bespritzt und die Stämme zu hässlichen Fratzen geschnitzt waren. Von den Ästen hingen an den Haaren aufgeknüpfte Köpfe von Opfern herab, die beim leichtesten Windstoß schaukelten. Die Erinnerung an diesen Anblick ließ ihn schaudern, und er fragte sich, ob die

Götter über solche grausamen Opferrituale wirklich erfreut waren.

Es hieß, die Druiden besäßen magische Kräfte und könnten den Winden befehlen, schwere Stürme zu bringen oder Blitze, die die Feinde vom Himmel aus niederstreckten. Angeblich konnten sie auch die Gestalt von Tieren annehmen, und nicht selten sagten sie die Zukunft voraus.

Einer nach dem anderen kamen die Magier aus den Wäldern. Sie hatten aufgehört zu singen und schienen in der unheimlich anmutenden Stille über dem Boden zu schweben, so wenig bewegten sich ihre Körper. Sie trugen dunkle Umhänge, die ihnen bis auf die Füße fielen, und große Kapuzen, die ihre Gesichter verhüllten, sodass niemand sagen konnte, ob der Druide ein Mann oder eine Frau war.

Die ersten Sonnenstrahlen erhellten den Horizont, als die Druiden ganze zwanzig Schritte vor den keltischen Reihen einen Kreis bildeten und ihre Hände zu den Göttern erhoben. Sie seufzten und tanzten, als der Kreis sich wie von selbst schloss. Ihre Seufzer wurden lauter und lauter, schwollen fast zu einem lauten Klagen an, als plötzlich Flammen aus ihren Händen zuckten.

Ungläubig und beinahe verängstigt schauten die Krieger zu, bevor sie allmählich zu lächeln begannen. »Die Götter sind mit uns«, schrie einer, und die anderen nahmen den Ruf auf. »Erfüllet uns mit Macht!«, schrien sie, als sie ein weiteres Mal die Götter anriefen. Einige sprangen in die Höhe und forderten die Götter der Druiden auf, die Erde aufzutun, auf dass sie den Feind verschlinge. Andere drehten sich wie verrückt um die eigene Achse und verfielen in wildes Kriegsgeheul.

Mittlerweile war die Sonne aufgegangen, und die beiden Heere hatten einander voll im Blick. Schweigend starrten die Römer auf das wilde Treiben, das sich ihren Augen bot. Sie hatten ja keine Ahnung von der Macht der Druiden, dachte Taranis. Die heiligen Priester standen in einem engen Kreis vor ihrem Heer, die Hände zum Himmel erhoben. Sie stießen fürchterliche Verwünschungen aus und kreischten die Namen ihrer Götter. Einer der Druiden sprang, von den Geistern besessen, aus dem Kreis und rannte auf die gegen die römischen Linien geneigte Bergseite zu. Plötzlich hielt er inne, als hätten unsichtbare Wesen ihn ergriffen. Sein Körper verkrampfte, verrenkte sich, und er begann, fürchterlich zu zittern. Er sprang hoch in die Luft, warf sich dann auf den Boden. Mit Schaum vor dem Mund schleuderte er den verwirrten Zuschauern Schimpfwörter entgegen. Priesterinnen zündeten Fackeln an, ihre Kapuzen hatten sie zurückgezogen und rannten kreischend durch die Ränge der heulenden Krieger. Ihr gelbes Haar flatterte im Wind, und mit ihren bemalten Gesichtern sahen sie aus wie Götter der Unterwelt.

Wieder trat ein Druide aus dem Kreis, doch dieser ignorierte die Römer jenseits des Tales. Als er die Hände erhob, beendeten die übrigen Druiden schlagartig Tanz und Geschrei. Die keltischen Krieger taten es ihnen gleich, sodass man sogar den Wind im Tal heulen hörte. Es war, als wäre der Anführer der Druiden ganz allein auf dem Hügel, und alle Augen waren auf ihn gerichtet, als er sich zu einem breitflächigen, bloßliegenden Felsen schleppte. Sein Gang war der eines alten Mannes, und das linke Bein zog er merklich nach. Dann aber sprang er auf den Stein, wie man es von einem hinkenden Alten nicht erwartet hätte. Er wandte sich an die Krieger, warf seine Kapuze zurück und faltete die Hände wie zum Gebet. Minutenlang, so schien es, verharrte er gebeugt und schweigend, während der Wind an seinem Umhang zerrte. Dann hob er langsam den Kopf und öffnete die Augen, um die kaledonischen Krieger vor ihm zu mustern. Sein Gesicht war hager, zerfurcht und Angst einflößend. Er wirkte fast wie ein Schakal, und obwohl er von durchschnittlicher Körpergröße war, ließ ihn sein gebeugter Rücken kleiner erscheinen. Er strahlte Kraft aus, als sei er ein Teil des Felsens, von dem er auf die Krieger hinunterschaute.

»Ich bin Divicos, der Druide.«

Seine Stimme war kratzig und schrill. »Ich bin der Spender des Lebens – und des Todes. Heute wird einer von euch als Gott vor Tutorix stehen.« Er hielt inne, um seinen Worten Nachdruck zu verleihen. Seine farblosen Augen überflogen die Reihen der

Krieger, und sein Mund war verzerrt. »Vergangene Nacht vernahm ich Stimmen, die mich aus dem Wald riefen. Ich wagte mich tiefer in die Wälder als je zuvor. Ob ich in meinem Körper war oder nicht, ich weiß es nicht, doch als ich am Rand eines Hains krummer Eichen stand, hatte ich eine Erscheinung, die mich glauben machte, ich würde wahnsinnig. Der Boden entflammte, und die Erde, der Sand und sogar die Seen brannten in heiligem Zorn. Der Feuersturm verschlang alles mit Ausnahme der Bäume. Dann stiegen dutzende von bösen Geistern aus den Tiefen herauf, abscheuliche Gestalten mit dicker grüner Haut und blutroten Augen. Sie riefen meinen Namen, und als ich nicht zu ihnen kam, jagten sie durch die Flammen hinter mir her. Ich versuchte zu entkommen, aber sie waren hinter jedem Baum und hinter jedem geschwärzten Grasbüschel. Ich war verloren.« Er atmete einmal tief ein und schloss kurz die Augen. »Sie schlugen mir den Kopf ab, rissen mir die Augen heraus und spalteten meine Zunge. Aber mein Körper blieb am Leben. Er kletterte auf eine Eibe, die inmitten des Eichenhains stand, bis er ganz oben auf eine Tür stieß – eine moosbedeckte Tür zum Himmelreich.«

Er legte erneut eine Pause ein, bevor er fortfuhr: »Brüder, ich bin bei den Göttern gewesen. Sie haben mich geheilt, und was ich dort gesehen habe – dichte Wälder und Wasser, das von den Berghängen stürzte –, ihr könnt es euch nicht vorstellen. Aber sagen will ich euch dies: Als ich dastand im Wald der Ewigkeit, war ich so überwältigt von seiner Schönheit, dass ich bat, dort bleiben zu dürfen. Sie aber schickten mich zurück. Obwohl ich ein alter Mann bin, schickten sie mich zurück. Ich, Divicos, Führer der Druiden, bin noch nicht würdig, über die Berge und durch die Täler der Götter zu wandeln.« Er schüttelte verzweifelt den Kopf. »Als ich dann wieder von der Eibe herabstieg, überfiel mich eine tiefe Traurigkeit, die aber rasch gelindert werden sollte durch ein Geschenk der Götter.« Er breitete langsam die Arme aus. »Der Wald um mich herum atmete. Er war lebendig geworden! Lebendig und voller Geister, ich erlebte etwas, das über mein bisheriges Erleben hinausging. Die Nachtluft war kühl und süß, und die Seen glitzerten wie Eis im Mondlicht.«

Die Krieger standen reglos, die Augen fest auf den Hohepriester geheftet.

»Versteht ihr mich?«, schrie er. »Heute noch werden einige von euch in der Kühle des Waldes der Ewigkeit liegen! Verwundert werdet ihr die Augen öffnen und staunend wie ich die Geheimnisse der Götter schauen. Und wenn dann eure tiefsten Sehnsüchte erfüllt worden sind, werden die Götter eure unsterbliche Seele in einen anderen irdischen Körper pflanzen, und ihr werdet vom Tode auferstehen. Denkt daran! Wieder geboren, zu einem Leben wieder erweckt, wie ihr es euch nie erträumt hättet, wenn ...«, er hob die Hände, »wenn ihr euch im Kampf bewährt.«

Er stöhnte. »Ach könnte ich doch bei euch sein ...« Seine Stimme wurde flach, und er begann den Namen des Tutorix zu murmeln. »Und einer von euch«, sagte er und deutete mit einem zittrigen Finger auf die Krieger, »ist kein Krieger des kaledonischen Heeres, sondern ein ... ein ...« Er verbarg sein Gesicht. »Ich kann es nicht aussprechen. Mein Mund ist wie Wachs. Aber ich muss es sagen!« Er wandte sich wieder den Kriegern zu, und seine leeren Augen verengten sich und überflogen ihre ernsten zu ihm erhobenen Gesichter. »Du bist ein Sohn des Tutorix! Ein Gott in unserer Mitte!«

Die Soldaten wurden unruhig und schauten einander an. Divicos warf den Kopf zurück und schloss die Augen. *»Sunabubaluk ansenek deidi alongsung amini«*, sang er in einer längst vergessenen Sprache. Die anderen Druiden stimmten ein, tanzten, streckten die Hände zum Himmel. »Die Götter sind mit uns«, sagte Divicos, und seine Stimme erhob sich über den heiligen Gesang. »Ich spüre die Gegenwart des Tutorix ... er sehnt sich nach seinem Sohn. Tritt vor, Gott unter Menschen. Zeige dich uns. Schließe die Augen vor der Finsternis dieser Welt, um im himmlischen Licht wieder aufzuerstehen. Hör auf die Stimme des Tutorix, der dich ruft. Tritt vor und nenne deinen Namen. Wir warten.«

Das Schweigen lastete schwer auf den Kriegern, von denen keiner sich auch nur zu bewegen oder umherzuschauen wagte.

»Sprich zu uns, Sohn des Tutorix«, intonierte der alte Priester. »Zeige dich. Wir werden auf dich warten.«

In den Wipfeln der Bäume seufzte der Wind.

»Dies ist deine Stunde, Sohn des Tutorix«, sagte Divicos in die Stille. »Für diesen Augenblick wurdest du geboren.«

»Ich bin Uerix«, rief eine Stimme aus den hinteren Reihen. Ein junger Krieger, mit nichts als einem Lendentuch am Leib, schritt durch die Menge, die sich bereitwillig vor ihm teilte. Sein Blick war fest und stolz, als er auf den Felsen stieg.

Divicos verbeugte sich tief vor ihm. »Du wirst dieses Leben verlassen und ein Gott werden«, sagte er so laut, dass alle es hören konnten. »Diese unwürdigen Männer und Frauen, die hier vor dir stehen, sind ebenso deine Diener wie ich.« Er verbeugte sich noch einmal. »Wir fürchten den Kampf nicht, weil dein Vater Tutorix uns zu Hilfe geeilt ist. Dein Blut wird unsere Schwächen sühnen.«

»Ich wusste immer tief in meinem Inneren, dass ich ein Gott war«, sagte der Junge, »ich gebe mein Leben gern hin für diese Kameraden, die ich einst als Brüder umarmte.«

Der schmallippige kleine Mund des Magiers verzog sich zu einem Lächeln. Neben ihm trieben Druiden Pfähle in Spalten des Felsens. Dann banden sie die Pfähle an ihren oberen Enden mit Seilen zu einem stabilen Dreieck zusammen. Mit dem einen Ende eines langen Seils schnürten sie anschließend die Handgelenke des Gottes zusammen, bevor sie das andere Ende über die Pfähle warfen. Schließlich zogen sie seine Hände hoch und zogen den Knoten fest. Dann verbeugten sie sich ehrfürchtig vor ihm und begaben sich zurück in den Kreis der Druiden.

Unter seinem Umhang zog Divicos ein dünnes Messer mit einem beinernen Griff hervor. Er hielt es hoch und begann zu singen. Wieder stimmten die anderen Druiden mit ein. Dann schwoll seine Stimme zu einem hochtönenden Schreien an: »Erhabenheit und Herrlichkeit und Sieg und Macht sind dein, Tutorix, Gott des Waldes, ältester aller Götter und Herr von allen.« Er wandte sich dem Jüngling zu, der mit einem verklärten Lächeln gen Himmel schaute. »Ich gebe dich deinem Vater zurück«, sagte er, »auf dass Tutorix erfreut sein möge.« Dann stieß er dem Jungen das Messer in den Bauch, riss es nach oben und trat zurück.

Das an den Armen aufgehängte Opfer zuckte und wand sich, gluckste und hustete. Blut floss an ihm herab und bildete auf dem Felsen eine Lache. Dann bäumte er sich mit einem letzten Stöhnen noch einmal auf und hauchte seinen Geist aus.

Der Hohepriester griff nach dem noch immer zuckenden Körper des Jungen und zog sein Messer heraus. Er wischte es an einem geweihten Tuch ab und rief: »Die Götter sind mit uns.« Aus den Reihen der Krieger erhob sich zustimmendes Gemurmel.

Am rechten Flügel bei den Bogenschützen dachte Taranis über das nach, was er soeben gesehen hatte. »Vertraue auf die Götter, aber hüte dich vor den Magiern«, hatte sein Vater ihn einst ermahnt. Der Junge aus dem Tal, der ein Gott zu sein behauptet hatte, verwirrte ihn. Taranis hatte mit ihm gespielt und gejagt. War er wirklich der Sohn des Tutorix? Das erschien ihm kaum möglich. Er war auch nicht anders als alle anderen, eher sogar dümmer. Vielleicht hatte er einfach die Nerven verloren und sich wirklich für einen Gott gehalten. Aber sollte ein Magier nicht zwischen Wahrheit und Schein zu unterscheiden wissen?

Taranis schaute zu Bronix hinüber, als könnte dieser ihm eine Antwort geben. Er stand vor seinen Kriegern, die Hände auf das Heft seines mächtigen Schwerts gestützt, das er in den Boden gerammt hatte. Einer der anderen Kommandeure flüsterte ihm etwas zu, und Bronix nickte. Seine Miene war ausdruckslos. Falls er zum Treiben der Druiden eine Meinung hatte, so behielt er sie für sich.

Der Magier redete noch immer. Andere Druiden hatten den Leichnam des Jungen abgeschnitten und ihm aus Respekt den Kopf abgetrennt und in eine goldene Schüssel gelegt. Später sollte er in einem heiligen Hain der Druiden einen Ehrenplatz erhalten.

»Ich bin euer wahrer Führer«, rief der Druide. »Zwar führe ich euch nicht in die Schlacht auf die Weise wie Bronix, aber meine Macht schreitet euch voran wie ein flammendes Schwert.« Er schloss erneut die Augen und hob die Hände. »Meine Macht ist eine uralte Macht –«

Divicos fuhr erschreckt zusammen. Hornstöße erschütterten die Hügel. Die Römer hatten sich formiert und waren bereit zum Kampf. »Die Bösen müssen sterben!«, schrie Divicos und reckte eine zittrige Faust in die Luft. »Schmelzen sollen sie wie Wachs in der sengenden Sonne. Ihr Blut soll fließen wie ein Fluss, und die Adler sollen sich an ihrem Fleische laben. Mögen alle unsere Feinde unter Qualen verbrennen. Macht euch bereit! Beeilt euch! Bringt die Streitwagen –«

Wie eine Katze sprang Bronix auf den Felsen. »Danke, danke, großer Führer der Druiden«, schrie er. »Wir sind nun wahrhaftig bereit, uns den Feinden zu stellen.« Dann hob er sein Schwert zum Himmel. »Die Götter sind mit uns.« Seine Krieger stimmten ihm unter großem Gebrüll zu. Bronix nickte einem seiner Kommandeure zu, der daraufhin Divicos zurück zu den anderen Druiden geleitete.

»Fürchtet euch nicht, Kaledonier. Der Feind wird noch nicht angreifen. Schaut sie euch doch an. Sie sind schwach wie Kinder. Jeder Einzelne von euch hat die Kraft von zweien ihrer Soldaten. Sie glauben, sie seien bereit zum Kampf, aber ich kenne diese Römer.« Seine Männer heulten und kreischten in den höchsten Tönen. »Ein einziger Kaledonier kann die Pläne des gesamten römischen Heeres durchkreuzen. Ein einziger Kaledonier«, rief er mit donnernder Stimme über den Jubel seiner Kämpfer hinweg, »kann Furcht in die Herzen eines jeden Mannes dort drüben pflanzen. Macht euch bereit zum Kampf. Wir werden sehen, wie diszipliniert sie sind.«

Bronix stieg vom Felsen herunter, besprach sich kurz mit seinen Befehlshabern und marschierte den Hügel hinunter auf die Römer zu. Hinter ihm gaben die Befehlshaber den Streitwagenlenkern ein Zeichen, die ihre Gefährte in einer geschlossenen Linie vor den Kriegern auffuhren. Uryen ließ seine Bogenschützen im 45-Grad-Winkel zu dieser Linie Aufstellung nehmen, bis sie fast dem anderen Flügel von Bogenschützen gegenüberstanden.

Taranis sah zu, wie Bronix hangabwärts auf die römischen Linien zuging. Er war bereits weit hinter dem Punkt, bis zu dem sich der Priester vorgewagt hatte. Die Legionäre auf dem gegenüberliegenden Bergrücken warfen einander bereits verblüffte Blicke zu. Selbst Taranis beschlich ein ungutes Gefühl dabei, Bronix so weit von den eigenen Linien entfernt zu sehen; er hatte bereits ein Drittel der Strecke hinter sich und machte keine Anstalten, stehen zu bleiben.

Taranis betrachtete die feindlichen Soldaten auf der gegenüberliegenden Seite. Er schätzte sie auf weniger als zweitausend – weniger, als er erwartet hatte. Vermutlich hatten sie weitere fünfhundert zum Schutz ihres befestigten Marschlagers abgestellt. Zwischen den Legionären standen Hilfssoldaten, ein Trupp germanischer Söldner, die den Kelten mit ihrem blonden Haar und den nackten Oberkörpern sehr ähnelten und in keiner besonderen Ordnung aufgestellt waren. Sie trugen einen Speer, ein Schwert und einen ovalen flachen Schild. Hinter ihnen standen die römischen Legionäre in exakten Reihen, die ihrerseits zu kompakten kleinen Rechtecken formiert waren. Taranis hatte sie schon einmal in dieser Aufstellung marschieren sehen und gehört, dass sie auch in Formation kämpften, aber erstaunt war er trotzdem; er jedenfalls wäre sich unter ihnen reichlich eingeengt vorgekommen. Die Soldaten trugen eine rote wollene, kurz geschürzte Tunika und darunter Kniehosen. Ihren Körper schützte eine schwere Panzerung: Sie trugen glatte Eisenhelme mit einer in Stirnhöhe quer verlaufenden Metallschiene und einem lang ausgezogenen Nackenschutz. Herabgezogene bewegliche Backenstücke die unter dem Kinn zusammengehalten zu sein schienen, schützten ihre Wangen. Auf ihren Schultern und um ihre Brust lagen Eisenschienen, die miteinander verbunden waren, und mit Ausnahme einiger berittener Soldaten trugen sie langrechteckige, gewölbte Schilde. Jeder Legionär war mit einem kurzen Schwert, einem Dolch und zwei Wurflanzen bewaffnet. Im hinteren Teil eines jeden Rechtecks standen berittene Offiziere mit einem Helmbusch aus rot gefärbtem Pferdehaar. Streitwagen gab es keine, aber an den Flügeln hatten sie die Reiterei aufgestellt, vor der Uryen seine Männer ausdrücklich gewarnt hatte.

Bronix hatte nun gut die halbe Strecke hinter sich und ging noch immer entschlossen auf die Römer zu. Dass die einsame Gestalt ihre Aufmerksamkeit erregt hatte, war nicht zu übersehen: Die Germanen tuschelten schon miteinander, und selbst die Römer reckten den Hals, um besser sehen zu können.

Schließlich blieb Bronix doch stehen, als er schon weit näher an den römischen als an seinen eigenen Reihen war. Er legte seinen Schild ab und stieß sein Schwert in den Boden.

»Ich bin Bronix von Alauna«, hallte seine Stimme durchs Tal. »Erinnert ihr euch noch an Alauna, Römer? Ich habe hundert römische Köpfe an die Wand meines Hauses gehängt. Mittlerweile sind es jetzt nur noch leere Schädel – unsere Raben fressen zu gern Römerhirn.«

Er wiederholte seine Worte in holprigem Latein, aber das war gar nicht nötig; die Germanen übersetzten hastig das Gesagte, und an den leichten Bewegungen der Legionärshelme war zu erkennen, dass auch die Römer Bronix verstanden hatten.

»Wo ist eigentlich Urbicus, euer Führer von Alauna? Ich habe ihn nur von hinten gesehen, als er nach Süden gerannt ist, um seinen Wall zu bauen.« Die kaledonischen Krieger stimmten ein markerschütterndes Gejohle an. »Es war ein Fehler, hierher zu kommen. Wir sind die Barbaren vor eurem Wall, und heute werdet ihr erfahren, wie barbarisch wir sein können«, sagte er mit drohender, tiefer Stimme.

»Aber warum solltet ihr alle sterben? Schickt einen Mann vor, und ich werde hier im Moor mit ihm kämpfen. Wenn ich verliere, legen wir die Waffen nieder und werden zu Dienern des Imperiums. Wenn ihr verliert, müsst ihr euch zurückziehen und uns in Ruhe lassen. Wer von euch will mit mir kämpfen?«

Er wartete vergeblich auf Antwort.

»Es wird doch wohl einen Römer geben, der keine Angst hat.«

Wieder Stille.

»Was? Keinen einzigen? Alles Feiglinge? Einen muss es doch

geben. Als gut, schickt mir zwei – nein, drei – Männer. Drei Centurionen! Ich kämpfe gegen drei Centurionen! Das ist doch ein faires Angebot. Also, wer kommt denn nun?«

Taranis war stolz, zu den keltischen Kriegern Kaledoniens zu gehören. Er tobte und schrie ebenso laut wie jeder andere auf dem Hügel. Selbst Lon neben ihm schien merklich zuversichtlicher. Die Römer machten keinen besonders glücklichen Eindruck angesichts der wiederholten Herausforderungen durch Bronix, der mit den Armen ruderte und ungeduldig auf und ab ging. Wäre die Situation nicht so ernst gewesen, hätte sie einer gewisssen Komik nicht entbehrt. Bronix hatte Recht gehabt; er konnte allein ein ganzes Heer aufhalten. Die Römer waren zum Angriff bereit gewesen, und jetzt standen sie einfach nur da, hörten ihm zu und wurden immer ängstlicher.

»Bin ich zu groß für euch? Macht euch meine Größe etwa Angst? Wir sind alle so groß«, rief er und zeigte auf die Kaledonier, die prompt mit einem Kriegsgeheul antworteten, das auch die Herzen der tapfersten Feinde erstarren ließ.

»Oder liegt es an meinem Schwert?« Er riss die gewaltige Klinge aus dem Boden und hielt sie hoch, damit alle Römer sie sehen konnten. »Ich verzichte auf mein Schwert«, sagte er und warf es mit einer dramatischen Geste hinter sich. »Ich nehme mein Messer; das ist ungefähr so groß wie eure mickrigen Schwerter«, sagte er lachend. »Vielleicht traut ihr euch ja, gegen eine Frau anzutreten«, fuhr er fort. »Vielleicht gibt es ja einen tapferen Römer, der bereit ist, gegen eine keltische Frau zu kämpfen. Muguin! Tritt vor und zeig dich ihnen.« Muguin trat vor. Sie war ausgesprochen stämmig und brauchte sich hinter keinem Mann zu verstecken.

»Ja, auch sie ist groß.« Gelächter und Spottgeschrei erfüllten das Tal, als die Stammesangehörigen der Kaledonier die Römer verhöhnten. »Tut mir Leid, dass wir heute keine Kinder dabeihaben«, brüllte Bronix. »Nur große, böse Krieger.«

Er ging zu einem Felsen hinüber und setzte sich in dem ansonsten leeren Tal nieder. »Also, ich bleibe jedenfalls hier, und der Erste, der sich mir nähert, wird sterben.«

Als Taranis die Bewegung aus den Augenwinkeln sah, stockte ihm der Atem. Der linke Flügel der Reiterei kam über das Gras auf Bronix zugeschossen. Die kaledonischen Befehlshaber gaben ihren Streitwagen das Signal zum Angriff. Taranis zog einen Pfeil aus dem Köcher. Er biss sich auf die Unterlippe. Der Kampf hatte begonnen.

5

Taranis' Herz pochte wie wild. Der Wind, der durchs Tal heulte, war nun nicht mehr zu hören, ebenso wenig wie Bronix' dröhnende Stimme. Jetzt bebte der Boden vom Donnern der Streitwagen und von den Schreien verzweifelter Männer.

Taranis wurde ganz flau im Magen, und seine Arme und Beine fühlten sich an wie aufgedunsen. Irgendwo verlor ein Krieger die Selbstbeherrschung, und der Gestank menschlicher Exkremente erfüllte die Luft. Taranis betete um Mut. Das ist die Angst, einfach nur die Angst, sagte er sich wieder und wieder. Ich muss sie im Zaum halten. Irgendwo im Hinterkopf kam es ihm, wie merkwürdig es doch war, dass er einerseits den Kampf so sehr wollte und andererseits so voller Angst war. Vier Jahre hatte er nur darauf gewartet, seinen Vater zu rächen, und jetzt trat kalter Schweiß auf seine Handflächen, und ihm zitterten die Knie. Er schämte sich. Sein Vater war ein starker Mann gewesen und mutig auf dem Schlachtfeld und hatte sich selbst am Ende noch, als sie ihn auf jene Plattform stießen, geweigert, sich dem römischen Feind zu beugen. Selbst im Angesicht des Todes hatte er noch ein Lächeln für seine Kinder übrig gehabt. Taranis biss die Zähne zusammen. Er war jetzt ein kaledonischer Krieger wie sein Vater und musste seine Angst besiegen.

»Oooh!«, stöhnte Lon und umklammerte seinen Bauch. »Oooh, mir ist ja so schlecht, ich kann mich gar nicht bewegen …«

Er sah ziemlich krank aus. Er war aschfahl, und sein gekrümmter Körper zitterte. Taranis versuchte, Lon klarzumachen, dass sie alle Angst hatten. Er klopfte ihm auf die Schultern und schüttelte ihn, aber nichts konnte ihn aus seiner Angststarre reißen.

»Krieger! Zurück, bezieht eure Stellung!«, schrie Uryen mit klarer, drohender Stimme, und mit einem Mal sah er gar nicht mehr so alt und verbraucht aus.

»Er ist krank«, erklärte Taranis.

»Zurück, bezieht eure Stellung!«

Taranis ging zurück.

»So, krank ist er?« Uryen zog einen Pfeil aus seinem Köcher, legte ihn auf die Sehne und zielte damit auf Lon. »Jetzt hör mir mal zu, Junge. Wir haben keine Zeit für solche Scherze. Entweder du stehst deinen Mann und kämpfst, oder du stirbst auf der Stelle.«

Lon richtete sich augenblicklich auf.

Die Streitwagen rasten, gewaltige Staubwolken aufwirbelnd, den Hügel hinunter. Haufen keltischer Krieger stürmten hinterdrein, wurden aber noch auf der Kuppe von ihren Führern gestoppt. Uryen stieg mit seinen Bogenschützen langsam am Waldrand entlang ab, bis sie den Talboden sehen konnten. Auf der anderen Seite bewegte sich die erste Linie. Die germanischen Söldner rannten unter wildem Kriegsgeschrei ins Tal hinunter, während die hinter ihnen stehenden eisengrau gepanzerten römischen Soldaten in ihren kleinen Rechtecken totenstill blieben. Nur die von ihren Standarten herabhängenden Lederriemen bewegten sich im Wind.

Bronix war ganz allein unten auf dem Talboden, als die berittenen skythischen Bogenschützen auf ihn zustürmten. Mitten im Galopp ließen sie ihren Pfeilregen herniederschütten, ohne dabei merklich langsamer zu reiten. Gleich darauf folgten schon die nächsten Pfeile, und so ging das immer weiter. In Taranis verkrampfte sich etwas, als er die flüssigen Bewegungen der Schützen sah. Sie schossen im Reiten so gut wie jeder Bogenschütze, den er je gesehen hatte, im Stehen. So schnell, wie sie einen Pfeil abgefeuert hatten, so schnell hatten sie auch schon den nächsten in der Hand.

Bei jeder Salve hielt Bronix seinen gewaltigen Schild vor seinen nicht weniger gewaltigen Körper und wartete auf den Einschlag der Pfeile. Ein rundes Dutzend prallte von seinem Schild ab, der Rest bohrte sich in den Boden um ihn herum. Die Reiter hatten nun zwei Drittel des Wegs zu den keltischen Linien zurückgelegt. Abrupt schlugen sie einen rechten Winkel in Richtung ihrer Linien und feuerten im Abdrehen eine weitere Salve von Pfeilen über die Schultern ab. Erneut schützte Bronix sich mit seinem Schild, doch diesmal traf ihn ein Pfeil in seine linke Schulter an der Stelle zwischen Ärmel und Brustpanzerung. Taranis sah, wie er nach dem Felsen griff und dabei das Gleichgewicht verlor. Die Kaledonier hielten den Atem an.

Auch die Skythen sahen ihn taumeln. Zwei von ihnen brachen daraufhin aus der Formation aus, drehten um und galoppierten auf den verwundeten Kelten zu. Bronix sprang auf, den Pfeil noch immer in der Schulter. Er ließ den Schild zu Boden gleiten und klemmte ihn zwischen seinem Bein und dem Felsen ein. Dann packte er den Pfeil, schnitt eine Grimasse und riss ihn sich aus dem Fleisch.

Die Kaledonier begannen wieder zu atmen. Einige lächelten nur, während andere vor Bewunderung lauthals lachten. Bronix war unbezwingbar, und niemand würde ihn jemals töten.

Die beiden Bogenschützen feuerten weitere Pfeile ab. Bronix ließ sich zu Boden fallen, als die Pfeile dort durch die Luft sirrten, wo er soeben noch gestanden hatte. Er stand bedächtig auf und stützte seinen Schild auf den Felsen. Hinter ihm auf dem Gras lag sein Schwert, aber er machte keine Anstalten, es sich zu holen oder auch nur seinen Dolch zu ziehen. Seelenruhig stand er da und fixierte die Reiter, während diese mit schussbereiten Pfeilen auf ihn zudonnerten. Sie kamen von beiden Seiten. Als sie ihn unbewaffnet sahen, ritten sie langsamer an den großen Kelten heran und beobachteten ihn aufmerksam. Bronix hielt zu seinem Schutz seinen Schild hoch, bot aber dem weiter entfernten Reiter seine linke Seite dar. Das war genau die Blöße, auf die der Skythe gewartet hatte, und so schoss er. Bronix schwenkte den Schild in den Weg des Pfeils, wirbelte herum und rammte den Rand des Schilds in den Nacken des anderen Schützen. Der Skythe fiel wie ein nasser Sack vom Pferd, und sein Bogen flog durch die Luft. Dann sprang Bronix auf den verblüfften zweiten Bogenschützen zu, der mittlerweile den Felsen passiert hatte. Er packte ihn hinten an seiner Tunika, schleuderte ihn zu Boden und schlug den Kopf des Skythen gegen den Felsen. Keiner der beiden Männer regte sich mehr; sie lagen da wie kaputte Puppen.

Dann ergossen sich die germanischen Söldner über den ebenen Talboden. Bronix rannte auf seine Linien zu und hob im Laufen schnell noch sein Schwert auf. Die riesigen Hörner seines Helms bewegten sich auf und ab, während er sich schwerfällig durchs hohe Gras kämpfte. Wütend sprangen die Germanen hinter ihm her. Alle rissen sich um den Ruhm, den hochmütigen Kelten getötet zu haben, und genau darauf hatte Bronix spekuliert.

Der wuchtige Kaledonier zeigte deutliche Anzeichen von Müdigkeit, denn sein wuchtiger Körper war zum Rennen nicht geschaffen. Er hatte seine Aufgabe erfüllt, den Feind aus seiner ursprünglichen Stellung heraus ins Zentrum zu locken. Die Germanen waren so sehr auf den prahlerischen Krieger fixiert, dass ihre Flügel gefährlich dünn geworden waren. Zudem fehlte es ihnen an Unterstützung. Die skythischen Reiter vom linken Flügel waren in Unordnung geraten, und die römischen Offiziere würden ihre Reiter vom rechten Flügel erst einsetzen, sobald der linke sich neu formiert hatte. So waren die Germanen ganz auf sich allein gestellt. Ihr Angriff auf Bronix war ein schwerer Fehler gewesen.

Taranis sah zu, wie der Riese sich abmühte, seine germanischen Verfolger hinter sich zu lassen. Er war schon bedeutend langsamer geworden. Sein Mund stand weit offen, er rang nach Luft, und sein roter Schnurrbart fegte ihm übers Gesicht, während er sich verzweifelt vorwärts kämpfte. Bronix war für die kaledonischen Kelten von unschätzbarem Wert. Nur er hatte den Mut, ganz allein dem gesamten römischen Heer entgegenzutreten. Wenn er sterben sollte ... Taranis verdrängte den Gedanken gleich wieder, denn Bronix würde nicht sterben. Die Götter würden das schon verhindern.

Die Germanen hatten schon bis auf weniger als dreißig Fuß aufgeschlossen, als die Streitwagen herangedonnert kamen. Bronix war zu weit gegangen, hatte zu viel riskiert. Aber die Streitwagen leisteten ganze Arbeit. Wie Keile stießen sie in die Heerhaufen germanischer Krieger hinein und verscheuchten sie wie Vögel vom Feld. Die donnernden Hufe und die unberechenbaren Bewegungen der Streitwagen entnervten die Feinde, die nur noch zur Seite springen konnten, um nicht niedergetrampelt zu werden. Die Wirkung war beeindruckend. Der Vorstoß der Germanen war mit einem Schlag fast vollständig zum Stehen gekommen, und Bronix konnte den Rest des Wegs in gemächlicherem Tempo zurücklegen. Als ihr Führer nicht mehr um sein Leben bangen musste, rissen die Lenker ihre Wagen herum und rasten auf die Flügel zu.

Unter wütendem Geheul formierten sich die Germanen neu. Bronix hatte sie zum Narren gehalten. Ihre vermeintliche Beute hatte sie erst angelockt, um ihnen dann zu entwischen. Wie die Bienen aus einem zerstörten Bienenstock versammelten sie sich und stapften geradewegs auf das Zentrum des kaledonischen Heeres zu, in dem sich nun auch Bronix befand. Ein mächtiges Gebrüll erschütterte das Tal, als die beiden Linien aufeinander prallten. Die Germanen schleuderten ihre Speere und droschen wild mit ihren Schwertern auf den Gegner ein. Ihre Mitte war so gewaltig, dass die Kelten schon bald zurückweichen mussten. Bronix versuchte gar nicht erst, die Stellung seiner Mitte zu halten, sondern trat angesichts des gegnerischen Drucks den geordneten Rückzug an.

Auf den Flügeln hielten die Kelten sich besser. Da sich ihnen dort weniger Germanen entgegenstellten, beherrschten die Streitwagen beide Enden der Front. Ihre durch das trockene Gras mahlenden Räder wirbelten gewaltige Staubwolken auf, die dem Feind die Sicht nahmen. Hin und her rasten sie durch die auseinander gerissenen feindlichen Linien, stießen in ihre Hörner und schleuderten dem Feind Steine entgegen. Die dunkle Silhouette der Streitwagen, die unvermittelt aus dem Staub auf sie zukam, löste bei den Germanen Panik aus. Sie waren so gut wie wehrlos gegen die blau bemalten Krieger, die auf den hölzernen Deichseln zwischen den Pferden thronten. Die kaledonischen Krieger schossen mit ihren Schleudern Steine ab und stießen rasch mit ihren Speeren zu, während ihre Streitwagen enge Kreise beschrieben.

In der Mitte der Schlachtlinie waren Bronix und seine Krieger noch immer auf dem Rückzug. Die Germanen nutzten die Gunst der Stunde und setzten alles daran, das keltische Zentrum zu zerschlagen. In den Reihen der Römer brach schon sporadisch Jubel aus. Die Germanen übertrafen alle Erwartungen; vielleicht gelang es ihnen ja, das keltische Heer zu teilen. Die Legionäre begannen langsam mit dem Vormarsch, um mit den angreifenden Germanen Schritt zu halten, doch als der Abstand zwischen den beiden Linien größer wurde, hielten sie an. Ihre Söldner waren zu schnell für sie.

»Jetzt! Jetzt! Jetzt!«, brüllte Bronix, dessen dröhnende Stimme im Schlachtenlärm fast unterging. Andere gaben seinen Ruf weiter und verbreiteten so das Signal im gesamten kaledonischen Heer.

An beiden Enden der keltischen Kampflinie machten die Streitwagen nun kehrt und umschlosssen das Gros der germanischen Söldner, die nun hoffnungslos eingekeilt waren. Die keltischen Fußsoldaten folgten, hielten nur gelegentlich an, um den wenigen verbliebenen, völlig verwirrten Germanen den Todesstoß zu versetzen. Als die Streitwagen die Umzingelung beendet hatten, sprangen die Krieger herunter, schleuderten ihre Speere und zogen ihre Schwerter. Die Lenker mit ihren wilden Mähnen wendeten so abrupt, dass sie ihre Wagen fast zum Umkippen brachten, bevor sie ihre Pferde abseits des Kampfgetümmels in Sicherheit brachten und auf das Signal zu einem neuerlichen Angriff warteten.

Die Römer hatten gehofft, den Gegner mit ihren germanischen Söldnern einschüchtern zu können, die ebenso groß und kräftig waren und ebenso ungestüm angriffen wie die Kelten selbst. Sie hatten einen kurzen, heftigen Kampf zwischen Germanen und Kelten erwartet, und dann den schnellen Rückzug ihrer leicht bewaffneten Söldner. Die Römer jubelten bereits, als das Zentrum der Kelten unter dem Eindruck des Vorstoßes der Germanen zurückwich, doch als die Streitwagen eingriffen, hatte ihr Jubel schnell ein Ende. Nun waren die Germanen umzingelt, und die Kelten droschen gnadenlos mit ihren schweren Schwertern auf sie ein.

Bronix hatte sie überlistet.

Taranis beobachtete das brodelnde Zentrum der Schlachtlinie, von dem der Staub bis zu ihm herüberzog. Er sah noch immer den mächtigen Körper von Bronix, der sein Schwert schwang, als wolle er sich einen Weg durch Unterholz bahnen. Taranis' Flügel von Bogenschützen hatte bislang kaum in den Kampf eingegriffen. Sie hatten auf die Germanen geschossen, als diese zum Angriff übergegangen waren, aber angesichts der Tatsache, dass der Angriff sehr schnell vonstatten gegangen war und die meisten Feinde sich in der Mitte konzentriert hatten, waren ihnen kaum Ziele geblieben. Jetzt aber boten sich ihnen Ziele zuhauf, denn die Germanen flüchteten aus dem Zentrum und rannten in alle Richtungen davon. Taranis rieb sich die Augen und zielte auf die von Entsetzen gepackten Gestalten, die aus dem Staub auftauchten. Er schoss nicht gezielt auf Einzelne und sah nicht einmal, wo sein Pfeil einschlug, als dieser sich zwischen die unzähligen anderen Pfeile mischte, die auf die unglückseligen Germanen herabregneten. Viele von ihnen stürzten schreiend zu Boden, streckten die Hände nach ihren Kameraden aus, die aber größtenteils selbst in wilder Flucht um ihr Leben rannten, ohne ihre gefallenen Mitkämpfer zu beachten. Einige von ihnen schafften es bis zu den römischen Linien, wo sie auf Schutz hofften, doch die Legionäre senkten ihre Wurflanzen und trieben sie an den Rand des Schlachtfelds. Die römischen Offiziere wollten nicht zulassen, dass besiegte Soldaten sich mit frischen Truppen mischten.

Das Schlachtfeld leerte sich. Diejenigen Germanen, die es geschafft hatten zu entkommen, formierten sich an den Enden der römischen Schlachtlinie. Jetzt begannen die Centurionen, Befehle zu bellen, und es sah so aus, als ob nun die schwer bewaffneten Legionäre zuschlagen würden. Die keltischen Befehlshaber hatten Mühe, unter ihren heulenden Kriegern, die nun Blut geleckt hatten, die Ordnung wiederherzustellen.

»Kaledonier!«, brüllte Bronix, der vor den tobenden Kriegern stand, mit hohlen Händen am Mund. »Die Schlacht hat gerade erst begonnen. Zurück auf eure Stellung. Hört auf eure Führer.«

Den Männern aber fiel es schwer, auf irgendjemanden zu hören. Sie schlugen mit den Schwertern auf ihre Schilde und vollführten Freudensprünge. Das Gefühl des Sieges war süß und Gift für die Disziplin. Die Streitwagenlenker waren da zurückhaltender; sie sammelten ihre Krieger ein und gingen wieder in Stellung an den Flügeln bei den Bogenschützen, die ihre strikte Ordnung beibehalten hatten.

Entnervt vom Durcheinander griffen die Führer hart durch; sie prügelten ihre Männer mit der flachen Klinge und der Kante ihrer Schilde in Kampfordnung zurück. Schließlich hatten sich die Kaledonier wieder ordentlich formiert, um den Römern gegenüberzutreten.

Ihre Eile erwies sich als überflüssig, denn die Römer schienen, was den Angriff anging, eine andere Taktik einzuschlagen: Am Fuß der Tallehne standen sie wie Säulen in drei horizontalen Linien, jede mehrere Mann tief. Der Abstand zwischen den einzelnen Linien betrug rund fünfzig Schritte. Hinter der ersten standen zwei Einheiten von Reservesoldaten, um eventuelle Löcher zu stopfen oder im Notfall einzugreifen. Hinter der zweiten Linie sah Taranis acht oder zehn Skorpione stehen – fahrbare leichte Pfeilgeschütze. Ihre Pfeile waren etwa einen Fuß lang und noch auf dreihundert Schritt Entfernung tödlich. Innerhalb der einzelnen Reihen gab es in regelmäßigen Abständen Zwischenräume, was den Eindruck vieler kleiner Heere innerhalb eines Heeres vermittelte. Taranis sah durch diese Lücken Männer mit Tragbahren kommen, die die verwundeten Germanen einsammelten und die Toten auf ein gutes Dutzend von Hand gezogener Karren luden. Die Kelten warteten wie immer, bis die Feinde ihre Toten vom Schlachtfeld getragen hatten.

Lon war überglücklich darüber, wie die Dinge sich entwickelt hatten. Die Bogenschützen hatten kaum eingreifen müssen, und nun war die Schlacht vorüber. »Ich hab's doch gewusst!«, rief er. »Sie haben genug! Sie sammeln ihre Toten ein und laufen davon!«

Ungläubig blinzelnd beobachtete Taranis, wie die Römer schweigend über das Schlachtfeld gingen und ihre gefallenen Bundesgenossen einsammelten. Allmählich ließ das Geschepper der Schilde nach, und die Kelten beruhigten sich wieder. Das gesamte keltische Heer war zum selben Schluss gekommen – die Römer zogen sich zurück. Taranis reagierte darauf mit gemischten Gefühlen; er fühlte sich beraubt und erleichtert zugleich. Er hatte sich eine richtige Schlacht gewünscht, war aber trotzdem froh. Er konnte nicht leugnen, dass er sich in der Tiefe seines Herzens über ihren Rückzug freute, denn er war nicht halb so tapfer, wie er gehofft hatte. Aber irgendwie konnte er noch immer nicht glauben, dass die Feinde tatsächlich abziehen wollten.

Als die Männer mit den Karren ihre grausige Aufgabe erledigt hatten, zogen sie sich schweigend zu den römischen Linien zurück, wo sie in den Lücken zwischen den Formationen verschwanden. Erneut beobachteten zwei Heere einander über ein leeres Tal hinweg.

Absolute Stille senkte sich über die Kelten, als plötzlich die römischen Signalhörner ertönten. Danach war es wieder still. Über eine Minute lang starrten die Kelten auf die kalten grauen, kastenartigen Formationen. Wieder ertönten die Signalhörner, bis eine einzelne, alles übertönende Trompete zum Angriff blies. Abrupt begannen sie in ihren dicht geschlossenen viereckigen Formationen mit dem Vormarsch. Selbst die skythischen Reiter an den Flügeln behielten ihre strenge Formation bei.

Lon warf Taranis einen entsetzten Blick zu. »Sie wollen angreifen.«

»Der Sieg wird unser sein«, meinte Taranis. »Wir haben ja Bronix.«

Das dumpfe Geräusch von eisengepanzerten Männern, die sich in Marsch gesetzt hatten, erfüllte die Luft. Irgendwo in den hinteren Reihen der Römer hörte Taranis deutlich die rhythmischen Trompetensignale. Dann klangen erneut die Signalhörner. Die grauen Rechtecke hielten in hundert Schritt Entfernung an. Wieder tönten die Trompetensignale. Die Lücken in den vorderen Reihen schlossen sich, es entstand eine Mauer von Soldaten in gleichmäßigen Abständen von rund sechs Fuß. Reglos standen sie da. Lediglich die berittenen Offiziere im Rücken wechselten ihre Stellung; sie zogen sich hinter die Linien zurück, besprachen sich und erteilten Befehle. Offenbar hatte sie die Absicht, den Kelten einen ausgiebigen ernüchternden Blick auf das Heer zu gönnen, das die Welt beherrschte.

Wie seltsam sie doch aussahen, diese klein gewachsenen, olivfarbenhäutigen Männer mit ihren langrechteckigen, gewölbten Schilden, die sie fast bedeckten, und den langen, mit Eisenspitzen bewehrten Wurflanzen. Einige von ihnen trugen einen Bart, andere waren glatt rasiert. Obwohl Taranis wusste, dass sie aus dem gesamten Imperium rekrutiert worden waren, sahen sie irgendwie alle gleich aus. Alle standen auf dieselbe Weise da. Alle wirkten ungewöhnlich ruhig, als wären sie für den Krieg geboren. Aus ihren Reihen ertönte keinerlei Geheul; zu hören waren nur die gelegentlichen Rufe der Centurionen und die unheimlichen Töne der Signalhörner. Die Soldaten standen aufrecht und breitbeinig da. Ihre Wurflanzen hielten sie gekreuzt, und um Kraft zu sparen, stellten sie ihre Schilde auf den Boden. Taranis hielt diese Haltung bei Soldaten für unnatürlich, fest und unbeweglich mit stierem Blick dazustehen und zu tun, als würden sie den Gegner gegenüber gar nicht wahrnehmen. Wie gesträubte Borsten behielten sie ihre steife Haltung bei, und das Einzige, was sich wenigstens leicht bewegte, waren ihre glatt polierten, wie tausend Sonnen leuchtenden Helme.

»Sie sehen wie Götter aus«, flüsterte Lon.

»Sie sind aber keine Götter«, sagte Taranis mit Nachdruck,

um Lon ebenso zu beruhigen wie sich selbst. »Die sind nicht anders als wir auch. Siehst du die Germanen?« Er deutete mit seinem Bogen auf die kläglichen Überreste der blonden Söldner am Rand des Schlachtfelds. »Die sind genauso groß wie wir, und schau sie dir jetzt an.«

Taranis wandte sich von Lon ab und betrachtete die graue Masse. Soldaten des Reiches – die mächtigste Streitmacht des Bösen, die die Welt je gesehen hatte. Sie waren anders als die Germanen, das musste er zugeben. Man sah es schon an der Art und Weise, wie sie marschierten, und an ihrem Blick. Keinerlei Emotion. Marionetten Roms. Sie traten auf, als gehörten sie hierher – so, als hätten sie das Recht, die Insel zu besetzen, ganze Dörfer zu zerstören und Steuern einzutreiben.

»Hört mir zu!«, rief Bronix. »Diese römischen Grashüpfer wollen doch tatsächlich kämpfen.« Er deutete auf den Feind. »Vergesst nie, warum ihr hier seid. Wir sind Kaledonier. Dies hier ist kaledonischer Boden. Wir lassen es nicht zu, dass Römer oder ihre bezahlten Söldner oder sonst jemand auf unserem Land herumtrampelt. Also macht euch bereit. Die Götter sind mit uns.«

Großer Jubel erhob sich in den Reihen der Kelten, und erneut schlugen sie die Schilde aneinander. Überall peitschten die Führer ihre jeweilige Truppe bis zur Raserei auf. Das Kriegsgeheul wurde immer lauter, bis die keltischen Linien in regelrechte Blutgier verfielen. Einige der Ungeduldigsten drängten schon nach vorn und mussten zurückgehalten werden; zunächst mussten die Streitwagen die feindlichen Reiter ausschalten.

Dann kamen die skythischen Reiter von beiden Seiten angaloppiert. Ein paar von Uryens Schützen machten ihre Bogen schussbereit, aber die Entfernung war zu groß, und so winkte Uryen ab. Dies war die Aufgabe der Streitwagen. Taranis verfolgte, wie die Wagen mit ihren stehenden Kriegern der feindlichen Reiterei entgegendonnerten. Er war stolz, sie dahinrasen und kämpfen sehen zu können. Sie warfen ihre Speere und schlugen, auf den Deichseln zwischen Streitwagen und Pferden stehend, auf die Skythen ein. Nach und nach wurde jedoch immer deutlicher, dass sie trotz ihres Tempos und ihres Muts für die wendigeren Reiter keine ebenbürtigen Gegner darstellten. Durch die staubgefüllte Luft erkannte Taranis, dass die Skythen die langsameren doppelspännigen Wagen immer wieder ausbremsten. Eine schnelle Wendung genügte, um den Streitwagen in den Rücken zu fallen. Dutzende von Lenkern hingen schon kopfüber, tot oder verwundet, aus ihren Wagen – Opfer skythischer Pfeile und schneller Stöße von vorbeidonnernden Lanzenträgern. Nach dem Ausfall ihrer Lenker waren die Krieger gezwungen, selbst die Zügel in die Hand zu nehmen. Wer sein Gefährt abbremste, um Speere zu werfen oder Pfeile abzufeuern, wurde auf der Stelle niedergemäht. Führerlose Streitwagen und ziellos umherirrende reiterlose Pferde vergrößerten noch die allgemeine Verwirrung, und als die verbliebenen Streitwagenlenker die Sinnlosigkeit ihres Tuns erkannten, traten sie, verfolgt von den Skythen, die Flucht an.

Erneut senkte sich Stille über das Tal, als die Geräusche von Hufen und Wagenrädern allmählich in der Ferne verhallten. Taranis sah, wie der aufgewirbelte Staub sich langsam senkte und die Reihen der Römer wieder sichtbar wurden. Er erinnerte sich an die Warnung seines Vaters, die Tage der Streitwagen seien gezählt.

Dann rasten zusätzliche skythische Reiter wie Schatten über dem Gras auf die Kaledonier zu. Die Römer hatten fast ein Drittel ihrer Reiterei zunächst zurückgehalten.

»Macht euch bereit!«, schrie Uryen. »Zielt auf den ersten Reiter, und schießt, bevor sie umdrehen können und außer Reichweite sind!«

Die Reiter stellten die Fähigkeiten der keltischen Bogenschützen auf die Probe und ignorierten sie schlicht, während sie ihre Pferde auf die Schwertträger zutrieben und dabei Pfeile abfeuerten. Als mehrere Reiter von keltischen Pfeilen getroffen wurden, schlugen sie urplötzlich einen Haken nach rechts und fegten, ununterbrochen selbst Pfeile abschießend, an der keltischen Front entlang. Bevor sie in die Reichweite des anderen Flügels von Bogenschützen gelangten, rissen sie ihre Pferde erneut herum und brachten sich hinter die Linien der Legionäre in Sicherheit.

An den Rändern begann die Reiterei, die Kelten zusammenzutreiben. Auf engem Raum zusammengepferchte Schwertkämpfer hatten aber nicht genug Platz, um ihre langen Schwerter zu schwingen, und somit gaben sie hervorragende Ziele für skythische Bogenschützen ab.

»Die Lanzenträger!«, brüllte Uryen. »Zielt auf die Lanzenträger!« Er zog seinen Bogen herum und schoss einen Pfeil ab, ohne lange zu zielen. Sechzig Schritt vor ihm sackte ein Reiter im Sattel zusammen, die Stoßlanze fiel zu Boden. Ein Hagel von Pfeilen verdunkelte den Himmel. Schon fielen weniger weit entfernte Reiter samt Stoßlanze vom Pferd. Doch die Geschosse trafen auch einige der eigenen Krieger am Rand der keltischen Reihen, die fluchend und schreiend die Schilde schwangen, um ihre Bogenschützen auf sich aufmerksam zu machen. Einige hielten sich den Schild über den Rücken, und fast alle warfen über die Schulter ihren Bogenschützen wütende Blicke zu.

Uryen aber beachtete sie nicht weiter. Die Lanzenträger auszuschalten wog schwerer als ein paar eigene verwundete Krieger. Er bedeutete den Trägern, mehr Pfeile zu bringen, und setzte den Angriff fort, bis die Reiterei sich aus der Reichweite ihrer Pfeile zurückzog. Uryen lächelte. Obwohl seine Methoden einen gewissen Blutzoll gefordert hatten, war er durchaus zufrieden; die römische Einkesselungstaktik würde heute jedenfalls nicht mehr aufgehen. Die Skythen mussten sich fortan mit Schüssen aus großer Entfernung und ihrer üblichen defensiven Rolle an den Flügeln begnügen, wo sie verhindern sollten, dass die Legionäre von einem zahlenmäßig überlegenen Heer in die Zange genommen wurden. Nun war die Zeit für den Angriff der Fußsoldaten, der Legionäre, gekommen.

Die drei Reihen römischer Soldaten hatten sich auf die Trompetensignale hin bereits in Bewegung gesetzt. Im Laufschritt bewegten sie sich zügig auf die Kelten zu. Bronix stand mit dutzenden seiner Befehlshaber vor den kampfbereiten Schwertträgern, um sie zurückzuhalten, bis der günstigste Moment zum Angriff gekommen war. Da den Römern die Morgensonne in die Augen schien, hatten die Kaledonier einen nicht unbeträchtlichen Vorteil; sie wollten ihn nicht dadurch verspielen, dass sie bergauf angreifen mussten.

Nun waren die Legionäre in Reichweite, und so feuerten Taranis und die anderen Bogenschützen Pfeile auf die vorrückende graue Masse ab. Sofort drehte die erste Linie der Römer ihre Schilde um fünfundvierzig Grad, um ihre Körper zu schützen; es war, als hätte sich plötzlich eine Wand aus Eisen gebildet. Die Soldaten der hinter ihnen aufgestellten Reihen hielten ihre Schilde über den Kopf. Die Deckung war vollkommen, ungeschützt waren nur die Unterschenkel der Soldaten. Die ganze Formation sah ausgesprochen merkwürdig aus; sie wirkte fast wie eine gewaltige vorwärts kriechende Schildkröte.

Nun konnten die Truppenführer ihre Stammesangehörigen nicht länger zurückhalten. Wie eine breite Flutwelle stürzten sie über das Feld auf die vorrückende Schilderwand zu.

»Vorwärts! Vorwärts!«, brüllte Uryen mit wild entschlossener Miene. »Bleibt bei mir, und hört nicht auf zu schießen.« Er schrie weitere Anweisungen über die Schulter, doch seine Stimme ging im Getöse der vorgetragenen Angriffe unter. Taranis staunte über die Schnelligkeit des Alten und versuchte sich vorzustellen, wie Uryen wohl als junger Krieger gewesen sein musste. »Schneller schießen!«, hörte Taranis ihn rufen. »Nicht zielen, schießen!« Der Pfeilhagel zwang die Römer, ihre Schildkröten-Formation beizubehalten und sich quasi blind nach vorn zu bewegen. Und sie gingen vor, noch immer im Laufschritt. Hier und da sah Taranis, wie ein Pfeil ein ungeschütztes Bein traf oder seitlich durch die Schilde rutschte. Doch auch das Sperrfeuer der keltischen Bogenschützen konnte den im Eilschritt durchgeführten Angriff der Legionäre nicht aufhalten. Ihr Schildkrötenpanzer schützte sie.

Jetzt hagelte es Skorpionpfeile und -bolzen auf die Reihen der Kaledonier. Ohne systematischen Schutz durch Schilde, Brustpanzer und Helme wurden die Schwertträger quer durch die Reihen von Pfeilen getroffen. Vor sich sah Taranis einen Bogenschützen umfallen wie einen Mann mit einem Sonnenstich.

Uryen war langsamer geworden. Wieder rief er etwas; es ging offenbar um Schilde. Taranis überflog die feindlichen Linien, um so vielleicht herauszufinden, was von ihm erwartet wurde. Er sah, dass die zweite Reihe von Legionären ihr Tempo erhöht hatte und dabei war, den Abstand zur ersten zu verringern. Nun begannen die beiden römischen Linien, auf die Kelten zuzurennen. Die Rufe und Schreie, als die beiden Heere einander näher rückten, waren so laut, dass Uryen fast nicht mehr zu hören war, obwohl er keine dreißig Schritte von ihm entfernt stand. Dann begriff Taranis. Die Römer waren kurz davor, ihre Schilde zu senken, um ihre Wurflanzen zu schleudern. Er kam sich wie ein Narr vor. Er wusste, dass dies ein ganz entscheidender Augenblick für die Bogenschützen war. Er blieb mit den anderen stehen und zielte.

Ein markerschütternder Trompetenstoß zerriss die Luft, und die Legionäre blieben abrupt stehen. Sie setzten ihre Schilde ab. Tausende schwerer schwarzer Lanzen flogen durch die Luft, als beide Linien in rascher Folge ihre Lanzen warfen. Einen Augenblick später war alles vorbei, und die zweite Linie ließ sich wieder zurückfallen, doch bis dahin hatte Taranis bereits fünf Pfeile auf die verwundbaren Legionäre abgeschossen. Entlang der ganzen Linie und besonders in der Nähe der keltischen Bogenschützen lagen tote oder verwundete Legionäre. Doch an die Stelle eines gefallenen Soldaten trat sofort ein anderer vor, um ihn zu ersetzen.

Nachdem so viele Wurflanzen vom Himmel gefallen waren, wirkte die kaledonische Front alles andere als geschlossen, sondern eher zerrissen und chaotisch. Die angreifenden Stammesangehörigen mussten fast stehen bleiben, um ihre Schilde zu heben und die tödlichen Geschosse abzuwehren. Doch das Heer des Imperiums verfügte über Speere mit dünnen Eisenspitzen unterschiedlicher Länge, die Schilde durchdringen konnten, und schweren langen Holzschäften, die nach dem Auftreffen die Eisenspitze verbogen, sodass man sie nicht herausziehen konnte. Dies erwies sich für die Kaledonier als verhängnisvoll, denn so wurden ihre Schilde schwer und unbeweglich, beschwerten den

Arm des Kämpfers. Viele warfen deshalb ihre gespickten Schilde weg und kämpften lieber ohne Schutz als mit einer derartigen Behinderung.

Die Legionäre rückten näher, zogen ihre Schwerter und riefen mit donnernden Stimmen ein einziges Wort: »Rom!« Ihre ausdruckslosen Gesichter erwachten plötzlich zum Leben, als sie auf die Kelten zusprangen, und als sie aufeinander trafen, erschütterte der Lärm des Zusammenstoßes das ganze Tal.

An der Flanke dirigierte Uryen seine Bogenschützen vom Kampfgetümmel weg und wies sie an, sich in den Rücken des Heeres zu begeben. Sie liefen zwei Drittel des Talhangs hinauf, sammelten sich auf dieser Höhe und nahmen Uryens Anweisungen entgegen. »Die Götter sind mit uns«, sagte er ruhig, als sich seine Bogenschützen um ihn versammelten. »Sie haben eure Pfeile gelenkt und uns ruhige Hände verliehen.« Er hielt inne und schaute in Lons Richtung. »Jeder Einzelne von uns hat Grund, stolz zu sein. Nun liegt es an den Göttern – und unseren Schwertkämpfern.«

Taranis war mit sich zufrieden; er hatte sich wacker gehalten. Lon war nie von seiner Seite gewichen und offenbar ebenfalls sehr von sich angetan. Mit stolzgeschwellter Brust nahm er Uryens Kompliment entgegen. Nachdem Uryen Lon vor den übrigen Bogenschützen gedemütigt hatte, verdiente er das Lob. Er hatte sein Bestes gegeben, und das genügte. Taranis ließ seinen Blick über Uryens Schulter zu den Karren ihres Trosses weiter oben am Hang schweifen. Sie hatten sich nicht von der Stelle gerührt, und er sah die Umrisse von Eston, der unermüdlich Körbe mit Pfeilen füllte.

Als Uryen zu Ende gesprochen hatte, folgte Lon Taranis zu einem kleinen offenen Platz im Schutz der Bäume, von wo sie freien Blick auf das Schlachtfeld unter ihnen hatten. Die kaledonischen Krieger waren in der Überzahl, sie hatten fast tausend Mann mehr als die Römer, und sie kämpften mit großer Hingabe. Trotz des Verlusts so vieler Schilde und trotz des druckvollen Angriffs der Feinde hielten sie sich gut. Bronix schaffte es, seine vorher erlittene Verletzung zu ignorieren, und schlug eine breite

Bresche mitten in die römischen Linien. Die Centurionen versuchten zwar ununterbrochen, die Lücke mit frischen Truppen aus der zweiten Reihe und Reservesoldaten aufzufüllen, aber Bronix waren die Römer einfach nicht gewachsen. Mit einem einzigen Hieb seines überdimensionierten Schwertes schlug er den Römern ihre Schilde aus der Hand. Aus Furcht vor seinem herumwirbelnden Schwert kam niemand an den Riesen heran, und die kurze Klinge der Römer erwies sich in diesem Kampf als nutzlos. Einige der mutigeren Legionäre versuchten zwar, gemeinsam den Kelten in die Enge zu treiben und in den Nahkampf zu zwingen, um dann vielleicht von unten zustoßen zu können, aber Bronix ließ sich nicht narren. Die verstreuten Leichen seiner Gegner bezeugten seine Schnelligkeit und seine Kraft. Auch anderswo hielten sich die Kaledonier tapfer, warfen sich auf die Römer und schlugen sie mit wilder Entschlossenheit zurück.

Die römische Methode der Kriegführung hatte aus Taranis' Sicht wenig Ruhmreiches an sich. Ihre Schienenpanzer und Helme ließen zwar Schwerthiebe abgleiten, aber das war auch nötig bei Soldaten, die ständig abzuducken und auf eine Gelegenheit zu warten schienen, ihr Schwert von unten in den Gegner zu stoßen. Die größeren Kelten hingegen attackierten aufrecht und krochen nie vor dem Feind. Mit ihren muskulösen Körpern waren sie den kleinen, gedrungenen Römern klar überlegen. Die Legionäre kämpften nicht wie Männer, dachte Taranis. Immer wieder duckten sie sich und stürzten wie die Schweine über das Feld, rammten ihre Schilde in die Kelten und stießen dann unter deren Deckung hindurch mit dem Schwert zu.

Zwanzig Minuten erbitterten Kampfes verstrichen.

»Wie sieht's aus?«, fragte Lon.

»Ich weiß nicht recht«, antwortete Taranis, während die zweite Linie der Römer rasch zur ersten aufschloss. »Vielleicht versuchen sie ja, ihre Kräfte an der Schlachtlinie zu verdoppeln; bis jetzt haben sie uns keine Handbreit zurückdrängen können.«

»Und Bronix hat ihre Mitte fast allein vernichtet«, fügte Lon zufrieden grinsend hinzu.

Die zweite Linie schloss zur ersten auf, fädelte sich ein, bis sie die Front erreichte. Die gesamte erste Linie wendete, wie es schien, alle Männer gleichzeitig und marschierte zurück, um die zweite Linie neu zu formieren.

Jetzt verstand Taranis. Die Römer hatten frische Truppen an die Front gebracht.

Die neuen Legionäre schienen nach einem klaren Angriffsplan vorzugehen. Hinter ihrem rechten Flügel vereinigten sich Truppen für eine Offensive. Doch jeder Plan müsste sich gegen Bronix und seine Kontrolle der Mitte behaupten. Die Römer schienen kein Mittel zu finden, dieses Problem zu lösen, während das Zentrum für sie immer gefährlicher wurde. Bronix griff die Verstärkungen leidenschaftlich an, brüllte und wirbelte mit seinem Schwert herum und zermalmte alles, was in seine Nähe kam. »Willkommen in der Schlacht!«, schien er zu rufen, und schon hielten sich seine neuen Gegner auf Distanz. Wer das verabsäumte, musste sterben.

Taranis überflog die Schlachtlinie, die nun anders aussah. Auf ihrer linken Seite kämpften die Römer recht defensiv; sie wichen zwar nicht zurück, griffen aber auch nicht an. Der rechte Flügel hingegen suchte gezielt nach Schwachstellen beim Feind und drang in entschlossenen kleinen Gruppen wie winzige Halbinseln tief in die keltischen Linien vor. In diese Spitzen schleusten die Römer immer neue Truppen, die mit ihren Schilden solange vorwärts drängten, bis sich die Halbinseln zu großen Keilen verbreiterten. Die Kelten waren nun eingekeilt und ihre langen Schwerter nicht zu gebrauchen. Kelten verabscheuten den Nahkampf. Mit ihren langen Klingen konnten sie sich gegen die schnellen, kurzen Stöße des Feindes nicht verteidigen – hinzu kam, dass viele ihre Schilde an die römischen Wurflanzen verloren hatten. Der rechte Flügel der Römer sah aus wie gezackte Zähne, die sich ins Herz des keltischen Heeres verbissen.

Über dem Schlachtenlärm hörte Taranis wieder die Trompeten. Drei Stöße. Er sah, wie die Enden der Keile sich aufeinander zubewegten und die eingekeilten Kaledonier umzingelten und vernichteten. Taranis starrte zutiefst erschreckt ins Tal. Die

Falle schloss sich rasch und schien die eingekreisten fünfzehn bis zwanzig Mann regelrecht aufzufressen. Nun stieß die zweite Linie vor, und diesmal blieb sie an der Front und unterstützte die erste; nur die dritte hielt sich als Reserve noch im Hintergrund. Die Römer brauchten für ihr Manöver zusätzliche Kräfte.

Wieder und wieder sah er, wie die gezackten Zähne vorstießen, auseinander gingen und sich schlossen. Der rechte Flügel der Römer ging weiter vor und verschlang auf seinem Weg immer mehr kaledonische Krieger.

In der Mitte hatte Bronix bei seinem Vorstoß ins Zentrum des römischen Heeres vorübergehend Halt gemacht. Er gab Führern in seiner Nähe Anweisungen, gab ihnen Zeichen mit seinem Schwert. Sie leiteten seine Befehle weiter, keltische Kräfte in die Gefahrenzonen zu verlegen, und beantworteten die römische Taktik mit einer entsprechenden Gegenbewegung.

Zufrieden nahm Bronix seinen Angriff auf das römische Zentrum wieder auf. Doch plötzlich traten die Legionäre beiseite, fast wie bei einer Parade. Sie hatten vor Bronix einen Korridor gebildet, der zu dem freien Feld führte, wo die dritte und letzte römische Linie stand. Der Durchbruch schien möglich! Er schien am Ziel zu sein! Bronix schaute nach rechts und nach links, ging vor – und erstarrte. In dem kurzen Gras, keine fünfzig Schritte hinten am anderen Ende des Korridors, standen drei Geschütze.

»Skorpione!«, schrie Lon Taranis ins Ohr.

»Ich weiß«, sagte Taranis voller Entsetzen.

Bronix sprang zur Seite. Sein Schild flog vor seinen Körper, als er sich zu Boden warf, aber zu spät. Schon spien die Geschütze ihre Geschosse aus. Zwei Pfeile verfehlten Bronix nur knapp, schossen über seine Schulter in die Reihen hinter ihm; der dritte aber durchdrang seinen Schild und durchbohrte seine Brust. Taranis sah, wie Bronix nach hinten gerissen wurde und zu Boden fiel. Aus seinem Rücken ragte ein Skorpionbolzen.

Taranis wandte sich ab. Bronix war gefallen, vernichtet von einer der feigen Waffen des Römischen Reiches. Dreißig lange Jahre hatte er mit seiner hünenhaften Gestalt und seinem mächtigen Schwert die Feinde erzittern lassen. Kaum einer konnte sich noch an die Zeit erinnern, in der Bronix die Kaledonier noch nicht in den Krieg geführt hatte. Eine ganze Generation war mit den Geschichten seiner Heldentaten groß geworden. Taranis erinnerte sich noch gut daran, wie er bis spät in die Nacht am Feuer gesessen und gebannt den Erzählungen seines Vaters von den Abenteuern des größten lebenden Kriegers von Kaledonien gelauscht hatte. Und jetzt waren sie plötzlich allein.

Am Horizont zogen Staubwolken auf; die Skythen waren zurückgekehrt. Der Erdboden bebte, als sie in vollem Galopp näher kamen und sich schließlich zum rechten Flügel der Römer gesellten. Sie konzentrierten sich auf diejenigen Kaledonier, die von der Keilformation ohnehin schon stark dezimiert waren. Hunderte von Pfeilen regneten auf die hinteren Ränge der Kelten herab und erzeugten Angst und Verwirrung.

»Bronix ist tot!«, schrie ein Römer in keltischer Sprache. Darauf jubelten die Römer aus allen Richtungen: »Bronix ist tot! Die Kelten fliehen!«

Bald begannen auch die Stammesangehörigen zu schreien: »Bronix! Wo ist Bronix?«

Plötzlich bekamen die Kaledonier es mit der Angst zu tun. Die hinteren Reihen brachen zuerst auseinander. Sie rannten nicht weg – jedenfalls nicht gleich. Sie zogen sich zurück wie Hunde vor ihrem Herrn. Andere schlossen sich ihnen an, bis ganze Haufen sich umdrehten und davonliefen. Die Kelten im Zentrum der Schlachtlinie sahen den Rückzug und dass sie auf verlorenem Posten standen. Verzweifelt schauten sie sich nach Fluchtwegen um.

Die Führer versuchten, das totale Chaos zu verhindern. »In die Rückzugspositionen!«, schrien sie, und auch die Hörner bliesen zum Rückzug.

Die Römer handelten schnell. Die dritte Linie rückte vor, warf ihre Lanzen und stieß in die Lücken, die der überstürzte Rückzug gerissen hatte.

Entlang der gesamten keltischen Front zeigten sich die Führer, ermutigten ihre Krieger, während sie versuchten, einen geordneten Rückzug zu befehligen. Ihre allseits sichtbare Präsenz wurde ihnen aber zum Verhängnis. Viele wurden schon in den ersten Minuten des plötzlichen Sturmangriffs der dritten römischen Linie eingeschlossen und getötet. Nackte Panik befiel die Kaledonier. Die allgegenwärtig scheinenden Römer stießen wie wild mit ihren Kurzschwertern zu. Da nur noch wenige Führer lebten, war ein geordneter Rückzug nicht mehr möglich. Hals über Kopf flohen die einst so stolzen Krieger über das Moor, klammerten sich auf ihrer wilden Flucht vor den Legionären verzweifelt aneinander. Etliche wurden auf der hektischen Flucht den Talhang hinauf in die Wälder von den eigenen Kameraden niedergetrampelt. Mit gezogenen Schwertern warf sich die römische Reiterei in das Meer fliehender Kelten und schlachtete sie von hinten ab, während sie sich zusammendrängten und übereinander stolperten.

Taranis konnte es einfach nicht glauben. Das ganze Heer der Kelten war auf der Flucht.

»Verschwindet von hier!«, rief Uryen. »Es ist vorbei!«

Vorbei! Die Worte trafen Taranis wie ein Skorpionbolzen. Wie konnte es vorbei sein? Wie konnte eine so große Streitmacht so leicht besiegt werden? Bronix tot, Kommandeure gefallen, Krieger auf der Flucht vor dem Feind ... war aus den Eingeweiden der Erde eine grässliche Form von Wahnsinn aufgestiegen, um den Geist freier Männer zu verhexen? Sie hatten den süßen Sieg bereits in der Hand gehalten und ihn dann wie Sand durch ihre Finger rinnen lassen. Und jetzt mussten sie davonrennen wie verängstigte Welpen.

6

»Weg hier!«, brüllte Uryen. »Lauft, und bleibt nicht stehen! Bewahrt euch euren Verstand, und die Götter werden euch beschützen!«, schrie er den wenigen noch verbliebenen Bogenschützen zu, die ebenso fasziniert wie entsetzt das Spektakel unter ihnen beobachteten.

Die verzweifelten Schreie Sterbender und der Geruch nach Blut, Schweiß und Staub stiegen wie Dämpfe aus der Unterwelt zu ihnen hoch und schlugen Taranis in ihren Bann. Er riss sich von dem Anblick los und schaute zu den Gepäckkarren hoch. Die meisten Männer waren mit den Pferden geflohen, und drei oder vier kämpften am Rand des Feldes um das letzte verbliebene Reittier.

»Was ist hier los?«, klagte Taranis. »Kämpfen wir jetzt schon gegeneinander?«

Dann blickte er wieder zurück zu Lon, der noch immer ins Tal starrte und die hilflosen Fluchtversuche der Stammesangehörigen verfolgte. Legionäre schlugen auf ihre Opfer ein und stießen ihnen ihr Kurzschwert in den ungeschützten Rücken. Todesschreie schwollen zu einer so grauenhaften Kakophonie an, dass es klang, als würden Menschen in einer Grube verbrannt.

»Die Römer werden bald auch hier oben sein«, meinte Lon nervös.

»Wir haben noch genug Zeit«, beruhigte ihn Taranis. »Ich suche erst mal nach meinem Bruder.«

Lon ließ den Blick über die Gepäckkarren schweifen. »Da ist niemand.«

Taranis antwortete nicht. Er rannte den Hang hinauf.

»Warte, ich komme mit.« Lons Lider begannen wieder, hektisch zu blinzeln.

»Verzieh dich besser gleich in den Wald. Ich komme später nach.«

»Ich bleibe bei dir«, sagte Lon und schaute über die Schulter auf das Chaos unter ihnen.

Taranis lief weiter den Talhang hinauf, und Lon folgte ihm auf dem Fuß. Er überflog die Gruppe von Karren, wo Eston Pfeile eingeladen hatte, sah aber niemanden. Alle waren verschwunden.

»Er ist bestimmt mit den anderen gegangen«, rief Lon atemlos hinter ihm.

Taranis lief alle Karren ab, fand aber nirgendwo ein Lebenszeichen vor.

»Hier ist niemand mehr«, sagte Lon, als er zu Taranis aufgeschlossen hatte. »Und wir müssen jetzt auch verschwinden.«

»Eston würde nie einfach so gehen, solange er mich noch weiter unten stehen sieht.«

»Vielleicht hat man ihm ja befohlen zu gehen –«

»Ich schau mir noch die Karren da drüben an«, sagte Taranis.

»Wenn er hier wäre, würden wir ihn doch sehen«, rief Lon Taranis nach.

Als Taranis näher kam, sah er ganze Bündel von Pfeilen in den Wagen. Aus einem Wasserkarren tropfte es noch, bei der überstürzten Flucht waren die Fässer umgekippt, von Eston aber war nirgendwo etwas zu sehen.

»Sie werden bald hier sein!«, schrie Lon. »Verstehst du denn nicht? Wir müssen weg!«

»Geh voran. Ich schau mir erst noch die Karren hier an.«

»Aber hier ist doch niemand«, wimmerte Lon, der von einem Karren zum anderen rannte und bei jedem einzelnen nachsah – bis er auf einmal stehen blieb.

»Was ist denn?«

»Das ist doch jemand … ganz jung … er ist tot.«

Taranis stieg über die Deichsel eines der Karren und rannte durchs Gras zu der Stelle, wo der Junge lag. Es durfte nicht Eston sein. Nein, nicht Eston. Er lief um den Karren herum – und da lag, zwanzig Fuß von ihm entfernt, sein Bruder mit dem Gesicht nach unten auf der Seite im Gras. Lon war gerade dabei, ihn umzudrehen. Als er ihn auf den Rücken drehte, schlug Estons Arm schwer im Gras auf, und nach einem kurzen Augenblick der Erschütterung lag sein Körper reglos da.

Taranis starrte auf das weiße Gesicht und die herunterhängende Kinnlade. Auf der Vorderseite seines Rocks waren dunkle Blutflecken zu sehen. Eine rote Spur im Gras deutete darauf hin, dass er noch ein paar Schritte gekrochen sein musste, bevor es dunkel um ihn geworden war. Der Wind frischte auf und bewegte das Gras um Estons Kopf, dass es aussah, als würden unsichtbare Fäden die grünen Halme mal hierhin, mal dorthin ziehen.

Aber Eston bewegte sich nicht.

Taranis trat näher an ihn heran. Unter lautem Wehklagen fiel er auf die Knie, während ihm ein Bild von seiner Mutter und seinen Schwestern durch den Kopf ging. Wie sollte er ihnen das erklären? Vor allem Neeve. Er führte die Hand an die Wange seines Bruders. Sie war kalt. Auf der einen Seite des Kopfes klaffte eine grässliche Wunde. Jemand musste ihn mit einem Stein oder einem Schwert erschlagen haben, um an die Pferde zu kommen. Taranis wischte den Schmutz aus der Wunde. Noch immer sickerte Blut in Estons Haar. Aber wie konnte die Wunde noch bluten, wenn Eston tot war? Taranis sah sich seinen Bruder genauer an. Bildete er sich das nur ein, oder atmete Eston tatsächlich noch? Er legte ein Ohr an Estons Brust. Leben! Es war noch Leben in seiner Brust! Sein Herz schlug schwach, aber gleichmäßig.

»Er ist gar nicht tot!«, rief Taranis. Er versuchte, seiner Aufregung Herr zu werden, damit nicht irgendein Geist seine Freude als anmaßend empfand und ihm doch noch seinen Bruder nahm. Dann blickte er Lon an und sagte: »Hilf mir, ihn aufzuheben. Ich kann ihn tragen.«

»Ihn tragen!« Lons Gesicht verriet seine Bestürzung. »Aber wir können ihn doch nicht mitnehmen! Die Römer werden ihm nichts tun … nicht, wenn sie ihn bewusstlos hier vorfinden.«

»Die Römer töten alles und jeden. Hilf mir, ihn aufzuheben.«

Widerwillig folgte Lon Taranis' Bitte. Taranis schob seinen Bogen und seinen Köcher mit den Pfeilen zur Seite, während er sich mit Lons Hilfe Eston auf die Schulter lud. Sein Bruder war viel schwerer, als Taranis erwartet hatte, und es war unmöglich, schneller als Schrittgeschwindigkeit zu gehen.

Als sie den Waldrand erreicht hatten, legte Taranis erst einmal eine Pause ein. Sie waren jetzt in der Nähe der Waldblöße, wo die Druiden mit ihren Gesängen die Götter beschworen hatten. Der Wald erstreckte sich viele Meilen über den Kamm, bestand die Hänge bis hinunter ins Tal. Die meisten Krieger hatten sich in die tiefer gelegenen Teile des Waldes geflüchtet, was darauf schließen ließ, dass die Römer sich ausschließlich auf die untere Waldregion beschränken würden. Für sie war eine Schlacht, wie Taranis' Vater immer erklärt hatte, gewonnen, wenn sie so viele Feinde wie möglich getötet hatten. Somit konnten die Legionäre kein Interesse daran haben, stundenlang die Wälder zu durchkämmen, nur um ein paar Nachzügler aufzuspüren. Taranis hoffte deshalb, mit ein bisschen Glück ein Aufeinandertreffen mit den Römern vermeiden zu können, wenn es ihm gelang, einigermaßen schnell in den oberen Teil des Waldes, hinauf zum Kamm zu kommen.

Auf ihrem Weg durch den Wald versuchten sie, sich an die Wildpfade entlang des Bergrückens zu halten. Immer wieder hörten sie aus den Wäldern unter ihnen grässliche Schreie heraufdringen. Mehrmals erhaschten sie auch einen Blick auf Krieger, die in großer Entfernung durch den Wald hetzten, aber immer nur unterhalb von ihnen.

Der Wald wurde dichter, und an die Stelle der weißrindigen Birken und Ebereschen traten dunkelgrüne Fichten und Kiefern. Der Pfad vor ihnen mündete in eine weite Lichtung. Taranis war erschöpft, und die saftgrüne Wiese sah kühl und einladend aus. Er sehnte sich danach, im Gras zu liegen und auszuruhen.

»Ich kann deinen Bruder ja eine Weile tragen«, bot Lon an.

Taranis war ihm äußerst dankbar, denn sein Rücken schmerzte schon unter der Last. Als sie gerade dabei waren, Eston auf Lons Rücken zu laden, sah Taranis sie – drei Legionäre, die sich durchs Gebüsch unterhalb des Kamms am anderen Ende der Wiese schlugen.

Taranis packte Lon beim Arm und wies mit einer Kopfbewegung in Richtung der Soldaten.

»Sie haben uns noch nicht gesehen«, flüsterte er. »Verstecken wir uns hinter den Büschen da … aber vorsichtig!«

Lon benetzte seine Lippen und begann, schwer zu atmen. Dann wirbelte er herum, ohne daran zu denken, dass er Eston auf der Schulter hatte, und die plötzliche Bewegung brachte sie beide zu Fall.

Das laute Knacken brechender Zweige hallte im Wald wider. Taranis ließ sich zu Boden fallen und reckte den Kopf aus dem Gras, um zu sehen, wie die Römer reagierten. Aber es kam keine Reaktion. Sie schienen das Geräusch gar nicht wahrgenommen zu haben, und jetzt sah Taranis auch, warum. Am Rand der Wiese befand sich ein gewaltiger Felsüberhang, wo Taranis sich womöglich versteckt hätte, wenn er ihn früher erreicht hätte. Einer der Soldaten ging auf den Felsen zu, während die anderen beiden sich seitlich hinter Bäume postierten.

Plötzlich brachen zwei halb nackte Kelten aus ihrem Versteck, schossen wie Pfeile zwischen den Bäumen hindurch hinunter in die tiefer gelegenen Teile des Waldes, wo sie auf einmal anhielten. Hinter einer hohen Zeder trat ein Römer mit gezogenem Schwert hervor. Taranis sah, dass die Kaledonier keine Schwerter hatten; vermutlich hatten sie sie auf ihrer Flucht weggeworfen. Nun standen sie, nur mit Messern bewaffnet, vor dem Römer. Entsetzen spiegelte sich in ihren Gesichtern, als sie sich verzweifelt nach einem Fluchtweg umsahen. Als sie zur Höhle nach oben rennen wollten, versperrte ihnen der Legionär den Weg. Und als sie sich umdrehten, hatten sich bereits die anderen beiden Soldaten zum ersten gesellt.

Einer der Kaledonier kam Taranis bekannt vor, und tatsächlich – es war Geir aus Celynedd. Eine Hitzewelle durchwogte Taranis' Körper. Was sollte er tun? Was konnte er tun?

Die Römer kreisten die Kelten ein. Sie machten sich daraus ein Spielchen, äfften keltisches Kriegsgeschrei nach und täuschten Angriffe vor. Dann stießen sie vor und versetzten Geir und seinem Kameraden Stiche mit ihren Schwertern, gerade tief genug, dass sie bluteten. Das Entsetzen der Jungen schien die Römer zu faszinieren und ein Leuchten auf ihre Gesichter zu zaubern.

Taranis kochte vor Wut. Er konnte sich nicht länger in den Büschen verstecken und untätig zusehen, wie Geir starb. Er zog einen Pfeil aus seinem Köcher und malte sich aus, wie das Geschoss mit seiner Eisenspitze die Brust eines dieser Schakale durchdrang.

»Was machst du denn da?«, fragte Lon entsetzt und packte Taranis' Bogen.

Taranis stieß ihn zurück.

»Du kannst sie von hier aus unmöglich treffen, sie sind einfach zu weit weg. Du würdest ihnen damit nur verraten, wo wir sind.«

»Soll ich vielleicht zusehen, wie sie sterben? Einen von denen kenne ich.«

Lon sagte nichts mehr.

Die Soldaten machten sich weiterhin einen Spaß daraus, ihre Opfer mit spöttischem Geheul und angetäuschten Schwerthieben zu quälen. Taranis konzentrierte sich auf den ihm am nächsten stehenden Römer, doch auch der kam ihm jetzt weiter entfernt vor, als er gedacht hatte. Selbst auf diese Distanz konnte er mit seinem zusammengesetzten Skythen-Bogen die Rüstung des Mannes durchschlagen, aber dazu war ein sehr genauer Treffer erforderlich, damit der Pfeil nicht abglitt. Er zielte mitten auf die Brust, wo die Schienen seines Panzers zusammengebunden waren, doch dann schüttelte er den Kopf. Es war wohl doch besser, gar nicht auf die Rüstung zu schießen, sondern unter den Arm oder in den Hals. Er zielte sorgfältig, hielt den Atem an und zögerte.

Dann senkte er den Bogen und schloss die Augen. Die ständigen Bewegungen der Soldaten machten einen genauen Treffer praktisch unmöglich. Lon hatte Recht. Er konnte den beiden nicht helfen.

Das Spiel war bald vorbei. Die Römer duckten sich, als wollten sie jeden Augenblick Ernst machen. Plötzlich täuschte einer einen Angriff vor, den er sofort wieder abbrach, während der Soldat rechts von ihm nach vorn sprang und Geir sein Schwert in den Unterleib stieß. Gleichzeitig schoss der Römer, der hinter den Kelten stand, vor und rammte seinem Opfer seine Waffe in den Rücken. Beide Kaledonier lagen nun auf dem Boden. Geir krümmte sich vor Schmerz und umklammerte krampfhaft seinen Bauch. Selbst aus ihrem fernen Versteck konnte Taranis die gurgelnden Geräusche hören. Einer der Soldaten runzelte die Stirn und stieß sein Schwert in Geirs Gesicht. Dann sagte er etwas zu den anderen, und alle lachten.

Aus seiner Deckung heraus sah Taranis zu, wie sie sich entfernten. Er kam sich wie ein Feigling vor. Wie konnte er sich nur im Gebüsch verstecken und zulassen, dass Geir starb? Er hätte irgendetwas unternehmen müssen. Er schaute zu Lon hinüber, der mit weit geöffneten Augen den abziehenden Römern nachstarrte.

Dann registrierte Taranis aus den Augenwinkeln eine Bewegung. Eston hatte zu zittern begonnen, und nun rollte er den Kopf zur Seite und stöhnte. Seine Lider flatterten, und er fuchtelte kraftlos mit den Armen. Er wurde lauter und begann mit einem unverständlichen Gebrabbel. Taranis glitt rasch hinter ihn und legte ihm eine Hand auf den Mund.

Die Römer blieben stehen. Sie inspizierten den Rand der Lichtung.

Taranis drückte seine Hand fester auf Estons Mund. Die Soldaten begannen zu sprechen und mit ihren Schwertern in verschiedene Richtungen zu deuten.

»Halt ihn ruhig!«, flüsterte Lon. »Sonst hören sie ihn noch.«

»Ich versuch's ja«, sagte Taranis durch zusammengebissene Zähne.

Die Sekunden zogen sich scheinbar eine Ewigkeit hin, während die Römer sich noch berieten. Dann drehten sie sich um und setzten ihre Suche im Wald hinter der Wiese fort.

Taranis hielt weiter die Hand auf Estons Mund, während er ihm leise etwas ins Ohr flüsterte, um ihn zu beruhigen. Doch in der Traumwelt, in der Eston sich befand, vermischten sich die Geräusche mit der Stille. Seine gedämpften Schreie waren mal mehr, mal weniger laut.

Lon kroch zu Eston, das Messer in der Hand. »Wir müssen es tun«, sagte er, »und du weißt das auch.«

Taranis schaute ungläubig zu ihm auf. Er war sprachlos.

»Sie kommen wieder«, sagte Lon. »Früher oder später kommen sie wieder.« Taranis packte Lons Handgelenk und hielt ihm sein Messer unter eines seiner in rascher Abfolge blinzelnden Augen. »Und dann finden sie deinen Leichnam«, zischte er. »Niemand wird meinen Bruder anrühren – du nicht, und ich auch nicht. Hast du mich verstanden?«

Lon nickte.

»Und jetzt hör mir mal zu«, sagte er, während er sein Messer wieder in die Scheide steckte und die andere Hand auf Estons Mund hielt. »Diese Römer patrouillieren über den Kamm, und du hast völlig Recht – früher oder später finden sie uns, ob mit oder ohne Eston. Aber wir können sie kriegen, wenn wir zuerst angreifen.«

»Wir können doch nicht drei Römer töten – du hast doch gesehen, was sie mit den beiden anderen gemacht haben.«

»Die hatten ja auch keine Waffen. Wir schon.«

Lon schien nicht gerade überzeugt.

»Hör mir mal zu. Die erwarten nicht, dass wir angreifen. Die gehen davon aus, dass wir uns verstecken und davonlaufen wie all die anderen. Überraschung ist ein mächtiger Verbündeter.« Er schaute auf Eston hinunter, der leise stöhnte. »Uns bleibt sowieso keine andere Wahl. Jeder von uns deckt eine Seite ab. Du versteckst dich hinter diesen Büschen«, sagte er und deutete auf eine Gruppe acht Fuß hoher Eiben voller roter Samen, »und ich hinter dem Felsen da. Die Römer werden schon bald zurückkommen und Eston hören. Aber bevor sie zu ihm kommen, werden sie hervorragende Zielscheiben für uns abgeben. Du übernimmst den Römer, der dir am nächsten ist, und ich den, der am nächsten bei mir steht. Den letzten Soldaten können wir dann mit unseren Schwertern angreifen.«

»Aber wenn unsere Pfeile danebengehen …«

»Wir schießen nicht daneben. Sie erwarten, dass wir davonlaufen. Also warten wir, bis sie nur noch dreißig Fuß entfernt sind …« Taranis stand auf und schaute Lon in die Augen. »Wir müssen es tun. Und das weißt du auch, oder?«

»Ja. Uns bleibt wohl nichts anderes übrig.« Lon begann wieder zu zwinkern, und er stierte auf den Boden, als ginge er im Geiste den ganzen Kampf schon einmal durch.

»Wenn es losgeht«, sagte Taranis, »bin ich auf deine Hilfe angewiesen. Du wirst mich doch nicht im Stich lassen?«

»Ich laufe nicht davon«, sagte Lon überzeugt. »Obwohl ich schon Angst habe, das gebe ich zu.« Er schluckte. »Ich habe Angst zu sterben, Angst vor den Göttern ... und vor allem, was die Zukunft bringt.« Er wandte den Blick ab. »Ich weiß auch nicht warum ... sonst hat keiner diese Ängste.«

»Jeder hat diese Ängste.«

»Aber du nicht. Dein Hass auf das Reich hält deine Furcht in Schranken. Als wir nach deinem Bruder suchten, war es dir egal, wie nah die Römer kamen. Und vor wenigen Minuten ... hättest du um ein Haar einen getötet.«

»Und du wolltest meinen Bruder töten.«

»Doch nur, um dafür zu sorgen, dass er uns nicht verraten kann. Ich hätte ihn bestimmt nicht töten können.«

»Ist ja auch egal«, sagte Taranis und schaute sich um. »Jetzt müssen wir erst mal mit diesen Römern fertig werden.«

Taranis starrte seinen Bruder an. Er wünschte, er würde aufwachen. Die Sonne, die durch das Blattwerk schien, warf flackernde Muster auf sein Gesicht, die den Eindruck erzeugten, als bewegte er sich. Er stöhnte immer noch, wenn auch leiser. Taranis stand ein paar Sekunden lang still da und versuchte, seine Gedanken zu ordnen. Plötzlich bekam er es mit der Angst zu tun. Irgendetwas an seinem Plan stimmte nicht. Sein Magen krampfte, als ihm sein Fehler klar wurde. Er war davon ausgegangen, dass sein Bruder weiterbrabbeln würde, aber jetzt war er dabei einzuschlafen. Die Römer hatten keinen Grund, die Wiese zu betreten, wenn Eston ruhig blieb. Ihre Falle würde nicht funktionieren, und dann liefen Taranis und Lon beim Überqueren des Bergrückens Gefahr, entdeckt zu werden.

Er ließ seinen Blick über die Lichtung schweifen.

»Schnell«, sagte er, »hilf mir, Eston zu dem Baum da zu tragen.«

Sie lehnten Eston an die glatte Rinde einer einzeln stehenden Rotbuche fünfzig Fuß vom Rand der Wiese entfernt. Jetzt war es unwichtig, ob Eston Laute von sich gab oder nicht, dachte Taranis; die Römer würden ihn zwangsläufig sehen, wenn sie in seine Nähe kamen.

»Ich glaube, wir sind jetzt bereit«, sagte Taranis. Er schaute Lon fest in die Augen und sagte: »Vergiss nicht, dass wir keine andere Wahl haben. Entweder locken wir sie in den Hinterhalt und zwingen sie zu einem Kampf, wie wir ihn wollen, oder wir verstecken uns und sind irgendwann gezwungen, mit dem Schwert gegen alle drei zu kämpfen.«

Lon nickte.

»Also gut, schnappen wir sie uns«, sagte Taranis und biss die Zähne zusammen.

»Was auch passiert«, erklärte Lon, als schwöre er über Estons Körper einen heiligen Eid, »davonlaufen werde ich jedenfalls nicht.«

Taranis legte die Hand auf Lons Arm. »Das weiß ich doch.«

»Ich werde erst meine Pfeile verschießen und dann mit dem Schwert angreifen.«

»Keine Angst, wir schaffen das schon.«

Taranis warf einen letzten Blick auf Eston und ging dann zum Felsen hinüber. Ihm war gar nicht wohl bei dem Gedanken, seinen Bruder als Köder zu benutzen, aber es war ihre einzige Chance. Wenn das die einzigen Römer auf dem Kamm waren, dann würden sie frei sein, wenn sie sie bezwangen. Er lehnte sich an den Felsen, legte einen Pfeil auf die Sehne und wartete.

Keine zehn Minuten später kamen die Römer zurück. Als sie die Lichtung betraten, blieben sie unvermittelt stehen. Sie hatten Eston entdeckt.

Taranis betete wortlos um Mut. Er verfolgte die Römer mit seinen Blicken, als sie durch den grasbewachsenen Korridor auf Eston zugingen. Mein Gott, dachte er, die glauben, Eston sei verwundet und unter dem Baum zusammengebrochen. Sie legten ein Drittel des Weges auf der Wiese zurück, bevor sie erneut stehen blieben. In Taranis wuchs die Anspannung. Sie witterten eine Falle. Einer von ihnen ging vorsichtig über die Wiese weiter auf Eston zu, während die beiden anderen sich auseinander bewegten und ein paar hundert Fuß hinter dem ersten zurückblieben. Taranis wusste nicht, was er tun sollte. Sollte er den ersten Römer vorbeilassen und riskieren, dass er Eston das Schwert in den Leib stieß, wie er es bei Geir getan hatte? Er musste es wohl drauf ankommen lassen. Wie sollten sie gegen zwei römische Soldaten kämpfen? So sehr er auch versucht hatte, Lon Mut zu machen, wusste er doch, dass ein offener Kampf gegen zwei schwer bewaffnete Römer fast schon den sicheren Tod bedeutete. Er wollte Lon ein Zeichen geben, aber die Augen des Jungen waren auf den ersten Römer fixiert, und er hatte bereits seinen Bogen gespannt.

Der Römer war längst in der Reichweite ihrer Pfeile und stellte ein leichtes Ziel dar. Taranis zog seinen Pfeil zurück, hoffte aber, dass Lon auf die beiden anderen warten würde, bevor er schoss. Doch das tat er nicht. Sein Pfeil schwirrte durch die Luft, traf den Mann am Schulterpanzer und prallte ab. Nun schoss auch Taranis seinen Pfeil ab. Er traf den Römer unter der Achselhöhle und riss ihn zu Boden. Der warf sich kurz hin und her, krümmte sich und brach zusammen.

Hinter ihm brüllten die beiden anderen Römer erschreckt los. Sie hoben ihre Schilde, bedeckten sich von den Knien bis zu den Augen. Dann bewegten sie sich zügig vorwärts.

Taranis sprang hinter seinem Felsen vor, den Bogen in der Hand. In allerletzter Sekunde hatte er sich gegen das Schwert entschieden und einen neuen Plan gefasst. Er trat auf die Lichtung. Lon zögerte zunächst, doch dann hielt er sein Versprechen und kam mit gezücktem Schwert heraus.

Fast so, als hätten sie genau das vorgehabt, standen Taranis und Lon nun dem Feind gegenüber. Taranis ging auf den von seinem Schild geschützten Römer ihm gegenüber zu und zielte mit gespanntem Bogen auf die Augen des Feindes. Als sie näher kamen, legte der Soldat vorsichtshalber eine langsamere Gangart ein.

Der hoch gewachsene Römer auf Lons Seite ging mit schnellen Schritten auf den Jungen zu und versuchte, ihn mit Knurren, Fauchen und Grunzlauten zu verunsichern. Ein Junge ohne Schild stellte eine verlockende Beute dar. Der große Soldat verringerte schnell die Distanz zwischen sich und Lon und war jetzt nur noch etwa zwanzig Fuß seitlich von Taranis entfernt. Taranis hielt den Blick ebenso wie seinen Pfeil weiter auf sein eigenes Gegenüber gerichtet. Aus den Augenwinkeln merkte er, wie der große Römer im Vorbeigehen zu ihm herüberschaute. Taranis aber tat, als beachtete er ihn nicht, und starrte weiter stur nach vorn. Daraufhin konzentrierte sich der Soldat wieder auf seinen unmittelbaren Gegner und ging unbeirrt auf Lon zu.

Plötzlich drehte Taranis sich um und schoss seinen Pfeil ab; er hoffte, den Mann irgendwo – egal, wo – auf seiner ungeschützten Seite zu treffen. Der Pfeil durchbohrte sein Handgelenk, und sein Schwert fiel zu Boden. Taranis aber wirbelte sofort wieder herum, als er den Schmerzensschrei des Soldaten hörte. Aus dem Gleichgewicht gekommen, zog Taranis sein Schwert, um den erwarteten Angriff des untersetzten Römers vor ihm zu parieren.

Doch die Attacke blieb aus. Der Legionär war von Taranis' Manöver so überrascht gewesen, dass er seine Chance verpasst hatte, und genau das schien ihm jetzt klar zu werden. Wenige Augenblicke zuvor, keine fünfzehn Fuß von ihm entfernt, hatte Taranis ihm den Rücken zugewandt, um seinen Pfeil abzufeuern. In diesem Moment hatte Taranis erwartet, dass sein Gegner sich auf ihn stürzen würde, doch stattdessen hatte er die Konzentration verloren und hilflos mit ansehen müssen, wie der Pfeil seinen Kameraden in der Hand traf.

Jetzt schlug der Soldat mit dem Schwert auf sein Schild, als helfe ihm das, sich wieder auf seinen Gegner zu konzentrieren. Langsam begann er, Taranis zu umkreisen.

Taranis hielt sein langes Schwert auf den Legionär gerichtet und erinnerte sich daran, dass Bronix nie einen Römer zu dicht an sich hatte herankommen lassen. Er schaute in die Augen eines stämmigen Legionärs mit dicken Beinen. Schweiß rann ihm übers Gesicht und versickerte zwischen den schwarzen Bartstoppeln auf seinem Kinn. Seine Augen funkelten wütend unter seinem Eisenhelm. Er kreiste weiter um Taranis, um dessen Schwächen ausfindig zu machen. Sein kurzes Schwert hielt er tief, und Taranis fiel sofort wieder die Kampftechnik der Römer ein, nämlich von unten zuzustoßen.

Plötzlich stürzte der Mann mit seinem Schild nach vorn. Wiederholt stieß er mit dem Schwert von unten nach oben zu, doch sein Schild und sein schwerer Panzer bremsten die Attacke. Auf dem Schlachtfeld gab es kein Entrinnen, doch hier, auf freiem Feld, konnte Taranis mit einem schnellen Schritt zur Seite ausweichen. Er schwang sein Schwert mit aller Kraft und traf den Gegner hinten am Helm, wo es eine tiefe Scharte hinterließ. Der Römer geriet ins Taumeln, ließ sein Schwert fallen und stürzte zu Boden. Taranis stieß mit seiner Klinge nach dem gestürzten Soldaten, verfehlte ihn und stieß noch einmal zu. Diesmal traf er den Schild des Römers, und die Wucht des Aufpralls riss ihm sein eigenes Schwert aus der Hand. Einen Moment lang starrten die beiden einander an, bis sie merkten, dass sie nun beide unbewaffnet waren. Dann rollte sich der Soldat schnell zur Seite und griff nach seinem Schwert. Taranis stürzte sich auf ihn, zog sein Messer und traf ihn am Kinn. Der Soldat schrie und krümmte sich zur Seite, drehte sich um und rammte Taranis den Ellbogen in die Brust. Für einen Augenblick blieb Taranis die Luft weg, und ein brennender Schmerz ließ ihn ahnen, dass wohl einige seiner Rippen gebrochen waren. Der Mann griff in Taranis' Gesicht und suchte mit den Fingern seine Augen. Taranis stieß erneut nach dem Kopf des Mannes. Ein dicker Unterarm wehrte den Stoß ab, und Taranis hatte Mühe, seinen Kopf vor den Fingern zu retten, die nach seinem Gesicht griffen. Plötzlich versetzte der Mann ihm einen kräftigen Schlag in den Nacken und begann ihn auf den Bauch zu drehen. Taranis führte sein Messer in weitem Bogen und rammte es seitlich an der Wangenklappe dem Römer ins Gesicht.

Während Taranis mühsam sein Messer herauszog, drehte er sich zu Lon am anderen Ende der Lichtung um. Lon kämpfte noch immer. Er ging, nein, er rannte fast rückwärts und schwang dabei sein Schwert. Taranis sah, dass seine Schusswunde den Römer stark behinderte. Sein rechter Arm hing schlaff herab, und seine zuckende Hand war voller Blut. Er hatte seinen Schild weggeworfen und hielt einen zwei Hände langen Dolch in der Linken. Er drängte Lon weiter zurück, während Lon immer wieder sein Schwert schwang.

Taranis holte sein Schwert vom Rand der Lichtung und rannte auf den Soldaten los. Als der Römer Taranis kommen sah, stutzte er zunächst und warf sich dann auf Lon. Es war ein Akt der Verzweiflung, weil er wusste, dass er es nicht mit zwei Kelten auf einmal aufnehmen konnte. Lons Schwert traf den Mann an seiner eisengepanzerten Schulter und wurde zu seinem Hals abgelenkt, aus dem im nächsten Augenblick das Blut spritzte. In seiner Vorwärtsbewegung aber war der Soldat nicht aufzuhalten. Er stieß Lon um und fiel auf ihn, wobei er dem Jungen den Dolch in die Brust stieß.

Dann stieß der Mann sich von Lon ab und stand auf, um Taranis anzugreifen. Der Schnitt in seinem Hals sah ziemlich tief aus. Er hielt den Kopf zur Seite geneigt, um die Wunde zu schließen, und sprang dann einen Schritt vor. Taranis wich zurück, um mit seinem Schwert den Soldaten auf Distanz zu halten. Er umkreiste den Soldaten von rechts, damit er seinen Dolch nicht einsetzen konnte. Langsam drehte sich der Mann um, und Taranis sah ihm seine Schmerzen an. Dann verharrte er, und sein Körper entspannte sich merklich. Fast schon lächelnd deutete er auf Lon, als wollte er Taranis damit sagen, dass auch er bald dort auf dem Boden liegen würde. Ohne es zu wollen, spürte Taranis, wie sein Blick zu seinem gefallenen Freund wanderte.

Auf diesen Augenblick hatte der Soldat nur gewartet. Er machte einen gewaltigen Satz nach vorn, schwang seinen Dolch und packte mit seiner blutigen Hand Taranis' Rock. Seine Schnelligkeit verblüffte Taranis. Instinktiv streckte er zur Verteidigung die Hände aus und spürte sofort wieder den stechenden Schmerz in seinen Rippen. Im selben Augenblick traf das Ende von Taranis' Schwert auf das verletzte Handgelenk des Soldaten. Dieser fluchte, griff aber weiter an. Er verlagerte das Gewicht nach rechts und sprang vor, an Taranis' Schild vorbei. Taranis machte einen Satz nach hinten, als die Messerspitze des Römers seine Schulter und schließlich seinen Unterarm streifte und einen langen, schmalen, halbmondförmigen Schnitt hinterließ. Taranis wirbelte zur Seite, schwang sein Schwert herum und schlug dem Mann ein Stück Fleisch aus dem Bein. Es war kein schwerer Schlag, aber er genügte. Der Römer zitterte und sank auf die Knie.

Taranis trat vor und schaute seinem Feind in die Augen; sie waren voller Hass. Blut sickerte ihm aus Hals und Bein und schwächte ihn zusehends. Taranis lächelte triumphierend. »Das hier ist Kaledonien!«, schrie er dem Römer ins Gesicht. »Und ich bin ein kaledonischer Krieger!« Und mit einem schnellen Fußtritt beförderte er ihn ins Gras und ließ ihn am Rand der Wiese verbluten. »Ein Römer sollte so lange leiden wie nur irgend möglich«, murmelte er noch.

Vier Wochen waren vergangen, seit Taranis mit Eston auf den Schultern aus dem Wald gekommen war. Sie hatten den Monat in der Hütte einer älteren Frau verbracht, die Eston mit mütterlicher Fürsorge gepflegt hatte. Taranis hatte in der Zwischenzeit hart gearbeitet, hatte ihren Holzschuppen aufgefüllt und Steine von ihren Feldern geklaubt; er half ihr, wo er nur konnte, um ihr seine Dankbarkeit zu zeigen. Wenn er tief durchatmete, schmerzten seine Rippen noch immer, aber er ließ es sich nie anmerken. Er fürchtete, dass die freundliche Frau sonst darauf bestanden hätte, dass er sich ausruhte, und das wäre Taranis nicht recht gewesen. Unter ihrer unablässigen Pflege erholte sich sein Bruder langsam, aber sicher, und manchmal verschlief er ganze Tage. Nun aber war er so weit wiederhergestellt, dass er sich auf den Weg nach Celywic machen konnte. Er wirkte kräftig genug, und selbst seine Kopfwunde war unter seinem dichten dunklen Haar kaum mehr zu sehen.

Lon war recht schnell gestorben. Taranis hatte sich neben ihm niedergekniet und hatte ihm Beistand beim Sterben geleistet. Lon hatte sich nicht mehr gerührt, kein Wort mehr geflüstert. Nur einmal hatte sich ein flüchtiges Lächeln auf seinem Gesicht gezeigt, als Taranis den Schlag an den Hals des Römers erwähnte, der diesen außer Gefecht gesetzt hatte. Die meiste Zeit aber lag er reglos da und schaute nur hoch zu Taranis, blinzelte leicht, dann sank sein Kopf zur Seite, der Blick fest auf ihn gerichtet, und er schloss für immer die Augen.

Lon verdiente eine würdige Feuerbestattung, bei der die Götter den süßen Geruch im Wind treibender Asche atmen konnten, doch die Lebenden gingen vor. Also bedeckte Taranis seinen Leichnam lediglich mit Blättern und eilte dann zu seinem Bruder unter der Rotbuche.

Erst nach einem anstrengenden dreitägigen Fußmarsch erreichten sie die Hütte bei Celywic. Taranis und Eston waren einem alten Weg gefolgt, den tausende von Füßen glatt geschliffen hatten. Er wand sich um steile Felswände und durch Täler, die vom ständigen Regen sattgrün waren. Ein frischer Nordwind blies ihnen ins Gesicht und erfüllte die Landschaft mit dem durchdringenden Geruch nach Bergkiefern und verrottendem Gras. Sie überquerten die letzte Hügelgruppe und erreichten schließlich ein weites Tal, das an drei Seiten an niedrige Berge grenzte. Unter ihnen schlängelte sich ein munter dahinfließendes Flüsschen, der Ordvgi, auf das südliche Ende des Tals zu, wo ein steinerner Wall das kleine Dorf Celywic umschloss. Das Tal war mit Bauernhöfen gesprenkelt, und zwischen niedrigen Steinmauern grasten Herden hagerer brauner Schafe. Verborgen zwischen den Kiefern hinter dem Bach unterhalb der grauen Felswand lag die Jagdhütte, in der seine Mutter und seine Schwestern auf sie warteten.

»Was meinst du, warum greifen die Römer Kaledonien an?«, fragte Eston seinen Bruder.

»Ich weiß es auch nicht«, sagte Taranis, während er einen steilen Hang hinabstieg, der, von wenigen zähen Bäumen abgesehen, wegen der ständigen Bergrutsche fast völlig kahl war. »Vielleicht ist es eine Vergeltungsaktion für unsere Überfälle an ihrem Grenzwall; das wäre jedenfalls nichts Ungewöhnliches.«

»Vielleicht bereiten sie aber auch eine Offensive vor wie die vor einigen Jahren gegen Calgacus am Mons Graupius.«

Fünfzig Jahre lang hatten die Barden die dreißigtausend Mann des Calgacus und ihr tragisches Zusammentreffen mit den Legionen des blutigen Agricola besungen. Calgacus hatte sich geweigert, zu fliehen oder Ungerechtigkeiten hinzunehmen. Er stieß sein Schwert in den Mons Graupius und rief die tapferen Kämpfer des Nordens auf, sich mit ihm gegen die Tyrannei des Reiches zu wehren. »Freiheit!«, riefen sie, als sie den römischen Horden gegenübertraten. Sie warfen sich in den Kampf, weil sie lieber sterben als fremden Herren dienen wollten. Im Lauf des Tages gelang es den Kaledoniern, die Legionen immer weiter einzukreisen, bis die römischen Soldaten verzweifelt um Hilfe riefen. Ohne ihre Reitersoldaten, die listige Kriegführung des Agricola und die überlegenen Waffen seines Heeres hätten die stolzen Männer des Nordens die Oberhand behalten.

»Die Römer planen ihre Angriffe immer in allen Einzelheiten«, sagte Taranis. »Wenn sie die Absicht hätten, ganz Kaledonien zu unterwerfen, hätten sie dazu alle ihre verfügbaren Legionen eingesetzt.«

»Meinst du, sie wollten unsere Stärke auf die Probe stellen?«

Taranis zuckte mit den Achseln. »Wahrscheinlich wollten sie eher unsere Stämme so weit einschüchtern, um uns in höher gelegene Gebiete zu vertreiben, wo wir für sie kein so großes Problem mehr darstellen.«

Sie überquerten den Bach mit seinen Kieselsteinen und zogen an seinem felsigen Ufer entlang, bis er nach Osten bog und sich abrupt in einen reißenden Strom mit weißen, schäumenden Strudeln verwandelte. Das Brüllen der Stromschnellen und die Gischt, die ihm ins Gesicht spritzte, versetzten Taranis in freudige Erregung. Sie hatten zwar die Schlacht verloren, aber er spürte förmlich, dass die Geister mit ihm waren; sie hatten ihm die Kraft gegeben, sich dem Feind zu stellen, und Mut verliehen, als sein Herz schwach zu werden drohte. Sein Vater wäre stolz auf ihn gewesen. Er schaute zurück auf das Wasser, das um gelb gefleckte Felsen herum um die Biegung schoss. Der Wind wurde nun böiger, und die Luft roch nach Regen. Die winzigen, von den Winterwinden verkrüppelten Koniferen wuchsen teilweise so nah am Wasser, dass ihre Wurzeln wie verwitterte Finger aus dem Ufer ragten.

Fünf Minuten nach der Flussbiegung fanden sie schließlich die Hütte. Wie so viele Behausungen im Norden war sie aus unbehauenen Baumstämmen erbaut, und die Fugen waren zum Schutz gegen Wind und Kälte mit Lehm abgedichtet.

Taranis überflog mit den Augen die gerodete Fläche vor der Hütte, die mit Felsbrocken und Baumstümpfen übersät war. Unweit der Hütte war erst kürzlich ein zwanzig Fuß breiter Streifen von Unkraut und Baumschösslingen befreit worden, und am Rand der Baumgrenze konnte man deutlich Pferdeäpfel erkennen. Auch der kleine steinerne Herd an der Außenmauer zeugte von Lebenszeichen, denn neben ihm war säuberlich Brennholz gestapelt.

»Irgendjemand ist hier gewesen«, sagte Taranis, stocherte in der Asche herum und stieß ganz unten noch auf Reste von Glut.

»Das muss Neeve sein«, verkündete Eston, als er wieder aus der Tür kam. »Ich habe ein Bündel unserer Pfeile gefunden, und auf dem kleinen Bett liegt frisches Heu. Außerdem hat sie eine Art Puppe hier …«

Taranis nahm Eston die Puppe aus der Hand – ein merkwürdiges Ding, das, wie es schien, aus einem der Röcke seiner Mutter gefertigt war. Wenn man sie ausrollte, kamen sechs in ihr enthaltene Puppen zum Vorschein – ein Vater, eine Mutter und vier kleinere Kinder. »Ich schätze, der mit dem hellen Haar soll ich sein und du der mit dem dunklen«, meinte Taranis und zeigte auf die beiden größeren Kinderpuppen. »Ich finde, ich sehe besser aus.«

Eston lächelte nur kurz, bevor er sagte: »Es ist aber nur ein Bett benutzt worden. Ich glaube, sie ist allein.«

»Allein? Aber das ist doch nicht möglich!«

»Taranis! Eston!«, ertönte eine schrille Stimme aus dem Wald.

Neeves knochiger Körper flitzte zwischen den Bäumen hindurch, sprang über einen umgestürzten Baum und von einem Felsbrocken herunter und landete schließlich auf der gerodeten Fläche neben der Hütte. Sie warf Taranis die Arme um den Hals und drückte ihn fest an sich. Aufgeregt plapperte sie etwas von

Fallen, die sie im Wald ausgelegt hatte – noch habe sie zwar nichts gefangen, aber das sei nur eine Frage der Zeit. Dann wand sie sich aus seinen Armen und sprang zu Eston hinüber, der noch in der Tür stand, warf ihn beinahe um.

»Ich dachte schon, ihr wärt getötet worden«, sagte sie, als sie ihn küsste und umarmte und wieder küsste. Und dann, zu Taranis gewandt: »Ich hab gehört, was passiert ist, und als ihr dann nicht gekommen seid …« Sie schluckte. »… da hab ich gedacht, die Römer hätten euch vielleicht erwischt.«

»Uns geht's gut«, versicherte ihr Taranis. Er rang sich ein Lächeln ab, obwohl ihm noch immer die Schreie von Männern in den Ohren klangen, die in wilder Flucht auf den Wald zurannten.

Neeve erwiderte sein Lächeln.

»Aber das erzählen wir dir alles später«, fügte Taranis hinzu und lud sie ein, sich auf die aus einem halbierten Baumstamm gefertigte Bank an der Vorderseite der Hütte zu setzen. »Aber wo sind Mutter und Nes?«

Neeves Lächeln schwand, und sie begann, an ihrem Haar zu zupfen.

»Was ist denn geschehen?«

»Sie … die Römer haben sie gefangen. Sie haben jeden in Vercellic mitgenommen – ich meine alle Frauen, die da hingegangen sind.«

Neeve sah ihre Brüder nacheinander an, während sie schilderte, was nach ihrem Ritt ins Dorf geschehen war. Als sie angekommen war, um vor den Römern zu warnen, waren die Männer von den Bauernhöfen der Umgebung bereits versammelt. Sie hatten vom Überfall der Römer gehört und ihre Frauen und Kinder auf über dreißig Wagen in die Dörfer im Osten geschickt. Neeve hatte in den näher gelegenen angehalten und erfahren, dass ihre Mutter nach Vercellic gegangen war.

»Sie haben den ganzen Ort niedergebrannt«, sagte sie und schaute Taranis an. »Nichts blieb verschont, nicht einmal die Bauernhöfe.«

»Alle Frauen in Vercellic«, Taranis dachte laut.

»Und auch in Auxois und Navan«, fügte Neeve verbittert hinzu. »So heißt es jedenfalls.«

»Sie haben sie wahrscheinlich in die Lager gebracht«, meinte Eston.

Taranis nickte. Er war verzweifelt. »Sie sind wahrscheinlich längst nach Süden zu den Sklavenmärkten verschifft worden.«

Schweigend saßen die drei da. Es gab Dinge, die man besser gar nicht erst ansprach. »Was ist das hier?«, fragte Taranis schließlich, als er die Puppe aufhob, die er zu seinen Füßen auf den Boden gelegt hatte.

Neeve griff nach der Puppe und sagte: »Die hab ich aus einem von Mutters Röcken genäht.«

»Wann denn? Doch nicht, nachdem du Vercellic verlassen hattest?«

Sie nickte.

»Du bist also zu dem Rundhaus zurückgegangen! Hast du denn nicht gewusst, dass die Römer die ganze Gegend gesäubert haben?«

»Doch. Ich hab einige von ihnen gesehen.«

»Und trotzdem bist du zurückgegangen?«

Sie antwortete nicht.

»Was ist eigentlich los mit dir? Wir haben dir doch gesagt, dass du auf schnellstem Weg hierher kommen solltest.«

Sie senkte den Blick.

Taranis schaute Eston an und schüttelte den Kopf. »Eines Tages bezahlt sie ihren Leichtsinn noch mit dem Leben.«

Eston war derselben Meinung. »Werde endlich erwachsen, Neeve. Warum bist du zurück nach Hause, obwohl wir dir ausdrücklich gesagt hatten, dass du hierher kommen solltest?«

»Ich weiß es auch nicht.«

Ihre Brüder verdrehten die Augen.

»Ich konnte gar nicht anders; ich musste einfach zurück«, erklärte sie leise. »Ich werde Mutter und Nes nie wiedersehen, und ich hatte Angst, die Römer würden unser Haus niederbrennen.«

»Noch ein Grund mehr, so schnell wie möglich nach Celywic zu flüchten«, meinte Taranis.

Neeve traten Tränen in die Augen, aber sie nahm sich zusammen. »Ich kann mich schon gar nicht mehr richtig an Vater erinnern«, sagte sie. »Sein Gesicht ist wie ein Schatten. Ich weiß noch, wie er mir mit seinen Händen – große Hände hatte er – über die Wangen strich, aber sein Gesicht ist verschwunden.« Sie schniefte. »Ich musste einfach zurück; ich wollte noch einmal in Mutters Bett liegen, das Stroh um mich herum spüren und davon träumen, wie sie mich in den Armen gehalten hat. Ist das so falsch?«

»Aber nein, natürlich nicht«, sagte Taranis und wandte den Blick von seiner Schwester ab. Ihre Lippen hatten zu zittern begonnen, und er konnte nicht mehr mit ansehen, wie sie mit den Tränen kämpfte.

Sie fuhr fort. »Wisst ihr, was ich getan habe, nachdem ich in unser Rundhaus gegangen war?«

Taranis wartete.

»Ich habe von allen das zweite Gewand genommen, sie stundenlang an mein Gesicht gedrückt und versucht, mir den Geruch einzuprägen. Ich hatte Angst, nun ganz allein zu sein; die Nachrichten von der Schlacht waren so schrecklich, dass ich fürchten musste, dass auch ihr beiden nie mehr zurückkommen würdet.« Kraftlos wies sie auf die Puppe. »Ich habe die Puppen mit Fetzen von allen unseren Kleidern ausgestopft – mit Ausnahme von Vaters Rock natürlich, von dem jetzt gar nichts mehr da ist.«

Taranis starrte auf die merkwürdige Puppe. Er wusste nicht, was er dazu sagen sollte. Neeve redete noch immer. Mit ruhiger Stimme erklärte sie, sie wolle eine Mondsichel in die Puppen von Mutter, Vater und Schwester sticken. In ihrem kaledonischen Stamm war der Neumond ein Symbol für den Tod und die Hoffnung auf ein Leben danach. Taranis wünschte, er und Eston hätten weniger mit ihr geschimpft. Ihm fielen keine tröstenden Worte ein. Er tätschelte liebevoll ihr Bein; mehr konnte er nicht tun.

Nach einiger Zeit meinte Eston: »Vielleicht sollten wir mal was essen.«

»Ich habe im Fluss ein paar Netze ausgelegt«, sagte Neeve, die sich nach den schlimmen Nachrichten, die sie ihren Brüdern überbracht hatte, nützlich machen wollte. »Da sind jetzt bestimmt schon Fische drin.«

»Gut«, sagte Eston. »Du gehst nachsehen, und wir machen schon mal Feuer.«

Neeve holte aus der Hütte einen Weidenkorb und ging den überwucherten Pfad zum Bach hinunter. Als sie außer Sichtweite war, sagte Taranis: »Ich weiß – du denkst, ich sollte sie wegschicken, weil wir uns nicht um sie kümmern können.«

»Du hast doch früher nie etwas davon gehalten, sie zur Verwandtschaft zu geben.«

»Ich weiß«, sagte Taranis ruhig. Er lehnte den Kopf an die Wand der Hütte und dachte über sein Versprechen nach, die Familie zusammenzuhalten. Er rieb sich das Gesicht. Er hatte es wirklich versucht, so gut er konnte, aber jetzt hatte er mehr Verantwortung als damals. Wie oft hatte er Eston erklärt, dass es trotz seines Versprechens so weit kommen könne, dass die Mädchen zu Verwandten ziehen müssten. Aber Taranis konnte den Gedanken nicht ertragen, Neeve wegzuschicken, vor allem nicht jetzt, da Nes und Mutter nicht mehr da waren. Und wohin hätte er sie auch bringen sollen? Vercellic, wo die meisten ihrer Blutsverwandten gelebt hatten, war zerstört.

»Werden die Römer mit ihren Überfällen weitermachen?«, fragte Eston.

»Ob sie es tun oder nicht – wir werden ihren Wall angreifen und ihre Pferde ebenso stehlen wie ihre Nahrung und ihre Medizin.« Eine fast irrationale Wut überkam ihn. »Wir werden ihre Ernten und ihre Häuser niederbrennen. Ihre Leute werden in ständiger Angst leben. Wir zahlen es ihnen heim. Es wird keinen Frieden geben, bis wir sie aus Kaledonien vertrieben haben. Sie können sich hinter ihren ersten Wall zurückziehen und dort bleiben – aber nicht hier, nicht in unserem Land.«

»Meinst du wirklich, wir können das schaffen?«

»Selbst Eisen wird unter ständigem Druck spröde.«

»Du glaubst wirklich daran, dass wir es schaffen können!« Die bloße Aussicht auf Erfolg ließ Estons Augen aufleuchten.

»Leicht wird es nicht«, sagte Taranis. »Aber der Wall ist lang, und die Stämme werden ihn überall angreifen.«

Einige Minuten lang verfolgten die beiden Jungen den endlosen Strom der vorbeiziehenden Wolken. Sie hatten sich darüber unterhalten, wie Kaledonien den Druck auf den Wall verstärken könnte, aber in Wahrheit dachten sie über ein nahe liegenderes Problem nach. In ihren Herzen waren sie bei Neeve, ohne dass einer von ihnen gewagt hätte, die Frage anzusprechen, die sie beide bewegte.

»Wir haben es ihr versprochen«, sagte Eston schließlich.

»Ich weiß, ich weiß.«

»Wer soll sich um sie kümmern? Wir haben keine Verwandten mehr.«

Taranis rutschte verlegen auf der harten Bank hin und her. Er wusste, dass er seinen Teil dazu beitragen musste, die Römer aus Kaledonien zu vertreiben, aber bis Neeve heiratete, brauchte sie jemanden, der für sie sorgte. Er wusste einfach nicht, was er tun sollte. Warum fielen ihm alle Entscheidungen so schwer, wenn es um Neeve ging? Irgendwie hatte Eston zu ihr ein nüchterneres Verhältnis und sah die Dinge, die sie betrafen, klarer, ohne sie deswegen weniger zu lieben.

»Neeve hat es in Celywic immer gefallen, aber ich glaube nicht, dass wir sie hier lassen können«, sagte Taranis mit unsicherer Stimme.

»Nein, hier nicht«, meinte auch Eston. »Auch wenn es in Celywic bestimmt gute Menschen gibt – spätestens in ein paar Monaten wird der Abschaum, den man überall findet, auf sie aufmerksam werden. Allein ist sie nicht sicher. Wenn wir eine ältere Frau finden könnten ...«

»Aber wir können doch nicht einfach an irgendwelche Türen klopfen! Wir brauchen Verwandte, keine Fremden.«

»Wir haben Verwandte«, sagte Eston leise.

Taranis blickte ihn ungläubig an.

»Auch wenn es uns nicht gefällt«, sagte Eston, »aber manchmal hat man eben keine andere Wahl.«

»Du meinst doch wohl nicht Dumnori in Aidan?«, fragte Taranis scharf. »Ich schicke sie nicht zu Dumnori. Niemals! Dem traue ich einfach nicht. Neeve wäre auf sich allein gestellt noch besser dran als mit Dumnori als Vormund.«

»Ich dachte eigentlich eher an Pablius und Matidia.«

Pablius! An den hatte er noch gar nicht gedacht. Außer Mutter hatte nie jemand seinen Namen erwähnt.

»Ich weiß, er ist ein Römer«, fuhr Eston fort, »aber was sollen wir denn sonst tun? Wir haben doch sonst niemanden mehr. Matidia ist immerhin Mutters Schwester. Auch wenn sie einen Römer geheiratet hat, wird sie bestimmt gut für Neeve sorgen.«

Auch wenn der Gedanke, einen Römer mit Neeves Erziehung zu betrauen, Taranis zuwider war, fürchtete er doch, dass Eston Recht hatte. Matidia war Kaledonierin; sie würde bestimmt eine liebevolle Ersatzmutter sein. Aber sie lebte weit weg von ihnen mitten im Gebiet der Römer.

Sie fanden Neeve auf einem breiten, flachen Felsen in der Mitte des Flusses auf dem Bauch liegend. Ihre Hosen hatte sie bis über die Knie hochgerollt, und sie zerrte an Netzen, die von zwei schweren Steinen gehalten wurden. Sie schaute über die Schulter zu ihnen hinüber. »Kein Glück beim ersten Netz«, rief sie, »aber ich glaube, hier hab ich was.« Sie zog das Netz aus dem Wasser. »Flussbarsche!«, jubelte sie. »Ich habe zwei Flussbarsche gefangen!«

Neeve sprang auf, hüpfte über die Felsen und landete schließlich unter großem Gespritze im flachen Wasser am Rand des Flussbettes. Sie wurde ganz nass, aber das störte sie nicht; voller Freude schwenkte sie die beiden Fische über dem Kopf. Taranis bückte sich zu ihr herunter, packte ihr schlankes Handgelenk und zog sie ans grasbewachsene Ufer. Durchnässt, aber strahlend stand sie mit ihrer Beute vor ihren beiden Brüdern.

Lächelnd griff Taranis nach dem Netz. »Das sind ja wunderbare Fische, Neeve. Das hast du gut gemacht.«

Einen Augenblick lang war sie sehr stolz auf sich. Doch dann sah sie etwas. Sie blickte von Taranis zu Eston und wieder zu Taranis. Wie die letzten Strahlen der Abendsonne hinter den Bergen verschwinden, schwand auch das Leuchten aus ihren Augen. Sie wischte sich das Wasser aus dem Gesicht und trat nervös von einem Fuß auf den anderen. »Was ist denn los?«, fragte sie.

»Es wird Krieg geben«, begann Taranis. »Wir können nicht für dich sorgen.«

»Ich bin zwölf Jahre alt. Ich kann allein für mich sorgen. Ich bin jetzt schon fast zwei Wochen hier. Ich habe Fallen ausgelegt und Fische gefangen«, sagte sie und wies auf die Netze, in denen die Fische in den letzten Zuckungen lagen.

»Neeve, wir haben uns schon mal darüber unterhalten –«

»Ihr habt es mir versprochen!«, schrie sie. »Ihr habt es versprochen! Ihr habt auf den Kohlen gestanden und versprochen, dass wir nie auseinander gehen werden.«

»Ich weiß, aber –«

»Das tut ihr, weil ich etwas auf eigene Faust versucht habe, stimmt's? Ihr habt mir gesagt, ich solle nicht mehr in unser Haus gehen, und ich bin trotzdem gegangen, und jetzt wollt ihr mich dafür bestrafen.«

»Neeve, hör doch mal zu –«

»Ich bin doch kein Kind mehr!« Sie ließ sich ins Gras fallen und zog die Beine an die Brust.

»Neeve –«

»Bitte, lasst mich hier bleiben. Ich geb ja zu, dass ich leichtsinnig war. Lasst mich hier bleiben, und ich riskiere so was nie wieder. Nie.« In ihrem Gesicht spiegelte sich die Verzweiflung von jemandem, der in einer Fallgrube sitzt, aus der es kein Entrinnen gibt, und der Anblick brach Taranis das Herz.

»Du verstehst nicht«, sagte Eston. »Mutter ist nicht mehr bei uns, und wir würden sie und Vater entehren, wenn wir zuließen, dass dir etwas zustößt. Wir sind jetzt für dich verantwortlich.« Er kniete sich neben sie. »Wer weiß schon, was geschehen kann, wenn Krieg in der Luft liegt. Wir können dich einfach nicht allein lassen.« Und nach einer kurzen Pause fügte er hinzu: »Du würdest an unserer Stelle dasselbe tun.«

»Nein, niemals«, rief Neeve und sagte dann zu sich selbst: »Ich würde euch nie wegschicken.«

Eston antwortete nicht. Eine Familie von Eichhörnchen jagte über einen umgestürzten Baum und verschwand im Unterholz.

»Und wo wollt ihr mich hinschicken?«, fragte sie schließlich, den Blick noch immer gesenkt.

»Zu Matidia«, antwortete Eston.

»Matidia! Das ist hinter dem Wall ... hinter dem zweiten Wall ... Hunderte von Meilen weit weg!«, sagte sie erstaunt. »Sie hat doch einen Römer geheiratet; ihr könnt mich da nicht hinschicken.«

»Es gibt keine andere Möglichkeit«, sagte Eston.

Sie wandte sich Taranis zu und blickte ihn flehentlich an.

Taranis warf ihr einen Blick des Bedauerns zu. »Es wäre ja auch nicht für lange Zeit – vielleicht ein oder zwei Jahre, bis die Lage sich ein wenig beruhigt hat.«

»Das ist aber so schrecklich weit«, sagte sie leise.

»Du wirst dort sicher sein«, sagte Taranis.

»Ich werde euch nie wiedersehen.«

»Doch, das wirst du.«

»Nein, das werde ich nicht. Und du weißt das auch.«

Taranis kniete sich ins Gras und legte einen Arm um sie.

Sie schaute ihm tief in die Augen und sagte: »Ich will nicht weg.«

Taranis wandte den Blick ab. Der Fluss plätscherte laut über die Felsen. Irgendwo flussabwärts hörte er den unheimlichen Ruf eines Seetauchers und eine Stimme, die ihm zuzuflüstern schien, dass Neeve womöglich Recht hatte. Vielleicht würde er seine Schwester nie wiedersehen.

7

Die Jahre hatten es gut gemeint mit der Familie des Trebellius. Seit Vectis' Vater ihre Villa außerhalb von Rom gekauft hatte, verbrachte Vectis die meiste Zeit im Haus der Familie in der Stadt, wo er vormittags in die Schule ging und sich nachmittags in Kriegsspielen übte. Der Unterricht in Griechisch und Latein interessierte ihn wenig, und das endlose Abschreiben von Werken von Herodot und Aischylos, von Cicero und Vergil hasste er geradezu. Doch ein wohlerzogener Römer musste all diese Dinge kennen und von Geschichte ebenso viel verstehen wie von Mathematik und Rhetorik. Der Unterricht in Redekunst machte ihm Spaß, weil er erkannt hatte, wie wichtig eine überzeugende Argumentation sein konnte. Wie sollte jemand Führungsaufgaben wahrnehmen, wenn ihm die Fähigkeit fehlte, andere zu überzeugen?

Am meisten aber genoss er das Leben auf dem Land, und so fuhr er oft hinaus zu ihrer Villa, um sich mit seinem Vater zu unterhalten, der den Heeresdienst quittiert hatte und sich im Ruhestand befand. Die beiden jagten gern und ausgiebig Rehe und Wildschweine, und kehrten sie ausnahmsweise einmal ohne Beute nach Hause zurück, suchten die Diener aus ihren Herden für das Abendessen ein gut genährtes Lamm aus. Es war ein angenehmes Leben, doch das sollte sich bald ändern.

Auf der Truhe in seinem Zimmer lagen seine Papiere, die ihn als Rekruten der dritten Legion in Nordafrika auswiesen. Bald schon würde er Legionär im Heer des Römischen Reiches sein. Obwohl er sich der Gefahren bewusst war, die auf ihn zukamen, konnte er es kaum erwarten, die Welt zu sehen und sich im Kampf zu bewähren. Nachts im Bett hörte er die donnernden Hufe parthischer Pferde, die über ein glitzerndes Sandmeer fegten, sah hünenhafte Kelten durch die weiten, schneebedeckten Bergländer des Nordens mit ihren unergründlichen Seen und finsteren Wäldern streifen.

»Ah, Vectis, da bist du ja«, sagte Sabina. »Ich hab schon das ganze Haus nach dir abgesucht. Hätte ich mir ja denken können, dass ich dich hier antreffe … bääääh, was für ein grässliches Zeug.« Angewidert verzog sie den Mund, während sie den Blick durch das mit Schwertern, Rüstungen und anderem Kriegsgerät dekorierte Zimmer schweifen ließ.

»Aber Sabina – das sind Schätze aus Ländern vom Rand der Welt!«

»Für mich ist das nur grässlicher alter Trödel.« Sie steckte den Finger in den aus Rosshaar gefertigten Helmschmuck eines griechischen Hoplitenhelms, von dem sogleich der Staub aufwirbelte.

»Hast du je einen solchen Bogen gesehen?«, fragte Vectis. »Er ist aus Bambus und über fünf Fuß lang. Aus Indien. Dieselbe Art von Bogen, mit der es Alexander bei seinen Feldzügen in Indien zu tun hatte. Und sieh dir doch mal diese Schleuder von den Balearen an; die kann einen Mann auf hundert Schritt Entfernung töten. Und dann dieser griechische Langspieß –«

»Oh, Vectis, du kannst manchmal richtig langweilig sein«, sagte sie und machte sich auf den Weg zur Tür. »Dieser Raum stinkt!«, rief sie ihm beim Hinausgehen über die Schulter zu und fügte hinzu: »Komm raus hier, wir müssen miteinander reden.«

Er folgte ihr in den Innenhof und setzte sich auf die steinerne Bank gegenüber dem Brunnen. Aus dem Schnabel eines riesigen Adlers kam ein Wasserstrahl, der in der Morgensonne funkelte. Die Wege waren von Veilchen, Hyazinthen und Lilien gesäumt, und in der Ferne rankten sich frisch geschnittene Rebstöcke über die verputzte Innenwand.

»Ist das nicht viel schöner als dieses deprimierende kleine Zimmer?«

Vectis lächelte. »Viel schöner. Aber du möchtest doch über Atilius Titianus reden, oder?«

Ein schelmisches Lächeln breitete sich auf Sabinas Gesicht aus.

»Dachte ich's mir doch. Aber da kann ich dir leider auch nicht helfen. Vielleicht kann ja Mutter etwas tun.«

»Sie meint, da wäre nichts zu machen … Vater kann Atilius nicht leiden, und er wird mir nie erlauben, ihn zu heiraten.«

»Und wie kommst du darauf, dass ausgerechnet ich dir helfen könnte?«

»Oh, Vectis.« Sie strich ihm über den Arm. »Bitte rede doch mal mit ihm. Sag ihm, dass ich mir nichts sehnlicher wünsche, als Atilius zu heiraten. Bitte ihn, doch mal an mich zu denken und daran, was ich will.« Schmollend spitzte sie die Lippen. »Sag ihm einfach, dass sein kleines Mädchen Atilius liebt und ihn heiraten möchte.«

Vectis konnte diese Art von Unterhaltung nicht ausstehen. Er wünschte, sie würde einfach geradeheraus sagen, was sie wollte, statt um den heißen Brei herumzureden. »Also gut, ich rede mit ihm«, versprach er. »Aber das wird keinen Sinn haben. Als Atilius das letzte Mal vorbeikam, hat Vater sich sogar geweigert, ihn ins Haus zu lassen.«

»Aber das war doch vor Jahren; damals war ich ja noch ein Kind, und außerdem war ich dem Marcus Clodius versprochen.«

Vectis fragte sich, wie ehrlich sie es meinte, als sie aus scheinbarem Respekt vor Marcus, den im vergangenen Winter ein Fieber dahingerafft hatte, die Augen niederschlug. Ihre Trauer war jedenfalls recht schnell vorbei, als sie weiter über Atilius plapperte, über seine Besitztümer auf dem vornehmen Esquilin-Hügel und über seinen Sitz im Senat. Bald würde er eine sehr wichtige Persönlichkeit sein, sagte sie mit angesichts dieser Zukunftsaussichten weit geöffneten Augen.

»Hör besser auf zu träumen«, meinte Vectis. »Atilius ist kein geeigneter Freier für dich, und Vater wird dir nie erlauben, ihn zu heiraten.«

»Ich werde ihn heiraten, du wirst schon sehen!« Sie richtete eine der Falten ihrer wunderschön drapierten Toga. »Oh!«, kreischte sie. »Ein Fleck! Ich hab mir in deinem dreckigen kleinen Raum einen Fleck geholt! Das ist bestimmt Rost oder Blut oder so was. Der geht nie wieder raus!« Sie starrte den Fleck einen Augenblick lang an, ergab sich in ihr Schicksal und fuhr fort: »Weißt du, Atilius macht sich da gar keine Gedanken. Er meint, dass Vater der Heirat ganz sicher zustimmen wird. Niemand kann einen Senator zurückweisen, sagt er.«

Vectis' Gesicht strahlte weniger Optimismus aus.

»Außerdem meint Atilius, er habe eine kleine Überraschung, die Vater helfen könnte, sich zu entscheiden.«

»Was denn für eine Überraschung?«

»Das hat er nicht verraten, aber ich bete, dass er Recht hat.«

»Unseren Vater kann nicht so schnell etwas überraschen, und es gibt nicht viel, was ihn veranlassen könnte, seine Meinung zu ändern.«

»Oh, Vectis, ich habe Angst ... Vater kann ja so stur sein. Ich verstehe gar nicht, was er gegen Atilius hat –«

»Das weißt du ganz genau. Atilius' Familie war an der Säuberung des Heeres vor acht Jahren beteiligt. Vater meint, viele gute Männer hätten dabei ihr Leben verloren, und das alles nur auf Grund politischer Ränkespiele.«

»Aber Atilius' Vater hat doch diese Männer nicht getötet, sondern Kaiser Hadrian. Atilius behauptet, sein Vater habe versucht, Hadrian in seinem Wahn zu bremsen.«

»Atilius' Vater«, sagte Vectis scharf, »war ganz tief in die Sache verwickelt; er hat sogar versucht, nach der Macht im Reich zu greifen. Erst nachdem sein Name auf Hadrianus' schwarzer Liste stand, begann er damals, Frieden zu predigen.«

»Das kann ich einfach nicht glauben. Auf jeden Fall hat Atilius selber nichts mit all dem zu tun gehabt. Das waren sein Vater und sein Onkel, und die sind beide längst tot.«

»Ach komm, Sabina, jeder weiß doch, dass auch Atilius in die Sache verstrickt war.«

»Nein, das stimmt nicht; er hat mir alles erzählt. Er hat nichts Böses getan. Und nur, weil Mitglieder seiner Familie vor langer Zeit vielleicht mal einen Fehler gemacht haben ...«

Vectis wandte den Blick ab.

»Das ist einfach ungerecht«, sagte sie. »Vater wird mein Leben zerstören. Wenn er nicht so stur wäre, könnte ich einen Senator heiraten. Stell dir vor, einen Senator! Aber jetzt ...«

Mit einem Schwall von Worten malte sie aus, welch schreckliches Leben in Armut sie ohne Atilius führen müsste. Vectis wusste nicht recht, was er dazu sagen sollte. Es störte ihn, dass sein Vater mit Sabina nie über Politik sprach. Wie sollte sie da etwas vom wirklichen Leben erfahren? Er war ganz sicher, dass seine Schwester von den Intrigen des Atilius wusste, aber wie viel, konnte er nicht sagen. Aber zumindest er musste ihr die Wahrheit sagen. »Es tut mir Leid, dass die Situation für dich so unerquicklich ist«, begann er. »Ich werde auch mit Vater sprechen, aber du solltest trotzdem wissen, dass er Recht hat. Atilius ist nicht gut für dich.«

Sabina verdrehte die Augen.

»Atilius ist nicht der, für den du ihn hältst«, versuchte Vectis zu erklären.

»Für mich ist er einer der intelligentesten Männer von ganz Rom.«

»Gerissen ist er, das muss man ihm lassen; wie eine Schlange zwischen den Felsen – jederzeit bereit zuzubeißen.«

»Du redest schon genau wie Vater. Du kennst Atilius doch kaum; er ist ein liebenswerter und sanftmütiger Mensch.«

»Aber das sagt doch nicht nur Vater, Sabina; ich habe schon ganz andere Leute gehört, die ebenfalls –«

»Die sind doch nur neidisch auf ihn.«

Vectis atmete schwer.

»Doch, das sind sie! Jedenfalls hat er eine Menge guter Eigenschaften.«

»Ganz zu schweigen davon, dass er reich ist.«

»Steinreich«, kicherte sie. »Selbst die Behausungen seiner Sklaven sind mit griechischen Fresken und poliertem Marmor aus Lakonien ausgeschmückt.«

»Willst du ihn deswegen heiraten – weil er so reich ist?«

»Aber nein, natürlich nicht.« Beschämt senkte sie den Blick. »Ich meine nur, es wäre doch nicht schlecht, jemanden in seiner Position in der Verwandtschaft zu haben. Er kennt in Rom so ziemlich jeden, der was zu sagen hat. Außerdem bin ich schon siebzehn; die meisten Mädchen in meinem Alter sind längst verheiratet. Die Leute fangen ja schon an zu reden.«

»Das stimmt doch gar nicht. Die wissen alle, dass du Marcus versprochen warst. Dass ihn ein Fieber dahingerafft hat, ist doch nicht deine Schuld. Ich kenne ein Dutzend Männer in Rom, die alles dafür geben würden, dich heiraten zu dürfen.«

»Ja, das stimmt schon«, räumte sie ein, während sie mit ihrem kunstvoll geflochtenen Haar spielte. »Aber wie viele haben eine so glänzende Zukunft vor sich wie Atilius Titianus?«

»Wie kannst du nur einen wie ihn heiraten wollen? Er ist ja so egoistisch und überheblich, und so, wie er seinen Kopf nach vorn hält, sieht er aus wie ein Aasgeier. Willst du ernsthaft einen Mann heiraten, der fünfundzwanzig Jahre älter ist als du?«

»Warum nicht – wenn er ein reicher Senator ist«, sagte sie fest entschlossen.

Und ein egoistisches Schwein, dachte Vectis.

Das Gespräch mit seinem Vater dauerte etwa fünf Minuten. Vectis versuchte, sich für Sabina einzusetzen und zu erklären, was die Aussicht auf eine Heirat mit Atilius ihr bedeutete. Sein Vater hörte sich schweigend an, was er zu sagen hatte, erklärte dann aber, dass er eine Vermählung Sabinas mit Atilius nicht für eine gute Idee halte. Er hielt es sogar für eine ausgesprochen schlechte Idee. Er wolle zwar aus Respekt vor seinem Posten als Senator Atilius erlauben, am Nachmittag bei ihm vorzusprechen, aber am Ende werde er ihm die Hand seiner Tochter verweigern. Es gäbe schließlich genügend andere Männer, die Sabinas Hunger nach einem Wohnsitz auf dem Esquilin stillen könnten. Sie werde ihre momentane Enttäuschung schon überwinden. Die Entscheidung falle ihm zwar nicht leicht, erklärte er; sie sei aber nur zu Sabinas Bestem.

Vectis stand auf. Sein Vater hatte seine Entscheidung getroffen.

Der Vater sagte: »Ich würde dir gern noch eine Frage stellen.«

Vectis ahnte schon, wie die Frage lautete.

»Denkst du, Sabina sollte ihn heiraten?«

»Das ist ihr erklärter Wille.«

»Aber was denkst du darüber?«

»Es ist ihr Leben«, antwortete Vectis ausweichend.

»Ja, und ich werde nicht zulassen, dass sie es wegwirft.«

Am frühen Morgen desselben Tages erwachte der Senator Atilius Titianus zu zarten Flötenklängen. Zehn Minuten lag er noch mit geschlossenen Augen da und versuchte, sich in allen Einzelheiten auszumalen, wie dieser äußerst bedeutsame Tag ablaufen würde. Der Strom seines Lebens würde eine andere

Richtung einschlagen. Dann öffnete er die Augen. Zwei Diener brachten ihn sanft in eine sitzende Position, während andere seine Füße in warmem Wasser badeten. Er trank einen Becher warmen Aprikosennektar und ließ sich das Gesicht mit der Milch einer wilden Eselin waschen, um seine Haut zu verjüngen. »Ich bin bereit«, sagte er und stieg aus dem Bett. Die Diener nahmen ihm sein Schlafgewand ab. Einer kniete vor ihm nieder und hielt ihm eine längliche Silberschüssel hin, in die er sich erleichterte. Dann folgte eine zweite Waschung, diesmal in Lavendelwasser, ein weiterer Becher Aprikosennektar sowie etwas Käse auf feinem weißem Brot, bis er endlich bereit war, sein Frühstücksgewand anzulegen.

Die Diener öffneten die mit Bronzegittern versehenen Fenster seines Zimmers, um die frische Morgenluft hereinzulassen. Atilius liebte es, das Gefühl der morgendlichen Brise auf seiner Haut zu fühlen und dem Zwitschern der Vögel zu lauschen. Über die fernen Felder seines weitläufigen Anwesens zogen dünne Nebelschwaden, die sich jedoch mit dem Sonnenaufgang ebenso rasch verflüchtigen würden wie politischer Widerstand angesichts eines gründlich ausgeklügelten Plans. Ein guter Tag, dachte er; ja, das wird ein guter Tag.

Eine Stunde später summte Atilius in seinem Innenhof vor sich hin, was er immer dann zu tun pflegte, wenn er allein war und seine Zierfische fütterte. Nur in den frühen Morgenstunden konnte er sich wirklich entspannen und ganz er selbst sein. »Ich sehe euch«, sagte er, während er sich über die Steinmauer um den flachen Teich beugte. »Zeit zum Frühstücken.« Mehrere leuchtend gefärbte, sechs Zoll lange Fische boten reglos im Wasser schwebend einen reizenden Anblick, an dem er sich gern ergötzte. Er ließ sein Netz mehrmals kreisen, bis er ihr Gewicht darin spürte.

»Lasst euch doch mal ansehen«, sagte er, als er das Netz mit einem Ruck aus dem Wasser zog. »Ui ui ui – vier kleine Fischlein, und welch hübsche Farben sie doch haben … rot und gelb und … oooooh … einer ist sogar getüpfelt! Was für hübsche Fischlein – ihr fetten kleinen Halunken …«

Dann ging er zu einem ähnlichen Teich, der aber beträchtlich tiefer war. Dunkle Schatten von Raubfischen zogen gemächlich durchs Wasser.

»Und wie geht's meinen großen Fischen heute? Habt ihr Hunger? Hier sind ein paar Freunde, die euch gern mal einen kleinen Besuch abstatten möchten. Aber keine Angst, sie können nicht lange bleiben; sie haben nämlich ein Stelldichein mit dem Schicksal.« Er lachte in sich hinein; seine eigenen Scherze gefielen ihm ganz besonders.

»Na schön, Zeit zum Frühstücken.« Er drehte das Netz um und kippte die kleinen Fische ins Wasser. Gierig verfolgten seine Augen das Drama im Raubfischteich. Innerhalb von Sekundenbruchteilen, so schien es, bedeckte weißer Schaum das Wasser, nachdem die Schatten sich auf die bunten Formen gestürzt hatten. Atilius hatte großen Spaß daran, seine Fische zu füttern und zuzusehen, wie seine kleinen Opfer verzweifelt versuchten, den größeren zu entwischen. Heute hatte es doch tatsächlich einer geschafft, zu entkommen und sich hinter einem Stein am efeubewachsenen Rand des Teichs zu verstecken. Das amüsierte ihn; er nahm einen Stock und schlug sachte auf den Stein, um auf das Versteck des Fisches aufmerksam zu machen.

»Oje, ich glaube, jetzt sehen sie dich«, sagte er, als sich die Schatten näherten. Erneut schäumte kurz das Wasser auf, bevor die Oberfläche sich wieder glättete. »Oh, wie traurig das Leben doch ist«, sinnierte er, »immer fressen die großen Fische die kleinen. Aber das ist eben das Schicksal, da kann man nichts machen.«

Am frühen Nachmittag stieg Atilius vor dem Haus des Trebellius aus seiner Kutsche. Sein Selbstvertrauen stieg noch, als er seinen Blick über das Grundstück schweifen ließ. Recht mickrig, dachte er, und nicht annähernd so gepflegt, wie es sein könnte. Ein Brunnen, ein Badehaus, ein paar Blumen, vereinzelte Büsche, Ackerland und ein Palisadenzaun – nicht viel, auf das einer stolz sein konnte. Und wo waren eigentlich die Sklaven? Wahrscheinlich gab es in der ganzen Villa keine zehn Stück, dachte Atilius; anders als auf seinen eigenen Besitzungen. Allein in seinen Häusern in Rom verfügte er über mehr als zweihundert Sklaven. Natürlich waren nur ein paar wenige mit ihm gekommen. Sabina hatte ihn vorsichtshalber darauf hingewiesen, dass ihr Vater aufgeputzten Römern mit katzbuckelnden Sklaven nicht sonderlich gewogen war, und es hatte wenig Sinn, den alten Mann zu erzürnen.

Erneut überflog er das Grundstück, und was er sah, erfreute ihn. Was dieser kleinen Villa fehlte, war die ordnende Hand eines Patriziers. Er konnte viel dazu beitragen, das verwahrloste Gelände zu verbessern; als Erstes würde er es natürlich auf eine angemessene Größe erweitern müssen. Trotzdem – für einen Plebejer war es gar nicht so übel, ganz und gar nicht. Der alte Trebellius muss wohl über einen Beutel voll Geld gestolpert sein, sagte er sich und lachte still in sich hinein.

Ein Freigelassener stellte sich als Pudens vor und führte ihn zur Tür des Haupthauses. Der ältere Trebellius stand allein am Ende des breiten Eingangskorridors neben einem nicht sonderlich kunstvoll gefertigten Gipsbild der Göttin Minerva. Er trug keine Toga, sondern die kurz geschürzte rote Tunika der Soldaten mit Dolch und allem Drum und Dran. Wie er erwartet hatte, waren weder Sabina noch Vectis zu sehen. Der Alte wollte ihm offenbar einen schnellen Dolchstoß mitten ins Herz versetzen und ihn dann wegschicken. Aber sie waren hier nicht auf dem Schlachtfeld, und wenn einer dem anderen einen Dolch ins Herz stieß, würde er das sein.

»Gaius Trebellius«, sagte Atilius, so herzlich er konnte, »wie schön, Euch zu sehen.«

»Seid gegrüßt, Senator.«

»Was für ein prächtiges Stückchen Land. Ich hatte ja keine Ahnung, dass Ihr ein so luxuriöses Leben führt. Das Blumenarrangement im Hof ist ja absolut bezaubernd, und vor allem nicht so protzig wie andere, die man hin und wieder zu sehen bekommt – in der Tat äußerst geschmackvoll. Mein Kompliment.«

»Danke. Ich schlage vor, wir gehen in die Bibliothek; dort können wir reden.«

Atilius folgte ihm in die Bibliothek und akzeptierte einen Becher Wein. Das kitschige gelbbraune Mosaik, das auf der einen Seite schon Risse aufwies, sprach ebenso Bände wie die ausgeblichenen Kissen mit Blumenmuster auf den Korbsofas. Er entschied sich für einen fellbezogenen Stuhl am Fenster und setzte sich. Sie unterhielten sich über Villen, über das gewaltige Wachstum der Stadt Rom und die gegenwärtige Situation des Reiches. Atilius wusste, dass es seine Aufgabe war, das Thema der Heirat anzusprechen. Es hätte als ungehörig gegolten, wenn ein Vater seinem Gast unterstellt hätte, er wolle seine Tochter ehelichen. Atilius trank sich deshalb mit einem weiteren Becher Wein Mut zu, ging im Geiste noch einmal seine Rede durch und kam schließlich zur Sache.

»Ihr wisst ja, aus welchem Grund ich hier bin … ich möchte um Eure Erlaubnis bitten, Sabina heiraten zu dürfen. Ihr seid eine große Persönlichkeit, und jedermann in Rom zollt Euch Respekt für Eure Leistungen als Erster Centurio der Legionscenturien, die ihr befehligt habt. Ich bin von edler Herkunft, Senator und ein wohlhabender Mann. Sabina würde es an nichts fehlen, und ich würde sie gut behandeln. Und was den Brauch anbelangt, dass die Braut eine Mitgift zu erhalten hat, so werde ich alles akzeptieren, was Ihr für richtig haltet. Um unsere Freundschaft zu besiegeln, biete ich Euch zudem eine Million Sesterzen, die Ihr nach eurem Gutdünken verwenden könnt. Natürlich wird niemand von diesem Geschenk erfahren, und wenn Ihr hin und wieder finanzielle Bedürfnisse haben solltet, würde ich mich als Mitglied der Familie glücklich schätzen, Euch aushelfen zu dürfen. Falls Ihr dieser Vereinbarung zustimmt, weise ich sogleich meinen Verwalter an, ein Festmahl ersten Ranges zu Ehren des Hauses Trebellius auszurichten.«

Nach seiner Rede lehnte Atilius sich zurück und versuchte, ganz entspannt zu wirken. Doch das verlegene Schweigen, das nun folgte, trug wenig zu seinem Wohlbefinden bei. Der alte Trebellius sagte kein Wort. Er starrte den Atilius nur kurz an und ließ dann den Blick über die Reihen von Büchern und Pergamenten auf den Regalen schweifen.

»Das ist ein wahrhaft großzügiges Angebot«, sagte er schließlich, »das ich aber leider nicht annehmen kann. Ich danke Euch für Euer Kommen, Senator Atilius Titianus, aber wir sind Eurer vornehmen patrizischen Familie nicht würdig.« Er stand auf. »Ich werde jetzt meinen Diener rufen, der Euch hinausgeleitet.«

Atilius spürte, wie sein Gesicht rot anlief. Er stand aus reiner Gewohnheit auf, wie es Brauch ist, wenn der Gastgeber sich erhebt, wünschte sich aber sofort, er hätte es bleiben lassen. Atilius war wütend. Er hätte ruhig sitzen bleiben sollen, statt wie ein verängstigter Schuljunge aufzuspringen. Dieser grobschlächtige Kommisskopf hatte zweifellos seinen Spaß daran zuzusehen, wie ein Patrizier vor Verlegenheit nicht mehr ein noch aus wusste. Er musste unbedingt Herr der Lage werden.

»Wenn Ihr erlaubt«, sagte er, »möchte ich Euch noch um ein paar Minuten Eurer kostbaren Zeit bitten.«

»Natürlich.«

»Dies hier ist eine durchaus komfortable Villa, aber sie ließe sich noch beträchtlich verbessern. Ich biete Euch eine Million Sesterzen, und ich kann einfach nicht glauben, dass ihr einen solchen Vorschlag ablehnt.«

»Es gilt auch noch andere Überlegungen zu berücksichtigen.«

»Andere Überlegungen!« Dieser Narr von einem Centurio schien nicht ganz richtig im Kopf zu sein. »Seht Euch doch dieses Haus an«, sagte er mit einer abfälligen Geste. »Ich könnte Eure ganze Villa in den Stallungen meines ärmlichsten Anwesens unterbringen. Ihr solltet bei Euren Überlegungen auch die Zukunft Eurer Familie in Betracht ziehen. Nach allem, was ich hier sehe, ist kaum genügend Geld da, um diese Villa instand zu halten. Oder sehe ich das falsch?«

»Wie wir zurechtkommen, ist nicht Eure Sache.«

Der Centurio sprach mit ruhiger Stimme, doch Atilius sah die Wut in seinen Augen. Er ärgerte sich, dass er nicht überzeugender gewesen war. »Es tut mir wirklich Leid«, sagte er. »Meine Bemerkungen waren unhöflich und unverzeihlich. Ich wollte damit nicht sagen –«

»Ihr braucht Euch nicht zu entschuldigen. Ich denke, wir haben einander nichts mehr zu sagen.«

»Ja, ihr habt Recht – ich hätte nicht kommen sollen. Ich hätte wissen sollen, dass die Verquickung meines Vaters in jene Säuberung des Heeres … das alles ist mir schrecklich peinlich. Aber ich habe Sabina versprochen, es zu versuchen. Vielleicht ist es besser so. Erlaubt Ihr, dass ich ihr erkläre, dass die Dinge sich nicht entwickelt haben, wie wir es erhofft hatten?«

»Ich habe nichts dagegen.«

»Ich entschuldige mich noch einmal. Ich habe die Grenzen des Anstands überschritten. Ihr dagegen seid sehr freundlich gewesen.« Der alte Centurio fühlte sich dabei offenbar gar nicht wohl. Er wusste nicht mehr, was er sagen sollte – gut so, dachte Atilius. »Es ist nur leider so, dass ich Sabina liebe.« Er rang sich ein betrübtes Lächeln ab. »Sie verfügt über eine außergewöhnliche Schönheit. Ich wäre der meistbeneidete Mann von ganz Rom gewesen. Aber ich weiß natürlich, wie schwer es ist, die Vergangenheit hinter sich zu lassen. Am Anfang dachte ich damals, dass meine Familie recht daran tat, Kaiser Hadrians Befehlen zur Säuberung zu folgen, aber jetzt weiß ich es natürlich besser. Hadrian war am Ende geistig verwirrt … ich habe durch mein Kommen einen Narren aus mir gemacht … das war unverantwortlich … was habe ich mir bloß dabei gedacht …« Es klang eher nach hörbaren Gedanken als nach Gesagtem.

Keiner von beiden sprach ein Wort, und das Schweigen lastete auf ihnen wie ein bleierner Mantel. Atilius stand reglos da, als verlöre er sich in den Korridoren der Vergangenheit. Nur Geduld, dachte er. Warte einfach ab, bis das Schweigen ihn erdrückt.

Kaum einer kannte die Macht des Schweigens besser als Atilius. Das Schweigen war sein Verbündeter. Der Schwächere brach unter seinem Druck immer zusammen. Er konnte die Spannung nicht ertragen und würde früher oder später zu reden beginnen und Zugeständnisse machen. Atilius schwieg weiter. Nur noch ein bisschen, sagte er sich. Zäh zogen sich die Sekunden hin, doch der alte Trebellius war hartnäckiger als erwartet. Er war nicht leicht umzustimmen und schien fest entschlossen.

Vielleicht sollte er es besser mit einer anderen Methode versuchen. Eine Dosis Wahrheit wirkt so gut wie immer, dachte er – vor allem, wenn ich mich verwundbar gebe.

»Vielleicht sollte ich Euch erklären«, begann er, »dass es auch noch andere Gründe für meinen Wunsch gibt, Eure Tochter zu ehelichen, als ihre außergewöhnliche Schönheit.«

Der Centurio wirkte interessiert.

»Ich kann ebenso gut auch gleich offen mit Euch reden. Die Wahrheit ist, dass ich im Senat nicht nur Freunde habe. Manche, wie etwa Senator Titus Severus, machen sich einen Spaß daraus, mich hinter meinem Rücken lächerlich zu machen.« Er holte kurz Luft, bevor er fortfuhr. »Wobei ich zugeben muss, dass das nicht allein Severus' Schuld ist. Ich verfüge in der Tat über eine ganze Reihe von Schwächen. Eine davon ist für Euch offensichtlich – im Gegensatz zu Euch habe ich nie in einer Schlacht das Kommando geführt. Ohne Euch schmeicheln zu wollen, glaube ich, dass Euch in Rom keiner das Wasser reichen kann. Ihr habt in der ganzen Welt gekämpft, und Euer Heldenmut in der Schlacht steht außer Zweifel.«

»Ich glaube kaum –«

Atilius hob die Hand. »Ich bitte Euch, mich ausreden zu lassen, auch wenn mir das keineswegs leicht fällt. Ich weiß, dass Severus und andere lachen, wenn ich mich über die Grenzpolitik und Fragen des Krieges auslasse, und wahrscheinlich haben sie damit Recht. Ich habe schließlich keine eigenen Erfahrungen auf diesem Gebiet aufzuweisen. Ihr aber habt davon mehr als jeder andere.«

Der alte Trebellius wirkte verlegen und wollte erneut protestieren, doch Atilius gebot ihm Einhalt. »Ihr wisst ganz genau, was auf dem Schlachtfeld machbar ist und was nicht.« Jetzt nur nicht übertreiben, sagte sich Atilius. Er kennt deinen Ehrgeiz. Du musst glaubwürdig bleiben. »Ich gebe deshalb zu, dass mir diese Heirat auch politisch von Nutzen wäre. Dann würden nämlich andere Senatoren mich um Rat fragen, weil sie wüssten, dass ich auf Eure große Erfahrung zurückgreifen könnte. Und in der Tat würde ich davon profitieren, wenn ich einen Berater wie Euch hätte. Hin und wieder könntet Ihr auch selbst vor dem Senat sprechen ...«

Die Augen des alten Centurio verengten sich. »Ich nehme an, Ihr wollt öffentlich mit mir protzen, damit ich Eure Politik unterstütze –«

»Aber nein«, beschwichtigte Atilius, »nichts läge mir ferner als das.« Jetzt habe ich zu viel gesagt, dachte er. Jetzt geht er mir durch die Lappen. »Ich meinte lediglich, dass Ihr vielleicht gerne hin und wieder vor dem Senat darlegen möchtet, wie Ihr die Dinge seht.«

»Das spielt alles sowieso keine Rolle, denn Sabina wird Euch nicht heiraten, wie ich schon sagte.«

Atilius gelang es, seinen Unmut geschickt zu verbergen. Ich Dummkopf, sagte er sich, ich hatte ihn schon fast im Sack und habe ihn mir dann doch noch durch die Lappen gehen lassen.

Er versuchte zu lächeln, nahm die Hände des alten Trebellius und dankte ihm noch einmal. Sein Verstand arbeitete auf Hochtouren. Was konnte er noch sagen? Er hatte alles probiert, aber nichts hatte die gewünschte Wirkung erzielt. Der Mann war unglaublich störrisch. Jetzt gab es nur noch eine Möglichkeit, und die war riskant. Wenn er jetzt einen Fehler machte, lag er womöglich kurz darauf mit einem Dolch im Hals auf dem Boden der Bibliothek. Mit dem Soldaten war nicht zu spaßen. Aber hatte er eine andere Wahl? Bezüglich seines Rufs im Senat, der dringend einer Aufbesserung bedurfte, hatte er die volle Wahrheit gesagt. Aus irgendeinem Grund betrachteten ihn die Leute als Schwächling, der von militärischer Strategie keine Ahnung hatte. Das ärgerte ihn, weil er glaubte, von militärischen Dingen eine ganze Menge zu verstehen. Durch eine Eheschließung mit der Tochter des ehemaligen Ersten Centurio Gaius Trebellius würde er etliche böse Zungen zum Verstummen bringen. Die Idee war geradezu brillant, weil er dadurch mit einem Schlag an Respekt gewinnen würde. Und wenn alles nach Plan lief, konnte er den Centurio zwingen, ihn im Senat zu unterstützen. Aber erst musste er das Risiko eingehen. Er konnte keine Zeit mit überängstlichen Aktionen vergeuden.

»Ich möchte euch noch wissen lassen«, sagte Atilius, »dass ich euch immer respektieren und verteidigen werde, ob wir nun durch das Band der Ehe verbunden sind oder nicht.«

»Was? Wieso sollte ich jemanden brauchen, der mich verteidigt?« Die Verärgerung des Centurio war nicht zu übersehen.

»Euch sind doch sicher die Gerüchte zu Ohren gekommen, auch wenn es mir bislang recht gut gelungen ist, sie zu unterdrücken.«

»Was für Gerüchte?«, fragte Trebellius.

»Sie sind es wirklich nicht wert, wiederholt zu werden. Das sind ganz eindeutig bösartige Lügen.«

Der Soldat schaute Atilius mit kalten, reglosen Augen ins Gesicht. Er war kein Mann, der sich leicht bluffen ließ. »Lassen wir doch die Spielchen«, sagte er. »Ich mag Euch nicht und habe Euch nie gemocht. Ich würde Euch nicht mehr vertrauen als einem lügnerischen Kelten. Ihr seid eine krankhaft ehrgeizige Dreckschleuder. Ihr würdet doch sogar Eure eigene Mutter des Hochverrats beschuldigen, wenn Ihr glaubtet, dass dies Eurem Ruf im Senat gut täte.« Dann trat er an Atilius heran, als wollte er ihm nah genug sein, um ihn gegebenenfalls angreifen zu können. »Ich werde Euch jetzt nur eine Frage stellen. Von welchen Gerüchten sprecht Ihr?«

Atilius spürte, wie ihm der Schweiß auf den Nacken trat, und auch seine Hände wurden ganz feucht. Er schluckte und trat zurück, wobei er den Eindruck zu vermeiden versuchte, als hätte er Angst. Es gab keine Gerüchte, sondern lediglich Informanten, die ihm ein paar Geschichten ins Ohr geflüstert hatten.

»Es geht um Spurius Fabius von Syrien.«

»Redet weiter.«

Atilius meinte, eine leichte Veränderung im Gesichtsausdruck des Centurio bemerkt zu haben. »Manch einer hat sich schon gefragt, woher Ihr das Geld hattet, um diese Villa kaufen zu können. Trotz Eurer Sklaventransporte und der Zulage als Erster Centurio können sich die Leute nicht vorstellen, wie Ihr die nötigen Mittel aufgebracht habt.«

»Das ist kein eleusisches Geheimnis«, erklärte Trebellius. »Ich habe das Geld im Spiel gewonnen. Mitunter hat man beim Militär nichts Besseres zu tun.«

»Genau das sagte ich auch. Aber manche behaupten, Ihr hättet viel Geld an Spurius Fabius verloren, ihn sowie drei andere in seinem Zelt getötet und ihnen dann ihr ganzes Geld abgenommen.«

Der alte Centurio sagte nichts.

»Ich persönlich«, betonte Atilius, »glaube natürlich kein Wort davon. Das Problem ist nur, dass einer der Männer im Zelt der Neffe unseres Kaisers Antoninus war.«

Atilius sah, dass seine Rede die gewünschte Wirkung zeitigte. Trebellius dachte nach und fragte sich wohl, was er nun tun sollte. Zu spät. Höchste Zeit, dass der große Fisch den kleinen Fisch verschlang.

»Ich weiß natürlich, dass Ihr Euch nicht um böse Zungen kümmert«, sagte Atilius, »aber ich mache mir Sorgen um Vectis. Er verfügt über ein bemerkenswertes Talent in allen militärischen Dingen und Kriegsspielen, wie ich selbst bezeugen kann.« Er lachte voller Bewunderung. »Er ist unglaublich mutig und wird selbst mit Gegnern fertig, die zweimal so stark sind wie er. Ich kann Euch sagen, dass schon etliche Leute ein Auge auf den Jungen geworfen haben. Und jetzt wird er bald beim Heer seine Fähigkeiten unter Beweis stellen. Da wäre es doch wirklich jammerschade ...« Er schüttelte besorgt der Kopf. »Ich fürchte, seine Karriere könnte vorzeitig zu Ende sein, wenn der Kaiser von den Gerüchten erfährt. Und selbst wenn der Imperator nichts weiter unternimmt, bestünde immer die Gefahr, dass ein Verrückter ihn töten könnte, um seinen Vorgesetzten zu gefallen.«

Der alte Trebellius setzte sich. Er ließ merklich die Schultern hängen. Schwer atmend betrachtete er für eine lange Minute das Mosaik auf dem Fußboden. Atilius traute seinen Augen kaum. Als er Sabina erklärte, er habe noch eine kleine Überraschung im Ärmel, hatte er selbst nicht zu hoffen gewagt, dass der Stolz der römischen Legionen bald zusammenbrechen würde wie ein geprügelter Sklave. Vielleicht hatte er ja wirklich die Männer im Zelt getötet; warum sollte er sonst so schnell klein beigeben?

Den Senator überkam eine so freudige Erregung, dass ihm fast schwindlig wurde. Seine Informanten versicherten ihm, dass ihre Informationen Hand und Fuß hätten, aber die schworen ja immer bei den Göttern, dass jedes Wort der Wahrheit entspreche; er hatte keine Ahnung, ob er ihnen glauben konnte oder nicht. Er hatte allenfalls erwartet, mit Hilfe dieser Geschichte Trebellius die Zustimmung zur Heirat abpressen zu können; dass sie womöglich sogar stimmen könnte, hätte er nie gedacht. Das lief ja besser als erwartet.

»Also gut«, sagte Trebellius schließlich. »Ihr habt mir überdeutlich zu verstehen gegeben, dass Ihr diese lächerliche Geschichte verbreiten und meinen Sohn vernichten werdet, wenn ich nicht tue, was Ihr von mir verlangt. Oder sehe ich das etwa falsch?«

Atilius wirkte gekränkt. »Das ist ganz und gar nicht meine Absicht! Ich werde diesen schamlosen Lügen ein Ende setzen, ob Ihr nun in die Heirat einwilligt –«

»Falls Ihr Sabina heiratet – könnt Ihr mir dann garantieren, dass diese Geschichten beerdigt werden?« Er sah wirklich geschlagen aus.

»Ja, das kann ich garantieren«, sagte Atilius ruhig.

Vectis saß schweigend da, als sein Vater ihm die Gründe dafür nannte, dass er Sabina nun doch erlauben wollte, Atilius zu heiraten. Er hatte ihn noch nie so gesehen und noch nie so reden hören – fast, als ergebe er sich in ein Schicksal, das im Himmel besiegelt worden war. Sabina müsse die Möglichkeit erhalten, selbst ihren Weg im Leben zu finden, sagte er. Vielleicht sei es ja ein Fehler gewesen, Sabinas Glück verhindern zu wollen; sie sei alt genug, ihre eigenen Entscheidungen zu treffen. Das klang alles nicht sehr überzeugend.

»Ich verstehe das nicht«, sagte Vectis. »Was hat dich veranlasst, deine Meinung zu ändern?«

»Wenn ich die Wahl hätte, würde ich nicht Atilius wählen. Aber ich hatte Sabina die Freiheit der Wahl lassen müssen. Mir war das nur nicht gleich klar.«

Die Situation war ausgesprochen peinlich, und Vectis sah den Schmerz in den Augen seines Vaters. Vectis hatte noch nie erlebt, dass sein Vater ihn belogen hatte, vermutete aber, dass er dies in diesem Augenblick tat. Die beiden schauten einander an und einigten sich ohne Worte darauf, um des jeweils anderen willen den Schein zu wahren. Und dann war der Moment vorbei.

»Du bist sicher schon ganz aufgeregt«, meinte sein Vater, »endlich zum Militär zu kommen. Wann fängst du mit deiner Ausbildung an?«

»Nächste Woche. Ich habe darum gebeten, als gewöhnlicher Soldat ausgebildet zu werden. Ich will von ganz unten anfangen.«

»Ein Gewöhnlicher?« Sein Vater war schockiert. »Ich dachte –«

»Nächstes Jahr werde ich Tribun, aber zunächst einmal will ich mich beweisen.«

»Das verstehe ich schon, aber bei den Gewöhnlichen … das ist etwas ganz anderes als Kriegsspiele in den Thermen.«

»Ich weiß.«

»Nein, du weißt gar nichts. Das ist Realität, Kriegsdisziplin. Männer sterben –«

»Das weiß ich, und deshalb werde ich auch vorsichtig sein.«

»Das hoffe ich. Das römische Militär hat sich im Lauf der Jahre stark verändert. Wir rekrutieren mehr und mehr Soldaten aus den Provinzen, und nicht nur Hilfssoldaten; die meisten Legionäre sind mittlerweile Provinzler. Die Römer werden immer bequemer; überlasst das Kämpfen doch den Fremden, sagen sie sich.« Er lachte verächtlich. »Die meisten Legionäre haben das Rom, das sie verteidigen, nie mit eigenen Augen gesehen. Sie sprechen kaum Lateinisch, hocken herum und plappern in irgendeiner fremden Sprache, und sie beten fremde Götter an … Die Hälfte der Rekruten stammt aus dem Bodensatz des Volkes – Barbaren ohne jede schulische Erziehung oder Ausbildung. Aber mach dir nichts vor; die Männer sind gefährlich. Die Centurionen müssen ihnen erst Disziplin einprügeln. Es dauert, bis sie begreifen, wie wir Römer die Dinge angehen. Und ein

Centurio kann nicht überall sein. Wie ich schon sagte, da kommt manch einer ums Leben – und hinterher verbietet eine Art Schweigekodex den Soldaten zu sagen, wer die Tat begangen hat.« Er schwieg, als erinnere er sich an die Tragödien seiner aktiven Zeit. »Und leg dich nie mit den Offizieren an. Manchmal müssen sie hart durchgreifen, um die Disziplin aufrechtzuerhalten. Tu einfach, was sie sagen, und halt den Mund.«

»Ich will versuchen zu erreichen, was mein Vater erreicht hat; ich möchte Erster Centurio der Legion werden«, sagte Vectis.

»Du kannst weit mehr erreichen als dein Vater, mein Sohn, sehr viel mehr«, erwiderte Gaius Trebellius mit einem Anflug von Traurigkeit in der Stimme.

8

»Lächeln, Balbinus«, sagte Atilius, als die Prozession der Senatoren den Kaiserpalast in Rom verließ. »Das Glück begünstigt seine Kinder. Mein Schicksal ist nicht aufzuhalten.«

Atilius' Sekretär lächelte gehorsam, als hielte der Tag für ihn und den Senator keinerlei Gefahren bereit. Gemächlich gingen sie am Apollo-Tempel vorbei auf die Heilige Straße zu, die zum alten Forum führte. Zu ihrer Rechten ragte die riesige, neunundneunzig Fuß hohe Statue des Sonnengottes in den Himmel, und hinter ihr stand das wuchtige flavische Amphitheater, in dem die Spiele abgehalten wurden.

Atilius begrüßte die jubelnden Massen hinter der Mauer von Soldaten, die die Straßen säumten. Er und die anderen Senatoren nahmen bereitwillig die Huldigungen des Volkes entgegen. Die Zuschauer schwenkten Tücher und reckten die Hälse, um einen Blick auf die vorbeiziehenden Senatoren zu erhaschen. Aus dem allgemeinen Lärm waren Rufe nach einzelnen Senatoren herauszuhören, und ein- oder zweimal vernahm Atilius auch seinen Namen. Durch die Prozession schlängelten sich tanzende und Flöte spielende Musikanten.

Mit breitem Lächeln winkte Atilius den weißen Togen zu, die sich in den Straßen drängten. Über vierhundert Senatoren hatten sich versammelt, um die Ansprache des Kaisers zu hören. Einige waren ältere, weißhaarige Männer, die seit Jahren nicht mehr in Rom gewesen waren; sie verbrachten ihr Leben auf die alten Tage in den Provinzen und zogen die Annehmlichkeiten ihrer Villen auf dem Lande den Intrigen der Hauptstadt vor. Andere waren jung und begierig darauf, die Gunst des Volkes und des Kaisers zu erlangen. Zwischen den Senatoren liefen deren Sekretäre mit ihren allgegenwärtigen Wachstafeln und Griffeln herum, allzeit bereit, eventuelle Geistesblitze ihrer Herren sofort zu notieren. Mit ihren leuchtend weißen Togen und den Tuniken, die so getragen wurden, dass die breiten purpurroten Streifen als Zeichen des hohen Rangs ihrer Träger bestens zur Geltung kamen, waren die Senatoren unschwer als solche zu erkennen. Mit Saphiren, Rubinen und Amethysten besetzte Nadeln hielten ihre Gewänder auf den Schultern zusammen. Auf ihren auffälligen roten Sandalen glitzerten Perlen, und wenn sie winkten, blitzten an ihren Fingern kostbare Ringe aller Art.

»Sieh dir das an, Balbinus. Noch nie in der Geschichte hat es Vergleichbares gegeben.«

Sie passierten den Tempel der Venus, dessen glitzerndes Dach von vierhundert jeweils vierzig Fuß hohen Säulen getragen wurde. Dann bog die Prozession links ab und zwängte sich durch den Titusbogen mit seinen Flachreliefs, auf denen die siebzig Jahre zurückliegende Zerstörung Jerusalems dargestellt war. Der Triumphbogen war über und über mit ruhmreichen Szenen geschmückt: Siegreiche römische Vorfahren hielten triumphierend den siebenarmigen Leuchter und silberne Trompeten aus Jahwes Tempel zum Beweis dafür hoch, dass kein fremder Gott vor der Macht Roms bestehen konnte. Atilius hatte für die Dummheit von Völkern, die Rom herauszufordern wagten, nur Verachtung übrig. Wann wurden sie endlich klüger?

Er schaute zurück auf die Prozession der Senatoren und über sie hinaus auf den Palatinshügel, auf dem sich der Kaiserpalast mit seinen Balkonen und Kuppeln und Spitzen erhob. Nun stießen Spezialabteilungen der in Scharlachrot gekleideten Prätorianergarde zum festlichen Zug. Sie waren besonders ausgebildet, stellten die kaiserliche Leibwache, die dem Imperator zu persönlichen Diensten war, um ihn vor geistig verwirrten Bürgern zu schützen und mögliche Anschläge auf sein Leben schon im Vorfeld zu vereiteln. Bald würde der Kaiser selbst seinen Festwagen besteigen und zum Forum fahren.

»Die Prätorianer marschieren wie keine andere Truppe der Welt«, merkte Atilius an.

»Eines Tages werden sie für Euch marschieren«, sagte Balbinus, und sein kindliches Gesicht strahlte dabei.

»Hoffen wir, dass dieser Tag nicht schon heute ist«, sagte Atilius finster.

»Glaubt Ihr, der Kaiser weiß es?«

»Unser lieber Kaiser Antoninus ist vielleicht ein blinder Freund des Friedens, aber ein Narr ist er nicht.«

»Er weiß es?«, fragte Balbinus erschrocken.

»Ganz ruhig, Balbinus. Er weiß einiges, aber nicht alles. Er wird nichts gegen mich unternehmen, glaub mir. Ich habe zwar meine Feinde ...« Er schaute nach vorn und sah, wie der verhasste Senator Titus Severus dem Volk zuwinkte. »... aber zu viele Senatoren teilen meinen Standpunkt. Ich bezweifle, dass Antoninus mich überhaupt bezüglich dieser Situation befragen wird.«

Unmittelbar vor ihnen glänzten die vergoldeten Dächer der Hauptstadt in der Morgensonne. Mit jedem Schritt wurde die Menge dichter und lauter. Am Eingang zum alten Forum grüßten die Senatoren die Jungfrauen im Tempel der Vesta, die Bewahrerinnen der Ewigen Feuer Roms. Die Senatoren erhoben die aufgestellten Hände aus Respekt vor dem Tempel des vergöttlichten Julius Caesar und grüßten hinüber zum Triumphbogen des Kaisers Augustus.

Und dann betraten sie das alte Forum, die Seele der Ewigen Stadt.

Der Lärm war ohrenbetäubend. Atilius ließ die Augen über den großen Platz, der voller Menschen war, schweifen und rieb sich die Hände wie ein Mann, der gerade auf eine Goldader gestoßen ist. Irgendetwas an der Menge, am festlichen Anlass oder an den prächtigen Bauwerken um ihn herum – er wusste selbst nicht, was es war – erfüllte ihn mit einem unersättlichen Machthunger. Er spürte ihn in sich wie hundert pochende Herzen – eine Gier, die erst befriedigt werden konnte, wenn die Huldigungen ihm galten. Ihm ganz allein.

Das Forum war ein großer Freiplatz am Fuß von fünf der sieben Hügel Roms. Hier war das Zentrum, von dem aus das Leben der Menschen selbst im fernsten Teil des Reiches beeinflusst wurde. Von hier aus erschütterte der Wille Roms die ganze Welt.

Atilius hielt inne, um den Augenblick zu genießen. Er war schon oft über die Quader des Forums geschritten, doch noch nie hatte er seine Macht so gespürt wie an diesem Tag. Um das alte Forum herum erhoben sich atemberaubend mächtige steinerne Gebäude und riesige marmorne Säulen. Die Wände erstrahlten in leuchtenden Blau-, Grün- und Rottönen, und die goldenen Dächer und geflügelten Göttinnen auf den einzelnen hohen Säulen glänzten im Sonnenlicht. Jede Nische, jedes Dach und jeden Giebel schmückten die Statuen von Göttern, ob in Marmor gehauen oder aus schlichtem grauen Stein; ob mit hautfarbenem Gips verputzt oder mit dunkel gefärbtem Kopfschmuck. Hier unterhielt sich Jupiter mit Merkur, Ceres und Mars; dort flehte eine Gruppe Sterblicher Äskulap, den griechischen Gott der Heilkunst, an.

Und die Großen aus Roms ruhmreicher Vergangenheit standen hier als Bildnisse in marmorner Pracht mit ausgestreckten Händen, als wollten sie ihre Kinder umarmen.

»Sie sind alle hier«, Atilius hob seine Stimme, damit Balbinus ihn bei dem anhaltenden Beifall verstehen konnte. »Scipio, Marius, Pompeius.« Seine Augen schweiften über die Dächer. »Überleg mal, Balbinus – Caesar stand hier, wo du jetzt stehst, und Augustus und Trajan. Allesamt Eroberer.« Mit weit ausholender Geste atmete er tief ein, als wollte er eine Quelle der Kraft aus längst vergangener Zeit in sich aufsaugen.

»Hier ist noch genug Platz für eine weitere Statue«, meinte Balbinus.

»Ja«, bestätigte Atilius nachdenklich. »Ja, das stimmt. Es ist noch Platz.«

Die Prozession zog durch einen Korridor sich bewegender weißer Togen, die von städtischen Truppen und den wachsamen Soldaten der Prätorianergarde auf Distanz gehalten wurden. Zu ihrer Rechten stand die riesige Basilika des Aemilius, die für geschäftliche Transaktionen und Versammlungen genutzt wurde. Und nun passierten sie die noch größere Basilika des Julius Caesar zu ihrer Linken, in der der römische Gerichtshof tagte. Tausende begeisterter Menschen jubelten ihnen von den Balkonen aus zu, warfen Blumen herunter und streuten orangegelben Safran auf die vorbeiziehenden Senatoren.

Dann näherten sie sich der altehrwürdigen Rostra, die von weiteren Tempeln und öffentlichen Gebäuden umgeben war. Zur Rechten hatten sich auf den Stufen des Senatsgebäudes, unter seinem großzügigen Portikus und vor seinen riesigen Bronzetüren hunderte von Menschen eingefunden.

Atilius bestieg die Stufen der Rednerbühne mit ihren Schnäbeln einst eroberter Schiffe, Erinnerungen an eine ruhmreiche Seeschlacht vergangener Tage. Er schaute zum Goldenen Meilenstein am oberen Ende des Forums hinauf, einer hohen, mit Goldbronze überzogenen Steinsäule, die die Rostra überschattete. Vor hundertfünfzig Jahren hatte Kaiser Augustus in sie die Namen der wichtigsten Orte und ihre Entfernungen von Rom eingravieren lassen und als Ausgangspunkt der Straßen in die verschiedenen Teile des Reiches errichtet. Alle Straßen der Welt, vom Euphrat bis zu den Wällen Britanniens, endeten an dieser Stelle. Erneut verspürte Atilius ein Prickeln in seinem Körper, als er sich die Ausdehnung des Römischen Reiches und seine eigene Nähe zur Macht vergegenwärtigte.

Atilius und Balbinus standen zusammen mit den anderen Senatoren oben auf der Rostra und warteten auf die Ankunft des Kaisers. Die Luft war geschwängert vom Weihrauch dutzender Altäre, die an den Rändern der alten Rednerbühne standen. Es dauerte nicht lang, und die Prätorianer marschierten durch die Menschenmassen und stellten sich, zu Gevierten formiert, am unteren Ende des Forums auf. Dann erschien inmitten der letzten Kohorte, in seinem Festwagen stehend, der Kaiser Titus Aurelius Fulvus Boionius Antoninus, genannt der Fromme.

»Jetzt werden wir ja bald wissen«, sagte Atilius leise, »was Antoninus mit diesem Wall in Britannien vorhat.«

»Ich habe Gerüchte gehört, die besagen, der Kaiser sei empört über unseren Anteil an den Angriffen. Glaubt Ihr«, fuhr Balbinus, der Sekretär, fast flüsternd fort, »er weiß von unserer Bestechung der Centurionen und des Tribuns am Wall?«

»Von deiner Bestechung, Balbinus, nicht meiner.«

»Aber natürlich, Senator«, sagte Balbinus. »Ich hatte nicht die Absicht –«

»Er weiß«, unterbrach ihn Atilius, »wie jeder andere auch, dass ich in Abwesenheit des Kaisers mehreren unserer Militärstützpunkte Anweisung gegeben habe, die Kelten anzugreifen. Vielleicht vermutet er noch mehr, aber Beweise hat er dafür keine.«

»Er will also nicht von seinem Wall lassen?«

»Dazu hat er keinen Grund, jedenfalls noch nicht. Seit unsere Legionäre die Felder und Hütten der Kelten abgebrannt haben, haben die an allen Abschnitten des Walls Vergeltung geübt. Antoninus muss entweder die Lager am Wall verstärken oder richtiggehend den Krieg erklären. Die einzige andere Möglichkeit wäre, den Wall aufzugeben.« Atilius lächelte. »Und das kann er sich ja wohl nicht leisten, nicht wahr, Balbinus? Schließlich hat er den Wall gebaut, und da wäre es äußerst peinlich, wenn er ihn entblößte.« Atilius lachte in sich hinein. »Diese Kelten im Norden sind vielleicht nicht besonders intelligent, aber zähe, rastlose Barbaren. Da muss man in den nächsten Jahren auf einiges gefasst sein.«

»Und auf das, was der Kaiser zu tun gedenkt.«

»Allerdings«, sagte Atilius, und sein Grinsen wurde noch breiter.

Der Wagen des Kaisers, gezogen von zwei schneeweißen Pferden, hielt am Fuß der Rostra an. Obwohl Antoninus den protzigen Wagen seines Vorgängers Hadrian durch einen schlichteren hatte ersetzen lassen, tat dies dem Glanz, der vom Pontifex Maximus und Kaiser von Rom ausstrahlte, keinen Abbruch. Um seinen Wagen herum standen die Prätorianer, deren vergoldete Rüstungen in der Sonne glänzten und deren scharlachroter Helmschmuck sich in einer plötzlich aufkommenden Brise wiegte.

Antoninus erhob die Hand zum Gruß an die Menge, und das alte Forum explodierte förmlich vom Jubel der Massen, als er sich langsam im Kreis drehte und ihre Huldigung entgegennahm. Er neigte kurz den Kopf, fast als wäre er ihres ständigen Beifalls unwürdig, und grüßte dann zum Zeichen seines Respekts die Menge mit aufgestellten Händen.

Als Atilius den bärtigen Antoninus all die Lobpreisungen einsammeln sah, wurde er wütend. Er konnte zwar nicht abstreiten, dass es Rom unter seiner Herrschaft recht gut ging, doch Roms Wohlstand basierte mehr auf Glück als auf einer effektiven Politik. Atilius konnte nicht verwinden, dass Antoninus einen solchen Aufstieg geschafft hatte. Jedermann schätzte ihn als eher gewöhnlichen, allenfalls mäßig begabten Menschen ein, der mehr oder weniger durch Zufall auf den Thron gelangt war. Wenige Monate vor seinem Tod war der von ihm erwählte Nachfolger, Lucius Aelius, plötzlich gestorben und hatte einen verzweifelten Hadrian hinterlassen. Kurz entschlossen hatte Hadrian daraufhin Antoninus als seinen Sohn und Erben angenommen, einen Mann mit nur wenigen Vorzügen. In den Jahren seit seiner Thronbesteigung hatte Antoninus nichts getan, um den Ruhm des Reiches zu mehren; er hatte nur ängstlich in seinem Palast gesessen und darauf gehofft, dass die Barbaren sich nett verhalten und in ihren Gebieten bleiben würden. Aus Atilius' Sicht waren sowohl Hadrianus als auch Antoninus verzagte Verwalter, die lediglich die Grenzen des Reiches bewahrten, statt sie weiter auszudehnen.

Als Antoninus die Stufen hinaufstieg, wallten seine goldbestickten purpurroten Gewänder und streiften über den Marmor.

Hinter ihm ging sein Adoptivsohn Marcus Aurelius, der ihm als Kaiser nachfolgen sollte. Atilius verzehrte sich vor Neid. Er sah sich selbst, in Purpur gewandet, dem Volk zuwinken und das Reich vergrößern. Er fühlte sich zum gefürchteten Herrscher berufen, vor dem ganze Heere erzittern sollten. Er würde ein für alle Mal Britannien erobern, Mesopotamien wiedererobern, die Parther demütigen und vielleicht sogar dorthin ziehen, wo Alexander gescheitert war – nach Indien. Rom würde unermesslich reich werden. Atilius grollte; mit Antoninus am Ruder konnte Rom schon froh sein, wenn es ihm gelang, seine gegenwärtigen Grenzen zu halten. Reiche, die nicht expandierten, waren dazu verdammt, früher oder später zu schrumpfen, und Barbaren, denen nicht ständig neue Furcht vor Rom eingeimpft wurde, fassten irgendwann den Mut, gegen die Grenzen anzurennen. Antoninus' grundlegender Fehler war es, den Frieden zum höchsten Ziel zu erklären. Was für ein Unsinn! Eroberung war das Maß aller Dinge. Antoninus aber verlegte seine ganzen Anstrengungen darauf, die Grenzen zu sichern und um Frieden zu beten.

Antoninus betrat die mittlere Rostra, legte eine Hand auf die marmorne Balustrade und gebot mit der anderen der Menge zu schweigen. Diese antwortete mit beinahe tumultartigem Hurrageschrei. Atilius stimmte in das Geschrei ein und strahlte vor Verzückung. Fünf Minuten lang ließ die Menge den Kaiser und den ruhmreichen Sonnengott hochleben, und die Menschen drängten nach vorn, um die Worte ihres Kaisers besser hören zu können.

»Bürger von Rom«, begann er, »es ist nun sieben Jahre her, dass ich eurer Bitte und der des göttlichen Hadrianus entsprochen habe und euer Kaiser geworden bin. Vor sieben Jahren waren unsere Grenzen schwach und unsicher; heute dagegen sind sie stark und sicher.« Die Menge jubelte. »Vor sieben Jahren befehdeten korrupte Richter loyale Senatoren; diese Richter habe ich entfernt.« Die Senatoren antworteten mit aufrichtigem Beifall.

»Vor sieben Jahren«, fuhr er fort und legte eine kleine Pause ein, »standen wir Banden aufständischer Kelten gegenüber, die die Gesetze Roms mit Füßen traten. In der gesamten Provinz Britannien kam es zu Erhebungen, und zahlreiche Römer verloren dabei ihr Leben. Diese Verbrecher habe ich gefangen nehmen und in die Sklaverei verkaufen lassen.« Erneuter Jubel. »Einige sind unseren Legionen entkommen und nach Norden geflohen. Angesichts dieser Situation und nach Beratung mit dem Senat habe ich einen zweiten Wall errichtet, um die mörderischen Kelten in Schach zu halten. Diese Maßnahme hat sich bewährt, und so konnte ich mich in den letzten Jahren ganz auf meine Aufgaben hier zu Hause konzentrieren.«

Dann zählte Antoninus die Häfen, Brücken, Bäder und Amphitheater auf, die er gebaut, sowie die Waisenhäuser und wohltätigen Einrichtungen, die er auf der ganzen italienischen Halbinsel errichtet hatte.

»Ich habe mein Bestes gegeben, um den Römern das Leben zu ermöglichen, das sie verdient haben.« Hurrageschrei erschütterte das Forum. »Doch nun«, sagte er mit zögerndem Unterton, »stehen wir vor einer neuen Herausforderung.«

Balbinus schaute nervös zum Senator, doch Atilius hielt den Blick fest auf Antoninus gerichtet.

»Die Stämme in Britanniens Norden sind erneut in Bewegung; sie haben unsere Posten am Wall angegriffen und uns in einigen Gebieten schwere Schäden zugefügt.« Er atmete einmal tief ein und sagte dann laut: »Dem werden wir ein Ende setzen!« Ein tiefes, zustimmendes Grollen erhob sich aus der Menge. »Ich werde jetzt die Türen des Tempels des Janus öffnen. Wer könnte seinem Zorn widerstehen?«

Schweigen senkte sich über die Menge, als sich hinter ihr langsam die Türen des Tempels öffneten. In seinem Innern brannte Weihrauch, der langsam nach oben stieg und das Gesicht des doppelköpfigen Janus umhüllte, der als Beschützer der römischen Truppen in Zeiten des Krieges galt. Neben dem Altar standen mehrere Priester, die ein Opfer für die Gottheit vorbereiteten.

Antoninus nahm seine Rede wieder auf. »Ich habe angeordnet, dass Abteilungen der zweiten und vierten Legion sowie Auxiliartruppen die am Wall stationierten Truppen verstärken sollen.«

»Ihr hattet Recht, Senator«, flüsterte Balbinus.

»Wie viele von euch wissen«, fuhr Antoninus fort, »hielt ich mich gerade in meinem Landhaus in Lanuvium auf, als die Krise eintrat. So hat der Senat früher von diesen Schwierigkeiten erfahren als ich.«

Atilius zuckte zusammen. Eine Ader in seinem Auge pochte, als Antoninus über die Rolle des Senats bei der Führung des Reiches sprach.

»Wie man mir berichtete, hat es, noch während der Senat beriet, einem Senator gefallen, in meinem Namen einen Angriff auf die Kelten im Norden zu befehlen.«

»Senator …«, sagte Balbinus, aschfahl vor Angst.

Atilius warf seinem korpulenten Sekretär einen warnenden Blick zu, woraufhin Balbinus wieder reglos in Schweigen verharrte. Seinen Blick wieder auf den Kaiser richtend, sah er Senator Titus Severus, der erraten haben musste, was der Kaiser sagen wollte, denn sein Gesicht hatte sich zu genau jenem gehässigen Grinsen verzogen, das Atilius so hasste. Atilius trat von einem Fuß auf den anderen und wartete.

»Atilius Titianus«, sagte Antoninus, »tretet heraus.«

Atilius Herz schlug schwer, als er seinen Namen hörte. Verlegen trat er vor, dem Befehl gehorchend. Als er so allein am Rand des Podiums stand und die Blicke tausender von Menschen auf sich spürte, kam er sich beinahe nackt vor. Die quer über das ganze Forum verteilten Prätorianer mit ihren ernsten Gesichtern warteten schon mit gierigem Blick, als würden sie einen Vogel im Käfig begutachten. Nur Mut, sagte sich Atilius. Der junge Herkules hat schon als Kleinkind in der Wiege Schlangen erwürgt; dann werde ich doch wenigstens hier stehen können, ohne zu zittern. Das Glück ist seinen Kindern hold.

Er wandte sich dem Kaiser zu.

»Atilius Titianus, ihr habt dem Reich einen großen Dienst erwiesen, und dafür danke ich euch.«

Der plötzliche Lärm der Massen umnebelte Atilius' Gehirn. Er hörte, wie sie ihm applaudierten und voller Bewunderung seinen Namen riefen, kam sich dabei aber die meiste Zeit über vor, als beobachte er die Ereignisse aus großer Entfernung. Er konnte sich später kaum mehr daran erinnern, wie er zurückgetreten war und die Glückwünsche der Senatoren entgegengenommen hatte. Antoninus fuhr in seiner Rede fort, aber Atilius war mit den Gedanken ganz woanders. Als alles vorbei war, teilte man ihm mit, dass der Kaiser ihn in den Räumen des Senats zu sprechen wünschte. Überglücklich machte er sich auf den Weg zum Senat, sich einen Weg durch die Menge bahnend.

»Atilius!«, rief Sabina. »Hier bin ich! Komm hierher!« Sie winkte ungestüm mit einem Halstuch, um ihn auf sich aufmerksam zu machen. Atilius konnte sie jetzt sehen, wie sie inmitten eines guten Dutzends von Senatorenfrauen auf den Stufen der Basilika des Julius Caesar stand. Die Frauen schienen ihn voller Bewunderung anzustarren. Warum auch nicht? Nach einem solchen Lob vom Kaiser war es nur natürlich, dass andere seine Nähe suchten. Jetzt konnte jeder sehen, dass er auf dem Weg nach oben war. Er lächelte, gab ihr mit erhobener Hand zu verstehen, dass er sie gesehen hatte, und setzte dann auf eine Laune hin seinen Weg durch die Menge zu Sabina fort.

Balbinus hastete ihm nach und rief: »Aber Senator, der Kaiser …«

Atilius blieb stehen. »Ja, ja, meine Audienz bei Antoninus habe ich schon nicht vergessen. Warte hier, ich bin gleich wieder da.«

Atilius war klar, dass Sabina sich in seinem Ruhm sonnen und vor den anderen Frauen mit ihm prahlen wollte. Sie waren erst ein paar Monate verheiratet, und obwohl er unter seinem Stand geheiratet hatte, hatte er richtig entschieden. Verschiedene Senatoren hatten ihn bereits nach seiner Meinung zur Grenzpolitik befragt. Sein Schwiegervater, der alte Trebellius, brachte ihm endlich das verdiente Ansehen ein, wie er ganz richtig vorhergesehen hatte. Bald würde er ihn vor dem Senat vielleicht ein paar Worte im Sinne seines neues Sohnes sprechen lassen. Der Gedanke gefiel ihm. Aber er musste mit Trebellius behutsam umgehen. Der Alte war ein harter Knochen; nicht eine einzige Sesterze hatte er nach der Hochzeit angenommen. »Ich brauche Euer Geld nicht«, hatte er gesagt. »Sabina hat sich entschieden, in Euren Haushalt einzutreten, und das ist ihr gutes Recht. Meinen Segen habt ihr.« Doch Atilius wollte mehr als nur seinen Segen; er wollte seinen Einfluss. Er würde mit Bedacht vorgehen müssen, aber am Ende, da war er sich ganz sicher, würde Trebellius ihm geben, was er wollte. Der Alte würde alles tun, um seinen geliebten Sohn zu beschützen.

»Oh, Atilius«, rief Sabina. »Ich bin ja so stolz auf dich.« Sie warf sich ihm um den Hals und bedeckte sein Gesicht mit Küssen.

»Meine Güte, was für ein Empfang«, sagte er und lächelte den anderen Frauen zu. »Ich wollte, ich könnte länger bleiben, doch leider habe ich eine Verabredung mit Kaiser Antoninus.«

»Der Kaiser! Du triffst dich mit dem Kaiser!«, sprudelte es aus ihr heraus, während sie beobachtete, wie die Nachricht auf die anderen Frauen wirkte.

»Es wird sich wohl um eine kleine Staatsangelegenheit handeln, in der er mich um Rat fragen will –«

»Eine kleine Staatsangelegenheit! Erst lobt er dich vor der ganzen Stadt, und jetzt will er sich mit dir beraten. Und was kommt als Nächstes? Du bist viel zu bescheiden, Atilius«, sagte sie und drückte ihre Wange an seine Schulter. »Bald wirst du Konsul sein wie dein Vater.« Sie strich ihm begeistert über den Arm und küsste ihn noch einmal.

»Nun, ich glaube kaum, dass ein kleines Gespräch mit dem Kaiser mich gleich zum Konsul machen wird«, erklärte Atilius bescheiden. »Ich bin einfach nur froh, Rom dienen zu können.«

Sabina hing an seinem Arm. »Vielleicht wirst du eines Tages sogar selbst Kaiser – ich könnte mir jedenfalls keinen besseren vorstellen …«

Ein Ruck ging durch Atilius. »Sabina, du versündigst dich an den Göttern, die in ihrer Weisheit andere dazu auserkoren haben, über uns zu herrschen. Ich habe nicht den Wunsch, Kaiser zu werden. Außerdem ist der Senat voller Männer, die dazu besser geeignet wären als ich, und die meisten ihrer Frauen stehen hier vor uns.« Er lächelte und versuchte, ganz entspannt zu wirken. »Aber jetzt muss ich die ehrenwerten Gattinnen der Senatoren leider bitten, uns zu entschuldigen ...«

Atilius führte Sabina die Stufen zur Basilika hinauf. Er winkte einen Hausdiener herbei, der sich auf seine Anordnung hin beeilte, einen leeren Raum für sie zu finden. Dann schloss Atilius die Tür und wandte sich seiner Frau zu, die ihn fragend anblickte. Ihre Dummheit verblüffte ihn. Er schlug ihr hart ins Gesicht, dann noch einmal. Sie fiel schluchzend zu Boden. Er packte sie am Arm und riss sie brutal wieder hoch.

»Nein, bitte nicht, Atilius ...« Sie hob die Hände, als könnte sie sich dadurch schützen. Er schlug ihre Arme weg und versetzte ihr einen weiteren Schlag. Das tat gut. Wie war es nur möglich, dass der alte Trebellius eine politisch so naive Tochter großgezogen hatte? Aber von jetzt an wird sie vielleicht erst einmal denken, bevor sie redet. Er zog sie wieder hoch, aber diesmal sanfter, wischte ihr die Tränen aus dem Gesicht und hob ihr Kinn an.

Er schaute in ihr geschundenes, rasch anschwellendes Gesicht. »Sabina, hör mir jetzt mal ganz genau zu. Du wirst nie mehr auch nur andeuten, dass ich den Wunsch verspüre, Kaiser zu werden.«

Sie starrte ihn mit großen, reglosen Augen an.

Am Senatsgebäude, der bronzenen Tür gegenüber, stand ein Kontingent Prätorianer. Einer von Antoninus' Sekretären führte Atilius und Balbinus in den Raum, in dem das Gespräch stattfinden sollte. Im gesamten Gebäude – an jeder Tür, auf den Balkonen und in jedem Raum – hielten die leuchtend hellroten Krieger Wache.

Die Tür schloss sich hinter Atilius, und er und Balbinus fanden sich auf einem exquisiten Mosaikboden wieder, auf dem die Feldzüge des Julius Caesar gegen die Kelten in Gallien dargestellt waren. Der Empfangsbereich war großzügig mit breiten Sofas und Marmortischen ausgestattet, und obgleich Atilius schon öfter hier gewesen war, kam ihm an diesem Tag alles ganz anders vor. Der Kaiser hatte ihn in aller Öffentlichkeit gelobt und nun zu einer privaten Audienz gebeten. Das musste ihn in den Augen der anderen Senatoren plötzlich in ein weitaus günstigeres Licht rücken.

Atilius wartete an der Tür, während Antoninus noch mit seinem angenommenen Sohn Marcus Aurelius und dem Hauptmann der Garde sprach. Der Centurio verließ dann den Raum ohne ein Wort oder auch nur ein Nicken, was bei Atilius ein gewisses Unbehagen hervorrief.

»Ah, Atilius Titianus«, sagte Antoninus, als er zu ihm aufschaute. »Kommt her, ich habe hier ein paar Trauben.« Er deutete mit der Hand auf einen Tisch mit Trauben, Wein, Käse und Brot. »Vor zwei Jahren habe ich mal erwähnt, dass ich Trauben mag, und jetzt gibt es überall, wohin ich komme, Trauben. Wenn ich sagen würde, dass ich Wüstenpilze mag, würde man wahrscheinlich irgendeinen armen Kerl in die Wüste Afrikas schicken, um nach ihnen zu suchen.«

»Er würde es sicher als Ehre betrachten, seinem Kaiser dienen zu dürfen«, meinte Atilius.

Antoninus aber war anzusehen, dass er anderer Meinung war. Er ließ sich auf eine Liege fallen und schnaubte verdrießlich. Marcus Aurelius ruhte auf einem anderen Sofa dem Kaiser gegenüber, während Atilius und Balbinus stehen bleiben mussten. »Wisst ihr«, begann der Kaiser, »ich habe mich nie um diesen Posten gerissen. Aber Hadrianus hat mich drei Wochen lang angefleht, und das auf seinem Totenbett – was konnte ich da schon machen?« Er aß eine Traube, äußerte brummend seine Anerkennung und nahm sich zwei weitere. »Aber nun, da ich schon einmal hier bin, will ich die abenteuerliche Politik meiner Vorgänger vermeiden, die uns so tief in Schulden gestürzt hat. Das Reich ist schon groß genug; zurzeit braucht man ein ganzes Jahr, um vom einen Ende zum anderen zu gelangen. Ein weiteres Wachstum würde nur ins Chaos führen.« Er seufzte. »Selbst meine kleine Expansion in Britannien hat mich schon in Schwierigkeiten gestürzt. Ich dachte, wenn wir die Unruhestifter nach Norden vertreiben und einen weiteren Grenzwall bauen, würde Friede einkehren, aber das war leider nicht der Fall. Und nachdem ich jetzt meinen Wall habe, muss ich ihn wohl oder übel verteidigen. Schließlich wäre es peinlich, das ganze Geld in eine Verteidigungsanlage zu stecken, meinen Erdwall im ganzen Land als Antoninischen Wall bekannt zu machen und mich dann beim ersten Anzeichen von Widerstand nach Süden in den Schutz des Walls des Hadrian zurückzuziehen. Außerdem«, fügte er lachend hinzu, »war ich auch noch so eitel, Britanniens äußersten Militärstützpunkt nach meiner Frau Faustina zu benennen. Eher würde ich einem mir feindseligen Senat erklären, dass ich den ganzen Wall verloren habe, als Faustina zu gestehen, dass ihr Kastell nur noch ein Häuflein Asche ist.«

Antoninus' Miene verhärtete sich, als er Atilius in die Augen schaute. »Könnt Ihr euch vorstellen, wie so manch ein Opportunist im Senat ein solches Debakel gegen mich verwenden würde? Es gibt immer irgendeinen, der selbst gern Kaiser werden möchte. Dann müsste ich doch glatt mein Versprechen brechen, niemals Mitglieder dieses hohen Hauses enthaupten zu lassen.« Er nahm eine weitere Traube und starrte aus dem offenen Fenster. »Hadrian hat zwar am Schluss seinen Verstand verloren, aber er war trotzdem ein weiser Mann. Von jetzt an beabsichtige ich, nach seinem Vorbild die Disziplin in den Truppen zu verbessern und die Reichsgrenzen zu verstärken. Ich werde Ungerechtigkeiten ausmerzen, wo immer das möglich ist, und die Menschen in eine neue Ära des Wohlstands führen.«

»Gut gesprochen«, sagte Marcus Aurelius.

»Ja«, sinnierte Antoninus, »ich hätte das in meine Rede einbauen sollen.« Dann wandte er sich Atilius zu. »Wie lange seid Ihr jetzt schon im Senat?«

»Vier Jahre.«

»Dann seid Ihr also noch ein recht unerfahrener Senator.«

»Ja, das bin ich wohl«, meinte Atilius, von der Frage überrascht.

»Für diese kurze Zeit habt Ihr euch aber schon recht gut gemacht. Und Ihr verfügt natürlich über einen enormen Reichtum. Das ist allein schon ein gutes Stück Macht, nicht wahr?«

Atilius schluckte.

Der Kaiser fuhr fort. »Euer Vater Rufus war auch Senator, nicht wahr? Ein Konsul, wenn ich mich recht erinnere. Ja, und dann war da noch diese unglückselige Geschichte, als er versuchte, den göttlichen Caesar Hadrianus zu stürzen.« Er lachte. »Ich hoffe doch sehr, dass gewisse Charakterzüge sich nicht vererben.«

Atilius trat verlegen von einem Fuß auf den anderen. Er wusste nicht, was er dazu sagen sollte.

»Oh, tut mir Leid«, meinte Antoninus, »ich wollte Euch nicht zu nahe treten. Das sollte nur ein kleiner Scherz sein.« Er winkte ab, als wollte er das Thema wechseln. »Wie man hört, verfügt Ihr in gewissen Kreisen des Senats über beträchtlichen Rückhalt.«

»Nun, es gibt durchaus Senatoren, die mit meinen Ansichten übereinstimmen.«

»Ihr habt in meinem Namen eine Botschaft an Britanniens Legionen geschickt.« Trotz Antoninus' ruhiger Stimme war Atilius klar, worauf er hinauswollte.

»Ich war sehr besorgt. Ich wusste, dass eine rasche Entscheidung vonnöten war, und Ihr wart ja gerade in Lanuvium …«

»Und hattet Ihr denn gar keine Angst vor Kritik aus dem Senat? Dort war doch offensichtlich die Diskussion über dieses Thema noch nicht abgeschlossen.«

»Ja, das stimmt«, sagte Atilius. »Aber wie gesagt, ich war äußerst besorgt, denn die Zeit war knapp, und die Senatoren waren von einer einheitlichen Beurteilung der Lage weit entfernt. Da habe ich versucht, so zu handeln, wie Ihr es meiner Ansicht nach getan hättet.«

»Und warum habt Ihr mich nicht mittels einer Nachricht über dieses Dilemma informiert?«

»Aber das habe ich ja«, verteidigte sich Atilius, der allmählich nervös wurde. »Gaius Balbinus hat einen Boten entsandt, und wir haben zwei Tage auf eine Antwort von Euch gewartet.« Er schaute Balbinus an, der sofort zustimmend nickte. »Und ich darf hinzufügen, dass ich die Situation als Notfall betrachtet habe. Ich kann mir nicht vorstellen, noch einmal in eine solche Verlegenheit zu geraten.«

»Ja«, meinte Antoninus und lehnte sich auf seinem Sofa zurück. »Das wollen wir nicht hoffen.«

Atilius spürte, wie er errötete.

Antoninus rieb sich seinen kurz geschnittenen Bart. »Und nun sagt mir, welcher Notfall genau dem Senat gemeldet worden ist.«

»Wir hatten die Nachricht erhalten, dass die Kelten unsere Posten am Wall angegriffen hatten.«

»Das ist interessant«, sagte Antoninus. »Mir hat man nämlich erklärt, dass der Aufstand ausbrach, *nachdem* unsere Legionen in das Gebiet nördlich des Walls eingefallen waren.«

»Nachdem!« Atilius wirkte schockiert. »Ich kann mir nicht vorstellen, dass Eure Informationen den Tatsachen entsprechen. Der Senat hat drei verschiedene Nachrichten von verschiedenen Stützpunkten am Wall erhalten; von zwei Centurionen und einem Tribun – und alle haben von schweren Angriffen berichtet.«

»Dann haben wir es wohl mit unterschiedlichen Berichten verschiedener Beobachter zu tun. Und was schließen wir daraus?«

»Das ist eine gute Frage«, sagte Atilius, der versuchte, nachdenklich zu klingen. »Aber unabhängig von den unterschiedlichen Berichten darf man wohl nicht außer Acht lassen, dass diese Kelten schon seit Jahren unsere Lager am Wall angreifen. Es war höchste Zeit, dass wir es ihnen in gleicher Münze zurückzahlten.«

»Ja, da habt Ihr vielleicht Recht.« Dann schwieg er und spielte mit einem Stück Brot. »Einander widersprechende Berichte sind ein ernst zu nehmendes Problem; sie machen es schwer, zur Wahrheit durchzudringen.« Er schlug sich auf die Schenkel. »Aber darüber sollten wir uns jetzt nicht den Kopf zerbrechen.

Letztlich kommt die Wahrheit doch immer ans Licht, meint Ihr nicht auch?«

Atilius pflichtete ihm sofort bei. Sein Gespräch mit Antoninus war ganz anders verlaufen als erwartet. Da der Kaiser saß und er stehen musste, war der Empfang eher eine Inquisition als eine Audienz.

Die Nachmittagssonne war nach der Kühle im Senatsgebäude warm und einladend. Die riesige Menschenmenge hatte sich längst aufgelöst, als Atilius und Balbinus sich auf den Weg zu den Bädern machten.

»Ich bin froh, dass unsere Audienz beim Kaiser vorüber ist«, meinte Balbinus. »Mir ist so übel, dass ich keinen Bissen hinunterkriegen würde.« Er rieb sich den stattlichen Bauch, der selbst unter seiner locker sitzenden Toga deutlich zu erkennen war. »Habt Ihr verstanden, was er uns sagen wollte? Ich war mir da nicht ganz sicher …«

»Er wollte uns davor warnen, mein lieber Balbinus, uns in Britannien einzumischen. Und sein ganzes Gerede darüber, die kriegerischen Stämme nach Norden vertreiben zu wollen, solltest du nicht zu ernst nehmen; das war nicht der wahre Grund für seine Expansion über den Wall des Hadrian hinaus.«

»Ich habe die Gerüchte gehört … als er den Thron bestieg, habe er die alten kaiserlichen Offiziere aus Trajans Zeit beschwichtigen wollen.«

»Unsinn, nichts dergleichen ist wahr. Die kaiserlichen Offiziere spielten da gar keine Rolle. Antoninus ist nicht anders als alle anderen. Ihm geht es nur um zwei Dinge: Geld und Macht. Er hat dem Senat versichert, dass der Bau eines zweiten Walls Geld in die Staatskasse spülen würde, aber genau das Gegenteil ist eingetreten. Außerdem musste er das Vertrauen der Truppen gewinnen, und so gab es für ihn keine bessere Möglichkeit, sich als neuer Kaiser zu präsentieren, als diejenige Provinz zu vergrößern, die der erste Kaiser dem Reich einverleibt hat.« Atilius schnaubte. »Das war ein meisterhafter Schachzug, das muss man ihm lassen. Tagelang haben die Leute auf den Straßen getanzt. Die Truppen haben Antoninus als Eroberer und Helden gefeiert, obwohl sein kaiserlicher Hintern während des gesamten Feldzugs in Rom die Kissen platt drückte. Nach zwanzig Jahren unveränderter Grenzen war die Zeit reif für neue Eroberungen. Unter Hadrian hat Rom nicht ein einziges Stückchen Boden erobert, und das zwanzig Jahre lang. O ja, die Truppen hatte Antoninus schnell hinter sich gebracht, als er ihnen etwas zum Jubeln gab. Aber nicht den Senat. Sein Wall ist zu einem finanziellen Albtraum geworden, denn er saugt alle Gewinne auf, die wir ansonsten aus Britannien ziehen könnten. Und angesichts der neuerlichen Angriffe müssen wir noch mehr für unsere Sicherheit ausgeben. Glaub mir, der Senat ist gar nicht glücklich darüber.«

»Aber dafür hat er die Unterstützung der Truppen.«

»Noch. Aber die Truppenführer haben die andauernden Scharmützel allmählich satt. Schickt die Truppen rein und macht damit ein Ende, sagen sie. Vorsichtiges Taktieren irritiert sie nur, und ich bin ganz ihrer Meinung.«

»Aber warum hat er Euch dann in aller Öffentlichkeit geehrt?«

»Das war keine Ehrung, Balbinus. In meinem verdammten Stolz dachte ich das zuerst auch, aber Antoninus wollte lediglich eine Erklärung abgeben. Er wollte dem Senat und den Truppen damit sagen, dass er niemanden zu fürchten braucht. Indem er mich ehrt, erscheint er zugleich großmütig und stark.«

»Aber sein Problem in Britannien wird er damit noch lange nicht los.«

»Richtig. Er weiß ganz genau, dass immer mehr Senatoren meine Ansicht teilen, dass wir die Kelten sehr schnell zu mustergültigen Untertanen machen könnten, wenn wir nur die ganze Insel befriedeten.« Atilius runzelte die Stirn. »Antoninus vergisst, was Julius Caesar schon vor zweihundert Jahren bewiesen hat. Die Kelten brauchen eine harte Hand. Wir wissen doch, welche Schwierigkeiten uns die keltischen Stämme in Gallien gemacht haben; selbst nach ihrer endgültigen Niederlage gegen Caesar haben sie noch immer den Gehorsam verweigert. Erst, nachdem er ihre Frauen und Kinder massakriert und ihren Soldaten die Hände abgeschnitten hatte, verstanden sie, wie sie sich zu benehmen hatten. Und genau das brauchen wir jetzt auch – einen, der hart und entschlossen durchgreift. In nur einem Jahr könnten wir dafür sorgen, dass die britannischen Kelten genau so lammfromm werden wie ihre gallischen Brüder.«

»Der Kaiser ist aber gegen eine Ausweitung unseres Territoriums.«

»Diese Dummheit könnte Antoninus seinen Thron kosten.« Atilius spürte die Zornesröte auf seinen Wangen. »Die Kelten werden mit ihren Angriffen fortfahren, weil sie wissen, dass der Wall Schwäche verrät. Wir haben nicht den Mut, gegen sie zu kämpfen, also bauen wir einen Wall – das ist doch absurd.«

»Und wenn sie den Wall überrennen, wird der Senat begreifen, dass Ihr von Anfang an Recht hattet.«

»Ja, aber bis dahin müssen wir dafür sorgen, dass der Topf am Kochen bleibt. Wir müssen ihre Städte niederbrennen und ihre Frauen gefangen nehmen, um sie an den Rand der Vernichtung zu bringen.«

Balbinus lächelte. »Unsere Centurionen am Wall brauchen keine große Ermutigung, um Vergeltung zu üben. In aller Regel genügt es schon, ihnen eine Versetzung nach anderswo zu versprechen.«

»Werd bloß nicht leichtsinnig …«

»Seid versichert, Senator, dass sich keine Spur bis zu Euch verfolgen lässt. Ich habe einen Verwandten hier in Rom, der die Dinge tut, die am Wall zu tun sind.«

»Einen Verwandten? Ich weiß nicht recht, was ich davon halten soll.«

»Einen entfernten Verwandten«, fügte Balbinus hastig hinzu. »Er hat einen griechischen Namen und stammt aus der griechischen Siedlung bei Cumae südlich von Rom. Niemand würde ihn je mit mir in Verbindung bringen.«

»Schick ihn trotzdem für eine Weile irgendwo hin, wo er sicher ist, vielleicht zu den Soldaten. Es dürfte kein Problem sein, ihn in die Truppe zu schleusen und wieder heraus; ein paar Briefe müssten genügen. Wer würde schon einen Rekruten verdächtigen? Aber bezahl ihn gut; er könnte uns später noch nützlich werden.«

»Ich schicke ihn sofort weg, vielleicht nach Nordafrika ...«

»Ja, tu das«, sagte Atilius ungeduldig. »Und was machen wir mit dem Tribunen und den Centurionen, die die Botschaften an den Senat geschickt haben? Antoninus wird sie doch bestimmt zur Rede stellen.«

»Die sagen gar nichts. Die sind absolut loyal.«

»Wie können sie loyal sein, wenn sie bereit sind, ihren Kaiser anzulügen? Bring sie zum Schweigen. Viele tapfere Römer kommen doch bei keltischen Überfällen ums Leben, nicht wahr?«

»Ich kümmere mich sofort darum.«

»Du machst das schon«, meinte Atilius. »Und jetzt ab in die Thermen; das war ein anstrengender Tag.«

9

Es war das schlimmste Frühjahr seit Menschengedenken. Kaum einer wagte sich aus dem Haus, als eisige Winde übers Land peitschten und der Regen in Strömen auf die offene Steppe niederging. Über hundert Meilen weit hatte Vectis sich auf der Römerstraße von Rusicade nach Timgad in der nordafrikanischen Provinz Numidien durch den Sturm gekämpft. Er war dankbar für seine beiden Reservepferde, die es ihm ermöglichten, ohne größere Zeitverluste seine Reise fortzusetzen. Schmutziges Wasser füllte die Straßengräben und überflutete in den tiefer gelegenen Gebieten die Bordsteine. Regenböen fegten über das Grasland, hoben seinen Wachstuchumhang an, durchweichten seine Kleider. Seine Hände umklammerten die Zügel wie Klauen; er fror, war durchnässt und müde.

Am frühen Nachmittag glaubte Vectis vor sich etwas zu sehen, das sich wie eine dunkle Silhouette gegen den grauen Himmel abhob. Er hielt die Hände über die Augen und spähte durch den Regen, bevor er einen Seufzer der Erleichterung ausstieß. Berge! Endlich konnte er in der Ferne die Berge sehen. Zwischen den Hügeln verborgen lag, wie er wusste, die von Legionären gegründete Siedlung Timgad mit ihren bevölkerten Tavernen und ihren wohltuenden Badehäusern. Er wischte sich das Wasser aus dem Gesicht und stellte sich vor, wie er sich in einem Becken mit heißem Wasser entspannte und angewärmten, mit Kräutern versetzten Wein trank. Der Gedanke war so verlockend, dass er gleich ein wenig schneller ritt.

In den nächsten drei Stunden folgte Vectis einer Straße einen steilen Anstieg hinauf, die dann durch ein welliges Grasland führte. Vom nackten Himmel hob sich die Stadt Timgad ab, die ihn aus dem beißenden Wind in die Wärme lockte.

»Das ist es«, sagte der Wirt und stieß die Tür eines deprimierend kleinen Raumes auf.

Vectis sah einen Schatten unter ein Büschel Stroh in der Ecke huschen.

»Da ist ein Feldbett«, fuhr der Wirt fort, »Decken auf dem Tisch und jede Menge Stroh. Gut und trocken ist es auch.« Seine Schneidezähne waren braun und faulig. »Ich habe einen Graben um die Gebäude gezogen, sodass du dir selbst bei diesem Wetter keine Gedanken machen musst.«

Vectis musterte ungläubig den Raum. Sah es so in den Provinzen aus?

Der Wirt merkte ihm seine Enttäuschung sofort an. »Viel ist es nicht«, gestand er ein, »aber was Besseres wirst du hier nicht finden. Wir haben noch nie einen solchen Regen gehabt. Die meisten Häuser sind überschwemmt. Dort steht das Wasser auf dem Fußboden eine Handbreit hoch, weil sie zu faul waren, Abflussgräben auszuheben.« Sein raues Lachen endete in einem Hustenanfall, der klang, als wollte er seine Eingeweide ausspeien. Er trat hinaus und von der Tür weg, drehte sich um und spuckte Unmengen von Schleim auf die Disteln, die neben der Tür wuchsen. »Also, willst du's oder nicht?«, fragte er, wischte sich Schleim vom Mund und schmierte ihn in den Ärmel seines ohnehin bereits reichlich schmutzigen Hemds.

Vectis nahm das Zimmer und fragte nach dem Weg zum größten Badehaus. Ein paar Stunden in den heißen Becken, etwas Dampf und eine Abreibung waren genau das, was er jetzt brauchte.

»Das Badehaus ist außer Betrieb«, erklärte der Wirt. »Sie tauschen gerade die Öfen aus und mussten wegen des Regens die Arbeiten einstellen. Es gibt noch ein paar kleinere Bäder, aber da kommst du nicht rein; die sind schon mit Einheimischen überfüllt.«

Die Nacht verbrachte Vectis auf einem mit Stroh ausgestopften Leinensack. Er wickelte sich in die Decken bis zum Hals ein und lauschte dem Heulen des Windes, der an den Läden rüttelte. Das ständige Donnergrollen schien sich zu entfernen, als der Schlaf ihn übermannte. Morgen war ein neuer Tag, aber heute Nacht hatte er es wenigstens warm und trocken, und die trippelnden Bewegungen unter seinem Feldbett bemerkte er kaum.

Bei Sonnenaufgang stand Vectis mit steifem Nacken und steif in den Gelenken aus seinem Bett auf und packte seine Sachen. Der Wind hatte sich gelegt, und nur gelegentlich noch fegten Böen durch die Kolonnaden, doch der starke Regen hielt an, prasselte auf seine Kapuze, lief an ihm herab. Die Pferde schnaubten und warfen den Kopf zurück beim aussichtslosen Versuch, dem Regen zu entkommen. Vectis starrte auf das blaue Kalksteinpflaster und die riesigen Tropfen, die in große Pfützen am Rand der Straße platschten. Er passierte die Stadtgrenze, die dunklen Grabmäler an der Landstraße – einige groß und dünn, andere hausförmig mit spitzen Dächern, wieder andere niedrig und schwermütig. Im grauen Morgenlicht betrachtete er die Bildnisse der Toten, die ihn anzuschauen schienen und deren Gesichter noch immer eine längst vergangene Lebenskraft ausstrahlten. Einer von ihnen war offenbar recht jung gestorben. Die Grabstatue sah ihm sehr ähnlich. Vectis lief ein Schauder über den Rücken. Konnte dieser junge Mann so anders gewesen sein als er? War er auf derselben Straße geritten, lachend und mit den Kameraden scherzend? Und nun starrte er die Reisenden reglos an wie ein stiller Zeuge der Unbeständigkeit des Schicksals. Oder war er ein Vorbote des Todes? In den Ausbildungslagern kamen, wie sein Vater ihm erklärt hatte, nicht selten Männer ums Leben.

Vectis zog den Kopf ein, seine Kapuze übers Gesicht und ritt weiter. Erst gegen Mittag kam er im riesigen Legionärslager von Lambaesis an, wo die III. Legion, die Hüterin Afrikas, stationiert war.

Vectis ritt an einer Ansammlung von Baracken, Zelten und Steinhütten vorbei, die über Meilen willkürlich über das flache Gelände verstreut lagen. Jeder römische Militärstützpunkt hatte seine Kolonie von zivilem Gefolge – wie die Menschen genannt wurden, die sich bei ihm einfanden, wenn sie wie hier in einer festen Siedlung lebten. Die Kolonie vor dem Kastell war von Einheimischen bewohnt – von Kaufleuten und Händlern, ihren Frauen und Kindern, Handwerkern und Tagelöhnern, die im Standlager arbeiteten, und natürlich von reichlich Prostituierten, die den Soldaten zu Diensten waren. Ein Legionärslager wie Lambaesis erforderte, wenn es reibungslos funktionieren sollte, ein großes ziviles Gefolge.

Rund tausend Fuß vor dem Kastell begannen die hölzernen Brücken und Wallaufgänge. Vectis band seine Pferde fest und folgte den sechs Fuß breiten Aufgängen, die zum Kastell führten. Um die fast quadratische Anlage zog sich ein breiter Streifen offenes, mit Gras und Schilfrohr bestandenes Gelände, was dem Ganzen ein gefälliges Aussehen verlieh. Doch das war nur eine Illusion. Unter dem Gras erwarteten den Unachtsamen, wie Vectis wusste, Fallgruben mit zugespitzten Pfählen und Stangen und Reihen messerähnlicher Metallsplitter. Nach den Gruben kam ein Zaun aus dicht aneinander gestellten und fest miteinander verbundenen Pfählen, die leicht zu sehen, aber mit eisernen Widerhaken und Stacheln bewehrt waren. Jeder, der diese Umwehrung zu überwinden versuchte, wurde – insbesondere nachts – in Stücke gerissen.

Schließlich umgaben noch zwei breite Gräben das Kastell, um einem Aufbau eines Angriffs in unmittelbarer Nähe der Mauern vorzubeugen. Die Gräben waren jetzt nach den starken Regenfällen zur Hälfte mit Wasser gefüllt, und Matsch und Schlamm ergossen sich zuhauf hinein, sodass schon jetzt abzusehen war, dass die Legionäre nach dem Abtrocknen des Wassers wieder zu ihren Hacken und Schaufeln würden greifen müssen. Der Schanzwall selbst war ein gewaltiger Erdwall von zwölf Fuß Höhe, auf dem ein nochmals zwölf Fuß hoher hölzerner Pfahlzaun stand. Hoch oben konnte Vectis die Brustwehren ausmachen und die Soldaten, die auf den Wehrgängen Wache standen. Die III. Legion konnte kein Feind überraschen.

In Zeiten der Gefahr konnten die Soldaten ihre hölzernen Zugangsbrücken entfernen und die Tore verschließen, doch nun stand der Eingang zum Kastell weit offen, und vier Soldaten – zwei auf jeder Seite – standen im strömenden Regen Wache.

»Rekrut?«, fragte einer grinsend.

Vectis bejahte.

»Zum Prätorium geradeaus.« Er zeigte auf ein massives steinernes Gebäude, das die Mitte des Lagers dominierte. Mit seinem großen, viertorigen Bogen, der den Eingang bildete, und dem mit gelbem Stuck verzierten Dach konnte das Prätorium es durchaus mit den prächtigsten Häusern in Rom aufnehmen. »Aber verlauf dich nicht«, rief ihm einer der Wachposten nach, und die Soldaten wechselten wissende Blicke.

So selbstbewusst wie möglich ging Vectis auf der breiten Straße auf das gewaltige Steingebäude zu. Er wollte wie ein Soldat auftreten, auch wenn er noch gar keiner war. Er staunte, wie relativ trocken der Boden trotz der Regenfälle war. Die Legionäre mussten dutzende von Abflussgräben ausgehoben haben. Zwei Wachen an Bogen führten ihn in einen gepflasterten Innenhof, und man sagte ihm, dass ihn bald jemand in Empfang nehmen würde.

Der Hof war leer und auf drei Seiten von Säulengängen eingefasst, hinter denen Werkstätten und andere Räumlichkeiten lagen. Das alles sah aus wie das Geschäftsviertel einer Stadt mit Läden von Tischlern, Seilmachern, Gerbern, Eisen- und Bronzeschmieden, Sattlern und Ziegelbrennern. Auf der vierten Seite erhob sich eine Basilika mit breiten Stufen und Kolossalstatuen.

Eine Tür in dem Steingebäude öffnete sich mit lautem Knarren.

»Rekrut?« Der Centurio blinzelte; er war offenbar gar nicht erfreut darüber, dass es ihm ins Gesicht regnete.

Vectis wollte etwas sagen, doch seine Worte ließen den Gesichtsausdruck des Centurio nur noch angespannter werden.

»Zwei Meilen weiter westlich«, blaffte er, bevor er die Tür zuschlug und Vectis im Regen stehen ließ.

Er wollte gerade gehen, als sich die Tür erneut öffnete.

»Gib mir deine Papiere«, sagte der Mann und streckte die Hand durch den Spalt. Und dann, als sei ihm der Gedanke soeben erst gekommen, fügte er hinzu: »Wie alt bist du?«

»Sechzehn.«

»Sechzehn!« Der Centurio schüttelte verärgert den Kopf. »Das Mindestalter ist siebzehn.«

»In Rom haben sie aber gesagt, ich könnte –«

»Rom? Du bist aus Rom? Oho, dann sollte ich mir deine Papiere vielleicht besonders gründlich ansehen«, meinte er mit gespieltem Respekt.

Vectis griff unter seinen Wachstuchumhang und zog seine Papiere sowie ein Empfehlungsschreiben seines Vaters hervor.

Der Mann riss ihm die Papiere aus der Hand und schloss die Tür. Vectis steckte die Arme unter sein Wachstuch und wartete.

Wieder ging die Tür auf, aber diesmal so weit, dass Vectis den Raum überblicken konnte. Er war weitgehend leer, abgesehen von zwei Messinglampen, mehreren Kisten und einem breiten Regal voller Bücher. Die eine Wand schmückte ein schlecht gemaltes Fresko, auf dem sich Nymphen in einem Garten tummelten. Etwa in der Mitte des Raums hatte jemand auf einem niedrigen Holztisch Landkarten gestapelt, und dem Tisch gegenüber stand ein tragbares Holzkohlebecken. An diesem wärmten sich drei Offiziere, die ab und zu aufsahen und ihren Besucher neugierig beäugten. In der Tür stand ein lächelnder Tribun, der ihn einlud, die Wärme ihres Feuers zu teilen. Er entschuldigte sich für die Abwesenheit des Legaten, des Legionskommandeurs, und versicherte Vectis, dass sein Alter kein Problem darstelle; ein Jahr mehr oder weniger mache keinen großen Unterschied. In einiger Entfernung an einer Seite saß der Centurio und beobachtete schweigend die Szene.

In der Hand des Tribunen sah Vectis ein Schreiben, aber nicht von seinem Vater, sondern von jemand anderem. Er wusste sofort, wer der Absender war, und sein Mut sank.

Der Tribun hatte gemerkt, dass Vectis auf die Blätter starrte.

»Kommt auch nicht alle Tage vor, dass wir ein Empfehlungsschreiben von einem Senator bekommen«, meinte er. »Warum willst du Legionär werden, sogar für ein ganzes Jahr? Du könntest leicht einen Posten als Tribun bekommen.«

Vectis erzählte kurz von seinem Vater, von dessen militärischer Laufbahn als Legionär und Centurio und davon, dass er sich auf dieselbe Weise bewähren wollte. Wie Vectis vorhergesehen hatte, verstanden sie das nicht, gaben ihm aber ein Dokument, das die Genehmigung bescheinigte, und legten seine Empfehlungsschreiben in eine Truhe zu einem ganzen Stapel anderer.

Zwei Meilen die Straße hinunter fand Vectis das Ausbildungsgelände – ein kleines Lager, das durch einen sieben Fuß breiten Graben, ein paar Fallgruben und einen eher provisorisch wirkenden Schanzpfahlzaun umwehrt war. Mehrere Offiziere leiteten die Ausbildung, und Vectis wurde zum verantwortlichen Centurio – einem dünnen Mann namens Vatinius – geschickt. Im Gegensatz zum Hauptlager war das einzige feste Bauwerk das hölzerne Centurionenhaus in der Nähe des Zentrums des Lagers. Der ganze Ort wirkte bedrückend, aber organisiert. In schnurgeraden Reihen waren auf Erdhügeln Schlafzelte aufgebaut, die wie winzige Inseln in einem See wirkten. Die Rekruten hoben gerade Entwässerungsgräben aus. Einige schleppten Schlamm ans andere Ende des Lagers, während andere Karren voller Steine zogen und sie in die Gräben kippten. Sie sahen anders aus als die Soldaten in Rom und waren eher hagere, mediterrane Typen. Vereinzelt erblickte Vectis unter ihnen auch schwarzhäutige Rekruten aus den Gebieten jenseits der südlichen Berge.

Vectis fand Vatinius auf einer erhöhten hölzernen viereckigen Plattform unter einem Dach aus grobem Segeltuch, das ihn gegen den Regen schützte. Hinter ihm standen zwei ihm untergeordnete Offiziere, der eine klein und untersetzt, der andere schmalhüftig und mit pechschwarzer Haut. Vatinius fuchtelte mit den Armen herum und schrie jemandem am anderen Ende des Geländes etwas zu. Sein Gesicht war feuerrot, und in den Adern seines Halses und seines schon reichlich kahlen Kopfes pulsierte deutlich sichtbar das Blut.

»Du Dummkopf! Weißt du nicht, in welcher Richtung Norden liegt?« Er schüttelte ungläubig den Kopf und schlug mit seinem schweren Centurionenstock auf den Boden des Podiums. Den Zeigefinger auf seine Offiziere gerichtet, brüllte er dann: »Mistet diesen Saustall aus! Und wenn ihr es nicht schafft, dann sucht euch schon mal eine Schaufel, denn dann könnt ihr so lange graben, bis ihr bis zu den Knien im Dreck steckt.«

Die beiden nickten gehorsam und rannten los, um den Befehl ihres Centurio auszuführen. Vatinius starrte ihnen mit zusammengebissenen Zähnen und noch immer geschwollenen Adern nach. Er schaute kurz zu Vectis hinunter, der im Regen vor ihm stand, ignorierte ihn und warf seinen beiden Offizieren, die nun in der Ferne hitzig mit einem Ingenieur diskutierten, erneut finstere Blicke zu.

Der Centurio ging unruhig auf und ab, und sein kurzer, aufrechter Körper erinnerte an ein Tier, das in einen Käfig eingesperrt ist. In seiner rechten Hand hielt er das Rangabzeichen der Centurionen, den drei Fuß langen Stock aus Rebenholz, ständig in Bewegung, drehte ihn, rieb ihn oder schlug ihn auf seine Handfläche. Dann blieb er vor einem Regal am unteren Ende des Podiums stehen, auf dem dutzende von Helmen lagen, die selbst im Dauerregen noch zu funkeln schienen.

»Genug!«, schrie er. »Bringt ihn hierher! Ich will ihn auf der Stelle hier haben!« Dann stieß er ein halbes Dutzend Helme vom Podium in den Schlamm. »Legt ihn über die Kante«, rief er, während die Offiziere den unglücklichen Ingenieur zum Podium trieben. Sie zogen dem Mann seinen Brustpanzer und seine Tunika aus und legten ihn kopfüber über die Kante des Podiums. Der kleinere Offizier schlang ein Seil um seine Handgelenke.

»Verschwinde«, sagte Vatinius. »Ich will nicht, dass er festgehalten oder gefesselt wird.« Und dann ging er auf ein Knie, riss den Kopf des halb nackten Mannes abrupt an den Haaren zurück und zischte ihm ins Ohr: »Dir werde ich schon noch römische Disziplin einbläuen. Du bekommst zehn Stockhiebe. Wenn du dich bewegst oder auch nur einen Laut von dir gibst, wird dieser Offizier dir den Kopf abschneiden und in den Graben werfen, den zu graben du dich geweigert hast. Ist das klar?«

Der Ingenieur versuchte zu nicken.

»Gut. Dann verstehen wir uns ja. Und wenn wir hier miteinander fertig sind und du danach noch laufen kannst, dann gehst du wieder an deine Arbeit und tust, was meine Offiziere dir sagen.«

Mit diesen Worten stand Vatinius auf und ließ seinen Stock auf das nackte weiße Fleisch herabsausen. Der Ingenieur bäumte sich auf, gab aber keinen Laut von sich. Zehnmal schlug Vatinius zu, ohne sich um das Blut zu kümmern, das über den Rücken seines Opfers spritzte. Die letzten paar Schläge ließen den Ingenieur aufstöhnen, doch Vatinius nahm diese Laute nicht zur Kenntnis. Er deutete seinen Offizieren an, den gebrochenen Mann in einen Karren zu legen, und befahl einem von ihnen, ihn im Fluss zu waschen und dann ins Krankenhaus zu bringen.

Vectis sah schweigend zu, wie einer der Offiziere und mehrere Rekruten den Ingenieur zum Tor hinauskarrten. Der Centurio wusch sich Hände und Gesicht in einem Wasserbecken und trocknete sich anschließend mit einem Handtuch ab. Dann fiel ihm offenbar wieder ein, dass Vectis noch immer vor dem Podest stand. Er winkte ihn zu sich.

»Lass mich mal sehen«, sagte er.

Vectis legte dem Centurio seine Genehmigungsbescheinigung in die ausgestreckte Hand.

»Vectis Trebellius Quadratus«, sagte er, als er das Zertifikat las. »Du heißt mit Vornamen Vectis? Was ist das denn für ein Name?«

Die Frage war Vectis nicht ganz neu. »Mein Vater hat mich nach einer Insel benannt«, erklärte er. »Manche finden den Namen seltsam, aber ich wurde immer schon Vectis genannt.«

Vatinius wandte sich an den verbliebenen Offizier und sagte: »Kümmer dich darum, dass Vectis« – er betonte seinen Namen – »seine Ausrüstung bekommt und bereit ist anzutreten. Beim nächsten Trompetenstoß will ich ihn mit der wichtigsten Waffe des römischen Heeres sehen.«

Zehn Minuten später stand Vectis eingekleidet im Versorgungszelt. Er sah ganz und gar wie ein römischer Soldat aus, von seinen Militärsandalen mit der benagelten Laufsohle bis zu seinem funkelnden Helm. Es fehlten nur seine Waffen, doch die sollte er später erhalten; Rekruten waren noch nicht würdig, derart heilige Objekte mit sich zu führen. Zunächst einmal sollte er mit römischer Disziplin, Marschieren und Pflege seiner Ausrüstung vertraut gemacht werden. Normalerweise trugen Soldaten im Dienstalltag gelbe Arbeitstuniken und Lederhelme, aber Vatinius bestand auf der vollen Felduniform. Und so schmutzig ihr Panzer im Lauf des Tages auch wurde – am nächsten Morgen musste er wieder strahlen wie die Sonne selbst. Der Mann im Versorgungszelt versah seine Ausrüstung mit kleinen bronzenen Erkennungstäfelchen, händigte ihm drei Goldstücke für seinen Eintritt ins Heer aus und erklärte ihm, dass neben seinem Namen im Soldbuch die Vorauszahlung für einen Monat eingetragen sei. Dann wurde Vectis hinaus in den Regen zum Podest geschickt, wo der Centurio stand.

Diesmal trat Vatinius, als er Vectis sah, sofort nach vorn, eine Schriftrolle in der Hand. »Schwörst du bei der Todesstrafe«, sprach er, »mit Begeisterung zu tun, was immer der Kaiser befiehlt, deinen Feldherrn zu folgen, wohin auch immer sie dich führen, unter allen Umständen deinen Offizieren zu gehorchen, niemals zu desertieren noch vor dem Kampf zu fliehen?«

Vectis antwortete: »Ich schwöre es bei der Todesstrafe.«

»Du bist jetzt ein Soldat des Imperiums«, sagte Vatinius. »Mögen die Götter dich beschützen.«

Nach dem Eid wandte sich Vatinius wieder seiner Aufgabe zu. Der Offizier übergab Vectis ein rechteckiges Schildchen mit einer Nummer darauf und erklärte ihm, er dürfe ausruhen, sobald seine Nummer ausgerufen werde. Dann legte Vectis seinen Helm auf dem Podium ab und ging zu einem der Gräben. Dort drückte der Offizier ihm die wichtigste Waffe des römischen Heeres in die Hand – eine Schaufel.

Vectis stieß seine Schaufel in den aufgeweichten Boden und schaufelte die Erde auf einen bereitstehenden Karren. Zusammen mit zwei anderen Soldaten hob er nach und nach einen drei Fuß breiten und drei Fuß tiefen Entwässerungsgraben aus, der leicht abschüssig bis zum großen Schanzgraben verlief. Hinter ihnen füllten andere den Graben mit Steinen und Sand auf, bevor sie Bett und Wandungen glätteten und verdichteten. Die beiden Rekruten, die mit ihm im Graben arbeiteten, hätten unterschiedlicher nicht sein können. Julian war ein hellhäutiger nordafrikanischer Rekrut aus Cyrene von etwa einundzwanzig Jahren, der immer lachte und eine unglaubliche Lebensfreude ausstrahlte. Noch aus den alltäglichsten Dingen schien er eine fast perverse Befriedigung zu ziehen. Ständig redete er über das bequeme Leben, das er in Cyrene hinter sich gelassen hatte, über das nachmittägliche Badevergnügen und die Frauen, die seine Gesellschaft gesucht hatten. Jetzt, erklärte er, sei er ein Fachmann für Erde; in seinen vier Tagen als Soldat habe er schon tausende von Erdklumpen gesehen, und nicht einer davon habe ihn nicht fasziniert.

»Nimm zum Beispiel diesen Erdklumpen hier«, sagte er und hielt ihn hoch wie einen seltenen Edelstein. »Wir sind die ersten Menschen in der Weltgeschichte, die ihn zu Gesicht bekommen. Nicht Caesar, nicht Alexander – nur du und ich. Hast du schon mal darüber nachgedacht?«

»Wenn du deine Nase auf den Boden des Grabens legst, kannst du noch mehr davon sehen«, meinte Vectis.

In Julians Gesicht spiegelte sich seine Enttäuschung. »Du hast ungefähr so viel Fantasie wie unser stiernackiger Freund«, sagte er mit einer Handbewegung zum verdrießlich dreinschauenden Soldaten, der am Ende des Grabens vor sich hin schaufelte.

Vectis hatte den Soldaten schon begrüßt – oder es zumindest versucht, ohne jedoch eine Antwort zu bekommen. Im Gegensatz zu Julian sprach der Mann kein Wort. Er war älter und die Art von Mensch, die man am besten sich selbst überlässt. Er hatte dicke Finger und starke, dunkle, behaarte Arme sowie einen breiten Brustkorb, der gut zu seinem grobschlächtigen Gesicht passte.

Auf dem Podium schlug Vatinius mit seinem Rebholzstock gegen eine der Stangen des Geländers. »Die Gräben«, brüllte er, »werden heute Nachmittag noch fertig.«

Vectis hörte auf zu graben und sah zu, wie der Centurio seine Worte langsam und laut von jeder Seite des Podiums wiederholte.

»Mach besser weiter«, meinte Julian. »Wenn Rebstock sieht, dass du ausruhst –«

»Rebstock? Er wird Rebstock genannt?«

»Rebstock Vatinius«, bestätigte er. »Er trägt das gute Stück immer bei sich und verprügelt jede Stunde einen anderen.«

»Ich hab gesehen, was er mit dem Ingenieur gemacht hat.«

»So geht's dir auch, wenn du aufhörst zu arbeiten.«

Vectis machte mit neuem Schwung weiter. Der Regen hatte sich deutlich abgeschwächt, und Vatinius hatte mit seinem Rundgang durch das Labyrinth von Gräben begonnen, um langsame Arbeiter ausfindig zu machen. Er brüllte ständig Befehle heraus und untermalte diese jeweils mit einem harten Schlag auf den Rücken eines Soldaten, der seiner Ansicht nach nicht eifrig genug arbeitete.

Ein Signalhorn ertönte. Einer der Offiziere rief eine Nummer, und ein Viertel der Männer legte eine zwanzigminütige Pause ein. Derweil kamen andere aus ihren Zelten und trotteten ohne große Begeisterung auf die Karren und Gräben zu, an denen sie zuvor gearbeitet hatten. Julian schaute seine Nummer an und lächelte. Er drehte sich um, sagte etwas zu Vectis und wollte aus dem Graben steigen. Ohne jede Vorwarnung stand der kräftige Mann plötzlich neben ihm und packte ihn grob am Arm.

»Gib mir deine Nummer«, sagte er und streckte ihm seine Hand hin.

Julian blickte auf die Schaufel des Mannes hinunter, die dieser wie eine Waffe in der Hand hielt. Er seufzte. »Na schön, wir tauschen. Ich mach das sogar gern«, sagte er und griff in seine Tunika, um das Bronzeplättchen hervorzuholen. »Dreckschaufeln ist nämlich meine Lieblingsbeschäftigung.«

Der Mann sagte kein Wort, gab Julian seine Nummer und verließ den Graben.

»Wieso hast du das getan?«, fragte Vectis verärgert. »Du hättest ihm eine Schaufel Erde ins Gesicht werfen sollen.«

»Kann schon sein.«

»Ich hätte ihm meine nicht gegeben.«

Julian hörte mit dem Schaufeln auf. »Hör mal, ich bin doch nicht hierher gekommen, um mich mit diesem halben Barbaren zu prügeln. Wenn's gut geht, seh ich ihn in ein paar Monaten nie wieder. Und du solltest dir das auch noch mal überlegen. Gestern erst hat er einem Rekruten das Messer ins Bein gerammt.«

»Er dürfte doch eigentlich gar kein Messer haben«, sagte Vectis, dem aber schon im nächsten Moment klar wurde, wie naiv sich seine Bemerkung angehört haben musste.

Julian zuckte nur mit den Achseln.

»Hat denn keiner von den Offizieren gesehen –«

»Keiner hat etwas gesehen oder gemeldet«, sagte Julian. »Und weißt du, was dann geschehen ist? Als der Kerl erfahren hat, dass der verletzte Rekrut Kinder in der Siedlung vor den Toren Lambaesis hat, da hat er doch glatt der Frau des Mannes fünfundzwanzig Silberdenare geschickt.«

»Fünfundzwanzig Denare!«

»Seltsam, was? Erst rammt er dem Kerl das Messer rein, und

dann wird er sentimental, als er hört, dass der Knabe Kinder hat.«

»Vielleicht mag er ja Kinder.«

»Einer behauptet, er hätte selber drei gehabt, die aber alle von einer Seuche dahingerafft worden sind.«

»Und, stimmt das?«

»Vielleicht ist es nur ein Gerücht, aber irgendwas stimmt nicht mit ihm, das steht mal fest. Als er vor drei Tagen hier angekommen ist, hat er vor allen Leuten einen lebenden Frosch verschlungen.«

»Warum … warum macht er so was?«

»Keine Ahnung«, sagte Julian. »Vielleicht wollte er uns zeigen, was für ein harter Knochen er ist. Ich weiß nur, dass er seltsam ist. Und hast du bemerkt, wie alt er ist? Er kann unmöglich ein neuer Rekrut sein. Vielleicht ist er ein entlaufener Sklave, oder er ist ein Soldat, der eine Disziplinarstrafe verbüßt; ich weiß es auch nicht. Es heißt auch, er habe jemanden getötet und sei deswegen hier – zur Bestrafung.«

»Jedenfalls sollte er nicht so einfach davonkommen …«

»Völlig richtig, aber eine Ruhepause ist so wichtig auch wieder nicht.«

»Dabei wird es aber nicht bleiben. Der macht das wieder; Typen wie er kommen immer wieder.«

»Und wenn er was anderes will, soll er es haben«, meinte Julian. »Mein ganzer Ehrgeiz besteht darin, die Ausbildung zu überleben und hier heil wieder herauszukommen.«

Vectis dachte an den Rat seines Vaters, sich nur um seine eigenen Angelegenheiten zu kümmern. Er hatte das zwar versprochen, wusste aber auch, dass er dem Kerl nicht seine Marke gegeben hätte.

Als sie am späten Nachmittag die Entwässerungsgräben fertig hatten und das Gelände endlich trockengelegt war, ließ Vatinius seine Kompanie, eine achtzig Mann starke Centurie, hinunter zum Fluss marschieren. Eine Centurie war die kleinste Einheit des römischen Heeres, aber eine ganze Centurie, eine Hundertschaft, bestand nie aus hundert Mann, sondern aus höchstens achtzig.

»Wascht euch den Schlamm ab«, rief er. »Ein römischer Soldat ist ein sauberer Soldat, und ein sauberer Soldat ist ein gesunder Soldat.« Sie wuschen ihre Kleider und ihren Körper, während Vatinius am Flussufer stand und sie über Reinlichkeit belehrte.

»Jahr für Jahr sterben mehr Barbaren an schmutzigem Wasser und verdreckten Kleidern als durch sämtliche Schwerter des Römischen Reiches«, erklärte er. »Und wisst ihr auch warum?«

»Gerüche!«, riefen die Männer aus dem Wasser.

»Gerüche von Schmutz und Schweiß und abgestandenem Wasser können tödlich sein. Im römischen Heer hat es nie eine Seuche gegeben, und es wird auch nie eine geben. Und wisst ihr auch warum?«

»Weil wir uns sauber halten«, riefen die Männer im Chor.

Nach dem Ende ihrer Belehrung wuschen die Männer noch ihre Ausrüstung aus und machten sich auf den Rückweg, um sich ihre Abendmahlzeit zuzubereiten.

Die Sonne ging gerade auf, als die Rekruten sich zum Morgenappell versammelten. Vatinius schritt die Reihe ab, schaute jedem seiner Männer in die Augen, suchte ihre Rüstungen nach angelaufenen Stellen ab und schlug jedem mit seinem Rebholzstock auf den Rücken, dessen Panzer die kleinsten Spuren von Verfärbungen aufwies.

»Heute«, brüllte er, »werdet ihr marschieren lernen. Ihr werdet marschieren, bis euch die neunzig Nägel aus den Sohlen fliegen. Ihr werdet marschieren, bis keine Centurie der römischen Legionen besser marschiert als ihr. Glaubt ihr mir das?«

»Jawohl, Centurio«, riefen sie unisono.

»Ihr werdet laufen und schwimmen und Baumstämme schleppen und an Seilen hochklettern, bis eure Körper glänzen wie korinthischer Granit. Ihr werdet an die Grenzen eurer Kraft gehen und dann noch ein Stückchen weiter. Und wenn ihr dann auf ein Heer armer, dumpfer Barbaren trefft, werdet ihr gar keine Schwerter mehr brauchen, um sie zu besiegen, denn ihr werdet ihnen mit bloßen Händen das Herz aus dem Körper reißen. So bösartig werdet ihr sein. Glaubt ihr das?«

»Jawohl, Centurio.«

»Einige von euch Fettsäcken sind eine Schande.« Er schlug mit seinem Stock einem der Rekruten auf den Bauch. »Ihr seid gewohnt, im Wagen eures Vaters herumzufahren und euch mit Schweinswürsten und Honigkuchen voll zu stopfen. Die einzige Bewegung, die ihr hattet, war Sklavenmädchen in die Büsche zu zerren. Aber die Zeiten sind vorbei! Ihr seid nun Legionäre Roms. Ihr werdet den ganzen Tag marschieren und die ganze Nacht kämpfen, und ihr werdet dabei nie müde werden, denn römische Soldaten werden nicht müde.«

Vatinius blieb vor Vectis stehen und musterte ihn vom Pickel seines eisernen Helms bis zu den Nägeln seiner Soldatenschuhe.

»Vectis, stimmt's?«

»Jawohl, Centurio.«

»Bist du froh, beim Heer zu sein, Junge?«

»Jawohl, Centurio.«

»Und du hast keine Angst davor, dir die Ellbogen aufzuschürfen oder Blasen an deinen kleinen Füßen zu holen?«

»Nein, Centurio.«

Vatinius griff nach Vectis' Händen, sah sich die Blasen auf ihnen an und schüttelte den Kopf. »Viel gegraben hast du noch nicht in deinem Leben, was, Vectis?«

»Nein, Centurio.«

»Aber du gräbst doch sicher gerne, was? Das kräftigt deine puderweißen Händchen.«

»Jawohl, Centurio.«

Dann spulte Vatinius seine Standardrede über das Ausheben von Gräben ab – ein Vortrag, von dem Julian sagte, er habe ihn schon dreimal genossen. Das Graben, brüllte Vatinius, stärke nicht nur den Körper, sondern nähre auch die Seele. Wenn ein Legionär sich des Nachts zur Ruhe lege, schlafe er leicht ein. Und warum? Weil er von einem Graben, einem Schanzpfahlzaun und Fallgruben umgeben sei. Kein Barbar schleiche in der

Dunkelheit um ein römisches Militärlager herum, wenn er nicht ein gebrochenes Bein riskieren wolle. Vor der Schlacht, erklärte er, bauten die römischen Truppen immer ein Lager und ließen ein Drittel ihrer Soldaten zu dessen Verteidigung zurück. »Aus diesem Grund sind wir den Feinden überlegen. Verläuft die Schlacht einmal nicht wie geplant – was nur äußerst selten vorkommt –, ziehen wir uns in die Sicherheit unseres befestigten Lagers zurück. Gerät ein Heer der Barbaren in Bedrängnis, kann es nichts anderes tun als laufen. Deshalb ist die Schaufel – und nicht der Speer oder das Schwert, wie ihr vielleicht glaubt –, sondern die auf euren Rücken geschnallte Schaufel«, und er nickte, »der wahre Grund für die Erfolge der römischen Truppen.« Der Centurio lächelte, offenbar zufrieden mit seiner Ansprache. Dann setzte er seine Inspektion fort.

Er blieb vor dem nächsten Mann stehen, näherte sich ihm bis auf eine Handbreit und spuckte ihm die Worte geradezu ins Gesicht: »Du siehst wie ein Feigling aus. Du läufst bei der ersten Gelegenheit davon, stimmt's, Junge?«

»Nein, Centurio«, sagte er ernsthaft.

»Ich werd ein Auge auf dich haben«, rief Vatinius, während er mit seinem Stock vor dem Gesicht des Rekruten herumfuchtelte. »Verstanden?«

»Jawohl, Centurio.«

»Und du, wie lautet deine Geschichte?«, fragte Vatinius den Soldaten mit dem Stiernacken. »Du bist so alt wie ich. Du hast wohl ein Problem mit der Disziplin, was?«

»Nein, Centurio«, antwortete er ausdruckslos.

Vatinius lächelte. »Du siehst mir nicht aus, als ob du zum Legionär taugst. Ich schätze, du befolgst nicht gern Befehle. Aber wenn du nicht gern Befehle befolgst, könnten wir ein kleines Problem miteinander bekommen, weil ich nämlich gern Befehle erteile.« Er fuhr langsam über seinen Rebholzstock, als ob er nachdenken würde. »Eigentlich ist es mir ja ganz egal, was für ein Problem du hast. Ich kenne deinen Typ, und ich werde dich vernichten wie schon so viele andere vor dir …« Vatinius tat, als wollte er weitergehen, doch dann fragte er: »Wie heißt du?«

»Kallias.«

»Kallias! Das ist ein griechischer Name. Singst du?«

»Nein.«

Vatinius stieß Kallias seinen Stock in die Brust und brüllte: »Nein, was?«

»Nein, Centurio«, sagte Kallias, dem seine Wut deutlich anzusehen war.

Vatinius fuhr fort, als hätte er den Zorn des Mannes gar nicht bemerkt. »Ich hab mal von einem griechischen Priester aus Thrakien gehört, der seinen Wein aus einem großen gläsernen Phallus getrunken hat. Wie es hieß, trug er oft einen seidenen Umhang und ein goldenes Haarnetz, und bei Sonnenuntergang hat er die Berge nach jungen Gefährten abgesucht, die er in den ... äh ... geheimen Künsten Griechenlands unterweisen konnte.« Er lächelte. »Schon mal davon gehört?«

»Nein, Centurio.«

»Er hat sich jeden Tag seinen stachligen Nacken parfümiert, Mitren mit Bändern aufgesetzt und äolische Lyrik von der Insel Lesbos gelesen. Du musst von ihm gehört haben – oder jedenfalls von so einem wie ihm.« Er starrte Kallias unverwandt an. »Na, was ist?«

»Nein, Centurio.«

»Aber griechische Soldaten mögen junge Männer, stimmt's?«

Kallias schien nach Worten zu suchen.

»Und du magst ebenfalls junge Männer. Deswegen hast du dich auch zum Militär gemeldet, hab ich nicht Recht?«

»Nein, Centurio.«

»Vectis ist so ein junger Mann«, er zeigte auf Vectis. »Du kannst es gar nicht erwarten, in der nächsten finsteren Nacht deine Hände unter seine Tunika zu bekommen, hab ich nicht Recht, Grieche?«

»Nein, Centurio.«

»Ich glaube, du lügst mich an. Dafür hast du eine Antwort verdient.«

»Centurio, ich bin bei den Soldaten, weil ich –«

Vatinius wirbelte herum und schlug Kallias seinen Stock voll ins Gesicht. Sein Helm flog ihm vom Kopf und fiel vor dem nächsten Soldaten zu Boden. Kallias taumelte zur Seite, fiel aber nicht. Er wischte sich aus der Gegend über seinem linken Auge das Blut weg, warf einen kurzen Blick darauf und schaute dann Vatinius fest in die Augen.

»Glotz mich nicht so an, Grieche!«, schrie Vatinius. »Und steh gefälligst stramm! Hier wirst du noch lernen, was das Wörtchen Disziplin bedeutet. Wenn ich mit dir rede, sagst du entweder ›Ja, Centurio‹ oder ›Nein, Centurio‹. Hast du mich verstanden?«

»Ja, Centurio.«

Vatinius senkte seinen Rebholzstock und ging zum nächsten Mann weiter, bevor er sich noch einmal umdrehte und sagte: »Du magst mich nicht, stimmt's, Grieche?«

»Ja, Centurio«, sagte Kallias mit Hass in den Augen.

Vatinius lächelte angesichts der Zweideutigkeit dieser Antwort.

Die folgenden Tage waren ganz dem Marschieren gewidmet: langsam, schnell und schließlich im Laufschritt. Einmal wurde Vatinius so wütend, dass er die Füße der gesamten Centurie zusammenbinden ließ, um sie im Gleichschritt zu halten. Zur Aufmunterung seiner Rekruten setzte er immer wieder seinen Stock ein, und einmal bekam ihn selbst Vectis zu spüren.

Jeden Nachmittag begannen die Übungen pünktlich zur sechsten Stunde, wenn die Sonne schon hoch am Himmel stand. Am Anfang stand immer ein zehn Meilen langer Lauf, der laut Vatinius die Lebensgeister wecken sollte. Dann folgten Weit- und Hochsprung und anschließend verschiedene Übungen mit Baumstämmen. Auf dem Rücken liegend hoben sie einen Stamm mit den Armen; sie richteten sich mit einem Stamm auf der Brust auf und rannten mit einem Stamm auf der Schulter herum. Dann kletterten sie an Seilen hoch und beendeten schließlich ihre Übungen mit Schwimmen im Fluss.

Vatinius machte dabei immer reichlich von seinem Stock Gebrauch, vor allem auf dem Rücken von Kallias. Im privaten Kreis drohte der Grieche immer wieder an, den herrischen Centurio eines Tages umzubringen, doch stand er ihm gegenüber, hielt er den Mund.

Nach einiger Zeit aber trafen Kallias' Tiraden gegen Vatinius auf ein offenes Ohr beim Abschaum im Lager – Soldaten, die keinerlei Respekt vor Rom oder seinen Traditionen empfanden und nur wegen der regelmäßigen Bezahlung und der Aussicht, hin und wieder eine unglückliche Stadt plündern zu dürfen, zum Militär gegangen waren. Bald hörte man fast täglich Männer darüber reden, auf welche Weise man Vatinius seinem vorzeitigen Ende zuführen könnte. Überwiegend schien es sich dabei um harmlose Hirngespinste zu handeln – etwa wenn es darum ging, ihn in einem Abwassergraben lebendig zu begraben oder ihn in der nächtlichen Steppe als Futter für die Schakale auf einen Pfahl zu spießen –, doch andere Vorschläge klangen schon ernsthafter. Vectis beschloss, dem Rat seines Vaters zu folgen; er hielt den Mund und kümmerte sich um seine eigenen Angelegenheiten. Doch dann, eines Nachts, sollten sich seine schlimmsten Befürchtungen bewahrheiten.

Die Sonne ging gerade unter, und im ganzen Lager polierten Männer ihre Helme und die einzelnen Schienen ihres Panzers, bis sie in der Sonne glänzten. Vectis und Julian saßen vor dem Zelt, das sie mit zwei anderen teilten, um ihre Rüstung für die Inspektion am nächsten Morgen herzurichten. Zwischen den Zeltreihen sahen sie Kallias' massigen Körper auf sich zukommen und hinter ihm die vertrauten Silhouetten seiner beiden Freunde, die ihm wie Hunde ihrem Herrn überallhin folgten. Der eine sah merkwürdigerweise wie Kallias aus, nur jünger, und der andere hatte ein ständiges Grinsen im Gesicht. Vectis polierte weiter seine Rüstung, ohne auch nur einmal aufzuschauen. Der Grieche machte vor Julian Halt und warf ihm seinen Helm und seinen Schienenpanzer hin.

»Ich will, dass das bis zum Morgen fertig ist«, sagte er.

Vectis wurde wütend. Er starrte Kallias an und hörte sich sagen: »Mach's doch selber! Er wird gar nichts für dich tun.«

»Das ist doch kein Problem«, sagte Julian schnell, »ich schaffe das in einer halben Stunde.«

»Nein«, sagte Kallias, »nein, du musst es nicht machen, weil das unser Großmaul hier übernehmen wird. Nicht wahr, Großmaul?«, sagte er und kickte seine Rüstung zu Vectis hinüber.

Vectis starrte auf die Teile, während er nach einer passenden Antwort suchte.

Kallias' Ebenbild trat auf Vectis zu und hielt ihm ein Messer unters Ohr. »Wenn das nicht erledigt wird, bist du in drei Tagen tot«, sagte er. »So sicher, wie du hier sitzt.«

»Das wird schon erledigt«, unterbrach Julian, »macht euch da mal keine Sorgen.«

»Ich will es aber von dir hören«, sagte Kallias, während sein Adlatus den Dolch in Vectis' Nacken drückte.

»Das wird erledigt«, sagte Vectis.

»Das würde ich dir auch raten«, meinte Kallias mit höhnischem Grinsen.

»Wem macht es schon was aus, ein paar Stück Rüstung zu polieren?«, sagte Julian, während sie zusahen, wie die drei zu ihren Zelten zurückgingen.

»Mir macht es was aus, und deshalb werde ich es auch nicht tun.«

Julian schaute zu ihm auf. »Aber das musst du ja auch gar nicht. Schließlich habe ich uns in Schwierigkeiten gebracht, und deshalb werde ich es auch erledigen.«

»Niemand wird seine Rüstung polieren.«

»Vectis«, sagte Julian beunruhigt, »ich glaube, du weißt nicht, was du da sagst. Dieser Grieche bringt dich glatt um.«

»Ich geh ihm einfach eine Zeit lang aus dem Weg.«

Julian schüttelte den Kopf. »Das ist doch die Sache nicht wert. Er hat immer mehr Freunde, und du kannst dich nicht ständig vor allen verstecken. Ich polier einfach seine Rüstung, und damit hat sich's.«

»Und nächste Woche will er dann deinen Sold. Nein, ich hab es dir doch schon gesagt – wenn du einmal damit anfängst, hast du nie mehr vor ihm Ruhe.«

»Dann hab ich eben ein paar Arbeiten mehr. Na und? Was hat er mir schon getan, seit er mir im Graben die Nummer abgenommen hat? So gut wie nichts. Das ist doch lächerlich. Gib mir seine Rüstung; ich könnte jetzt schon fast fertig sein.«

Vectis zog die Rüstung näher an sich. »Er hat gesagt, ich soll es machen. Also ist es meine Aufgabe.«

»Das schon, aber er wird es uns beiden heimzahlen.«

»Das wäre zwar möglich, aber ich glaube eher, dass er jetzt hinter mir her ist.«

»Ist dir dein Stolz denn so wichtig? Würdest du dafür alles andere aufs Spiel setzen?«

Vectis dachte kurz nach und schaute dann Julian in die Augen. »Ich weiß nicht, was es ist. Vielleicht ist es wirklich Stolz ... aber ich kann es einfach nicht tun, Julian, und ich kann auch nicht zulassen, dass du es tust. Ich kann es einfach nicht. Tut mir Leid.«

Julian nickte resignierend. »Ich versuche ja nur, sinnlosen Auseinandersetzungen aus dem Weg zu gehen«, meinte er, »aber ein Feigling bin ich nicht. Wenn der Grieche dir was tun will, kriegt er's auch mit mir zu tun.«

»Dann sterben wir also gemeinsam«, sagte Vectis mit einem Lächeln auf den Lippen.

»Wir sterben gemeinsam«, bekräftigte Julian.

Die Trompete blies zum Wecken. Vectis hatte gerade das letzte Stück seines Brustpanzers festgebunden, als er Kallias wie einen Stier durch die Zeltreihen stampfen sah. Erst schaute er Vectis an, bevor er irritiert nach seiner Rüstung Ausschau hielt.

»Wo ist meine Rüstung?«

»Da drüben«, sagte Vectis und deutete an den Rand des Zelts.

»Du –« Kallias starrte ihn ungläubig an. Seine Rüstung lag im Schlamm, verschmutzt und unpoliert. Er ballte die Fäuste und wirbelte wutentbrannt herum, während Vectis sich auf den Weg zum Morgenappell machte.

»Du bist ein toter Mann!«, brüllte er Vectis nach. »Tot! Hast du mich gehört? Tot!«

Vectis ging weiter. Kurz vor der Stelle, an der sie Aufstellung nahmen, warf er einen Blick zurück; Kallias kniete auf dem Boden und wischte hektisch über seinen Helm. Dann legte er in vollem Lauf seine Rüstung an und trat nur wenige Sekunden, bevor Vatinius auftauchte, ins Glied.

Vatinius schritt langsam die Linie ab und begutachtete sorgfältig die Rüstung jedes einzelnen Rekruten. Er blieb stehen, um sich bei einem der Männer die Verbindungsstellen zwischen den einzelnen Schienen näher anzusehen. »Du hast diese Ecken nicht geputzt. Ich sehe da eine matte Stelle!« Sein Stock ging auf den Rücken des Mannes nieder. »Wie oft soll ich es euch noch erklären? Krieg ist mehr als nur Waffentechnik – ihr müsst den Feind vom Kopf her in eure Gewalt bringen. Wenn sie euch in einer Linie aufgestellt sehen und eure Rüstung blitzt wie das Feuer der Unterwelt, glaubt mir, dann haben sie schon die Hosen voll und schreien nach ihren Müttern.«

Er schritt weiter die Linie ab, brüllte die Rekruten an und schlug zu, wann immer es ihm angemessen erschien. Und dann kam er zu Kallias. Ganz langsam nahm er den Anblick in sich auf.

»Vortreten«, sagte er ruhig.

Kallias trat vor.

»Deine Rüstung ist nicht gereinigt worden. Willst du mich auf die Probe stellen?«

»Nein, Centurio.«

»Willst du mich zum Narren halten?«

»Nein, Centurio.«

»Was ist dann mit dir los, Grieche? Magst du etwa Dreck?«

Kallias schloss kurz die Augen. »Nein, Centurio«, sagte er und biss die Zähne zusammen.

Vatinius schaute Kallias kurz, aber intensiv in die Augen, bevor er zurücktrat, um sich an seine Rekruten zu wenden.

»Wir haben hier ein einfaches Problem. Dieser Mann hier ist dumm. Schläge nützen bei ihm nichts mehr, weil er so blöde ist wie ein Stück Vieh. Ich könnte ihn den ganzen Tag lang prügeln, und es würde trotzdem nicht helfen. Also muss ich mir neue Möglichkeiten ausdenken, ihm zu helfen.«

Vatinius wies seine Offiziere an, alle Rekruten zu den Latrinen am Rand des Geländes marschieren zu lassen. Dann befahl er mehreren Soldaten, die Bretter von einer der Latrinen zu entfernen, sodass eine ovale Öffnung zum Vorschein kam. Vatinius schaute über den Rand des Lochs und hinein, wandte aber angesichts des Gestanks rasch den Kopf ab.

»Dieses Loch ist fast schon voll«, rief er. »Es wäre doch eine Schande, es zuzuschütten, wenn wir es ebenso gut ausheben und wieder benutzen könnten. Du magst doch Dreck, Grieche, also werde ich dich die Arbeit machen lassen.«

»Ausziehen, Kallias«, sagte der schwarze Offizier in scharfem Ton.

Kallias' Gesicht lief vor Wut rot an.

»Und zwar sofort!«, schrie der andere Offizier.

Kallias murmelte den Offizieren etwas zu, warf Vatinius finstere Blicke zu und zog langsam seine schmutzige Rüstung aus. Dann legte er seine Kleidung darauf.

Vatinius, der einem nackten Rücken nicht widerstehen konnte, schlug mit seinem Rebholzstock darauf ein und brüllte Kallias dann ins Ohr: »Du griechisches Stück Dreck, du wirst jeden Befehl ohne Zögern befolgen. Und jetzt rein in das Loch.«

Kallias trat an den Rand des Lochs, schnitt eine Grimasse und sprang hinein. Er sank bis zu den Hüften und allmählich sogar bis zur Brust ein. In blinder Wut starrte er nach oben, bis seine Blicke sich auf Vectis hefteten.

»Du wirst deinen Karren füllen und den Unrat fünfzig Fuß hinter dem Lager abladen«, befahl Vatinius. »Die Latrine wird bis zu den Schwimmübungen heute Nachmittag ausgehoben sein. In der Grube oder auf dem Weg zum Abfallplatz wird nicht der kleinste Spritzer dieser Schweinerei zu sehen sein. Wenn doch, dann wirst du ihn auflecken.«

Kallias arbeitete erstaunlich schnell und hatte bis zum Mittag seine Aufgabe erledigt. Von einer Wolke von Fliegen umgeben trottete er zum Fluss, wusch sich und kehrte zurück, um seine Hinterlassenschaften zu beseitigen.

In den nächsten drei Nächten kam Vectis kaum zum Schlafen. Er und Julian hielten abwechselnd Wache, denn sie erwarteten einen Überfall, der jedoch ausblieb. Den ganzen Tag über ignorierte Kallias ihn; er wechselte kein Wort mit ihm und schaute nicht einmal in seine Richtung. Er schien genug zu haben. Selbst die Tiraden gegen Vatinius hatten aufgehört. Er übernahm bereitwillig jede Aufgabe, die ihm aufgetragen wurde, und gehorchte jedem Befehl mit einem zackigen »Ja, Centurio«. Vatinius schien an seinem neuen Vorzeigesoldaten großen Gefallen zu finden.

Aus den Tagen wurden Wochen, und Vectis fragte sich schon, ob sich Kallias vielleicht tatsächlich verändert hatte. Sie hatten ihm angedroht, er werde in drei Tagen tot sein, doch mittlerweile war seit dem Vorfall mit der Rüstung ein ganzer Monat vergangen. Womöglich hatten sie ja eingesehen, dass Rache sinnlos war.

Tag für Tag marschierten die Rekruten, hoben Baumstämme und kletterten an Seilen hoch. Immer schwieriger wurden die Aufgaben, die sie zu bewältigen hatten. Heute wollte der Centurio sie einen halben Tag lang mit vollen Tornistern und einer Ladung Steine auf dem Rücken marschieren lassen, bevor sie einen felsigen Steilabfall erklettern und noch vor Einbruch der Dunkelheit ein vollständiges Lager mit Gräben und allem Drum und Dran auf seinem Gipfel aufschlagen sollten.

Als die Sonne aufging, merkte Vectis schon, dass es ein ungewöhnlich heißer Tag werden würde. Es hatte schon seit Wochen nicht mehr geregnet, und der Boden war rissig und trocken. Aus dem Lager marschierten zackig achtzig Männer, denen lediglich drei mit Wasserschläuchen beladene Maultiere folgten. Alles andere trugen sie selbst: Rüstung, Waffen, Schaufeln, Spitzhacken, Verpflegung, Kochtöpfe, Pfähle für den Bau einer Holzpalisade und schließlich noch die vielen Steine. Schon nach einer Stunde verspürte Vectis einen krampfartigen Schmerz, den das enorme Gewicht auf seinem Rücken verursachte. Er verlagerte die einzelnen Gepäckstücke, um zu verhindern, dass die Riemen zu tief in seine Haut schnitten, doch das alles verringerte weder den brennenden Schmerz in seinen Schultern noch den schweren Druck auf seinem Rücken. Ströme von Schweiß liefen ihm übers Gesicht und durchnässten seine Tunika. Die sengende

Sonne entzog seinem Körper jeden Tropfen Feuchtigkeit, bis seine Haut sich wie eingetrockneter Lehm anfühlte. Er sehnte sich nach Wasser, um wenigstens seine Lippen zu befeuchten, doch Vatinius hatte befohlen, keinerlei Pausen einzulegen, bis sie an den Kletterfelsen angelangt waren. Ein römischer Soldat hatte Disziplin zu üben, meinte er.

Der Schweiß auf dem Rücken des afrikanischen Offiziers glänzte in der sengenden Sonne; sein Körper war schlank und geschmeidig, und seine dunkle Haut wirkte gegen den Kalkstein des Steilabfalls fast purpurfarben. Wie eine Spinne kletterte er in gleichmäßigem Tempo nach oben und tastete dabei mit Fingern und Zehen nach Spalten oder vorspringenden Stellen im Gestein. Er trug nichts als ein Lendentuch, und um die Taille hatte er ein langes, dünnes Seil geschlungen. Auf halber Höhe legte er eine Verschnaufpause ein, und seine Erleichterung war ihm anzusehen, denn nun stieg die Felswand zwar immer noch steil an, flachte sich aber langsam ab und lief oben in eine ebene Fläche aus. Dort würden sie ihr Lager aufschlagen.

Der Afrikaner stieg nun die Abdachung hoch, bis er einen losen Stein fand. Sorgfältig wickelte er die Schnur ab, band sie um den Stein und warf diesen über die Kante der tiefer gelegenen Felswand. Dann setzte er mit der Schnur ums Handgelenk seinen Aufstieg fort. Der Offizier am Fuß der Wand knotete die Schnur um ein dickes Kletterseil und zog zweimal kurz daran. In weniger als einer halben Stunde hatte der schwarze Offizier das Seil eingeholt, gesichert und war wieder zu den anderen abgestiegen. Er zog sich schnell wieder an und begann mit dem zweiten Aufstieg, doch diesmal mit vollem Gepäck, und die Rekruten folgten ihm im Abstand von zehn Fuß.

Der Aufstieg verlief besser als erwartet. Ein Mann wurde von herabfallendem Gestein getroffen und stürzte zu Tode. Ein anderer verlor auf halber Strecke die Nerven, konnte dann aber seinen Weg doch noch fortsetzen, als Vatinius ihn von unten anbrüllte. Ansonsten aber zeigten das wochenlange Üben des Kletterns am Seil, das ständige Exerzieren und die strenge Disziplin ihre Wirkung. Sie waren nun fähig, stundenlang zu marschieren, ohne einen Schluck Wasser zu sich zu nehmen, in angemessenem Tempo steile Anstiege zu bewältigen und sogar Flaschenzüge zu installieren, mit denen sie in mit aus Seil geflochtenen Körben auch die Maultiere hochziehen konnten.

Zwei Drittel der Gruppe hatten den Gipfel bereits erklommen, als Vatinius mit dem Aufstieg begann. Er schleppte dieselbe Last wie die anderen, kam aber trotzdem scheinbar mühelos voran. Direkt unter ihm am Seil kletterten zwei Rekruten, dann folgten Vectis und die übrigen Männer.

Vectis war zwar vorher schon mit Gepäck geklettert, aber nie mit so schwerem und nie so hoch. Seine Arme schmerzten, als er sich hochzog, während er das Seil mit den Füßen festklemmte. Ständig regnete es von oben Erde und lockeres Gestein auf seinen Helm und seine Schultern. Grober Sand drang ihm in Augen und Mund, obwohl er nicht ein einziges Mal nach oben schaute. Er konzentrierte sich ganz auf das Seil und seine Hände, die er zum Schutz vor Steinschlag möglichst eng am Körper hielt. Mehrere Male legte er Verschnaufpausen ein, achtete aber darauf, dass sie nicht zu lang ausfielen; der am Fuß der Wand stehende Offizier brüllte nämlich jeden an, der zu sehr bummelte, und Vectis wusste, dass oben auf jeden, der den Aufstieg allzu sehr verzögerte, eine besondere Aufgabe wartete.

Nach der halben Strecke registrierte Vectis erleichtert, dass er den gefährlichsten Abschnitt – die fast senkrecht abfallende Felswand – hinter sich hatte. Er zog sich über die Kante des Steilabfalls und schaute nach oben. Vor sich sah er Vatinius, der sich unermüdlich hocharbeitete, während sich am Gipfel Männer zu schaffen machten, die zweifellos bereits Gräben aushoben und das Lager aufschlugen. Vectis musste an die langen Tage der Ausbildung denken, die er hatte ertragen müssen und die ihm manchmal fast endlos vorgekommen waren. Nach diesem Aufstieg aber würde das ewige Marschieren ein Ende haben und die Kampfausbildung beginnen. Vectis würde dann ein vollwertiger Soldat im römischem Heer sein.

Plötzlich hagelte es von oben herab Steine, die ihn an Schulter und Tornister trafen. Kurz darauf regnete es weitere Steine und Erde. Irgendetwas stimmte da nicht. Jemand rief etwas, und oben schien ein Kampf zu toben, doch als Vectis hochschauen wollte, regnete es erneut Erde. Seine Augen brannten schon, und er wandte sich schnell blinzelnd ab. Dann hörte er Vatinius schreien, ja beinahe kreischen. Noch mehr Sand und Steine kamen herunter, und Vectis drückte das Gesicht an den Felsen, als das Geröll seinen Helm traf. Er versuchte, sich weiter nach oben zu ziehen, weg von der Senkrechten nur zehn Fuß unter ihm. Über ihm dauerte der Kampf an, bevor er plötzlich zu Ende schien. Eine Gruppe von Männern hatte den schwarzen Offizier gepackt und warf ihn jetzt die Abdachung hinunter. Er schlug auf, rollte weiter, landete auf dem Bauch, suchte mit den Händen nach Halt, um seine Fallgeschwindigkeit zu verringern. Dann drehte er sich, rutschte den Abhang auf dem Rücken weiter, Arme und Beine weit ausgebreitet, den Körper an den Berg gedrückt, um eine größtmögliche Bremswirkung zu erzielen. Und tatsächlich wurde er immer langsamer, bevor er fast genau vor Vectis liegen blieb.

Er drehte sich auf den Bauch und begann, sich langsam wieder nach oben zu ziehen. Vectis sah, dass er seine Augen geschlossen hielt und seine Tunika zerfetzt war. Er hatte offenbar starke Schmerzen und bewegte sich nur noch mechanisch weiter. Ein großer Stein schlug knapp neben ihm auf, rollte über die Kante der Wand, und schon kam der nächste. Vectis riskierte einen Blick nach oben. Kallias' Doppelgänger, sein grinsender Freund, wälzte zusammen mit mehreren anderen Felsbrocken den Abhang hinunter. Einer davon traf den Afrikaner seitlich am Helm, ein anderer am Rücken. Er verlor den Halt und rutschte ein paar Fuß ab. Ein weiterer Stein traf ihn an der Schulter und im Gesicht. Sein Körper erschlaffte und rutschte über die Kante der Wand.

»Alle Mann weg vom Seil! Weg! Schnell!«

Es war Vatinius. Er hatte das Seil losgelassen, war zur Seite geklettert, hatte sein Gepäck abgenommen und rief den Männern unter ihm etwas zu. Vectis schaute entsetzt hoch. Ganz oben stand Kallias, dessen Dolch in der Sonne blitzte, während er hektisch am Seil sägte.

Vectis riss sich sein Gepäck von der Schulter und drückte sich zur Seite. Mit starren Händen und wild pochendem Herzen klammerte er sich am Gestein fest. Er sah sich schon den Halt verlieren und abstürzen. Dann schaute er hoch und sah, wie die mit Steinen gefüllten Rucksäcke der Männer über ihm auf ihn herabstürzten. Instinktiv rutschte Vectis zur Seite, versuchte, sich ganz flach zu machen, und tastete mit den Füßen nach einem Halt im Gestein. Nichts. Er begann abzurutschen. Verzweifelt griff er nach einem kleinen Felsvorsprung und konnte sich gerade noch festhalten, als einer der Steinsäcke unmittelbar neben ihm aufschlug. Er sah, wie die beiden Männer über ihm sich rasch am Seil hochzogen, um noch ein möglichst großes Stück hinter sich zu bringen. Dann riss das Seil, und die Männer kugelten wie Steine über den Abhang.

»Wir haben hier ein einfaches Problem«, rief Kallias den Männern um ihn herum zu. »Rebstock will auf diesen Berg klettern, aber ihm fallen ständig Steine auf den Kopf.« Er stieß mit dem Fuß ein paar lockere Felsbrocken in Richtung des Centurio. »Und du da drunten«, rief er Vectis mit finsterer Miene zu, »dich habe ich auch noch nicht vergessen.«

Vatinius kroch auf allen vieren die Steigung zu Kallias hinauf. Vectis folgte ihm unsicher, wobei er jeden Felsvorsprung erst prüfte, bevor er sein ganzes Gewicht auf ihn setzte. Der kleinste Ausrutscher konnte den Absturz über den felsigen Steilabfall bedeuten.

»Weiter so, Rebstock«, rief Kallias. »Komm nur hoch. Ich will noch einmal dein Gesicht sehen, bevor du stirbst.«

Vatinius arbeitete sich weiter, bis er das weniger steile Stück unterhalb des Gipfels und unmittelbar unterhalb von Kallias' Standort erreicht hatte. Er schaute zu ihm hoch. »Du hirnloser Grieche, weißt du eigentlich, was mit Soldaten passiert, die ihre Offiziere töten?«

»Wer tötet hier einen Offizier? Das Seil ist gerissen. Das war eine Tragödie, eine echte Tragödie –«

»Sie schlagen sie mit Ruten und lassen sie in der Sonne verwesen. Manchmal schlagen sie ihnen auch den Kopf ab und stecken ihn auf einen Speer – genau wie die Barbaren. Und jeder Einzelne von euch da oben«, schrie er mit ausgestrecktem Zeigefinger, »wird hingerichtet, wenn ihr herumsteht und nichts unternehmt. Es ist noch nicht zu spät –«

»Für dich ist es schon lange zu spät«, schrie Kallias und ging auf einen großen Stein zu.

»Hört auf mich, Männer – wenn ihr das verhindert, bekommt ihr höchstens Zusatzdienst. Ich will nur den Griechen, er ist derjenige –«

Kallias hielt den Felsbrocken in Hüfthöhe. »Kein Mensch hört dir zu, Rebstock.«

»Die kriegen das raus, das wisst ihr ganz genau. Hört also mit diesem Unsinn auf und macht euch wieder an die Arbeit.«

Vectis beobachtete die Gruppe hinter Kallias, während der Centurio weitersprach. Fast die Hälfte der Männer war da oben, und er fragte sich, warum es wohl zu dem Kampf gekommen war; vermutlich hatten einige, etwa Julian, sich widersetzt und waren überwältigt worden. Die übrigen waren außer Sichtweite und wollten wahrscheinlich mit all dem nichts zu tun haben. Dennoch blieben Vatinius' Worte nicht ganz ohne Wirkung. Die Männer schienen sich unwohl zu fühlen. Einen Offizier zu töten und ein halbes Dutzend Rekruten am Seil war schließlich keine Kleinigkeit. Vielleicht gab es ja doch noch Hoffnung.

Kallias stellte sich genau über Vatinius. Der Centurio kroch weiter den Abhang hinauf, ohne den Blick von seinem Feind zu wenden. Er war nur noch wenige Schritte von ihm entfernt. Die Männer hinter Kallias stritten sich über irgendetwas, und wieder keimte in Vectis Hoffnung auf – aber nicht für lange. Kallias rief ihnen etwas über die Schulter zu, und sie verstummten. Solange Kallias da war, konnte er nicht auf Hilfe rechnen.

Der Grieche verlagerte ein wenig seine Position, nahm Maß und warf den Felsbrocken hinunter. Vatinius krümmte sich zur Seite, aber nicht genug; der Stein schlug ihm auf den Rücken. Er schrie vor Schmerz auf, während Kallias einen anderen, noch schwereren Felsbrocken aufhob und sich dem zusammengekrümmten Centurio näherte. Kallias stieß den Stein hinunter, verfehlte Vatinius aber knapp.

Kallias starrte den reglosen Centurio unschlüssig an, bevor er schließlich seinen Dolch zückte und gegen den Rat der umstehenden Männer begann, zum Centurio abzusteigen.

Als Kallias sich Vatinius näherte, hob dieser den Kopf und sagte etwas, das bei dem Griechen nur verächtliches Gelächter auslöste. »Ich wusste doch, dass du mich noch anbetteln würdest, dich zu ver–«

In diesem Augenblick schoss Vatinius' Hand hoch und wickelte sich wie eine Schlange um Kallias' Knöchel. Kallias warf die Arme zurück, um nicht das Gleichgewicht zu verlieren, konnte jedoch nicht verhindern, dass er zu Boden fiel, über Vatinius rollte und den Abhang hinunterrutschte. Nur wenige Fuß vor dem Steilabfall blieb er liegen. Der Centurio hielt sich die Seite und bewegte sich auf Kallias zu, der im ersten Augenblick leicht benommen wirkte. Er trat mit dem Fuß nach dem Griechen und traf ihn ins Gesicht, aber ohne erkennbare Wirkung. Als er noch einmal nach ihm trat, packte Kallias sein Bein und zog ihn zu sich herunter. Er stieß mit dem Dolch nach Vatinius, doch der Centurio packte ihn am Handgelenk. Die beiden rangen kurz miteinander, als hätten sie vergessen, wo sie sich befanden. Dann gerieten sie unkontrolliert ins Rutschen, wurden dabei auseinander gerissen und rutschten weiter auf die Rinne zu, in der das Seil befestigt gewesen war. Auf Grund seines geringeren Gewichts gelang es dem Centurio zwar schneller, seine Geschwindigkeit zu verringern, aber dennoch rutschte er weiter. Unter ihm schlug Kallias verzweifelt um sich, bis er sich auf den Bauch rollte und seinen Dolch mit beiden Händen in den felsigen Boden stieß. Er wurde langsamer und blieb schließlich liegen, keine Körperlänge vom Abbruch der Felswand entfernt.

Vectis musste mit ansehen, wie Vatinius langsam und hilflos auf den Griechen zurutschte. Er klammerte sich genau wie zuvor der schwarze Offizier an den Felsen, konnte aber sein weiteres Abrutschen nicht verhindern. Kallias erwartete ihn schon, und als der Centurio kam, rammte er ihm den Dolch in den Bauch.

Vectis wusste hinterher nicht, ob es vielleicht nur eine Reflexbewegung gewesen war, aber jedenfalls schnellte Vatinius noch einmal vor und umschlang Kallias' Taille, zog ihn in eine sitzende Position hoch, und einen Moment lang schaute der Centurio Vectis an. »Römische Disziplin!«, rief er und trat im selben Augenblick mit den Füßen nach Kallias, der einen Schrei des Entsetzens ausstieß und sich vergeblich festzuklammern versuchte. Vatinius drückte dem Griechen die Hand auf den Mund, und dann stürzten beide über die Wand.

10

Die Befragung der Soldaten blieb ohne Ergebnis. Der überlebende Offizier, der am Fuß der Felswand gestanden hatte, hatte nichts gesehen und konnte sich weder an die genaue Reihenfolge erinnern, in der die Männer geklettert waren, noch an irgendwelche ungewöhnlichen Vorfälle vor dem Aufstieg. Natürlich behaupteten alle, die den Gipfel erreicht hatten, zur Gruppe derer gehört zu haben, die versucht hätten, Kallias aufzuhalten. Julian war zwar von einem der Verschwörer niedergeschlagen worden, fiel aber trotzdem unter denselben Verdacht wie die anderen. Selbst Vectis verdächtigte man, denn einige behaupteten, er sei die Abdachung hinuntergeklettert, um Kallias zu helfen.

Zur Überraschung aller überlebte Kallias den Absturz. Er war auf Vatinius gelandet. Nun lag er im Krankenhaus von Lambaesis, wo seine Knochenbrüche verheilen sollten und er auf das Ergebnis seiner Appellation an den Senat wartete.

Der neue Centurio kam erst nach drei Wochen an – drei Wochen voller Verhöre, Marschieren und Arrest. Die Rationen wurden gekürzt, statt Weizen gab es nur noch Gerste, und für zwei lange, demütigende Tage mussten die Männer ohne Gürtel, mit herunterfallenden Tuniken und Pferdeäpfeln in der Hand auf dem Exerzierplatz des Lagers von Lambaesis stehen.

Als sie ins Ausbildungslager zurückkehrten, sprachen alle von dem ungewöhnlichen Centurio, der bald ankommen würde, und davon, was sie in Lambaesis über ihn gehört hatten. In seiner Jugend, so hieß es, sei er ein Feind Roms gewesen. Seine afrikanischen, aus dem Hinterhalt kämpfenden Soldaten hatten mit ihren Überfällen vom Atlasgebirge aus die Verteidiger von Roms Südgrenze zum Gespött der Welt gemacht, denn die Legionen waren für eine solche Form der Kriegführung schlecht gerüstet. Die Römer bevorzugten raumgreifende Schlachten mit geordneten Schlachtreihen, die auf offenem Feld einander gegenüberstanden, doch diesen Gefallen taten ihnen ihre Gegner nicht. Die Untergrundkämpfer waren schnell und geschickt und hielten sich nie lange genug an einem Ort auf, als dass ein groß angelegter Angriff gegen sie möglich gewesen wäre. Schließlich entsandte Rom eine Eliteeinheit von Legionären, die die Truppen aufspürte und vernichtete. Der verantwortliche Centurio der Legion war vom Mut des Führers dieser Kampfgruppen so beeindruckt, dass er sein Leben verschonte und ihn auf eine Gladiatorenschule schickte. Nach drei Jahren und über hundert Getöteten gewährte man ihm die Freiheit und die Bürgerrechte – unter der Bedingung, dass er als Ausbilder an der Waffe ins Heer eintrat. In jüngster Zeit hatte er eine weitere Spezialität entwickelt – die Disziplinierung ungehorsamer Soldaten.

Die Sonne Afrikas brannte auf sie herunter, als Vectis und die anderen Aufstellung genommen hatten, um den neuen Centurio zu erwarten. Dicke Schweißperlen liefen Vectis über die Wangen, tropften ihm vom Kinn und durchnässten seine Tunika. Sein Kopf schmerzte, und die Füße brannten, und doch wagten weder er noch seine Kameraden, unter der sengenden Sonne auch nur mit der Wimper zu zucken. Die Bestrafung nahte schon, und niemand wollte die Aufmerksamkeit auf sich ziehen.

Nun sah er ihn, diesen ganz besonderen Centurio, als er das

hölzerne Podium in der Mitte des Lagers bestieg. Er hatte große Hände und breite Schultern und Augen, die funkelten wie die dunklen Wesen der Nacht. Er setzte sich auf das Geländer und holte mehrere Blatt Pergament aus einer Ledermappe, auf deren Deckel *Legio III* geprägt war. Es war der Bericht des Lagers Lambaesis. Ein Legionär rief die Rekruten zur Ordnung und wartete dann, bis ein Kontingent schwer bewaffneter Soldaten gegenüber den Rekruten Aufstellung genommen hatte. Als die Truppen bereit waren, warf der afrikanische Centurio dem Unteroffizier einen Blick zu, blieb aber sitzen. Er las nicht mehr, sondern starrte auf einen fernen Punkt am Horizont. Schließlich ließ er den Bericht wieder in die Matte gleiten, atmete schwer und wandte sich den Rekruten zu. Dann sprang er vom Geländer des Podiums und ging langsam auf sie zu, während er jeden einzelnen Mann genau musterte.

Vectis sah ihn kommen wie eine riesige schwarze Katze, die sich an ihre Beute heranschleicht. Alles an ihm – sein dunkles, finster dreinblickendes Gesicht, die Bewegungen seiner Augen und seine mächtige Brust- und Armmuskulatur – verhieß Tod und Verderben.

Er blieb vor den Männern stehen und verschränkte die Arme. »Diese Ausbildungseinheit hat zwei Offiziere des römischen Heers getötet«, sagte er mit tiefer Stimme und einem Akzent, der seine nordafrikanische Herkunft verriet. »Auflehnung kann nicht hingenommen werden, und so hat man mich geholt. Zieht nun eine Zahl; jeder zehnte Mann …«

Er brauchte nicht weiterzureden. Jeder verstand, welche Strafe er gewählt hatte: Dezimierung. Jeder zehnte Mann musste sterben.

»Ich kann Glücksspiele nicht ausstehen«, meinte Julian zu Vectis. »Ich verliere nämlich immer.«

Vectis nickte und wandte sich widerwillig dem Soldaten zu, der langsam die Reihe abschritt. Er griff in den Helm und zog ein Täfelchen mit drei eingeritzten geraden, senkrechten Strichen heraus. Instinktiv bedeckte er es mit der Hand, was seltsamerweise auch die anderen Rekruten mit ihren Täfelchen taten.

Als alle Täfelchen verteilt waren, trat der Legionär auf seinen Platz hinter dem dunkelhäutigen Centurio zurück.

Wieder ließ der Centurio seinen Blick über die Männer schweifen. »Wer die Nummer drei hat, bleibt stehen. Der Rest setzt sich.«

Augenblicklich ließen sich die Männer zu Boden sinken. Vectis schaute noch einmal auf seine Nummer, als habe er sich möglicherweise geirrt oder als könnte sich die Nummer auf wundersame Weise geändert haben.

»Vectis!«, rief Julian vom Boden aus. Er war leichenblass.

»Nun …« Vectis zuckte mit den Achseln und warf Julian ein verkrampftes Lächeln zu. »Ich schätze … äh …« Er war unfähig, den Gedanken zu Ende zu bringen, denn er wusste nicht, was er sagen sollte.

Die Soldaten gingen rasch durch die Reihen auf die wie gelähmt dastehenden sieben Rekruten zu. Vectis wurde von beiden Seiten an den Armen gepackt und nach vorn geführt, wo die Baumstämme zum Exerzieren lagen. Er konnte gerade noch über die Schulter sagen: »Schreib meinem Vater einen Brief.«

Sie fesselten ihm die Arme hinter dem Rücken und schlangen ihm ein Stück Seil um den Hals. Fast sanft, so schien es, stellten ihn die Legionäre zu den anderen in die Reihe. Vectis hatte das Gefühl, keine Luft mehr zu bekommen, und versuchte, tief durchzuatmen. Er ließ den Blick über die Reihe der Verurteilten schweifen. Keiner schaute auf oder wehrte sich, keiner weinte oder flehte um Gnade. Das Gemurmel des Schicksals schwoll an wie ferner Hufschlag. Der Tod näherte sich mit Riesenschritten, und jeder wusste, dass der süße Atem des Lebens ausgehaucht war. Die Männer hatten dieselben hoffnungslosen Gesichter, die er auf den Sklavenmärkten gesehen hatte; ihre Augen starrten ins Leere, und ihre Schultern hingen schlaff herab, während der eine oder andere vielleicht versuchte, seine Gedanken zu ordnen oder sein zu schnell vergangenes Leben an sich vorüberziehen zu lassen. Hinter jedem der Männer standen zwei Soldaten – der eine mit den Händen über der Fessel am Handgelenk, der andere mit dem Seil in der Hand.

»Nenne dem Meldung machenden Offizier deinen Namen«, befahl der Centurio dem ersten.

»Marcus Velleius Martialis«, sagte der Mann und blickte dabei kaum auf.

»Marcus Velleius Martialis, du bist der Auflehnung für schuldig befunden worden. Ich verurteile dich zum Tod durch Dezimierung.« Der Centurio nickte den Legionären zu, die den Mann an den Richtplatz führten. Einer der Vollstrecker des Todesurteils trat vor und nahm das Seil. Er stieß den Mann auf die Knie, während der andere das Seil herunterzog, bis der Hals des Verurteilten auf dem Stamm lag. Und dann krachte urplötzlich die Axt herab.

»Das ist römische Gerechtigkeit«, sagte der Centurio in der Stille unmittelbar nach der Enthauptung.

Vectis drehte sich beim Anblick des im Staub liegenden Kopfes fast der Magen um, doch er zwang sich, ganz ruhig zu bleiben. Er starrte auf das Gehölz unweit des Lagers. Er hatte Bäume noch nie richtig angeschaut. Eine Schande, dass er sich dazu nie die Zeit genommen hatte.

Der zweite Mann musste seinen Namen noch einmal sagen, so leise war seine Stimme. Dann kamen und gingen der dritte und der vierte.

»Nenne deinen Namen«, sagte die Stimme zum fünften. Vectis hörte zwar den Namen, konnte sich aber nicht auf die Worte konzentrieren. Was soll's, dachte er; in ein paar Minuten ist sowieso alles vorbei. Dann würde der Tod eintreten und sein Geist auf einer anderen Ebene wohnen.

Tot!

Die Vorstellung machte ihm Angst.

Frischer Schweiß trat ihm auf die Stirn, als er an das Leben nach dem Tode und seine Schrecknisse dachte. Er war nicht bereit zu sterben. Er glaubte nicht an die Götter; niemand glaubte mehr an den Götterhimmel der Römer, und nur die Ungebildeten stellten sich noch eine Welt voller bedrohlicher Geister vor. Er hatte Soldaten aus den niederen Schichten gesehen, wie sie vor den vermeintlichen Geistern der Flüsse und Wälder und

Sümpfe auf die Knie gefallen waren. Sie verbeugten sich vor ihren Altären und flehten die Geister an in der Hoffnung, auf diese Weise von bösen Einflüssen verschont zu bleiben. Aber an die Götter glaubte keiner mehr. Sie konnte es gar nicht geben. Oder vielleicht doch? Und was war mit den Mysterienreligionen, von denen er zwar gehört, die er aber so oft ignoriert hatte? Vielleicht hatten die Verkünder der östlichen Gottheiten ja Recht. Überzeugend klangen sie allemal. Aber wie konnte er glauben, dass der ruhmreiche Mithras ihn in die Finsternis der Unterwelt aufnehmen würde? Und was war mit Isis, der Göttin des Todes? Vielleicht wartete sie in diesem Augenblick schon darauf, ihre Klauen in sein schwaches Fleisch zu senken.

Vectis betete um Gnade, um eine endlose Leere. Er sah zu, wie sie den Mann vor ihm zum dunklen Baumstamm führten. Jetzt stand er als Erster in der Reihe schutzlos da.

»Das ist römische Gerechtigkeit«, sagte die Stimme, und dann schleppten sie Nummer fünf weg.

»Nenne deinen Namen.«

»Vectis Trebellius Quadratus«, sagte er in bemüht gleichmütigem Ton, um sein Entsetzen zu verbergen.

Der Centurio schaute ihm kurz in die Augen, bevor er den Blick abwandte. »Vectis Trebellius Quadratus«, sagte er und schaute ihn wieder an. »Du bist der Auflehnung für schuldig befunden worden. Ich verurteile dich zum Tod durch Dezimierung.« Er nickte dem Legionär zu. Vectis spürte, wie er zu dem Baumstamm ging. Sein Herz hämmerte in der Brust, und er fühlte die nackte Panik in sich aufsteigen, als er auf den Stamm und den blutbespritzten Boden hinunterblickte. Ein Albtraum aus seiner Kindheit ging ihm durch den Kopf: Jemand bedeckte sein Gesicht mit weichem Wachs, um ihn zu ersticken. Er riss sich aus diesem Tagtraum und stellte sich stattdessen Bäume und eine Wiese voller Blumen vor, die sich im Wind wiegten. Jetzt lag er im kühlen Gras und blickte zu den Blättern mit ihren unzähligen Grünschattierungen hoch. Der Legionär neben ihm packte ihn an den Schultern und drehte ihn zu dem Baumstamm. Er sah, wie das Seil von einer Hand in die andere wechselte. Sanft, aber entschieden drückte eine Hand ihn nach unten. Er kniete nun. Die Gesichter seiner Eltern und seiner Schwester kamen ihm in den Sinn und überlagerten die Bewegungen um ihn herum. Er sah die Gräber an der Straße hinter Timgad und das jugendliche Gesicht, das ihn vor seinem bevorstehenden Tod warnte. Selbst das traurige Gesicht des kleinen Sklavenmädchens aus der Via Lata in Rom trat einen Moment lang vor seine Augen, bevor es hinter einem Zaun verschwand. Er sog ein wenig Luft ein, die sich so sauber, so gut anfühlte. Der Strick straffte sich um seinen Hals und zog ihn nach vorn. Jemand trat hinter ihn und legte ihm eine Hand auf die Schulter.

»Dies ist römische Gnade«, verkündete die tiefe Stimme des Centurio, während er mit dem Dolch seine Fesseln am Handgelenk durchschnitt. Vectis kniete noch immer, unsicher, was geschehen war. Dann zog ihn jemand hoch. Die mittlerweile vom Erdboden aufgestandenen Rekruten gaben zustimmendes Gemurmel von sich, als Vectis noch einmal dieselben Worte der Gnade hörte und auch Nummer sieben von seinen Fesseln befreit wurde.

Bei Sonnenuntergang hörten die Männer, wie sich die Tür des Hauses des Centurio öffnete und wieder schloss. Keiner bewegte den Kopf oder die Augen; die Centurie verharrte reglos, als ihr neuer Centurio um sie herumging und schließlich vor sie trat. Fast fünf Stunden lang hatte er sie in Reih und Glied stehen und auf seine Ansprache warten lassen. Nach der Dezimierung hatte er schlicht gesagt »Wartet hier«, und die Hundertschaft hatte gewartet. Die Legionäre waren nach Lambaesis abgezogen, und so war der Centurio nun mit seinen Rekruten allein.

Während jener fünf Stunden schwirrten Vectis Bilder vom Leben und vom Sterben und von seinem eigenen knappen Entrinnen durch den Kopf. Es schien geradezu unglaublich, dass allein die Schicksalsgöttin ihn gerettet hatte. Er dachte über den Centurio nach. Hatte er von Anfang an vorgehabt, die letzten beiden zu begnadigen? Aber warum? Nur um zu demonstrieren, dass Rom ebenso an Gnade glaubte wie an Gerechtigkeit? Vielleicht hatte er sich auch für die Gnade entschieden, weil Vectis jünger wirkte als die anderen oder weil er den Behauptungen, Vectis sei abgestiegen, um Kallias zu helfen, keinen Glauben schenkte? Wahrscheinlicher aber, so glaubte Vectis, war die erteilte Gnade reine Taktik, denn die Rekruten würden eher bereit sein, einem Mann zu gehorchen, der zwar hart, aber auch gerecht war. Doch was auch immer ihn gerettet hatte – er war froh, noch am Leben zu sein. Er merkte kaum, wie die Stunden vergingen und die Sonne wie ein glühend roter Feuerball immer tiefer sank.

Der Centurio stand nun den Rekruten gegenüber, den Rücken der schnell sinkenden Sonne zugewandt. Seine Gestalt hob sich als dunkle Silhouette gegen den Himmel ab, und die Umrisse seiner Rüstung leuchteten karmesinrot wie glühendes Eisen.

»Sprecht mir nach«, sagte er. »Ich schwöre, mit Begeisterung alles zu tun, was der Kaiser befiehlt, meinen Feldherrn zu folgen, wohin sie mich auch führen, und meinen Offizieren unter allen Umständen zu gehorchen.« Die Männer wiederholten seine Worte. »Ich werde niemals desertieren«, fuhr er fort, »noch vor dem Kampf zurückschrecken. Ich schwöre das bei der Todesstrafe.«

Die Stimmen der Rekruten wiederholten den Eid, was so kurz vor der Finsternis nicht weniger geisterhaft klang als ein Schwur über einem Grab. »In den nächsten fünf Wochen werde ich euch in den Techniken der Kriegsführung unterweisen. Wenn ihr den eben geleisteten Schwur brecht, werdet ihr sterben. Es wird keine Untersuchung und keine Appellation geben; ich werde euch einfach nur töten.« Er trat näher an die Männer heran. Sein Gesicht war noch immer von der Dunkelheit verhüllt, und seine Augen bewegten sich kaum. »Die Gladiatoren Nordafrikas nennen mich Jupiter, weil ich ein Gott unter den Menschen bin.« Er legte eine Pause ein. »Bezweifelt das vielleicht jemand?« Niemand sagte ein Wort. Jupiter ging schweigend die Linie ab, bis er zum kräftigsten der Männer kam. Seine Hand schoss vor und packte ihn an der Kehle. »Zweifelst du daran?«, fragte er, den Blick noch immer auf seine Rekruten gerichtet. Der Mann schnappte nach Luft und schüttelte den Kopf. Jupiter ließ ihn los und trat zurück, und sein Gesicht war nun ein purpurgesäumter Schatten.

»Ihr werdet mich mit Centurio ansprechen, niemals mit Jupiter. Ihr werdet mich nie ansprechen, wenn ich nicht zuvor euch angesprochen habe. Und ihr werdet mir nie in die Augen schauen. Tut ihr das, betrachte ich das als Herausforderung, und dann werdet ihr sterben. Ihr schaut nur hierher«, sagte er und deutete auf seine Brust.

Vectis senkte den Blick, doch bald ertappte er sich dabei, wie er wieder auf die Umrisse von Jupiters Gesicht starrte. Er zwang sich, den Blick abzuwenden, und fragte sich, wie er es vermeiden könnte, hochzuschauen.

»Morgen fangen wir mit der Ausbildung an der Waffe an. Ihr seid entlassen.«

Am nächsten Morgen beim Appell standen die Rekruten ihrem Centurio gegenüber. Würdevoll durchmaß er das Lager, die Hand auf dem Heft seines Schwerts. Vectis hielt den Blick gesenkt, bis der Centurio an ihm vorbei war. Er kam ihm irgendwie bekannt vor; sein bedächtiger Gang oder die Art und Weise, wie er seine Hände schwingen ließ, erinnerten ihn an etwas längst Vergangenes und längst Vergessenes. Doch so sehr er sich auch das Hirn zermarterte – alles, was ihm einfiel, war nicht mehr als eine vage Erinnerung, fast wie ein Traum. Nein, kein Traum. Er kannte diesen Centurio von irgendwoher, aber das musste sehr lange her sein.

Jupiter war kurz vor dem Ende seiner Inspektion, als Vectis hörte, wie er etwas sagte. Jemand lachte nervös, und dann fragte Jupiter mit absolut ruhiger Stimme: »Warum schaust du mich an?«

Unwillkürlich drehte Vectis den Kopf, um zu sehen, wem Jupiter gerade gegenüberstand. Der Centurio stand vor Kallias' Doppelgänger.

»Habe ich dir nicht verboten, mir in die Augen zu schauen?«

Der Mann schnaubte verächtlich und wandte sich ab.

»Jetzt ist es leider zu spät«, sagte Jupiter.

Der Mann starrte weiter auf den Boden, und sein Mund wirkte verkniffen und zornig.

Jupiter trat näher an ihn heran. »Ich rede mit dir, Soldat. Du hältst das wohl für ein Spiel, was?«

Ohnmächtige Wut breitete sich über das Gesicht des Mannes aus, während er stumm dastand und jede Antwort verweigerte. Dann schaute er Jupiter in offener Verachtung in die Augen. In der vergangenen Nacht hatte er alle wissen lassen, dass er die Regeln des neuen Centurio für lächerlich hielt. Der hält sich wohl für einen Gott, hatte er gesagt, dem kein Sterblicher in die Augen schauen darf. Sobald ich kann, hatte er gesagt, werde ich diesen Ort voller Verrückter verlassen. Und jetzt stand er da und starrte den Centurio an, wütend auf sich selbst, auf Jupiter und auf alle anderen, weil er nicht weggeschaut hatte. Er war gefangen wie eine Fliege in einem Spinnennetz. Neben ihm stand sein Freund, der nervös grinste und nicht recht wusste, wo er nun hinschauen sollte.

Jupiter wirbelte herum und trat vor die Rekruten. »Hierher mit dir«, sagte er, »und diesen grinsenden Idioten kannst du auch gleich mitbringen.«

Mit seinem Schwert zog der Centurio einen riesigen Kreis in den sandigen Boden und wartete, bis die beiden Soldaten bei ihm angekommen waren.

»Diese Rekruten haben es gewagt, meine Autorität in Frage zu stellen«, sagte er laut genug, dass alle es hören konnten. »Und jetzt werdet ihr erfahren, was geschieht, wenn jemand mir nicht gehorcht.«

Er wandte sich an die beiden Männer ihm gegenüber, denen bei der Sache offenbar nicht mehr so wohl war. »Tretet in den Kreis!«

Sie zögerten erst, traten dann aber doch über die Linie.

»Ich werde euch jetzt töten«, sagte Jupiter wie selbstverständlich. »Und das sind die Regeln: Wenn ihr den Kreis verlasst, lasse ich euch exekutieren. Weigert ihr euch zu kämpfen, werdet ihr ebenfalls exekutiert. Es gibt für euch nur eine Hoffnung – ihr müsst mich töten.« Er erhob die Stimme und wandte sich an alle Soldaten. »Wenn einer dieser Männer mich tötet, wird beiden nichts geschehen. Der Legat von Lambaesis kennt meine Methoden. Gegen niemanden wird es ein Verfahren geben.«

Vectis spürte, wie sein Gesicht zu glühen begann und sein Atem unregelmäßiger ging. Seine Gefühle vom Vortag gingen ihm wieder durch den Kopf, und er spürte fast körperlich, was die Männer nun durchleiden mussten. Nicht, dass sie es nicht verdient hätten, zu sterben; wenn jemand den Tod verdiente, dachte Vectis, dann diese beiden. Sie waren ebenso schuldig wie Kallias am Tod der Männer, die an der Felswand ums Leben gekommen waren. Was ihn störte, war die beiläufige Art und Weise, in der Jupiter Angst und Schrecken als Mittel zum Zweck einsetzte. Er schien Spaß am Töten zu haben.

»Seid ihr bereit?«, fragte Jupiter. »Hier, das werdet ihr brauchen«, sagte er und warf sein Schwert dem grinsenden Soldaten vor die Füße, seinen Dolch dem anderen. Sie hoben die Waffen auf und starrten den unbewaffneten Centurio einen Augenblick lang mit offenem Mund an. Jupiter wischte sich die Hände an seinen Kniehosen ab und ging auf sie los. Sie schauten einander an und sprangen dann dem rasch näher kommenden Centurio entgegen. Drei Fuß vor den beiden blieb er stehen, trat einen Schritt zur Seite und täuschte mit der linken Hand einen Angriff vor. Plötzlich griff er mit der rechten Hand nach unten, packte das Schwert an der beidseitig geschärften Klinge, stieß es dem verblüfften Doppelgänger von Kallias in die Seite, um es gleich wieder herauszuziehen und dem anderen in die Brust zu stoßen. Beide fielen wie Steine um; sie waren auf der Stelle tot.

In den nächsten vier Wochen schaute niemand mehr Jupiter in die Augen. Vectis' Angst, dies versehentlich einmal zu tun, ließ allmählich nach. Es fiel ihm sogar leicht, die Augen auf die Brust des Centurio gerichtet zu halten. Dabei fiel ihm etwas auf:

Jupiter trug eine Auszeichnung an einem der beiden über den Panzer gezogenen Lederbänder, die auch sein Vater trug.

Plötzlich glaubte er auch eine Ähnlichkeit mit seinem Vater zu entdecken. Das war wohl die Sonne. Sein Vater hielt nämlich nichts von sinnlosem Töten; Jupiter dagegen schien geradezu darin zu schwelgen. Aus Vectis' Sicht war er ein Barbar in römischen Kleidern. Barbaren ändern sich doch nie, dachte Vectis. Sie sind zum Töten und Zerstören geboren, und keine noch so gründliche Erziehung ändert daran etwas. Allenfalls nach Generationen kann man ihnen ihr angeborenes barbarisches Verhalten abgewöhnen. Ein wahrer Römer tötet natürlich auch, aber er tötet den Feind. Sein Vater betonte immer, dass ein Soldat nicht so sei wie ein intriganter Politiker, der sich gewissermaßen nach oben mordet. Jupiter, so schien es, hatte sich im römischen Heer zu einer wahren Autorität hochgemordet.

Falls die Offiziere von Lambaesis den Rekruten eine Lektion erteilen wollten, so hatten sie mit Jupiter, dem Gladiator, eine gute Wahl getroffen. Leben oder Tod kümmerten ihn nicht, solange er nur die Unruhestifter ausmerzte und eine disziplinierte Truppe schuf. Wie bei Vatinius waren Disziplin und Gehorsam alles für ihn; im Gegensatz zu Vatinius aber schreckte Jupiter vor nichts zurück, um seine Ziele zu erreichen. Am dritten Tag schlug er einem Rekruten mit einem hölzernen Übungsschwert den Schädel ein, weil der Mann ohne Erlaubnis gesprochen hatte; anschließend band er seinen Leichnam zur Abschreckung für andere an das Tor des Lagers. Später, als sie schon mit Kampfwaffen übten, schwang ein Rekrut sein Schwert, statt von unten zuzustoßen. Jupiter zwang den Mann, sich breitbeinig vor die Zielscheibe zu stellen, während die gesamte Centurie an ihm vorbeimarschierte und jeder sein Schwert in ein X stieß, das zwischen seinen Knien und seinem Schritt aufgemalt war. »Diesmal hast du noch Glück gehabt«, hatte Jupiter dem zitternden Soldaten gesagt, »denn das nächste Mal verbinde ich den Männern die Augen.« Niemand bezweifelte, dass er das tun würde, und niemand schwang jemals mehr sein Schwert.

Wieder einmal war die Dämmerung hereingebrochen – Zeit

für Jupiters abendliche Ansprache. Vectis und Julian waren gerade damit fertig geworden, die Fässer im Lager mit Flusswasser zu füllen, und standen schweigend vor ihrem Zelt, wo sie ihre Rüstungen anlegten und sie nach noch nicht polierten Stellen absuchten. Jupiter stellte bezüglich des Glanzes der Rüstungen nicht ganz so hohe Ansprüche wie Vatinius, aber dafür inspizierte er sie dreimal am Tag, und niemand wollte sich bei ihm eine Nachlässigkeit erlauben.

»Fertig?«, fragte Vectis.

»So gut wie«, meinte Julian, als er sich den ledernen Schulterriemen umlegte, an dem sein Kurzschwert in der ledernen Scheide an der rechten Körperseite, dem Dolch gegenüber, hing. Dann entfernte er die lederne Hülle von seinem langrechteckigen Schild und nahm seine beiden langen hölzernen, mit dünnen eisernen Spitzen versehenen Wurflanzen in die Hand. »Na, was meinst du?«, fragte er und stand stramm, damit Vectis ihn inspizieren konnte.

»Gut siehst du aus«, meinte Vectis. »Die Lanzen noch ein bisschen weiter vom Körper weghalten. Genau. Jetzt bist du perfekt.«

»Du aber auch«, sagte Julian und musterte Vectis von Kopf bis Fuß. »Du hast schon diesen brutalen Gesichtsausdruck, der Jupiter an einem Soldaten so gefällt.«

Vectis lächelte, bevor er ernst wurde. »Das ist aber auch ein brutales Ausbildungslager. So schlimm hatte ich mir das nicht vorgestellt.«

»Weißt du, dass du dich verändert hast?«

Vectis nickte.

»Und zwar seit der Dezimierung«, fügte Julian hinzu.

»Ich dachte, jetzt ist es aus. Ich dachte, ich sterbe.« Vectis überlegte einen Augenblick, entschied sich dann aber dagegen, Julian von der Vision zu erzählen, die er gehabt hatte, als er vor dem Baumstamm stand – wie er gespürt hatte, wie sein abgetrennter Kopf durch den Sand kullerte und die sich verdunkelnden Augen seinen kopflosen Körper über dem Baumstamm hatten liegen sehen. Der bloße Gedanke daran ließ ihn erschaudern. »Jedenfalls ist das nun vorbei, und jetzt habe ich aus irgendeinem Grund nicht mehr so viel Angst vor dem Tod.«

Der Klang des Signalhorns rief die Rekruten zum Exerzierplatz.

»Also ich fürchte mich immer noch ganz schrecklich vor dem Tod; deshalb lass uns lieber gehen, bevor Jupiter aus seinem Haus kommt.«

Die beiden gingen zwischen den Zeltreihen hindurch auf den Exerzierplatz zu. Rüstung und Waffen fühlten sich mittlerweile ganz natürlich, fast schon bequem an, so viel hatten sie sie seit Jupiters Ankunft getragen.

»Noch eine knappe Woche«, sagte Julian. »Jetzt haben wir nur noch eine Übung vor uns. Wie schlimm wird die wohl werden?«

»Kommt drauf an, was das für eine Übung ist.«

»Jupiter hat einem der anderen gesagt, dass es ein Kriegsspiel ist.«

»Ich frage mich nur, wie realistisch er es gestalten will.«

»Sein Lieblingsthema ist das Töten«, sagte Julian. »Was sagt dir das?«

Sie stellten sich an den ihnen zugewiesenen Stellen auf und warteten auf den Centurio.

Wie üblich stand Jupiter am Rand des Exerzierplatzes mit dem Rücken zur untergehenden Sonne, deren schwächer werdendes Licht seine Rüstung funkeln ließ. Siebzig Fuß vor ihm wartete die Centurie in ihrer Rechteckformation. Ein Horn ertönte. Die Truppen marschierten im Rhythmus des Horns über den Exerzierplatz auf Jupiter zu. Ein weiterer Hornstoß erklang, und die Formation blieb stehen. Die Rekruten standen breitbeinig da, die Lanzen gekreuzt, die Schilde auf dem Boden ruhend. Sie schauten geradeaus, aber nicht auf Jupiter oder etwas anderes. Einfach nur geradeaus. Fünf Minuten lang blieben sie so stehen, während Jupiter sie inspizierte. Und dann hustete jemand.

»Ruhe!«, brüllte Jupiter.

Vectis hätte es nicht gewundert, wenn der Centurio den Übeltäter herausgezogen und niedergeschlagen hätte, doch das tat er nicht. Stattdessen erklärte er, wie wichtig es sei, jeden Impuls, zu sprechen, zu husten oder sich zu bewegen, jederzeit unterdrücken zu können.

»Die Stille verunsichert den Feind«, sagte er. »Entspannt euch. Vertraut auf eure Stärke. Konzentriert euch auf den Herzschlag eurer Feinde. Sie kreischen und heulen und flehen schreiend ihre Götter an. Und sie sind voller Angst, voller Entsetzen. Denn sie wissen, wozu die römischen Truppen im Stande sind. Jetzt schicken sie in ihrer Verzweiflung irgendeinen Kraftmeier vor, der euch herausfordert. Wer will gegen mich kämpfen?, schreit er. Sind die Römer alle Feiglinge? Schickt mir euren besten Centurio! Ich kämpfe einhändig gegen ihn! Jetzt rennen die feindlichen Krieger wie wild durcheinander, lachen und spotten – alles nur, um ihren weichen Knien Halt zu geben. Ihr aber hört sie nicht. Ihr seht sie nicht. Sie sind für euch nur ein Lärm, der bald schon vom Wind davongetragen wird.«

Jupiter schritt die Reihen der Rekruten ab und sprach vom Selbstvertrauen der römischen Soldaten, das ihnen das Wissen verleiht, dass ein Drittel ihrer Truppen hinter ihnen bereitsteht, um sie im Fall ihres Rückzugs hinter schanzpfahlbestückten Wällen aufzunehmen. Er erinnerte sie daran, dass sie nur rund zwanzig Minuten lang mit vollem Einsatz kämpfen müssten, bevor sie von frischen Truppen abgelöst würden. Und dann fügte er noch hinzu: »Selbst der beste Barbar wird einmal müde; wenn das einer beurteilen kann, dann ich.«

Er nahm eine Wurflanze in die Hand. »Absolute Einfachheit«, sagte er und hielt den schweren, fast sieben römische Fuß langen Holzschaft mit der langen, dünnen Eisenspitze in die Höhe. »Dies ist die Waffe, die das Römische Reich aufgebaut hat. Wenn ihr sie einem Haufen von Angreifern entgegenwerft« – er holte aus, als wollte er die Waffe auf die Rekruten werfen –, »dann ist die Schlacht schon so gut wie vorbei.« Seine Lippen verzogen sich zu einem Lächeln. »Sie können die Lanzen mit ihren Schilden oder mit ihren Körpern aufhalten, aber sie können sie nicht aus ihrem Schild herausziehen. In jedem Fall sind sie erledigt. Ein schildloser oder verwundeter Feind ist für die Flüsse des Hades bestimmt. Das ist dann nur noch eine Frage der Zeit.«

Vectis fiel auf, dass er hoch zur Lanzenspitze und hinunter auf Jupiters Brust geschaut hatte, ohne die geringste Versuchung zu verspüren, ihm in die Augen zu blicken. Er hatte sogar seinen Mund lächeln sehen, falls man Jupiters sarkastisches Grinsen als Lächeln bezeichnen konnte. Als er jetzt in der einbrechenden Dunkelheit auf den Körper des Centurio starrte und dem Fluss seiner Worte lauschte, verspürte er ein merkwürdiges, fast hypnotisches Gefühl. Es war gar nicht so sehr das, was Jupiter sagte, als vielmehr der gleichmäßige Rhythmus seiner Stimme, wobei vielleicht besonders die tiefen Töne eine Rolle spielten sowie die dunklen Schatten, die nach und nach schluckten, was vom Tag noch übrig war.

»Eure Arbeit besteht darin, das Reich zu schützen«, erklärte Jupiter. »Ihr tut das, weil ihr römische Soldaten seid, und ein römischer Soldat enttäuscht nie das heilige Vertrauen, das in ihn gesetzt wird. Ich würde mich eher in eine Grube voll ägyptischer Vipern stürzen als meinen Eid als Soldat brechen.« Dann warf er seine Lanze auf den Boden. »Eines Tages werdet ihr an den Grenzen der zivilisierten Welt stehen – in irgendeinem einsamen Stützpunkt liegen, den nur der Geist des Mithras zu finden im Stande ist. Ihr werdet in die Augen der Barbaren blicken und darin eine Mischung aus Hass und Ehrfurcht erkennen. Dann wisst ihr, wer ihr seid – römische Soldaten! Euer bloßer Anblick genügt, um das Herz des tapfersten Kriegers zu Eis gefrieren zu lassen. Seit fast tausend Jahren dringen römische Soldaten immer weiter vor, bis zu den Enden der Welt. Sie haben die Könige dieses Zeitalters getötet und die Pfeiler der Welt erschüttert.«

Er zeigte mit dem Finger auf die Rekruten. »Dies ist euer Erbe. Euer aller Erbe. Auch wenn ihr aus einem besiegten Volk stammt oder aus einer armen Familie – jetzt seid ihr alle Römer. Ihr seid ebenso sehr Römer wie die Männer von Caesars Truppen. Ihr werdet ausgebildet wie sie, und ihr kämpft wie sie. Ihr seid jetzt der Arm von Rom, die Macht der Ewigen Stadt. Vergesst das nie. Wohin ihr auch geht, bringt ihr Ordnung und Zivilisation. Jedes Stückchen Land, das ihr betretet, erobert ihr für Rom. Kaum habt ihr eure römische Rüstung angelegt, werdet ihr zum Licht der Völker und zu Herren fremder Gottheiten. Also schreitet einher wie Herren, und verhaltet euch wie Herren. Und wenn ihr in die Schlacht zieht, dann denkt immer daran, dass sich hinter euch endlose Linien von Soldaten erstrecken, genährt von einem Reich der unbegrenzten Mittel. Seht zu, dass ihr euch als dieses Reiches würdig erweist.«

»Und nun«, sagte er und wechselte abrupt das Thema, »zu euren letzten Übungen von morgen. Seit Wochen übt ihr nun schon den Umgang mit Waffen, die Taktik im Kampf und das Verteidigen und Belagern von Befestigungen. Jetzt werdet ihr Gelegenheit erhalten, eure Fähigkeiten zu demonstrieren. Bei Sonnenaufgang marschiert ihr los zum alten Campus Romanus einen Tagesmarsch südlich von hier. Ihr habt zwei Tage, um seine Verteidigungsanlagen so wiederherzustellen, dass sie einem Angriff von Rekruten eines anderen Lagers standhalten. Sie werden mit zweihundertvierzig Mann angreifen, sind euch also zahlenmäßig dreifach überlegen, weil es immer leichter ist, eine Befestigung zu verteidigen, als anzugreifen. Als Waffen bekommt ihr Holzschwerter, und jeder Soldat erhält einen Schöpflöffel roten Ocker. Wenn ihr den Feind an einer entscheidenden Stelle mit der Farbe trefft, zählt das, als hättet ihr ihn getötet. Jede Gruppe wird von fünf Beobachtern begleitet.«

An die Stelle der grellen Strahlen der untergehenden Sonne trat nun das weiche Licht des aufgehenden Mondes, das eine kühle Brise mit sich brachte. »Führer eurer Gruppe«, fuhr Jupiter fort, »wird Vectis Trebellius sein. Die Missachtung seiner Befehle wird genau so bestraft, wie wenn mir der Gehorsam verweigert würde.« Er neigte kurz den Kopf, bevor er seine Abschiedsworte sprach. »Falls ihr eure Aufgabe nicht erfüllt und die anderen Rekruten die Befestigung überrennen, wird jeder Einzelne von euch für den Anfang seiner regulären Dienstzeit im Lager von Lambaesis stationiert. Damit seid ihr für heute entlassen.«

Vectis stand schweigend da. Warum war ausgerechnet er zum Führer bestimmt worden? Er war der jüngste Soldat in der ganzen Centurie, und es war ihm peinlich, Männer zu befehligen, die zehn Jahre älter waren als er. Und dann die Strafe, falls sie unterlagen – regulärer Dienst in Lambaesis! Jedermann dort wusste von dem Aufstand, von den Pferdeäpfeln in ihren Händen und der Dezimierung. Der Dienst in Lambaesis würde unerträglich werden. Und er würde dafür verantwortlich sein, falls sie unterlagen.

»Ich weiß, was du denkst«, sagte Julian, der ihn aus seinen Gedanken riss.

Vectis schüttelte ungläubig den Kopf. »Führer eurer Gruppe«, sagte er und imitierte dabei Jupiters Ton, »wird Vectis Trebellius sein, ein Soldat von großer Kampferfahrung.« Er hätte am liebsten gestöhnt, hätte er nicht befürchten müssen, deswegen als Schwächling eingestuft zu werden. »Stell dir vor, Julian, ich hätte einen Posten als Tribun bekommen können – natürlich nicht als Militärtribun in meinem Alter, aber immerhin als Stabsoffizier, der mit Nachrichten hantiert und lernt, wie eine Legion funktioniert. Aber nein, ich wollte ja unbedingt als kleiner Legionär anfangen. Und jetzt muss ich dieses verdammte Lager verteidigen, oder wir werden alle in den nächsten zwei Jahren in Lambaesis Kamelmist fressen.«

»Du schaffst das schon. Jedenfalls wird sich ganz bestimmt keiner deinen Befehlen widersetzen.«

»Das stimmt allerdings«, räumte Vectis lächelnd ein. Bei Julian konnte er sich immer darauf verlassen, dass er das Positive sah. »Sie werden mir mit Sicherheit nicht den Gehorsam verweigern – egal, wie verrückt meine Befehle auch sein werden.«

Nach dem Gespräch mit Julian fühlte sich Vectis gleich viel wohler. Er lag auf seinem Bett im Zelt und versuchte, sich an das zu erinnern, was er über die Verteidigung von Kastellen gelernt hatte. Er musste die Verteidigungsanlagen ganz einfach unüberwindlich machen – und wenn er seine Männer bis zum Umfallen schuften ließ. Was auch geschah, so schwor er sich – niemand würde das Lager einnehmen.

11

An jenem Morgen brachen sechs Kolonnen von je dreizehn Mann, ein Maultier und fünf Beobachter aus dem Ausbildungslager auf. Vectis hob den Arm und rief Jupiter, der an der Tür seines Hauses stand, ein förmliches »Ave, Caeser« zu, auf das der Centurio nur mit einem Nicken antwortete. Stunden später traf er auf die alte Straße, die zum Campus Romanus führte. Längere Abschnitte der Straße lagen unter dem Treibsand begraben, aber auf Grund ihrer relativ geraden Streckenführung konnten die Soldaten ihr problemlos über die steilen Berge und tiefen Täler und schließlich durch ein enges Tal folgen, das in die trockene Ebene von Romanus auslief. Dort standen am Rand eines ausgetrockneten Flussbetts die Ruinen des alten Militärlagers.

»Das ist ja der reinste Schutthaufen«, stöhnte Julian.

Vectis blinzelte ins Licht des späten Nachmittags. Julian hatte Recht. Von dem Kastell war nur noch ein Haufen Steine und Balken übrig. »Das können wir erst beurteilen, wenn wir es aus der Nähe sehen«, sagte er. Schließlich musste er als Führer ein Mindestmaß an Optimismus an den Tag legen. »Das Entscheidende sind die Gräben. Wenn sie noch eine gewisse Tiefe aufweisen, können wir sie freischaufeln und vielleicht sogar einige der alten Fallgruben wieder instand setzen.«

Der Blick von der Romanus-Ebene trug nicht dazu bei, ihre Laune zu heben. Das Lager wirkte mit seinen eingestürzten Dächern, kaputten Mauern und dem Treibsand der westlichen Dünen wie die Ruinen einer alten Stadt. Aus einem Keller kam ein Rudel Hunde, die die Eindringlinge kurz beobachteten und dann das Weite suchten. Vectis wurde ganz übel. Wie sollte er diesen Schutthaufen in nur zwei Tagen in ein Steinkastell verwandeln? Das alte Kastell sah aus, als ob es schon seit einem halben Jahrhundert in Trümmern lag. Hier und da waren die Spuren von Lagerfeuern zu sehen; vermutlich hatten umherziehende Nomaden hier vorübergehend Unterschlupf gefunden.

Doch trotz seines desolaten Zustands offenbarte das ehemalige Militärlager mit seinen Überresten von Badehäusern und dem fast quadratischen Grundriss noch immer unverkennbar römischen Charakter. Vielleicht war es ja einst als Ausbildungslager genutzt worden, dachte Vectis; wie auch immer, jetzt war es zu nichts mehr zu gebrauchen.

Er inspizierte die Gräben, die einstmals das Leben von Römern geschützt hatten. Mit jedem Schritt wurde er mutloser. An den meisten Stellen war von den Gräben kaum mehr als eine leichte Vertiefung im Boden übrig. Der Schutt von den alten Mauern, der Sand und der gnadenlose Wüstenwind hatten ganze Arbeit geleistet. Alles musste völlig neu angelegt werden. Teile der Mauern standen zwar noch, wirkten aber so baufällig, dass sie bei der kleinsten Berührung einzustürzen drohten. Er schaute sich um und suchte verzweifelt nach einer Lösung. Der größte Teil des Baumaterials, das sie brauchten, lag gewissermaßen zu ihren Füßen, und so konnten sie mit harter Arbeit zumindest eine einfache Befestigungsanlage errichten.

Vectis sah sich das ganze Gelände lange und gründlich an. Das Hauptproblem lag in den Dimensionen des Kastells: Es war viel zu groß. Achtundsiebzig Mann konnten unmöglich seine Mauern verteidigen, selbst wenn sie es schafften, sie halbwegs wieder aufzubauen. Und wie sollten sie die Gräben ausheben? Das allein würde mit so wenigen Leuten Tage dauern. Sollte er ein kleineres Kastell bauen? Wenn er an einen vorhandenen stabilen Mauerabschnitt neue Mauern ansetzte, um das Areal zu begrenzen, und dann einen neuen Graben ausheben ließ … möglich war das schon, aber bei so viel Schutt überall konnte der Feind spielend leicht den Graben auffüllen, an der Mauer Felsbrocken anhäufen und so den Wall überwinden. Aber blieb ihm eine andere Wahl?

»Wir verschwenden unsere Zeit!«, rief ein Soldat namens Lepcis. »Du bist unser Befehlshaber – was sollen wir also tun?«

Vectis versuchte, entschlossen zu handeln. Er befahl der einen Hälfte seiner Männer, ein verkleinertes Lager, so gut es ging, wieder aufzubauen, und der anderen Hälfte, den umlaufenden

Graben auszuheben. Sie arbeiteten, bis es dunkel wurde, und nahmen sich nicht einmal die Zeit, ihre Zelte aufzuschlagen. Sie würden eben unter dem Sternenzelt schlafen. Während die Männer ihr Bettzeug ausrollten und nach einem geeigneten Untergrund suchten, hörte Vectis auch abfällige Bemerkungen über die Klugheit seines Plans, und er fragte sich, ob Vatinius oder Jupiter schon einmal vergleichbare Beschwerden zu Ohren gekommen waren.

Sorgen machte ihm vor allem die Haltbarkeit der Befestigungen. Wie sollten sie die geforderten vier Tage in einer derart bruchstückhaften Verteidigungsanlage überstehen? Vielleicht einen Tag oder auch zwei, aber vier Tage? Er kontrollierte die Wachen, gönnte sich einen Schluck warmes Wasser aus einem der Schläuche und begann, selber nach einem Schlafplatz zu suchen.

Er lag auf dem Rücken und schaute hoch in die von unzähligen Lichtpunkten durchsetzte Dunkelheit. Was würde er tun, fragte er sich, wenn es beim bevorstehenden Kampf um Leben oder Tod ginge und er tatsächlich einer feindlichen Streitmacht gegenüberstünde? Würde er überhaupt versuchen, eine Verteidigungsanlage zu errichten, oder eher zum Angriff übergehen und den Gegner vielleicht entlang der Straße in einem der tiefen, engen Täler überraschen?

Am nächsten Morgen erwachte Vectis völlig durchgefroren. Noch immer verblüffte ihn, wie eisig die Nächte in der Wüste sein konnten. Er schlang ein wenig Trockenobst hinunter, erleichterte sich und schickte die Männer an die Arbeit. Es ging sehr schleppend voran. Er begutachtete das Gelände vor der Anlage. Es war flach und weitläufig – ideal geeignet für eine zahlenmäßig überlegene Truppe. Bald schon würde sich die Ebene mit Feinden füllen, die darauf aus waren, seine Verteidigungsanlagen niederzureißen – und das auch schaffen würden. Sie würden am ersten Tag seine Gräben zuschütten und am zweiten gegen seine Wälle anstürmen. Und er und viele andere würden wie geprügelte Hunde nach Lambaesis zurückschleichen …

»Centurio!«, ertönte eine spöttische Stimme. »Wie tief hättet ihr denn gern diese Gräben?«

In Vectis flammte Wut auf. Was war nur los mit diesen Männern? Begriffen sie denn nicht, dass in zwei Tagen die Ebene nur so von Soldaten wimmeln würde, die darauf aus waren, sie zum Narren zu halten? Stattdessen grinsten sie nur und lachten über einen billigen Scherz. Er hatte sich schließlich nicht darum gerissen, sie zu befehligen. Er ließ den Blick über die Männer schweifen, die auf ihre Schaufeln gestützt herumstanden und sich bewegten wie alte Weiber. Das funktioniert nie, dachte er; jedenfalls nicht in zwei Tagen.

Einen Augenblick lang wog er seine Möglichkeiten ab. Er würde wohl alles auf eine Karte setzen müssen. Was blieb ihm auch sonst übrig?

»Schluss mit Gräbenausheben«, brüllte er. »Kommt da raus! Schneller! Schafft Bretter und Steine her und alles, was ihr finden könnt, und stapelt es vor dem Graben auf. Verschmiert die Zwischenräume mit Lehm. Seht zu, dass es aussieht, als hätten wir Tage damit verbracht, die alten Gräben neu auszuheben. Und der Rest von euch«, fuhr er fort, während er spürte, wie er immer aufgeregter wurde, »kann ab sofort alles vergessen, was ich über den Bau eines neuen Walls gesagt habe. Stattdessen will ich, dass ihr die Ruine so herrichtet, dass sie aus der Ferne aussieht, als stünde hier ein unüberwindbares Steinkastell. Baut höchstens dort Mauern wieder auf, wo es unbedingt nötig ist, damit die Front für Kundschafter, die sie von dem Tal dort drüben aus sehen, intakt wirkt.« Er klatschte in die Hände. »Und jetzt bewegt euch!«, rief er.

Aber niemand bewegte sich.

Alle Männer im Lager starrten ihn an. Selbst Julian schien angesichts seines plötzlichen Ausbruchs verblüfft. Aber natürlich, dachte er, wie sollen sie wissen, was ich vorhabe? Wahrscheinlich habe ich eben geklungen wie ein aufgeregtes Kind. Ich muss ruhiger werden, mich mehr unter Kontrolle haben und meinen Plan erklären.

»Diese Befestigungen halten niemals einer viertägigen Belagerung stand«, begann er, »ganz egal, wie hart wir arbeiten. Dort hinten« – er zeigte auf das Tal mit seinem schalen Durchgang –

»liegt unsere größte Hoffnung. Wenn es uns gelingt, sie davon zu überzeugen, dass wir die Absicht haben, dieses Kastell zu verteidigen, dann können wir sie von hinten überraschen. Das sind keine kampferprobten Legionäre, sondern Rekruten wie wir. Die erwarten von uns nichts anderes, als dass wir der üblichen Prozedur folgen. Wenn wir sie zuerst angreifen, löschen wir die Hälfte von ihnen aus, bevor sie auch nur Zeit haben, sich in Schlachtordnung aufzustellen.«

»Ich bin dafür, dass wir uns an die übliche Prozedur halten und die Befestigungen erneuern«, bemerkte einer der Männer.

Ein anderer brummte: »Man hat uns angewiesen, das Kastell wieder aufzubauen, und nicht, uns wie die Barbaren in den Bergen zu verstecken.« Er schaute zu den Beobachtern hinüber, in der Hoffnung auf Unterstützung, aber es kam keine. Einer der Männer deutete durch eine Geste an, dass es ihm völlig gleichgültig war, was die anderen entschieden.

»Ich denke, wir sind hier sicherer als in den Felsen da drüben«, sagte ein anderer unter zustimmendem Gemurmel.

»Das hier ist keine griechische Volksabstimmung«, konterte Vectis. »Ich sage hier, was getan wird.«

Alle begannen, auf einmal zu reden. Etliche Männer wandten ihm den Rücken zu und schüttelten missbilligend den Kopf. Vectis konnte zwar nicht genau verstehen, was sie sagten, begriff aber, dass sie der Meinung waren, dass sein Plan lächerlich sei und niemals aufgehen könne.

Vectis wusste zwar selbst nicht, ob sie mit seinem Plan eine Chance hatten, aber eines war ihm klar: Jeder Versuch eines Wiederaufbaus des Steinkastells würde unweigerlich scheitern. Außerdem war ihm klar, dass er ganz schnell seine Leute in den Griff bekommen musste. Noch bevor er denken konnte, hatte er schon eine Hand voll Steine auf die Gruppe geschleudert, die am nächsten stand.

Er schaute ihnen in die Augen, als sie verstummten. »Für die nächsten vier Tage bin ich euer Kommandeur, ob euch das passt oder nicht, und ihr werdet tun, was ich euch sage!«

Sie schauten einander unentschlossen an.

»Julian! Du fängst an diesem Ende an«, sagte er und deutete auf die Männer im Graben. »Nimm die Namen derer auf, die sich meinen Befehlen widersetzen!«

Julian kletterte über einen Haufen von Steinen, der einmal eine Mauer gewesen war, und baute sich vor dem ersten Mann auf. »Wie lautet dein Name?«, fragte er eiskalt. »Ich fürchte, Jupiter wird ein Wörtchen mit dir reden wollen.«

Der Mann wurde kreidebleich. »Ich bin bereit zu gehorchen«, beeilte sich der Mann zu versichern. »Ich hab nur noch nicht ganz verstanden, was ich tun soll.«

»Na schön!«, sagte Julian und wandte sich dem nächsten Rekruten zu. »Name?«

»Ich bin bereit«, sagte auch der zweite.

»Noch jemand?«, fragte Julian und schaute einem nach dem anderen in die Augen. Die ganze Gruppe begann zustimmend zu nicken.

Julian wandte sich Vectis zu. »Wie es aussieht, sind alle ganz begierig darauf, deinen Befehlen zu gehorchen, mein Präfekt.«

»Da! Da drüben!«, sagte Vectis und zeigte in Richtung eines Bachs, der zwischen den Felsen entsprang und das Tal durchquerte. »Das ist die Wasserstelle, die unserem Kastell am nächsten liegt. Hier werden sie ihr Lager aufschlagen.«

Vectis und Julian lagen auf einer überhängenden Felswand. Seit einer Stunde inspizierten sie den schmalen Durchgang und planten ihren Angriff.

»Wie willst du das wissen?«, fragte Julian. »Vielleicht schlagen sie ihr Lager ja auch in der Ebene auf.«

»Das glaube ich nicht. Dort zu ist es offen, zu nahe an unserem Kastell und einem nächtlichen Angriff schutzlos ausgeliefert. Mein Vater hat mir immer erklärt, ich müsse denken wie der Feind. Nun, heute besteht unser Feind aus Rekruten. Sie haben furchtbare Angst, einen Fehler zu begehen, und werden deshalb versuchen, alles ganz besonders gründlich zu machen. Im Tal hier haben sie Wasser, eine Felswand, die sie vor Angriffen von hinten schützt, und Holz für den Bau ihrer Belagerungsmaschinen.« Er schaute über das enge Tal, das in eine weite Ebene mündete. »Das ist das Einzige, über das sie sich Gedanken machen müssen. Sie müssen hier durch, um das Kastell zu stürmen.«

»Und wir werden auf sie warten.«

»Genau. Wir lassen vier oder fünf Leute im Lager, damit sich dort etwas bewegt. Ihre Kundschafter werden ihnen dann berichten, was sie sehen – ein befestigtes Römerlager. Warum sollten wir uns in den Felsen verstecken, wenn wir ein richtiges Kastell haben, in dem wir uns verteidigen können?«

Der Bau eines vorgetäuschten Kastells nahm mehr Zeit in Anspruch, als Vectis erwartet hatte. Gegen Ende des Tages aber war es fertig, und er war mehr denn je überzeugt davon, die richtige Entscheidung getroffen zu haben. Wenn es schon einen ganzen Tag dauerte, um dieses leicht gebaute Mauer- und Schanzwerk zu errichten, wäre jeder Versuch, eine funktionierende Verteidungsanlage zu errichten, von vornherein zum Scheitern verurteilt gewesen.

Vectis ließ den Blick über den ebenen Talboden gleiten bis zur Talmündung. Am späten Nachmittag würden feindliche Kundschafter das Kastell von derselben Stelle aus in Augenschein nehmen. Fast mit Sicherheit würden sie sich nicht in die Ebene selbst vorwagen, weil es dort ein Leichtes gewesen wäre, sie gefangen zu nehmen. Vectis betrachtete sein »Kastell«, das von hier aus echt genug wirkte. Soldaten standen Wache auf den Wällen, und dünne Rauchsäulen vermittelten den Eindruck, dass gerade Essen zubereitet wurde. Er hörte zwischendurch sogar Stimmen – ein unerlässlicher Bestandteil eines erfolgreichen Täuschungsmanövers – und den Schrei des Maulesels. Eigentlich hatte er gehofft, die Mauern etwas höher bauen und einen besseren Wehrgang für die Wachen errichten zu können, aber es würde wohl auch so gehen. Er sah noch ein paar andere Schwachstellen, tröstete sich aber damit, dass Kundschafter sie aus dieser Entfernung nicht als solche ihrem Vorgesetzten melden würden.

Vectis ging das Tal hinunter, bis zur schmalsten Stelle – einer Breite von fünfzig Fuß –, wo er zuschlagen wollte. Zu beiden Seiten des Durchgangs wurden gerade zwei Steinhaufen errichtet, und ein Stückchen weiter vorn – Richtung Kastell – waren zwei andere Haufen bereits fertig. Vectis sah sie sich kurz an. Perfekt, dachte er. Die Haufen verschmolzen beinahe übergangslos mit den steilen, felsigen Talwänden zu unsichtbaren Fallen für den Feind.

Er sah Julian zu, wie dieser seine Truppen organisierte und auf den Angriff vorbereitete. Um jedes Missverständnis auszuschließen, wiederholte Julian seine Befehle vor jedem einzelnen Trupp. »Denkt dran«, erklärte er, »dass sie ein Drittel ihrer Leute in ihrem Nachtlager zurücklassen werden. Der erste Felsrutsch wird dafür sorgen, dass diese Gruppe nicht in den Kampf eingreifen kann. Der zweite wird das untere Ende des Tals zuschütten, und dafür sorgen, dass ihr Heer die Ebene nicht erreicht. Es wird fürchterlich stauben. Schleudert fünf oder sechs Leuten Farbe auf die Brust und verschwindet dann. Zieht euch in die Felsen zurück und wartet, bis die Beobachter die Toten aussortiert haben. Mit ein bisschen Glück haben wir es dann nur noch mit einem überschaubaren Rest zu tun.«

»Und was ist mit denen im Nachtlager?«

Vectis trat vor. »Wir erzählen ihnen, es hätte einen Unfall gegeben«, sagte er. »Einen Felsrutsch. Wir sagen, wir bräuchten ihre Hilfe. Wenn sie dann herauskommen, gebe ich mit dem Horn ein Signal, und wir malen sie rot an.«

Einige der Männer begannen zu lächeln und ihre Zustimmung zu bekunden. Sie würden sich nicht nur verteidigen, sondern den Feind regelrecht vernichten.

»Und wenn sie uns nicht trauen?«, rief Lepcis. »Stellt euch vor, sie bitten einen der Beobachter zu bestätigen, dass die Übung vorüber ist. Was machen wir dann?«

Lepcis' Ton war nervös und weinerlich, aber Vectis war klar, dass andere dieselben Bedenken hegten. Er antwortete mit ruhiger Stimme: »Dann ziehen wir uns in die Ebene zurück und warten dort auf sie. Wenn sie erst einmal sehen, was wir mit ihren Kameraden gemacht haben, werden sie so schockiert sein, dass ich sehr bezweifle, dass sie uns in offener Feldschlacht besiegen können.«

»Sie kommen!«, riefen die Beobachtungsposten hoch oben auf den Felsen, von wo aus sie den Talgrund überblicken konnten.

Vectis beorderte alle seine Leute auf die ihnen zugewiesenen Posten. Sie hatten noch gut eine Stunde bis zur Ankunft der Kundschafter, aber die Männer brauchten noch Zeit, um sich in ihren jeweiligen Verstecken einrichten zu können. Es hatte wenig Sinn, unter extrem unbequemen Umständen zu nächtigen, denn absolute Stille war schließlich die unabdingbare Voraussetzung für ein Gelingen ihres Plans.

Keine halbe Stunde später kam ein einzelner Kundschafter in Sicht, der sich vorsichtig über den Grund des Tales bewegte, und eine weitere halbe Stunde später folgten ihm drei andere. Vectis war heilfroh, dass er seinen Truppen befohlen hatte, sofort nach Sichtung des Feindes in Deckung zu gehen; seine Beobachtungsposten hatten ganz offensichtlich den einzelnen Kundschafter übersehen und nur die drei anderen hinter ihm bemerkt. Der andere Führer der Rekruten war umsichtiger, als er erwartet hatte, und das verunsicherte ihn ein wenig bezüglich seines verzweifelten Plans.

An der Talmündung blieb der erste Kundschafter stehen. Er hatte das Kastell bemerkt und wollte nun offensichtlich warten, bis die drei anderen zu ihm aufschlossen. Die drei hatten keine große Eile. Sie gingen im selben gleichmäßigen Tempo weiter, als habe man sie angewiesen, sich nicht von den Beobachtungen des ersten abhängig zu machen. Vectis fiel auf, wie sorgfältig sie die Berge und felsigen Talhänge nach eventuellen Bewegungen absuchten. Sie würden nichts bemerken. Und die wenigen Männer, die auf Posten standen, beobachteten, vor Blicken geschützt, durch die Ritzen aufeinander geschichteter Felsbrocken den Feind.

Die Kundschafter musterten die Befestigungen volle fünf Minuten lang, bis plötzlich zwei von ihnen das Tal zurückliefen, während sie die anderen beiden als Beobachtungsposten am Talausgang zurückließen.

Der erste Test war bestanden, und Vectis seufzte erleichtert auf.

Zwei Stunden später rückte das Heer des Gegners an. Es führte zwischen zwanzig und dreißig Lasttiere mit sich, die vor Karren gespannt waren, auf denen sich die beweglichen Teile ihrer Belagerungsmaschinen befanden. Die Bäume am Bachlauf würden ihnen die schweren Stämme liefern, die sie für den Bau von Rampen und Sturmböcken benötigten.

Wie Vectis vermutet hatte, schlugen die Truppen unweit des Baches ihr Lager auf. Ein Kontingent hob einen Graben aus, ein weiteres errichtete einen Schanzpfahlzaun, und ein drittes baute das Lager selbst. Ihr Anführer – ein großer Mann mit schmalem Kopf – durchmaß zusammen mit drei anderen das Tal bis zum Ausgang, um das Kastell mit eigenen Augen zu begutachten. An der engsten Stelle warfen die Männer hin und wieder einen Blick nach oben, aber da die Schatten immer länger wurden und der Wind reichlich Sand aufwirbelte, konnten sie nichts Verdächtiges erkennen.

Bei Einbruch der Dunkelheit bereitete sich Vectis auf die Kälte vor. Mit seiner Schaufel kratzte er im Sand eine flache Grube von der Länge seines Körpers aus. Dann wickelte er sich seine dünne Decke um die Beine, häufte Sand darauf und bedeckte sich anschließend mit seinem Schild. Er dachte über den vergangenen Tag nach. Bislang war alles nach Plan verlaufen; die Kundschafter hielten das Kastell für voll besetzt, und der Feind hatte sein Nachtlager genau an der Stelle aufgeschlagen, wo er es erhofft hatte. Der entscheidende Tag aber lag noch vor ihnen.

Genau bei Sonnenaufgang standen die gegnerischen Soldaten auf, frühstückten und verließen ihr Lager. Ein Drittel der Männer blieb zum Schutz des Feldlagers zurück, während die übrigen damit begannen, ihre Belagerungsmaschinen zusammenzusetzen und die erforderlichen Bäume zu fällen. Etwa um die Mitte des Vormittags hatten sie ihre Arbeit vollendet und damit angefangen, einen zur Hälfte montierten Rammbock sowie ein Dutzend flache hölzerne Quadrate abzutransportieren, die, wie Vectis wusste, in der Ebene zu einem Belagerungsturm zusammengesetzt werden sollten.

Sie schoben und zogen ihre Maschinen langsam durch das Tal zu seiner engsten Stelle, wo die ersten Steinhaufen auf sie warteten. Vectis wurde immer aufgeregter, während er zusah, wie die Soldaten ihre Maulesel immer näher an die Falle trieben. Er entspannte seine Hände, als er plötzlich merkte, dass sie sich zu Fäusten geballt hatten.

Das gegnerische Heer stand nun unmittelbar gegenüber den Steinhaufen. Noch hundert Fuß weiter, und Vectis konnte das Signal für den Felsrutsch geben, der sie von ihrem eigenen Feldlager abschneiden sollte. Kommt schon, sagte er zu sich selbst.

Plötzlich aber hob der gegnerische Befehlshaber die Hand, und die Soldaten blieben stehen. Verblüfft schaute Vectis durch die Ritzen seines schützenden Steinschilds zu ihnen hinunter. Was war los? Sofort schaute er zu seinen Männern am Hang. Sie waren alle gut gedeckt, und viele starrten nun mit fragenden Gesichtern in seine Richtung. Vectis unternahm erst einmal gar nichts in der Hoffnung, dass sie auf ihren Posten blieben und Ruhe bewahrten. Unten im Tal untersuchte ein halbes Dutzend Männer gerade ein Rad des Rammbocks. Einige begannen, die Maschine abzubauen, indem sie die oberen Balken abnahmen. Andere bockten das beschädigte Rad auf, zogen es ab und rollten es zur Seite. Eine Gruppe von Zimmerleuten machte sich mit Hammern und Sägen an die Arbeit.

Fünf Minuten vergingen.

Fünfzehn Minuten.

Das Warten schien den gegnerischen Heerführer zu entnerven. Er ging bei den Zimmerleuten auf und ab und ließ dabei immer wieder einmal den Blick über die Felsvorsprünge schweifen, zwischen denen seine Soldaten eingeschlossen waren. Die Sonne brannte bereits so stark auf den Talhang herab, dass die ihr zugewandten Seiten der Steine unerträglich heiß wurden. Vectis wischte sich über die Stirn, während er durch die vor ihm aufgehäuften Felsbrocken spähte. Stechmücken schwirrten um ihn herum, griffen sein Gesicht an und setzten sich auf seinem schweißnassen Nacken nieder. Der Heerführer unter ihm blieb abrupt stehen. Sei es aus echter Sorge um seine Sicherheit oder auch nur, um seine Rekruten ständig zu beschäftigen, befahl er einigen von ihnen, die Abhänge hochzuklettern und Felsspalten, Gestrüpp und Büsche entlang der Talwände zu inspizieren. Murrend tauchten sie die stumpfen Enden ihrer Holzschwerter in ihre Farbbehälter und begannen mit dem Aufstieg.

Vectis stöhnte innerlich auf. Ein Rad bricht, und jetzt sucht der Feind die Felsen ab. Früher oder später mussten sie über einen seiner Leute stolpern, denn die waren überall. Schon sah Vectis, wie einige sich verrenkten, um mit einem Minimum an Bewegung ihre Schwerter in die Farbe zu tauchen. Wenn der Kampf jetzt begann, dachte er, hatten seine Truppen keine Chance. Der Feind war zahlenmäßig überlegen. Überraschung war ihre einzige Chance.

Endlich waren die Zimmerleute mit ihrer Arbeit fertig, und nun rollten sie das Rad zurück zur aufgebockten Achse. Innerhalb weniger Sekunden hatten sie es wieder montiert, gesichert und heruntergelassen. Mittlerweile kamen die gegnerischen Soldaten den an den Hängen versteckten Männern immer näher. Einer wird bestimmt in Panik ausbrechen, dachte Vectis; ein schwaches Glied ist immer dabei. Er schaute auf den Rammbock hinunter. Die oberen Balken wurden wieder aufgelegt, aber zu langsam. Die gegnerischen Soldaten waren nur noch wenige Schritte von seinen Leuten entfernt.

Auf dem Talhang gegenüber schrie einer der Soldaten auf. Alle Blicke richteten sich auf ihn, als er auf einer steilen Böschung voll lockerem Gestein das Gleichgewicht verlor und zwanzig Fuß über den Hang kugelte. Stöhnend blieb er liegen und hielt sich seinen ausgerenkten Arm.

Sein Heerführer runzelte angewidert die Stirn. Dann bedeutete er den Soldaten des Suchtrupps, wieder abzusteigen, während der Verletzte selbst zusehen musste, wie er wieder herunterkam.

Kurz darauf bewegte sich der Zug weiter. Die Maulesel schrien unter der Peitsche, Männer stöhnten und fluchten. Vectis beobachtete sie mit neuer Hoffnung. Dann geschah es. Einer seiner Männer, der sich umdrehte, um die Prozession zu verfolgen, blieb mit dem Ellbogen am Rand seiner steinernen Deckung hängen. Steine lösten sich und rollten den Hang hinunter. Es waren nur wenige, die unter normalen Umständen kaum einer beachtet hätte, aber an diesem Tag genügten sie, um wachsame Soldaten an den Flanken der gegnerischen Truppen aufhorchen zu lassen. Sie gaben ihrem Kommandeur ein Zeichen, und dieser ließ den Zug erneut anhalten.

Er suchte jede Vertiefung und jeden Felsbrocken im Tal ab und hielt dann plötzlich inne. Obwohl die grelle Vormittagssonne, die von den Felsen reflektiert wurde, es fast unmöglich machte, die vor ihnen aufgehäuften Steine von den natürlich verstreuten zu unterscheiden, merkte Vectis, dass er genau auf ihre Falle starrte.

Vectis lief der Schweiß übers Gesicht. Die Soldaten mussten noch gut fünfzig Fuß weiterziehen, bevor er den Felsrutsch auslösen konnte. Ihr Heerführer hielt sich die Hand über die Augen und versuchte zu sehen, was sich weigerte, gesehen zu werden. Langsam drehte er den Kopf zur sonnigen Seite des Tals, schreckte plötzlich auf, drehte sich schlagartig wieder zur beschatteten Seite um und dann wieder zu der Stelle, an der Vectis lag.

Er wusste es.

Vectis spürte, wie ihm der Atem stockte. Was sollte er nur tun? Ein Trompetenstoß hallte in der Schlucht wider. Die gegnerischen Soldaten ließen ihre Seile fallen und eilten zu ihrem Kommandeur. Innerhalb weniger Sekunden hatten sie ihre Schilde von den Stapeln um die Maschinen geholt und ein hohles Quadrat mit sechs Mann pro Seite und dem Befehlshaber in ihrer Mitte gebildet. Reglos standen sie da, abgesehen von den wenigen, die erst noch ihre Schwerter in Farbe tauchen mussten.

Vectis wurde ganz flau im Magen. Die Soldaten im Tal starrten kampfbereit zu ihnen hinauf. Warum lässt er seine Männer nicht weiterziehen?, fragte sich Vectis. Er hat die Steinhaufen gesehen.

»Ich weiß, dass ihr da droben seid. Ich bin doch nicht blind. Einige von euch wollten wohl zu gern sehen, was hier unten vor sich geht; ich sehe, wie sich die Sonne auf euren Rüstungen spiegelt.«

»Ich hab's doch gewusst!«, schrie Lepcis von irgendwo weiter unten. »Ich hab doch gleich gewusst, dass das nicht funktioniert!«

Der Heerführer fuhr fort: »Wie ich die Lage sehe, habt ihr nur zwei Möglichkeiten: Ihr könnt euch entweder ergeben oder kämpfen.« Seine Augen suchten die Talhänge ab, während er mit triumphierender Miene zu seinen Gegnern sprach. »Ich fände es besser, wenn ihr kämpfen würdet. Dann würde man allenfalls eure Intelligenz in Frage stellen, weil ihr euch da oben versteckt habt, aber wenigstens nicht euren Mut.«

Vectis wusste, dass er in der Falle saß. Wütend und enttäuscht sah er die Belustigung in den Gesichtern der Soldaten unter ihm. In einem richtigen Krieg, dachte er, würde ich diesen Heerführer auf der Stelle auslöschen. Der Dummkopf hatte die Steinhaufen noch nicht einmal entdeckt. Ich bräuchte nur das Signal zu geben, und der Felsrutsch würde sie unter sich begraben.

»Also«, intonierte der schmalköpfige Heerführer, »wofür entscheidet ihr euch – wollt ihr das Spiel noch ein Weilchen fortsetzen oder lieber gleich zurück zu den Bädern von Lambaesis?«

Der Name gab Vectis einen Ruck. Lambaesis! Demütigung und Spott! Und das alles nur seinetwegen. Ich ergebe mich nicht, schwor er sich, als er hinter seiner Deckung hervortrat.

»Ich gebe euch zwei Möglichkeiten zur Wahl«, schrie er zum gegnerischen Heerführer hinunter. »Ihr könnt euch ergeben oder sterben.«

Schweigen.

Der Heerführer lächelte erneut, bevor er in herablassendem Ton zu sprechen begann, als hätte er es mit einem Schwachsinnigen zu tun.

Vectis gab seinen Männern am Talausgang ein Signal, und

schon begannen diese zu beiden Seiten mit hölzernen Hebeln die Steinhaufen zu bearbeiten. Die Felsbrocken lösten sich, und kurz darauf stürzten tausende von Tonnen Gestein unter gewaltigem Getöse ins Tal hinunter. Staub wirbelte auf, ballte sich zu Wolken und verdeckte die Sicht auf das untere Ende des Tales.

Vectis deutete auf die Steinhaufen in seiner Nähe sowie ihm gegenüber auf die im Schatten liegende Seite des Tales. »Ihr werft jetzt eure Schwerter an die Seite und legt euch mit dem Gesicht nach unten auf den Boden. Wenn ihr euch weigert, werdet ihr alle sterben.«

Das Gesicht des Befehlshabers wurde aschfahl, als er die Steinhaufen sah. »Das ... das könnt ihr doch nicht machen«, stotterte er. »Das ist doch nur eine Übung.«

»Wir sind im Krieg«, rief Vectis zurück. »Werft jetzt eure Schwerter weg!«

»Nein!«, schrie der Heerführer zurück. »Ich glaube dir nicht! Du kannst doch nicht einfach –«

Vectis rief über das Tal zu Julian hinüber, der die im Schatten liegende Seite des Tals befehligte. Aus den Augenwinkeln registrierte Vectis, wie die Beobachter sich eilig aus der Gefahrenzone verzogen. Julian lockerte mit einer Stange einen drei Fuß dicken Felsbrocken, der auf die gegnerischen Soldaten zurollte und dabei immer mehr an Tempo gewann. Die geschlossene Formation am Talboden löste sich blitzartig auf, als die Soldaten davonrannten, um dem herabstürzenden Stein auszuweichen. Kurz bevor er unten aufkam, sprang er noch über eine Felskante und krachte dann in die hinteren Stützbalken des Rammbocks.

»Mit dem Gesicht nach unten auf den Boden, oder die beiden Haufen kommen nach.«

»Du musst verrückt sein!«

»Auf den Boden!«

»Also gut«, kapitulierte der gegnerische Heerführer, warf sein Schwert zur Seite und gab seinen Soldaten das Zeichen, sich hinzulegen. »Aber das ist gegen die Regeln! Ihr werdet ja sehen, was passiert, wenn wir nach Lambaesis zurückkommen!«

Dann legte er sich mit dem Gesicht nach unten in den Sand.

Das Lager von Lambaesis war so Furcht erregend wie immer. Das Praetorium mit seinen massiven Steinbögen strahlte nicht nur Macht aus, sondern – so kam es Vectis jedenfalls vor – auch eine gewisse Unduldsamkeit gegenüber unüberlegtem Verhalten. Er war schon vor zwei Tagen zurückgekommen und hatte seither hundertmal die Übung in der Wüste in Gedanken nachvollzogen. Würde er die Steinlawine ausgelöst haben? Er wusste es nicht. Im Ausbildungslager hatte er Jupiter noch wegen seiner brutalen Methoden verurteilt, und jetzt sollten seine eigenen brutalen Entscheidungen Gegenstand einer Untersuchung durch die Offiziere von Lambaesis werden.

Er wartete im Innenhof, wie er es Monate zuvor schon einmal getan hatte, doch nun hallte der Platz vom Treiben von Kaufleuten und Händlern wider, die hier ihre Waren feilboten. Obwohl Menschenmassen sich hin und her bewegten wie eine aufgewühlte See, kam Vectis sich unendlich einsam vor.

Im Stabsgebäude öffnete sich eine Tür – dieselbe Tür, durch die er an jenem regnerischen Nachmittag eingetreten war. Er ging durch die Vorhalle mit ihrem Nymphenfresko, einen Gang hinunter und in den Raum, in dem der Legat und drei weitere Offiziere auf ihn warteten. In der Ecke saß Jupiter.

Der Legat wies ihn mit einer Geste an, auf einem der Sofas, die um die Mitte des Raums gruppiert waren, Platz zu nehmen. »Also, Vectis Trebellius Quadratus«, begann er steif mit Blick auf die Schiefertafel in seiner Hand, »wir haben uns hier über deine jüngsten, zweifellos etwas ungewöhnlichen Erfahrungen in der Wüste unterhalten. Bei uns ist nämlich eine schriftliche Beschwerde vom anderen Befehlshaber eingegangen, der der Ansicht ist, du wärst weit über den Zweck der Übung hinausgeschossen, indem du das Leben römischer Soldaten in Gefahr gebracht hättest. Wir haben mit den Beobachtern gesprochen und auch mit deinem Centurio. Wir stimmen mit ihm darin überein, dass du keineswegs für dein Handeln verdammt werden solltest, sondern vielmehr für deine Findigkeit in einer hoffnungslosen Lage höchste Anerkennung verdienst. Folgerichtig sprechen wir dir hiermit ein ausdrückliches Lob aus, das auch in dein Dienstzeugnis Eingang finden wird. Hast du noch Fragen?«

Vectis schüttelte den Kopf.

»Gut. Dann möchtest du jetzt sicher mit deinem Centurio sprechen.« Damit erhoben sich die Offiziere, nickten Jupiter zu und verließen den Raum.

Vectis wandte sich Jupiter zu, blickte auf die Auszeichnungen, die über seinem Brustpanzer hingen.

»Wer auf den Gedanken kommt, von Talhängen aus einen Hinterhalt zu legen«, sagte Jupiter kalt, »sollte besser in Karthago Obst verkaufen. Er hat es nicht verdient, Männer im römischen Heer zu befehligen.«

Vectis hielt die Augen auf die Auszeichnungen geheftet.

»Mit einem Hinterhalt lassen sich Kinder und Hunde in die Irre führen«, fuhr Jupiter fort, »aber keine erfahrenen Soldaten.« Er legte eine kurze Pause ein. »Was hast du zu deiner Verteidigung zu sagen?«

Vectis schluckte. »Ich habe nicht gegen erfahrene Soldaten gekämpft. Meine Gegner waren Rekruten.«

»Rekruten? Selbst Rekruten hätten davon ausgehen müssen, dass ihr in den Bergen sein würdet.«

»Ich habe im Hinblick auf meinen Feind gehandelt. Das Kastell wäre nicht zu halten gewesen.«

»Und wenn der Feind die Berge durchkämmt hätte, statt wie die Schafe durch die Schlucht zu laufen?«

»Diese Berge zogen sich über viele Meilen hin. Sie konnten unmöglich alles durchkämmen, weil die Übung in einer Woche vorbei sein sollte … und ich bin davon ausgegangen, dass sie es bald müde sein würden, beim Vorrücken alle verdächtig wirkenden Berge genauer zu untersuchen.«

»Und wenn euer Feind Kundschafter ausgeschickt hätte, um euer vorgetäuschtes Kastell von allen Seiten zu inspizieren?«

»Ich ging davon aus, dass dies nicht der Fall sein würde.«

»Wenn sie es aber doch getan hätten?«

»Ich weiß nicht, was dann geschehen wäre.«

»Und wenn sie den langen Weg um das Tal herum genommen und sich dem Kastell von der Rückseite aus genähert hätten?«

»Daran habe ich gar nicht gedacht ... Ich bin wohl davon ausgegangen, dass dies zu viel Zeit in Anspruch nehmen würde.«

Jupiter brummte. »Fantasie hast du jedenfalls, und das ist schon mal etwas wert. Und die Felsrutsche zeigen, dass es dir auch nicht an Mut fehlt. Aber die Methoden der Barbaren gehen selten auf. Römische Beharrlichkeit – darauf kommt es an.« Er lehnte sich an die Wand. »Ich kann das beurteilen, denn die römischen Methoden und ein äußerst intelligenter Führer haben dafür gesorgt, dass man mir Ketten um den Hals legen konnte. Vergiss nie, dass Rom die Welt nicht durch Zufall regiert.« Er stand auf. »Vertraue auf deine Instinkte, aber vergiss nie deine Ausbildung.«

Mit diesen Worten ging er hinaus, und Vectis blieb mitten im Raum allein zurück.

12

Zehn Jahre später

Kurz vor Morgengrauen hievten sie den Käfig über das Feuer. Der nackte Mann in seinem Innern schrie und wand sich, dass der Käfig wie wild hin und her schwankte. Sein langes Haar war verfilzt vom Schweiß, sein Körper voller Schmutz. Feuerzungen loderten zu seinen Füßen hoch, verfehlten sie und nahmen einen neuen Anlauf. Die Druiden umkreisten das Feuer unter Lobpreisungen für Tutorix, den Herrn des Blutopfers.

Taranis und Eston standen stumm mit einem Dutzend anderer Heerführer der keltischen Truppen vor einer Wand aus Eichen, die die innere Grenze des Heiligtums im Wald bildete. Letzte Schneereste auf dem Boden erinnerten noch an den vergangenen harten Winter. Eine einzelne Flöte drang durch die

Nachtluft, und der Gesang der Druiden wurde immer lauter und immer erregter. Ein Schwarm von Raben erhob sich in den Himmel. Taranis wunderte sich, warum die hysterischen Schreie des Mannes nicht schon viel früher die Vögel aufgeschreckt hatten. Er tippte auf einen Trick der Druiden. Weitere Flöten stimmten ein, und Sopranstimmen schwebten durch die Bäume und vermischten sich mit den Schreien des Mannes im Käfig. Taranis schaute zu ihm hoch. Armer Hund. Sicher, ein Verbrecher – wahrscheinlich hatte er ein Stück Brot gestohlen und war dafür den Druiden überantwortet worden. Auf seinen Füßen bildeten sich vermutlich schon die ersten Brandblasen, obwohl es noch einige Zeit dauern würde, bis sie ihn ins Feuer absenkten.

»Das ist ein Ort des Bösen«, sagte Taranis.

»Sag so was nicht«, flüsterte Eston. »Wer weiß schon, welche Götter dir zuhören?«

»Gegen die Götter habe ich kein Wort gesagt.«

Eston wandte sich den Druiden zu. »Sag nichts mehr, ich flehe dich an, bis die Opferung zu Ende ist. Ich spüre schon, wie die Geister mich tadeln.«

Taranis hatte Verständnis für Estons Furcht vor den Göttern, denn auch er erschauderte in ihrer Gegenwart. Es waren die Druiden, die Diener der Geister, die ihn ärgerten. Er machte sich schon lange seine Gedanken über die Magier mit ihren Kapuzen und ihren Bemühungen, die Stammesangehörigen – und insbesondere Führer wie ihn – unter ihre Kontrolle zu bringen. Sie umgaben sich gern mit der Aura des Geheimnisvollen, und selbst nach zehn Jahren des Krieges hatte er noch nie ihre Gesichter gesehen. Nur in den spannungsgeladenen Momenten vor einer Schlacht konnte er mitunter einen Blick auf eine Priesterin werfen, wenn diese ihre Kapuze herunterzog und den Göttern ihren Kopf darbot. Doch auch dies kam selten vor und trug nur dazu bei, die Druiden noch mysteriöser erscheinen zu lassen. Der Hohepriester Divicos war der Einzige unter ihnen, der sein Gesicht zeigte und seinen kantigen Schädel, in den die Augen im Lauf der Jahre immer tiefer eingesunken waren.

Nun wiegten sich die Druiden, bewegten sich im Rhythmus ihres Gesangs. Einige hatten die Hände vor dem Körper gefaltet, während andere sie nach oben streckten, als wollten sie die Nahrung der Geister in Empfang nehmen. Hin und wieder fing sich eine leichte Brise in einer Kapuze, und Eston sah ihre Augen im Feuerschein funkeln. Die meiste Zeit aber blieben ihre Gesichter verborgen, finster und rätselhaft.

Wer konnte den Druiden ihre heilige Macht absprechen? Sie kannten die Geheimnisse der Natur, kannten die Namen der Geister, die über Wind und Regen herrschten, und verkehrten hier in den Wäldern sogar mit den alten Gottheiten. Sie waren in der Lage, den Zorn strenger Götter wie Tutorix und Esus zu beschwichtigen und Kriegern vor einer Schlacht Kraft zu verleihen. All das wusste und respektierte Taranis. Aber sie schienen sich nie mit ihrer Rolle als Priester zufrieden zu geben. Immer strebten sie nach noch mehr Einfluss und wollten, dass sich die Stammesführer ihrer Autorität unterwarfen. Nach dem Tod von Bronix und den anderen alten Führern riss Divicos immer mehr die Macht an sich.

Taranis stieß Eston an, der zu dem Mann im Käfig mit seinem schmerzverzerrten Gesicht hochstarrte. »Ich sage nichts gegen die Götter«, wiederholte er.

»Und wenn irgendein Geist den Druiden verrät, was du gesagt hast? Wir brauchen die Priester. Die Krieger kämpfen nicht ohne ihre Macht.«

Taranis sprach in gemessenem Ton. »Wir werden den Segen der Druiden bekommen. Mach dir darüber mal keine Sorgen. Aber vergiss nie, das wir die Führer der Kaledonier sind. Die Druiden haben uns zu dienen, nicht andersherum.«

Eston schnitt eine Grimasse. »Mein Herz hämmert vor Verlangen, anderswo zu sein.«

»Genau das ist Divicos' Strategie. Er will die Macht. Die Ereignisse überschlagen sich, und das gefällt ihm nicht. Als er uns seinen Segen zu den Angriffen auf den Wall gab, erwartete er nicht, dass wir so erfolgreich sein würden.«

»Meinst du, er weiß vom Treffen am Fluss Carrac?«

Taranis dachte einen Augenblick nach. »Jeder einzelne Truppenführer, der am Fluss Carrac dabei war, ist heute hier. Das kann kein Zufall sein. Er muss von der Versammlung ebenso erfahren haben wie von unseren Plänen für einen Großangriff auf den Wall.«

»Was wird Divicos unternehmen?«

»Er wird versuchen, seinen Machtanspruch durchzusetzen«, sagte Taranis.

Sie wandten sich wieder dem Mann im Käfig zu.

In der Dunkelheit der Waldung warteten die Heerführer am Rand der Lichtung, den Rücken den Bäumen zugewandt. Für Nichteingeweihte war das Fest des Tutorix eine grausige Angelegenheit. Anderswo, in der wirklichen Welt, erlaubten sich die Krieger oft Scherze über die Druiden und ihre blutrünstigen Zeremonien. Hier im heiligen Hain jedoch traten sie nervös von einem Fuß auf den anderen und fingerten gelegentlich an ihren Schwertern herum, als könnte sie das vor den überall lauernden Geistern beschützen.

Wie die anderen fürchtete auch Taranis die bösen Kräfte der Götter. Er brauchte die Priester zu seinem Schutz, traute aber weder ihnen noch ihren geheimen Künsten. Niemand wusste, was sie wirklich wollten, noch wie weit sie mit dem Einsatz ihrer geheimnisvollen Kräfte zu gehen bereit waren. Man hatte ihm verboten, mit anderen Druiden als Divicos – oder, in dessen Abwesenheit, mir einem Priester namens Cathbad – zu sprechen. Einmal hatte er ein Streitgespräch zwischen Cathbad und Divicos mit angehört und dabei zum ersten Mal überhaupt mitbekommen, dass es auch innerhalb der Druiden Machtkämpfe gab. Früher hatte er immer geglaubt, sie würden sich in völliger Harmonie untereinander für einen gemeinsamen Zweck einsetzen. Doch jetzt wusste er es besser, und er wusste auch, dass er vorsichtig sein musste. Mochten die Druiden auch fehlerhaft sein – auf die Götter hoffte er nach wie vor. Angespannt erwartete er die Ankunft des Tutorix.

Plötzlich nahm der Wind zu, und die Baumwipfel wirbelten wild durcheinander. Taranis spürte eine kalte Brise im Gesicht und sah, wie das Feuer spritzte, als würde es erstickt. Plötzlich flammte es orange und dann leuchtend rot auf. Das waren die Zaubertricks der Druiden, wie manche meinten, aber es sah doch alles sehr real aus.

Der Rhythmus des Gesangs wurde schneller, als die Priester sich vom Feuer wegbewegten. Alle Augen wandten sich zum anderen Ende des Hains und zur geschlossenen Tür des heiligen Tempels. Das riesige hölzerne Tor war mit Schnitzereien von Vögeln und Blattwerk verziert und mit Fischen in leuchtenden Farben bemalt, und in seinen vier Ecken reflektierten mit auf Hochglanz poliertem Silber überzogene Spiralmuster den Schein des Feuers. Am eindrucksvollsten aber waren die gewaltigen steinernen Säulen an der Türlaibung, in die Schädel eingelassen waren – die von Feinden auf der linken, die von Ritualopfern auf der rechten Seite und über allen anderen, auf dem Türsturz, die von bedeutenden Führern. Auch Bronix' Haupt war hier angeschlagen, ganz oben in der Mitte, für immer als größter Krieger aller Zeiten verehrt. Niemand, der den Tempeleingang sah, konnte an der Macht des heiligen Hains zweifeln.

Die Tür öffnete sich, und der Gesang setzte aus. Im Eingang stand, die Kapuze tief ins Gesicht gezogen, den Schwarzdornstab in der rechten Hand, der vom Alter gebeugte Divicos. Mühsam schleppte er sich zum Feuer. Der Mann im Käfig verstummte und versuchte sich an einer Art Verbeugung, indem er das Gesicht an die Knie drückte.

»Divicos, der Unsterbliche!«, rief er. »Gnadenreicher Hohepriester! Freund der Götter, vergib mir.«

Der Käfig schwankte, als der Mann am Gitter entlangkroch, an seinen Verbrennungen kratzte und die hölzernen Stäbe umklammerte. Sein Blick schnellte vom Hohepriester zu den Druiden, zum Feuer unter ihm und wieder zurück zum Hohepriester.

»Begünstigter des Ehrfurcht Gebietenden, ich flehe euch an –«

»Ja«, unterbrach ihn Divicos mit brüchiger Stimme, »bald schon wirst du dem Ehrfucht Gebietenden begegnen.« Sein

Blick schweifte über die Baumkronen. »Ja … ja«, fuhr er flüsternd wie in Trance fort:

Finstrer Gott, rastlos bist du?
Ich spüre die sanften Wellen deines Stöhnens,
Des hungrigen Raben zwischen menschlichen Leichnamen.

Finstrer Gott, kannst du mich hören?
Ich beweine die üppigen Ebenen Euphorias,
Die im Staub verwehenden vertrockneten Blüten.

Finstrer Gott, durstig bist du?
Schmeckst du sie schon, die dicke Milch des Erntedanks,
Die verzerrte Fratze des ungläubigen Menschenpacks?

Divicos blickte auf zu dem Mann im Käfig, dessen Kleider im Schein des Feuers in einem blassen Orange leuchteten. »Tutorix steht vor der Tür«, hauchte er, »und wartet auf dich. Ich spüre schon seine Gegenwart.«

»Oh, bitte! Gnadenreicher Verteidiger der Armen«, schluchzte der Mann, »ich will dir dienen für alle Zeiten –«

»Ja, ja, das glaube ich dir wohl«, sinnierte Divicos. Dann wandte er dem Mann den Rücken zu, senkte den Kopf und sang still vor sich hin. Der Mann gab nur noch Gewimmer von sich.

Wenige Augenblicke später gab Divicos den Druiden ein Zeichen, woraufhin diese einen langen Pfahl ausgruben, der von der Erde noch ganz feucht war. Feierlich trugen sie ihn zum Feuer, wo sie ihn über den brennenden Scheiten hin und her rollten, um sie einzuebnen. Bei jeder Bewegung des Pfahls schossen Funken und Flammen hoch und versengten die Beine des Mannes. Er schrie wie am Spieß. Andere Druiden holten noch mehr Pfähle aus dem Boden, legten sie über Kreuz auf das Feuer und schufen auf diese Weise eine Art Rost, auf den später der Käfig heruntergelassen werden konnte.

Das Opfer sprang wie eine Ratte von einer Seite des Käfigs auf die andere, und das Haar fiel ihm über das Gesicht. Er heftete seine Augen, in denen sich sein Entsetzen spiegelte, auf die Krieger, die er erst jetzt wahrnahm, weil sie zum Teil in den Schatten verborgen waren. »Bitte! Oh, bitte!«, schrie er und wischte sich die Haarsträhnen aus dem Gesicht. »Ihr seid nicht wie sie!« Er kroch auf den Knien herum, um seine mit Brandblasen übersäten Fußsohlen zu schützen. »Ich habe für Kaledonien gekämpft. Ich habe den Wall erklommen und bin von einem römischen Schwert verwundet worden. Seht her!« Er zeigte auf eine Wunde auf seiner Seite. »Helft mir, bitte! Ich habe den Schlachter nur geschlagen, weil er mir verdorbenes Fleisch verkauft hat. Ich wollte ihm nichts zuleide tun. Bitte glaubt mir. Es war ein Unfall. Ich werde das wieder gutmachen … ich tue alles, was ihr sagt … hört mir bitte zu … ich bin ein guter Krieger. Letztes Jahr habe ich unter Kommandeur Innel gekämpft, als er bei Cleddans im Westen getötet wurde. Und mit Taranis unter seinem roten Banner bei Kinneil.«

Taranis fühlte sich nicht wohl dabei, hier seinen Namen zu hören. Die anderen Heerführer starrten weiter ins Feuer, denn sie hatten schon häufiger ähnliche Verteidigungsreden gehört.

Aber es sollte noch schlimmer kommen.

»Wartet!«, kreischte er, streckte den Arm durch die Gitterstäbe und deutete auf Taranis. »Du bist doch Taranis, der Truppenführer! Ich habe für dich gekämpft. Bitte hilf mir doch! Du kannst mich retten – du bist ein Gott! Ich weiß das!«

»Wie oft müssen wir das eigentlich ertragen?«, fragte Eston leise.

»Wir müssen noch froh sein, dass sie keine wilden Tiere zu ihm in den Käfig stecken, die ihn in Stücke reißen, während er brennt.«

»Endlich!«, sagte Eston, als die Druiden begannen, den Käfig abzusenken.

»Nein! Neiiiin!«, schrie der Mann, als er dem Feuer näher kam. Der Ekel erregende Geruch angesengten Menschenfleischs durchströmte den Hain.

Divicos hob seinen Gehstock und schrie: »Tutorix steht vor der Tür!«

»Möge ihm Genüge getan werden«, intonierten die Krieger und Priester gemeinsam.

»Der Zorn des Tutorix fällt auf die Ungehorsamen«, schrie Divicos.

»Mögen unsere Feinde in Schmerzen brennen«, ertönten die Stimmen im Chor.

Divicos nickte den drei Priestern zu, die den Käfig absenkten. Er war jetzt nur noch fünf Fuß von der Glut entfernt, und die Flammen züngelten zwischen den Pfählen hindurch. Die Druiden ließen erst die linke und dann die rechte Hand los, und der Käfig krachte auf die Pfähle herunter. Er neigte sich leicht zur Seite und blieb dann stehen.

Wie Fliegen um den Honig schwärmten die Druiden um den kreischenden Mann. Sie studierten jede seiner Bewegungen und jeden Schrei. Taranis hörte an Divicos' kratziger Stimme, wie sehr ihm das, was er sah, gefiel. Tutorix war hocherfreut. Der große Gott des Blutzolls sprach durch die Krümmungen des Opfers zu Divicos und sagte ihm, was er wissen musste.

Eine lange Minute drangen die Schreie des Mannes durch die Nachtluft. Dann brach er stöhnend zusammen. Die Druiden zogen den Käfig vom Feuer, übergossen das Opfer mit Wasser und beobachteten aus nächster Nähe seine zuckenden Bewegungen. Mit angespitzten Weidenruten stießen sie in den angekohlten Körper, und immer, wenn sie damit eine Reaktion hervorriefen, antworteten sie mit aufgeregtem Geschnatter. Dann hievten sie den Käfig erneut aufs Feuer und legten trockene Zweige und Stöcke nach. Die Flammen loderten hoch in die Luft und trafen sich mit der aufgehenden Sonne, während die Druiden dazu tanzten und sangen.

Divicos saß mit gebeugtem Rücken in der Mitte des Tempels – eines schmalen, finsteren Raums mit einer hohen Decke. In der Ecke verbrannte Kiefernharz in Schalen, und der dichte schwarze Rauch schien die Flammen ersticken zu wollen. Taranis hustete einen Mund voll Ruß aus. An beiden Wänden lief eine Reihe von Schädeln entlang, vom Eingang bis und zu dem zentralen

Heiligtum an der hinteren Tempelwand. Das Heiligtum selbst stand auf einer erhöhten steinernen Platte, die breit genug war, dass man auf ihr Opfergaben an die Götter darbringen konnte. Auf dem Tisch kauerte ein scheußliches Ungeheuer von sechs Fuß Höhe und drei Fuß Breite. Schuppen bedeckten seine Arme und seinen Körper, und in seinen krallenbewehrten Klauen hielt es zwei lebensechte Köpfe, deren Augen geschlossen waren. Aus dem weit aufgerissenen Maul der Bestie hing ein menschlicher Arm.

Nachdem die Truppenführer sich in den Tempel gezwängt hatten, wandte sich Divicos dem Ungeheuer zu, um mit seinem Geist in Kontakt zu treten. Vornübergebeugt schien er vollständig mit dem Heiligtum und der umgebenden Dunkelheit zu verschmelzen. Sein Gesicht war von seiner Kapuze verdeckt, und seine Hände umklammerten den knorrigen Gehstock. Und obwohl die Sonne schon vor Stunden aufgegangen war, existierte im Tempel der Druiden eine ganz andere Realität. Der Tempel war feucht und kalt und von der Macht der Toten durchdrungen.

»Der Frühjahrstribut ist dieses Jahr recht gering ausgefallen«, sagte der Druide mit heiserer Stimme, ohne sich auch nur umzudrehen. »Selbst nachdem meine Priester noch ein wenig zugeschossen haben, ist er immer noch klein. Danken wir den Göttern für ihre unaussprechliche Gnade.« Dann begann er, still für sich zu beten.

»Ich dachte mir schon, dass ihr mehr wollt«, sagte Forgall – ein großer rothaariger Krieger, dem deutlich anzumerken war, dass er keine großen Sympathien für die Druiden hegte. »Wenn wir das hier aufteilen, bleibt uns kaum genug für Waffen und nichts mehr zum Essen.«

Taranis fiel Forgalls Zurückhaltung auf. Unterwegs zum Hain der Druiden hatte er sich noch sehr abfällig über die Priester und ihre Habgier geäußert und gemeint, sie würden sich immer mehr von dem Tribut an Gold und Silber unter den Nagel reißen, als ihnen zustand.

Divicos wandte sich den Kriegern zu und nahm seine Kapuze

ab. Sein Haar war lang und grau, seine Haut käsig und von braunen Flecken übersät. Er heftete den Blick auf Forgall und lächelte schwach. »Die Götter haben schon nach dir gefragt, Forgall. Wie oft schon habe ich sie mit dem Blut anderer zufrieden stellen müssen? Und du wagst es, meine Meditation zu unterbrechen! Vielleicht sollte ich das nächste Mal, wenn sie in der Nähe sind, deinen Namen flüstern.«

Forgall wischte sich über den Mund. »Ich wollte damit nur sagen, dass wir mehr Tribut von den Römern brauchen.«

»Ich habe dir doch schon erklärt«, erwiderte der Druide mit ersten Anzeichen von Verärgerung in der Stimme, »dass die Gottlosen uns diesmal weniger gegeben haben. Viel weniger. Der Tribut beträgt jetzt die Hälfte –«

»Die Hälfte!«, rief Taranis ungläubig aus.

»Ich brauche mich nicht zu wiederholen«, murmelte Divicos leise. »Sie werden nicht mehr zahlen – nicht, solange wir nicht aufhören, ihre Grenzen anzugreifen. Und mit so vielen sturköpfigen Truppenführern konnte ich ihnen ja schlecht Frieden versprechen.«

»Habt ihr ihnen gesagt, dass wir ihre Kastelle in Schutt und Asche legen, wenn sie nicht ihren Tribut verdoppeln?«, fragte Taranis.

»Sie kennen die Gefahren der ungestümen Jugend«, sagte Divicos bissig.

Der Stachel dieser Rüge saß tief bei Taranis. Er war alles andere als ein ungestümer Jüngling. Seit zehn Jahren schon war auf ihn Verlass, wenn es um den Kampf gegen die Römer ging. Er und seine Krieger hatten zahlreiche Dörfer vor der sicheren Zerstörung bewahrt. Zusammen mit Eston hatte er sich so häufig hinter die feindlichen Linien gewagt, dass sein Name dem Feind schon ein Begriff war. Und während der langen, dunklen Winter waren es seine Leute, die die Kornkammern füllten – selbst die der Druiden. Er war nicht bereit, sich in Gegenwart anderer Truppenführer als unbedarfter Jüngling hinstellen zu lassen.

»Der Hohepriester sollte die Gefahren ungestümer Zungen kennen«, erwiderte er und schaute dabei Divicos direkt in die

Augen. Taranis spürte, wie Eston ihm mäßigend seine Hand auf den Arm legte, aber sein Zorn wollte nicht weichen. Er hätte Divicos am liebsten auf der Stelle niedergeschlagen.

Als Zugeständnis an Taranis wandte sich Divicos ein Stück weit zu ihm, um so ein wenig die Spannung aus der Situation zu nehmen. Dann erklärte er mit ruhiger Stimme: »Die Gottlosen wollen wegen unserer Überfälle nicht mehr bezahlen – und weil ihr Kaiser in einen anderen Krieg verwickelt ist.«

»Ihre Kriege sind nur gut für uns«, meinte Eston. »Sie können deswegen nicht mehr so viele Soldaten nach Kaledonien entsenden, und wir werden ihren Wall überrennen und ihre Kastelle zerstören. Dann wird wieder alles uns gehören.«

»Jetzt hört ihr mir mal zu«, sagte Divicos. »Ihr alle. Ich kenne eure Pläne und werde keinen offenen Krieg gegen die Gottlosen dulden. Die Vorzeichen stehen nicht günstig. Ihr habt die Opferung ja selbst gesehen. Wohin haben seine Hände gezeigt? Nach Norden! Der Vorherige hat sogar mit dem Gesicht nach Norden geschaut. Im Süden sind die Götter nicht mit uns.«

Taranis hatte sich wieder beruhigt. Er wusste, dass es unklug war, sich mit Divicos anzulegen, wollte aber unbedingt aussprechen, was alle dachten. »Wir wollen jetzt angreifen. Wenn die Götter im Süden nicht mit uns sind, warum waren wir dann mit unseren Angriffen auf den Wall so erfolgreich? Wir sind die Truppenführer der Stämme des Nordens, und jeder Einzelne von uns hat schon Siege erfochten –«

»Eure Siege«, zischte Divicos, »sind nur durch mein Fürbitten zustande gekommen. Aber ich habe auch noch andere Pflichten. Ich kann nicht weiterhin jedes Mal Priester entsenden, wenn irgendein Krieger gerade Lust verspürt, den Wall anzugreifen. Und wie viel Kriegsbeute bringt ihr zurück? So gut wie gar nichts!« Seine Hände zitterten, während er mit dem Stock herumfuchtelte. »Ihr habt keinen Verstand – wie die Tiere.« Ein Licht schimmerte in seinen dunklen, tief eingesunkenen Augen wie eine Fackel auf dem Grund eines Brunnens. »Ich könnte jederzeit meine Druiden anweisen, im Wald zu bleiben. Wollt ihr es etwa darauf ankommen lassen?«

Taranis schwieg. Er wusste, dass seine Krieger niemals ohne das Opfer der Druiden in den Kampf ziehen würden, und Divicos wusste es auch.

Der alte Priester verzog siegesgewiss den Mund zu einem Lächeln. »Wir werden über dieses Thema wieder beim Neumondfest sprechen, wenn die Erde ihre Fülle offenbart. Vielleicht ändern sich dann ja die Vorzeichen.«

Taranis überlegte, ob er noch etwas sagen sollte. Der alte Priester war ein Mann von außergewöhnlicher Macht und nicht leicht zu bezwingen. Dennoch hatte es Bronix irgendwie geschafft, die Exzesse der Druiden unter Kontrolle zu halten. Und vor Divicos hatte es eine Zeit gegeben, in der es üblich gewesen war, dass die Stammesführer den Hohepriester absetzen konnten. Zweifellos hatte Divicos die Gefahr erkannt. Selbst ein Hohepriester musste sich genau überlegen, wie er die Führer des kaledonischen Heeres behandelte.

»Taranis, tu doch was!«, flüsterte eindringlich ein ungestümer junger Truppenführer namens Cronn, der sich offenbar stärkeren Widerstand von Seiten seines älteren Kameraden erhofft hatte.

»Nicht nötig«, sagte Taranis und winkte ab. »Wenn es dem Hohepriester zu große Umstände macht, zu unseren Schlachten Druiden zu entsenden, dann ist ja vielleicht Cathbad dazu bereit.«

Divicos' Augen blitzten auf, und seine Lippen verzerrten sich vor Wut. Einen Augenblick lang fragte sich Taranis, ob er vielleicht zu weit gegangen wäre. Der alte Priester hatte die Macht, gegen jeden, der sich ihm widersetzte, den Todesfluch auszusprechen. Divicos' Mund verzog sich erneut zu einem eisigen Lächeln, bei dem die schwarzen Lücken zwischen seinen Zähnen sichtbar wurden.

»Cathbad ist nicht der Hohepriester«, sagte er ruhig. »Ich bin der Hohepriester. Bei mir liegt die Macht. Zweifelt daran vielleicht einer von euch? Hä?«

»Niemand bezweifelt Eure Macht«, sagte Taranis, »und keiner von uns wünscht sich einen anderen Hohepriester.« Er legte eine Pause ein, um das Undenkbare einsickern zu lassen. Niemand hatte je auch nur anzudeuten gewagt, Divicos seine Macht zu entziehen.

Divicos wandte Taranis sein fahles Gesicht zu. »Oh, ich kenne dich«, sagte er. »Du bist ein Gott, wie es heißt. Taranis, der Gott des Krieges!« Er kicherte. »Das haben wir sogar heute Morgen gehört, vor Sonnenaufgang.« Sein Gesicht veränderte sich, und er kreischte: »Was ist? Bist du ein Gott, dass du es wagst, so mit mir zu reden?«

»Ich bin ein Führer des kaledonischen Heeres.«

»Ja, gut, das ist sehr gut.« Er schien den Faden verloren zu haben, erholte sich jedoch rasch wieder und sagte in väterlichem Ton: »Bislang habt ihr euch bei euren Angriffen auf die Streckenposten am Wall sehr wacker geschlagen. Aber in den großen Kastellen sind viele Soldaten stationiert. Ja, viele. Sie sind in der Lage, unsere Krieger abzuwehren, bis die Legionen eintreffen, und was tun wir dann?«

»Die Legionen werden nicht kommen«, sagte Taranis. »Sie wagen es nicht, die Völker der Briganten und Selgover im Süden unbewacht zu lassen.«

»Das ist leicht gesagt. Ja, sehr leicht sogar. Die Truppenführer bilden sich immer ein, die Gedanken der Gottlosen lesen zu können. So etwas höre ich nicht zum ersten Mal. Und dann kommen die Legionen doch …« Seine Stimme wurde allmählich leiser, bis sie zu Gemurmel verebbte.

»Großer Hohepriester«, sagte Taranis respektvoll, »bei unserer Zusammenkunft am Fluss Carrac –«

Divicos unterbrach ihn mit schriller Stimme. »Die Gottlosen haben eine Straße mitten ins Herz von Kaledonien gebaut. Fünf riesige Militärlager! Sie stehen alle nördlich des Großen Walls. Und geht ihr gegen sie vor? Nein! Aber jetzt wollt ihr den Wall selbst angreifen.«

»Diese römischen Vorposten haben wir in unseren Plänen auch berücksichtigt.«

»Nein, nein, nein, ich will von euren Plänen nichts hören. Die Vorzeichen stehen nicht günstig … nicht günstig genug, um sie vom Wall zu vertreiben. Wir warten noch eine Weile und schlagen dann alle gemeinsam los. Dann wird unser Land frei sein, und die Götter werden Gefallen daran finden. Bis dahin«, fuhr er mit dünner werdender Stimme fort, »werden wir uns mit dem zufrieden geben, was wir auch bisher gemacht haben. Ja, wir greifen sie an, wo sie Schwäche zeigen, und säen Furcht in ihre Herzen. Das genügt.«

»Als wir hierher gekommen sind«, sagte Taranis, »dachten wir, dass –«

»Ja, ja«, unterbrach Divicos ihn und zog die Luft ein, »ich kenne deine Absichten und stimme dir zu. Wir sind alle sehr mit unseren Pflichten beschäftigt, aber sei versichert, dass meine Druiden bereitstehen, die nötigen Zeremonien zu vollziehen, wo immer ihr sie benötigt. Möge Tutorix euch voranschreiten und Lug euer starker Arm sein. Das ist alles. Und jetzt«, sagte er und schaute sich um, »muss ich an unserem morgendlichen Gottesdienst teilnehmen.« Dann wandte er ihnen den Rücken zu. Die Zusammenkunft war beendet.

Die Heerführer aber zögerten noch; sie wussten nicht recht, ob sie nun gehen oder ihrem Wunsch nach einem Generalangriff auf den Wall noch mehr Nachdruck verleihen sollten. Als sie zuvor über Divicos gesprochen hatten und über sein Geschick, andere zu manipulieren, hatten sie in ihrer Selbstgefälligkeit noch geglaubt, es mit dem alten Hexer aufnehmen zu können. Sie hatten sich geirrt.

Am meisten ärgerte Taranis, dass, wie allgemein bekannt war, die Druiden weitaus mehr Zahlungen von Rom erhielten, als sie zugeben wollten. Seit dem Bau des Walls hatten die Römer die Druiden als Mittelsmänner eingesetzt, wenn es darum ging, Bestechungsgelder zu verteilen – eine im ganzen Römischen Reich bewährte Methode, um kriegerische Stämme ruhig zu halten. Sorge dafür, dass die Feinde immer den Bauch voll haben, und du verhinderst einen Volksaufstand. Aber die Druiden hatten sich schon immer mehr genommen, als ihnen zustand, und wenn jetzt die Römer vom Grenzwall vertrieben würden, würden keine Geldzahlungen mehr fließen. Und genau das wollte

Divicos verhindern. Mehrere der Truppenführer waren bereits auf dem Weg zur Tür, als Taranis das Wort erhob.

»Großer Hohepriester, Ihr habt gesagt, wir würden uns nach der Ernte wieder sprechen. Unsere Truppen sind bereit –«

Divicos bewegte sich summend vor und zurück, die Arme um die Beine geschlungen, den Rücken gekrümmt wie ein getrockneter Käfer, und seine Stimme wurde lauter und tiefer.

Taranis fuhr sich mit den Fingern durchs Haar; er wusste nicht mehr, was er tun sollte. Divicos schien in einer anderen Welt zu sein – in einer Welt der Geister, in die sich nur die Eingeweihten wagten. Die Heerführer blickten einander unschlüssig an, und schließlich ergriff Forgall das Wort.

Divicos richtete sich urplötzlich auf und neigte den Kopf in einem eigenartigen Winkel in Richtung der Männer. »Ich sehe einen dunklen Tunnel«, sagte er mit hallender Stimme, als wäre er selbst in diesem Tunnel. »Und Gruben, in denen Männer angekettet sind. Es gibt keine Sonne, keinen Mond und keine Sterne. Nur Schweigen. Und Kälte. Eine schreckliche, schmerzliche Kälte. Schreiend flehen sie um ihre Freilassung und klammern sich mit zerschundenen Fingern an den Wänden fest. Aber niemand hört sie, niemand kommt ihnen zu Hilfe. Für sie gibt es keine Opferung, keine Wiedergeburt.« Sein Gesicht glühte unheilvoll, und seine Augen blickten, ohne zu sehen. »Das sind diejenigen, die die Götter verspottet haben, deren Frechheit keine Grenzen kennt. Und jetzt winden sie sich in ihrem Elend, gebrochen und vergessen.« Divicos' Körper versteifte sich und begann heftig zu beben, als ob etwas von ihm Besitz ergriffen hätte. Sein Mund öffnete sich, und aus seiner Kehle drang ein erstickter Laut. Er fiel nach vorn, übergab sich und lehnte sich wieder zurück, wobei sein Körper zur Seite hing wie der eines Weiheopfers. »Lasst mich allein!«, sagte er mit rauer, erschöpft klingender Stimme.

Einer nach dem anderen traten die Truppenführer hinaus ins Licht, und keiner wusste so recht, was eigentlich geschehen war.

Hatten sie sich auf dem Weg zum heiligen Hain noch ausgiebig über ihre Rechte als keltische Heerführer unterhalten, über die einstige Macht des Bronix und die intrigante Art des Divicos, herrschte auf dem Rückweg betretenes Schweigen. Sie waren sich alle einig gewesen, dass es nur recht und billig war, auf ihrer rechtmäßigen Autorität zu beharren. Schließlich waren kaledonische Clanführer keine Handlanger, nicht einmal von Druiden. Die Priester hatten die Pflicht, die Geister günstig zu stimmen, und nicht etwa das Recht, den Willen des Volkes in Frage zu stellen.

Genau das hatten sie gesagt, und jetzt kamen sie sich vor wie Narren. Sie waren davon ausgegangen, dass es ihnen gelingen würde, ihren Machtanspruch durchzusetzen und Divicos zu zwingen, einem Großangriff gegen die Römer und ihren Wall zuzustimmen. Stattdessen hatte der alte Druide seine schwarze Magie gegen sie eingesetzt, mit ihren Ängsten und Unsicherheiten gespielt und sie so manipuliert, wie es seinen Absichten entsprach. Jetzt würden sie sich auch weiterhin – wahrscheinlich sogar bis zum Wintereinbruch – mit ihrer Politik der Nadelstiche gegen die Römer begnügen müssen. Bislang hatten sie mal hier einen Posten, dort ein Nachschublager attackiert, ihre Angriffe aber nie aufeinander abgestimmt. Jetzt waren sie dazu bereit. Am Fluss Carrac hatten sie Strategien entworfen, wie sie den Wall stürmen konnten. Alle Heerführer waren sich darin einig, dass die Römer nicht mehr stark genug waren, einen groß angelegten Angriff abzuwehren.

Als Taranis sich noch einmal ihr Treffen mit Divicos vergegenwärtigte, schämte er sich. Er oder Forgall hätten als oberste Heerführer dem listigen Priester mit mehr Entschlossenheit begegnen müssen. Aber er war ebenso schwach gewesen wie die anderen und hatte sie ihrem gemeinsamen Ziel kein bisschen näher gebracht. Als er sich am Morgen des zweiten Tages zusammen mit Eston von der rasch auseinander fallenden Gruppe verabschiedete, war er erleichtert.

»Ich traue Divicos nicht über den Weg«, sagte Eston, als sie weit genug von den anderen weg waren. »Die Druiden sind zwar immer als Unterhändler aufgetreten, aber wir haben keine Ahnung, wie viel die Römer ihnen dafür bezahlen. Ich habe das Gefühl, dass die Druiden allmählich von den Leistungen Roms abhängig werden. Die freuen sich doch darüber, dass die Römer hier sind und unser Land verwüsten, solange sie nur die Schatzkammern ihrer Tempel füllen.«

»Das mag schon sein«, sagte Taranis, »aber es geht um mehr als Gold und Silber. Die Druiden haben Angst vor einem Krieg.«

»Das verstehe ich nicht. Die Römer sind schwächer als je zuvor. Sie haben keine Chance. Wenn ich nur daran denke, wie leicht wir dutzende von Malen ihren Wall durchbrochen haben!«

»Die Druiden glauben eben, die Römer schicken Legionen aus Gallien, um uns zu vernichten. Und du weißt ja, was mit den Druiden geschieht, wenn Rom erst einmal Kaledonien unter seiner Kontrolle hat.«

»Daran hatte ich noch gar nicht gedacht«, räumte Eston ein.

Die beiden hielten an, um ihren Pferden eine Pause zu gönnen. Sie wussten, welches Schicksal den Druiden drohte, falls Rom sich durchsetzte. Die Römer trafen zwar häufig aus purer Notwendigkeit mit Druiden zu Verhandlungen zusammen, doch das änderte nichts an ihrem Hass gegen die Priester. Jedes einzelne Volk, das dem Reich einverleibt worden war, hatte seiner alten Religion abschwören müssen. Vor langer Zeit war das Land übersät gewesen von heiligen Hainen, und zahllose Magier hatten zwischen Menschen und Göttern vermittelt. Jetzt aber lebten nur noch ein paar wenige in den Tiefen der Wälder. Auch im Süden Britanniens waren die Druiden weitgehend von der Bildfläche verschwunden und vor den römischen Besatzern nach Norden geflohen. So auch Divicos, der einst auf römischem Gebiet am südlichen Ende der Insel gelebt hatte und auf Grund der ständigen Bedrohung seines Lebens nach Norden ins freie Kaledonien geflüchtet war.

»Nach dem, was wir im Hain erlebt haben«, sagte Taranis, »ist meine Hochachtung vor Bronix und den anderen alten Führern noch um einiges gestiegen«

Eston lächelte. »Führer zu sein bedeutet eben mehr, als nur

die Krieger in die Schlacht zu führen; wolltest du das damit sagen?«

»Divicos ist ein alter Mann, Eston. Er kann nur noch mit Mühe gehen und vergisst schon, was er gerade erst gesagt hat. Trotzdem ist ein schwacher Heerführer wie ich für ihn kein Problem.« Er schüttelte den Kopf angesichts seiner eigenen Schwäche. »Den Göttern sei Dank, dass wir uns nicht schon vor fünfzehn Jahren mit ihm herumschlagen mussten, als er noch auf dem Höhepunkt seiner Macht stand. Damals hätte ich wahrscheinlich schon beim kleinsten Stirnrunzeln vor ihm gekuscht.«

Schweigend ritten die beiden weiter bis zu einer Stelle, die sie die Abkürzung nannten. Sie saßen ab, um ihre Pferde die steile Böschung hinaufzuführen. Sie waren nicht mehr weit von zu Hause entfernt und entschieden sich wie immer für den steinigen Anstieg statt für den Weg, der sich um den Berg wand. Während die Pferde sich mit der Böschung abmühten, schweiften Taranis' Blicke zu den vertrauten Felsen und Büschen. Angenehme Erinnerungen an seine Kindheit kamen ihm in den Sinn; er sah sich und Eston um die Wette den Abhang hinauf laufen zu dem Grasland, das sich oben ausdehnte, während Neeve hinter ihnen sich lautstark darüber beklagte, dass ihre großen Brüder sie zurückließen. Oft hatte es einer Ermahnung durch ihre Mutter bedurft, um sie zu bremsen. Aber diese Zeit war längst vorbei, und nun war der Hang kein Spielplatz mehr für sie, sondern nur noch eine Abkürzung auf dem Weg zu ihrem Haus.

Oben angekommen, führte Eston ihr durch den Aufstieg unterbrochenes Gespräch fort. »Ich würde nicht sagen, dass Divicos vor fünfzehn Jahren auf dem Höhepunkt seiner Macht war. Sicher hatte er damals noch mehr Energie, aber Macht? Das glaube ich eigentlich nicht.« Sein Blick schweifte über die grasbewachsene Ebene und die fernen Häuser. »Seine Macht hat eher mit dem Alter noch zugenommen. Je mehr er sich dem Tod nähert, desto näher kommt er auch den Göttern, die ihn mit ihrer Macht anfüllen.«

»Schon möglich«, meinte Taranis. »Aber dieser Hain hat irgendetwas an sich. In ihm strahlt Divicos eine geradezu Furcht erregende Autorität aus.«

Eston drehte sich auf seinem Pferd zu seinem Bruder um. »Kam dir der Tempel auch so kalt vor, als wäre die Tür der Unterwelt geöffnet?«

Taranis antwortete nicht. Auch ihm war die unnatürliche Kälte aufgefallen, aber wie die meisten Kelten zog er es vor, nicht über die merkwürdigen Begebenheiten während solcher heiliger Handlungen nachzudenken. In der Welt der Geister ergab ohnehin nichts einen Sinn. Warum beispielsweise sollten die Geister Divicos auch noch mit einem langen Leben belohnen, wenn er doch ihre Macht nur zu seinen egoistischen Zwecken missbrauchte? Besaß er womöglich auch Macht über sie? Als Hohepriester verfügte er vielleicht über besondere Fähigkeiten, oder er war in bestimmte Geheimnisse eingeweiht.

»Du hast wohl keine Lust, über die Kälte zu reden, was?«, unterbrach Eston seine Gedanken. »Ich eigentlich auch nicht. Dieser Hain ist mir unheimlich. Weißt du noch, beim letzten Mal – die Schreie im Wald und das Gelächter, das von den Schädeln ausging? Und das vorletzte Mal, als plötzlich tausend schwarze Kröten aus der Erde sprangen?« Er schaute seinen Bruder an. »Du weißt ja, Taranis, dass ich im Kampf vor nichts zurückschrecke, aber in diesem Hain –«

»Du brauchst mir nichts zu erklären.«

»Im Hain fürchte ich immer, ich könnte vielleicht irgendeinen Gott beleidigen.«

»Ich verstehe, was du meinst«, sagte Taranis.

»Das ist fast so, als würde man meinen ganzen Mut aus mir heraussaugen.«

»Mir geht's genauso. Immer, wenn ich etwas sagen will, wird mir die Zunge schwer.«

»Dann wird Divicos sich durchsetzen. Er wird niemals Truppenführern seinen Segen geben, die für einen groß angelegten Krieg gegen Rom sind. Wenn er ungünstige Vorzeichen sieht, können wir nichts dagegen unternehmen.«

»Wir können ihn als Hohepriester absetzen!«

Eston wurde blass. »Divicos steht in Verbindung zu den Göttern –«

»Und Cathbad ist sehr ehrgeizig. So oder so – wir werden den Segen für den Angriff erhalten.«

»Aber den Hohepriester absetzen!«

»Ich glaube nicht, dass es so weit kommen wird. Wir locken Divicos beim Neumondfest aus seinem Hain. Außerhalb der Heiligtümer, in denen die Geister wohnen, hat er weitaus weniger Macht.«

»Aber Divicos hat doch schon seit drei Jahren an keinem Fest mehr teilgenommen«, wandte Eston ein. »Er hat sich in letzter Zeit immer durch andere vertreten lassen.«

»Ja, aber wenn wir die Druiden mit einem Fest ehren und die Leute aus der ganzen Umgebung dazu einladen –«

»Dann könnte sich auch Divicos gezwungen sehen zu kommen.«

»Und man könnte das Gerücht in Umlauf setzen, dass Divicos eine wichtige Ankündigung machen wolle.«

»Dass die Druiden einen groß angelegten Angriff auf den Wall unterstützten?«

Taranis grinste. »Ja, so könnte die Ankündigung lauten.«

»Und wenn den Druiden das Gerücht zu Ohren kommt, werden sie vor einem kleinen Dilemma stehen.«

»Das will ich wohl meinen.«

Eston lächelte. »Genau. Entweder sie ziehen mit, oder sie enttäuschen halb Kaledonien.«

»Es ist sowieso allerhöchste Zeit, dass wir die Römer aus dem Land jagen. Die alten Heerführer hätten diese Verzögerungen nie geduldet. Wir verfügen jetzt über die nötige Stärke. Und wenn ich auch von der Geisterwelt keine Ahnung habe, glaube ich doch, dass die alten Götter eigentlich von dem, was sie zurzeit zu sehen bekommen, reichlich angewidert sein müssten. Ich kann mir einfach nicht vorstellen, dass sie Gefallen daran finden, dass fremde Heere und fremde Götter in unser Land eingefallen sind.«

»Aber Divicos steht doch auf der Seite der Götter. Er führt nur ihren Willen aus.«

»Das gibt mir allerdings Rätsel auf, das muss ich zugeben«, räumte Taranis ein. »Aber ich glaube, allmählich verstehe ich die Sache besser. Divicos kennt Zaubersprüche und Gesänge, mit deren Hilfe er die Macht der Götter herbeirufen kann. Wenn er will, kann er die Götter dazu bringen, dass sie uns in der Schlacht beistehen. Beim Fest haben wir ihn gewissermaßen auf unserem Gebiet. Da bleibt ihm keine andere Wahl, als den Angriff zu billigen.«

»Aber wir brauchen seine öffentliche Zustimmung und nichts, was er in irgendeinem Heiligtum verkündet.«

»Ja, sonst ändern die Druiden womöglich noch ihre Meinung.«

Als sie sich ihrer Hofstatt näherten, kamen vier kleine Kinder auf Eston zugerannt und begrüßten kreischend und lachend ihren Vater. Vor der Tür von Estons Rundhaus stand seine Frau Emer. Sie lächelte ihm zu und strich sich das Haar aus dem Gesicht. Sie war groß und rothaarig und eher unauffällig, aber keineswegs unattraktiv.

Eston sprang von seinem Pferd und warf das erste Kind, das bei ihm anlangte, hoch in die Luft. Die anderen hingen an seinen Beinen, zerrten an seiner Hose und wetteiferten um seine Aufmerksamkeit. Nur sein ältester, etwa sieben Jahre alter Sohn verhielt sich zurückhaltender und versuchte, sich als Mann zu geben. Eston hob ihn in den Sattel und wies ihn an, das Pferd zu tränken, zu füttern und zu striegeln. Der Junge strahlte übers ganze Gesicht, presste die Fersen in die Flanken des Pferdes und ritt zum Stall.

In solchen Momenten spürte Taranis, wie leer sein eigenes Leben doch war. Aber das war ganz allein seine Schuld. Im Lauf der Jahre hatte es genügend Frauen gegeben, die er hätte heiraten können. Nun, als er zusehen musste, wie Eston seine Kinder herumtrug und seine Frau küsste, fragte er sich, wie klug seine Entscheidung gewesen war.

»Taranis! Komm her!«, schrie Emer. »Ich habe wunderbare Nachrichten!« Sie küsste ihn auf die Wange und holte einen Papyrus hervor. »Neeve! Das ist von Neeve!«

Taranis wusste, dass der Brief von Neeve war. Schließlich war sie die Einzige, die ihm je einen Brief geschrieben hatte. Kuriere brachten etwa jedes halbe Jahr einen dieser Briefe über den Wall, die zum einzigen Lichtblick in seinem Leben geworden waren. Er hatte immer die Absicht gehabt, seine Schwester zurückzuholen, aber als die Jahre vergingen, wurde ihm allmählich klar, dass sie Recht gehabt hatte. Sie würden einander nie wiedersehen. Der Krieg, der zur endgültigen Vertreibung der Römer führen sollte, kam einfach nicht zu Stande, und in Kaledonien breitete sich zunehmend die Gesetzlosigkeit aus. Er und Eston waren die meiste Zeit damit beschäftigt, den Wall oder den einen oder anderen Trupp römischer Soldaten anzugreifen, der sich zu weit von seinem Kastell weggewagt hatte. Das Spiel schien nie aufzuhören. Und dann hatte Neeve geheiratet. Das war vor fünf Jahren gewesen, und seither hatte er keinen Brief mehr von ihr erhalten.

Er nahm Emer das steife Blatt ab. Neeve adressierte ihre Briefe immer an beide Brüder, aber Taranis bewahrte sie in einer besonderen Kiste in seinem Rundhaus auf. Oft nahm er sie heraus und starrte auf die fremden Schriftzeichen, die sie weit weg hinter dem zweiten Wall auf den Papyrus gebracht hatte. Er konnte nicht lesen, doch hin und wieder fuhr er ins Dorf zum Weber Domnall. Der alte Mann holte dann die Briefe aus ihrer Hülle und las sie, einen nach dem anderen, laut vor.

»Was schreibt sie?«, fragte Taranis und versuchte dabei, sich seine Aufregung nicht allzu sehr anmerken zu lassen. Er merkte, wie auch Eston sich herüberbeugte. Es war nicht zu übersehen, dachte er, wie sehr sie beide die kleine Neeve mit ihrer lauten Stimme und ihrer fordernden Art vermissten. Aber was heißt hier »kleine Neeve« – sie war jetzt eine erwachsene Frau von zweiundzwanzig Jahren.

»Ich war mit dem Brief bei Domnall«, sagte Emer. »Neeve kommt nach Hause. Sie will in Kaledonien leben.«

Taranis starrte auf das Papier, als könnte er die gebogenen Zeichen auf dem Papyrus verstehen. Nach Hause, dachte er. Neeve kommt nach Hause. Er blickte zu Emer auf und fragte: »Bringt sie ihren Mann mit? Hat sie Kinder? Was schreibt sie noch?«

Emer zuckte mit den Achseln. »Nur, dass sie nach Hause kommt.«

13

Atilius lehnte sich lächelnd zurück. Solche Spiele hatte Rom noch nie gesehen. Das Flavische Amphitheater war restlos überfüllt – über fünfzigtausend Menschen, wenn man die auf den Stehplätzen ganz oben im vierten Geschoss mitzählte.

Es war Mittagszeit und Vorstellungspause; es ging kaum ein Lufthauch, der die drückende Hitze im Inneren des kolossalen Baus ein wenig abgemildert hätte. In der Luft hing der stechende Geruch nach Blut und Staub, doch das schien niemanden zu stören. Auf allen Sitzplätzen herrschte noch helle Aufregung ob der Vorstellung vom Vormittag, als Elefanten mit angespitzten Stoßzähnen auf Flusspferde, Löwen auf Bären und sechs graue Wölfe auf hundert Kaninchen gehetzt worden waren. Wie hatte Atilius doch gelacht, als die Kaninchen verzweifelt versucht hatten, sich vor den Wölfen in Sicherheit zu bringen.

Und dann waren da noch die neueren Formen von Unterhaltung, eigens erfunden für die Unmengen spielsüchtiger Römer, die sich nicht scheuten, ein ganzes Vermögen auf einen zufälligen Schwerthieb oder die Launen eines Tieres zu wetten. Fünf aufeinander folgende Paare von Gladiatoren hatten mit verbundenen Augen gegeneinander antreten müssen. Dann waren die geschmeidigen Panther gekommen, die zwischen fünfzig an Pfähle gebundenen Opfern die Qual der Wahl hatten. Zahlen auf den Pfählen halfen den Spielern auszuwählen, welchem Mann sie zutrauten, am längsten zu überleben. Das Volk jubelte, als die Panther auf weichen Pfoten zwischen ihrer Beute hin und her schlichen und dabei immer wieder einmal unversehens eines der Opfer ansprangen und ihm das Genick durchbissen, während sie ihm mit den Hinterbeinen die Eingeweide herausrissen. Die Tierwärter eilten zum letzten Überlebenden, lösten ihm die Fesseln und führten ihn zur Loge des Kaisers auf dem Podium, das um die Arena lief. Die Menge brüllte das Wort »Freiheit«, und so erklärte Antoninus ihn zum freien Mann und befahl, ihm einen Beutel voll Silber als Spende zu geben. Aus der Menge ertönte zustimmendes Gebrüll, als ein in eine Toga gewandeter Beamter erschien, das Silber feierlich über den Kopf haltend. Doch der Mann in der Arena war unfähig, sich zu bewegen. Er stand reglos am Fuß der Kaisersloge im Sand, starrte auf den Beutel in seiner Hand und wurde schließlich weggeführt.

Dann kam die bemerkenswerteste Vorstellung des Vormittags – der so genannte »Kampf der Titanen«, bei dem ein Dutzend mit Keulen bewaffneter Kleinwüchsiger gegen die gleiche Anzahl von Frauen mit Schwertern antreten musste. Sieger waren die Kleinwüchsigen.

Die sich im Amphitheater drängende schwitzende Menge war fürs Erste zufrieden, und die Nachmittagsvorstellung versprach, selbst Kaiser Vespasians kühnste Träume für seine riesige ovale Arena zu übertreffen – sofern alles lief wie geplant. Denn genau das war der Haken an der Sache. Wie Prophezeiungen hielten auch Pläne häufig nicht, was sie versprachen, und so machte sich Atilius ernsthafte Sorgen bezüglich des Risikos, das er einging. Im Augenblick aber herrschte in dem gewaltigen steinernen Bau beste Stimmung, und die Menschen lachten und begrüßten einander gut gelaunt. Viele hatten einfache Bauernbrote dabei, die mit einer Mischung aus Fisch und Käse bestrichen waren. Einige hatten frisch gebratenes Gänse- oder Entenfleisch sowie zum Nachtisch herrliche Obstkuchen in ihren Körben mitgebracht. Weniger Begüterte aßen Ziegenfleisch, das sie in Honig tunkten. Und natürlich floss der Wein in Strömen. Alle hatten ganze Krüge voll dabei, um die Kehle zu kühlen und das Essen hinunterzuspülen.

Atilius gab einem der Händler, die sich durch das Gedränge oberhalb des Podiums kämpften, ein Zeichen. Der Händler sah erst reichlich verblüfft aus, bevor er sich aufraffte, seinen Weidenkorb abwischte und sich auf den Weg zum Senator machte. Als er die durch eine Art Gürtel vom ersten Rang abgetrennte Tribüne nach einem langen Weg über innere und äußere Treppen und Gänge erreichte, blieb er stehen; offenbar fühlte er sich eingeschüchtert von den in gepolsterten Sesseln auf den breiten Marmorstufen sitzenden Würdenträgern und den scharlachroten Prätorianern, die zu ihrem Schutz Aufstellung genommen hatten. Hier saß die Prominenz von Rom: Senatoren, wohlhabende Großgrundbesitzer, darüber in der Loge des Kaisers ein paar Damen der kaiserlichen Familie und die Vestalinnen, die Hüterinnen des heiligen Feuers von Rom. Eine intime Beziehung mit einer heiligen Jungfrau wurde mit sofortigem Tode bestraft, während die liebessüchtige Vestalin bei lebendigem Leibe begraben wurde.

Atilius stand auf. Er wusste genau, dass tausende von Augenpaaren ihm folgten und noch tagelang über den großen Senator Atilius Titianus sprechen würden, der sich als Förderer und Gönner der Spiele nicht scheute, dieselben Speisen zu verzehren wie das gemeine Volk, während Kaiser Antoninus es vorzog, sich im Kreis der Privilegierten außerhalb an Fisch in Aspik und Eiern zu laben.

»Was hast du denn Feines?«, rief Atilius dem Händler jovial zu.

Der Händler griff in seinen Bauchladen und zeigte ihm Schweinswürste, Salzfleisch, Dörrobst und kleine Schläuche mit Wein und Quittensaft.

»Eine Wurst und etwas Quittensaft«, rief Atilius laut.

Der Händler prüfte rasch seine Würste und reichte dem Senator ein besonders dickes Exemplar sowie einen sauberen Schlauch mit Quittensaft.

Atilius nahm den Imbiss lächelnd entgegen. »Ave, Caesar«, sagte er und hob die Hand zum Gruß.

Der Mann verbeugte sich respektvoll. »Heil, Caesar«, wiederholte er.

»Der Kaiser Antoninus speist anderswo«, sagte Atilius mit einer großspurigen Geste zur leeren kaiserlichen Loge hinüber. »Wie soll man seinem Kaiser dienen, wenn man ihn nicht einmal zu Gesicht bekommt?« Er griff in seine Toga und holte eine Goldmünze hervor. »Hier, das wird dir helfen, dich an den heutigen Tag zu erinnern.«

Der Mann starrte auf die Münze mit Antoninus' Bildnis. Das Geldstück entsprach für ihn dem Lohn eines ganzen Jahres. Er nahm es zögernd an, untersuchte es genau und warf es dann in die Luft, damit alle es sehen konnten. Das Publikum brach in lauten Beifall aus und rief Atilius' Namen, während dieser zu seinem Sitz zurückkehrte.

»Seht nur, wie sie Euch lieben!«, brach es aus Balbinus hervor. »Sie erkennen eben einen geborenen Führer, wenn er vor ihnen steht.«

Atilius tat, als hätte er die Bemerkung gar nicht gehört, obwohl er sich über sie freute. Selbst vor Balbinus wollte er den Eindruck erwecken, dass der Senator Atilius Titianus über jede Schmeichelei erhaben war. Aber Balbinus hatte schon Recht – das römische Volk würde ihn in der Tat zum Kaiser ausrufen, wenn dies in seiner Macht stünde. Und je näher der Tag rückte, an dem er gegen Antoninus vorgehen wollte, desto mehr war er auf die Unterstützung eben dieses Volkes angewiesen – und sei es nur, um wankelmütige Senatoren bei seinem Griff nach dem Thron auf seine Seite zu ziehen. Er schnitt sich ein kleines Stück von der Wurst ab und reichte den Rest an Balbinus weiter, der dankbar annahm. Unter ihnen übertölpelten gerade dressierte Affen ihren Dompteur, der in der lächerlich wirkenden Kleidung eines ägyptischen Pharaos steckte. Einige ließen ihn über ein Seil stolpern, während andere ihm eimerweise Wasser übers Gesicht schütteten, während er in den Sand fiel. Die Menge brüllte vor Lachen; offenbar genoss man die Verschnaufpause nach den blutrünstigen Vorstellungen des Vormittags.

Plötzlich aber erschien aus einem der Tore am anderen Ende der Arena ein Löwe, der sofort auf die Affen zulief. Der Tierbändiger sprang auf, rief seine Affen zu sich und sah sich verzweifelt nach einem Fluchtweg um. Schweigen senkte sich über das Amphitheater, als die Affen sich an die Arme und Beine ihres Betreuers klammerten und kreischend beobachteten, wie der Löwe rasch näher kam. Fünfzehn Schritte vor ihnen setzte die Großkatze auf einmal zu einem gewaltigen Satz an und landete unmittelbar vor der unglücklichen Gruppe. Der Löwe riss das Maul auf, und heraus kam ein Kaninchen, das über den heißen Sand hoppelte.

»Wunderbar!«, rief Atilius unter dem Beifall und den Gejohle der Menge. Dann wandte er sich seinem Sekretär zu. »Was soll ich sagen, Balbinus? Das hast du großartig gemacht. Diese Spiele sind wirklich einzigartig.«

Balbinus' dicke Wangen röteten sich vor Freude. Er wollte etwas sagen, aber mit der Wurst im Mund ließ er es dann doch lieber bleiben.

»Die Rennen im Circus Maximus letzte Woche«, fuhr Atilius fort, »wurden als die spannendsten aller Zeiten gefeiert. Und diese Woche war kaum zu übertreffen. Solche Spiele hat Rom schon seit Jahren nicht mehr erlebt. Sie sind wirklich ausgesprochen originell und nicht die übliche Kost.«

Balbinus wischte sich mit einem Tuch über den Mund. »Und das alles nur dank Eurer Großzügigkeit«, sagte er in katzbuckelndem Ton.

»Ja, dafür musste ich ganz schön tief in die Tasche greifen. Ich hätte nie gedacht, wie weit man heutzutage schon reisen muss, um an brauchbare Tiere zu kommen. Schon erstaunlich, wie sehr unsere Spiele die Bestände dieser Tiere dezimiert haben. Keine Elefanten mehr in Nordafrika, weder Löwen noch Panther in Mesopotamien, und in Nubien findet sich kein einziges Nilpferd mehr. Schön und gut, dass die Leute in diesen Regionen jetzt sicherer leben, nachdem die Römer sie von diesen gefährlichen Raubtieren befreit haben, aber neuerdings müssen wir unser Material schon aus Indien und den Gegenden jenseits des Atlasgebirges holen. Die Spiele sind mittlerweile alles andere als billig.«

»Allein schon die Ausgaben für die Fallensteller …«

»Ja, ja, die Fallensteller. Auch kein schlechter Beruf. Bei dem, was sei einem abnehmen, würde ich mich nicht wundern, wenn sie bald halb Rom aufkauften.« Er lächelte. »Aber bei den heiligen Jungfrauen – es ist jede Münze wert, mein lieber Balbinus, jede einzelne Münze.«

»Das glaube ich auch, Senator. Die Leute reden immer besser über Euch.«

»Hast du das mit eigenen Ohren gehört?«

»O ja. Auf den Straßen, in den Bädern, im Senat – Euer Name ist in aller Munde.«

Atilius fand Geschmack an dem Gedanken.

»Und dann habe ich auch noch etwas anderes gehört«, fügte Balbinus hinzu. Er beugte sich vor, als könnte jemand seine Worte mithören, obwohl niemand näher als zwanzig Fuß bei ihnen stand und der Lärm der Menge eine gewisse Vertraulichkeit garantierte. »Wenn Atilius schon mit seinem privaten Vermögen derart spektakuläre Spiele veranstaltet, sagen sie, wozu wäre er dann in der Lage, wenn er über den römischen Staatssäckel verfügt?«

Atilius lehnte sich auf seine Kissen zurück, und trotz seines Wunsches, bescheiden zu klingen, sagte er mit einer weit ausholenden Geste: »Um einiges mehr jedenfalls als unser gegenwärtiger Kaiser. Darauf könnten die Leute sich verlassen.«

Hinter den Wolken kam die Sonne wieder hervor, und Atilius hielt sich die Hand vor die Augen. »Sieht ganz so aus, als ob es sonnig bleiben wollte. Wir wollen doch nicht, dass unsere armen Mitbürger schwitzen müssen.«

»Ich kümmere mich darum«, versprach Balbinus eilfertig. Mühsam stand er auf und machte sich auf den Weg nach unten vor das Podium. Am Fuß einer mit einem Adler bekrönten Säule entrollte er ein rotes Banner. Innerhalb weniger Minuten begannen die Matrosen der römischen Flotte die Sonnensegel aufzuspannen, die an der Außenwand, an auf Konsolen stehenden Masten, befestigt waren. Nach und nach schoben sich die riesigen Stoffbahnen knatternd über das Oval des Zuschauerraums. Unter der strahlenden Sonne leuchteten die gelben, blauen und roten Bahnen wie die seidenen Segel eines riesigen Schiffs.

Die plötzliche Stille auf den Tribünen ließ Atilius aufhorchen, und er schaute hinunter auf den Boden der Arena. Dort befanden sich nur ein Bär, ein schwer bewaffneter Gladiator und mehrere mannshohe, ovale Körbe, die mit zahlreichen eisernen Stacheln bewehrt waren. Der Gladiator ging vorsichtig auf den Bären zu und reizte ihn mit seinem ausgestreckten Schwert. Das Tier schlug mit der Pranke nach der Klinge, verfehlte sie aber. Beim zweiten Prankenhieb jedoch flog das Schwert in hohem Bogen auf den sandbestreuten Arenaboden. Der Mann sprang erschrocken zurück und stampfte mit den Füßen auf. Atilius grinste breit; er liebte die Mittagszeit mit ihren lustigen Einlagen. Jetzt gab sich der Gladiator furchtbar wütend. Er schleuderte Rüstung und Schild zur Seite und riss sich seine Kleidung vom Leib, bis er, nur noch mit einem Lendenschurz bekleidet, mit vor Wut bebenden Fäusten vor dem Bären stand. Er trat nach seiner im Sand liegenden Rüstung und stieß sich dabei den Fuß an. Sein Geheul erfüllte das weite Oval des Kampfplatzes. Er beschimpfte mit erhobenem Zeigefinger den Bären und warf ihm Beleidigungen an den Kopf, bis er selbst ganz rot im Gesicht war. Dann griff er das Tier ohne jede Vorwarnung an. Der Bär stellte sich auf die Hinterbeine und traf den Mann mit der Tatze am Kopf. Der unerschrockene Gladiator aber bearbeitete den Bauch des Bären mit seinen Fäusten und rannte dann zu einem der Körbe und sprang hinein. Der Bär rannte ihm knurrend hinterher.

Die Menge schrie vor Entzücken, als der Bär versuchte, seinen Gegner aus dem Korb zu holen. Doch jedes Mal, wenn er zuschlug, riss er sich an den Stacheln die Tatze auf.

»Sieh doch mal!«, rief Atilius. »Die Leute sind ganz aus dem Häuschen! Das ist bisher die beste Einlage überhaupt.«

»Ihr vergesst doch wohl nicht das Rennen von gestern?«, fragte Balbinus mit leuchtenden Augen, und seine Lippen wurden ganz feucht vor Aufregung.

»Ja, du hast natürlich Recht; das Löwenrennen war wirklich einzigartig.«

In diesem Augenblick stieg der Mann aus dem Korb heraus und schlug dem Bären auf die Schnauze.

»Seht doch mal«, sagte Balbinus. »Das wird Euch bestimmt gefallen.«

Der Gladiator stand jetzt neben dem Korb, provozierte den Bären durch Luftschläge. Das Tier wirkte reichlich verwirrt. Nun schlug der Gladiator ihn wieder, diesmal unter das Kinn, und anschließend versetzte er ihm ein gutes Dutzend Faustschläge an den Kopf. Der Bär geriet ins Taumeln und fiel schließlich um. Der Mann wandte sich dem Publikum zu, boxte noch ein paarmal in die Luft und verbeugte sich unter tosendem Applaus.

»Unglaublich! Wie hat er das nur geschafft?«

Balbinus grinste, offensichtlich erfreut über seinen Erfolg. »In den Lederhandschuhen des Gladiators sind vergiftete Metallstacheln versteckt.«

Atilius nickte zustimmend. »Und wie hast du diese erstaunliche Sache mit dem Löwen gestern arrangiert?«

»Huren«, kicherte Balbinus. »Ich habe Huren eingesetzt.«

Atilius wurde allmählich neugierig. »Ich kann mir immer noch nicht vorstellen, wie du es geschafft hast …«

»Ihr erinnert euch doch sicher an meinen Verwandten Kallias«, sagte Balbinus, während er nach einem Stück Käse und Weißbrot griff. Er war sichtlich angetan von seinen eigenen Erfolgen.

»Aber natürlich«, sagte Atilius. »Diese griechische Missgeburt, die unter der Arena arbeitet und nichts tut, um den Lohn zu verdienen, den ich zahle.«

»O doch, er tut was. Er hat bereits zwei Missionen am Antoninuswall hinter sich und verfügt darüber hinaus über zahlreiche Kontakte, sodass wir bezüglich der Kaledonier auf dem Laufenden sind.«

»Das stimmt allerdings.«

»Und er hat auch die Dirnen besorgt und den Löwen abgerichtet. Das hat uns Monate gekostet – und hunderte dieser Damen.«

»Hunderte?«

»Allerdings. Liebesdienerinnen sind nicht so … sagen wir

mal, nicht so robust wie Löwinnen«, erklärte Balbinus und wischte sich über den Mund. Er sah aus wie jemand, der sich genüsslich an etwas erinnert, das er niemandem erzählen darf.

Der Senator und sein Sekretär schlossen sich dem Beifall für den Boxer an, als dieser die Arena verließ. Nach ihm kamen die Männer vom Aufräumdienst und schleiften den Kadaver des Bären hinaus. Als sie durch das Todestor verschwanden, strömten durch die Türen am anderen Ende der Arena alle möglichen exotischen Tiere herein – Pfauen, Warzenschweine, Ameisenbären, Enten, Strauße und die verschiedensten farbenprächtigen Echsen. Ihnen folgten winzige schwarze Männer mit Blasrohren. Die Jagd war eröffnet.

»Auf jeden Fall«, fuhr Balbinus fort, »ist Kallias in verschiedener Hinsicht sehr begabt. Immerhin brachte er es innerhalb weniger Wochen fertig, den Löwen zu zähmen und ihm klarzumachen, dass er zur Belohnung Fleisch bekam, wenn er gehorchte. Am schwierigsten war es natürlich, dem Vieh sein Kunststück beizubringen.«

»Ja, das kann ich mir vorstellen.« Atilius wollte mehr über den Löwen erfahren, hielt es aber für angebracht, Gleichgültigkeit an den Tag zu legen. Er überflog die lächerliche Jagd unter ihm. Künstliches Gebüsch und in den Boden gesteckte Zweige gaukelten das Bild von in einem Wald dem Wild nachstellenden Jägern vor. Die Männer mit den Blasrohren gaben ihr Bestes, um der Menge etwas zu bieten; sie krochen auf dem Bauch, schossen ihre Pfeile nur auf sich bewegende Ziele ab, klagten schreiend, wenn sie ihre Beute verfehlten. »Aber nicht vorstellen kann ich mir, wie die Huren den Löwen dazu brachten … äh … sein Kunststück zu vollführen. Trotz des verdienten Rufes, den die römischen Huren genießen, ist das einfach schwer zu glauben.«

»Richtig, aber ihr habt es ja mit eigenen Augen gesehen.«

»Schon, aber gerade deswegen frage ich mich, wie dieser Mensch es geschafft hat, die Frauen zu überreden, da mitzuspielen.«

»Huren zu kriegen war kein Problem«, sagte Balbinus und

winkte ab, »die kamen gerne für ein paar Münzen. Aber natürlich hatten sie keine Ahnung, wer ihr Freier war.« Er unterdrückte ein Lachen. »Und als sie es herausfanden, war es schon ein bisschen zu spät. Den Rest könnt ihr Euch ja vorstellen.«

»Aber wie –« Atilius hielt plötzlich inne, und Wut durchwogte ihn. Nichts ärgerte ihn mehr, als wenn er Auskünfte über vulgäre Zeitgenossen wie Kallias einholen musste. Der Grieche arbeitete in den Räumen unter der Arena, reinigte gelegentlich die Abflusskanäle und schaffte Leichen und Tierkadaver weg. Konnte jemand ein abscheulicheres Leben führen? Selbst sein Äußeres, sein eingedrückter Schädel, ein Überbleibsel des Sturzes von der Felswand in Nubien, erinnerte Atilius an einen Dämon aus der Unterwelt. Balbinus redete zwar ständig von der Arbeit des Mannes mit Kindern in Waisenhäusern, aber kein noch so großes Maß an Wohltätigkeit konnte seinen wahren Charakter verbergen.

Oh, er wusste genug über diesen degenerierten Verwandten des Balbinus, über den Ärger, den er in Nordafrika verursacht hatte, und die Bestechungsgelder, die deswegen nötig geworden waren. Aber Männer wie er waren nützlich, sagte er sich, so abstoßend sie auch sein mochten. Er zuckte innerlich zusammen, wenn er an die Geschichten dachte, die man sich über Kallias und seine Arbeit unter der Arena erzählte. Aus purem Vergnügen, so hieß es, brenne er Gefangenen, die er als widerspenstig erachte, die Augen aus, und den Frauen erklärte er mitunter, er solle zehn von ihnen anlässlich des kaiserlichen Geburtstags aussortieren und freilassen; überwältigt vor Dankbarkeit erwiesen die Betroffenen dann dem Ekel erregenden Kerl alle möglichen Gunstbezeigungen. Wenn dann die jubelnden Gefangenen in einer Zelle auf die Soldaten warteten, die sie hinausführen sollten, ließ Kallias die Hintertür der Zelle öffnen und die wilden Tiere herein. Vor der Tür genoss Kallias mit geschlossenen Augen ihre Schreie um Gnade, während die ausgehungerten Tiere sie in Stücke rissen. Für einen römischen Senator war es geradezu entwürdigend, sich nach einem solchen Menschen zu erkundigen.

»Senator«, sagte Balbinus, als könnte er seine Gedanken lesen, »mir ist sehr wohl bewusst, wie abstoßend ein derartiges Gespräch für einen Mann wie Euch sein muss. Ich zögere deshalb fortzufahren, zumal mir Eure Abneigung gegen die niederen Dinge des Lebens bekannt ist. Aber um Euch immer vollständig auf dem Laufenden zu halten –«

»Ja, ich sollte wohl wissen, wie mein Geld ausgegeben wird.«

»Mit Sicherheit. Die Menge tobte, als der Löwe die Frauen durch die Arena gejagt hat; sie haben keinen Namen häufiger gerufen als den Euren. Aber Ihr solltet über alles informiert sein, und ich muss gestehen, dass ich meine diesbezügliche Pflicht ein wenig vernachlässigt habe.«

»Ich erwarte in der Tat, dass du mich informierst«, pflichtete Atilius ihm bei, der sich nun schon wieder ein bisschen wohler fühlte. »Die Nummer war wirklich ganz neu und einzigartig.«

»Ja, das war sie, und dem Löwen das beizubringen war ungeheuer schwer. Wie schafft man es, einem Löwen seine natürliche Angst vor den Menschen auszutreiben? Die Tiere, die wir im Amphitheater sehen, sind natürlich alle ausgehungert und greifen allein deswegen schon an. Aber wir konnten natürlich von einem hungrigen Löwen nicht erwarten, dass er tut, was er tun sollte, wenn er nur ans Fressen denkt. Also haben wir ihn ordentlich gefüttert. Aber auch mit vollem Magen hat das blöde Vieh die Sache – allzu oft, wie ich fürchte – falsch verstanden, und ... nun ja, sehen wir's mal so: Es gibt jetzt auf Roms Straßen weniger Frauen mit zweifelhafter Moral als zuvor.«

»Nur schade für die Legionäre«, sagte Atilius.

»Das allerdings. Aber ich finde, unsere Kämpfer verdienen nur das Beste, und wir haben ganz gezielt die armseligsten unter den Huren herausgegriffen – letztendlich zum Nutzen Roms, das könnt Ihr mir glauben. Die erstklassigen syrischen Kurtisanen haben wir natürlich nicht angerührt. Ich sehe das wie das Ausdünnen einer Viehherde: Nimmt man die kranken Tiere heraus, entwickeln sich die anderen umso besser.«

»Also hat dein Verwandter das Unmögliche geschafft. Vielleicht ist er sein Geld ja doch wert. Eine solche Dressur muss äußerst zeitaufwändig gewesen sein.«

»Das war sie in der Tat. Ohne Euch zu nahe treten zu wollen …«

Atilius deutete mit einem dezenten Kopfnicken an, dass Balbinus weiterreden dürfe.

»Zuerst hat Kallias seine Versuchspersonen am Boden festgebunden, aber wie ich schon gesagt habe, hat das den Löwen ein wenig verwirrt; er hat sie wohl für seinen Nachtisch gehalten. Das war natürlich ärgerlich, denn es hat uns fast zwei Monate zurückgeworfen. Kallias löste das Problem – der Mann ist ein Genie – dadurch, dass er seine Versuchsobjekte mit dem Duft der Löwin einrieb. Danach musste er nur noch der Frau schrittweise immer ein bisschen mehr Bewegungsfreiheit geben und erst einen Arm, dann ein Bein und so weiter losbinden, bis der Löwe sich an Widerstand gewöhnte. Natürlich hat Kallias das Tier immer mit großzügigen Fleischportionen belohnt, wenn er es richtig gemacht hatte. Am Ende seiner Ausbildung war der Löwe geradezu unglaublich. Wir hatten die Hure kaum in der Absperrung, da stüzte der Löwe sich auch schon auf sie. Ich glaube fast, dass die sexuelle Stimulation ihm genauso gut gefallen hat wie seine Fleischbelohnung. Und Ihr habt ja das Ergebnis gesehen; unser haariger Freund war in der Lage, seine Beute zu jagen, ihr die Tunika vom Leib zu reißen – ohne größere Kratzer zu hinterlassen.«

Atilius musste immer noch lachen, wenn er an die Szene dachte. »Allmählich glaube ich fast, die Begabung der Römer kennt keine Grenzen.«

Balbinus schwatzte weiter, doch Atilius' Blicke schweiften zur leeren kaiserlichen Loge. Ausgerechnet vor Beginn der nachmittäglichen Spiele muss Antoninus verschwinden, dachte er erbost. Dabei war die Hauptattraktion des Tages doch eigens für diesen Hanswurst von Kaiser erdacht worden. Atilius schaute noch einmal hinüber zur leeren kaiserlichen Loge und dann in die Arena hinunter, wo Arbeiter das Auge der Arena mit Seilen und Netzen abgesperrt hatten, um die wilden Tiere auf Abstand zu halten und Vorkehrungen für die Hauptattraktion des Tages zu treffen.

»Der Kaiser müsste eigentlich bald hier sein«, sagte Balbinus, wieder einmal die Gedanken seines Senators vorwegnehmend. »Ich habe seine Diener über unsere Überraschung informiert. Sie haben es ihm bestimmt gesagt.«

»Natürlich haben sie es ihm gesagt!«, fauchte Atilius. »Der Mann strapaziert allmählich meine Geduld.« Atilius verspürte ein Brennen im Magen. Er hatte alles in seiner Macht Stehende getan, um dem Kaiser zu gefallen, und nun trieb sich der Hanswurst sonst wo herum …

»Vielleicht sollte ich mit einem seiner Diener reden.«

»Auf keinen Fall! Ich prostituiere mich doch nicht vor ihm. Er weiß, was ich geplant habe. Wenn er es vorzieht, nicht zu kommen, werde ich es als Wink des Schicksals akzeptieren.«

»Der Kaiser entschuldigt sich häufiger von den Spielen«, merkte Balbinus an.

»Er ist ein schwacher Mann.«

»Ein frommer Mann vielleicht, fromm und freundlich.«

Atilius schnaubte verächtlich. Balbinus kannte seine Meinung zu diesem Thema ganz genau. Schwache Führer übten aus Angst vor Widerstand nie ihre Macht aus, und der Senat war von Antoninus' Angewohnheit, seine Mitglieder vor jeder wichtigen Entscheidung zu befragen, so angetan, dass er ihm den ungewöhnlichen Titel Pius – »der Fromme« – verliehen hatte. Antoninus den Frommen nannten sie ihn. Atilius konnte das Geschwafel von den guten Taten des Kaisers nicht mehr hören. War je ein Kaiser »der Fromme« genannt worden? Hatte man je einen Kaiser für seine Freundlichkeit oder seine versöhnliche Art gelobt? Nein, ein Kaiser hatte mit eiserner Faust zu regieren. Jeder, der nicht ganz blind war, merkte doch, dass Antoninus' so genanntes frommes Wesen letztlich nur seiner Unsicherheit und Unfähigkeit entsprang. »Seine Ängste machen ihn blind«, murmelte Atilius. »Er versteht einfach gar nichts.«

»Die Bedeutung des Amphitheaters für Rom versteht er mit Sicherheit nicht.«

»Ganz genau. Er kann kein Blut sehen, und glaube mir, Balbinus – Rom wurde mit Blut erbaut.«

»Ich fürchte, dieses schwächliche Verhalten ist nicht auf unseren Kaiser beschränkt«, meinte Balbinus. »Sein Adoptivsohn Marcus Aurelius hat sich längst zum Narren von Rom gemacht. Er ist noch schlimmer als der Kaiser. Wenn er überhaupt einmal hier ist, sitzt er in der kaiserlichen Loge und schreibt Briefe und Dokumente. Wie es heißt, hasst er die Spiele. Er kommt nur, weil es von ihm erwartet wird. Das ist doch ein Schlag ins Gesicht eines jeden guten Römers.«

»Und eine Verhöhnung all der Kaiser, die die Macht erst erschaffen haben, die er genießt. Kannst du dir einen Julius Caesar oder Augustus oder Trajan als ängstliches Weib vorstellen? Sie wären angewidert von der Haltung, die heutige Kaiser einnehmen.« Er verscheuchte eine Fliege aus seinem Gesicht. »Aber welchen Zweck hat es schon, darüber zu reden, wenn –«

»Vergebt mir, Senator«, sagte Balbinus, dessen Blick sich auf einen Gang richtete, der aus dem Innern in den Zuschauerraum führte. »Einer meiner Informanten hat mir ein Zeichen gegeben. Kaiser Antoninus ist auf dem Weg hierher!«

»Dachte ich mir's doch. Wirfst du den Hunden ein dickes Stück Fleisch hin, kommen sie auch schon angerannt. Als Antoninus begriff, was wir für heute Nachmittag auf die Beine gestellt haben, hätte ihn nicht einmal das Orakel von Delphi davon abhalten können.« Ein verächtliches Grinsen spielte um seine Lippen. »Wie oft hat Antoninus schon versucht, dem Mob Kultur einzuimpfen? Er ist jedes Mal damit gescheitert. Und weißt du auch warum?«

»Weil das Amphitheater kein Ort für Dichter und Sänger ist.«

»Gut gesagt, Balbinus. Das Amphitheater ist eine Schule des Mutes und der Tapferkeit – ein Ort, wo dem Unerschrockenen Reichtum winkt und dem Feigling der Tod. Und genau das hat Rom groß gemacht. Nichts überrascht, nichts entsetzt uns. Wir kennen die Schrecken des Kampfes und die Folgen der Niederlage. Schon seit unseren Anfängen –« Er unterbrach seine Rede, abgelenkt von einer Streiterei in den Reihen über ihm, wo städtische Soldaten aber schon dabei waren, die Kampfhähne zu trennen. »Schon seit unseren Anfängen haben wir teil am Geheimnis des Todes. Töten ist für uns so natürlich wie eine gute Mahlzeit, und das alles lernen wir hier und in Hunderten anderer Amphitheater, die wir überall in der Welt errichtet haben.« Er seufzte. »Aber Antoninus und seinesgleichen werden das nie verstehen. Für sie sind die Spiele nur Unterhaltung. Aber sie irren sich gewaltig. Es geht um Überlegenheit! Die Spiele sind eine Demonstration unserer Überlegenheit über die Barbaren – ein Ort, an dem der römische Geist in Blut gebadet wird.«

»Was Ihr sagt, ist wahr, Senator. Deswegen habe ich auch immer noch Bedenken wegen des griechischen Sängers –«

»Griechischer Sänger! Pelopidas ist doch nicht irgendein griechischer Sänger. Ich gebe ja zu, dass er unerträglich arrogant sein kann, aber wir müssen den Mann ja nicht heiraten; wir benutzen ihn nur eine Zeit lang für unsere Zwecke. Ihn dazu zu bringen, im Amphitheater aufzutreten, ist keine üble Leistung.«

»Aber natürlich, da stimme ich voll und ganz mit Euch überein. Aber dennoch fürchte ich«, meinte er und wackelte sorgenvoll mit dem Kopf, »dass nichts die Leidenschaften der Römer so sehr entfacht wie griechische Arroganz.«

»Ich teile deine Befürchtungen, Balbinus, aber ich möchte dem Kaiser Antoninus und den wenigen Anhängern, die er im Senat noch hat, etwas beweisen. Ich, Atilius, kann den Pöbel von Rom für mich gewinnen – und das selbst mit einem anspruchsvollen Programm. Mach dir keine Sorgen um Pelopidas; er wird sich großartig halten. Dafür habe ich schon gesorgt.«

Balbinus nickte ohne große Begeisterung.

Atilius lächelte. »Der Grund dafür, dass Antoninus bei derartigen Gelegenheiten so jämmerlich gescheitert ist, liegt auf der Hand. Dem Mann fehlt jegliche Fantasie. Er versucht, dem gemeinen Römer Kultur einzuhämmern, und so funktioniert das nun mal nicht. Heute werde ich ihm und den selbst ernannten Weisen von Rom zeigen, dass der Senator Atilius Titianus die Bürger Roms auf jedem Niveau in der Hand hat.« Er trank etwas Quittensaft aus dem Schlauch. »Ich werde den Leuten Kultur bieten – und sie werden begeistert sein. Man braucht dazu nur den geeigneten Hintergrund.«

»Nun, Pelopidas ist zweifellos der Gipfel von Eleganz und Grazie«, bestätigte Balbinus, nun schon deutlich zuversichtlicher. »Man sagt, seine Stimme sei süßer als die eines Kanarienvogels. Und Eure Idee, für ihn das Amphitheater unter Wasser zu setzen – das wird ein gigantischer Triumph!«

Atilius nickte. Er wusste das Kompliment durchaus zu schätzen, doch niemand außer ihm ahnte, was es ihn gekostet hatte, sich bei diesem Egomanen einzuschmeicheln. Geld war da noch das Wenigste. Noch nie in seinem Leben war er derart gedemütigt worden. »Senator Atilius Titianus würde gern ein paar Worte mit Pelopidas wechseln«, hatte er zum Türsklaven der Garderobe im Theater des Marcellus gesagt.

»Der große Pelopidas muss seine Stimme schonen«, bekam er zur Antwort.

Atilius versuchte, höflich zu bleiben. »Würdet Ihr ihn bitte darüber in Kenntnis setzen, dass ein Senator des Römischen Reiches wünscht –«

Die Tür fiel ins Schloss.

Atilius wurde rot und schaute sich instinktiv um. Zum Glück hatten nur ein paar wenige Leute mitbekommen, wie man ihn abgefertigt hatte. Er klopfte abermals an die Tür.

Als der Türsklave erneut versuchte, die Tür zu schließen, drückte Atilius fest mit der Hand dagegen. »Sklave«, er flüsterte aus Verzweifelung, »ich will mit Pelopidas sprechen. Wenn du mir den Zutritt verweigerst, werde ich dich kaufen und dir noch heute Abend das Maul mit glühenden Kohlen stopfen lassen.«

Wenige Augenblicke später wurde Atilius in einen Raum geführt, der voll gestopft war mit Veilchen, Rosen, Hyazinthen und Lilien – allesamt erstanden in Roms teuren Gewächshäusern von glühenden Bewunderern des Künstlers. Am anderen Ende des üppig geschmückten Raumes saß der große Pelopidas wie ein Monarch auf seinem Thron, seine stattliche Figur umflossen von einer lavendelfarbenen Robe. Mit seinen von seiner letzten Vorstellung noch rot bemalten Wangen und Lippen und ohne seine Perücke, nur mit einem silbernen Haarnetz über seinem dünner werdenden Haar, sah er aus wie eine riesige Kröte, die ihr Reich bewachte.

Mit einer Handbewegung scheuchte er seine ägyptischen Sklaven weg und sagte mit ungewöhnlich hoher Stimme: »Ihr habt eine persönliche Botschaft vom Kaiser?«

Atilius zögerte, als ihm plötzlich klar wurde, was der Türsklave seinem Herrn gesagt haben musste.

»Nun, was ist?« Pelopidas' runde Lippen bewegten sich voller Ungeduld.

»Ich hätte da ein aufregendes Angebot für Euch –«

Sein Kopf wirbelte zu dem Türsklaven herum: »Du hast doch gesagt, er hätte eine Botschaft vom Kaiser! Dafür lasse ich dich auspeitschen.«

»Ich bin Senator Atilius Titianus –«

»Ja, ja«, sagte Pelopidas gelangweilt, »Ihr wollt mir nur mit Eurem Lob schmeicheln. Wenn Ihr Botschaften oder Blumen habt, dann legt sie zu den anderen. Aber jetzt muss ich wirklich meine Stimme schonen.«

»Ich verstehe –«

»Gar nichts versteht Ihr! Ihr Römer habt noch nie Verständnis für Künstler gehabt. Ihr glaubt doch, die Musik ströme gleichsam aus mir heraus wie aus einer hölzernen Flöte. Aber im Augenblick schmerzt meine Stimme wie ein geknicktes Schilfrohr. Und natürlich kann ich in ganz Rom nirgendwo Honig und Nelkenöl auftreiben – das Einzige, was die Schmerzen meiner Stimme lindern kann.«

»Ihr habt Recht«, sagte Atilius besorgt, »ich habe Euer Leiden nicht angemessen berücksichtigt –«

»Behandelt mich nicht so. Ich bin kein Schwachkopf« Pelopidas hustete und zuckte dabei vor Schmerz zusammen.

Atilius lief vor Verlegenheit rot an. »Es tut mir Leid«, stieß er hervor. »Ich wollte doch nur –«

»Ja, schon gut, ich nehme die Entschuldigung an. Und jetzt muss ich ruhen.« Der Sänger wandte sich ab.

Atilius starrte auf den Hinterkopf des aufgeblasenen Pelopidas und schluckte. Wohl wissend, dass er seinen eigenen Stolz aufgeben oder mit leeren Händen weggehen müsse. »Das Theater des Marcellus ist ein prächtiges Haus, aber Euer Talent kommt darin gar nicht richtig zur Geltung. Ich finde, das Amphitheater wäre dafür der passendere Rahmen.«

Pelopidas drehte sich leicht um.

»Selbstverständlich wären auch Kaiser Antoninus und die Senatoren anwesend«, fügte Atilius hinzu.

Er drehte sich noch weiter um.

»Und da das Amphitheater dreimal so groß ist wie das Theater des Marcellus, scheint es mir nur recht und billig, dass ihr auch eine dreimal so hohe Bezahlung bekommt.«

Die List erwies sich als erfolgreich, und so erklärte Pelopidas sich einverstanden, das Amphitheater mit seinem Auftritt zu beehren, auch wenn Atilius sich fragte, ob der Sieg seine Demütigung aufwog.

»Das Amphitheater unter Wasser setzen«, plapperte Balbinus immer noch. »Ein wahrer Geniestreich.«

»Ich denke, das war die richtige Entscheidung«, entgegnete Atilius. »Wir mussten irgendwas Besonderes machen. Antoninus hätte ihn natürlich nur von einem Podest aus singen lassen. Kannst du dir vorstellen, dass dieser Mob still dasitzt und sich griechische Lyrik anhört, wenn er stattdessen Leoparden dabei zusehen könnte, wie sie kreischenden Barbaren die Eingeweide aus dem Leib reißen?«

»Eher kann ich mir vorstellen, dass Venus nach mir Ausschau hält«, erwiderte Balbinus.

»Genau deshalb brauche ich etwas, das ihre Aufmerksamkeit fesselt. Das Wasser wird nicht nur diese höllische Hitze lindern«, fügte Atilius hinzu und betupfte sich mit einem Schwamm die Stirn, »sondern dem Publikum schon vor Pelopidas' Auftritt die Seeschlacht ankündigen. Mit dieser Erwartung, glaube ich, wird selbst das römische Volk eine kleine Gesangseinlage ertragen.«

»Sie werden Euch hochleben lassen«, bestätigte Balbinus.

»Um ganz sicher zu gehen«, meint Atilius, »könnten wir auch gleich die Namen der Gladiatoren ankündigen, die nach der Seeschlacht den Kampfplatz betreten.«

Voller Stolz verkündete Balbinus: »Dafür ist bereits gesorgt, Senator.«

Mittlerweile hatten die Jäger die Tiere erlegt und verließen nun unter herzlichem Beifall die Arena. Dutzende von Männern sammelten die toten oder sterbenden Tiere ein und schleiften sie hinaus. Geistesabwesend beobachtete Atilius, wie Arbeiter die Sträucher auf die bereits hereingeschaffte riesige tragbare Insel aufsetzten. Der Anblick der Insel verfehlte auf die Zuschauer nie seine Wirkung. Im Lauf der Jahre waren sie Zeugen ruhmreicher Seeschlachten und aller nur denkbaren Belagerungen der Insel geworden; einmal beispielsweise hatten Frauen sie gegen blinde, in Booten ankommende Piraten verteidigen müssen. Manchmal bekamen auch Messer schwingende Gladiatoren den Auftrag, das Eiland von ägyptischen Krokodilen zu befreien oder eine gestrandete Heldin, die unter Löwen und Bären geraten war, zu retten. Die Arbeiter legten an die Insel letzte Hand an und stellten hier und da noch einen Busch auf, um die Falltüren zu den Gängen im Untergeschoss der Arena zu verbergen. Bald schon würde sich das Oval des Amphitheaters mit Wasser füllen, die Musik einsetzen und Pelopidas wie durch eine Wunder durch eine Falltür auf der Insel auftauchen.

Wieder pulsierte die Ader in Atilius' Auge. Sein Versuch, sich mit der Kultur einzulassen, konnte leicht danebengehen. Sein Problem war sein Stolz, das wusste er nur zu genau. Er brannte darauf, den Mächtigen in Rom zu zeigen, dass für einen Mann seines Kalibers nichts unmöglich war. Auch wenn die Spiele bislang ungeheuer erfolgreich gewesen waren: Der Vortrag lyrischer Dichtung stellte zweifellos ein Risiko dar. Sein Traum, Kaiser zu werden, war schließlich zu einem guten Teil vom Wohlwollen des Volkes abhängig. Nachdem er so viel Zeit und Geld investiert hatte, wollte er jetzt nicht alles wieder verlieren.

Unter ihm waren die Männer gerade mit der Überprüfung der Fluttore fertig geworden und gaben den Technikern ein entsprechendes Zeichen. Mit einem Mal brach das Wasser hervor, schoss über den mit Sand bestreuten Kampfplatz des großen

Amphitheaters. Die Wunder der römischen Technik erstaunten Atilius immer wieder.

Der plötzliche Aufschrei der Menge zeigte an, dass Kaiser Antoninus zurückgekehrt war. Er quittierte die Huldigungen mit einem Winken und nickte dann Atilius, dem Gönner der Spiele, höflich zu. Die meisten römischen Würdenträger waren mittlerweile zurückgekehrt und unterhielten sich angeregt. Sie verstummten, als Männer mit mächtigen Stimmen die Ereignisse des Nachmittags ankündigten. Die Erwähnung griechischer Musiker zog ein paar wenige Buhrufe nach sich, aber im Großen und Ganzen schien das Publikum dem Programm entgegenzufiebern.

Die Arena war jetzt überflutet, und durch die Portale glitten elegante Boote herein, die wie Blätter auf dem Wasser dahintrieben. In jedem dieser mehr als zwanzig Schiffchen saßen, singend und Lyra spielend, zwei spärlich bekleidete Mädchen. Die Menge jubelte und harrte gespannt der Dinge, die da kommen sollten.

Plötzlich erschien auf der Insel in einer leuchtend weißen Toga Pelopidas, dessen Stimme sich über die der Mädchen erhob. In ehrfürchtigem Schweigen lauschten die Menschen auf den Rängen seinem Gesang, der mit dem der Frauen zu einer Melodie verschmolz, wie sie Rom süßer nie gehört hatte. Stumm beobachtete Atilius die Szene; noch nie hatte er die Massen so still erlebt. Alle Augen folgten Pelopidas, als er über die Insel ging und den Mädchen, deren Stimmen über das Wasser hallten, ein Ständchen brachte.

Fünf Minuten der Wonne vergingen. Zehn Minuten. Mochte Pelopidas auch ein unerträglich arroganter Grieche sein, dachte Atilius, war seine Stimme doch ein Geschenk der Götter. Selbst abgestumpfte römische Senatoren beugten sich vor, um jeden einzelnen Ton so gut wie möglich zu hören. Atilius war hocherfreut.

Dann passierte es. Es begann in den oberen Reihen. Zunächst war es nur ein Gemurmel. Langeweile? Gleichgültigkeit? Atilius wusste nicht, was der Grund war, aber mit jeder Minute, die verging, wurde die Menge unruhiger. Er hatte sein Ziel erreicht; er hatte ihnen Kultur gegeben, und sie hatten es genossen. Aber jetzt nutzte sich die Sache allmählich ab. Er wies Balbinus an, jemanden zu schicken, der Pelopidas ein Zeichen gab.

Der Grieche aber sang ungerührt weiter.

Das Gemurmel schwoll zu einem Murren an.

Dann begannen die Buhrufe.

»Tu doch was!«, rief Atilius.

Balbinus sprang auf. »Ich schicke Kallias durch eine der Falltüren in der Insel, damit er –«

»Bring ihn einfach weg, und gib Zeichen zum Beginn der Seeschlacht!« Atilius wischte sich übers Gesicht und blickte sich verunsichert um. Er war sich sicher, auf den Gesichtern einiger der Senatoren und selbst in der kaiserlichen Loge Schadenfreude gesehen zu haben. Die warteten nur darauf, ihn scheitern zu sehen.

Titus Severus lehnte sich zurück und rief Atilius zu: »Was für eine liebliche Stimme. Für das Amphitheater geradezu ideal.«

Atilius wandte sich ab. Er hatte nicht die Absicht, seinen Feinden noch mehr Gelegenheit zum Spott zu geben.

Die Unzufriedenheit wuchs. Von allen Rängen des Amphitheaters drangen nun die Pfiffe und Buhrufe zu ihm herunter. Was ist nur los mit diesem Griechen?, dachte Atilius. Er kann doch unmöglich taub sein für die Proteste des Publikums! Warum singt er bloß weiter? Der Mann ist so versunken in seine eigene Stimme, dass er nur noch sich selber hört. Warum hat Balbinus nicht längst etwas unternommen?

Pelopidas stand in der Mitte der Insel, die eine Hand in der Toga, die andere zum Publikum ausgestreckt. Er setzte gerade mit fest geschlossenen Augen zu einem seiner höchsten Töne an, als plötzlich hinter einem Busch keine fünfzehn Fuß von ihm entfernt ein Löwe seinen Kopf hervorstreckte. Dann erschien hinter ihm eine Löwin, die sich kräftig schüttelte, bevor sie ins Leere starrte. Das grelle Licht des Nachmittags schien die Tiere erst einmal zu blenden, nachdem sie aus ihren unterirdischen Zwingern gekommen waren. Die Löwin gähnte, bevor sie plötzlich mit der Tatze nach dem Löwen schlug, der unter wütendem

Gebrüll zurücksprang. Erstaunlicherweise schien Pelopidas den Lärm gar nicht zu bemerken, und nun ging er sogar auf die ihn mittlerweile sehr aufmerksam beobachtenden Raubkatzen zu. Dann blieb er abrupt stehen. Die Menge brach in lautes Gelächter aus. Pelopidas trat ein paar große Schritte zurück, sang aber weiter. Sein Entsetzen war ihm deutlich anzusehen, als er zum Podium blickte und auf die Löwen zeigte.

Atilius war schockiert. Dieser rücksichtslose Verwandte von Balbinus ließ die Löwen auf die Insel. Das war nicht irgendein barbarischer Sänger, das war Pelopidas, der Stolz von Griechenland. Was sollten die anderen Senatoren davon halten? Und erst der Kaiser? Instinktiv wanderte sein Blick hinüber zur kaiserlichen Loge. Antoninus' Gesicht war wie versteinert. Ganz offensichtlich gefiel ihm nicht, was er da sah. Dennoch unternahm er nichts.

Atilius bekam kaum mehr Luft. Er schaute zu den Senatoren und Würdenträgern, die rechts und links und hinter ihm auf der Tribüne saßen und kichernd die überraschende Wendung des Spektakels verfolgten. Einer nickte ihm anerkennend zu. »Großartig!«, rief ein anderer. Wieder andere äußerten sich ähnlich und wandten sich dann wieder dem Ort des Geschehens zu, um auch ja nichts von dem Drama auf der Insel zu verpassen. Atilius merkte sofort, was da vor sich ging. Rom hatte immer schon einen heimlichen Hass auf Griechenland mit seinem Anspruch auf Kultiviertheit. Rom war die Beherrscherin der Welt, und vom Euphrat bis zu den Wällen im Norden Britanniens krochen die Könige vor Roms Macht im Staube. Nur nicht die Griechen. Niemals die Griechen! Sicher, sie zahlten ihre Steuern und begegneten den römischen Magistraten mit dem angemessenen Respekt, aber in ihrem tiefsten Innern fühlten sie sich überlegen. Es stand in ihren arroganten Gesichtern geschrieben. Ihre Philosophie, ihre Kunst, ihre Musik, ihre Mathematik – aus ihrer Sicht waren sie in allen Künsten überlegen. Rom war für die Griechen nicht viel mehr als eine Stadt voller Soldaten. Voller geschmackloser und grausamer Wilder. Auch diesen Pelopidas kümmerte es wenig, was die Bürger Roms wollten. Er sang und sang in der Erwartung, dass die griechische Kultur die Oberhand behalten werde.

Die Honoratioren auf den Ehrenplätzen reckten die Hälse, um zu sehen, was der Grieche nun aus seiner misslichen Lage machen würde. Zwischendurch warfen sie Atilius immer wieder bewundernde Blicke zu. Die glauben anscheinend, ich hätte das von Anfang an geplant, dachte er. Kaiser Antoninus ist vielleicht nicht besonders glücklich damit, aber schwach, wie er ist, wird er den Mund halten. Der Mann hatte ja nie den Mut, einer Mehrheit zu widersprechen.

Mittlerweile hatte Pelopidas aufgehört zu singen; er rannte zum anderen Ende der Insel und winkte ungestüm hinüber zu der Ehrenloge. Die Menge tobte, und selbst die singenden Mädchen in ihren Booten lachten über den absurden Anblick, den Pelopidas bot, wie er mit geraffter Toga über die Büsche sprang.

Die Löwen trotteten gemächlich über die Insel, ihre Beute immer im Blick. Plötzlich rannte das Weibchen los und fegte mit unglaublicher Geschwindigkeit durch das künstliche Buschwerk. Sie erwischte Pelopidas an der Brust und warf ihn zu Boden. Dann packte sie ihn mit dem Maul am Nacken und schüttelte ihn, bis er seine Perücke verlor. Der andere Löwe biss sich in einem Bein fest und versuchte, sich die Beute zu schnappen. Die Bestien knurrten und zerrten an ihrem Opfer, während die Menge sich vor Begeisterung fast überschlug.

Atilius staunte über die Kraft der Tiere. Ihm fiel ein Stein vom Herzen. Die Sache hätte mit einem Desaster enden können, aber die Götter waren auf seiner Seite.

»Wie findet Ihr das?«, fragte Balbinus, als er sich wieder neben den Senator setzte.

»Ich bin mir nicht ganz sicher, ob ich es gut finde, dass Pelopidas an die Löwen verfüttert wird. Die Griechen in Aetolia könnten sich beschweren.«

»Unfälle passieren eben.«

»Ja, das ist wohl wahr.«

Balbinus lächelte. »Der Mob ruft schon wieder Euren Namen.«

Atilius erhob sich, um die Huldigungen entgegenzunehmen. Das war allemal einen griechischen Sänger wert. Als er wieder Platz genommen hatte, sagte er: »Dein Verwandter verfügt wirklich über ein außergewöhnliches Talent, solche Sachen zu arrangieren. Kannst du ihm vertrauen?«

»Ohne jede Einschränkung.«

»Wir brauchen einen verlässlichen Mann am Wall. Vielleicht sollten wir ihn noch einmal nach Britannien schicken; über die Einzelheiten können wir uns später unterhalten.«

In die Menge kam erneut Bewegung. Im Wasser hatte jemand ein Boot zum Kentern gebracht, und zwei Mädchen platschten im hüfttiefen Wasser herum und riefen nach Hilfe. Eine von ihnen kreischte und wurde plötzlich unter Wasser gezogen. Die andere wand sich völlig hysterisch hin und her und schrie, als würde sie an den Beinen festgehalten. Dann trieb sie wie von einer unsichtbaren Kraft gezogen zwanzig Fuß über das Wasser, bevor auch sie unter der Wasseroberfläche verschwand.

»Was ist das denn? Noch so eine Überraschung von deinem Verwandten?«

Balbinus konnte sich kaum mehr halten. »Kallias meinte, er würde beweisen, dass er sein Geld wert ist.« Ein weiteres Boot kenterte. Plötzlich tauchte das gewaltige Gebiss eines Reptils aus dem Wasser auf und schloss sich um den Körper eines um sein Leben kämpfenden Mädchens.

»Krokodile! Krokodile!«, rief Atilius begeistert.

»Ich wusste doch, dass Euch das gefallen würde.«

»Gefallen? Das ist fantastisch! Sieh sie dir an, wie sie versuchen, ans Ufer zu paddeln … und dann das Publikum! So etwas haben sie noch nie zu sehen bekommen.«

Hingerissen verfolgte Atilius das Drama. Die Krokodile zerbissen die weichen Boote, zerrten die Mädchen auf den Grund, von denen dann nur noch dunkelrote Strudel zeugten. Einige Mädchen schafften es bis zum Rand der Arena, wo sie aber der kreischende Mob ins Wasser zurücktrieb.

»Schau mal«, sagte Atilius, »eine hat es bis auf die Absperrung vor uns geschafft.«

»Die kommt aber nie über die Einfriedung. Das schafft nicht einmal ein Gladiator.«

Auf eine Laune hin stand Atilius auf und ging zum vorderen Rand des Podiums, wo das Mädchen am Zaun über dem Wasser hing. Als es den Senator kommen sah, flehte es um Gnade. Atilius blickte in ihre entsetzten Augen und roch die Angst, die von ihrem nassen Körper aufstieg. Balbinus hatte Recht. Sie würde es nie schaffen, sich auf das Geländer hochzuziehen. Sollte er sie verschonen? Vielleicht gefiel das ja der Menge. Dann aber beschloss er, die Zuschauer selbst entscheiden zu lassen. Das Amphitheater war so etwa der einzige Ort, an dem die Römer einen Senator sichtbar beeinflussen konnten, und das genossen sie ganz besonders.

Als barmherziger Mann streckte er die Hand aus und hielt den Daumen nach oben. Aus dem Mob erhob sich augenblicklich ein furchtbares Gebrüll; die meisten Daumen zeigten nach unten, und die Leute brüllten sich gegenseitig an, um das Urteil zu beeinflussen.

Das Mädchen spürte die Stimmung der Masse und schrie noch eindringlicher um Gnade. Tränen flossen ihr übers Gesicht, als sie den Senator anflehte, sie zu verschonen. Atilius aber wusste, was die Menge wollte, und drehte den Daumen nach unten. Das Leben eines einzelnen Mädchens war das Wohlwollen der Massen wert. Der gewaltige Jubel, der das Amphitheater erschütterte, erstarb, als der Senator sich vorbeugte. Er löste eine metallene Halterung eines Bannermastes am Podium und schlug auf eine Strebe des Geländers unweit der Stelle, wo das Mädchen hing. Nichts geschah. Er schlug härter zu. Der Anblick eines Krokodils, das urplötzlich aus dem Wasser schoss, ließ Atilius zurückweichen. Das riesige Reptil pflückte mit seinen Zähnen das Mädchen von der Einfriedung wie ein Stück Fleisch, das als Köder ausgehängt worden war.

Als Atilius sich von seinem Schrecken erholt hatte, murmelte er zu sich selbst: »Traurig, traurig. Immer fressen die großen Fische die kleinen. Aber so ist das eben im Leben.«

Wochenlang sonnte sich Atilius im Glanz seiner erfolgreichen Spiele. Ganz Rom führte ihn dauernd im Munde. Senatoren, die er einst als Gefahr für seine Ambitionen eingeschätzt hatte, lobten ihn in aller Öffentlichkeit. Selbst Senator Titus Severus zollte ihm zähneknirschend Beifall. Am bedeutsamsten aber war für ihn, dass Kaiser Antoninus endlich begriff, dass er Atilius beschwichtigen musste. Es war schon erstaunlich, welche Macht die Spiele einem Senator verleihen konnten.

Jahrelang hatte er geduldig auf diesen Tag gewartet. Seine Heirat mit Sabina hatten ihm einen gewissen Respekt in Sachen Grenzpolitik eingebracht. Er hatte sogar den alten Trebellius überreden können, mehrere Male im Senat für ihn zu sprechen. Atilius' ständige Kritik an den Ausgaben für die Unterhaltung des Antoninuswalls hatte ihm im Senat zahlreiche Freunde eingebracht. Fast jeder begriff mittlerweile, wie unsinnig es war, Roms Staatskasse zu plündern, nur um ein paar Außenposten auf einer Insel am Rande der Welt zu halten. Oft genug hatte Atilius im Senat die Ansicht vertreten, dass die Provinzen dazu da waren, die Staatskasse zu füllen, statt sie zu leeren.

Und nun diese Spiele. Er hatte sich immer großzügig gezeigt, wenn es um Projekte ging, die unmittelbar die Bürger Roms betrafen oder auch die Prätorianer, auf deren Unterstützung er angewiesen war. Die Spiele aber waren der Gipfel. Die Zeit war reif.

»Balbinus«, sagte er, während er zum fernen Palatinshügel hinüberschaute, »Sabina hat mir erzählt, dass Vectis wieder in Rom ist. Bring ihn zu mir.«

»Soll ich ein Essen arrangieren – vielleicht etwas Formelles?«

»Nein, lass ihn in den Senat kommen. Gewisse Dinge bespricht man am besten in den Hallen der Macht.«

»Möchtet Ihr, dass er nach Britannien geht?«

»Ich glaube, das nördliche Britannien wäre für meinen Schwager bestens geeignet.«

Beide Männer lächelten.

14

Neeve kam nach Hause.

Taranis beschloss, für seine Schwester das schönste Cottage in ganz Kaledonien zu bauen, schöner noch als ihr Domizil im römischen Süden. Seit Monaten schon verbrachten er und Eston jede freie Stunde mit dem Bau des Hauses. Er hasste zwar alles Römische, war sich aber sehr wohl bewusst, dass die römischen Handwerker in der Lage waren, Bauten zu errichten, die alles, was es in Kaledonien gab, weit in den Schatten stellten. Und er wusste auch, dass viele Kelten im Süden mittlerweile fast schon Freude darüber empfanden, im Römischen Reich zu leben – eine verstohlene, widerwillige Freude, die nach und nach ihre Seelen erstickte. Es konnte keinen Zweifel daran geben, dass die römische Lebensweise die Schwachen zu verführen vermochte. Es war, als verzauberte ihre Kultur die Kelten in den besetzten Gebieten, sodass sie die Knechtschaft der Freiheit vorzogen.

Zunehmend hatte sich Taranis in der Vergangenheit dabei ertappt, wie er über Neeve und ihr Leben in der Welt der Römer nachdachte. Er fürchtete, dass auch sie sich vom römischen Leben hatte einlullen lassen, und wurde einfach nicht das Bild los, das sich ihm immer aufdrängte: das Bild einer Taube, die im Netz eines Jägers zappelte. Er sah sie immer noch vor sich, wie sie ihn, die Arme um die Knie geschlungen, am Ufer des Ordvgi bat, doch bei ihnen bleiben zu dürfen. Er aber hatte ihr Flehen nicht erhört und sie stattdessen ins Herz des von Römern beherrschten Landes geschickt. Es schien schon so lange her. Aber jetzt hatte sie sich daraus befreit. Sie kam nach Hause.

Und so arbeiteten sie vom frühen Morgen bis zur Abenddämmerung an Neeves Haus, wann immer ihre Pflichten als kaledonische Truppenführer es zuließen. Sie errichteten ein Rundhaus im typisch keltischen Stil am Hang, fügten ihm ein römisches Bad mit einem Wasserkessel an, den sie von einem Händler im Dorf erworben hatten, und legten schließlich noch einen Innenhof ähnlich denen der Villen im Süden weit jenseits des Walls an, von denen sie gehört hatten. Nun mussten sie nur noch ein paar Abflussgräben ausheben, um das Gelände trockenzulegen. Neeve würde begeistert sein.

Neeve passierte mit ihrem Reisewagen das riesige hölzerne Tor des Walls, das sich nach Kaledonien öffnete. Krokusse wiegten sich im Wind, als wollten sie sich über ihre Ängste lustig machen. »Was tue ich hier eigentlich?«, fragte sie sich laut. Sie kam sich in ihrer eigenen Heimat wie eine Fremde vor. Zehn Jahre waren eine lange Zeit, und das leere, trostlose Land hatte nichts mit dem Land ihrer Erinnerungen zu tun. Ihre Fahrt vom Hadrianswall zum Antoninischen Wall war ein Schock für sie gewesen. Je weiter sie nach Norden kam, desto ungezähmter erschien ihr alles – die Häuser, die Straßen, die Menschen. Neeve fürchtete sich vor dem, was sie erwartete. Was sollte sie tun, wenn sie sich im Land ihrer Erinnerungen nicht mehr heimisch fühlte? Wenn am Ende ein solches Land gar nicht existierte? Wenn es nur eine Ansammlung von Träumen war, von angenehmen Bildern aus einer längst vergangenen Zeit, die sie trösteten, wenn das Leben unerträglich zu werden drohte?

Und wenn ihre Brüder sie nicht wollten, sie eher für eine Römerin als für eine Kaledonierin hielten? Doch da gab es noch eine andere, schreckliche Möglichkeit: Dass ihre Brüder sich verändert hatten, dass sie zu den Ungeheuern geworden waren, als die die Soldaten am Wall sie beschrieben? Sie kannten Taranis sogar schon beim Namen und nannten ihn den Blutgott. Er trage in der Schlacht einen roten Waffenrock, hieß es, und töte alles, was atmete – verwundete Soldaten, Frauen, Kinder und Vieh. Neeve erinnerte sich daran, dass auch ihr Vater im Kampf einen roten Rock getragen hatte; Taranis wollte es ihm, seinem Vater und Vorbild, ganz einfach gleichtun. Auch wenn sie lange weg gewesen war, sagte ihr doch ihr Herz, dass ihr Bruder kein Blutgott war.

Ein kühler Wind fegte durchs Gras, fing sich in den Senken, mit denen die felsige Ebene übersät war. Sie lehnte sich auf dem Sitz ihres Wagens zurück und überließ es den Pferden, der gefurchten Landstraße zu folgen. Sie hörte nicht auf ihre Zweifel, sondern gab sich dem inneren Frieden hin, der sie in diesem Land der Berge und kristallklaren Seen durchwogte. Sie wusste, dass sie die richtige Entscheidung getroffen hatte, und lächelte, als sie sich in der kargen Landschaft umsah. Endlich frei, endlich wieder auf kaledonischem Boden! Die Soldaten der Kastelle am Wall hätten das niemals verstanden. Aus ihrer Sicht war Kaledonien nur eine Bedrohung, ein Ort des Bösen, wo hinter jeder finsteren Ecke feindliche Krieger lauerten. Sie musste an ihre entgeisterten Blicke denken, als sie beantragte, hinter die Grenzen des Reichs fahren zu dürfen. Aber sie hatten es genehmigt. Trotz der zunehmenden Spannungen in den vergangenen Jahren waren die Tore für Reisende, Kaufleute und Händler zumindest tagsüber immer geöffnet. Die Römer verfügten noch immer über eine Kette von fünf Kastellen jenseits der Grenze. Aber heutzutage sah man nur noch Kolonnen von Soldaten sich zu diesen Posten bewegen, wenn Vorräte anzuliefern waren, und niemals wichen sie von der Straße ab, die die Kastelle miteinander verband.

Ein paar Meilen hinter dem Wall blieb Neeve mit ihrem Reisewagen stehen. Auch wenn es ihr nicht leicht fallen würde, sich wieder an das bäurische Kaledonien zu gewöhnen, genoss sie es doch, die freie Luft der Heimat zu atmen und die Unterdrückung des römische Militärs endlich hinter sich zu haben.

Dabei hatte es das Leben im Süden durchaus gut mit ihr gemeint. Gewisse Aspekte dieses Lebens waren sogar ausgesprochen angenehm gewesen, und mehr als andere hatte sie diese Annehmlichkeiten genossen. Das Leben in der Welt der Römer war wie das Dahintreiben auf einer Wolke: Es verführte nicht nur den Körper, sondern auch den Geist. Es verwöhnte einen mit Dienern und luxuriösen Bädern, mit Kunst und Theater. Und es lehrte einen, dass nichts, aber auch gar nichts außerhalb der Grenzen des Reiches einen Wert hatte, sofern es nicht dazu beitrug, das Leben der Menschen im Reich angenehmer zu gestalten. Und genau diese Einstellung war, wie Neeve hatte feststellen müssen, verantwortlich für die dunkle Seite des römischen Geistes.

Es war schlimm genug, dass Leben im Römischen Reich Leben in einem großen Militärlager bedeutete. Jedermann war dem römischen Militär verantwortlich, und das Militär war gnadenlos. Die Römer sprachen gern von ihren Gesetzen und ethischen Werten, in der Praxis aber lag die Rechtsprechung in der Hand des Militärs. Ein Kelte war rechtlos, und so war es nicht ungewöhnlich, dass jemand spurlos verschwand, wenn er sich kritisch äußerte.

Doch keine Ungerechtigkeit war so schlimm wie das Übel, das unmittelbar unterhalb der Oberfläche der römischen Gesellschaft lauerte. O ja, sie verstanden sehr gut, es zu verbergen. Im Glanz des römischen Luxus, im Fluss honigsüßer Rede konnte man es nur allzu leicht übersehen, zumal die Vornehmsten unter den Römern es verbargen wie eine stinkende Geschwulst. Es war der Tod. Die Römer waren der Faszination des Todes erlegen, ja geradezu besessen von ihm. Mit dem größten Vergnügen sahen sie zu, wie Menschen und Tiere starben.

Neeve hatte versucht, hinter die Kulissen zu blicken und so zu leben wie sie. Sie parfümierte ihren Körper und flocht ihr Haar zu kunstvollen Zöpfen, ruhte auf gepolsterten Liegen und hüllte sich in irische Wolle. Nachts aber durchschnitten die Schreie aus dem Amphitheater und das Gelächter der ekelhaften Menge die Stille ihres dunklen Zimmers. Und sie fühlte sich von all dem immer stärker abgestoßen.

Ihr Ehemann war ein hoher Beamter in der lokalen Verwaltung gewesen. Zumindest hatte sie das immer geglaubt. Wie hunderten anderer Einheimischer hatten ihm die Römer einen Posten in der Verwaltung ihrer Provinz übertragen, in dem er als Bindeglied zwischen ihnen und ihren keltischen Untertanen fungierte. Bald aber fand Neeve heraus, dass er im Grunde nichts anderes als ein Helfershelfer der Römer war – ein Informant, den sie ausnutzten, um ihre Herrschaft über das Volk zu festigen.

Wir müssen vorsichtig sein, sagte er oft; die Römer könnten dies oder jenes bemerken. Er stellte elegante Hauslehrer an, um ihren Akzent zu korrigieren und ihr Lesen und Schreiben der römischen Sprache zu verbessern – römische Magistrate, erklärte er ihr, hätten größte Bewunderung für diese Hingabe. Allmählich aber wurde sie es müde, ständig mit anhören zu müssen, was Magistrate über diesen oder jenen Aspekt ihres Lebens dachten. Römische Magistrate, pflegte er zu sagen, erwarten von den Ehefrauen ihrer Verwalter in den Provinzen ein in jeder Hinsicht vorbildhaftes Benehmen. Sie erwarten, dass sie zurückhaltend sind, aber nicht stumm, politisch interessiert, ohne sich jedoch einzumischen. Sie sollten sich um das Wohlergehen ihres Volkes sorgen, aber zugleich jedes unbotmäßige Verhalten melden. Natürlich sollten sie auch auf ihr Äußeres achten: aufgestecktes Haar, angemessene Kleidung, geschminkte Wangen und Lippen. Anständige Frauen gehen nie ungeschminkt und mit offenem Haar über den Markt, geschweige denn arbeiten wie gemeine Bauern am Webstuhl. Vor allen Dingen aber hatten sie die heilige Pflicht, Kinder zu gebären und sie im Sinne des Reiches zu erziehen.

Dass Neeve in den Jahren ihrer Ehe dem Reich keine Kinder gebar, war die große Enttäuschung im Leben ihres Gatten. Nie erfuhr er, dass sie Tag für Tag Silphiumsaft trank, den Saft einer Pflanze, der eine Schwangerschaft verhüten sollte. Ihr größter Fehler aber, so meinte sie, war ihre Entscheidung, ihren Brüdern nicht mehr zu schreiben. Was sollen denn meine römischen Vorgesetzten denken, hatte ihr Mann gesagt, wenn sie erfahren, dass die Frau eines Verbindungsbeamten Verwandte unter den kriegerischen Stämmen Kaledoniens hat?

Warum nur hatte sie ihre Familie so vernachlässigt!

Irgendwann ertrug sie es nicht mehr, zusehen zu müssen, wie ihr Ehemann vor seinen römischen Herren dienerte und ihnen sogar Vorschläge unterbreitete, wie die Besatzungsmacht das Volk noch besser in den Griff bekommen konnte. Er war zu allem bereit, um sich die Gunst Roms zu sichern. In jüngster Zeit hatte er damit begonnen, die Namen potenzieller Feinde des Reiches zu sammeln und weiterzugeben. Die Römer bleiben sowieso hier, pflegte er zu sagen; also müssen wir eben lernen, mit ihnen zu leben. Was sie mit seinen Informationen anfingen, war nicht sein Problem. Waren die Betreffenden unschuldig, hatten sie schließlich nichts zu befürchten.

Seine Selbstrechtfertigungen waren ebenso durchschaubar wie unmoralisch, und Neeve konnte einfach nicht länger mit ihm zusammenleben. Also reichte sie die Scheidung ein. Sie nannte keinen Grund für ihren Entschluss, um ihn nicht vor den Zeugen zu demütigen, aber er wusste Bescheid und akzeptierte ihn stillschweigend. Erst beim Abschied erklärte er verbittert: »Wer eine verblödete Kaledonierin heiratet, ist selber schuld. Dein Volk hält sich ja für so viel besser als jeder, der an die römische Ordnung glaubt.«

Sie hatte recht daran getan, ihn zu verlassen. Oft jedoch fragte sie sich nachts in ihrem Bett, ob sie eigentlich besser war als er. Hatte sie nicht auch das hohle Geschwätz verwöhnter Frauen mit wohlwollendem Lächeln quittiert? Oder den Mund gehalten, wenn sie ihn hätte aufmachen müssen?

Sie warf einen letzten Blick zurück auf den Wall und zog die Zügel an, der Wagen setzte sich mit einem Ruck in Bewegung.

Neeve passierte die Abkürzung zu dem Grasland auf den Anhöhen und ihrem Zuhause. Erinnerungen schwirrten ihr durch den Kopf, als sie ihre Pferde auf der schmalen Straße, die sich um den Hügel wand, antrieb. Sie dachte an die Wettrennen über die Böschung mit ihren Brüdern und die vielen Male, die sie diesen Abhang hinuntergeklettert und zum Dorf gerannt war, wo es nach gekochtem Fleisch und frisch gemahlenem Getreide gerochen hatte. Und sie dachte an ihre Mutter und ihren Vater und an die kleine Nes, die nicht mehr unter ihnen waren.

Zehn Minuten später erblickte sie die alte Weide hinter dem Rundhaus ihrer Familie, deren Zweige über das mit Lehm beworfene Dach hingen wie der schmutzige Bart eines alten Mannes. Nun standen da drei Cottages; bei ihrem Abschied war es nur eines gewesen.

Sie hielt vor der mittleren Hütte an und betrachtete die beiden Männer, die weiter hinten gerade einen Graben aushoben. Ihre nackten Oberkörper waren über und über mit Schlamm verschmiert. Der größere von beiden – er hatte rotes Haar – legte seine Schaufel beiseite, sprang aus dem Graben und wischte sich die Hände an den langen, weiten Hosen ab, während er dastand und sie anschaute.

»Neeve?«, fragte er schließlich.

Neeve starrte ihre Brüder an. Wie sehr sie sich doch verändert hatten! Sie waren wahre Riesen geworden mit muskulösen Armen und breiter Brust. Sie sahen fast aus wie die gewaltigen Gladiatoren, die anlässlich der Spiele in Londinium durch die Straßen paradierten. Eston kam ihr seltsam vor mit seinen roten Haaren und dem typisch kaledonischen Schnurrbart. Sie schaute über ihn hinweg zu Taranis, der gerade aus dem anderen Ende des Grabens stieg. Sein Haar war lang und blond wie das ihre. Dann wandte sie sich wieder Eston zu. »Ihr dachtet wohl schon, ihr wärt mich für immer los«, und sie lächelte verlegen, als sie vom Wagen stieg.

Eston erwiderte ihr Lächeln. »Wir wollten dich nie loswerden, Neeve.«

»Ich weiß.« Ihre Stimme war ruhig, ihr Gesicht ernst. Unsicher ging sie auf ihn zu und umarmte ihn.

»Vorsicht, ich bin total schlammig«, warnte Eston, der ihre strahlend weiße Tunika nicht beschmutzen wollte.

Neeve aber warf sich ihrem Bruder in die Arme. Die Jahre schienen dahinzuschmelzen, und sie ließ sich von ihren Gefühlen überwältigen. Sie warf den Kopf zurück und sagte unter Tränen: »Ich liebe Schlamm, und dich liebe ich auch!« Dann küsste sie ihn zweimal mit fest geschlossenen Augen. Sein Gesicht schmeckte nach Schweiß, Salz und Sand.

»Neeve«, sagte Taranis, »du siehst so verändert aus.«

»Tatsächlich? Und was glaubst du, wie ihr für mich ausseht?« Sie schrie fast, und eine kindliche Freude erhitzte ihre Wangen. Sie trat auf Taranis zu.

Er lächelte. »Es war hier nichts mehr so wie früher, seit du weggegangen bist.« Seine Blicke wanderten über ihr Gesicht.

»Keine kleine Neeve zum Herumkommandieren, was?«

Er nickte.

Sie umarmten sich lange, und zum ersten Mal seit Jahren fühlte Neeve sich innerlich ruhig.

»In unserem alten Haus wohne jetzt ich«, erklärte Eston. »Taranis scheint keine Frau zu finden – er wohnt allein da drüben. Und du wirst hier wohnen.«

»Dieses Haus hat einige Überraschungen zu bieten«, sagte Taranis mit einem Blick von der Seite auf Eston. »So eines findest du in ganz Kaledonien kein zweites Mal.«

»Vielleicht nicht einmal auf römischem Boden«, fiel Eston lachend ein. »Zu dem Haus gehört ein großes Stück Land, sodass du bei den Dorfversammlungen als Grundbesitzerin gelten wirst.«

Neeve starrte auf das fensterlose Cottage mit seinen Wänden aus Lehm und Hausteinen. Die Senken auf der Rückseite waren voller Schlamm, und ständig surrten ihr Fliegen um den Kopf. Rundhäuser waren kleiner und schmutziger, als sie sie in Erinnerung hatte.

»Natürlich müssen wir den Boden noch einebnen«, meinte Taranis. »Wenn die Gräben fertig sind, läuft auch das Wasser ab, also mach dir darüber keine Sorgen. Und natürlich verputzen wir die Mauern und pflanzen Farne und Efeu um sie herum –«

»Wie bei einem Römerpalast«, fügte Eston hinzu.

Neeve lächelte schwach.

»Wenn die Gräben fertig sind, wird das hier ein Hof«, erklärte Taranis und zeigte auf die Erdhaufen seitlich vom Haus. »Und wir haben auch nicht vergessen, dass du Ratten nicht ausstehen kannst. Eston und ich schwören hoch und heilig, jede Ratte im Umkreis von fünfzig Fuß von deinem Haus zu erlegen.«

»Ich nehme euch beim Wort«, sagte Neeve.

»Das dachten wir uns schon.«

»Wir haben auch schon ein paar Fensterläden«, sagte Eston. »Die Fensteröffnungen sind schnell ausgeschnitten, und dann setzen wir sie ein.«

»Und was ist das da für ein Gebäude?«

Ihre Brüder blickten einander grinsend an; sie freuten sich offenbar über die Frage. Dann gingen sie hinüber zu dem kleinen, in den Abhang des Berges gebauten Steinhaus und stießen die

Tür auf. Taranis Stimme bebte vor Aufregung: »Das hier, Neeve, ist dein ganz privates Badehaus!« Strahlend standen sie da und beobachteten sie erwartungsvoll.

»Das ist … wunderschön«, sagte sie in der Hoffnung, dass ihre Brüder nicht gemerkt hatten, wie sie sich beim Anblick des schmutzigen kleinen Raums erschrocken hatte. Sie hatten es nicht bemerkt; sie waren zu sehr damit beschäftigt, ihr seine Besonderheiten zu zeigen. Oben, erklärten sie, seien Löcher, durch die der Dampf abziehen und Licht einfallen könne. An der einen Seite stand eine Bank aus Zedernholz auf Dielen aus Zedern, und den größten Teil des Raumes nahm ein hohler Stein ein, der, wie sie erklärten, das Heißwasserbecken sei. Nach dem Erhitzen des Kessels müsse nur noch ein Schieber in der Wand geöffnet werden, und schon fließe das heiße Wasser ein, und nach dem Baden brauche sie nur den Schieber auf der anderen Seite zu öffnen, um das Wasser wieder abzulassen.

Alles funktioniere durch den natürlichen Fluss des Wassers von oben nach unten, erklärten sie weiter und stiegen ein paar frisch angelegte Stufen hinauf. Oben am Hang angelangt, zeigte Eston auf ein Becken, in dem sich das Regenwasser sammelte. Der Boden des Beckens sei aus Stein, und da ständig vom Berg her frisches Wasser nachlaufe, könne es nie versumpfen und somit auch als Kaltwasserbecken genutzt werden. Und zufrieren werde es auch nicht, fügte Taranis ernst hinzu, jedenfalls über den größten Teil des Winters nicht. Er schien sie unbedingt von der Funktionsfähigkeit ihres Systems überzeugen zu wollen. Die ständige Bewegung des Wassers werde ebenso dazu beitragen, ein Zufrieren zu verhindern, wie die ungehinderte Sonneneinstrahlung an dieser Stelle. Dann zeigten sie ihr die Überlaufkanäle, durch die überschüssiges Wasser in die darunter liegenden Gräben abgeleitet werden sollte, und versicherten ihr noch einmal, dass sie ihr Stück Land innerhalb weniger Tage vom Schlamm befreit hätten.

Als sie die Stufen wieder hinunterstiegen und ihre Brüder sich über die Größen von Warmwasserkesseln und die Einsatzmöglichkeiten von Wasserschiebern ausließen, schämte Neeve sich.

Sie hatten so hart gearbeitet, und das alles nur für sie. Wie stolz sie auf sich sind, dachte sie. Sie haben ja keine Ahnung, wie komfortabel und opulent römische Badehäuser ausgestattet sind mit ihren marmornen Becken und Skulpturen, gewölbten Decken und silbernem Zierrat. Sie konnten auch nicht wissen, wie geradezu kindlich ihr Heizsystem war verglichen mit den Fußboden- und Wandheizungen der Römer. Aber das machte alles nichts. Dies hier war ihr Badehaus – ein Geschenk ihrer Brüder.

»Du brauchst nur diesen Schieber zu öffnen«, erklärte Taranis immer noch, »und schon fließt Wasser in den Kessel. Dann erhitzt du es, öffnest den Schieber auf der anderen Seite« – er zeigte zu einer Tür, die sich vom Kessel zum Badehaus öffnete –, »und das einzige Badehaus Kaledoniens ist in Betrieb.«

Im Lauf der Wochen lernte Neeve das Land im Norden neu kennen. Jeden Morgen schloss sie sich den Frauen an, die den Boden für die Aussaat der Wintergerste im Herbst vorbereiteten. Die Sommertage waren kälter als üblich für die Insel, aber beim Pflügen und Steinesammeln auf den Feldern fiel ihr das kaum auf.

Am Anfang schmerzte Neeve der Rücken so sehr, dass sie schon fürchtete, nie mehr aufrecht gehen zu können, und mehr als einmal sehnte sie sich danach, sich einfach auf eine römische Liege fallen zu lassen und Fruchtsäfte zu schlürfen. Das war aber natürlich nicht möglich, und während ihr Körper sich nach und nach an die neuen Erfordernisse anpasste und Neeve neue Freundschaften aufbaute, begann sie allmählich, ihre Vormittage auf dem Feld zu genießen.

Sie nahm auch ihre Übungen mit dem skythischen zusammengesetzten Bogen wieder auf, die sie zehn Jahre zuvor so abrupt hatte abbrechen müssen. Dass sie älter und stärker geworden war, hatte ihr einen Vorteil verschafft, und so war sie eine ebenso miserable Schützin wie zuvor. Aber sie wurde täglich besser. Spätnachmittags ging sie dann zum Baden in ihr winziges Badehaus; ihre Brüder hatten einen großen Holzvorrat angelegt, und so biss sie nach dem Anzünden des Feuers die Zähne zusammen, wusch sich im eiskalten Becken, bevor sie hinunter zum warmen Wasser ins Badehaus hastete. Erstaunlicherweise funktionierte das System wirklich.

Die Gerüchte, die sie in Londinium bezüglich einer neuen Erhebung der Kaledonier gehört hatte, erwiesen sich als richtig, und so lauschte sie Tag für Tag auf den Feldern aufgeregt, wenn sich die Frauen darüber unterhielten, dass selbst so weit im Norden lebende kaledonische Stämme wie die Lvgier und die Carnonacer sich mittlerweile auf einen Krieg vorbereiteten. Sogar der mächtige Stamm im Süden, die Briganten, die zu beiden Seiten des Hadrianswalls lebten, hielten bereits Kriegsrat. Es sah ganz so aus, als wollte sich endlich die gesamte Insel gegen die römische Unterdrückung erheben. Aber die Schlüsselrolle kam dabei den Briganten zu. Allein die Aussicht von Unruhen bei den Briganten bereitete den Römern schon schlaflose Nächte. Wenn es den Kaledoniern gelang, die Briganten dazu zu bringen, von Süden her den Antoninischen Wall zu bedrohen, bestand die Aussicht, auch andere zwischen den Wällen lebende Stämme wie die kriegerischen Selgover und Novanter zu überreden, sich dem gemeinsamen Angriff anzuschließen. Dann konnten die Kaledonier von Norden her vorstoßen und die in der Falle sitzenden Römer am Wall vernichten.

Eines Tages, als Neeve gerade Steine aus einem frisch gepflügten Feld las, fragte sie sich laut, ob die kaledonischen Stämme wirklich so einfach die Römer aus ihren Kastellen am Antoninischen Wall vertreiben könnten.

»Bis zum Frühjahr sind die weg«, meinte eine kräftig gebaute Frau mit ordinärer Stimme, deren Aufgabe es war, die Felsbrocken an den Rand des Feldes zu schleppen.

»Aber warum sollten die Römer eine so gute Verteidigungsanlage wie den Antoninischen Wall aufgeben?«, fragte Neeve.

»So gut ist sie gar nicht«, erwiderte die Frau. »Über viele Meilen besteht sie nur aus einem Erdwall ohne weitere Befestigungen, und in den Kastellen sind keine Legionäre stationiert, sondern nur schlecht ausgebildete Hilfstruppen. Unsere Männer sind schon dutzende Male über den Wall vorgestoßen.«

Als sie Neeves überraschten Gesichtsausdruck sah, fuhr Estons Frau Emer fort: »Der Wall sieht zwar recht eindrucksvoll aus, aber ihn nachts zu überqueren ist überhaupt kein Problem, glaub mir. Selbst einige von uns Frauen haben das schon mal gemacht.«

»Wirklich?«

»Ich bin einmal rüber, um meine Schwiegereltern zu besuchen«, sagte eine Frau mit einem schüchternen Lächeln. »Als im Winter gerade mal kein Schnee lag.«

Vom anderen Ende des Feldes rief die kräftige Frau über die Schulter zurück: »Der Wall ist auch gar nicht dazu da, uns davon abzuhalten, ab und zu mal drüberzuschleichen.« Sie kippte ihre Steine aus. »Und er kann auch keinen größeren Angriff von unseren Kriegern abwehren.«

»Wozu haben sie ihn dann gebaut?«

»Um unsere Bewegungen zu kontrollieren«, entgegnete Emer, »und um zu verhindern, dass die Männer nach einem Angriff mit größeren Mengen an Beute nach Kaledonien zurückkehren.«

»Du meinst, er ist nur da, um unsere Bewegungsfreiheit einzuschränken?«, fragte Neeve nach.

»Genau«, rief die kräftige Frau. »Die Römer bevorzugen groß angelegte Schlachten. Im Schutz des Walls können sie in aller Ruhe ihre Truppen zusammenziehen und sich Angreifern in einer offenen Feldschlacht stellen. Da spielt es keine Rolle, ob unsere Truppen ihre Verteidigungsanlagen überwinden, sie müssen nach wie vor mit römischen Soldaten auf dem Schlachtfeld rechnen.«

Emer mischte sich ein. »Eston meint, wenn die Stämme aus dem Norden ihre Krieger entsenden, wären wir sogar stark genug, um sie in einer offenen Feldschlacht zu besiegen.«

»Aber schicken dann die Römer nicht ihre im Süden stationierten Legionen?«, fragte Neeve besorgt.

»Das bereitet uns natürlich Sorgen«, meinte Emer, »aber die Männer glauben, dass die Legionen wegen der Bedrohung durch die Briganten im Süden bleiben werden, wo sie sind.«

»Und was glaubt ihr?«, fragte Neeve und blickte sich unter den Frauen um.

Auf ihren Gesichtern zeichnete sich Besorgnis ab. »Ich denke, die Legionen bleiben im Süden«, sagte die schüchterne Frau, »aber ich fürchte trotzdem, dass die Römer viele unserer Männer töten werden.«

»Und auch Frauen«, sagte Emer. »Und von uns, die keine ganz kleinen Kinder mehr haben, wird erwartet, dass auch wir zu den Waffen greifen.«

Die anderen nickten finster.

Am Nachmittag traf Neeve ihre Brüder dabei an, wie sie die Umzäunung des Schafstalls verstärkten. In der Nacht waren Wölfe eingefallen und hatten mehrere Schafe gerissen, und nun war zu befürchten, dass sie wiederkommen würden, nachdem sie so leichte Beute gefunden hatten.

»Wir könnten Fackeln anzünden«, schlug Neeve vor.

»Alles ist leichter als das hier«, räumte Eston ein und wrang sein schweißnasses Hemd aus. »Aber Fackeln halten sie nicht lange ab.«

»Wir haben uns auch schon überlegt, ob wir ihnen vielleicht auflauern sollten«, sagte Taranis, »und ein paar von ihnen mit Pfeilen spicken – aber wer weiß schon, wann sie wieder zurückkommen?«

Neeve spitzte einen Stapel schwerer Pflöcke mit einer nicht allzu scharfen Axt zu. Während sie ihren Brüdern dabei zusah, wie sie sie abwechselnd in den Boden schlugen, fragte sie sie nach ihrer Meinung zum Wall und zum bevorstehenden Krieg.

»Unsere Strategie ist ganz einfach«, erklärte Taranis. »Wir greifen zuerst ihre fünf Stützpunkte vor dem Wall auf unserem Boden an. Diese Lager sind wesentlich stärker als alles, was sie auf dem Wall selber haben. Wenn die Römer dann sehen, dass diese Kastelle bedroht oder gar zerstört sind, müssen sie sich entscheiden, ob sie ihre Legionen aus dem Süden schicken oder nicht.«

»Wir glauben aber nicht, dass sie das wagen«, meinte Eston,

»weil die Briganten sich im Süden zusammenziehen werden und sie diese im Süden stehenden Legionen als Gegengewicht zu ihnen brauchen.«

»Und die Hilfstruppen am Antoninischen Wall können den fünf Außenposten nicht zu Hilfe kommen«, fügte Taranis hinzu, »weil wir über seine ganze Länge verteilt fünf oder sechs kaledonische Clans aufstellen werden. Wenn aber der Wall selbst bedroht ist, müssen die Soldaten, die ihn verteidigen sollen, dort bleiben, und so bleibt den Römern keine andere Wahl, als ihre Kastelle auf unserem Boden im Stich zu lassen.«

»Und wenn das geschieht«, sagte Eston, »wird auch die Verteidigung des Walls höchstwahrscheinlich zusammenbrechen. Die Soldaten an der Grenze werden von den Niederlagen ihrer Vorposten ziemlich schockiert sein – vor allem, wenn sie sehen, wie geschlagene Soldaten nach Süden rennen, um sich hinter ihrem Wall in Sicherheit zu bringen.«

»Aber mit Kaledoniern im Norden und Briganten im Süden«, meinte Taranis, »wird es für sie keine Sicherheit mehr geben. Die Hilfstruppen in den Lagern am Wall werden sich hinter ihren anderen Wall im Süden zurückziehen müssen, wenn sie vermeiden wollen, dass sie plötzlich in der Falle sitzen.«

Im Lauf der Wochen ließ sich Neeve immer mehr davon überzeugen, dass die Freiheit für Kaledonien durchaus im Bereich des Möglichen lag. Der Traum ihres Vaters, den Antoninischen Wall niederzureißen, war längst nicht mehr nur ein Traum. Jeden Tag, so schien es, kamen Abgesandte verschiedener Stämme angeritten, um sich mit ihren Brüdern zu beraten. Im Winter, so sagte man ihr, wenn die Römer es am wenigsten erwarteten, wollten Krieger aus allen Stämmen einen groß angelegten Angriff gegen die fünf Außenposten auf ihrem Heimatboden starten. Aber zuvor gab es noch viel zu tun. Es gab noch nicht genug Waffen, es gab praktisch keine Vorrichtungen zum Schutz der Krieger beim Erstürmen des Walls, und auch die beweglichen Brücken zum Überqueren der Gräben um die Kastelle mussten erst noch gebaut werden.

Eines Spätnachmittags, als eine Gruppe von Kriegern der Briganten im Aufbruch begriffen war, stellte Neeve ihren Brüdern die Frage, die ihr seit Monaten schon auf der Seele lag. »Die Soldaten am Wall nennen dich den Blutgott«, sagte sie ziemlich unvermittelt.

Taranis nickte. »Bereitet dir das Kopfzerbrechen?«

»Eigentlich nicht.«

»Ich merke doch, dass es dich beschäftigt. Was sagen denn die Soldaten so?«

Neeve zog die Luft ein, schnaufte, als bereute sie schon, das Thema überhaupt angesprochen zu haben.

»Neeve?« Taranis blickte sie sofort an. »Was haben die Soldaten über mich gesagt?«

»Sie haben behauptet, du würdest verwundete Soldaten, Frauen und Kinder töten.«

»Römische Lügen«, spottete Eston. »Die sagen alles, was ihnen gerade einfällt, um den Leuten Angst zu machen. Ich hab auch schon gehört, dass wir die Eingeweide Sterbender essen und dann ihre Augen hinunterschlucken, um sie für das nächste Leben zu blenden. Alles Taktik. Die Leute sollen glauben, dass es immer noch besser ist, von den Römern regiert zu werden als von blutrünstigen Kaledoniern.«

»Es stimmt, dass wir verwundete Soldaten töten«, räumte Taranis ein, »aber so gut wie nie Frauen und niemals Kinder. Wir schlachten auch das Vieh ab, brennen Kornspeicher nieder und Waffenlager – alles, was dazu beiträgt, den Feind zu demoralisieren.«

»Tut mir Leid, dass ich gefragt habe«, entschuldigte sich Neeve.

»Das braucht dir nicht Leid zu tun«, erwiderte Taranis. »Der Krieg ist eine schändliche Angelegenheit, und glaub mir bitte, dass ich nicht besonders stolz bin auf das, was ich da tue. Aber freiwillig gehen die Römer nie, und Blutvergießen ist die einzige Sprache, die sie verstehen.«

Je länger sie miteinander sprachen, desto mehr spürte Neeve, wie ihr ein Stein vom Herzen fiel. Sie hatte sich selbst nicht eingestehen wollen, wie sehr die Bemerkungen der Soldaten sie doch verunsichert hatten. Zu töten, um Kaledonien von den Römern zu befreien, war eine Sache, aber das Abschlachten unschuldiger Kinder – römisch hin oder her – war für sie durch nichts zu rechtfertigen.

Auf einmal war Neeve wieder ganz Ohr. »Bei unseren Überfällen auf den Wall«, Taranis wandte sich ihr zu, »haben wir bislang nicht viel mehr erreicht, als den Feind einzuschüchtern. Wir töten ein paar Kundschafter oder Landvermesser, brennen ein paar Kornspeicher ab, und wenn wir Glück haben, vernichten wir vielleicht auch mal eine Streife oder einen Nachschubtrupp. Aber wir wissen bis heute nicht genau, wie viele Soldaten in jedem Kastell stationiert sind oder wie sie sich gegen einen Angriff verteidigen. Werden sie die Auxiliarsoldaten durch Legionäre verstärken? Wie viele Reitersoldaten haben sie? Und welche Art von Waffen? Von all dem haben wir keine Ahnung.«

Neeve dachte einen Augenblick nach. »Es muss doch eine Möglichkeit geben, in eines der Kastelle zu kommen, vor allem in die in Kaledonien.«

»Die fünf Posten lassen keine Tagelöhner mehr rein«, sagte Eston. »Aber aus irgendeinem Grund, den wir nicht kennen, sind Kartenzeichner, Kundschafter und Ingenieure im Augenblick sehr gefragt.« Er lachte in sich hinein.

»Eston will damit sagen«, erklärte Taranis, »dass wir jedem von ihnen, auf den wir in den Bergen stoßen, die Kehle durchschneiden. Ohne ihre Kundschafter, Schanzenbauer und Geschützbauer können die Römer nämlich nicht kämpfen.«

»Und was ist mit den Kartenzeichnern?«, fragte Neeve. »Warum sind die so wichtig?«

Taranis zuckte mit den Achseln. »Sie zeichnen die Flüsse und Talgründe auf für den Fall, dass ihre Truppen einmal in unbekannte Gebiete vorstoßen müssen. Mir kommt das wie Zeitverschwendung vor. Wozu das ganze Land auf Papyrus bringen, wenn die meisten Karten sowieso nie genutzt werden? Ein paar Kundschafter können einem Truppenführer doch innerhalb von kürzester Zeit sagen, was er wissen muss. Aber die Römer zeichnen immer Karten, also töten wir ihre Kartenzeichner.«

Das Gespräch setzte sich fort. Als Führer einer der größeren kaledonischen Heere war Taranis dafür zuständig, das mächtige Kastell Faustina zu zerstören. Dieses war nicht nur der nördlichste Vorposten der Römer, sondern auch der weitaus größte und am besten ausgerüstete. Wenn es den Kaledoniern gelang, das Kastell dem Erdboden gleichzumachen, wussten die Römer, dass sie in Schwierigkeiten waren.

»Ich könnte doch Karten zeichnen«, unterbrach Neeve das Gespräch.

Ihre Brüder schauten sie verständnislos an.

»Ich sagte, ich könnte Karten zeichnen. Ich habe schon mal römische Landkarten benutzt und bin mir sicher, dass ich auch selber welche anfertigen könnte.«

Taranis schaute ihr in die Augen. »Willst du damit sagen, dass du als Kartenzeichnerin zu den Römern gehen willst?«

»Warum nicht? Die Römer lassen oft Arbeiten von Einheimischen erledigen. Die meisten ihrer Kundschafter stammen doch aus unseren Stämmen.«

»Das sind Verräter!«, sagte Eston. »Deswegen schneiden wir ihnen ja auch die Gurgel durch.«

Taranis nickte. »Verstehst du denn nicht, Neeve? Es werden ständig Kartenzeichner getötet. Wie lange, glaubst du, würdest du am Leben bleiben, wenn du auf einen unserer Trupps stoßen würdest?«

»Wie viele weibliche Kartenzeichner gibt es schon?«, fragte sie verärgert. Ihre Brüder behandelten sie wie ein Kind. Dann fügte sie in übertrieben geduldigem Ton hinzu: »Ihr könntet doch einfach den kaledonischen Kriegern die Anweisung erteilen, mir nicht die Kehle aufzuschlitzen.«

»Solche Befehle können wir nicht geben«, entgegnete Taranis. »Dazu müssten wir Hunderte von Leuten informieren, und das würden die Römer garantiert mitbekommen. Mit Silber lässt sich so manche Zunge lockern, auch bei Kaledoniern.«

»Dann informiert ihr eben nur die Führer«, konterte sie entschlossen. »Die könnten dann dafür sorgen, dass ihre Krieger mir nichts antun.«

Ihren Brüdern fiel nichts mehr ein.

»Also, was ist?«, fragte sie beharrlich.

»Jetzt hör mir mal zu, Neeve.« Taranis' Gesicht verriet eine Verletzlichkeit, die sie fast zu Tränen rührte. »Ich liebe dich. Eston liebt dich. Du hast ja keine Ahnung, wie glücklich wir darüber sind, dich wiederzuhaben. Jahrelang haben wir nachts am Feuer über dich geredet und uns gefragt, wie es dir wohl geht. Wir haben uns Sorgen gemacht. Und jetzt, wo du endlich wieder da bist, wollen wir dich nicht verlieren wegen einer so verrückten ...« Er hielt inne. »Es stimmt schon, dass die Führer unserer Krieger sich irgendeinen Grund ausdenken könnten, um dich ungeschoren davonkommen zu lassen. Aber da wären auch noch die Römer, und wenn die erst einmal dahinter kommen ...«

»Und selbst, wenn sie nicht dahinter kämen«, warf Eston ein, »könnte ich den Gedanken nicht ertragen, dass meine Schwester in einem Römerlager herumläuft. Du siehst nicht gerade aus wie diese alten ledernen Gesichter, die in den Dörfern Wasser holen.«

Neeve war sich ihrer Schönheit durchaus bewusst, denn ihr früherer Mann hatte seinen Posten zum Teil auch ihretwegen erhalten. »Ich weiß, was ihr sagen wollt«, erklärte sie, »aber ich kenne die Römer viel besser, als ihr glaubt. Sie sind Sklaven ihres eigenen Gehorsams, weil sie von Geburt an darauf getrimmt werden, ihren Vorgesetzten zu gehorchen. Ich kenne eine ganze Menge Namen von wichtigen Römern im Süden, die ich zu meinem Vorteil nutzen könnte. Und ich spreche ihre Sprache. Wenn ich erst mal in einem Lager wäre, könnte ich alles aufschnappen, was da so geredet wird, und vielleicht sogar ihre Nachrichten lesen.«

Eston wandte sich Taranis zu. »Es ist ziemlich gewagt, aber –«

»Zu gewagt.«

»Ich wäre ja gar nicht allzu lange dort«, meinte Neeve.

Taranis entgegnete: »Du bist doch gerade erst angekommen –«

»Und ich möchte mich nützlich machen.«

»Das kannst du auch hier.«

»Beim Steineklauben?«

»Wenn Neeve da reinkommen könnte«, sagte Eston, »wäre das sicher ein gewaltiger Vorteil für uns.«

Neeve sagte: »Ich möchte etwas wirklich Wichtiges tun. Ich bin schließlich Grundbesitzerin, falls ihr das vergessen habt.«

Taranis schwieg. Neeve sah ihm an, wie er mit sich rang und seine Verantwortung als kaledonischer Heerführer gegen seine Sorge um sie abwog. Schließlich sagte er: »Ich bin einverstanden. Neeve kann gehen. Als Grundbesitzerin hat sie die Pflicht zu kämpfen, und wer weiß, was sie im Kastell alles zu hören bekommt? Sie könnte an Informationen gelangen, die sich als nützlicher erweisen als alles, was wir bis jetzt erfahren haben.« Dann blickte er Eston an und fügte hinzu: »Aber ich gehe mit.«

15

Im Senat waren zahlreiche Würdenträger versammelt, als Vectis zu seiner Verabredung mit Atilius eintraf. In der Torhalle des Hauptbogens tanzten und sangen Musikanten unter leuchtend gefärbten Bannern, die vom Geburtstag eines bedeutenden Senators kündeten. Von den Balkonen hinter ihnen hingen Zierbänder, Fähnchen und Lorbeerzweige herab. Überall in der riesigen ovalen Kammer des Senats zwängten sich Sklaven mit Servierplatten voller Fleisch und Kuchen durch die Menge.

Von dem Altan des ersten Stocks sah der Senator Atilius Titianus zu, wie Vectis sich zielgerichtet durch die Menschenknäuel bewegte, kaum stehen blieb, um selbst den größten Berühmtheiten Roms zuzunicken. Der fühlt sich bei solchen prunkvollen Veranstaltungen nicht sehr wohl, dachte Atilius, aber er hält sich trotzdem gut – selbstbewusst wie sein Vater. Und wie sein Vater hatte er sich – genau wie Atilius es vorhergesehen hatte – als Soldat in Ägypten und Nordafrika einen Namen gemacht. Jammerschade, dass er ihn verraten musste.

»Vectis, mein Junge!«, rief Atilius mit einem rasch aufgesetzten Lächeln. »Bleib, wo du bist.«

Die beiden begrüßten einander in der Mitte des Raums. »Politiker!« Atilius hob die Hände angesichts des Trubels um sie herum. »Nicht gerade wie bei der Truppe, was?«

»Nein.«

»Du siehst prächtig aus. Fehlt es dir an etwas? Du hast schließlich einen Verwandten im Senat ...«

»Danke. Mir fehlt es an nichts, aber ich bin mit einem Freund hier, einem Tribunen ... wie es scheint, lassen die Prätorianer –«

»Ja, ja, die Prätorianer. Die lassen nicht gern Leute rein, die sie nicht kennen. Wo ist denn dein Freund? Auf den Stufen vor dem Senat?«

Vectis nickte. »Er heißt Julian Quintillius.«

Atilius gab einem Wachposten ein Zeichen und wies ihn an, den Tribunen zu seinem Sekretär Balbinus zu bringen. Balbinus, sagte er, werde mit ihm einen Rundgang durch den Senat machen, während sie beide sich unterhielten.

»Aber zuerst möchte ich dir Senator Alfenus Crescens vorstellen, dessen Geburtstag wir heute feiern.«

Sie drängten sich durch die Menge zu der Stelle, an der der alte Senator saß. Er lächelte freundlich, als Atilius ihm erklärte: »Senator, das ist Vectis Trebellius, der Sohn des Gaius Trebellius, der Euch ganz bestimmt ein Begriff ist.« Der alte Mann blinzelte Vectis an und lobte Trebellius den Älteren, den er, wie er sagte, schon als Junge gekannt hatte.

»Vectis ist erst kürzlich aus Ägypten zurückgekehrt«, sagte Atilius. »Er war als Militärtribun für die Einsätze verantwortlich.«

Alfenus Crescens war beeindruckt. Er tätschelte Vectis' Arm. »Rom braucht dringend Männer wie dich und deinen Vater ... das ist die große Tragödie von heute: Zu viele Provinzler befehligen Truppen. Ich weiß noch, wie die Truppen ausschließlich von Römern aus dem Kernland geführt wurden!« Er hüstelte. »So eine Tragödie –«

Um zu verhindern, dass der alte Mann in einen Monolog verfiel, unterbrach ihn Atilius: »Ich bin ganz Eurer Meinung, Senator. Es ist eine wahre Tragödie, dass die römischen Truppen nicht in der Lage scheinen, Banden von Gesetzlosen daran zu hindern, das Reich auszuplündern. Warum sollten wir beispielsweise die mörderischen Kelten in Britannien tolerieren? Warum sollten wir weiter zulassen, dass sie Unschuldige aussaugen und ausrauben? Genau deswegen bin ich so stolz darauf, mit der großen Soldatenfamilie Trebellius verwandtschaftlich verbunden zu sein. Es sind Bürger wie diese, die verhindern, dass wir ins totale Chaos abstürzen.«

Der Senator war von Atilius' Worten ganz gerührt. Er wandte sich wieder Vectis zu. »Der Segen Roms sei mit dir, mein Junge, und, ohne anmaßend sein zu wollen, auch mein ganz persönlicher Segen.«

Vectis dankte dem Senator, wünschte ihm ein langes Leben und folgte Atilius nach draußen.

Als sie wieder allein waren, sagte Atilius: »Tut mir Leid, wenn ich dich vor Senator Crescens verlegen gemacht habe, aber ich meine es genau so, wie ich es gesagt habe. Dein Vater und jetzt auch du – ihr seid die wahren Beschützer Roms. Ich wünschte, ich hätte dein militärisches Talent, ganz ehrlich. Der Senat ist darum bemüht, die Gefahren, die uns drohen, richtig einzuschätzen, aber die wenigsten von uns verfügen über die Fähigkeit, etwas dagegen zu unternehmen.« Er lächelte. »Wir sind wahrscheinlich nur gut im Reden, fürchte ich.«

Vectis wirkte ein wenig verlegen, und genau das hatte Atilius mit seinem Lob bezwecken wollen. Schon lange hatte er erkannt, dass eine Mischung aus Schmeichelei und selbstkritischen Bemerkungen das sicherste Mittel darstellte, um jemanden auf seine Seite zu ziehen. Würdigst du dich selbst herab, reagiert dein Gegenüber garantiert positiv darauf. Genau, wie Atilius erwartet hatte, zollte Vectis nun dem Senat seinen Tribut. Der Senat, sagte er, habe die bedeutendsten Generäle in der Geschichte Roms gestellt.

»Das ist sehr freundlich von dir«, erwiderte Atilius, »aber ich fürchte, die Tage von Marius und Pompeius und Caesar sind vorbei. Vielleicht hat der alte Crescens ja Recht. Zu viele Provinzler beim Heer, und vielleicht auch im Senat.«

»Ihr habt gesagt, Ihr wolltet mit mir reden.«

Der Junge war für Atilius' Geschmack ein bisschen zu kurz angebunden, aber dennoch beugte er sich zu ihm vor und sprach mit ihm wie mit einem Freund. »Vectis, ich habe dich heute hierher gebeten, weil Rom in Schwierigkeiten steckt.«

»Schwierigkeiten? Inwiefern?«

»Wir haben Probleme mit den Kelten in Britannien. Sie sind stärker und einiger als je zuvor. Um es klar und deutlich zu sagen – wir könnten sämtliche Gebiete bis hinauf zum Hadrianswall verlieren.«

»Wie bald müssen wir mit größeren Angriffen rechnen?«

»Ich denke, es wird noch ein paar Jahre dauern, bis die Kelten in der Lage sind, unsere Verteidigungsanlagen am Antoninischen Wall zu durchbrechen, aber irgendwann sind sie so weit. Rom braucht deine Hilfe.«

Atilius beobachtete Vectis genau und versuchte, seine Gedanken zu erraten. Er wusste, dass Vectis auf der Hut war. Der alte Trebellius hatte seinen Sohn mit seinen lächerlichen Verdächtigungen und irrationalen Beschuldigungen infiziert. Er verdammte Atilius' Familie dafür, dass sie sich nicht den Säuberungen entgegengestellt hatte, die Kaiser Hadrian in seinen letzten Lebensjahren im Heer durchführte. Als Atilius' Vater dann versucht hatte, Hadrian zu stürzen, um dem Töten ein Ende zu bereiten, hatte Trebellius ihn beschuldigt, dem Kaiser gegenüber illoyal zu sein und nur selbst nach der Kaiserwürde zu streben. Dem Alten konnte man es einfach nicht recht machen.

Jetzt musste Atilius den Sohn für seine Zwecke einsetzen. Er musste dabei aber vorsichtig vorgehen, weil Vectis zweifellos vom Hass seines Vaters angesteckt war. Das einzig Positive daran war, dass der alte Trebellius Dinge, die andere nicht zu wissen brauchten, für sich behielt. Vectis wusste wahrscheinlich nichts über die Art und Weise, wie Atilius dafür gesorgt hatte, dass Sabina seine Frau geworden war. Vectis hegte vermutlich ein gewisses Misstrauen gegen die Familie des Atilius Titianus, aber Atilius sagte sich auch, dass seine Loyalität Rom gegenüber eigentlich dieses Misstrauen aufwiegen sollte.

Vectis fragte nach: »Was könnte ich in der Provinz Britannien tun, das nicht andere ebenso gut erledigen könnten?«

»Du könntest eine Krise entschärfen, die sich gerade hier in Rom zusammenbraut.«

Vectis wirkte verblüfft. »Das verstehe ich nicht.«

»Um ganz ehrlich zu sein: Der Senat steht vor einer reichlich delikaten Situation. Wir haben Unsummen ausgegeben, um den Antoninischen Wall zu halten, und jetzt ... na ja ... jetzt stellt sich womöglich heraus, dass das ganze Geld zum Fenster hinausgeworfen ist. Der Kaiser ist geradezu besessen von diesem Problem. Er will seinen Grenzwall mit Steinen und Mörtel wie den Wall Hadrians im Süden neu errichten. Aber die Staatskasse ist leer. Wir haben einfach nicht die Mittel, um den Wall zu verstärken.«

»Und was erwartet Ihr von mir?«

»Dass du den Befehl über das größte Kastell in ganz Nordbritannien übernimmst. Es führt den Namen Faustina, nach der Frau unseres Kaisers. Das Lager liegt nördlich des Antoninischen Walls im Herzen Kaledoniens, und sollte dir etwas Ungewöhnliches auffallen, bitte ich, es mir zu melden. Es liegt in deinem Ermessen, beim kleinsten Anzeichen eines Aufstands zuzuschlagen.«

»Meiner Erfahrung nach provozieren kleine Militärschläge den Feind. Niederschlagen lässt er sich nur mit der geballten Heeresmacht.«

»Genau deswegen braucht der Senat einen wie dich, dem wir vertrauen können. Die Kelten werden eines Tages aufbegehren, sich zusammentun, um gegen uns in den Krieg zu ziehen, und womöglich versuchen sie dabei auch, das Kastell einzunehmen und vielleicht sogar den Wall zu überrennen. Dann werden dir die Legionen aus dem Süden zu Hilfe kommen und das Problem an der Wurzel anpacken – sie werden die Kaledonier auslöschen. Der Senat ist zu dem Schluss gelangt, dass eine Verstärkung unserer Hilfstruppen an den Grenzen durch unsere Legionäre zur Vernichtung der Kelten weitaus billiger käme, als weiterhin Gold in einen Wall zu investieren.«

»Der Senat ist zu diesem Schluss gelangt?«

»Ja.«

»Einstimmig?«

»Mehrheitlich.«

»Werde ich mich auf ein kaiserliches Edikt berufen können?«

»Du wirst den Segen des Senats haben.«

»Aber nicht den des Kaisers.«

Atilius seufzte. »Ich will dir nichts vormachen, denn genau da liegt das Problem. Kaiser Antoninus besteht darauf, seinen Wall zu verstärken. Er will keine Militärschläge, nicht einmal kleinere Operationen. Ich vermute mal, er will sich ein Denkmal für alle Ewigkeiten setzen.«

Vectis blickte ihm in die Augen. »Ich habe als Soldat geschworen, den Befehlen des Kaisers zu gehorchen. Ich mag diese politischen Spiele nicht.«

»Ich weiß deinen Standpunkt durchaus zu schätzen. Dem Senat wäre es auch lieber, wenn es eine andere Möglichkeit gäbe ... aber dein Handeln wird letztlich dafür sorgen, dass dem Kaiser der Grenzwall erhalten bleibt. Du wirst damit also deinen Treueschwur nicht brechen. Das würde ich auch nie von dir erwarten! Du gibst dem Kaiser ganz einfach das, was er sich am meisten wünscht – eine sichere Grenze –, auch wenn du dein Ziel mit anderen Mitteln erreichst.«

»Wenn das stimmt, was Ihr sagt – wie soll ich dann die Kaledonier angreifen? Wenn ich richtig informiert bin, liegen in den größeren Kastellen nur rund tausend Soldaten, alles Auxiliarsoldaten. Jede Militäraktion birgt ihre Risiken. Wir werden zahlreiche Männer verlieren.«

»Der Senat denkt nicht an einen größeren Feldzug. Wir brauchen kleine, wohl überlegte Schläge, und nach deinen Erfolgen in Ägypten setzt der Senat großes Vertrauen in dich. Du brauchst keine Angst vor Verlusten zu haben, denn wir werden dir die nötigen Verstärkungen zukommen lassen. Und wenn sie es wagen sollten, uns auf breiter Front anzugreifen, schicken wir eben die Legionen.« Er erhob ehrerbietig die Hand. »Noch eines. Dort draußen triffst du die Entscheidungen. Kein Mitglied des Senats erwartet von dir, dass du dich unserer Strategie unterordnest. Falls du aus irgendeinem Grund zu dem Schluss gelangen solltest, dass Angriffe unnötig oder unklug seien, dann ist das deine Entscheidung. Schick mir eine Nachricht, und ich informiere den Senat. Dann werden wir die Situation neu erörtern.«

Vectis legte die Hand ans Kinn und dachte nach.

Innerlich triumphierte Atilius. Der Junge mochte erfolgreich auf dem Schlachtfeld sein – Senator Atilius Titianus war er einfach nicht gewachsen. Es stimmte schon, dass er Vectis da draußen brauchte, aber ob er die Kaledonier angriff oder nicht, war mehr oder weniger unwichtig. War Vectis erst einmal angekommen, war es ohnehin nur eine Frage der Zeit, bis er die Sinnlosigkeit von Angriffen einsah. So weit er informiert war, hatten die kaledonischen Stämme das gesamte Gebiet nördlich des Walls unter ihrer Kontrolle, einschließlich der Verbindungsstraße zwischen den fünf Militärstützpunkten. Das ganze Gerede, die Kaledonier ohne Erlaubnis des Kaisers angreifen zu dürfen, war ein Trick, um Vectis in die Irre zu führen. Und dieser Trick funktionierte offensichtlich. Vectis dachte jetzt darüber nach, ob er sich an die Buchstaben des Gesetzes halten oder nicht autorisierte Angriffe starten sollte, die letztendlich im Interesse Roms waren. Den wahren Grund, aus dem Atilius ihn in Britannien haben wollte, konnte Vectis nicht ahnen. Atilius benutzte ihn. Wenn seine Informationen stimmten, bereiteten sich die Kaledonier bereits auf den Krieg vor, und die Tatsache, dass er seinen eigenen Schwager einer solchen Gefahr aussetzte, sollte dem Senat zeigen, dass er sein Möglichstes getan hatte, um den Kaiser zu unterstützen. Und wenn Vectis tatsächlich so dumm war, einen Angriff zu riskieren, wäre er ohne Chance; womöglich provozierte er damit sogar einen Krieg gegen die Kaledonier und brachte den gesamten Antoninischen Wall in Gefahr.

Er beobachtete Vectis dabei, wie dieser um eine Entscheidung rang. Allzu viel politisches Denken ist nicht gut für Soldaten, sagte sich Atilius; das bringt sie nur durcheinander. Höchste Zeit, unsere Unterredung zu beenden. »Der Senat«, sagte er,

»weiß dein Opfer zu würdigen und lässt dich deshalb wissen, dass im Falle von Feindseligkeiten die Legionen zu Hilfe geschickt werden.«

Vectis nickte. »Ich lasse Euch in ein paar Tagen meine Antwort zukommen. Aber erst möchte ich noch mit anderen Senatoren über das Thema sprechen, um mir eine ausgewogene Meinung zu bilden.«

Atilius blieb äußerlich gelassen. Er konnte unmöglich zulassen, dass Vectis durch den Senat spazierte und die Leute mit Gerede über Krieg aufschreckte. Senatoren wie Titus Severus würden nur zu gern mit dem Jungen reden. Atilius warf Vectis einen strengen Blick zu. »Die Senatoren, für die ich spreche – die Mehrheit im Senat, wie ich betonen möchte –, legen größten Wert darauf, anonym zu bleiben. Sie gehen ein gewaltiges Risiko ein, indem sie sich gegen Kaiser Antoninus stellen, aber sie tun es zum Nutzen Roms. Sie haben allen Grund, sich in dieser Angelegenheit Außenstehenden gegenüber bedeckt zu halten. Wenn sie dir ihre wahre Meinung offenbaren würden, könnten sie nicht sicher sein, dass du es für dich behalten würdest. Das verstehst du doch bestimmt. Deshalb habe ich mich auch erboten, an ihrer Stelle mit dir zu reden.«

»Ich verstehe«, sagte Vectis. »Aber das macht die Entscheidung für mich nicht gerade einfacher.«

Atilius war sich der Tatsache bewusst, dass dies eine Schwachstelle seines Plans war. Vectis wollte natürlich überprüfen, was Atilius ihm sagte. Der Junge war scharfsichtiger, als er erwartet hatte; Jahre des Krieges hatten ihn härter werden lassen. Er lächelte und versuchte, sich unbekümmert zu geben. »Du musst dich ja nicht gleich entscheiden. Lass dir die Sache in aller Ruhe durch den Kopf gehen, und dann können wir ja noch einmal darüber reden.«

Zwei Tage später fuhr Sabinas bronzebeschlagene und mit allerlei Zierrat geschmückte Kutsche, ein bequemer Reisewagen, mit einem Dutzend Leibwächtern und ebenso vielen Dienern im Gefolge vor der Villa des Trebellius vor. Vectis, der seine Schwester schon über drei Jahre nicht mehr gesehen hatte, konnte sich eines Lächelns nicht erwehren. Reichtum stand ihr ausgesprochen gut.

»Ach du meine Güte«, rief Sabina, während sie auf ihn zurannte, »du siehst ja richtig gut aus in deinem Waffenrock! Und so stark! Glaub mir, es gibt jede Menge Frauen – und zwar betuchte Frauen –, die alles darum geben würden, deine Bekanntschaft zu machen. Falls du dir einbildest, dass ich zulasse, dass du dich während deines Aufenthalts in Rom hier verschanzt, liegst du gründlich daneben.« Sie küsste ihn, wobei sie darauf achtete, dass der Faltenwurf ihres Gewandes nicht zerdrückt wurde.

Er lächelte erneut. »Du siehst wunderschön aus, Sabina. Du musst die schönste Frau in ganz Rom sein.«

»Das hast du aber schön gesagt.« Mit einer eleganten Verbeugung nahm sie sein Kompliment entgegen. Kurz darauf saßen sie am Brunnen auf der Steinbank, wo sie immer als Kinder ihre gegenseitigen Problemchen besprochen hatten. Ihre Unterhaltungen hatten sich gewöhnlich um Sabina und ihr neuestes Anliegen gedreht, aber heute war das anders. Vectis hatte von ihr einen Brief erhalten, in dem sie ihm mitgeteilt hatte, dass sie etwas Dringendes mit ihm bereden müsste. Während er ihren Klatsch- und Tratschgeschichten aus der römischen Gesellschaft lauschte, fragte er sich, was in ihrem Leben überhaupt dringlich sein konnte. Dann runzelte sie unvermittelt die Stirn und kam auf die nachlassende Gesundheit ihres Vaters zu sprechen. Sabina war davon überzeugt, dass der Tod ihrer Mutter im vorangegangenen Winter viel zu seinem Verfall beigetragen hatte.

»Er sieht furchtbar zerbrechlich aus«, stimmte Vectis zu. »Vielleicht bleibe ich erst einmal in Rom, bis er wieder zu Kräften gekommen ist.«

Sabina beugte sich vor. »Du kannst dich doch nicht für ihn aufopfern. Ich habe dutzende von Dienern, und wir können uns leicht um ihn kümmern. Du bist jetzt Offizier der kaiserlichen Truppen. Du kannst unmöglich zulassen, dass dein Leben von Familienangelegenheiten bestimmt wird.« Sie lächelte und klopfte ihm auf die Schulter. »Du musst frei sein, auf die Bedürfnisse des Reiches reagieren zu können, und ich habe dafür auch volles Verständnis – selbst wenn das darauf hinauslaufen sollte, dass du Rom verlassen musst.«

Vectis zog die Stirn in Falten. »Du weißt von der Sache mit Britannien?«

»Nur, dass der Senat dich gern dort sehen würde.«

»Hat Atilius dir das gesagt?«

»Ja.«

Er holte tief Luft.

»Ich kann mich doch um Vater kümmern«, wiederholte Sabina. »Und du kannst nach Britannien gehen. Rom ist besser gedient, wenn du dort bist. Zumindest glaube ich das.«

Vectis war fast schon amüsiert darüber, dass seine Schwester auf einmal in politischen Kategorien dachte; es schien so gar nicht zu ihr passen zu wollen. Irgendetwas an ihrem Gespräch störte ihn.

»Ich weiß, dass du glaubst, ich könne diese Dinge nicht beurteilen«, fuhr sie fort, »aber ich habe viel darüber nachgedacht. Du solltest wirklich gehen.«

Er starrte sie an.

Sie zuckte mit den Achseln. »Mir ist das alles ja nicht so wichtig, aber ich kenne doch deine Überzeugungen, was deine Pflicht gegenüber dem Reich anbelangt. Außerdem gibt es keinen Grund zu bleiben. Wie ich schon sagte, ich kann mich ebenso gut um Vater kümmern wie du.«

»Warum willst du, dass ich weggehe?«

»Das will ich doch gar nicht.«

»Doch, das willst du.«

Sie spielte am Ärmel ihres Mantels herum.

»Sabina.« Seine Stimme war voller Tadel.

Sie trat verlegen von einem Fuß auf den anderen. »Na ja, weißt du, hier geht es um Dinge …«

»Was für Dinge?«

»Einfach … wichtige Überlegungen.«

»Zum Beispiel?«

»Zum Beispiel Atilius' Versprechen, das er anderen Senatoren gegeben hat. Er hat ihnen versichert, dass du nach Britannien gehen würdest. Wenn du es jetzt nicht tust, steht er natürlich ziemlich dumm da.«

»Das ist nicht mein Problem.«

Einen Augenblick lang saß sie schweigend da. »Vielleicht ist es Zeit für die Wahrheit«, sagte sie. »Du hast Atilius nie gemocht. Du hast immer schon gemeint, er würde zusammen mit seinem Reichtum auch Schmerz bringen.« Sie wandte den Blick ab, weil ihre Augen sich mit Tränen füllten. »Du hast Recht gehabt, Vectis. Er ist sehr gut darin, anderen Schmerz zuzufügen.«

Vectis legte seine Hand auf die seiner Schwester, wusste aber nicht, was er sagen sollte.

»Tut mir Leid«, sagte sie, während sie sich die Tränen aus den Augen wischte. »Ich erzähle dir das nicht, weil ich dein Mitleid will – ich habe gelernt, mit meinen Fehlern zu leben. Ich mache mir nur Sorgen um Vater. Ich fürchte, dass Atilius sich an ihm rächen könnte, falls du dich entscheiden solltest, nicht nach Britannien zu gehen ... und du hast ja selbst gesehen, in welchem Zustand er ist.«

»Was sagst du da?«, fragte Vectis wutentbrannt. »Erkläre mir bitte, Sabina, wie Atilius Vater wehtun könnte.«

»Vor vielen Jahren hat Vater einen Neffen von Kaiser Antoninus getötet. Atilius weiß davon, und jetzt droht er damit, die Geschichte an die große Glocke zu hängen. Ich weiß nicht, was der Kaiser tun wird, wenn er davon erfährt.«

Vectis war seine Erleichterung anzusehen. »Ich weiß schon lange von diesen so genannten Morden. Vater meinte, ich sollte die Wahrheit erfahren für den Fall, dass je solche Geschichten auftauchen. Er hat mir erzählt, dass er von einem Syrer namens Spurius Fabius eine Menge Geld gewonnen hatte. Der Mann weigerte sich, seine Spielschulden zu bezahlen, und versuchte, Vater zu töten. Als der Kampf vorüber war, waren Spurius Fabius, der Neffe von Antoninus, und zwei andere tot. Aber das war nicht Vaters Schuld.«

»Ich glaube das ja auch, Vectis. Aber was würden andere Leute denken? Was würde Kaiser Antoninus wohl davon halten? Ich will damit ja nicht sagen, dass Atilius die Geschichte verbreiten wird, wenn du dich weigerst zu gehen, aber ich muss dich warnen; er kann sehr grausam sein, wenn er will. Er ist ein stolzer und ehrgeiziger Mann, der vor nichts zurückschreckt. Manchmal glaube ich sogar, dass er es darauf abgesehen hat, Kaiser zu werden.«

Vectis hatte gute Lust, Atilius zu töten, erkannte aber, dass dies eine sinnlose emotionale Reaktion war. Wenn er einen Senator tötete, würde das seinen Vater wohl noch mehr demütigen als alle erfundenen Geschichten. Er versuchte, rational zu denken. Für ihn bestand kein Zweifel daran, dass die Kelten in ihre Schranken gewiesen werden mussten, und er war ohnehin schon fast entschlossen gewesen, den Auftrag anzunehmen, bevor Sabina zu ihm kam. Ja, er wollte seine Gefühle unterdrücken und nach Kaledonien gehen. Er wollte für Rom und um seines Vaters willen gehen und um seiner Schwester willen eine Konfrontation mit Atilius vermeiden. Er wollte, dass der Senator dachte, Sabina habe ihn überredet. Außerdem würde er, wenn er nach Britannien ginge, die Insel Vectis sehen, und das würde seinem Vater sicherlich gefallen.

Die folgenden Wochen waren mit Vorbereitungen für die Reise nach Britannien ausgefüllt. Vectis hatte lange gebraucht, Julian zu überreden, mit ihm zu kommen; der Nordafrikaner hasste die Kälte.

Für heute hatte Vectis' Vater ein Treffen zwischen den beiden und einem Centurio namens Aulus Pertinax arrangiert, der ebenfalls mit ihnen kommen sollte. Nach seines Vaters Überzeugung war er der Beste von allen. Und ein guter Erster Centurio war eine ganze Kohorte von Männern wert.

Vectis packte gerade im ersten Stock der Villa seines Vaters seine ledernen Reisetaschen, als Julian hereinstürzte. Er lehnte sich an die Wand und schloss die Augen.

»Was ist denn los, Julian? Hat eine Dienerin dir eine Ohrfeige verpasst?«

»Spar dir deine Witze«, sagte er. Sein Gesicht war aschfahl.

Vectis merkte, dass etwas nicht stimmte. »Geht's dir gut? Du siehst aus, als ob dir schlecht wäre.«

»Mir ist auch schlecht.«

»Ist was nicht in Ordnung?«

Julian warf den Kopf zurück und lachte wie verrückt. »Das glaubst du mir nie«, sagte er.

Vectis drängte ihn mit einer Handbewegung, endlich mit der Sprache herauszurücken.

»Jupiter ist hier!«

»Was sagst du da?«

»Ich sagte, Jupiter ist hier! Er steht unten im Hof!«

Vectis trat ans Fenster und schaute durch das Gitterwerk des Fensterladens. Tatsächlich – im Hof seines Vaters stand Jupiter. Vectis trat zurück. »Hast du mit ihm gesprochen?«

»Mit ihm gesprochen! Mit Jupiter? Nein, ich habe nicht mit ihm gesprochen. Aber er hat mich gesehen. Ich wollte gerade nach draußen ... und da stand er. Ich habe ihm in die Augen geschaut ...«

»Und?«

»Nichts und. Ich habe sofort den Blick gesenkt und bin hier raufgerannt.«

Vectis ging wieder ans Fenster. Jupiter war noch immer damit beschäftigt, Gepäck von seinem Pferd abzuladen; er war offenbar gerade erst angekommen. Ein Sklave stand verlegen neben ihm und versuchte, ihm zu helfen, aber Jupiter wollte davon nichts wissen. Er wollte die Arbeit selbst erledigen. Er hat sich kein bisschen verändert, dachte Vectis. Seine Bewegungen waren immer noch flink und geschmeidig, und sein mächtiger Körper sah noch genauso aus wie damals; er erinnerte ihn an eine jener steinernen Statuen am Nil. Vectis betrachtete ihn noch ein Weilchen. Er hatte sich wirklich nicht verändert. Vielleicht war sein lockiges Haar ja ein wenig grauer geworden, und vielleicht hatte er ein paar Falten mehr im Gesicht, aber ansonsten wirkte er genau wie früher.

»Du bleibst hier, Julian. Ich will mit meinem Vater reden.«

»Du kannst dich darauf verlassen, dass mich keine zehn Pferde aus diesem Zimmer kriegen«, versicherte ihm Julian.

»Ich weiß, wer er ist«, erklärte sein Vater seinem verblüfften Sohn. »Ich habe seinen vollen Namen benutzt, weil ich schon befürchtet habe, dass du dich weigern würdest, mit ihm zu reden, wenn ich dir die Wahrheit sage.«

»Damit hattest du völlig Recht.«

»Aber du brauchst einen Mann wie ihn.«

»Vater, ich bin jetzt immerhin schon zehn Jahre beim Militär und habe in der ganzen Zeit nie – ich wiederhole, nie – einen wie ihn kennen gelernt. Jupiter tötet zum Vergnügen.«

»Dich hat er nicht getötet.«

In Bruchteilen von Sekunden durchlebte Vectis noch einmal die Augenblicke, in denen er in panischer Angst vor dem Baumstamm gekniet hatte. Er schüttelte den Gedanken von sich ab. »Jupiter hat mich nur verschont, weil er sich von seiner gnädigen Seite zeigen wollte, nach dem Motto: Gehorche mir, und ich begnadige dich, wenn du Glück hast. Das war doch alles nur Taktik.«

»Du irrst, Vectis. Er hat dich verschont, weil ich ihn verschont habe.«

»Was sagst du da?«

»Ich sage dir, dass ich Jupiter besser kenne, als du glaubst. Ich war sechs Monate lang mit den besten Legionären, die Rom je gesehen hat, hinter seinen Kriegern her.«

»Du warst das? Du warst der Centurio, den sie beauftragt haben, ihn zu fangen?« Vectis bekam den Mund nicht mehr zu.

»Er hat nicht einen einzigen Fehler gemacht, nie unnötig Kraft verschwendet. Nur auf Grund unserer zahlenmäßigen Überlegenheit waren wir schließlich in der Lage, ihn in eine Falle zu locken und zu überwältigen. Er hat ausgezeichnete Instinkte und verfügt über genau die Fähigkeiten, die ihr in einer so wilden Provinz wie Britannien bitter nötig haben werdet.«

»Vater, verlange bitte nicht von mir –«

»Vor Jahren im alten Cyrenaica habe ich als erster Legionär

die Stadtmauer überwunden. Das war die tapferste Tat in meiner Laufbahn, und sie hat mir die *corona muralis* eingebracht.« Seine grauen Augen fixierten Vectis. »Jupiter hat das dreimal innerhalb von nur zwei Jahren geschafft. Dreimal.« Das Atmen schien ihm schwer zu fallen. »Du brauchst ihn, mein Sohn, und ich bitte dich inständig, ihn mitzunehmen.«

Vectis blickte seinen Vater an. Er war alt geworden, hatte Tränensäcke unter den Augen und ging gebeugt. Nur äußerst selten hatte er ihn Sohn genannt. Es war ein schlichtes Wort, und dennoch wusste Vectis, dass sein Vater damit versuchte, zu ihm durchzudringen.

Plötzlich lag Vectis eine Frage auf der Zunge. »Habe ich Jupiter als Kind einmal getroffen?«

»Er hat mit dir Soldat gespielt – es gab kein Spiel, das du lieber gespielt hättest.«

Atilius und Balbinus unterhielten sich in einem Raum, der sich zu einem üppigen Garten mit zwei gleich großen Fischteichen öffnete. In keinem anderen Zimmer hielt sich der Senator so gern auf. Draußen ging gerade Sabina vorbei, als sie ihren Namen hörte. Sie drückte sich an die Wand und bekam voller Entsetzen das gesamte Gespräch mit.

»Das ist ihr Verdienst«, sagte Atilius. »Als Vectis die Britannien-Frage im Senat weiterverfolgen wollte, dachte ich schon, ich hätte keine Chance mehr. Stell dir vor, er hätte herausgefunden, dass eine anonyme Mehrheit von Senatoren gar nicht existiert … aber das haben wir jetzt hinter uns. Dank Sabina ist er schon so gut wie in Britannien. Wie jeder andere hat auch er einen schwachen Punkt. Er konnte einfach den Gedanken nicht ertragen, dass der Name seines Vaters in seinen letzten Lebensjahren noch in den Schmutz gezogen werden könnte.«

Balbinus erwiderte: »Nach den Informationen, die Kallias uns geliefert hat, brauchen wir womöglich Vectis Trebellius gar nicht, um Unruhe zu stiften. Er meint, die Kelten würden sowieso angreifen.«

»Ich habe längst den Versuch aufgegeben vorauszusagen, was

die Kelten tun werden. Jetzt warte ich schon seit zehn Jahren darauf, dass sie den Antoninischen Wall überrennen, aber aus irgendeinem unerfindlichen Grund lassen sie sich Zeit. Wahrscheinlich liegt das Problem bei den Druiden, die ihre Krieger fest im Griff haben.«

»Aber jetzt hat der Senat den Kaiser gezwungen, ihnen ihren Frühjahrstribut zu kürzen –«

»Um lächerliche zehn Prozent! Was soll das denn für eine Kürzung sein? Ich habe dem Senat schon mehr als einmal erklärt, dass wir die Zahlung ganz abschaffen müssten. Die Kelten benutzen sie sowieso nur dazu, sich zu bewaffnen und den Druck auf den Grenzwall zu verstärken.«

»Ich dachte, das wäre genau das, was Ihr wollt?«

»Aber natürlich will ich das! Ich brauche das sogar, wenn Kaiser Antoninus gedemütigt werden soll. Aber was soll eine zehnprozentige Kürzung des Tributs schon bewirken? Ich muss unbedingt den Senat überreden, sich für eine fünfzigprozentige Kürzung des Herbsttributs einzusetzen. Vielleicht macht das die kaledonischen Krieger ja so wütend, das sie zum Angriff übergehen.«

»Wenn Ihr erlaubt«, sagte Balbinus vorsichtig, »hätte ich da einen Vorschlag ...«

Atilius nickte zum Zeichen seines Einverständnisses.

»Ich könnte mir eine Möglichkeit vorstellen, den Tribut an Kaledonien zu verringern, ohne den Senat zu bemühen.«

»Sprich weiter.«

»Wir könnten doch einfach den kaiserlichen Abgesandten, der für die Verteilung verantwortlich ist, durch einen anderen ersetzen.«

Atilius verstand sofort. »In Rom wurde schon Schlimmeres verbrochen.« Er dachte einen Augenblick nach und rechnete aus, welche Bestechungsgelder dafür wohl nötig sein würden. »Das können wir uns leisten.«

»Mit unserem eigenen Abgesandten – also mit einem, dem wir vertrauen könnten – wäre es ziemlich egal, was der Senat entscheidet. Er würde ganz einfach den Druiden sagen, dass der

Tribut halbiert worden ist oder gar ganz gestrichen, wenn wir das wollen. Keiner würde je die Wahrheit erfahren, weil diese Priester ihr Volk sowieso immer anlügen, wenn es darum geht, wie viel wir ihnen geben.«

»Wir könnten Kallias dafür einsetzen«, meinte Atilius.

»Kallias wäre eine gute Wahl als kaiserlicher Abgesandter, aber er bräuchte dazu schon eine Ermächtigung als oberster Steuerpächter des Antoninischen Gebiets. Der größte Teil des Geldes stammt schließlich von den Kaledoniern selbst. Als oberster Steuereintreiber hätte er unbegrenzte Bewegungsfreiheit und könnte uns wertvolle Berichte über die einzelnen Stämme liefern ...«

»Ich habe meine Entscheidung gefällt«, verkündete Atilius. »Wir verringern die Zahlungen auf ein Viertel und lassen den Druiden durch Kallias ausrichten, dass der Rest später kommt.«

»Das ist eine sehr kluge Entscheidung, Senator. Dann können wir alle eventuell auftauchenden Probleme auf die Unzuverlässigkeit eines Abgesandten schieben. Die Gelder kommen leider erst mit Verzögerung – die klassische Ausrede des Diebes.«

»Es wird keine Probleme geben, Balbinus. Aber ich bin trotzdem ein Freund einer vernünftigen Planung.«

»Das seid Ihr in der Tat, Senator.«

»Was die Reichsangelegenheiten anbelangt, so werde ich mich darum kümmern, während du dafür sorgst, dass Kallias vom Senat die Erlaubnis bekommt, sich der Truppen in Britannien zu bedienen und ... es wäre besser, nicht meinen Namen zu verwenden und auch seinen nicht. Gib Kallias einen neuen Namen und setze Senator Alfenus Crescens als seinen Gönner ein. Falls der alte Trottel je davon erfährt, wird er sich nicht mehr daran erinnern, ob er den Mann entsandt hat oder nicht. Und außerdem erwarte ich jede Woche eine Nachricht von deinem Verwandten; ich brauche Informationen aus erster Hand.«

»Wann soll ich Kallias sagen, dass er abreisen muss?«, fragte Balbinus.

»In zehn Tagen. So lange dauert es schon, bis wir alles arrangiert haben.«

»Brauchen wir Vectis überhaupt noch, wenn Kallias –«

»Glaub mir, wir brauchen Vectis am Wall. Nicht, um einen Krieg zu provozieren – auch wenn seine Angriffe auf den Feind genau die Krise auslösen könnten, die wir wollen. Nein, wir brauchen Vectis aus politischen Gründen. Kannst du dir vorstellen, wie ich im Senat dastehen werde, wenn ich zum Wohle Roms gezwungen bin, ein Mitglied meiner eigenen Familie zu opfern? Mein größter Wunsch, werde ich sagen, ist, Legionen zur Unterstützung der Auxiliartruppen am Antoninischen Wall zu entsenden. Aber wie kann ich dafür stimmen, wenn die Daker auf dem Kontinent wie ein Dolch auf das Herz Roms zielen? Die Bedrohung durch die Daker ist für uns weitaus schwer wiegender, werde ich sagen. Und wenn dann der Wall fällt und mein eigener Schwager dabei ums Leben kommt, wird sich jeder daran erinnern, dass Senator Atilius Titianus derjenige war, der den Wall als die Narretei des Antoninus bezeichnet hat.«

»Und dann schlagen wir zu.«

»Das ist alles nur eine Frage von ein paar Tagen. Erst wird der Wall überrannt, dann kommen die Anschuldigungen gegen Antoninus und dann sein Tod. Ich werde erreichen, wovon mein Vater nur geträumt hat.«

»In Augenblicken wie diesem«, schwärmte Balbinus, »sehe ich eine himmelblaue Aura des Lichts über Eurer Stirn, die eine große Zukunft verheißt.«

Atilius schwieg. Aber auch er spürte diese Aura.

»Rom wird für Euer Wirken noch dankbar sein, Senator. Oder Kaiser, wenn ich so sagen darf.«

Zwei Tage später starrte Atilius entgeistert auf einen Brief. »Hat den jemand zu sehen bekommen?«, fragte er.

»Kein Mensch.« Balbinus stand vor dem Senator. Er hatte ihm gerade eine braune Kuriertasche überreicht, in der Sabinas Brief an Vectis war.

»Bist du sicher, dass sie keine anderen Briefe geschrieben hat?«

»Ich überwache alles, was in Eure Villen hinein- oder herausgeht. Ich habe sogar mit den Kurieren aus Gallien entsprechende Verabredungen getroffen. Das ist der einzige Brief, den sie geschrieben hat. Sie muss vor der Tür gelauscht haben. Sie berichtet Vectis sogar von der Verschwörung zur Absetzung des Antoninus.«

Atilius seufzte. »Sie hat ihren Vater seit ihrer Indiskretion nicht mehr gesehen?«

»Nein. Aber es wäre vielleicht trotzdem angebracht, den Briefverkehr des alten Trebellius zu überwachen.«

»Es ist wirklich traurig, wenn man der eigenen Familie nicht mehr trauen kann.«

»Vertrauen ist eben immer ein zweischneidiges Schwert.«

Atilius stieß laut die Luft aus. »Was soll ich nur mit Sabina machen? Das tut mir wirklich weh, Balbinus, glaub mir. Aber ich habe keine andere Wahl. Ich habe ihr alles gegeben, und das ist jetzt der Dank.«

»Wenn sie fähig ist, einen solchen Brief zu schreiben, Senator –«

»Wie wahr. Eine schreckliche Wahrheit.«

»Ich könnte mit meinem Verwandten Kallias reden. Er ist noch nicht nach Britannien abgereist.«

»Glaubst du, die Götter werden mir vergeben?«

»Große Männer sind, wie Ihr einst so treffend gesagt habt, nicht auf Vergebung angewiesen. Ihre Schicksale sind im Himmel festgeschrieben, und oft müssen sie sich derer entledigen, die ohne Visionen sind. Julius Caesar griff gegen Pompeius zum Schwert, und Augustus musste sich mit Markus Antonius herumschlagen.«

Atilius sprach leiser. »Das Schicksal ist manchmal hart. Ich weiß noch, wie ich als Junge über Alexander, den Makedonier, gelesen habe, wie sehr er es später bereute, dass er seinen besten Freund Cleitus erstochen hatte.«

Balbinus nickte mitfühlend und sagte: »Ich weiß, wie schwer es Euch fällt, Senator, aber ich glaube, man kann ohne weiteres behaupten, dass Nero weit weniger triftige Gründe gehabt hat als Ihr, als er sich seiner Frau Octavia entledigte.«

»In mancher Hinsicht hat sie mir wirklich gut getan ...«

»Wie ein laues Lüftchen«, meinte Balbinus.

»Ich könnte den Gedanken nicht ertragen, dass sie leiden muss.«

»Nur die weiche Wärme der Götter wird sie berühren.«

Am nächsten Tag suchte Kallias Sabina auf und hob sie behutsam von ihrer Liege auf. »Ja, ich verstehe«, flüsterte er in ihr entsetztes Gesicht, und mit weichen Händen trug er sie zum Wasserbecken. Sanft drückte er ihren sich windenden Körper unter das parfümierte Wasser, bis sich die Oberfläche wieder glättete.

16

Taranis hatte sich entschieden. Er wollte Neeve zum Kastell Faustina begleiten. Er hatte keine Angst davor, ein römisches Militärlager zu betreten. Die Soldaten kannten zwar seinen Namen, aber noch nie hatte ein Überlebender sein Gesicht gesehen. Abgesehen davon, er konnte es nicht zulassen, dass seine Schwester ganz allein ein römisches Kastell betrat, zumal er nicht wusste, wie man sie da behandeln würde. Eston kam allein zurecht, während er weg war – was ohnehin nicht lange dauern würde, gerade so lange, bis allgemein bekannt war, dass Neeve einen Bruder hatte. Der bloße Gedanke daran konnte ihr schon einen gewissen Schutz bieten. Sie wollten sich als Kartenzeichner ausgeben, was nichts Ungewöhnliches war in einem Land, in dem ganze Familien sich diesem Beruf verschrieben hatten. Zwar konnten die Römer theoretisch herausfinden, dass er gar keine Karten zeichnen konnte, aber diese Gefahr war eher gering.

Also packten die beiden ihre Taschen, Zeichenwerkzeuge und Neeves alten Webrahmen zusammen und machten sich auf in die Gegend, in der das Kastell lag. Dort hielten sie sich mehrere Tage auf, um Karten der Umgebung zu zeichnen.

»Bist du sicher, dass der Befehlshaber des Kastells Didius Rufinus heißt?«, fragte Neeve bereits zum dritten Mal. Sie wurde immer nervöser, je näher sie der Zeltstadt des zivilen Gefolges kam, das sich vor dem Kastell angesiedelt hatte. Selbst am nördlichsten Militärstützpunkt des Römischen Reiches ließen sich Kelten nieder, die sich nicht scheuten, aus der Anwesenheit des Feindes Profit zu schlagen.

»Ja, ich bin mir sicher«, sagte Taranis. Dann drehte er sich auf seinem Pferd um und sagte: »Neeve, wir können diesen Plan immer noch aufgeben. Du kannst auf der Stelle umdrehen und in die Berge zurückreiten. Noch ist es dafür nicht zu spät.«

»Es ist alles in Ordnung.«

Taranis gab nicht auf. »Es ist wirklich keine Schande, einen Plan aufzugeben, wenn man sich dabei in seiner Haut nicht wohl fühlt.«

»Es ist alles in Ordnung, ganz bestimmt.« In Wahrheit fühlte sich Neeve gar nicht wohl. In der Ferne sah sie bereits die mit roten Ziegeln gedeckten Dächer der Hauptgebäude des Kastells und die Wachen auf den Wehrgängen und an den Toren des gewaltigen Erdkastells. Der Standort war gut gewählt. Das Kastell lag am Zusammenfluss zweier Wasserläufe, was angreifende Feinde vor die nicht gerade beneidenswerte Wahl stellte, entweder eines der schnell fließenden Gewässer auf der Rückseite zu überbrücken oder sich von vorne den Weg über ein weites, mit Fallgruben und eisernen Widerhaken gespicktes Gelände zu bahnen. Je näher sie kamen, desto höher erschienen ihnen die Wälle und desto tiefer die v-förmigen Gräben davor. Das Kastell Faustina war gut geschützt.

Ihr Mund wurde ganz trocken, und sie sah Taranis an, dass auch er sich Sorgen machte. Zu Hause hatte sie ihre Brüder davon überzeugt, dass ihr das römische Leben vertraut sei, und das war es auch. Unzählige Male schon hatte sie sich mit römischen Offizieren unterhalten. Aber diesmal war alles anders, denn zum ersten Mal kam sie als Spionin. Sie versuchte, so zu tun, als sei sie wieder im Süden und nehme an einem dieser langweiligen Empfänge der Militärs teil. Ihr Gatte stand neben ihr und lachte allzu bereitwillig über die Scherze seiner Vorgesetzten, um sich bei ihnen einzuschmeicheln wie ein Hund, der um ein Stückchen Fleisch bettelt. Die Erinnerung daran verlieh ihr schließlich die innere Ruhe, die sie so dringend brauchte.

Sie ritten auf das Geländer zum Anbinden der Pferde am Fuß einer schweren hölzernen Auffahrt zu. Neeve räusperte sich und sagte: »Jetzt geht's mir schon besser.«

Taranis musterte sie.

»Viel besser.«

Er saß ab. »Wir können uns keine Fehler leisten, Neeve«, sagte er mit fester Stimme. Im selben Ton hatte sie ihn mit seinen Offizieren reden hören, und plötzlich wurde ihr bewusst, dass es an Taranis eine Seite gab, von der sie so gut wie gar nichts wusste. Er war nicht einfach nur ein Bruder; er war Taranis, ein kaledonischer Heerführer, und er machte ihr soeben klar, dass nun auch sie zu einer kaledonischen Kriegerin geworden war.

Neeve glitt von ihrem Pferd und antwortete im selben nüchternen Ton: »Ich werde keine Fehler machen. Sobald wir durch das Tor gegangen sind, geht's mir gut, du wirst schon sehen.« Sie band ihr Pferd an das Geländer und hängte ihren Bogen zu ihrem Reservebogen, den sie immer am Sattel mit sich führte.

»Nimm einen deiner Bogen mit«, sagte Taranis. »Die Römer erwarten von einem Kelten, dass er bewaffnet ist.«

Dann gingen sie die flach ansteigende Auffahrt hinauf. In dem riesigen Tor war nur der kleine Eingang offen, zu dessen beiden Seiten je ein Wachposten stand. »Ave, Caesar!«, sagte Neeve laut in der Sprache der Römer.

Die Wachen musterten sie kalt. »Was wollt ihr?«, fragte einer der beiden Männer in halbwegs verständlichem Keltisch.

Neeve fuhr in lateinischer Sprache fort und strahlte dabei eine Ruhe aus, die ganz und gar nicht ihrer seelischen Verfassung entsprach. »Das würde ich gern dem Lagerpräfekten Didius Rufinus erklären«, sagte sie.

Der Wachposten musterte sie nun eingehender. Es kam selten vor, dass eine Einheimische Lateinisch sprach. Selbst die Soldaten der Hilfstruppen hatten viele Sprachprobleme. Er schüttelte den Kopf. »Sämtliche Anfragen müssen über den Centurio des Tors laufen. Kommt morgen bei Sonnenaufgang wieder vorbei.«

Neeve zeigte auf die zusammengerollten Landkarten unter ihrem Arm. »Man hat uns angewiesen, sofort zu kommen. Wir sind Kartenzeichner.«

Er zögerte zunächst und ging dann zum anderen Wachposten hinüber. Nach kurzer Diskussion verschwand er im Torgang und kam mit einem Offizier zurück.

Der Offizier stand im Eingang, musterte seine beiden Besucher und wollte dann ihre Landkarten sehen. Neeve entrollte eine von ihnen. Er nahm sie ihr ab, studierte die Zeichnung und musterte dann erneut die beiden. »Kartenmacher, was?«, sagte er und schaute sie an, als hätte er noch nie solche Mietlinge gesehen. Dann drehte er sich um und fügte hinzu: »Lasst sie durch.«

Einer der Soldaten trat vor. Es war üblich, dass Besucher beim Betreten eines Kastells ihre Messer und Schwerter abgaben. Neeve nahm ihren Bogen und Köcher ab und händigte dem Soldaten die Messer, die sie trug, aus. Er legte die Waffen auf ein Regal und tastete dann grinsend und genüsslich ihren Körper nach weiteren Waffen ab. Taranis trat einen Schritt zur Seite auf den Römer zu, zwei Messer blitzten in seinen Händen auf, nur wenige Zentimeter vor dem verblüfften Gesicht des Mannes. Dann hielt er ihm plötzlich die Messergriffe hin, als ob er ihm die Klingen nur anbieten wollte.

»Mein Bruder mag es nicht, wenn man mich berührt«, erklärte Neeve rasch.

Der Soldat blickte zu Taranis hoch. »Du solltest ihn besser beruhigen«, sagte er. »Mit solchen Sachen bringt er sich nur in Schwierigkeiten.« Dann tasteten sie auch Taranis recht unsanft nach Waffen ab, bevor sie ihn weitergehen ließen.

Der Offizier führte sie durch den Torgang ins Innere des Lagers, wo er sie vor einem großen quadratischen Gebäude warten ließ, in dem er verschwand. Eine Gruppe von Soldaten unweit des Exerzierplatzes schaute kurz zu ihnen herüber und vertiefte sich wieder ins Gespräch. Einer der Männer schilderte lauthals und in allen Einzelheiten seine jüngsten Erfolge bei zwei Prostituierten, die in dem Dorf vor dem Kastell wohnten. Die Tür in dem quadratischen Gebäude öffnete sich, und der Offizier der Torwache trat schwerfällig heraus. »Wartet hier«, sagte er und ließ sie stehen.

Eine Stunde verging, in der Neeve innerlich hundertmal die wenigen Worte aufsagte, die sie sagen wollte. Sie saß auf einer Bank und nestelte an der leeren Messerscheide herum, die über ihrem Fußgelenk festgeschnallt war. Sie rieb sich die Hände an ihren weiten Hosen, zupfte an ihrem Haar und hörte erst damit auf, als ihr Bruder ihr einen strengen Blick zuwarf. Schließlich starrte sie auf den nun leeren Exerzierplatz und fragte sich, wie viele Kaledonier die Römer wohl schon auf dem dortigen hölzernen Podium hingerichtet hatten. Dann verbannte sie den Gedanken wieder aus ihrem Kopf. Manchmal kamen ihr die schrecklichsten Dinge in den Sinn. Sie blickte zu Taranis hoch, der gerade das Kastell in Augenschein nahm. Seine Augen schweiften so langsam über das ganze Gelände, als wäre er noch nie in einem römischen Militärlager gewesen, was, wie Neeve erst jetzt urplötzlich klar wurde, auch tatsächlich der Fall war. Ihr zog sich der Magen zusammen. Spione waren sie, und die Römer waren dafür bekannt, dass sie mit Spionen kurzen Prozess machten. Sie räusperte sich. Ihre Kehle wurde schon wieder furchtbar trocken. Sie wusste, dass es ihr weit besser gehen würde, wenn sie mit ihrer Vorstellung einfach weitermachen könnte. Die Warterei forderte ihren Tribut.

»Kartenzeichner!«

Die Stimme ließ sie aufschrecken. Als Neeve sich umdrehte, sah sie den Kopf eines Schreibers aus einer Tür spitzen. Er hatte einen lethargischen Gesichtsausdruck, der darauf hindeutete, dass es nicht zu seinen bevorzugten Pflichten gehörte, Leute hereinzurufen. Sie folgten ihm durch die Tür in einen dunklen Gang, wo sie von Wächtern angehalten wurden, die sie erneut nach Waffen durchsuchten. Diesmal überprüften die Wachen sie ebenso zügig wie Taranis. Jemand hatte wohl den Vorfall am Lagertor gemeldet.

Der Lagerpräfekt Didius Rufinus war ein untersetzter, aufgedunsener Mann mit Wurstfingern und rundlichem Gesicht. Seine von purpurroten Flecken übersäte Haut schien nicht in der Lage, sich noch weiter zu dehnen; Fettwülste lagen um seinen ganzen Körper, und er kippte ständig aus einem übergroßen, mit Schlangen verzierten Bronzepokal in kräftigen Schlucken Wein in sich hinein. Er erinnerte Neeve an eine fett gefressene Raupe.

Rufinus saß hinter einem riesigen Tisch, auf dem Schriftstücke und Wachstafeln wild durcheinander lagen. Um ihn herum füllten ganze Stapel von Ausrüstungsgegenständen und sonstigen Stücken einschließlich keltischer Waffen, Tempelmasken und Holzschnitzereien den Raum. Er blickte auf, nieste und wandte sich wieder seiner Arbeit zu. In der linken Hand hielt er einen Fetzen Keltenkaro, mit dem er sich geräuschvoll seine Knollennase putzte. Er war offensichtlich erkältet. Neeve sah zu, wie er mit den Ellbogen mehr Platz für den Papyrus schuf, auf dem er zu schreiben versuchte. Er murmelte etwas vor sich hin und wühlte sich durch einen Berg von Dokumenten am anderen Ende des Tischs, und seine trüben, runden Augen leuchteten auf, als er endlich gefunden hatte, wonach er suchte.

Er wandte sich einem der drei Offiziere zu, die sich hinter ihm aufgereiht hatten, reichte ihm die Papyri und murmelte etwas über die kaiserliche Bürokratie, das Neeve nicht verstehen konnte. Dann schüttete er noch mehr Wein in sich hinein, wischte sich die Nase mit dem bunten, groß karierten Wolltuch ab und beugte sich auf seinem Stuhl vor, um das Paar zu mustern, das da vor ihm stand. Einer der Offiziere sprach sie auf Keltisch an.

Neeve trat vor und lächelte ihn an. »Ich Römisch sprechen gutt«, sagte sie mit einem fürchterlichen Akzent. Es hätte wenig Sinn gehabt, sie über ihre wahren Fähigkeiten in Kenntnis zu setzen. Die Wachposten am Tor erinnerten sich wohl kaum daran, wie sie gesprochen hatte; schließlich hatte sie kaum etwas gesagt.

Rufinus schnaubte verächtlich. »Ja, ganz bestimmt sprichst du gut Römisch. Zeig mir doch mal eure Karten.«

Neeve tat gar nichts.

»Karten! Karten!«, bellte er, machte eine auffordernde Geste mit seiner plumpen Hand und schüttete dabei Wein über seine Papiere. Er schien kaum zu bemerken, wie einer seiner Offiziere sich bückte, um die Pfütze aufzuwischen.

»Ah, Karten«, sagte Neeve und hielt sie ihm fröhlich lächelnd hin.

»Ignorantes Volk«, brummte er, riss ihr die Karten aus der Hand und legte sie auf das Durcheinander auf seinem Schreibtisch. »Zum Glück bin ich nicht mehr lange hier.« Er blickte zu Neeve hoch und deutete missmutig auf eine der Karten. »Wo ist das hier?«

Neeve zeigte nach Westen, um ihm zu bedeuten, dass sie das Gebiet zwischen dem Kastell und den westlichen Bergen gezeichnet hatte.

Einer der Offiziere warf einen Blick auf die Karte und nickte. Er erkannte die Gegend sofort wieder. Er studierte die Karte noch ein wenig länger, bevor er dem Präfekten erklärte, dass sie gut sei, wenn auch anders als die meisten Karten; sie sehe eher wie ein Bild aus als wie eine Karte. Aber die Straßen und Wege waren klar und deutlich gezeichnet, für Dörfer winzige Häuser als Zeichen verwendet. Die Entfernungen zwischen den einzelnen Punkten waren korrekt angegeben, Berge, Täler und Wälder klar gekennzeichnet.

Rufinus war von den Ausführungen seines Offiziers sichtlich genervt. »Ist sie lesbar oder nicht?«, fragte er.

»Sehr gut lesbar sogar«, erwiderte der Offizier. Er warf einen Blick auf Taranis' Karten und signalisierte seine Billigung.

»Karte gut, ja?« Neeve lächelte breit. »Du nehmen ... Bruder ... mich. Zahlen viele Sesterzen.«

Beim Wort Sesterzen mischte sich auch Taranis ein, wiederholte die Worte seiner Schwester und rieb sich die Hände. »Sesterze, ja!«

Rufinus starrte Taranis an. »Erstaunlich«, sagte er. »Sesterze ist wahrscheinlich das einzige lateinische Wort, das er kennt.«

Die Offiziere lachten.

Auch Taranis lachte, woraufhin die Offiziere noch mehr lachten.

»Kennst du auch andere römische Wörter?«, fragte Rufinus ganz langsam, als spräche er mit einem Idioten.

Taranis verstand kein Wort Lateinisch, merkte aber sofort, dass er verspottet werden sollte. Er lächelte und wiederholte laut: »Sesterze, ja!«

Neeve grinste gierig. »Du uns nehmen, ja?«

»Von welchem Stamm kommt ihr?«

»Stamm ... Votadini«, antwortete Neeve und gab sich damit als Angehörige des friedlichsten aller keltischen Stämme aus. »Ich zwei Jahre ... südlich Limes Hadrianus.« Sie öffnete weit die Arme. »Haben viele Freunde ... bei Hadrian. Lernen römisch Sprache da.«

Rufinus kaute auf seiner Unterlippe herum. »Habt ihr Verwandte in Caledonia?«

»Caledonia!«, wiederholte sie und tat, als würde schon der Name sie erschrecken.

Seine Augen verengten sich zu Schlitzen. »Caledonia, ihr aus Caledonia, ja?«

Neeve schüttelte heftig den Kopf. »Nein! Wir Votadini – friedlich Volk. Caledonii – verrückte Kriegerstamm.« Sie zog den Finger über ihren Hals, um anzudeuten, dass sie sich darüber im Klaren war, dass ihr die kaledonischen Kelten die Kehle durchschneiden würden, wenn sie sie beim Anfertigen von Karten erwischten.

Rufinus runzelte die Stirn und schaute seine Offiziere an. »Also, was haltet ihr davon?«

Die Offiziere tauschten ihre Meinungen zu dem Paar vor ihnen aus. Neeve hörte, wie sie sagten, dass sie nur noch einen einzigen Kartenzeichner hätten – und der hätte viel zu viel Angst, das Kastell zu verlassen. Dann begutachteten sie noch einmal die Karten und waren sich darin einig, dass sie gut gezeichnet waren. Rufinus meinte, die beiden Kelten machten auf ihn einen zuverlässigen Eindruck, und fügte dann lachend hinzu, dass sie alle vier im gegenteiligen Fall sowieso längst von hier weg sein würden, bevor die Kartenzeichner ihnen Schwierigkeiten bereiten konnten. Dann müsse eben der nächste Präfekt mit ihnen fertig werden. Entscheidend für Rufinus war, dass sie unbedingt Kartenzeichner brauchten und die beiden wirklich gut waren. Dann breitete sich ein Grinsen über sein Gesicht aus. Ich könnte mir gut vorstellen, ergänzte er, dass die Frau auch noch in anderen Dingen ganz gut ist. Die Offiziere lachten. Nachdem das Thema schon einmal angeschnitten war, meinte einer von ihnen, Kommentare über die keltischen Frauen im Allgemeinen und ihren beträchtlichen sexuellen Appetit im Besonderen anbringen zu müssen. Ein anderer wollte offenbar nicht zurückstehen und merkte an, dass ihm aufgefallen sei, wie gierig Neeve Rufinus' Körper betrachtet habe und wie sie immer dann, wenn sie das Wort Sesterze äußerte, die Hüften in seine Richtung gestoßen habe.

Und wieder gab es schallendes Gelächter.

Rufinus heftete den Blick auf Neeve und fuhr sich mit seiner großen purpurroten Zunge über die dicken Lippen. Dann schüttete er sich noch mehr Wein in die Kehle und auf seine fleckige Tunika. Der bloße Gedanke, sich von diesem abstoßenden Mann berühren zu lassen, erfüllte Neeve mit Ekel, aber sie schaffte es trotzdem, weiterhin den Eindruck zu erwecken, dass sie kein Wort verstand.

»Also gut«, meinte Rufinus und wischte sich einen Tropfen von der Nase, »vielleicht sollten wir mal überprüfen, wie dringend sie diese Arbeit braucht.« Er zeigte auf einen seiner Offiziere: »Holt mir mehr Wein, und dann macht ihr mit diesem Riesen, den sie ihren Bruder nennt, einen kleinen Spaziergang. Gebt ihm, was er braucht, und sorgt dafür, dass es ihm gut geht.«

Er wandte sich an Neeve. »Gute Karten. Jetzt wir sprechen über Sesterzen.«

Neeve reagierte mit der angemessenen Begeisterung. Sie drehte sich zu Taranis um und erklärte ihm rasch in keltischer Sprache: »Er hat uns als Kartenzeichner eingestellt, und jetzt wollen wir über die Bezahlung reden.« Dann wandte sie sich wieder zu Rufinus und sah dabei hoch erfreut aus. »Praefec«, sagte sie, »du gute Mann. Genau wie Julius sagen.«

»Julius?«

»Julius Verus.«

Als Rufinus diesen Namen hörte, fiel ihm die Kinnlade herunter. Neeve fuhr fort: »Er mich schicken. Er sagen, nicht fürchten Didius Rufinus – er für dich sorgen.«

Rufinus wurde blass. Zu niemand Bestimmtem sagte er: »Sie kennt den Legaten Julius Verus, den Statthalter der kaiserlichen Provinz.« Er starrte sie an. »Du kennst den Legaten Julius Verus?«

»Ja, ja, wir Freunde ... gute Freunde.« Neeve lächelte erneut und wartete, bis die Bedeutung ihrer Worte eingesickert war. »Ich gehen zurück, besuchen Julius, wenn römisch Frau Besuch fertig. Ich erzählen Julius, du gut behandeln.«

Rufinus kaute erneut an seiner Unterlippe. Seine Offiziere wirkten ebenso verblüfft wie er. Dann erleuchtete ein schwaches Licht die Augen des Rufinus. »Der Statthalter kennt mich«, sagte er, »an diesem gottverlassenen Randposten! Ich habe ihn erst einmal getroffen, aber er erinnert sich noch immer an mich.« Er räusperte sich und wandte sich an seine Offiziere. »Das könnte auf eine Beförderung hindeuten – für uns alle. Sorgt dafür, dass die beiden anständig behandelt werden.« Dann redete er über ihre Bezahlung.

Und die war gut.

17

Die ersten Wochen ihrer gemeinsamen Reise mit Jupiter waren nicht einfach. Julian sprach nie mit ihm und schaute ihm nur selten in die Augen. Selbst Vectis, der sich zwang, sich natürlich zu geben, musste häufig feststellen, dass er den Blick auf Jupiters vertraute Brust geheftet hatte. Doch die Zeit lässt die Ängste der Vergangenheit schwinden, und in der vierten Woche fühlte sich Julian entspannt genug, um dem Centurio einen Witz zu erzählen. Jupiter lächelte nicht einmal.

Vectis bezweifelte nicht, dass die Anwesenheit Jupiters seine eigenen Überlebenschancen in Britannien verbesserte. Er fragte sich nur, ob er den Mann unter Kontrolle halten konnte. Als der befehligende Präfekt von fünf Stützpunkten konnte Vectis sich nicht leisten, dass seine Befehle in Frage gestellt wurden. Sein Vater hatte ihm versichert, der Centurio stelle keine Bedrohung dar; er sei schließlich ein römischer Soldat und würde als solcher seinen Befehlen gehorchen. Vectis aber war davon nicht ganz überzeugt gewesen. Jupiter war schließlich eine starke Persönlichkeit und hatte klare Vorstellungen davon, wie die Dinge anzupacken waren. Es wäre geradezu Leichtsinn gewesen, ohne klare Absprachen auf die Reise zu gehen.

Vectis erinnerte sich an die langen Minuten, die er im Korridor unter den Fenstern der Bibliothek gestanden und dem Gespräch zwischen seinem Vater und Jupiter gelauscht hatte. Aus der Unterhaltung der beiden ging klar hervor, dass sie sich gegenseitig achteten, auch wenn ihrem Gespräch ein gewisser förmlicher Aspekt eigen war. Vectis schaute auf die stuckverzierten Wände hoch, versuchte, seinen ganzen Mut zusammenzunehmen. Mehr als einmal ging er auf die Tür der Bibliothek zu, bevor er dann doch wieder stehen blieb. Er erinnerte sich an jenen schrecklichen Augenblick in seiner Kindheit, als der Schlitten, auf dem er saß, durch das Eis brach und er fast ertrunken wäre. Nun wäre er liebend gern wieder in dieser Situation gewesen, wenn er damit hätte vermeiden können, in die Bibliothek seines Vaters zu gehen. Er atmete einmal tief durch, um sich zu beruhigen. Er wusste, dass es lächerlich war. Warum sollte er sich von diesem Mann einschüchtern lassen? War er ein blutiger Anfänger, der vor einem Centurio kuschte, oder ein erfahrener römischer Soldat und hoher Offizier?

Über das andere Ende des Korridors fiel ein Schatten, der Vectis aufschreckte. Es war Pudens, der Freigelassene seines Vaters, der ihm mit der Andeutung eines Lächelns Mut machte. Verlegen erwiderte Vectis sein Lächeln. Selbst Pudens wusste, dass er vor dem Centurio Angst hatte. Er atmete tief durch und schritt durch den Flur auf die Bibliothek zu.

Sein Vater blickte von einem Tablett mit mariniertem Fisch, Erdbeeren und Dattelbrot zu ihm auf. »Ah, Vectis. Du erinnerst dich sicher –«

»Aber ja, natürlich! Jupiter!«, sagte er viel zu laut, weil er versuchte, bei seiner Benutzung des verbotenen Namens ganz entspannt zu klingen.

Der Centurio schnitt weiter sein Dattelbrot, ohne auch nur zu ihm hochzublicken.

»Es ist mir eine Ehre, Euch in unserem Heim begrüßen zu dürfen«, sagte Vectis verunsichert.

Jupiter wandte sich langsam Vectis zu, als wüsste er, dass er die ganze Zeit über vor der Bibliothek herumgeschlichen war. Vectis wollte nicht weiter darüber nachdenken und schaute dem Centurio fest in die Augen. Dessen kalter, durchdringender Blick entnervte ihn zwar, aber er hielt ihm dennoch stand. Wenn er diesem Mann befehligen wollte, musste er zumindest fähig sein, ihm in die Augen zu schauen.

»Jupiter? Ihr nennt mich Jupiter?«

Vectis errötete. Er war wie vor den Kopf geschlagen. Selbst in seinen schlimmsten Träumen hätte er sich nicht vorstellen können, dass es so schlecht laufen würde. Um seine Verlegenheit zu verbergen, antwortete er: »Ein höherer Gott ist mir gerade nicht eingefallen.«

Ein belustigtes Lächeln huschte über das Gesicht des Centurio, als hätte er den jungen Mann auf die Probe stellen wollen. »Ich finde, Jupiter ist ein guter Gott«, erwiderte er.

Ein paar Sekunden lang standen die drei Männer in verlegenem Schweigen da.

»Es ist immer schön, alte Bekanntschaften aufzufrischen«, sagte Vectis' Vater schließlich und nahm den Weinkrug in die Hand. »Jetzt brauchen wir aber noch ein wenig Wein. Ich gehe selbst welchen holen.« Damit ließ er die beiden anderen in der Bibliothek allein.

Vectis räusperte sich. »Das ist eine gute Gelegenheit, über Britannien zu reden«, sagte er.

Jupiter wandte sich ihm zu, ohne etwas zu antworten.

»Wir müssen über Britannien reden«, sagte Vectis noch einmal und war sich im selben Augenblick darüber klar, wie geistlos seine Wiederholung klingen musste.

»Na schön, reden wir«, war alles, was Jupiter antwortete.

Wieder hatte Vectis den Eindruck, eine gewisse Belustigung im Gesicht des Centurio zu entdecken. Oder war es vielleicht Spott? Er wusste es nicht, aber schon die bloße Möglichkeit, dass Jupiter auf seine schwachen Versuche, sich stark zu geben, belustigt reagieren könnte, irritierte ihn. »Der Senat hat mich gebeten, nach Britannien zu gehen«, erklärte er abrupt, »und wenn ich recht informiert bin, habt Ihr um Erlaubnis gebeten, mich begleiten zu dürfen.«

»Das ist richtig.«

Vectis war klar, dass es reichlich anmaßend wirken musste, den Senat zu erwähnen, aber er kam sich dadurch irgendwie wichtiger vor. Schlimmer aber war das Wort Erlaubnis, weil es auf die Tatsache anspielte, dass der Centurio Vectis' Zustimmung brauchte. Doch falls Jupiter darüber verärgert war, schaffte er es perfekt, seine Gedanken zu verbergen. Er verzog keine Miene.

»Keinem fällt es leicht, Befehle von jemandem entgegenzunehmen, dem er einst selbst Befehle gegeben hat«, sagte Vectis.

Jupiter ging nicht auf die Anspielung ein. »Euer Vater ist ein ungewöhnlicher Mann«, erwiderte er. »Er hat mich gebeten, Euch nach Britannien zu begleiten, und deswegen möchte ich das tun.«

Vectis beschloss, ganz direkt zu sein. »Könnt Ihr Befehle von mir entgegennehmen?«

»Ich kann Befehle entgegennehmen.«

»Auch von mir?«

»Auch von Euch.«

»Ohne jeden Vorbehalt?«

Er schnaubte ungeduldig. »Ich verstehe ja Eure Bedenken, aber Ihr braucht die Frage nicht gleich dreimal zu stellen. Ich sagte, ich kann Befehle entgegennehmen, und das sollte eigentlich genügen.«

Vectis starrte ihn an; er wusste nicht mehr, was er sagen sollte.

Der Centurio fuhr fort: »Ihr solltet wissen, dass ich Eure Karriere verfolgt habe, seit Ihr aus dem Ausbildungslager entlassen worden seid. Ihr habt Euch gut entwickelt. Aber Ihr müsst auch verstehen, dass es zu den Pflichten eines Centurio gehört, seine Vorgesetzten zu beraten. Könnt Ihr Ratschläge entgegennehmen?«

»Das kann ich.«

»Dann wäre ja wohl alles klar, oder?«

Vectis war sich da nicht so sicher, aber in den Wochen darauf stellte Jupiter nicht ein einziges Mal seine Autorität in Frage. Er hielt sich zurück und erfüllte seine Pflicht.

Die drei Soldaten kamen zügig voran, und etwa alle fünfzig Meilen wechselten sie in den Legionärslagern die Pferde. Mit ihrem Begleitbrief, der das große Siegel des Senats trug, bekamen sie alles, was sie brauchten. In dem Schreiben wurden sämtliche militärischen Stellen aufgefordert, ihnen jede nur mögliche Hilfe zukommen zu lassen, damit sie so schnell wie möglich den Norden Britanniens erreichten. Kleine Provinzbeamte umschmeichelten sie und erwähnten dabei regelmäßig ihren Namen in der Hoffnung, bei ihnen in positiver Erinnerung zu bleiben. Mitunter starrte der eine oder andere Jupiter an, ohne aber zu wagen, auch nur ein Wort über seine unverkennbar afrikanische Abstammung fallen zu lassen. Wenn der Senat ihn geschickt hatte, war das Grund genug, die eigene Neugier im Zaum zu halten.

Die Überquerung des Meeres zwischen Gallien und Britannien erwies sich als gefährlicher als erwartet. Ihre leichte römische Galeere wurde in einem spätsommerlichen Sturm so weit vom Kurs abgetrieben, dass sie schließlich unterhalb der hohen Kreidefelsen im Osten der Südküste landete. Die Insel Vectis bekamen sie nie zu Gesicht.

In Britannien selbst kamen sie langsamer voran. Dichter Nebel und starker Regen hielten sie auf, und mitunter fiel es ihnen sogar schwer, den meist schnurgeraden Römerstraßen zu folgen. Julian klagte ununterbrochen über den Regen und wurde nicht müde, darauf hinzuweisen, dass es seit ihrer Landung auf der Insel jeden Tag geregnet hatte. Schließlich machten die drei in der Hauptstadt der Provinz Britannien, in Londinium, Station. Der Statthalter – ein Mann namens Julius Verus, dessen Gesicht stark an einen Raubvogel erinnerte – begrüßte sie nicht gerade herzlich, aber durchaus korrekt. Als er hörte, dass sie aus Rom kamen und unterwegs zum Antoninischen Wall waren, wollte er wissen, was Kaiser Antoninus bezüglich der Kaledonier zu tun gedenke. Vectis erklärte ihm, was er wissen durfte: Man diskutiere derzeit darüber, ob es besser sei, den Grenzwall auszubauen oder die II., VI. und XX. Legion mit Hilfstruppen zu verstärken.

Verus explodierte förmlich. »Diese Narren! Wissen die denn nicht, dass die Kaledonier längst die Schwerter schärfen, während sie selbst immer noch ihre politischen Debatten führen? Die stecken unsere Bestechungsgelder ein und reden von Frieden, aber ich sage Euch, das heißt gar nichts. Kelten sagen nie die Wahrheit. Sie werden kämpfen, und zwar bald.« Er ging zu einer Landkarte und stieß mit dem Finger auf das kaledonische Gebiet. »Rom glaubt anscheinend, das Problem sei auf die kaledonischen Stämme jenseits des Antoninischen Walls beschränkt. Die begreifen nicht, dass die Unruhen in Kaledonien auf die gesamte Provinz übergreifen. Die Briganten, die Selgover und ein halbes Dutzend anderer Stämme«, sagte er und zeigte auf deren jeweiliges Gebiet, »horten schon seit Jahren Waffen. Das wissen wir mit absoluter Sicherheit!« Angeekelt schlug er auf die Karte. »Wie soll ich denn mit halben Legionen Frieden halten? Ich brauche auf der Stelle mehr Legionäre.«

»Wenn ich es richtig verstanden habe«, sagte Vectis, »werden bereits entsprechende Vorkehrungen getroffen.«

»Vorkehrungen getroffen!«, wiederholte Verus entzürnt. »Das Lied höre ich jetzt schon seit zwei Jahren. Das Einzige, was sie uns schicken, ist Ersatz, und selbst damit können wir nicht einmal unsere Truppenstärke halten. Wusstet Ihr, dass wir selbst dann, wenn wir sämtliche verfügbaren Soldaten – Auxiliarsoldaten wie Legionäre – zusammenzählten, auf weniger als fünfzigtausend kämen? Fünfzigtausend Mann, um diese ganze verdammte Insel unter Kontrolle zu halten.« Er sah Vectis direkt in die Augen. »Und was ist, wenn es zu Feindseligkeiten kommt? Was erwartet man dann von mir?«

»Man hat uns versichert«, sagte Vectis, »dass im Kriegsfall Legionäre vom germanischen Grenzwall abkommandiert würden.«

Verus lachte verächtlich. »Klar schicken sie die, aber wann? Nachdem die Hälfte unserer Kastelle hier im Norden zerstört ist?«

Vectis sagte dazu nichts. Er hatte noch immer das Gespräch mit Senator Atilius Titianus im Hinterkopf. Atilius hatte behauptet, dass im Kriegsfall die Legionen aus dem Süden der Provinz entsandt würden, aber Verus' Legionen waren offenbar alles andere als stark.

In der Gesprächspause lief das Gesicht des Statthalters dunkelrot an. Er versuchte, sich mit einer kleinen Geste zu entschuldigen, als ihm plötzlich bewusst wurde, dass seine Gäste, wenn es zu Kriegshandlungen käme, in einem der Kastelle im Norden sein würden. »Ich fürchte, ich war wohl zu sehr mit meinen eigenen Problemen beschäftigt. Verzeiht mir. Ich habe Euch noch nicht einmal gefragt, welches Kastell Ihr befehligen werdet.«

»Faustina«, sagte Vectis.

»Faustina«, wiederholte er langsam. »Das ist jenseits der Grenze, das nördlichste Kastell überhaupt. Dann gebietet Ihr über alle fünf Vorposten.« Auf seinem Gesicht zeichnete sich sein Kummer ab. »Ich nehme an, Ihr wisst, dass diese Kastelle im Vorfeld – um einmal in der Sprache des Senats zu reden – nicht absolut sicher sind.«

»Das ist mir klar. Mein Befehl lautet, die Verteidigung dieser Vorposten zu organisieren.«

Verus schwieg einen Augenblick, bevor er in persönlicherem Ton fortfuhr. »Ich hoffe, Euch ist auch klar, dass ich Euch im Fall von Kriegshandlungen am Antoninischen Wall, sofern ich keine Truppen vom Kontinent erhalte, die Unterstützung durch meine Legionen nicht zusagen kann. Stand der Dinge ist, dass ich alle Hilfstruppen, die ich entbehren konnte, hochgeschickt habe. Meine erste Priorität wird es sein, den Wall des Hadrian zu halten, weil wir sonst Gefahr laufen, die ganze Insel zu verlieren.«

Vectis dankte ihm für seine offenen Worte und bat um die Entsendung eines Kuriers, um den gegenwärtigen Präfekten von Faustina über seine bevorstehende Ankunft zu informieren.

Am nächsten Morgen brachen sie Richtung Norden auf. Sie ritten durch flaches, fruchtbares Land mit undurchdringlichen Wäldern und sich windenden Flüssen. Die Bäume an den Ufern bogen sich unter dem Gewicht tausender von schwarzen Vögeln, die, wenn sie aufgeschreckt wurden, den Himmel verdunkelten. Rudel braungelber Rehe ästen auf den Wiesen, und langbeinige Kraniche bevölkerten die stillen Moore. Das Land sah aus wie ein Paradies für Jäger.

Nach zwei Wochen, sie saßen ununterbrochen im Sattel, erreichten sie endlich den Hadrianswall. Der mächtige Steinwall erstreckte sich majestätisch über Hügel und Felder, von einer Seite des Horizonts bis zur anderen. Vectis hatte nie etwas Vergleichbares gesehen, und sein Stolz auf das römische Volk ließ ihn fast vor Ehrfurcht erstarren. Wer sonst auf der Welt hätte ein solches Bauwerk errichten können? Er schaute auf die schnurgerade Straße hinab, die auf den Wall zuführte. Nur Römer konnten eine solche Straße bauen, dachte er. Unzählige Male schon hatte er römische Landvermesser beim Abstecken von Straßen angetroffen, die in gerader Linie, ohne geringste Abweichung nach links oder rechts, von Gipfel zu Gipfel führten. Oft entzündeten sie auf einem fernen Berg ein Feuer, um dann mit Hilfe von Stäben und Senkblei einen geraden Weg zur Rauchsäule abzustecken.

Noch einmal ließ er den Blick über den Wall schweifen. Welch eine technische Meisterleistung, dachte er, und was hielten die Einheimischen von solchen Errungenschaften? Nicht viel, fürchtete er, da sie jederzeit bereit schienen, römische Bürger in ihren Betten zu ermorden. Er dachte über die tief in den Bewohnern Britanniens verwurzelte Feindseligkeit gegen die Römer nach und darüber, warum manche Stämme die römische Herrschaft so unerträglich fanden. Haben wir nicht ihre Lebensbedingungen hundertfach verbessert und ihnen das Beste gegeben, was Rom zu bieten hat? Wie konnten sie die Vorteile, die die römische Herrschaft ihnen brachte, leugnen? Haben wir nicht die Erträge ihrer Landwirtschaft erhöht und ihre hygienischen Verhältnisse verbessert? Und war nicht Britanniens Wolle die schlechteste im Reich gewesen, bis römische Verwalter sie mit Hilfe von Kreuzungen verschiedener Rassen erheblich verbesserten? Wir haben ihnen alles mitgebracht, von der Mathematik bis hin zu den Mosaiken, aber sie wissen es nicht zu schätzen. Warum wollen sie zurück zu einem rauen, primitiven Leben, wo doch die grenzenlosen Möglichkeiten des Römischen Reiches auf sie warteten? Sein Vater hatte wohl Recht gehabt; in den Köpfen der Barbaren herrschte offenbar eine tiefe, unergründliche Finsternis.

Die drei verbrachten nicht einmal einen ganzen Tag am Hadrianswall, denn Vectis wollte so rasch wie möglich weiter zum Kastell Faustina, aber die Zeit hatte gereicht, um festzustellen, in welch jämmerlichem Zustand sich der Wall befand. Zahlreiche Gräben waren mit Schlamm gefüllt, den die ständigen Regenfälle hineingespült hatten; die Brustwehre waren an vielen Stellen nicht mehr vorhanden, die Tore zerstört. Auch die im Abstand von einer römischen Meile errichteten Streckenposten und Türme waren unbrauchbar, das Holz verrottet durch jahrelange Bloßlegung. Rom hatte versucht, die Militärausgaben für Britannien zu verringern, und eine gewisse Zeit lang schienen die Argumente durchaus sinnvoll. Wozu auch einen unnötigen Grenzwall instand halten, wo doch mittlerweile der Antoninische Wall weiter im Norden an seine Stelle getreten war? Nun aber, nachdem die Kaledonier im Hochland immer unruhiger wurden und Rom sich den daraus ergebenden Gefahren verschloss, wiesen die Provinzbeamten wieder verstärkt auf die Schwachstellen des alten Grenzwalls hin. Statthalter Verus hatte sogar eine vollständige Restaurierung der Verteidigungsanlagen des Walls angeordnet. Britannien müsse sein Schicksal in die eigene Hand nehmen, hatte er gesagt.

Auf Verus' Rat hin akzeptierte Vectis ein Kontingent von Legionären und Bogenschützen und Kundschaftern, die sie über den Hadrianswall hinaus begleiten sollten. Die Gegend sei von Tag zu Tag unsicherer geworden, hatte er gesagt, und je weiter man nach Norden komme, desto gefährlicher werde es. Drei Offiziere ohne Legionäre stellten ein ausgesprochen einladendes Ziel dar.

In den folgenden Wochen verlangsamte sich ihre Reise in den Norden wegen der Begleitmannschaft, die hinter ihnen marschierte beziehungsweise ritt. Alle steckten in dicken Wollmänteln und knielangen, schmalen Hosen, die Bekleidung, die die Legionäre weltweit in den kühleren Klimazonen trugen. Trotz dieses zusätzlichen Wärmeschutzes klagte Julian über das immer ungemütlicher werdende Wetter. Jeden Morgen wachte er zitternd vor Kälte auf, ging sofort zum Feuer, wo die Offiziere vom Dienst Schüsseln mit heißem Haferbrei und warmes keltisches Bier verteilten, das bei den in Britannien stationierten Legionären allseits beliebt war. Dann wandte er sich, allein mit Vectis und Jupiter, wieder seinem Lieblingsthema zu: Britanniens miserablem Wetter.

»Schaut euch diese Tasche hier an«, murrte er und warf sie auf den Boden. »Das Leder ist ganz steif gefroren!«

»Das kommt nur von der Nachtluft«, meinte Jupiter.

»Das Ding ist hart gefroren, als wäre es aus Bronze gegossen«, murmelte Julian. »Wie kann es bloß im Sommer kalt sein? Ich weiß, ich weiß, die Insel leidet zurzeit unter für die Jahreszeit ungewöhnlich kalten Winden. Aber das sagt man uns jetzt schon seit Wochen! Die Wahrheit ist, dass es den ganzen Tag regnet und die ganze Nacht friert. Selbst das Gras ist beinhart. Das ist der einzige Ort auf der Welt, wo man sich die Zehen brechen kann, wenn man barfuß durchs Gras läuft.«

Jupiter stöhnte. Er hatte das alles schon mehr als einmal gehört.

»Und wann haben wir zum letzten Mal die Sonne gesehen?«, fuhr Julian fort. Er starrte zum schiefergrauen Himmel hinauf und dann auf die Eichen in der Umgebung, als der Wind sich in den zitternden Blättern fing. Plötzlich verstummte Julian, als ein Legionsoffizier auf Vectis zutrat. Er beschwerte sich nie im Beisein von Soldaten, was vermutlich auch der Grund dafür war, dass Jupiter seine Kommentare ertrug. Jupiter bekleidete als Centurio zwar einen niedrigeren Dienstgrad als Julian, der Tribun war, doch niemand bezweifelte, wer von beiden die größere Autorität besaß. Doch während der langen Wochen ihrer Reise fiel Vectis auf, dass der Centurio fast schon eine gewisse Zuneigung zu Julian entwickelt hatte, obwohl die beiden gegensätzlicher nicht hätten sein können – Julian mit seinem Humor und seinem ständigen Mäkeln und Jupiter mit seiner stillen Art und seinem finsteren Blick.

Der Offizier besprach sich kurz mit Vectis über ihre Tagesetappe. Kaum war er wieder bei seinen Leuten, zog Julian den Mantel fester um sich und und rief sich wehmütig die warme Meeresbrise Nordafrikas in Erinnerung, das Rauschen der Brandung und die Farbe des Meeres. Er hatte sich oft im glitzernden Sand ausgestreckt und sich von der Hitze des Tages wärmen lassen. Er schloss die Augen und beschrieb in allen Einzelheiten den Geruch des Meeres, den Geschmack von Salz auf den Lippen und die Schreie der Möwen. Aber auch die Provinz Britannien, sagte er, habe durchaus ihre Vorteile; ihm falle nur gerade keiner ein.

Vectis genoss Julians fröhliche Klagen, denn diese zeigten ihm, dass er zunehmend seine Angst vor Jupiter verlor und wieder zu seinem eigentlichen unbeschwerten Ich zurückfand.

Was ihn selbst anbelangte, so war Vectis sehr dankbar für das Kontingent von dreißig Soldaten. Erst hatte er sie nur widerwillig akzeptiert, weil er wusste, wie sehr sie ihr Vorwärtskommen verzögern würden; als sie nun aber über das flache Land zogen, wurde ihm klar, wie Recht Verus gehabt hatte. Die Menschen hier waren schroff und abweisend. Selbst die Landschaft schien immer ungastlicher und immer weniger römischen Einflüssen zugänglich, als widersetzte sich die Bevölkerung kollektiv dem Reich. Villen oder zumindest Häuser im römischen Stil gab es hier keine mehr. Auf den Plätzen der Kleinstädte, auf denen man ordentliche römische Tuniken erwarten würde, liefen die Bewohner in ihren Stammeskleidern, in Hemd und langer, weiter Hose, herum. Die Frauen trugen ihr Haar offen, auf die Schultern fallend, statt, wie in der römischen Gesellschaft üblich, in festsitzenden Locken oder in kunstvoll drapierten Flechten. Das waren zwar Kleinigkeiten, aber sie sagten Vectis einiges. Noch auffälliger war, dass römische Beamte und selbst Soldaten auf offener Straße nie allein unterwegs waren, sondern immer nur in Gruppen von mindestens zehn Mann oder mehr.

Als sie durch ein weiteres Städtchen mit seinen zusammenstehenden und an den Hang der Hügel gebauten Rundhäusern kamen, rief Julian entsetzt aus: »Sieht das hier für euch etwa wie ein Teil des Reiches aus?«

Die drei überflogen den Markt der Ortschaft, der aus nicht viel mehr bestand als Karren, die hoch mit Waren beladen waren: mit Säcken mit Mehl, Gemüse, mit Schaffellen und Schweinshäuten, bunten, groß karierten Stoffen und Werkzeugen aller Art. Die Einheimischen wurden ganz starr, als die Soldaten durchzogen. Einige unterbrachen ihre Arbeit, um die Kolonne zu beobachten, doch die meisten setzten ihre Tätigkeit fort und schauten nur gelegentlich mit ausdruckslosen Gesichtern auf.

»Der Karte nach müssen wir im Gebiet der Votadinier sein«, sagte Jupiter.

Julian lachte. »Dann sind das also die friedlichen Kelten. Unsere Freunde sozusagen! Wie sehen dann erst die Kaledonier aus?«

»Vielleicht so abstoßend wie Ihr«, meinte Jupiter.

Vectis musste lächeln. Jupiter hatte einen Scherz gemacht.

Fünf Meilen weiter sahen sie erstmals den Antoninischen Wall. Er folgte den Konturen des Landes, als habe jemand eine dünne schwarze Schnur am Horizont entlanggezogen. Aus der Ferne wirkte er reichlich zerbrechlich, doch je näher sie kamen, desto mehr änderte sich das Bild, bis der Wall den gesamten Horizont beherrschte. Er war schon beeindruckend – ein dreizehn Fuß hoher, grasbewachsener Erdwall, auf dem ein mauerartiger Zaun aus Baumstämmen weitere zehn Fuß emporragte. Entlang des Walls waren in regelmäßigen Abständen große Erdkastelle angelegt, mit imposanten Toren, Wachtürmen und ziegelgedeckten Hauptgebäuden.

Vectis sah sich den Grenzwall näher an. Abgesehen von dem Fundament aus Stein und den steinernen Abflusskanälen für das Regenwasser, bestand der gesamte Wall aus Grassoden. Das Fundament war fünfzehn Fuß breit, und der Wall verjüngte sich bis zum oberen Abschluss auf eine Breite von drei Fuß. Rund hundert Fuß südlich des Walls war ein breiter Kolonnenweg angelegt, der sich über die gesamte Länge der Grenzanlage erstreckte. Im Fall eines Angriffs konnten Truppen schnell aus den größeren und kleineren Lagern entlang des Walls an die gefährdeten Zonen verlegt werden. Überraschungsangriffe waren an dieser Grenze nicht zu befürchten. Unmittelbar vor dem Wall verlief noch ein vierzig Fuß breiter und zehn Fuß tiefer Spitzgraben, den die Kaledonier zu überwinden hätten. Zwar hätte eine kleine Gruppe im Schutz der Dunkelheit jederzeit durch den Wall schlüpfen können, doch jeder größere Angriff würde viel Zeit kosten und sofort entdeckt werden. Alles in allem, dachte Vectis, war der Antoninische Grenzwall schon ein schwer zu überwindendes Hindernis.

In einem der kleineren Kastelle am Wall tauschten sie Verus' Legionäre gegen ein Kontingent Hilfssoldaten aus. Jahre zuvor hatten die Legionen den Antoninischen Wall erbaut, doch nun waren sie weit im Süden stationiert, und der Wall wurde ausschließlich von leicht bewaffneten Hilfstruppen instand gehalten und bewacht. Die Auxiliarsoldaten sahen zwar wie Legionäre aus, waren aber keine römischen Bürger, sondern Nichtbürger aus den Provinzen. Verglichen mit einem Barbarenheer waren die Auxiliartruppen gut ausgebildet, weil sie von römischen Offizieren befehligt wurden. Sie hatte aber nicht das Format der Legionen. Rom setzte diese ausländischen Soldaten an den

Grenzen ein, wo sie die Aufgabe hatten, den ersten Schlag des Feindes abzuwehren. Erst wenn der feindliche Angriff in die Tiefe ging, trafen die disziplinierten Legionäre ein, um die Invasoren wieder von römischem Gebiet zu vertreiben.

Am nächsten Morgen brachen die drei mit ihrem Hilfstruppenkontingent, einem Dutzend berittener Bogenschützen und einer Hand voll Kundschafter – um sicherzustellen, dass es unterwegs keine bösen Überraschungen gab – nach Norden auf. Hinter dem Wall lag des Gebiet des Stammes der Kaledonier.

Dicke graue Wolken hingen am Himmel und kündigten das Ende des Sommers an. Als sich die schweren Holztore hinter ihnen schlossen, säumten Soldaten die Wehrgänge, standen hinter den Brustwehren, verfolgten sie mit ihren Blicken. Einige riefen ihnen aufmunternde Worte nach, während andere, die mit der alles andere als beneidenswerten Aufgabe beschäftigt waren, die Gräben vor und hinter dem Wall instand zu halten, ihre Kameraden mit einem »Heil Caesar« verabschiedeten. Die Soldaten des Begleitdienstes rückten ab, ohne sich um die Aufmerksamkeit zu kümmern, die ihnen zuteil wurde. Selbst für Auxiliarsoldaten wäre es eine ernsthafte Verletzung des Verhaltenskodexes gewesen, sich auf dem Marsch umzudrehen. Dennoch entging Vectis nicht der angespannte Gesichtsausdruck der Soldaten. Es war nicht zu übersehen, dass sie sich nur äußerst ungern aus dem Schutz der Befestigungen begaben.

»Man könnte meinen, wir rücken von einem Kliff ab«, sagte Julian, als er zu denWehrgängen zurückblickte, von wo die Soldaten sie noch immer beobachteten.

Jupiter schnaubte verächtlich. »Das sind die undiszipliniertesten Soldaten, die ich je gesehen habe. Kein Wunder, dass sie hier oben Schwierigkeiten haben.«

Vectis war derselben Meinung. Der Mangel an Disziplin war erschreckend. Er fragte sich, wie es in dieser Hinsicht noch weiter nördlich aussehen mochte.

Sie nahmen die alte breite Straße, die der große Agricola bei seiner Eroberung des Nordens ein Jahrhundert zuvor gebaut hatte. Sie wurde so gut wie nie benutzt, nur hin und wieder von einer Kolonne, die Güter von und zu den fünf Posten im Vorfeld des Walls transportierte. Vectis ließ den Blick über die Berge der Umgebung und die dunklen Wälder schweifen, die sich sehr gut als Unterschlupf kleinerer Truppen von Kriegern eigneten. Er versuchte dennoch, nicht nervös zu wirken – die Soldaten hinter ihm waren unsicher genug.

In den letzten beiden Jahren hatten römische Magistrate immer größere Vorbehalte gegen eine Benutzung der Straße durch die Truppe geäußert, da Überfälle durch Kaledonier gang und gäbe geworden waren. So ängstlich war man nicht immer gewesen. Viele Jahre lang hatten sich Offiziere und Beamte jedes Dienstgrades geradezu darum gerissen, Dienst in den Vorposten zu versehen. Wer ein paar Dienstjahre in einem vermeintlich so gefährlichen Gebiet nachweisen konnte, durfte eher mit einer Beförderung rechnen. Aufgabe der fünf Kastelle war es, den Aktivitäten des Feindes zuvorzukommen und Angriffe größerer Heerhaufen auf den Wall zu erschweren. Dort Dienst zu tun klang zwar auf den ersten Blick abenteuerlich, doch in Wirklichkeit waren die Kastelle nördlich des Walls ausgesprochen sicher. Sie waren doppelt so groß wie die meisten Festungen am Wall selbst und durchaus im Stande, sich selbst zu verteidigen. Trotz ihrer Lage im äußersten Norden der zivilisierten Welt verfügten sie wie alle römischen Stützpunkte über Badehäuser und sonstige Erholungseinrichtungen. Dennoch war der Dienst nördlich des Walls nicht mit dem im Hinterland vergleichbar. Meist jedoch war der Militärdienst ohne größere Zwischenfälle absolvierbar, und zum Schluss zahlten sich die Jahre für die Karriere aus.

In jüngster Zeit aber hatte sich die Lage verändert. Die Kaledonier waren immer dreister geworden, die römischen Verteidiger immer ängstlicher.

Der Zustand des ersten Vorpostens entsetzte Vectis geradezu. Der Spitzgraben, der das gesamte Kastell umzog, und die mauerartigen Zäune waren noch halbwegs in Schuss, die Erdwälle mit einer Breite von vierzig Fuß an der Basis gewaltig. Im Innern des Lagers aber herrschte das totale Chaos. Karren, auf denen sich Pfeile, Speere und andere Waffen stapelten, standen in wildem Durcheinander an der Innenseite des Erdwalls; Fässer mit allen möglichen Vorräten von Nägeln bis hin zu Mehl lagerten auf den Wehrgängen des Kastells, und die Türen fast aller Lagerräume standen sperrangelweit offen.

»Mir scheint, dieser Präfekt lagert gern alles im Freien, damit man besser an die Sachen herankommt«, witzelte Julian.

»Ein Paradies für Ratten«, murmelte Jupiter.

Während sie im inneren Wachlokal auf den Lagerpräfekten warteten, kommentierten sowohl Julian als auch Jupiter die miserable Ausbildung, die gerade einer Gruppe von Soldaten auf dem Exerzierplatz zuteil wurde, und die unübersehbare Nervosität einer Streife, die im Begriff war auszurücken. Vectis schwieg, doch allmählich dämmerte ihm, dass die Organisation der Verteidigung dieser Vorposten weitaus schwieriger werden würde, als er sich das vorgestellt hatte.

Der Lagerpräfekt kam die Hauptstraße herunter, begleitet von zehn Offizieren wie bei einem prunkvollen Aufmarsch.

»Wie eindrucksvoll«, merkte Julian an.

Vectis, der Jupiters schweren Atem hinter sich hörte, war dem Centurio dafür dankbar, dass er es vorzog, sich jeglichen Kommentars zu enthalten. Die Gruppe kam stolpernd und schwankend vor ihren Besuchern zum Stehen. Vectis merkte, wie Julian zu ihm herüberschaute, ignorierte ihn aber. Das Schauspiel, das sich ihm hier bot, war lächerlich genug, es bedurfte keiner weiteren Bemerkungen.

Der Kommandant – ein hagerer, blasser Mann – war zweifellos aus politischen Gründen ernannt worden, gekleidet war er mit Beinschienen, Helm und Helmbusch. Beinschienen waren zum Schutz des Unterschenkels gedacht, doch der Präfekt war so klein geraten, dass sie ihm auch noch über den halben Oberschenkel reichten. Abgesehen davon, dass römische Soldaten Beinschienen schon seit einem halben Jahrhundert nicht mehr trugen. Nur ein Günstling würde sie noch als modisch empfinden. Ähnlich lächerlich war sein leuchtend roter Helmbusch aus Rosshaar, der majestätisch aus seinem Helm ragte. Da er ihn selbst im Lager trug, nahm Vectis an, dass er damit größer erscheinen wollte, denn ohne Helm war der Präfekt der kleinste Mann weit und breit.

Der Lagerpräfekt räusperte sich, was offenbar das Signal für einen seiner Offiziere sein sollte, mit den Formalitäten der Vorstellung zu beginnen. Aber nichts tat sich. Offenbar hatte man vergessen, sich auf jemanden zu einigen, der die offizielle Begrüßung durchführen sollte. Nach peinlichem Schweigen trat schließlich zur Erleichterung aller einer der Offiziere vor und sprach: »Im Namen der kaiserlichen Truppen Roms heißt *praefectus* Gaius Jovius Herculius Commodus Euch im Kastell Colania, Bewacher der Nordgrenze des Imperiums, willkommen.«

Vectis begrüßte den Präfekten und stellte Julian und Jupiter vor. Dann überreichte er Commodus sein Schreiben vom Senat und bat ihn um seine Einschätzung der Situation, in der sich die Vorposten befanden. Obwohl Commodus noch nicht allzu viel berichtet hatte, war Vectis klar, dass Präfekt Commodus von militärischen Dingen weniger verstand als sein Koch.

»Es stimmt schon, dass es diesen kaledonischen Barbaren gelungen ist, Angst zu verbreiten«, erklärte er, »selbst bei einigen der Präfekten unserer Vorposten. Aber die wahre Stärke kommt von hier.« Er deutete auf seine schmale Brust. »Wie gehen wir mit Wilden um, die sich einbilden, himmlische Wälder würden sie erwarten, wenn sie einen Römer getötet haben?« Er stieß ein wissendes Lachen aus. »Wir tragen den Krieg direkt zu ihnen. So machen wir das. Dabei ist es mir persönlich völlig egal, wie groß ihre zahlenmäßige Überlegenheit ist. Je mehr sie sind, desto größer ist auch ihre Enttäuschung, wenn sie trotzdem unterliegen. Das habe ich schon immer gesagt. Man muss nur verstehen, was in den Köpfen dieser Barbaren vorgeht. Nehmen wir zum Beispiel die Votadini –«

»Darf ich fragen, woher ihr so genau wisst, was im Kopf eines Barbaren vorgeht?«, fragte Jupiter, ohne jede Spur von Regung in der Stimme, auch wenn Vectis wusste, dass der Centurio den Präfekten verachtete.

»Ein afrikanischer Centurio, was?« Commodus musterte Jupiter ein paar Sekunden lang. »Einen wie Euch habe ich ja noch nie gesehen. Habe natürlich schon mal von Leuten wie Euch gehört, aber nur von solchen in Nordafrika und Ägypten und nie so weit im Norden.« Er lachte. »Ihr werdet Euch aber schlecht vor den verdammten Kaledoniern verstecken können, wenn erst mal Schnee fällt.«

Jupiter ließ den kleinen Mann nicht aus den Augen.

Commodus lachte noch immer. »Aber mit ein wenig Glück – und der Hilfe der Götter natürlich – sind wir schon nicht mehr hier, wenn im Hochland der Schnee fällt, was?« Er deutete auf seine Offiziere und stellte sie mit einer theatralischen Geste vor, reservierte aber das meiste Lob für seine eigene »bescheidene Persönlichkeit«, wie er sich gleich zweimal nannte. Wie er es überhaupt schaffte, seinen Standort halbwegs am Funktionieren zu halten, war Vectis ein Rätsel.

Als er geendet hatte, kratzte sich Präfekt Commodus mit überraschend langen Fingern an der Nase und sagte: »Ich nehme an, Ihr bringt den Befehl zum Abzug.« Sie standen noch immer im Torgang, und mehrere Soldaten, die unweit des Wachlokals würfelten, standen auf und kamen näher, um mitzuhören. Vectis schaute sie, ob ihres Verstoßes gegen jede soldatische Disziplin ungehalten, fest an.

»Oh, macht Euch keine Gedanken«, winkte Commodus ab. »In einem solchen Lager lässt sich sowieso nichts geheim halten.«

»Das entspricht nicht meinen Erfahrungen«, erwiderte Vectis barsch. »Sie haben ihre Posten zu beziehen.«

»Präfekt Vectis«, entgegnete Commodus laut, um zu demonstrieren, dass es ihm gleich war, ob ihn ein Soldat hörte oder nicht, »wir hier draußen handhaben gewisse Dinge ein wenig anders. Wir sind hier ein bisschen lockerer, wenn es darum geht –«

Jupiter stürmte an Präfekt Commodus vorbei auf die Männer zu: »Zurück auf Eure Posten!« Seine tiefe Stimme hallte in der Stille wider, während die Männer sich rasch entfernten.

Commodus' Kopf schnellte herum wie der eines Huhns, von Vectis zu Jupiter und wieder zurück zu Vectis. »Euer ... Euer Centurio hat meinen Leuten einen Befehl erteilt! Er kann doch nicht … meine Soldaten befehligen. Hier bin ich der Befehlshaber.«

Vectis spürte, wie sich seine Gesichtsmuskulatur anspannte. »Präfekt Commodus«, sagte er kalt, »dieser Posten hier, der Eurem Befehl untersteht, ist ein Schandfleck. Glücklicherweise untersteht ihr jetzt meinem Befehl, und wenn mein Erster Centurio es für erforderlich hält, Soldaten irgendeines dieser fünf Lager – und das gilt auch für dieses –, die gegen die Disziplin verstoßen, zu disziplinieren, wird er das auch tun. Haben wir uns verstanden?«

Präfekt Commodus bewegte die Lippen, ohne dass auch nur ein Laut aus seinem Mund herausgekommen wäre.

»Ich höre keine Antwort. Wollt Ihr eine förmliche Beschwerde einlegen?«

Commodus schüttelte den Kopf. Seine Wangen waren mittlerweile vor Wut und Verlegenheit rot angelaufen. Er warf einen Blick auf die Offiziere hinter ihm und versuchte, wenigstens einen Teil seiner Würde zu wahren. »Ich würde gern erfahren«, sagte er schon bedeutend leiser als zuvor, während er sich zu seiner vollen Größe aufrichtete, »wann genau der Abzug stattfinden wird?«

Vectis hätte dem widerspenstigen Präfekten, wie manchmal geübt, eine ins Gesicht geschlagen, wollte ihn aber nicht vor seinen Offizieren entehren. Eine solche Demütigung hätte sich spätestens bis zum Mittag im gesamten Lager herumgesprochen, und wenn er je so etwas wie eine funktionierende Zusammenarbeit mit Commodus erreichen wollte, dann durfte er das Ego dieses Mannes nicht völlig demontieren.

»Ihr scheint mir ein Präfekt zu sein, der eine ehrliche Antwort zu schätzen weiß«, sagte Vectis, obwohl er nichts dergleichen dachte, aber darauf spekulierte, dass Commodus sich dadurch geschmeichelt fühlte, »und deshalb will ich Euch informieren. Es wird keinen Abzug geben.«

Commodus' Mundwinkel zuckten. Er hatte eine ganz andere Antwort erwartet. »Aber … ich war der Ansicht, die Truppen der Vorposten sollten entlang des Walls umverlegt und die Lagerpräfekten nach Süden beordert werden. Da muss wohl ein Irrtum vorliegen.«

»Kein Irrtum. Der Senat hat mich beauftragt, die erschlaffte Verteidigung der Vorposten zu reorganisieren, und ich kann Euch versichern, dass Rom nicht die Absicht hat, das Vorfeld den Kaledoniern zu übergeben. In diesem Augenblick«, sagte Vectis, ohne selbst daran zu glauben, »bereitet Rom schon die Entsendung von Legionären vor für den Fall, dass es zu Feindseligkeiten kommt.«

»Feindseligkeiten? Im ganzen Reich gibt es keinen feindseligeren Ort als dieses Hochland.« Commodus lachte verächtlich. Ich kann einfach nicht glauben, dass Rom die Absicht hat, uns hier hängen zu lassen.« Seine Augen schnellten hin und her, als versuchte er, zu einer Entscheidung zu gelangen. Dann nahm er Vectis am Arm und führte ihn hinter das Wachlokal, wo sie außer Sichtweite der anderen waren. Er nahm seinen Helm ab, unter dem ein völlig kahler Schädel zum Vorschein kam, den nicht einmal Augenbrauen oder Lider zierten; Vectis hatte das Fehlen von Brauen und Wimpern bislang nicht gemerkt und fragte sich nun, ob er den Helm nicht vielleicht doch aus einem anderen Grund trug als nur, um fehlende Körperlänge auszugleichen.

Vectis verspürte ein gewisses Mitleid mit dem Mann aufkeimen, als er an seinem Helmschmuck herumspielte. Er war ein Bild der Verzweiflung und versuchte nun gar nicht mehr, den Tapferen zu spielen. »Präfekt«, sagte er flüsternd, »Ihr müsst mich nach Süden schicken. Unter den gegenwärtigen Umständen gehöre ich nicht hierher. Ich bin kein Soldat.« Seine Hand fuhr über den Beschlag seines Brustpanzers, und er lachte nervös. »Ich habe einem Verwandten eine nicht ganz unbeträchtliche Geldsumme zukommen lassen in der Hoffnung auf einen ruhigen Posten, der mir eine gewisse militärische Erfahrung verschaffen würde … und dann bin ich hier gelandet. Kastell Colania! Man hat mir gesagt, Colania sei der sicherste Vorposten, weil dieser Stützpunkt der erste an der Straße und nur eine Meile nördlich vom Wall entfernt ist. Aber die Meile bis zum Wall ist eine verdammt lange Meile.« Er stöhnte. »Versteht Ihr nicht?

Wenn Rom uns nicht sofort hier abzieht, werden wir alle sterben. Die Kaledonier sind im Vormarsch, und wir können sie nicht aufhalten.«

Vectis' Mitleid verwandelte sich rasch in Abscheu. Der Mann war ein Feigling. In der Öffentlichkeit spielte er den furchtlosen Krieger, aber wenn es darauf ankam, so sah es aus, als zog er es vor, jemand anderen an seiner Stelle sterben zu lassen. »Präfekt Commodus«, sagte Vectis im zurückhaltendsten Ton, zu dem er in der Lage war, »ich kann Euch nicht versetzen. Wenn wir einmal damit anfangen –«

»Ihr *könnt* mich versetzen –«

»Ich kann es, werde es aber nicht tun«, sagte Vectis. »Ob es Euch gefällt oder nicht – Ihr seid ein hoher römischer Offizier. Also benehmt Euch auch wie ein solcher.«

Commodus schloss den Mund und überlegte, was er nun noch tun konnte.

Der sicherste Weg in die Katastrophe war, wie Vectis wusste, Gesuchen von Offizieren auf Versetzung stattzugeben. In einer solchen Situation kam es sehr auf Kontinuität an. Selbst völlig inkompetente Offiziere wie Commodus erfüllten noch ihren Zweck – selbst, wenn dieser nur darin bestand, die Moral der Truppe aufrechtzuerhalten.

»Gaius Commodus«, sagte Vectis, und versuchte, wie ein Freund zu klingen. »Ich brauche Euch hier noch für die nächsten paar Monate, aber wenn Ihr es schafft, Colania auf Vordermann zu bringen, könnte ich eher geneigt sein, Eurem Antrag auf Versetzung zu entsprechen.«

Commodus' Augen leuchteten angesichts dieser Aussicht. »Oh, ich danke Euch«, brach es aus ihm heraus. »Mögen Euch die Götter unter ihre Fittiche nehmen –«

»Aber ich muss Euch warnen«, sagte Vectis, als er den Kreis von Offizieren sah, die sich auf der Haupstraße des Kastells versammelt hatten. »Ein Befehlshaber wie Ihr hat viele Pflichten. Ihr müsst vor allem Eure Ängste für Euch behalten. So ein Gerede wie heute Morgen vor aller Augen ist in unserer momentanen Lage nicht gerade hilfreich.«

»Aber natürlich, ich bin da ganz Eurer Meinung, Präfekt Vectis, und ich bitte, mein Verhalten zu entschuldigen. Es wird nicht wieder –«

»Sagt mir einfach, wie Ihr die Situation hier einschätzt.«

»Aber selbstverständlich«, sagte Commodus in verschwörerischem Ton. »Ich sehe schon, dass Ihr über große militärische Erfahrung verfügt, und mit einem wie Euch, der die Vorposten befiehlt –«

»Wie schätzt Ihr die Situation ein?«, fragte Vectis noch einmal, allmählich ungeduldig werdend.

»Aber ja, natürlich.«

»Und versucht gar nicht erst, die Lage zu beschönigen. Ich will nur die nackte Wahrheit hören.« Vectis beugte sich zu Commodus vor. »Seid Ihr dazu in der Lage oder nicht?«

»Aber selbstverständlich. Die Wahrheit. Nun ... wenn ich ehrlich sein soll, hat sich die Lage in den drei Jahren, seit ich hier bin, drastisch verschlechtert.«

»Macht weiter. Ich brauche Einzelheiten.«

»Präfekt, das fällt mir alles sehr schwer. Als Befehlshaber von Colania habe ich mein Bestes getan, und ich bin sicher, die Präfekten der anderen Vorposten werden das bestätigen. Wir haben uns völlig verausgabt bei dem Versuch, die Straße ins Land dieser Barbaren zu schützen. Die Wahrheit ist die ... Die Kaledonier sind in letzter Zeit immer mutiger geworden und greifen alles an, was sich zwischen den Kastellen bewegt. Und der Schlimmste von allen ist der Blutgott; er trägt einen roten Rock und heißt Taranis, wie der keltische Gott.«

»Erzählt mir mehr von ihm.«

»Viel weiß ich eigentlich gar nicht, außer dass er es geschafft hat, unsere Männer in maßlose Angst zu versetzen. Seine plötzlichen Überfälle auf den Wall und die Nachschubstransporte auf der Straße haben unsere Soldaten völlig demoralisiert. Er lässt keinen am Leben. Meine Auxiliarsoldaten zittern förmlich, wenn ich sie nach Norden zu den anderen Posten schicke.«

»Warum pflastert ihr die Straße nicht mit Soldaten und die Berge mit Kundschaftern?«

Commodus bedachte Vectis mit einem Blick, als hätte er einen Schwachsinnigen vor sich. »Die Truppe ist restlos demoralisiert. Keiner will auf die Straße nach Norden geschweige denn durch die Berge Kaledoniens streifen.«

»Ich muss mehr über die Straße zwischen den Kastellen wissen.«

Commodus rieb sich das Gesicht. »Wir haben unser Möglichstes getan, Präfekt, aber es sind einfach zu viele und wir zu wenige. Die Straße gehört ihnen. Jeder Fuß. Lediglich Nachschubkolonnen begeben sich auf die Straße, begleitet von vielen dutzenden von Soldaten. Und auch nur am Tag. Wenn der Krieg beginnt, können uns die kaledonischen Krieger mit Leichtigkeit vom Wall abschneiden, bevor wir auch nur in der Lage sind, einen Boten zu schicken.« Er schüttelte den Kopf angesichts dieser Aussichten und murmelte dann: »Wenn ich Präfekt wäre … Verzeihung, ich wollte nicht –«

Vectis bedeutete ihm fortzufahren. Seine kriecherische Art ging ihm auf die Nerven.

»Äh … ja, dann würde ich Rom erklären, dass die Vorposten unmöglich überleben können.«

»Sonst noch was?«

»Nein, außer dass ich noch erwähnen möchte, wie hoch erfreut ich über die Tatsache bin, dass Rom Euch die Verantwortung übertragen hat, und wenn ich Euch behilflich sein kann … was auch immer Ihr von mir erwartet …« Er schaute sich um und flüsterte: »Natürlich werde ich unsere kleine Unterredung bezüglich meiner Versetzung mit keinem Wort erwähnen.«

»Natürlich«, sagte Vectis.

Er dankte Commodus und verabschiedete sich. Noch nie war ihm ein römischer Offizier – falls man Commodus als solchen bezeichnen konnte – begegnet, der so inständig um seine Ablösung von einem Posten gebeten hatte. Letztendlich könnten die Kaledonier die Vorposten erstürmen, aber verteidigt werden mussten sie auf jeden Fall. Weder der Kaiser noch der Senat hatten die Absicht, sie aufzugeben.

Als sie auf der einsamen Straße weiter nach Norden zogen,

bekamen sie die ersten berittenen kaledonischen Krieger zu Gesicht – sie trabten durch die Hügel, ihr langes, offenes Haar fiel ihnen auf den Rücken ihrer farbenprächtigen Mäntel. Kundschafter, vermutete Vectis; vermutlich wollten sie herausfinden, welche Art von Gütern die Kolonne transportierte.

Auch die beiden nächsten Kastelle, Julianus und Alauna, gaben ein erbärmliches Bild ab, das aber weniger chaotisch war, allerdings musste er sich dieselben Bedenken anhören: dass die Posten unterbesetzt seien, ein Mangel an Vorräten herrsche und sie in Gefahr seien, von den Kaledoniern überrannt zu werden. Besonders offen war Präfekt Lupus von Alauna, und in seinen Worten schwang geradezu Verzweiflung mit. Nach dem Abendessen, Vectis und seine Leute übernachteten in Alauna, fragte Lupus so taktvoll, wie seine Angst es zuließ, ob Rom überhaupt die Nachrichten der Vorposten gelesen habe. »Die Kaledonier *sind* bereits im Krieg«, sagte er. »Sie haben zwar noch kein Heer aufgestellt, aber schon jetzt ziehen zahlenmäßig sehr starke Gruppen von Kriegern nach Belieben durch die Gegend und probieren aus, wie weit sie gehen können. Wir sind zu Gefangenen in unseren Kastellen geworden. Wir können unmöglich überleben. Deshalb möchte ich mit allem Respekt vorschlagen, dass wir den Abzug antreten.« Lupus hatte noch mehr zu sagen, das meiste davon war mäkelig, aber er trug alles in einem höflichen, wenn auch unmissverständlich verzweifelten Ton vor. Vectis tat sein Möglichstes, um die Präfekten der Vorposten zu beruhigen, doch seine Worte klangen hohl, weil er bislang nur einen sehr begrenzten Einblick in die tatsächliche Lage hatte.

Nur in Stragenia, dem kleinsten aller Vorposten, fand Vectis einen disziplinierten Lagerpräfekten vor. Appius Priscianus war ein erfahrener Soldat, der von Mesopotamien bis nach Hispanien schon in allen möglichen Teilen des Imperiums Dienst getan hatte. Er war ein harter Mann mit einer unübersehbaren Tendenz zu rückhaltloser Offenheit, sodass Vectis sich gut vorstellen konnte, warum er gegen Ende seiner Dienstzeit an diesen winzigen Vorposten ans Ende der zivilisierten Welt versetzt worden war.

Der Kaiser habe ein gutes Herz, erklärte Priscianus, während seine dichten Augenbrauen auf und nieder hüpften, aber er wisse zu wenig über die Provinzen. Der Senat sei voller machtgieriger Politiker, denen ihre eigene Karriere wichtiger sei als die Zukunft Roms. Statthalter Julius Verus sei zwar ein guter Soldat, aber er hielte zu sehr am Hergebrachten fest, und konservative Heerführer schützten immer ihren eigenen Stützpunkt im Hinterland auf Kosten der Standorte an der Peripherie. Priscianus ging davon aus, dass Verus notfalls auch bereit wäre, jeden einzelnen Soldaten nördlich des Hadrianswalls zu opfern, wenn er glaubte, damit das südliche Britannien schützen zu können. Den scheidenden Präfekten der fünf Vorposten, Didius Rufinus, bezeichnete er als trunksüchtigen Idioten, der von militärischen Dingen so wenig Ahnung habe, dass jeder gewöhnliche Rekrut seine Arbeit besser machen würde. Und die Lagerpräfekten von Colania, Julianus und Alauna? Inkompetente Trottel, die nicht einmal fähig wären, eine Taverne zu führen, geschweige denn einen Trupp von Soldaten.

Trotz seiner wenig freundlichen Worte war Priscianus alles andere als ein überängstlicher Typ, was seine Ansichten bezüglich der Bedrohung durch die Kaledonier nur noch entmutigender erscheinen ließ. In präzisen, schnörkellosen Worten beschrieb er in allen Einzelheiten die Gefahren, denen sich die Vorposten gegenübersahen. Die Stämme seien nicht mehr einfach nur unruhig, sagte er, sondern bereiteten sich definitiv auf den Krieg vor. Sie spürten, dass Rom es müde sei, seine besetzten Gebiete im Norden zu verteidigen, und bei zunehmendem Druck von außen zum Abzug bereit sei. Und dann betätigte er sich noch als Wahrsager, indem er prophezeite, dass die versprochenen Legionen niemals kommen und seine Knochen für alle Zeiten im Schnee Kaledoniens liegen würden.

Ergänzt wurde das trostlose Bild, das alle Präfekten der Vorposten zeichneten, durch die angsterfüllten Gesichter der gemeinen Soldaten, auf die Vectis in den Lagern traf.

Je weiter sie nach Norden vorstießen, desto häufiger erblickte Vectis in den Augen der Soldaten etwas, das er zuvor erst einmal gesehen hatte und das ihm sehr zu denken gab. Vier Jahre zuvor, während der Aufstände in Nordafrika, war er als Tribun für die Verteidigung der afrikanischen Vorposten zuständig gewesen. Winzige Posten im Wüstensand wurden angewiesen, die Stellung zu halten, bis Verstärkung eintraf. Er würde wohl nie die Gesichter junger Legionäre vergessen, die bei seiner Abreise noch energisch »Heil Caesar« gerufen hatten, während sich in ihren Augen schon der Tod spiegelte, mit dem sie rechnen mussten. Die Soldaten hatten sich mit ihrem Schicksal abgefunden und gewartet, in der Hoffnung, dass die Legionen früher eintreffen würden als die kriegerischen Horden der Mauri. Die meisten von ihnen sahen ihre Heimat nie wieder.

Und hier sprach aus den Augen der Soldaten nun eine ähnliche Angst. Sie alle wussten, dass es nur eine Frage der Zeit war, bis die Kaledonier kamen, und fragten sich, ob die Legionen wohl rechtzeitig eintreffen würden.

18

An dem Morgen, als die drei Offiziere im Kastell Faustina eintrafen, wehte eine warme Brise durch das Tal. Als Erstes sahen sie die Ansiedlung des zivilen Gefolges. Hunderte von Zelten und Holzhäusern durchsetzten wie Baumstümpfe die Hügel und krochen bis an den Rand der Erdwälle, die das Kastell Faustina umzogen. Blauer Rauch von dutzenden von Feuern stieg über den Fichten und Wacholdern auf, sodass die Baumwipfel nur verschwommen zu erkennen waren.

Zwanzig Minuten später erreichten die Offiziere und ihre Kolonne den Wallgaufgang, der zum Haupttor des Lagers hinaufführte. Die Torwächter standen statuenhaft da, die Lanzen gekreuzt, und gaben ihr Bestes, um möglichst eindrucksvoll und aufmerksam zu wirken. Als die Flügel des riesigen, schweren Tores sich öffneten, hielt die Kolonne am Fuß der hölzernen Brücke an.

Vectis und seine Offiziere ritten langsam den Aufgang hinauf und brachten ihre Pferde zehn Fuß vor dem Tor zum Stehen. »Der Tribun Vectis Trebellius Quadratus stattet dem Vorposten Faustina einen Besuch ab«, erklärte Jupiter förmlich. »Er bittet, vom Lagerpräfekten Didius Rufinus empfangen zu werden.«

Die Wachposten starrten Jupiter an, offensichtlich erschreckt ob seiner dunklen Haut.

»Was ist?«, sagte Jupiter schroff, den Blick fest auf einen der beiden Posten gerichtet.

»Der Lagerpräfekt ist –« Er zögerte, errötete und brauchte ein paar Sekunden, bis er die Fassung wieder fand und mit lauter Stimme verkündete: »Präfekt Didius Rufinus ist mit seinem persönlichen Stab und einer Begleitmannschaft vor fünf Tagen abgereist.«

Jupiter wandte sich Vectis zu. »Der Präfekt ist bereits abgereist.« Seine Stimme verriet, wie angewidert er von all dem war.

Vectis konnte es kaum glauben, dass der Befehlshaber schon vor Eintreffen seines Nachfolgers abgereist war: »Wer hat den Befehl über das Lager übernommen?«

»Offizier Mamercus Nepos. Soll ich ihn davon in Kenntnis setzen, dass Ihr hier seid?«

Ein Kontingent von Soldaten steht vor dem Tor, dachte Vectis, und niemand informiert den Befehlshaber. Das war zwar noch kein Ungehorsam, aber ganz offensichtlich wollte jemand – vermutlich der Centurio von der Wache – ihn in Verlegenheit bringen. »Das ist jetzt nicht mehr nötig«, sagte Vectis. »Ich mache das selbst.«

Dann meldete sich Jupiter zu Wort. »Wo ist der Centurio von der Wache?«

Ein Offizier trat vor und gab sich als der Gesuchte zu erkennen.

Von seinem Pferd herab sprach Jupiter langsam und drohend auf ihn ein. »Eure kleinen Streitigkeiten mit Offizier Nepos interessieren mich nicht. Ich will nur Folgendes wissen: Warum haben diese Männer das Haupttor geöffnet?«

Der Offizier befeuchtete seine Lippen. »Wir haben römische Soldaten gesehen und angenommen –«

»Ihr habt es versäumt, uns zu überprüfen.«

»Aber ich –«

»Wachen«, rief Jupiter den Soldaten am Tor zu, »führt diesen Mann zum Exerzierplatz. Nehmt ihm seinen Gürtel ab, sodass ihm seine Tunika lose auf die Füße fällt. Er wird dort bis zur zehnten Stunde stehen bleiben und dann fünf Stockschläge erhalten. Danach werde ich zur Truppe sprechen.«

Fünf Stockschläge waren eine harte Strafe, aber Vectis beging nicht den Fehler, seinem Centurio im Beisein anderer zu widersprechen. Aufgabe eines Ersten Centurio war es, den Männern Disziplin einzutrichtern, und er selbst hatte Jupiter gebeten, so bald wie möglich klare Verhältnisse zu schaffen. Er hätte wissen müssen, dass dies schon geschehen würde, noch bevor sie das Kastell überhaupt betreten hatten.

Offizier Nepos ruhte auf einer breiten, blumengemusterten gepolsterten Liege in den Amtsräumen des Lagerpräfekten, als Vectis eintrat. Er sprang auf, rieb sich die Augen und gab zusammenhangloses Geplapper von sich, das darauf hinauslief, wie froh er doch sei, den neuen Präfekten und seine Offiziere in Faustina zu wissen. Sein Gesicht drückte jedoch keine Freude aus. Auf der einen Wange zeichnete sich noch das Muster des Sofas ab. Offizier Nepos hatte ganz offensichtlich gerade ein Nickerchen gemacht, und nun stand er ebenso verlegen vor seinen Vorgesetzten da wie jemand, der gezwungen wurde, nackt vor die Öffentlichkeit zu treten. Auch sein künstliches Lächeln konnte seine Demütigung nicht verbergen.

Vectis sah sich in dem quadratischen Raum um, der eher nach einem Magazin für alte Ausrüstungsgegenstände aussah als nach einem Arbeitsplatz. Auf der einen Seite lagen zusammengeschoben keltische Äxte, Hämmer, Pfeile mit Eisenspitzen und kunstvoll verziertes Pferdegschirr. Nicht weit weg gegenüber dem Eingang stand ein massiger Tisch, bepackt mitWachstafeln und Papyri. Er überflog die leeren Kuriertaschen und zerbrochenen keltischen Waffen, die jemand in einer Ecke aufgehäuft hatte.

»Wir hatten Euch frühestens in einer Woche erwartet; sonst

hätten wir die Sachen von Präfekt Didius Rufinus natürlich längst weggeräumt«, sagte Nepos hastig, weil er befürchtete, deswegen getadelt zu werden. »Der Präfekt hat solche Dinge gesammelt – das meiste davon hat er mitgenommen. Ich lasse den Rest sofort irgendwo lagern und mit der nächsten Nachschubkolonne dem Präfekten schicken.«

»Vernichtet das alles«, sagte Vectis.

»Vernichten?«

»Alles, mit Ausnahme dessen, was da auf dem Tisch liegt.«

Nepos schaute die drei Offiziere an; er machte den Mund auf, als wollte er widersprechen, schloss ihn dann aber sogleich wieder.

Vectis deutete auf die Sofas und forderte Nepos auf, Platz zu nehmen. »Ich muss alles über dieses Kastell wissen«, sagte er. »Über seine Offiziere, seine Ausbildungsmethoden, seine Schwächen und Stärken – alles, was Ihr für wichtig erachtet.« Nepos saß aufrecht am Rand des Sofas und versuchte, sich so zu geben, als habe er jede Situation im Griff, über die sie gerade sprachen. Zwei Stunden lang hörten Vectis, Jupiter und Julian zu und stellten Fragen. Im Lauf des Gesprächs tauschten die drei viel sagende Blicke aus und gelangten schließlich zum selben Schluss: Der Vorposten Faustina stand unmittelbar vor einer Katastrophe.

Nachdem sie Nepos entlassen hatten, machte sich Julian, der kaum glauben konnte, was er gehört hatte, Luft: »Das hier ist der äußerste Vorposten Roms, wir sind von blutrünstigen Kelten umgeben, und Nepos tut so, als wäre alles in bester Ordnung!«

»Ich glaube kaum, dass er davon ausgeht, noch viel länger hier aushalten zu müssen«, sagte Vectis. »Er meint, wir wären hier, um Faustina zu räumen.«

»Genau wie alle Präfekten«, bestätigte Julian. »Wer hat ihnen nur diese Idee in den Kopf gesetzt?«

»Der schlampige Präfekt, der dieses Kastell geführt hat«, meinte Jupiter. »Nachdem seine Versetzung feststand, hatte er nicht den Mumm, seinen Leuten die Wahrheit zu sagen – dass er sie in einer gefährlichen Situation allein ließ. Also hat er angedeutet, dass sie bald abgezogen würden.«

»Und dann haben die Soldaten, die ihn begleiteten, die Geschichte bei jedem Halt in den Kastellen weitererzählt«, fügte Julian hinzu.

»Aber wir sind nun einmal hier«, sagte Vectis, »und müssen uns so schnell wie möglich einen Überblick über die Lage verschaffen. Wir machen das wie in Ägypten«, erklärte er Julian. »Verbreite, dass Informationen über die Kaledonier mit Silber entlohnt werden.«

»In kürzester Zeit werden die Informanten nur so ein- und ausströmen«, antwortete Julian.

»Gut.« Vectis beugte sich vor und schaute Jupiter an. »Als Erstes müssen wir die Kampfbereitschaft verbessern. Diese Soldaten exerzieren wie Legionäre, die sich in der Provinz zur Ruhe gesetzt haben. Wie sollen die auch kriegstüchtig sein, wenn sie nur drei Tage in der Woche üben?«

»In diesem kühlen Klima«, meinte Jupiter, »könnten wir auch leicht dreimal am Tag exerzieren.«

Vectis war einverstanden, obwohl er sich fragte, wie die Männer wohl auf einen so harten Drill reagieren würden. Schließlich lagen hier Hilfstruppen, nicht Legionäre. Jupiters Methoden waren zwar effektiv, aber in diesem Ausmaß hätten sie selbst bei kampferprobten Legionären zu Murren geführt. In der augenblicklichen Situation aber konnte das Kastell Faustina ohne Jupiters spezielle Fähigkeiten nicht überleben.

An Nepos' Schilderung der Abläufe im Lager störte eine Sache Vectis ganz besonders: die Besorgnis erregend hohe Zahl nichtrömischer Hilfskräfte, die Zugang zum Stützpunkt hatten. Der Begriff *nichtrömische* Hilfskräfte bezeichnete Arbeiter, die aus der unmittelbaren Umgebung eines Postens stammten – in diesem Fall Angehörige keltischer Stämme, die beim Putzen und Kochen, beim Transport von Gütern oder als Übersetzer arbeiteten oder zahlreiche andere Tätigkeiten verrichteten, die für das reibungslose Funktionieren eines Standorts unabdingbar waren. Die Bezeichnung galt aber nicht für die Angehörigen der Hilfstruppen, die als vollwertige römische Soldaten galten, ohne das volle römische Bürgerrecht zu besitzen, das sie aber bei der ehrenvollen Entlassung zusammen mit ihren Familien verliehen bekamen. Der exzessive Einsatz nichtrömischer Hilfskräfte bereitete Vectis große Sorgen. Obwohl die Lohnlisten einen Rückgang der Anstellungen im Lauf des vergangenen Jahres bezeugten, war die Gesamtzahl keltischer Arbeitskräfte einfach zu hoch. Es gab keinen Grund, sich eine solche Blöße zu geben. Er wollte deshalb die Zahl solcher Angestellten um ein Drittel verringern.

Als Tribun war Julian für alle Abläufe im Kastell zuständig, somit auch für die Betreuung der nichtrömischen Arbeitskräfte. Er ruhte auf seiner Liege und verglich die Eintragungen zweier Hauptbücher. »Hier ist kein einziger römischer Kundschafter oder Kartenzeichner aufgelistet«, sagte er. »Alle nichtrömisch.«

»Alle?«, fragte Vectis verblüfft. »Und was ist mit den Römern geschehen?«

»Umgebracht«, sagte Julian und zeigte ihm das entsprechende Buch. »Die Kaledonier haben sie alle getötet. Und deshalb haben wir jetzt nur noch nichtrömische –«

»Spione«, ergänzte Jupiter.

Vectis wandte sich an Julian. »Was meinst du – könnte es sein, dass sie die Römer getötet haben, um die so entstehenden Lücken mit Spitzeln zu füllen?«

Julian studierte die Bücher. »Ausschließen kann man das natürlich nicht, aber es sieht nicht so aus. Anscheinend haben die Kaledonier die nichtrömischen Ersatzleute genau so abgeschlachtet. Und auch Landkartentechniker – allein sechs Tote im letzten Jahr. Sie konnten ja wohl kaum davon ausgehen, solche Spezialisten durch eigene Leute ersetzen zu können. Mir kommt es eher so vor, als ob sie einfach jeden töten, der ihnen in die Finger kommt.« Er zeigte Vectis noch einmal das Buch und deutete auf über zehn durchgestrichene Namen von Nichtrömern, was bedeutete, dass auch sie getötet worden waren. Weitere fünfzehn wurden als vermisst geführt, waren also entweder ebenfalls tot oder – was wahrscheinlicher war – desertiert. »Die meisten unserer nichtrömischen Arbeitskräfte haben das Weite gesucht ... nur zwei Kundschafter und drei Kartenzeichner sind noch übrig.«

»Dann können wir bei Kundschaftern und Kartenzeichnern natürlich nicht kürzen«, sagte Vectis, »aber ich möchte sie mir alle fünf mal ansehen. Jupiter könnte Recht haben. Vielleicht laufen hier ein paar Spione herum.«

Julian fuhr mit seiner Bestandsaufnahme fort. »Mit den vier Landvermessern, die wir mitgebracht haben, kommen wir insgesamt auf sechs. Das ist nicht viel, aber erst mal genug. Ich werde mehr Techniker anfordern und sehen, dass ich mehr Kartenzeichner bekomme.«

»Streifen«, sagte Jupiter abrupt. »Wir müssen die Nachtstreifen reaktivieren.«

Vectis hatte immer noch bei jedem Vorschlag Jupiters ein merkwürdiges Gefühl, denn seine Vorschläge klangen jedes Mal wie Befehle.

»Außerdem müssen wir unsere Linien bereinigen«, fuhr er fort, »und die Leute, die sich vor dem Kastell angesiedelt haben, zurückdrängen. Wir wissen ja nicht einmal, was das für Leute sind. Es wäre ausgesprochen dumm, wenn wir auf diese Weise dem Feind ermöglichen würden, bis auf wenige Schritte an unser Lager heranzukommen.«

Als der Abend nahte, verließen die drei die Amtsräume und traten auf den Exerzierplatz. Auf Jupiters Bitte hin sollte ihr erstes Zusammentreffen mit den Soldaten von Faustina bei Einbruch der Dämmerung stattfinden. Sie betraten das quadratische hölzerne Podium, das so aufgestellt worden war, dass die Soldaten mit dem Rücken zur untergehenden Sonne standen. Beim bewölkten britannischen Himmel, der die Sonnenstrahlen schluckte, war der Effekt zwar weniger dramatisch als vor dem glutroten Himmel Nordafrikas, aber es musste auch so gehen.

Gemächlich rollte Jupiter eine Papyrusrolle auf ihre volle Länge von rund achtzehn Zoll aus. Er verlas den Erlass, der von

Kaiser Antoninus höchstpersönlich unterzeichnet war und Vectis zum Befehligenden Präfekten der fünf Vorposten bestimmte, und dann rollte er noch eine zweite Papyrusrolle mit einer Empfehlung des römischen Senats auf. Dann gab er die Rollen an Julian weiter und sprach über Vectis' militärische Erfolge in Ägypten und Nordafrika und den Wunsch des Kaisers, einen seiner besten Offiziere zur Organisation der Verteidigung der nordbritannischen Vorposten abgestellt zu wissen.

Jupiters Vorstellung seiner Person überraschte Vectis und machte ihn verlegen. Die Hilfssoldaten, von denen wahrscheinlich noch nie einer in Rom gewesen war, starrten ihn ehrfürchtig an. Befreier Nordafrikas, Schwager eines Senators, Sohn von des Kaisers Erstem Centurio in Rom – und jetzt Roms Hammer in Britannien. Die Ansprache war kurz, und obwohl Jupiter alles vermied, was nach Schmeichelei geklungen hätte, schaffte er es, den Soldaten zugleich Respekt und Angst vor ihm einzuflößen, was wie immer sein Ziel gewesen war.

Vectis quittierte Jupiters Anmerkungen mit einem Kopfnicken, stellte Julian vor und erklärte den Männern, dass sich von nun an in Faustina fast alles gründlich ändern werde. Der Kaiser habe den Standort nach seiner Frau benannt und sei nun beschämt über den Zustand des Kastells. Das war natürlich gelogen, aber diese Lüge erfüllte den Zweck, die Soldaten auf das vorzubereiten, was ihr neuer afrikanischer Centurio mit ihnen vorhatte. Er wandte sich ab, ohne Jupiter vorzustellen, und verließ mit Julian das Podium. Wie er wusste, stellte Jupiter sich am liebsten selber vor.

Wenige Augenblicke später beobachtete Vectis vom Fenster seines Arbeitsraums aus Jupiter dabei, wie er über den Exerzierplatz schritt. Die Soldaten kamen ihm vor wie erstarrt; sie hatten den Blick geradeaus nach vorn gerichtet, während Jupiter denjenigen, die ihm nicht gefielen, finstere Blicke zuwarf. Schließlich gab er das Zeichen, den Centurio von der Torwache herbeizuschaffen und an einen Pfosten am Rand des Podiums zu binden.

»Dieser Mann«, sagte er und deutete dabei auf den Centurio, der nun halb nackt war, »hat seine Dienstpflicht als Offizier verletzt. Weil dies sein erstes derartiges Vergehen ist, habe ich beschlossen, ihn lediglich zu degradieren und mit nur fünf Stockschlägen zu bestrafen. Morgen werde ich einen neuen Centurio für den Wachdienst am Tor ernennen.« Jupiter warf dem Soldaten mit dem Stock einen Blick zu und nickte. Der Soldat hob den Stock und ließ ihn niedersausen.

Als die Schreie des Mannes aufgehört hatten und der entehrte Centurio ins Krankenhaus des Lagers gebracht worden war, trat Jupiter, das schwindende Tageslicht im Rücken, näher an die Männer heran. »In Nordafrika habe ich Gladiatoren ausgebildet. Sie nannten mich Jupiter, weil ich ein Gott unter den Menschen bin.« Er legte eine Pause ein und ließ seine Blicke über die Soldaten schweifen. »Gibt es hier vielleicht jemanden, der das bezweifelt?«

Vectis schnitt eine Grimasse und wandte sich ab. Er beneidete sie nicht, die Soldaten von Faustina. Jahrelang hatten sie am Brunnen römischer Disziplin lediglich genippt, aber jetzt wurden sie kopfüber hineingeworfen. Er machte sich keine Sorgen über die Kampfbereitschaft seiner Truppe; wenn die Zeit gekommen war, würden sie vorbereitet sein.

Neeve war nass und durchgefroren, als sie vom Kartenzeichnen zurückkam. Es regnete schon seit Stunden, und ihre Kleidung war vollständig durchweicht. Als sie sich dem Tor näherte, merkte sie sofort, dass etwas geschehen war: Die Posten auf den Wehrgängen waren verdoppelt worden, die Wachposten am Tor verlangten von ihr, bevor sie sie einließen, ihre Weisung, obwohl sie sie doch kannten, jedes Lagergebäude war mit schweren Schlössern versperrt und am Ende einer jeden Gebäudereihe waren Wachen postiert. Neeve ging zwischen den langrechteckigen Gebäuden hindurch zur Mitte des Lagers, zum Exerzierplatz, und blieb dort verblüfft stehen. Mitten im Regen lagen dutzende von Soldaten auf dem Boden und stemmten Baumstämme, und zwischen ihnen ging ein ungewöhnlich kräftig gebauter Mann hin und her, der in seiner Geschmeidigkeit zu gleiten schien, wenn er sich bewegte.

Seine Haut war die dunkelste, die sie je gesehen hatte.

Sie traf Taranis in den Stallungen an und gab ihm die Karten, die sie gezeichnet hatte. Er holte sie aus ihrem schützenden ledernen Futteral, um sie zu begutachten.

»Was ist hier los?«

»Erst die Karten«, sagte er mit erhobener Hand. Und dann stellte er ihr Fragen zu ihren Zeichnungen. Er stellte ihr immer Fragen. Er war zwar noch nicht ein einziges Mal aufgefordert worden, Erklärungen zu seinen Karten abzugeben, wollte aber auf alles vorbereitet sein. Jeder noch so kleine Fehler, betonte er immer wieder, konnte sie das Leben kosten. Selbst jetzt noch studierte er genauestens die Karten, obwohl er die Absicht hatte, in wenigen Tagen das Kastell zu verlassen. Er wollte nichts, aber auch gar nichts dem Zufall überlassen.

Als sie Taranis beobachtete, dachte sie darüber nach, wie ihr Selbstvertrauen allmählich gewachsen war. Ihre Fähigkeit, Karten zu zeichnen, hatte sich als wertvoller erwiesen, als irgendjemand vorher erwartet hätte. Ihr Talent hatte Taranis römische Papiere verschafft und den Zugang zu Orten, an die er sonst nie gekommen wäre. Indem sie die Aufträge zum Kartenzeichnen für sie beide erledigt hatte, hatte sie ihm die Zeit verschafft, sich mit Führern der Briganten zu treffen und die anderen Kastelle auszuspionieren. Die wichtigste Information aber kam nicht von außerhalb des Kastells Faustina, sondern von den lateinischen Dokumenten, die offen auf dem Schreibtisch des Präfekten herumlagen. Neeve hatte es mehr als einmal geschafft, vom Kartenmacherraum zu den Amtsräumen des Präfekten Rufinus hinüberzuschleichen. Unter seinen Papieren fand sie auch ein Schriftstück, das die genaue Verteilung skythischer Bogenschützen in den Posten am Wall verriet, eine vollständige Liste der Soldaten, die im Kastell Faustina lagen, und selbst die Marschpläne der Versorgungskolonnen, die die fünf Vorposten mit Lebensmitteln und Waffen belieferten.

Neeve trat von einem Fuß auf den anderen, um ihren Bruder auf sich aufmerksam zu machen. Sie verlor allmählich die Geduld. »Was ist jetzt?«, fragte sie.

Taranis blickte von den Karten auf. »Der neue Präfekt macht alles viel schwieriger. Ich werde heute Nacht nach Einbruch der Dunkelheit versuchen, mich aus dem Lager zu stehlen. Du musst äußerst vorsichtig sein –«

»Solltest du nicht besser bis morgen warten?«

»Neeve, hier hat sich in zwei Tagen alles drastisch verändert. Vielleicht komme ich morgen schon nicht mehr hinaus. Dieser Präfekt überprüft alles und misstraut jedem. Niemand kommt oder geht ohne seine ausdrückliche Erlaubnis. Ich muss *heute Nacht* weg.« Er drückte ihre Schultern. »Du wirst wohl noch ein Weilchen Kartenzeichnerin spielen müssen«, sagte er. »Ich lasse dich nur sehr ungern hier allein zurück, aber wenn wir nicht erfahren, welche Veränderungen der Präfekt durchzuführen gedenkt, sind die Informationen, die wir unseren Truppenführern gegeben haben, vollkommen wertlos.«

Im feuchten Stall war es kalt, und Neeves Lippen begannen zu zittern. Ihre Füße waren schon ganz gefühllos, und die Kälte kroch bereits ihre Beine hoch. Sie legte sich die Arme um ihre Mitte, spürte wieder ihre nassen Kleider und stellte sich vor, wie schön es wäre, sich jetzt in eine warme, trockene Decke hüllen zu können.

»Ich habe keine Angst«, sagte sie mit versagender Stimme. »Es war schließlich von Anfang an so geplant, dass ich allein hier bleiben sollte.«

»Du solltest aber Angst haben. Dann bleibst du wenigstens vorsichtig.«

Draußen pfiff der Wind, und durch die schmalen Fensteröffnungen oben in den groben Wänden aus Kiefernstämmen drückte der Regen herein.

»Und vergiss nie«, sagte er, »dass sie gar keinen Grund haben, dich zu verdächtigen. Unsere einzige Gefahr besteht darin, dass sie merken, dass ich gar keine Karten zeichnen kann.« Er kniff sie in die Wange. »Denk auch immer an das, was ich dir über deine persönliche Habe gesagt habe. Trag nie was mit dir herum und lass nie Dinge in deinem Zimmer liegen, die sie nicht sehen sollen. Geh immer davon aus, dass sie dein Zimmer durchsuchen, wenn du gerade nicht da bist, oder deine Satteltaschen, wenn du dein Pferd anbindest, oder vielleicht sogar die Sachen, die du am Leibe trägst.«

»Ich werde daran denken.«

»Und vergiss nicht, dir alles möglichst genau einzuprägen. Verstecke vor allem nie irgendwo ein Schriftstück.« Er dachte einen Augenblick nach. »Du könntest vielleicht jemanden bitten, deinen Namen auf eine Tafel zu schreiben, und ihn darunter möglichst unbeholfen nachkritzeln. Lass die Tafel in deinem Zimmer liegen. Wenn sie sie finden, glauben sie, dass du lernen möchtest, deinen Namen zu schreiben, und niemand, der gerade erst lernt, seinen Namen zu schreiben, wird jemals verdächtigt, lesen zu können.« Er schaute sie an. »Aber sei bitte vorsichtig, Neeve – vor allem, wenn du versuchst, Informationen aus den Amtsräumen des Präfekten zu stehlen. Versprich mir, dass du extrem vorsichtig sein wirst.«

»Das werde ich.«

Er umarmte sie. »Ich weiß.« Dann hielt er ihr Gesicht zwischen seinen Händen und fügte hinzu: »Beim kleinsten Anzeichen von Problemen verlässt du das Lager. Einverstanden?«

»Schon beim allerkleinsten Anzeichen«, schwor sie hoch und heilig.

»Wenn sie morgen nach mir fragen, dann sag ihnen, dass ich manchmal unruhig werde und du gehört hast, wie ich von einer bestimmten Frau im Dorf gesprochen habe …«

Von hinten drang das unverwechselbare Geräusch von römischen Soldatenschuhen zu ihnen. Jemand war in die Stallungen gekommen. Taranis sprach im selben Ton weiter, aber nun beklagte er sich über den Regen und die Schwierigkeiten, die es mit sich brachte, bei diesem Sauwetter Karten zeichnen zu müssen.

»Kartenmacher!«, rief ein Soldat zwei Verschläge von ihnen entfernt.

»Hier«, antwortete Taranis auf Lateinisch und fuhr dann auf Keltisch fort: »Was ist denn jetzt wieder los – will der Präfekt vielleicht, dass wir in diesem Sturm Karten zeichnen?«

Viele der Soldaten waren schon seit Jahren in Britannien stationiert und verstanden deswegen zumindest ein bisschen Keltisch. Einige waren selbst Kelten aus dem Süden der Insel, und so war es nicht ungewöhlich, dass Soldaten sich dümmer stellten, als sie waren, um an nützliche Informationen zu gelangen. Der Soldat blieb am Verschlag stehen, vor dem Neeve stand, und schaute sie fragend an, um von ihr eine Übersetzung zu erhalten. Hinter ihm standen sechs weitere Soldaten. Offensichtlich setzte der neue Präfekt gleich ganze Abteilungen ein, um seine Nachrichten zu überbringen.

»Mein Bruder, er beklagen über Regen«, sagte sie.

»Und ich dachte immer, ihr Kelten mögt dieses Wetter.« Dann wurde er ernster. »Der Präfekt möchte euch beide sehen – und zwar sofort.«

»Jetzt gleich?« Sie zupfte an ihren Kleidern, um ihm klarzumachen, dass sie sich dringend umziehen müsse.

»Jetzt gleich.« Sein Gesichtsausdruck ließ keinen Widerspruch zu.

Zwischen den Soldaten ging sie durch das Lager, in dem nun keine Soldaten mehr anzutreffen waren, die Baumstämme stemmten. Es regnete in Strömen, und dicke Tropfen fielen in Pfützen, die sich in den Senken im Boden gebildet hatten. Es war noch immer Nachmittag, aber der Himmel war von Wolken verdunkelt und das Innere der Kastells in ein schmutziges Grau gehüllt.

Obwohl Neeve längst reichlich Gelegenheit gehabt hatte, sich mit der Lage der einzelnen Amtsräume im Stabsgebäude vertraut zu machen, begleiteten die Soldaten sie und Taranis nun zu dem winzigen Kartenraum, als ob sie sich sonst verlaufen könnten. Dort angekommen, wichen die Soldaten den beiden auch weiterhin nicht von der Seite, während Neeve und Taranis ihre Umhänge auszogen und an die Haken an der Wand hängten. Neeve war gerade dabei, ihr Haar auszuwringen, als sie eine starke Hand auf ihrem Oberarm spürte. Sie folgte dem Wachsoldaten hinunter in den Gang und zu den Amtsräumen des Präfekten, ihr nasses Haar hing ihr schwer über die Schultern.

Von dem großen Arbeitszimmer des Präfekten führten mehrere Türen in kleinere Räume. Als sie den Arbeitsraum betrat, war sie verblüfft. Die vertrauten Stapel von Dokumenten und die Haufen kaledonischer Hämmer und Äxte, Schwerter und Speere waren verschwunden. So fand sie nur noch einen aufgeräumten, nüchternen Raum mit mehreren Bänken und Liegen und einen Tisch vor, der abgesehen von ein paar Papyristapeln leer war.

Zwei Kundschafter erhielten gerade Anweisungen vom Präfekten, der hinter dem Tisch saß. Offensichtlich sollten die Kundschafter fortan eine weitaus wichtigere Rolle spielen. Neeve starrte auf den aufgeräumten Tisch und die sauber an einem Ende abgelegten Papyri. Er scheint sämtliche Abläufe im Lager überprüfen zu wollen, dachte sie und stellte sich vor, was sie alles erfahren könnte, wenn sie Gelegenheit hätte, unbemerkt diese Dokumente durchzusehen.

Sie musterte den Präfekten. Er hatte den feingliedrigen Knochenbau eines privilegierten Römers, und jedes Haar war da, wo es hingehörte. Er ist fast schon schön zu nennen, dachte sie. Jetzt blickte er auf, und seine Augen trafen sich mit den ihren. Er lächelte – ein vertrautes Lächeln, das sie von vielen Männern gewohnt war. Sie wandte den Blick ab, um nicht zu dreist zu erscheinen. Ihr Haar war klebrig und nass, und sie wischte sich das Wasser weg, das ihr noch immer in den Nacken lief. Ich sehe wahrscheinlich aus wie ein ertrunkenes Eichhörnchen, dachte sie, aber was soll's; es war offensichtlich, welche Gedanken ihm gerade durch den Kopf gegangen waren. Vielleicht war ja das neue System so bedrohlich gar nicht. Sie warf begehrliche Blicke auf den Tisch.

Als die Kundschafter gegangen waren, trat der afrikanische Centurio ein, den sie schon gesehen hatte. Wasser ergoss sich von seinem breiten Rücken auf den Boden, als er das Zimmer durchquerte und in einem der dahinter liegenden Räume verschwand. Neeve verspürte eine instinktive Abneigung gegen ihn. Von ihm ging der Geruch des Todes aus.

Im Arbeitszimmer waren jetzt außer ihr nur noch ihr Bruder,

zwei Wachen, ein Übersetzer und der Präfekt. Letzterer winkte sie zu sich und sprach ruhig über den Übersetzer zu ihr.

Neeve trat an den Schreibtisch und sagte: »Ich Römisch sprechen … gut.« Was einmal funktioniert hat, sollte eigentlich auch ein zweites Mal klappen, dachte sie. Und so war es dann auch. Er bestätigte ihr, dass sie hervorragend Lateinisch spreche. Es war ein guter Anfang, und Neeve begann, sich zu entspannen.

Dann kam der dunkelhäutige Centurio wieder in den Raum und lenkte den Präfekten ab. Seine schwarzen Augen überflogen kurz Taranis und blieben dann an Neeve hängen. Sie fühlte sich unwohl dabei, als er ihren Körper musterte, denn er zeigte nicht die Art von Interesse wie zuvor der Präfekt.

»Bring den Wachposten von der Haustür her«, sagte der Centurio zum Soldaten im Gang.

Wenige Augenblicke später trat der Wachposten ein. »Centurio«, sagte er forsch, aber sein zackiges Auftreten konnte seine Furcht nicht verbergen.

»Warum trägt diese Keltin Waffen?« Die Stimme des Centurio war ruhig, aber seine Art machte Neeve nervös.

»Der Präfekt Rufinus hat ihr erlaubt …«

»In diesem Gebäude trägt kein Kelte Waffen. Verstanden?« Dann erklärte er dem Mann, dass er einen Monatssold abgezogen bekäme.

Der Wachsoldat nickte kurz; sichtlich erleichtert darüber, dass seine Bestrafung nicht härter ausgefallen war. Dann nahm er Neeve ihre Messer ab und ging hinaus. Sie schaute dem Centurio in die Augen. Seine Augen waren dunkel und gefühllos, und seinen Blick empfand sie fast schon als beängstigend. Dann kam aus einem der Räume hinter dem Arbeitszimmer ein weiterer Mann, und Neeve merkte sofort, dass sie sich geirrt hatte. Das war der richtige Präfekt. Der feingliedrige Offizier am Tisch musste ein Tribun sein.

»Die beiden hier sind Kartenzeichner«, erklärte der Tribun und schaute über die Schulter hinüber zum Präfekten.

Der Präfekt nickte und fragte, ohne sie auch nur anzusehen, nach dem dritten Kartenzeichner. Der Tribun antwortete, der

Mann sei vom früheren Präfekten in eines der Kastelle südlich des Walls versetzt worden, und fügte dann scherzhaft hinzu: »Offenbar hat er sich hier irgendwie unsicher gefühlt – ich verstehe gar nicht, warum.« Die beiden Offiziere unterhielten sich kurz über Dinge, die für Neeve nicht von Interesse waren. Sie versuchte, lockerer zu werden, doch je mehr sie dem neuen Präfekten zuhörte, desto weniger wohl fühlte sie sich dabei. Mit seinem hageren Gesicht machte er auf sie einen hellwachen Eindruck, und er schien ständig auf der Suche nach neuen Informationen. Er war für einen Römer relativ groß, wenn auch nicht viel größer als sie selbst, und strahlte ein hohes Maß an Ruhe und Gelassenheit aus. Dann richtete er seinen Blick auf sie.

Er musterte sie lange und intensiv.

Sie erwiderte seinen Blick, um ihm zu zeigen, dass sie nichts zu verbergen hatte.

Endlich wies er einen der Wachposten an, ihre Karten auf dem Tisch auszubreiten. Über den Übersetzer ließ er ihr sagen: »Bei meiner Ankunft erklärte mir der vorübergehend befehligende Offizier, dass du den Legaten Julius Verus in Londinium kennst.«

»Ja, ja, wir Freunde ... gute Freunde.«

Er sprach weiter über den Übersetzer mit ihr und ignorierte ihre Bemühungen, Lateinisch zu sprechen. »Ich habe einen Kurier zum Legaten geschickt, um deine Aussage zu überprüfen. Du hast hoffentlich nichts dagegen.«

Sie war schockiert. Dann aber vermutete sie, dass er sie nur auf die Probe stellen wollte und in Wahrheit gar keinen Brief abgeschickt hatte. »Serr gutt«, sagte sie und versuchte zu lächeln, um ihre Besorgnis zu verdecken.

»War dein Bruder mit dir in Londinium?«

Sie redete in seiner Sprache weiter, um bei ihm den Eindruck zu festigen, dass ihre Kenntnisse der lateinischen Sprache nur rudimentärer Natur waren. »Nein, Bruder bleiben Hause«, sagte sie.

»Warum bist du überhaupt dorthin?«

»Verwandte.«

»Hast du dort gelernt, Karten zu zeichnen?«

»Ja.«

Der Präfekt wandte sich an Taranis. »Frag ihn, wo er gelernt hat, Karten zu zeichnen.«

Der Übersetzer stellte ihm auf Keltisch die Frage.

»Von meiner Schwester«, antwortete Taranis.

Der Präfekt musterte Taranis für einen langen, einschüchternden Moment. »Du siehst nicht aus wie ein Kartenzeichner.«

Taranis sagte dazu nichts.

Der Präfekt fuhr fort. »Du siehst mir eher aus wie ein keltischer Krieger.«

Neeve spürte, wie ihr Atem flacher ging, während der Übersetzer zu Taranis sprach, aber ihr Bruder zeigte keinerlei Anzeichen von Überraschung oder Angst. Er zuckte nur mit den Achseln. »Ich habe schon viele verschiedene Arbeiten gemacht. Ihr kennt ja uns Votadinier. Wir leben schon seit Jahren unter römischer Herrschaft und haben nicht ein einziges Mal dagegen aufbegehrt. Wir üben mit Waffen, aber wir sind keine Krieger.«

Der Centurio mischte sich ein. »Frag ihn, woher er die Narbe auf seinem Unterarm hat.«

Die Art und Weise, wie die drei Offiziere ihren Bruder anschauten, gefiel Neeve gar nicht. Die Angst breitete sich über ihren Körper aus wie ein Gefühl zunehmender Taubheit, aber ihr fiel nichts ein, was sie hätte sagen oder tun können.

Taranis schaute auf seine sichelförmige Narbe und meinte, ein Freund habe ihm die Wunde beigebracht, als er noch ein Kind war.

Der Präfekt ging ans andere Ende des Tisches hinüber und nahm ein leeres Papyrusblatt in die Hand. »Ich möchte, dass du hier und jetzt eine Karte vom Fluss und den Bergen hinter dem Kastell zeichnest.«

»Nur aus dem Gedächtnis kann ich nicht gut Karten zeichnen«, erwiderte Taranis.

»Dann nehmen wir eben dein Heimatdorf«, sagte Vectis. »Du wirst ja wohl die Gegend um dein Heimatdorf zeichnen können.«

Taranis öffnete die Hände und sagte: »Ich bin schon so lange nicht mehr da gewesen. Ich müsste es schon sehen, um es zeichnen zu können.« Dann zeigte er auf die Karten auf dem Tisch. »Vielleicht wäre es besser, wenn ich erklären würde, was ich gerade gezeichnet habe.«

Der Präfekt lehnte seinen Vorschlag ab. »Ich möchte, dass du etwas auf diesen Papyrus zeichnest, und zwar *jetzt.*«

»Präfekt«, sagte er, »um ehrlich zu sein – ich kann gar keine Karten zeichnen. Meine Schwester hat alle meine Karten für mich mitgezeichnet. Ich bin nur mitgekommen, weil ich nicht wollte, dass sie sich ganz allein unter Soldaten begibt.«

Dieses Bekenntnis traf Neeve wie ein eisiger Windstoß. Taranis hatte sich selbst derart seelenruhig als Lügner entlarvt, als wäre das, was er getan hatte, nur eine kleine, für alle nachvollziehbare Notlüge gewesen. Sie würden ihn jetzt sicher für einen Spion halten und vielleicht sogar töten. Selbst der Übersetzer hatte Probleme, die Worte ihres Bruders wiederzugeben.

Neeve hörte, so gut sie konnte, den dreien zu, während sie miteinander besprachen, was sie mit Taranis anfangen sollten. Sie redeten leise und sehr schnell, aber ihr war bald klar, was der Centurio vorschlug. Er wollte Taranis hinrichten lassen.

Immer verzweifelter verfolgte sie den Fortgang des Gesprächs. Der Tribun meinte, sie hätten noch über hundert Sektoren zu zeichnen, und die Frau würde sicher auch weggehen, wenn man ihren Bruder exekutierte. Der Centurio stimmte ihm darin zu, dass sie dringend Kartenzeichner bräuchten, fand aber, eine solche Täuschung dürfe nicht ungestraft bleiben. Der Tribun konterte, eine derart harte Bestrafung könne die verbliebenen Kelten so sehr erschrecken, dass sie auch noch fortgingen, und ohne sie wäre ein reibungsloses Funktionieren des Kastells nicht denkbar.

Neeve hielt es nicht länger aus, und so sprudelte es aus ihr heraus: »Nein, bitte … meine Bruder … er nur fürchten für mich … bitte«, flehte sie den Präfekten an und schaute ihm dabei tief in die Augen.

Er gebot ihr mit erhobener Hand zu schweigen, und in dem

Augenblick, als ihre Blicke sich trafen, sah sie etwas, das sie bei einem Römer nie erwartet hätte. Mitgefühl.

Die Männer setzten ihr Gespräch fort, aber jetzt sprach der Präfekt und gab schließlich einen Befehl. Taranis sollte noch am Nachmittag des Lagers verwiesen werden.

Der afrikanische Centurio stand reglos und mit finsterem Blick da.

19

Kallias starrte in die ihm vertraute Landschaft. Er wusste alles über diese Insel, ihre hinterwäldlerischen Stammesverbände, ihren ständigen Regen und nun, da der Herbst begann, ihre furchtbare Kälte. Er band sein Pferd an den Pfosten vor einem vornehmen Landhaus an. Speichergebäude voller Getreide und Schornsteine sagten ihm, dass er an die richtige Adresse geraten war. Er schaute auf seine Steuerliste und wies mit einem Handzeichen die Offiziere hinter ihm an, die Soldaten zur Ordnung zu rufen. Seit Wochen schon trieb er Steuern von reichen Grundbesitzern ein, die glaubten, dem Römischen Reich vorenthalten zu können, was sie ihm schuldeten.

Es kam häufig vor, dass er persönlich Steuern eintrieb, insbesondere auf den größeren Landgütern. Ausgestattet mit einer Vollmacht des Senats, hatte er Einsicht in sämtliche Steuerunterlagen der Kastelle am Wall erhalten, was sich als äußerst profitabel erwies. Schon jetzt hatte er genug eingetrieben, um den Druiden bei ihrem geplanten Treffen noch in diesem Monat den verringerten Tribut zahlen zu können. Alles, was er darüber hinaus eintrieb, sollte ihm gehören, und so musste er nie mehr für einen Hungerlohn im Keller des Amphitheaters arbeiten.

Leicht war es nicht, diesen knausrigen Kelten Steuern abzuringen. Geld hatten sie alle irgendwo versteckt, aber es zu finden war eine Aufgabe für sich. So suchte er sich meist größere Güter wie dieses hier aus, auf dessen Boden er sich nun befand, weil er hoffte, dort ein Versteck mit Gold- und Silbermünzen aufstöbern zu können. Er sah schon den Kelten aus dem Fenster schauen. Jetzt kam er an die Tür und sprach ihn in seinem Kauderwelsch an.

»Übersetzer! Hierher!«, rief Kallias. »Was plappert der da?«

»Er meint, das ungewöhnlich kalte Wetter habe seiner Ernte in diesem Jahr schweren Schaden zugefügt, und bittet Euch, bis zur nächsten Ernte zu warten.«

»Schlechte Ernte!«, spottete Kallias. »Das sagen sie alle.« Er warf dem lügnerischen Kelten einen drohenden Blick zu. »Sag ihm, dass ich die Reichssteuer jetzt will, und zwar alles.«

Der Kelte schüttelte den Kopf und hielt ihm die leeren Handflächen hin, um ihm zu bedeuten, dass er kein Geld habe.

Kallias zog seinen Dolch und hielt ihn dem strohblonden Mann vors Gesicht. »Sag ihm, wenn ich das Geld nicht kriege, schneide ich ihm die Ohren ab und stopfe sie ihm ins Maul.«

Als der Übersetzer fertig war, schüttelte der Mann den Kopf und murmelte wieder etwas in seinem Kauderwelsch vor sich hin. Kallias sah zu, wie er in vorgetäuschter Todesangst das Gesicht verzog, um Mitleid zu erheischen. Dieser Kelte ist genau wie all die anderen, dachte Kallias; er bildet sich ein, er käme davon, wenn er nur an mein Mitgefühl appelliert.

Er bedachte den Mann mit einem humorlosen Lächeln und wies zwei Soldaten an, ihn festzuhalten. Er hatte ihre Lügen gründlich satt. Mit einem Ruck riss er ein Ohr nach vorn und schnitt es ihm ab. Der Mann schrie wie am Spieß und verdrehte entsetzt die Augen. Kallias hielt dem Kelten sein Ohr eine Handbreit vor die Nase. »Das Geld!«, schrie er, »oder ich schneide dir auch noch das andere ab!«

Eine Frau kam kreischend aus dem Haus gestürmt, schwenkte ein Geldsäckchen und rief etwas, das Kallias nicht verstand. Aber das machte nichts; er verstand genug, um zu wissen, dass sie das Geld hatte. Er riss ihr den Beutel aus der Hand und öffnete ihn. In ihm waren eine silberne Tempelmünze des Domitian und eine Hand voll kleiner Bronzemünzen. Er steckte den silbernen *denarius* ein und warf den Rest in den Schmutz.

»Ihr habt doch mehr als das, stimmt's?« Er packte die Frau grob am Arm. »Das weiß ich doch. Ihr habt doch bestimmt irgendwo einen ganzen Sack voll vergraben.«

Sie starrte Kallias' Gesichtshälfte an, die von seinem Absturz von der Felswand in Nubien verunstaltet war, und versuchte dann plötzlich, sich von ihm loszureißen. Er packte sie fester. Sie schrie etwas heraus in der Hoffnung, bei den Soldaten hinter ihm Mitleid zu erregen. Kallias aber schnaubte nur verächtlich. Was waren diese Leute doch für Narren! Die bildet sich doch tatsächlich ein, römische Soldaten würden eingreifen, um Kelten zu retten, die sich weigerten, ihre Steuern zu bezahlen! Er verdrehte ihr das Handgelenk und brüllte: »Gold! Wo ist es?«

Sie zitterte nun vor Angst, und aus ihren Augen sprach äußerstes Entsetzen. Immer dasselbe, dachte er. Sie sehen mein entstelltes Gesicht und glauben, sie hätten es mit einem hirnlosen Steuereintreiber zu tun, der nicht den Mumm hat, seine Macht auch auszuüben. Aber die werden ihren Irrtum schon noch einsehen. Er packte sie an den Haaren und drehte ihren Kopf zu sich. Sie wollte seine Verletzung sehen? Das konnte sie haben. »Gold«, schrie er ihr ins Gesicht.

Sie begann zu weinen.

Er hätte fast laut losgelacht. Sie musste sich schon etwas Besseres einfallen lassen, um ihn herumzukriegen. Ihr Weinen ging in ein unkontrolliertes Schluchzen über. Er sah sie sich genauer an. Etwas an ihren Tränen und dem verzweifelten Klang ihrer Stimme stimulierte ihn, denn es erinnerte ihn an die Frauen unter dem Amphitheater in Rom. Wie hatten die doch um Gnade gebettelt! Sie waren zu allem bereit gewesen, um ihrem Schicksal zu entgehen. Aber diese hier – er rieb sein Gesicht in ihrem Haar und atmete tief ein –, diese hier verströmte den frischen Geruch nach Wind und Bäumen. Und groß war sie und schlank, und breite Hüften hatte sie auch. Eines musste man diesen keltischen Frauen lassen, dachte er – sie sind so gebaut, dass sie einem Mann Freude bereiten. Und die meisten waren wie brünstige Stuten. Sie brauchten nur ein bisschen Aufmunterung.

Er hielt ihr das Messer vors Gesicht und stieß sie auf das Haus zu. »Ich komm bald wieder raus«, sagte er grinsend. »Ich treibe nur schnell meine Steuern ein.«

In diesem Augenblick riss sich der Ehemann los und stürzte auf seine Frau zu. Kallias wirbelte herum und rammte ihm den Dolch in den Bauch. Der Mann stieß einen Schwall von Luft aus und sank zu Boden. »Was ist nur los mit diesen Kelten?«, meinte Kallias und betrachtete den Mann am Boden, der jetzt Blut spuckte. »Ich mach doch nichts anderes als das, was er jeden Tag macht.«

Er drehte sich zum Haus hin um, doch dann hielt er plötzlich inne. Hinter der niedrigen Mauer im westlichen Portikus hielt sich jemand versteckt, da war er sich ganz sicher. Er wartete ab, und wenige Augenblicke später sah er am Rand der Mauer Haare im Wind flattern. Er lächelte, denn er wusste genau, wer sich da verbarg. »Du kannst jetzt rauskommen«, sagte er so sanft, wie seine raue Stimme es ihm erlaubte. »Ich hab dich gesehen.«

Noch bevor der Übersetzer mit seinem Satz fertig war, kam langsam ein winziger Kopf zum Vorschein – erst das feine goldene Haar eines kleinen Mädchens, dann eine sommersprossige Wange und schließlich ein blaues Auge. Er hielt die Hand vor den Mund, als sei er völlig überrascht, ohne jedoch eine Reaktion zu erzielen. Das Auge starrte ihn weiter unverwandt an. Er zog den Silberdenar wieder heraus, legte ihn in seine Hand und bot ihn dem Mädchen an. Kinder mochten Geschenke, das wusste er. Und er sollte Recht behalten. Sie kam auf ihn zu, doch im selben Augenblick stieß die Frau hinter ihm einen warnenden Schrei aus, mit dem sie die Kleine so sehr verängstigte, dass sie über den Hof davonrannte, als ob ein Ungeheuer hinter ihr her wäre.

Kallias drehte sich wütend zu der Frau um. »Glaubst du vielleicht, ich würde diesem kleinen Mädchen etwas tun? Glaubst du das wirklich?«, schrie er, ohne auf den Übersetzer zu warten. »Ich stamme von Griechen ab, von Demosthenes und Aristoteles. Mein Volk hat schon tausend Jahre, bevor ihr auf dieser verfluchten Insel auch nur ein Feuer entzünden konntet, die Welt zivilisiert und gewaltige Städte gebaut!«

Die Frau starrte ihn mit großen Augen reglos an. Er spürte, wie sein Herz zorniges Blut pumpte wie schwarzen Schlick, kämpfte aber gegen den Drang an. Ja, er konnte brutal sein, er wusste das. Aber er hatte noch nie einem Kind etwas zu Leide getan. Kein einziges Mal! Und er könnte das auch nie tun. Er schaute zum Innenhof, wo ein Soldat das Mädchen eingefangen hatte und es nun zurückbrachte. Als er es wieder auf den Boden setzte, sah Kallias, wie ihre kleinen Fingerchen zitterten. Alles nur die Schuld dieser verdammten Frau, dachte er. Ich sollte ihr das Genick brechen. Aber ruhig Blut. Er musste sich beruhigen. Kinder merkten, wenn Erwachsene wütend waren. Er holte erneut die Münze hervor und kniete sich auf ein Bein in der Hoffnung, dass sie mehr Zutrauen zu ihm hatte, wenn er sich auf ihre Augenhöhe begab. Im Waisenhaus in Rom hatten die Kinder weniger Angst vor ihm, wenn er ihnen die Sache mit seinem Gesicht erklärte, und so bedeutete er ihr, näher zu kommen, und erzählte ihr mit Hilfe des Übersetzers, wie er sich die Verletzung im Gesicht zugezogen hatte – nämlich bei der Rettung von Kindern, die in einem brennenden Tempel eingeschlossen waren. Er hatte die Geschichte schon so oft erzählt, dass er manchmal schon fast selbst daran glaubte.

Während der ganzen Geschichte hielt er der Kleinen die Silbermünze hin, und er schloss mit den Worten: »Also hab keine Angst vor mir. Ich würde dir doch nie etwas tun.« Als der Übersetzer fertig war, nahm Kallias die Hand des Mädchens und legte den Denar hinein. »Siehst du«, sagte er lächelnd, »er gehört jetzt dir.«

Die Münze rutschte ihr durch ihre klammen Finger. Er hob sie auf und legte sie wieder in ihre kleine Hand, bevor er ihre Finger um sie schloss. »Jetzt hast du keine Angst mehr vor meinem Gesicht, oder?«

Sie schüttelte den Kopf.

»Und du weißt auch, dass ich dir nie wehtun könnte.«

Die Kleine schluckte und flüsterte etwas, während ihre knochigen Knie aneinander schlugen. Der Übersetzer sagte: »Sie hat Angst, dass Ihr ihrer Mutter etwas antut.«

»Ist das deine Mutter?«, fragte Kallias und deutete auf die Frau.

Die Kleine nickte.

Er tätschelte ihren Kopf und stand auf.

Kallias starrte die Frau wütend an, versuchte aber, um des unschuldigen Kindes willen keinen allzu harten Ton anzuschlagen. »Alles wäre gut geworden, hätte dein Mann mich nicht so angegriffen«, sagte er. Dann zog er aus seinem Geldbeutel einen *aureus* und legte ihr die Goldmünze in die Hand. »Nimm das für das kleine Mädchen, bis du einen neuen Mann gefunden hast.«

Als er gehen wollte, schoss das Mädchen auf seine Mutter zu, schlang ihr die Arme um die Taille und vergrub das Gesicht tief im Kleid der Frau. Kallias sah Tränen in den Augen der Mutter, und obwohl sie dieses wunderschönen kleinen Wesens unwürdig war, beschloss er, es damit bewenden zu lassen. Er konnte sich seine Steuern und seinen Spaß auch anderswo besorgen.

Die Morgenbesprechung von Vectis und Julian galt der Kastellorganisation. Julian hatte ein erstaunliches Talent, auch in das größte Chaos Ordnung zu bringen, und nach nicht einmal einem Monat hatte er Faustinas nichtrömische Arbeitskräfte bereits um die Hälfte verringert und trotzdem für Verbesserungen in den Arbeitsabläufen gesorgt. Das Kastell war nun rationeller organisiert, in besserem Zustand und erheblich sicherer, doch forderten die neuen Maßnahmen von vielen Soldaten und den verbliebenen nichtrömischen Arbeitskräften auch einen erhöhten Einsatz.

»Man beschwert sich schon über dich«, vertraute Julian ihm an. »Die Nichtrömer finden, dass sie für mehr Arbeit auch mehr Bezahlung bekommen müssten.«

»Wir haben nicht die Mittel –«

»Ich habe ihre Anfragen bereits abschlägig beschieden, und so dürfte sich bald Staub über die Sache gelegt haben. Die meisten sind froh, überhaupt in einem unserer Standorte angestellt zu sein und damit gutes Geld verdienen zu können. Sie sind scharf auf römische Münzen, und deswegen werden sie auch bleiben.«

»Und was ist mit den Soldaten?«

»Die sind nicht in bester Stimmung. Sie sehen in dem ständigen Exerzieren keinen Sinn und finden die verstärkten Sicherheitsmaßnahmen einfach nur lächerlich.«

Vectis schüttelte den Kopf. »Haben sie in letzter Zeit die Befestigungen überprüft?«

»Sie glauben immer noch, dass bald der Befehl zur Aufgabe dieses Standorts kommt.«

»Sie können meinetwegen glauben, was sie wollen, und nörgeln, soviel sie wollen, aber die Vorbereitungen zur Verteidigung gehen weiter. Und was war da mit Jupiter?«

»Die Soldaten beschweren sich über seine Methoden.«

»Das war nicht anders zu erwarten«, sagte Vectis.

»Schon, aber jetzt nach dem Vorfall mit dem Speerwurf –«

»Ich nehme an, sie haben sich bei Jupiter selbst nicht beschwert.«

»Mit keinem Wort. Jeder Soldat im Lager hat Angst vor ihm – vor allem jetzt, da er einen von ihnen ins Krankenhaus befördert hat.«

»Wie geht es dem Soldaten?«

»Er müsste eigentlich in zwei oder drei Monaten wieder dienstfähig sein. Keine Knochenbrüche, nur eine ziemlich scheußliche Wunde am Oberschenkel.«

»Was ist denn passiert? Jupiter hat mir den Vorfall gemeldet, aber ohne große Einzelheiten.«

Julians Gesicht verriet Anzeichen von Resignation. »Das Übliche. Ein Soldat hat gegen einen Gewaltmarsch protestiert, und dann hat Jupiter ihn ans Tor binden lassen und einen Kreis um ihn gezogen. Die Soldaten sollten ihre Speere in den Kreis werfen, ohne den Mann zu treffen.«

»Und dabei hat einer ihn am Oberschenkel getroffen.«

»Zwei, um genau zu sein. Und beide fast an derselben Stelle. Jupiter ließ sie so lange werfen, bis jeder in den Kreis getroffen hatte – und das bei einem vollen Manipel von hundertsechzig Mann.«

»Und jetzt gehorchen die Soldaten Jupiter, nehme ich an.«

»Das schon, aber sie geben dir als Präfekten die Schuld daran, dass du Jupiter so viele Freiheiten lässt.«

Vectis seufzte. »Das kann ich ihnen nicht verübeln. Aber wir müssen diese Soldaten auf den Ernstfall vorbereiten, und Jupiters Methoden funktionieren nun mal, ob sie einem gefallen oder nicht.«

»Da bin ich ganz deiner Meinung. Aus unseren Hilfssoldaten werden erstaunlich schnell disziplinierte Soldaten, aber ich wollte dich nur wissen lassen, wem sie die Schuld geben.«

»Und was gibt es Neues von den anderen Kastellen an der Straße?«, fragte Vectis, um das Thema zu wechseln.

Julian setzte eine gespielt fröhliche Miene auf. »Da gibt es gute Neuigkeiten. Nach der Verbesserung der Nachrichtenübermittlung durch den Einsatz von mehr Boten haben wir eine ausgezeichnete Verbindung mit den anderen Vorposten.«

»Und die Präfekten? Wie kommen die mit den Veränderungen klar?«

»Da sind die Nachrichten leider weniger gut. Die Präfekten sind über deine Einmischung in ihre Art, die Lager zu leiten, gar nicht erfreut.« Er warf einen Blick auf seine Notizen. »Sie sehen zwar alle ein, dass die Bemühungen zur Verteidigung der fünf Vorposten koordiniert werden müssen, aber die meisten meinen, dass du zu schnell vorgehst in einer Provinz, von der du noch zu wenig Ahnung hast. Dass sie eine Bestandsaufnahme von Vorräten und Waffen machen sollen, gefällt ihnen ebenso wenig wie das verschärfte und vermehrte Exerzieren der Soldaten, und am wenigsten mögen sie die Besuche von Jupiter. Sie verstehen nicht, warum nicht ihre eigenen Ersten Centurionen die Verteidigung organisieren sollen.«

Vectis konnte es kaum fassen. Alles, was er angeordnet hatte, war für das Überleben der Kastelle unbedingt erforderlich, aber diese kurzsichtigen Präfekten wollten ihre ausgetretenen Pfade nicht verlassen – ganz gleich, wohin das führte.

»Sind sie alle dieser Meinung?«

»Alle außer Priscianus in Stragenia. Er ist die rühmliche Ausnahme. Commodus in Colania hebt dich mit seinem Lob zwar in die Höhen des Olymp, aber wenn es um die Umsetzung deiner Befehle geht, ist er genauso widerspenstig wie die anderen. Er bevorzugt die Art von Führung, wie einst Präfekt Rufinus sie praktiziert hat.«

»Erstaunlich.«

Julian lächelte. »Eigentlich nicht. Im Großen und Ganzen hat Rufinus anscheinend jedem Lagerpräfekten weitgehende Entscheidungsfreiheit eingeräumt.«

»Die Zeiten sind vorbei.«

»Immerhin bereitet die Energie, mit der du dich an die Veränderung der gewohnten Vorgehensweisen gemacht hast, dem alten Priscianus anscheinend große Freude.«

»Und wie schätzt du ihn sonst ein?«

»Er ist zwar arrogant, aber verlässlich. Sein Posten ist gut organisiert, und Jupiter meint, seine Soldaten seien noch mit Abstand die diszipliniertesten. Jetzt verstehst du auch, warum er deine Bemühungen für gut befindet. Er möchte sogar, dass du mehr machst – und schneller.«

»Schneller.«

»Genau. Er möchte, dass du die drei anderen Lagerpräfekten einfach ignorierst und mit deinen Reformen weitermachst. Er meint, Präfekt Rufinus hätte zwar mitunter ganz gute Ideen gehabt, was die Koordination der Vorposten anging, aber entweder aus Faulheit oder aus Angst vor negativen Reaktionen der anderen Präfekten diese Ideen nie in die Tat umgesetzt. Jetzt hofft Priscianus natürlich, dass du ihn nicht genauso enttäuschst.«

Das hoffte Vectis auch. »Ich glaube, ich bekomme allmählich einen Überblick über die Lage«, meinte er. »Vorläufig werde ich Priscianus' Rat befolgen und den Druck aufrechterhalten. Sollen sie meinetwegen schreien, wie sie wollen, aber sorge dafür, dass die Verteidigung ihrer Kastelle effizienter wird.«

»Es wird mir ein Vergnügen sein.«

Vectis fühlte sich Julian gegenüber ein wenig schuldig dafür, dass er ihn überredet hatte, Rom mit all seiner Wärme und Schönheit aufzugeben und ihn in eine so trostlose Gegend am Ende der Welt zu begleiten. »Julian, ich fürchte allmählich, dass wir unsere Lage hier draußen nicht entscheidend verbessern können – ganz gleich, was wir tun. Diese Vorposten im Vorfeld des Walls sind geradezu erschreckend verwundbar. Ich frage mich ernsthaft, ob wir lange genug durchhalten können – selbst im günstigsten Fall, wenn die Legionen so schnell wie möglich entsandt werden.«

»Darüber denke ich lieber gar nicht erst nach«, entgegnete Julian. »Vielleicht sollten wir uns lieber mit weniger gewichtigen Dingen befassen.« Er zeigte auf einen Stapel Papyri auf dem Tisch.

»Sind das die Streitigkeiten von Vorpostenpräfekten?«

»Nicht die ganz lächerlichen; die habe ich schon selber gelöst. Aber wenigstens siehst du auf diese Weise mal, was in den Köpfen deiner Amtsgenossen vorgeht – mit Ausnahme von Priscianus in Stragenia natürlich, der von solchen Trivialitäten nicht viel hält.« Julian beugte sich über den Tisch und pickte sich ein paar Klageschriften heraus. »Über die hier musst du rasch entscheiden«, meinte er. »Die betreffenden Präfekten haben in der jeweiligen Sache ihre festen Positionen und weigern sich, auch nur eine Handbreit davon abzurücken, solange sie nicht von dir den ausdrücklichen Befehl dazu bekommen.« Er drehte die erste Petition so, dass das Licht vom Fenster darauf fiel. Präfekt Commodus in Colania weigert sich, dem Präfekten Lupus in Alauna ein Ventil für den Heizkessel seines Badehauses zu geben. Commodus klagt, er habe nur noch eines in Reserve, und im Übrigen würde er Lupus das Ventil sowieso nicht schicken, solange der die Fischzuteilungen vom Herbstfang bei sich hortet.«

Vectis starrte Julian einen Augenblick lang an und sagte dann: »Ich verstehe ja, dass es für dich unerfreulich ist, dich mit solchen Themen herumzuschlagen – aber warum trägst du die Angelegenheiten mir vor?«

»Du musst die Entscheidungen treffen. Auf einen kleinen Stabstribun wie mich hören die doch nicht.«

»Und wie viele solcher schrecklich dringenden Entscheidungen soll ich noch treffen?«

»Ungefähr dreiundzwanzig«, sagte Julian. »Einige haben mit Zuteilungen von Getreide oder Fasanen zu tun, die hier« – er hielt die betreffende Petition hoch – »mit der Instandhaltung der Straße, die betrifft die Anbringung der Insignien der Hilfstruppen über den Kastelltoren und diese die Anzahl der Schmiede in den einzelnen Kastellen. Es gibt sogar einen Streit zwischen Commodus in Colania und Senecio in Julianus über die Frage, wer mehr Priester haben sollte. Senecio hat ein etwas größeres Kastell als Commodus, aber dafür verfügt Commodus über die geeigneteren Räumlichkeiten und mehr Schreine und Altäre für die Priester.«

Vectis nahm Julian die Schreiben ab und warf sie in den Abfallkorb neben der Tür. »Ich möchte, dass du eine Botschaft an alle Lagerpräfekten außer Priscianus schickst und ihnen erklärst, dass ich ihre Beschwerden lächerlich und unverantwortlich finde. In drei Tagen will ich, dass alle Probleme gelöst sind – andernfalls pfropfe ich ihnen Entscheidungen auf, die für alle beteiligten Parteien extrem unvorteilhaft sind.«

»Damit dürfte das erledigt sein«, meinte Julian.

»Das hoffe ich doch. Sonst noch Probleme?«

»Nur eines.«

Julian erzählte ihm von Berichten über Römer, die die Briganten südlich des Walls mit Vergewaltigungen und durch nichts provozierten Morden gegen sich aufbrachten. Angesichts der zunehmenden Aufsässigkeit der Stämme der Briganten waren Gerüchte über römische Gräueltaten ausgesprochen beunruhigend. Wenn die Besatzungen der Vorposten gezwungen sein würden, gegen die Kaledonier zu kämpfen, konnten sie es sich nicht leisten, zwischen den beiden Wällen auch noch feindselig gesinnten Briganten gegenüberzustehen. Die konnten nur zu leicht den Nachschub zu den Kastellen nördlich des Antoninischen Walls unterbrechen und sich womöglich sogar mit den Kaledoniern zu einem Generalangriff auf diesen Wall verbünden. Bei gleichzeitigen Angriffen vom Norden und vom Süden waren die Verteidiger des Antoninischen Walls auf rasche Hilfe von den Legionen im Süden Britanniens angewiesen, wenn sie nicht bald auf verlorenem Posten stehen wollten.

Dann wandten sie sich erfreulicheren Themen zu. Die Straße, an der die fünf Kastelle lagen, war immer sicherer geworden; in den vergangenen zwei Wochen war nicht einer ihrer Versorgungstrupps angegriffen worden. Julian führte das auf drei Gründe zurück: die Bereitschaft der einzelnen Festungen, die Streifen zu verstärken, eine hohe Anzahl von Kundschaftern und die Verunsicherung der Kaledonier durch diese Veränderungen.

»Das wird nicht lange so gehen«, meinte Julian. »Die Kaledonier brauchen Nachschub und werden versuchen, ihn sich zu holen.«

»Und was schlägst du vor?«

»Dass jeder Standort außerhalb exerziert, irgendwo auf und entlang der Straße. Jupiter hat von den anderen Kastellen die Zusage erhalten, dass sie ihre Truppen täglich vier Stunden drillen; die Centurionen nehmen die eine Hälfte am Vormittag und die andere am Nachmittag dran. Wenn wir die Zeiten variieren würden und mit Hilfe von Kundschaftern miteinander in ständigem Kontakt blieben, wäre die Straße bald sicherer als die Appische Straße bei Rom.«

»Hast du darüber schon mit Jupiter gesprochen?«

»Selbstverständlich! Du glaubst doch wohl nicht, dass ich einen solchen Vorschlag machen würde, ohne zuvor den Rat des Ersten Centurio einzuholen?«

Vectis lächelte.

»Genau genommen«, fuhr Julian fort, »war das Jupiters Idee. Meine Aufgabe besteht darin, die Zeiten aufeinander abzustimmen und die Kundschafter zu organisieren.«

»Was ist mit Faustinas Soldaten? Die haben doch schon dreimal täglich Drill –«

»Und murren immer mehr darüber. Aber das dürfte sich bald ändern. Jupiter meint, die Soldaten und Offiziere hätten sich schon so weit verbessert, dass er den Drill auf zweimal täglich verringern könne.«

»Und will er ihnen das sagen?«

»Ja, aber ich glaube kaum, dass sich davon jemand täuschen lässt. Die wissen genau, dass Jupiter den Drill nur verringert, weil er die Marschzeiten auf der Straße mit einberechnen muss. Trotzdem sollte das die Stimmung verbessern.«

Vectis glaubte das auch. »Mit der Sicherung der Straße und mit Nachtstreifen – nicht nur hier, sondern auch an den anderen Kastellen – haben wir einen guten Anfang gemacht. Jetzt brauchen wir eine Spezialeinheit. Dann erwischen wir womöglich sogar unseren Freund, den Blutgott.« Er reichte Julian einen Entwurf mit seinen Ideen für eine flexible Einheit, die in der Lage sein sollte, kaledonische Aufständische über die Straße hinaus zu verfolgen.

Julian überflog den Entwurf. »Jupiter hat bereits mit der Aufstellung der Einheit begonnen«, sagte er und gab Vectis das Blatt zurück.

»Er hat schon damit angefangen?« Vectis kam sich wie ein Schuljunge vor. Er hatte Jupiter nichts von seiner Idee erzählt. »Warum hast du mir das nicht gesagt?«, fragte er, versuchte aber, sich seine Verärgerung nicht zu sehr anmerken zu lassen.

Julian wirkte nervös. »Ich hab selber erst gestern davon erfahren. Ich dachte, du weißt es.«

»Damit muss Schluss sein! Jupiter kann doch nicht einfach so …« Vectis war zu aufgeregt, um fortzufahren.

»Aber du willst doch die Einheit auch, oder?«

»Natürlich will ich die Einheit«, sagte Vectis mit erhobener Stimme, »aber ich will nicht, dass Jupiter … dass er glaubt, er könnte einfach –«

»Eine Einheit aufstellen, die wir dringend brauchen?«

»Richtig! Eine Einheit aufstellen, die … wir dringend brauchen.« Vectis schnaubte, er fühlte sich überrollt. »Verdammt seien alle Götter! Warum gebe ich mir überhaupt noch Mühe? Ich habe mir wochenlang darüber den Kopf zerbrochen, und jetzt sieht es aus, als hätte ich zusammen mit Offizier Nepos auf der Liege ein Nickerchen gemacht.«

»Wenigstens hast du keinen Abdruck auf der Wange.«

Vectis rang sich ein Lächeln ab. Er musste schließlich das Ganze im Auge behalten. »Ich gebe ja zu, dass das eine gute Entscheidung von Jupiter war, und sie liegt sogar innerhalb seiner Kompetenzen. Ich wollte nur –« Vestis verstummte. Die Wahrheit war zu schmerzhaft, um sie offen auszusprechen.

»Was wolltest du?«

»Ich weiß auch nicht«, sagte er und wandte den Blick ab. »Wahrscheinlich wollte ich Jupiter mit meiner klugen Planung beeindrucken. Ich bin immerhin schon zehn Jahre Offizier und habe meine Erfolge gehabt, aber jetzt komme ich mir wieder wie ein Rekrut vor. Jupiter war derjenige, der die Nachtpatrouillen vorgeschlagen hat und den Drill an der Straße, und jetzt stellt er auch noch meine Sondereinheit auf.«

»Aber es war deine Idee, mehr Kundschafter einzusetzen. Ohne Kundschafter würden wir die Straße nie unter Kontrolle bekommen.«

»Das war nun wirklich keine große Leistung«, meinte Vectis.

»Aber von Jupiter kam der Vorschlag nicht.«

»Aber die Spezialeinheit ... so eine gute Idee für ein unkontrolliertes Gebiet wie Kaledonien.« Er schaute Julian an. »Ich wollte einfach nur ...«

Julian sagte nichts; er schien schon zu verstehen.

»Mein einziger Trost«, fuhr Vectis fort, »ist, dass es noch genug Gelegenheiten für schlaue Pläne geben wird, wenn wir je wieder nach Hause kommen wollen.«

»Komisch – ich finde den Gedanken eigentlich gar nicht so tröstlich«, erwiderte Julian.

Im Lauf der Wochen registrierte Neeve im Kastell Faustina radikale Veränderungen. Die Soldaten schienen ständig zu üben, und kürzlich hatten sie sogar damit begonnen, auf der Straße nach Norden zu exerzieren, die mitten ins Herz Kaledoniens führte. Und nicht nur die Soldaten von Faustina. Alle Posten ließen schwer bewaffnete Soldaten über die Straße marschieren, und in den Bergen der Umgebung waren so viele Kundschafter unterwegs, dass die Kaledonier sich gezwungen sahen, ihre

Überfälle auf die Nachschubtransporte vorübergehend einzustellen. Der afrikanische Centurio, den sie Jupiter nannten, verbrachte viele Vormittage mit der Ausbildung von rund achtzig handverlesenen Männern und etwa zwanzig skythischen Bogenschützen. Mehrere Male, als Neeve Karten hätte zeichnen sollen, beobachtete sie sie beim Üben in den Bergen: Mit einem Dolch im Mund krochen sie auf dem Bauch über den Boden, wenn sie nicht gerade schwammen oder kletterten. All das berichtete sie Taranis und Eston. Bei einem ihrer Besuche meinten ihre Brüder, dass es sich bei dieser speziellen Gruppe womöglich um künftige Kundschafter handelte, da der neue Präfekt diesen offenbar sehr viel mehr Bedeutung beimaß.

Enttäuschend war für Neeve vor allem die heimliche Art und Weise, in der der neue Präfekt Entscheidungen traf. Als Rufinus noch die Befehlsgewalt über den Standort hatte, kannte selbst der gemeine Soldat die genauen Zeitpläne. Jetzt aber waren nur noch der Präfekt Vectis, sein Tribun und der Erste Centurio informiert. Sie ganz allein stellten die Pläne für die nächtlichen Streifen, die Versorgungstransporte und die Übungszeiten der Soldaten auf. Neeve brauchte deshalb unbedingt Zugang zu den Arbeitsräumen des Präfekten. Sie kannte Typen wie ihn; er war so penibel, dass er wahrscheinlich selbst den Wochenplan für die Benutzung des Badehauses auf seinem Schreibtisch liegen hatte. Aber vorsichtig war er auch. Mehr als einmal spürte Neeve seine Blicke auf ihrem Rücken; vielleicht beobachtete er sie, weil er die wahren Gründe für ihre Anwesenheit im Kastell ahnte.

Nach der Abreise ihres Bruders hatte der Präfekt jedoch über seinen Tribunen den Soldaten Befehl erteilt, sie nicht zu belästigen. Daran hatten sich auch alle gehalten – bis auf den Offizier Nepos, dessen Hände immer an ihr hängen zu bleiben schienen, wenn sie in den engen Gängen aneinander vorbeigingen. Das hörte erst auf, nachdem sie ihm mit einer ledernen Reittasche eins übergezogen hatte.

Neeve saß in ihrem winzigen Schlafzimmer auf dem schmalen Bett und dachte nach. Sie war gerade von ihrem morgendlichen Ritt zur Flussbiegung zurückgekommen, wo sie sich von Kopf bis Fuß gewaschen hatte. Das Flusswasser wurde allmählich kälter, und bald schon würde sich auf ihm eine Eisschicht bilden, die das Baden erschwerte. Sie würde sich wohl eine andere Stelle suchen müssen, wo das Wasser schneller floss und sich Eisschichten nicht so leicht bilden konnten. Aber das war jetzt noch nicht ihr Problem.

Sie musste irgendwie in den Arbeitsraum des Präfekten kommen. Aber wie? Da kam ihr der hübsche Tribun in den Sinn. Sie konnte ihn leicht um den Finger wickeln, denn er hatte offenbar eine Schwäche für Frauen. Der Präfekt aber achtete sehr darauf, dass nicht jeder in sein Büro kam. Unter Rufinus gingen ständig Leute ein und aus, und oft ließ er die Türen auch während seiner Abwesenheit offen stehen, sodass sie sich unbeobachtet hatte hineinstehlen können. Jetzt aber war das anders. Selbst wenn es ihr gelang, den Tribunen zu bezirzen, war es noch nicht garantiert, dass sie Zutritt zum Allerheiligsten bekam. Der Tribun wurde von dutzenden von Frauen aufgesucht, aber noch nie hatte Neeve eine in das Arbeitszimmer gehen sehen. Sie dachte kurz an den dunkelhäutigen Centurio, ließ den Gedanken aber rasch wieder fallen. Er verfügte anscheinend über eine ungewöhnliche Machtfülle, der sie sich bedienen könnte, aber er wirkte so distanziert, dass Neeve nicht einmal hoffte, ihn mit ihrem Charme umgarnen zu können. Sie hatte keine andere Wahl – sie musste sich entweder an den Präfekten heranmachen oder sich mit allgemeinen Informationen zufrieden geben.

Neeve holte ihren Bogen vom Wandgestell und ging hinaus zum Übungsgelände, das in der Nordecke hinter der Umwallungen lag. Als sie den Exerzierplatz überquerte, sah sie, wie der Präfekt sich mit seinem Tribunen und zwei skythischen Bogenschützen unterhielt. Sie musterte die feingliedrigen Bogenschützen mit ihrem langen schwarzen Haar und ihren schmalen Gesichtern. Was für großartige Bogenschützen, dachte sie. Kein Wunder, dass die Römer sie für ihre Zwecke einsetzten. Hätte sie doch nur ihre Begabung. Plötzlich blieb sie stehen. Sie hatte eine Idee.

Der Tribun sah sie als Erster kommen. Er lächelte und stellte dabei seine regelmäßigen weißen Zähne und sein außergewöhnlich gutes Aussehen zur Schau. Einen Augenblick lang fragte sich Neeve schon, ob sie nicht leichter über ihn an die Informationen aus den Amtsräumen des Präfekten kommen konnte. Nein, sagte sie sich dann, hier sprach nur ihr schwacher Geist zu ihr und suchte eine Ausrede, um der unangenehmen, aber notwendigen Aufgabe aus dem Weg zu gehen, die vor ihr lag. Sie musste stark sein, ihren ganzen Mut zusammennehmen und sich an den Präfekten selbst heranmachen. Er war der Schlüssel zu allem.

Der Tribun kam auf sie zu. »Kann ich der Kartenzeichnerin behilflich sein?«, fragte er augenzwinkernd.

Neeve setzte eine angespannte Miene auf, als müsste sie sich auf seine Worte konzentrieren, um sie zu verstehen. Sie hatte nur eine Chance, ins Arbeitszimmer gelassen zu werden – nämlich dann, wenn die Römer ihr allenfalls rudimentäre Sprachkenntnisse unterstellten. Selbst in den besetzten Gebieten im Süden konnte nicht einer von tausend Kelten richtig Lateinisch sprechen, geschweige denn Nachrichten lesen. Wenn sie sich nicht verriet und auch weiterhin nur stockend sprach, würde nie jemand auf die Idee kommen, dass sie lesen konnte.

»Ich brauchen … Präfekt … für Pfeile«, sagte sie.

»Du brauchst was?«

»Präfekt … für Pfeile«, sagte sie lauter.

Der Tribun wandte sich dem Präfekten zu und sagte lächelnd: »Sie will dich mit Pfeilen erschießen.«

»Das wollen sie alle«, sinnierte er. »Einen Augenblick noch.« Dann wandte er sich wieder den Skythen zu.

Neeve musterte den Präfekten. Sie versuchte, ihn nicht zu sehr anzustarren. Er wirkte wie ein Mann, der eine Mission zu erfüllen hat. Eine gefährliche Sorte Mensch, dachte sie, hellwach und vorsichtig. Sie hörte, wie er die beiden skythischen Offiziere ermutigte, spürte aber auch, dass er für Versager wenig Nachsicht übrig hatte. Sie nickten respektvoll und gingen dann. Auch der Tribun ging, nachdem er ihr noch ein warmherziges Lächeln geschenkt hatte – ganz so, als wären sie alte Freunde. Endlich war sie allein mit dem Präfekten.

Er drehte sich zu ihr um und erforschte ausgiebig ihr Gesicht. »Deine Karten«, sagte er schließlich, »sind sehr gut. Aber ich bin mir nicht ganz sicher, ob ich sie richtig lesen kann.«

Neeve strahlte. »Du mögen Karten? Serr gutt. Ich dir danken.«

»Komm morgen in meine Amtsräume«, sagte er langsam und betont deutlich. »Um die vierte Stunde, Karten erklären.«

»Vierte Stunde ... ja, ich alles sagen, vierte Stunde.« Neeve war ganz aufgeregt – er hatte sie in sein Allerheiligstes eingeladen! Präfekt Rufinus war berüchtigt dafür gewesen, nichtrömische Frauen in sein Arbeitszimmer einzuladen und ihnen immer dann, wenn sie ihm nicht zu Diensten sein wollten, ihre Entlassung anzudrohen. Nun aber machte sich Neeve keine Sorgen. Dieser Präfekt war nicht von animalischer Leidenschaft getrieben, sondern nur von dem Verlangen, die Vorposten uneinnehmbar zu machen. Er war bei weitem der Gefährlichste von allen. Solche Männer kannte sie. Er redete sanft und lächelte an den richtigen Stellen, legte dabei aber jedes Wort von ihr auf die Goldwaage. Sie musste sehr vorsichtig sein, um sich nicht zu verraten.

Plötzlich kam ihr ein Gedanke. Konnte es sein, dass er vom Legaten Julius Verus in Londinium eine Antwort erhalten hatte? Sie hatte den Legaten nie persönlich kennen gelernt. Was war, wenn Verus nun erklärte, er habe nie von ihr gehört? Nein! Sie tadelte sich selbst wegen ihrer Ängstlichkeit. Wie konnte der Präfekt eines Kastells einen Kurier schicken, um den Statthalter Britanniens nach einer angeblichen Geliebten zu fragen? Natürlich konnte er das nicht, sagte sie sich, und fühlte sich gleich viel besser.

Der Präfekt sprach sie an. »Du hast also ein Problem – irgendwas mit Pfeilen, stimmt's?«

»Pfeile, ja. Ich brauchen Pfeile ...« Sie suchte nach Worten. »... serr dringende.«

»Du möchtest einen Vorrat an Pfeilen?«

»Nein! Nein! Ich haben viele Pfeile. Ich brauchen *gerade* Pfeile.« Sie unterstrich ihre Worte, indem sie so tat, als schieße sie ein Pfeil ab.

Der Präfekt wirkte verwirrt.

Sie zeigte auf einen der Bogenschützen in der Ferne. »Ich brauchen Skythen.«

»Einen Skythen.«

»Ja, Skythen.«

»Ah! Du möchtest, dass ein Skythe dir ...« Er zögerte. »... gerade Pfeile besorgt?«

»Nein. Ich brauchen Skythen ... für ... gerade Hilfe.« Wieder machte sie eine Geste mit ihrem Bogen.

»Einen Skythen für gerade Hilfe«, wiederholte er, ohne auch nur ein Wort zu verstehen.

Neeve suchte sein Gesicht nach Anzeichen von Verärgerung ab. Einerseits sollte er zwar glauben, dass ihre Kenntnisse der lateinischen Sprache äußerst bescheiden waren, aber andererseits wollte sie ihn auch nicht verärgern. Wenn es sie schon selbst aufregte, auf so gestelzte Weise sprechen zu müssen, dann musste es ihm erst recht so ergehen. Sie beschloss, dass es an der Zeit war, ihm auf die Sprünge zu helfen. Sie zeigte auf einen Karren, der am Rand des Exerzierplatzes stand, und zielte darauf. »Ziel«, sagte sie, »gerade Hilfe ... für Ziel.«

Er runzelte die Stirn. »Du willst, dass dir ein Skythe dabei hilft, ein Ziel zu treffen?«

»Ja, Ziel.«

»Unterricht, du willst Unterricht.«

»Ja, ja, Unterricht«, sagte sie, offensichtlich erleichtert.

»Ich glaube, wir brauchen einen Übersetzer«, sagte er in überraschend sanftmütigem Ton.

»Nein, nein, ich sprechen viel Römisch ... brauchen mehr Worte ist alles. Bald ich lernen ... du sehen ... lernen viel bald.« Sie versprach, sehr bald große Fortschritte zu machen. So zu sprechen wie jetzt war ihr auf Dauer einfach zu anstrengend.

»Ein Übersetzer könnte trotzdem eine Hilfe sein ...«

»Nein, nein«, sagte sie und versuchte, so aufrichtig zu sein, wie sie konnte. »Ich wollen ... lernen Sprache.« Bei jedem Zusammentreffen mit dem Präfekten einen Übersetzer dabeizuhaben war wirklich das Allerletzte, was sie gewollt hätte.

»Ich lernen sprechen«, fuhr sie fort und deutete auf ihren Mund. »Aber nie Worte ... für die Papyrus.«

»Für den Papyrus? Du meinst geschriebene Worte?«

»Ja, geschriebene Worte. Nie.«

»Du glaubst nicht, dass du lesen lernen könntest?«

»Nein, nein, nie. Zahlen ich kennen ... ich machen Zahlen auf Karte, aber nicht Worte. Menschen sprechen über ... Papyrusworte. Hah! Ich sehen nicht Worte ... nur Zeichen, dunkle Zeichen. Hören Worte, ja. Sehen, nein.« Neeve beobachtete ihn genau, um sicherzustellen, dass die Botschaft bei ihm angekommen war. Er musste einfach glauben, dass sie des Lesens nicht mächtig war.

Je länger sie sich mit dem Präfekten unterhielt, desto sicherer fühlte sie sich. Sie musste zwar nach wie vor vorsichtig sein, aber vielleicht war er ja doch nicht ganz so klug, wie sie gedacht hatte. Vielleicht war er sogar eine Spur zu selbstsicher – ein weit verbreiteter Charakterfehler unter römischen Offizieren. Sie fühlten sich Angehörigen versklavter Völker gegenüber in jeder Hinsicht überlegen. Vielleicht konnte sie ihren Auftrag ja doch erfüllen. Er fragte sie nicht nach ihrem familiären Hintergrund oder ihrem Bruder, nicht einmal nach ihrer gemeinsamen Täuschungsaktion, mit der sie ihn als Kartenzeichner ausgegeben hatten. Der Präfekt schien ausschließlich daran interessiert, Möglichkeiten zu finden, ihre Fähigkeiten als Bogenschützin zu verbessern. Er behandelte sie wie jeden anderen Kundschafter oder Kartenzeichner. Und warum auch nicht? Sie *war* schließlich auch eine Kartenzeichnerin, und nicht einmal die schlechteste. Manchmal vergaß sie das. Trotzdem war das Ganze schon ziemlich verrückt. Alles, was er tun könne, um ihre Fähigkeiten zu verbessern, hatte er gesagt, trage zur Sicherheit der Kastells bei. Dieser Römer war so arrogant und herablassend, dass er sich gar nicht vorstellen konnte, dass sie für das große Römische Reich eine Gefahr darstellen könnte. Er konnte es sich leisten, gönnerhaft den großen Herrn zu spielen, während er und seinesgleichen Kaledonien am Genick gepackt hatten. Aber wenn sie es schaffte, in sein Arbeitszimmer zu gelangen, konnte das bald anders werden.

20

Vectis schaute auf die Wasseruhr am Fenster. Die vierte Stunde war fast abgelaufen. Sein Vormittag war mit verschiedenen Zusammenkünften ausgefüllt gewesen, und die letzte hatte soeben erst begonnen. Präfekt Priscianus von Stragenia hatte zwei seiner Offiziere gesandt, um Vectis seiner Unterstützung zu versichern und weitere Vorschläge hinsichtlich einer Zusammenarbeit beider Lager zu unterbreiten. Priscianus war der einzige Präfekt, dem er vertrauen konnte, und obendrein der fähigste von allen. Ein Gespräch über Möglichkeiten, die Sicherheit der Vorposten zu verbessern, war genau die Art von Zusammenarbeit, die Vectis sich wünschte, aber er wusste, dass bald die Kartenzeichnerin kommen würde. Er schaute noch einmal auf die Uhr und fragte sich, welche Fragen er zu ihren Karten stellen sollte. Gestern war er noch davon ausgegangen, dass er genug Zeit haben würde, sie durchzusehen, aber nach dem ausgefüllten Vormittag …

»Präfekt?« Einer der Offiziere schaute ihn an.

Vectis merkte plötzlich, dass sein Blick auf den Offizier geheftet war, genauer gesagt auf das Muttermal auf seiner linken Wange. Er schaute die anderen – insgesamt acht – Anwesenden an und bemerkte, dass alle etwas von ihm erwarteten. Selbst Julian schaute ihn an, als wartete er auf eine Antwort.

»Wie war noch mal die Frage?«

Der Offizier wirkte verwirt. »Ich habe keine Frage gestellt, Präfekt.«

Julian schritt ein. »Präfekt, wir sprechen gerade über das Gefolge von Zivilisten vor unserem Kastell, ihr wolltet diesbezüglich einige Vorschläge unterbreiten.«

»Aber natürlich«, sagte Vectis, der sich in Wahrheit an nichts mehr erinnerte. Er räusperte sich. »Ich fürchte, ich bin nicht ganz auf dem Damm; ist ja auch kein Wunder bei dem Wetter.« Er rieb sich den Bauch. »Aber ich würde unser Gespräch gern fortsetzen – vielleicht nach dem Mittagessen. Eine Schüssel gekochtes Kalbfleisch mit Brühe ist alles, was mir fehlt.« Er zwang sich zu einem Lachen. »Und ich denke, ein oder zwei Becher keltisches Bier würden uns allen sicher nicht schaden.« Die anderen lächelten höflich, und Vectis zeigte auf Julian. »Der Tribun hier wird Euch mitteilen, wann die Besprechung fortgesetzt wird.«

Julian begleitete die Offiziere hinaus, kehrte dann zurück. »Draußen wartet jemand auf dich«, sagte Julian, der sich an Vectis' Verlegenheit sichtlich weidete. »Soll ich sie reinschicken?«

Vectis schaute nicht von den Karten auf – zum einen, weil er schnell noch die Zeichnungen studieren musste, zum anderen aber auch, weil er nicht den Wunsch verspürte, Julian in die Augen zu sehen. Als er Julian angewiesen hatte, die Kartenzeichnerin vor der Zudringlichkeit der Soldaten zu schützen, hatte er noch vorgeschoben, dabei nur das Wohl des Stützpunkts im Auge zu haben. Wir können diese Art von Problemen im Kastell nicht brauchen, hatte er gesagt. Nun aber, da er eine wichtige Zusammenkunft mit Offizieren abgesagt hatte, nur um mit der Kartenzeichnerin zu sprechen, konnte er Julian gegenüber nicht mehr gut behaupten, es gehe ihm ausschließlich um das Wohl des Lagers. Er hielt den Blick gesenkt, als er sagte: »Sag dem Offizier, er möchte sie noch kurz draußen warten lassen.«

»Sie scheint wirklich eine gute Kartenzeichnerin zu sein«, sagte Julian.

»Danke, Tribun. Ihr könnt jetzt gehen.«

»Eine sehr gute Kartenzeichnerin sogar.«

Vectis blickte zu ihm auf. »Schon gut, ich habe verstanden. Und jetzt lass mich in Ruhe.«

Julian grinste und verschwand.

Vectis sah weiter die über dreißig Zeichnungen durch. Sie waren nach Sektoren geordnet und in der rechten Ecke datiert. Ihm fiel auf, dass es zwei verschiedene Arten von Karten gab, deren Stil sich so deutlich unterschied, als stammten sie von zwei verschiedenen Kartenzeichnern. Er überprüfte die Namen, die unter den Daten gestempelt waren; alle Karten waren von »Neeve Kartenmacherin«. Dann stellte er fest, dass die früheren Zeichnungen im Stil deutlich von den späteren abwichen. Interessant, dachte er. Nicht weiter wichtig zwar, aber immerhin Anlass für die eine oder andere Frage. Er stapelte die älteren Karten links von sich auf. Bei ihren ersten Zeichnungen hatte sie noch die Angewohnheit, bestimmte Teile der Karten zu schattieren. Wasserläufe und Erhebungen waren so gezeichnet, wie ein Künstler sie zeichnen würde, außer dass man die Gegend vom Himmel aus betrachtete, von oben darauf sah. Dann studierte er die jüngeren Werke zu seiner Rechten, die sich kaum mehr von den römischen Landkarten mit ihrer starken Betonung der geraden Straßen und der geringen Beachtung des Geländes unterschieden.

Der Offizier klopfte an die Tür und fragte Vectis, ob er die Kartenzeichnerin hereinbringen könne. Vectis antwortete, dass er so weit sei, und wies den Offizier an, künftig auf Leibesvisitationen bei nichtrömischen Kundschaftern, Kartenzeichnern und Kurieren zu verzichten, und zwar sowohl am Eingang des Stabsgebäudes als auch vor seinen Amtsräumen. Wenn sie unbedingt Waffen tragen wollten, sollten sie es ruhig tun. Alles sei nun unter Kontrolle, erklärte er dem Offizier, und es sei wohl eher unwahrscheinlich, dass ihn jemand in seinem Arbeitszimmer meucheln würde. In Wirklichkeit ging es ihm bei der Anweisung um die Kartenmacherin. Er wollte, dass sie weniger Hemmungen hatte, die Principia zu betreten. Ihm war bereits aufgefallen, dass sie so wenig wie möglich ihren kleinen Kartenraum betrat – wahrscheinlich, um sich die Unannehmlichkeiten einer Leibesvisitation am Haustor zu ersparen. Soldaten konnten verblüffend gründlich sein, wenn es darum ging, eine Frau nach Waffen abzusuchen.

Er sah die groß gewachsene Keltin vom anderen Ende des Korridors entschlossen auf sich zukommen. Er schaute auf seinen Schreibtisch hinab, auf dem lediglich ihre Karten lagen. Seine Unterlagen hatte er in die hinteren Räume gebracht; sie konnte zwar nicht lesen, aber Vorsicht schadete nie.

Sie stand in der Tür in demselben bunten Hemd und denselben ledernen langen Hosen wie am Vortag. Natürlich trug sie ihre Messer; die Kelten liebten ihre Messer, und nun durfte sie sie endlich auch im Stabsgebäude wieder tragen. Vectis amüsierte der Hang der Kelten, ihre Waffen an den merkwürdigsten Stellen am Körper zu tragen. Sie hatte ihre Messer an der Hüfte sowie oberhalb ihres rechten Fußknöchels, wobei Letzteres kaum zu sehen war.

»Tritt ein«, sagte er mit der, wie er glaubte, richtigen Mischung aus Geschäftigkeit und Freundlichkeit in der Stimme. Sie blieb nach ein paar Schritten stehen und wartete. Vectis' Augen trafen sich mit den ihren, und es fiel ihm schwer, sie nicht anzustarren. Ihre Augen waren so kristallklar und so blau, dass es schien, als könnte er durch sie in ihre Seele blicken. Sie hatte keinen besonderen Ausdruck im Gesicht, was ihn umso mehr erstaunte, als sie ihn stark an jemanden aus seiner vergessenen Jugend erinnerte. An ein kleines Mädchen, eine Sklavin. Er hatte sie nie ganz vergessen und sich selbst nie ganz von seinen Schuldgefühlen freimachen können. Oft suchte sie ihn nachts in seinen Träumen heim und streckte ihre schlanken Arme durch die Eisenstäbe des Käfigs nach ihm aus. Wollten ihn die Götter vielleicht auf die Probe stellen und ihm eine zweite Möglichkeit geben?

Eine zweite Möglichkeit!

Das war zwar eine reichlich merkwürdige Wendung des Schicksals, aber wie konnte er gegen die Gefühle ankämpfen, die nun in ihm aufwallten? Diese Kartenzeichnerin war kräftiger gebaut als die Sklavin, aber trotzdem erinnerte ihn etwas in ihren Augen und an ihrer Haltung an sie.

Vom ersten Augenblick an, als er die Kartenmacherin mit tropfnassem Haar in seinem Büro gesehen hatte, hatte er an die Sklavin denken müssen, die er damals in der Via Lata in Rom gekauft hatte. Sie war nach nur fünf Jahren Arbeit auf dem Landgut gestorben, aber er sah sie immer noch vor sich, wie sie hocherhobenen Hauptes auf dem Steinblock stand. In der rauen Welt des Sklavenhandels mit seinem Schweiß und seiner Gier strahlte sie wie ein Edelstein. Aber sie war ihm genommen worden, und nie mehr hatte er eine wie sie getroffen.

Bis zu diesem Augenblick.

Welche Ähnlichkeit doch diese Kartenmacherin mit jener Sklavin hat, dachte er, mit ihren an Saphire erinnernden Augen und dem Leuchten im Gesicht. Vom anderen Ende des Lagers aus oder durch die Gitter der Fensterläden seiner Amtsräume beobachtete er oft, wie sie sich zielstrebig an ihre Arbeit machte. Sie gehörte nicht zu denen, die sich unter Leute mischten, und selbst an Abenden, wenn eine Truppe von Jongleuren oder Mimen im Kastell für Unterhaltung sorgte, saß sie in ihrem Zimmer am Webrahmen. Die meiste Zeit aber verbrachte sie mit Kartenzeichnen. Das Anfertigen von Karten war im hohen Norden Britanniens zu einer gefährlichen Angelegenheit geworden, und Vectis hätte volles Verständnis dafür gehabt, wenn sie um eine Lockerung des Zeitplans gebeten hätte, der im winzigen Kartenraum aushing. Aber das tat sie nie. Sie ritt allein aus und kam ein oder zwei Tage später nach getaner Arbeit zurück. Und jetzt stand sie da in seinem Arbeitszimmer, ausgeglichen und dennoch irgendwie distanziert, als lägen im Innersten ihrer Seele unergründliche Geheimnisse verborgen.

»Ich habe hier zwei unterschiedliche Arten von Karten vor mir«, sagte Vectis, um den Bann zu brechen. Er deutete auf die beiden Stapel und bat sie um eine Erklärung.

Sie sah sich beide Stapel an und zuckte mit den Achseln. »Offizier sagen … änderen … gib mir römische Karte. Ich studieren Karte serr viel … serr lange Zeit … dann ich änderen.«

»Du bist also von diesen bildartigen Karten abgekommen –«

»Ja, er mir sagen änderen, so ich änderen.«

»Willst du damit sagen, das einer meiner Offiziere dich angewiesen hat, deine Karten dahingehend zu ändern, dass sie mehr dem römischen Stil entsprechen?«

»Ja, Offizier so sagen.«

»Du hast also Karten im römischen Stil studiert?«

»Ja, ja, studieren … viele studieren. Jetzt du haben … beste römische Karte.« Sie legte die Hand auf den Stapel der Karten jüngeren Datums, der zu seiner Rechten lag.

Vectis breitete die älteren Karten über den Tisch aus. »Die hier sind aber auch gut«, sagte er, um sie zu ermutigen. Er zeigte auf die schattierten Stellen und sagte: »Ich nehme an, man hat dir gesagt, dass es pure Zeitverschwendung ist, bestimmte Bereiche mit Schatten zu versehen, nur um die Karten schöner zu gestalten.«

»Ja, Offizier mir sagen das«, erklärte sie trotzig.

»Aber du bist nicht dieser Meinung.«

»Er Offizier, ich nicht.«

»Aber er ist im Unrecht.«

»Ja.«

»Du findest es also besser, bestimmte Bereiche dunkler zu zeichnen?«

»Ja, ja, natürlich.« Sie beugte sich über den Tisch und fuhr mit dem Finger über die Schatten. »Dunkler … ist Tal … mehr Gras … dunkler aussehen, also ich dunkler malen. Mit diese Karte Römer wissen, wo ist Berg und wo ist Tal.«

Vectis schaute sie an. »Das heißt also, alle diese schattierten Stellen sind Täler?«

»Ja, dunkler ist Tal.«

»Dann sind also die helleren Stellen Hügel«, sagte Vectis, als ob ihm das nicht längst klar gewesen wäre. »Und hier haben wir Berge, weil du sie als Berge zeichnest.«

Vectis hörte sich ihre nur sprachlich mitunter schwer zu verstehenden, inhaltlich aber unmissverständlichen Erklärungen darüber an, wie ihrer Ansicht nach Landkarten gezeichnet werden sollten. Sie ließ sich gern über ihre bildhafte Darstellungsweise aus und deutete immer wieder mit dem Zeigefinger auf die eine oder andere Einzelheit, auf die sie Vectis aufmerksam machen wollte. Wenn sie sich über den Tisch beugte, fiel ihr das Haar übers Gesicht, und einen kurzen Moment lang verspürte Vectis den schwer zu bändigenden Drang, ihre so locker und sauber wirkenden flachsfarbenen Strähnen in die Hand zu nehmen.

»Ich änderen auch Fluss für Offizier«, sagte sie.

»Also ich finde keine Änderungen nötig. Die Flüsse auf deinen ersten Karten fand ich besonders schön.«

Sie schien sich darüber zu freuen.

»Eine Frage hätte ich noch, was die Entfernungen angeht. Warum schreibst du sie nicht einfach hinein, statt die Karte wie unsere Landkartentechniker zu zeichnen?«

»Entfernung?«

»Ja. Warum zeichnest du eine Karte wie ein Landkartentechniker, wenn du doch einfach die Entfernungen in die Zeichnung eintragen könntest?«

»Deine Worte wie Luft«, sagte sie und gestikulierte, um ihm zu bedeuten, dass sie an ihr vorbeizogen, ohne dass sie etwas mit ihnen anfangen konnte.

»Die Entfernungen, warum trägst du sie nicht einfach ein?«

»Römische Meile?«

»Ja, die Meilen.«

»Ich eintrage Meile!«, sagte sie stolz und legte den Finger auf die Entfernungsangaben. »Hier! Hier! Und hier!«

»Das sehe ich. Wozu also eine solche Landschaftskarte?«

Ihr Gesichtausdruck zeigte ihm, dass sie kein Wort verstand.

Vectis versuchte es noch einmal. »Warum verwendest du so viel Zeit darauf, eine Landschaft zu zeichnen, wenn du dann sowieso die Entfernungen – die Meilen – einträgst?«

»Nicht viel Zeit. Ich zeichnen schnell. Ich beste Zeichner.«

Vectis wollte noch etwas sagen, aber sie unterbrach ihn.

»Und«, fügte sie mit erhobenem Zeigefinger hinzu, »Landkartentechniker schreiben Meile, das wahr, aber Landkartentechniker immer geben römische – äh – römische flache Meile. Aber manchmal Boden nicht flach. Also Bildkarte besser.«

Vectis verstand sofort, was sie meinte. Römische Zeichner gaben Entfernungen immer in gerader Linie an, die kürzeste gedachte Entfernung zwischen zwei Punkten in der Landschaft – und ließen damit naturgemäß das Auf und Ab eines Geländes außer Acht. So waren die Entfernungen auf Landkarten oft kürzer als die Distanz, die Soldaten auf ihrem Marsch tatsächlich zurücklegen mussten, und um die tatsächlichen Entfernungen anzuzeigen, zeichnete die Kartenmacherin die Landschaft der Natur nach und schattierte die Täler, während sie die Erhebungen heller ließ.

Er musste unwillkürlich lächeln, als er die Karten einsammelte. Sie war zweifellos eine interessante Person. »Setz dich doch«, sagte er und zeigte auf ein kurzes Sofa neben dem Tisch. »Von jetzt an zeichnest du deine Karten wieder in Form von Bildern. Du hast gute Arbeit geleistet.«

Sie nickte, dankbar für das Lob.

»Und wie war deine Übungsstunde im Bogenschießen?«, fragte Vectis und setzte sich ihr gegenüber. »War sie gut?«

»Ja, ja«, sagte sie. »Ich war ... viel gut. Ich kann werden besser, Skythe sagen, aber viel gut jetzt. Skythe mir geben speziale Pfeil. Er sagen, machen mich besser.«

Für Vectis war offensichtlich, dass diese Kartenzeichnerin nicht gerade an mangelndem Selbstvertrauen litt, auch wenn dieses nicht immer gerechtfertigt war. Ihrem skythischen Schießlehrer zufolge war sie als Bogenschützin ein hoffnungsloser Fall und traf allenfalls Dinge, die sehr nah bei ihr waren. Glaubte man hingegen ihren Beteuerungen, war sie fast schon gut genug, um selber den skythischen Bogenschützen beizutreten. Vectis hatte noch nie einen Menschen mit einer so positiven Sicht seiner selbst getroffen. Der Skythe hatte sie mit Pfeilen aus seinem privaten Vorrat versorgt, um ihr Selbstvertrauen zu stärken, ohne zu merken, wie überflüssig das war. Sie war die beste Bogenschützin, sprach das beste Lateinisch und zeichnete die besten Karten. Eine gute Kartenzeichnerin war sie schon, das musste er zugeben, aber wohl kaum die beste; sie war lediglich die einzige, die sie noch hatten!

»Du kannst übrigens jederzeit einen skythischen Schießlehrer haben; ich habe dafür gesorgt.«

»Ich dir danken. Sprechlehrer – du machen das auch?«

»Du möchtest auch in der lateinischen Sprache unterrichtet werden?«

»Ja, Sprache auch.«

»Ich werde nach dem Mittagessen jemanden auf dein Zimmer schicken.«

»Ich bald sprechen ... viel Sprache.«

»Gut, dann können wir uns ein wenig ... leichter unterhalten.« Er atmete einmal tief durch und fragte sich, was er da zu tun im Begriff war. Wie konnte er nur so unrealistisch sein und eine Beziehung zu einer keltischen Frau beginnen, wo die Vorposten doch seine ganze Aufmerksamkeit erforderten?

»Ich ... tun viel Sprache«, sagte sie ernsthaft. »Arbeiten an Bogen und tun Sprache.«

Vectis lächelte. »Vielleicht könntest du mit einem skythischen Sprachlehrer eine Menge Zeit sparen.«

Sie schien zuerst nicht zu verstehen, doch dann erwiderte sie sein Lächeln. »Du lachen auf mich, das wahr?«

»Ein bisschen.«

»Ich vielleicht überraschen Präfekt.«

Er hätte es lieber gehabt, wenn sie ihn mit seinem Vornamen Vectis angesprochen hätte, aber das vorzuschlagen wäre natürlich absolut ungehörig gewesen. Aber er kannte ihren Namen – Neeve Kartenzeichnerin – und konnte sie in seiner Eigenschaft als ihr Vorgesetzter anreden, wie er wollte. Vielleicht, dachte er, sollte ich gleich damit anfangen, ihren Vornamen zu benutzen. Er griff nach einer der Karten. »Dein Name ist ...«

»Neeve.«

»Ein schöner Name«, sagte er und kam sich schrecklich dumm dabei vor. Wie banal das doch war! »Ich meine, ich habe einen solchen Namen noch nie gehört. Ungewöhnlich.«

»Nein, nein, serr gewöhnlich. Jede Dorf ... viel Frauen nutzen Neeve. Serr gewöhnlich. Sogar Kühe manchmal Neeve.«

»Kühe haben Namen?«

»Ja, ja.«

»Nein.«

»Ja, manchmal meine Mutter ... sie rufen ›Neeve‹, und fünf Kühe kommen Hütte.«

Sie lachten beide. Vectis hatte keine Ahnung, ob ihre Geschichte stimmte oder nicht, aber es tat ihm gut, zu lachen und etwas Persönliches mit jemandem zu teilen. Er schaute sie an, und auch sie blickte ihn immer noch mit diesen funkelnden Augen an und genoss noch immer ihren kleinen Scherz. Er fragte sich, wie es wohl sein würde, ihre Wange zu berühren oder ihre Hand zu streicheln.

Was waren das doch für lächerliche Gedanken! Wie konnte er nur an so etwas denken – er kannte sie doch gar nicht! Und an jeder Ecke konnten Spione lauern. Er hätte vielleicht eine Entschuldigung gehabt, wenn er noch ein Heranwachsender gewesen wäre, aber er war ein erwachsener Mann und scharwenzelte hier – viele Meilen jenseits vom Antoninischen Wall – um eine keltische Frau herum. Das mussten die Götter sein, sagte er sich, oder der Fluch eines Druiden mit der Absicht, ihn abzulenken. Ein Fluch? Julian würde sich totlachen. Hol mir doch bitte einen dieser Druiden, würde er wohl sagen, damit er mich auch verfluchen kann.

Jedenfalls war ganz offensichtlich etwas mit ihm geschehen. Eine Frau von fast gespenstischer Schönheit, eine trostlose Provinz im Norden und eine Erinnerung, die ihn nicht mehr losließ. Und das alles bei der Leere seines Lebens … da war das, was nun geschah, nicht weiter verwunderlich. Aber trotz allem genoss er es, mit ihr zusammen zu sein.

»Du weit von Zuhause … von große Stadt Rom.«

Vectis konnte dem nicht widersprechen.

»Du … allein für Rom Stadt?«, fragte sie.

»Allein?«

»Ja, allein … traurig für Rom Stadt, traurig für … weite Familie, traurig für weite Freunde. Allein.«

Vectis dachte einen Augenblick nach und kam dann zu dem Schluss, dass sie ihn wohl fragen wollte, ob er in Britannien jemals so etwas wie Einsamkeit empfunden hatte. Er erwiderte, er sei noch nicht so lange fort, vermisse aber trotzdem seinen Vater und seine Schwester und ein paar der Diener. Kurz erwähnte er den Tod seiner Mutter und das plötzliche Altern seines Vaters. Sein Vater erreichte nun die Zeit in seinem Leben, in der er seinen Sohn brauchte, und nicht bei ihm sein zu können, machte Vectis zu schaffen. Er fragte sich einen Augenblick lang, ob er ihr Fragen über ihre Familie stellen sollte, aber da er ihren Bruder aus Faustina hinausgeworfen hatte, ließ er es lieber bleiben. Er schloss mit der Anmerkung, Britannien habe mit seinen kalten Flüssen und Bächen und seinen schneebedeckten Bergen auch seinen Reiz. Wie sein Vater hatte er zwar großen Respekt vor der Wahrheit, fand aber mitunter eine liebenswürdige Lüge angebrachter als die wenig schmeichelhafte Wahrheit. Nur ein Zauberer konnte seiner Meinung nach in dieser eisigen Wildnis so etwas wie Schönheit finden.

Da Neeve sein Geplauder zu genießen schien, ließ er noch ein paar Anmerkungen über den Reichtum Britanniens mit seinem Getreide und seinen Vorkommen von Eisen, Zinn, Kohle und Blei fallen. Er erklärte ihr, Felle aus Britannien gehörten zu den beliebtesten in Rom.

»Ja, Britannien ... haben viele gute Dinge. Aber ... anders, ja? Rom – Stadt von Götter. Ich sehen Bild ... hier, in Herz.« Sie schloss die Augen und legte die Hand auf die Brust, um ihm zu zeigen, dass sie gerade versuchte, sich vorzustellen, wie Rom wohl aussah. »Silber Türme«, sagte sie mit noch immer geschlossenen Augen. »Ich sehe silber Türme ... hoch bis Himmel, und Rom Tore voll mit Edelsteine.« Sie öffnete die Augen. »Rom Stadt – viele Türme, ja?«

»Türme, Obelisken, Säulen, alles Mögliche.«

Sie schrie auf und klatschte in die Hände. »Ich gewusst, sein Türme in Rom Stadt!«

Ihr plötzlicher Temperamentsausbruch überraschte Vectis.

»Edelsteine!«, rief sie triumphierend. »Viel Edelsteine in Rom Tore. Ja?«

»Nein, keine Edelsteine in Rom Tore.«

»Keine Edelsteine?« Ihre Enttäuschung war ihr anzusehen. »Aber Götter laufen in Rom Stadt«, sagte sie ehrfürchtig und fast hoffnungsvoll. »Du sehen Götter?«

»Neeve«, sagte Vectis, während ihm bewusst wurde, dass er sie zum ersten Mal beim Namen nannte, »es gibt viele Tempel in Rom – schöne Tempel mit Wasserbecken und geflügelten Statuen – aber keine Götter, die durch die Straßen wandeln. Nur Menschen wie dich und mich. Rom ist eine schöne Stadt, aber Götter gibt es nicht.«

»Nicht Götter«, sagte sie gedankenverloren, »nicht Edelsteine in Rom Tore.«

Vectis hatte fast ein schlechtes Gewissen, weil er ihre Visionen von Rom zerstört hatte. Unter Bewohnern der Provinzen war es nicht ungewöhnlich, dass sie ihre eigenen Fantasien bezüglich der Ewigen Stadt entwickelten. Immerhin war Rom nun fast schon ein Jahrtausend lang in aller Welt ein Begriff. Auch die Soldaten trugen nicht gerade zu einem realistischeren Bild der Hauptstadt bei, denn gerade die echten Römer verblüfften gern die Einheimischen mit Geschichten von Straßen voller Goldstaub und taghell erleuchteten Nächten. Sie schwärmten von Bäumen, an denen sommers wie winters alle nur erdenklichen Früchte hingen, die von den Bürgern Roms nach Lust und Laune abgeerntet werden durften.

»Aber in den Tempeln gibt es Edelsteine«, sagte er, weil er sie nicht enttäuschen wollte, »und auch in Roms riesigen Palästen finden sich zahlreiche Schätze. Es gibt weitläufige Marktplätze mit Lebensmitteln aus allen Teilen der Welt, Brunnen, Triumphbögen, marmorne Straßen, Marmorfußböden und marmorverkleidete Häuser mit vergoldeten Dächern, herrliche Statuen –«

»Ja, wie Stadt von Götter!«, rief sie.

Sie schien so glücklich darüber, einen Teil ihrer Fantasievorstellungen wiederzuhaben, dass Vectis ihr von den langen Prozessionen der Senatoren an Festtagen erzählte, von Königen, die nach Rom kamen, um der Stadt zu huldigen, und von exotischen Tieren aus allen Teilen der Welt.

»Rom Stadt … so anders«, sagte sie.

»Wie keine Stadt der Welt«, bestätigte Vectis nicht ohne Stolz.

»Deswegen … schwer für dich. Wenn ich gehen weg – verlassen Britannien – ich vermissen. Ja? Ich vermissen. Aber Rom Stadt! Viel … viel schwer für dich, weil so … so schön. Ja?«

»Das mag schon sein«, sagte Vectis, der plötzlich das Bedürfnis hatte, das Thema zu wechseln. Er war von ganzem Herzen stolz auf Rom und seine Errungenschaften, wusste aber auch, dass nicht alles Gold war, was glänzte. Schließlich gab es da auch noch die Intrigen und Ränkespiele und das ständige Machtgerangel von Senatoren, die nie mit dem Erreichten zufrieden schienen. In einer abseits gelegenen Provinz wie Britannien mochte die Hauptstadt des Reiches recht verlockend wirken, aber die Realität dort konnte, wie Vectis wusste, weit weniger angenehm sein.

»Ein Tag ich gehen Rom Stadt«, sagte sie. »Sehen alles – sehen Türme, Senatmenschen, Tiere, alles sehen!«

»Dort ist alles ganz anders als hier. Vielleicht gefällt es dir ja gar nicht. Durch die Straßen laufen furchtbar viele Menschen, und überall gibt es Gedränge.«

»Wie Londinium«, sagte sie mit einem wissenden Lächeln. »Ich war in Londinium Stadt. Ich kennen groß Stadt, viel Menschen.«

»Londinium?« Vectis musste lachen, was er sogleich bereute. Er wollte nicht wie der römische Weltbürger klingen, der von oben herab mit einem Mädchen vom Lande spricht. Viel zu oft hatte er erlebt, wie römische Würdenträger sich bei Besuchen in den Provinzen lautstark über die primitiven Verhältnisse beklagt hatten, die man ihnen dort zumutete. »Also in Rom …«, pflegten sie fast jeden Satz zu beginnen. Und das einfache Volk hasste sie dafür. Er wandte sich an Neeve und sagte so aufrichtig er konnte: »Londinium ist sicherlich eine schöne Stadt, aber verglichen mit Rom ist es nur ein verschlafenes Dorf.«

»Das noch besser«, sagte sie. »Ich mag sehen große, große Stadt. Rom Menschen … ich wissen, gut Menschen.«

»Obwohl wir deine Heimat erobert haben?« Vectis war gespannt, wie sie auf eine derart abrupte Frage antworten würde.

»Das vor lange Zeit«, sagte sie. »Jetzt wir Reich Menschen! Haben Gesetz, haben Sicherheit, haben viel Straße für Reisen. Mein Vater es sagen … bevor Rom, Menschen nicht reisen, Stamm kämpfen andere Stamm, keine Gesetz. Wie Kaledonien! Stamm Menschen kämpfen, töten!« Sie verzerrte angewidert das Gesicht. »Rom Gesetz gut. Bringen viel Sicherheit. Ich mögen.«

»Ja, das römische Recht ist gut«, bestätigte Vectis, ohne zu wissen, ob sie das wirklich ernst meinte. »Wir machen zwar auch unsere Fehler, aber wenigstens ist das Gesetz gerecht, sogar für Nichtbürger. Die Kaledonier wissen das aber noch nicht zu schätzen und hassen uns deswegen.«

»Kaledonier alle hassen.«

»Du kommst aus dem Stamm der Votadini südlich des Walls?«

»Ja, Votadini.

»Gute Menschen, die Votadini. Friedlich.«

»Ja, friedlich.«

Vectis versuchte, seinen lockeren Gesprächston beizubehalten. »Die Votadini leben unmittelbar nördlich der Brigantes, nicht wahr?«

»Ja, nördlich.«

»Und die Brigantes sind kriegerischer als dein Volk, die Votadini.«

»Ja, ich denken.«

»Die Stämme der Brigantes sympathisieren mit den Caledonii, ist das richtig?«

»Nicht verstehn.«

»Die Brigantes mögen die Caledonii, ja?«

»Nein, ich denken, Brigantes Volk mögen Rom Volk.«

»Selbst ich mag Rom Volk manchmal nicht besonders.«

Sie lächelte.

»Aber das ist nicht so wichtig«, meinte Vectis. »Ich bin einfach nur neugierig.« Er streckte sich und versuchte, möglichst entspannt zu wirken. »Mein Problem ist, dass ich zu wenig über den Norden Britanniens weiß, um die Berichte zu verstehen, die ich bekomme. Heute Morgen beispielsweise habe ich vom Wall eine weitere Nachricht erhalten über Meinungsverschiedenheiten zwischen den westlichen Stämmen der Brigantes. Ich weiß aber nicht, wie weit ich das ernst nehmen soll.«

»Ich denken, wenig wütend Menschen. Das alles.«

»Dann hast du also nichts über Streitigkeiten bei den Brigantes gehört?«

»Streitigkeiten?«

»Überfälle, Angriffe … Krieg.«

»Ah, Rede von Krieg. Manche, ja. Aber Brigantes große keltische Stamm – von erste Wall Hadrians bis Antoninus.« Sie breitete die Arme aus, um die Weite des Stammesgebiets zu verdeutlichen. »Brigantes Frieden Volk, nicht mögen Krieg.«

»Und die westlichen Stämme?«

»Nicht viele machen Aufstand – manche ja, aber sie schlechte Menschen.«

»Und du? Verspürst du keinen Zorn gegenüber Rom?«

»Nein, nein. Rom Menschen gut. Geben mir Kartenmacher Arbeit. Manche arbeiten für Rom Lager, reden schlecht über Rom. Ich nicht tun das. Rom Menschen gut.«

»Rom hat sicher auch seinen Teil an schlechten Politikern und schlechten Soldaten, aber ich freue mich natürlich, dass du uns wenigstens halbwegs erträglich findest.«

»Ja, Rom Menschen gut … und du gut. Ich wissen, du mir helfen, wenn Bruder weg. Ich hören Soldat sagen, nicht wehtun Kartenzeichner. Präfekt machen Ordnung. Ich dir danken.«

Vectis spürte, wie er errötete – ein für ihn nicht alltägliches Gefühl. Er hatte keine Ahnung, dass sie es merkte. »Eine Frau sollte sich in einem römischen Militärlager sicher fühlen können«, sagte er, als halte er vor seinen Offizieren eine Rede. »Denn Sicherheit hängt davon ab, dass jeder –« Er hielt inne. Sie schaute ihm tief in die Augen, als wollte sie in die Geheimnisse seines Herzens eindringen. »Na ja, ich denke … das heißt, ich habe mir einfach nur Sorgen um dich gemacht«, sagte er wahrheitsgemäß.

Sie berührte seinen Arm, und ihm wurde ganz warm. »Was ist Sorgen?«

»Das bedeutet, dass ich … dass ich nicht will, dass dir etwas Böses geschieht.« Die Berührung ihrer Finger war fast zu viel für ihn.

»Du gute Römer.«

Vectis zog seinen Arm so jäh zurück, dass sie erschrak. Er hatte diese Worte schon einmal gehört. »Du gute Römer« hatte auch die Sklavin gesagt, bevor ihr Vater ihn bewusstlos geschlagen hatte. Die Kelten sind die geborenen Lügner, ermahnte er sich, als er sich hinter den Tisch zurückzog. Er musste sich mehr wie ein Präfekt verhalten. Was wusste er schon über diese Keltin in seinem Arbeitszimmer? Dass sie ihn stark an das Mädchen seiner Träume erinnerte? Er konnte nicht bestreiten, dass er sich zu ihr hingezogen fühlte, aber er konnte zumindest ein paar Fragen beantworten, die ihn beschäftigten. War es wirklich möglich, dass sie die Geliebte des Legaten Julius Verus gewesen war? Wenn sie in Bezug auf Verus gelogen und fälschlich behauptet hatte, ihr Bruder könne Karten zeichnen, dann log sie womöglich auch auf anderen Gebieten. Natürlich konnte er Verus keine Fragen über seine Techtelmechtel in Londinium stellen, aber vielleicht schaffte er es ja, sie mit einer List dazu zu bringen, die Wahrheit zu sagen. Die Frage war nur, ob ihm das gelänge, ohne dass dies zu einer Entfremdung zwischen ihnen führte.

»Ich muss mich jetzt entschuldigen«, sagte er und hob die Hände. »Ich habe völlig *das* hier vergessen.« Er deutete auf die Wasseruhr am Fenster. »Das und der Tribun bestimmen über mein Leben, aber ich habe unser Gespräch sehr genossen.«

»Ich auch, Präfekt«, sagte sie und stand auf.

»Wir unterhalten uns mal wieder, vielleicht über ein geheimnisvolles Land – Ägypten.«

»Ich das mag. Ägypten … ich schon gehört.«

»Noch eine Kleinigkeit«, sagte Vectis und versuchte, dabei nicht so zu klingen, als wollte er sie verhören. »Du sagtest, du kennst den Legaten Julius Verus?«

»Ja, in Londinium.«

Vectis sah gleich, wie unangenehm ihr die Frage war. »Ich möchte dir etwas zeigen«, fuhr er fort, »einen Brief aus Londinium.« Er streckte seinen Zeigefinger hoch, um anzudeuten, dass er gleich wieder zurück sei, und ging dann durch die Tür ins nächste Hinterzimmer. Er griff sich das erste Dokument, das ihm in die Finger kam – einen Bericht von dem für die Stallungen zuständigen Offizier über die dort durchgeführten Verbesserungen. Dann ging er zurück und um den Schreibtisch herum. »Der kommt vom Legaten Julius Verus. Er hat nie von dir gehört. Wir haben ihm sogar eine Beschreibung von dir geschickt. Warum, glaubst du, streitet er ab, dich zu kennen?« Er reichte ihr das Dokument und beobachtete ihre Reaktion.

Sie starrte auf das Blatt. An ihren Augenwinkeln und an ihrem Mund erkannte er, wie angespannt sie war. Sie tat ihm mehr als nur ein bisschen Leid, als sie begann, nervös an ihrem Haar zu zupfen. Die vernünftigste Ausrede, dachte er, wäre für sie wohl zu vermuten, dass Verus nicht wollte, dass ihre Beziehung hinausposaunt wurde. Vectis wartete geduldig in der Überzeugung, dass er ihre Antwort ohnehin schon kannte. Er hatte zwar keine Möglichkeit, die Wahrheit mit absoluter Sicherheit herauszufinden, aber ihr Gesicht sagte ihm genug. Er war überzeugt davon, dass sie gelogen hatte.

»Präfekt, diese ... Papyrus Worte sagen Wahrheit. Ich nicht kennen Legat.« Sie gab ihm das Dokument zurück und starrte verlegen auf den Fußboden.

Ihre Antwort kam für Vectis wie ein Donnerschlag. Es wäre leicht für sie gewesen, bei ihrer Geschichte zu bleiben. Wer konnte ihr schon das Gegenteil beweisen? Außerdem war allgemein bekannt, dass die Kelten einen Hang zum Lügen hatten, und diese Lüge war nun wirklich leicht zu durchschauen. Wahrscheinlich hatte sie die Geschichte erfunden, um damals Präfekt Didius Rufinus eine bessere Bezahlung abzuringen. Julian hatte ihm erzählt, dass sie fast so viel bekam wie ein guter Kundschafter, und Vectis hatte daran nichts geändert.

Sie schaute ihn wieder an und wartete auf eine Reaktion. Wenigstens wusste er jetzt eines: Ihre Behauptung, nicht lesen zu können, entsprach der Wahrheit. Jeder, der auch nur über minimale Lesekenntnisse verfügte, hätte sofort erkannt, dass der Papyrus mit Verus nicht das Geringste zu tun hatte.

Vectis fragte: »Warum hast du mich angelogen?«

»Ich nicht ... dich anlügen. Ich lügen zu Präfekt Rufinus. Ich fürchten Rufinus ... sogar mit Bruder. Ich ihm sagen Legat Verus Freund.« Sie schlug sich auf die Brust. »Ich ihm sagen wir gut Freund. Er Überraschung … bekommen Angst. Mich behandeln gut.«

»Also bist du auch nach unserer Ankunft bei der Geschichte geblieben, um besser behandelt zu werden?«

»Ja. Aber du anständig. Ich nicht brauchen Geschichte von Legat. Jetzt ich fühlen schlecht. Du wollen, ich gehen wie Bruder … ich gehen.«

Das war das Letzte, was Vectis wollte. Im Grunde freute er sich sogar darüber, dass die Geschichte mit Verus gelogen war. Frauen, die die Gunst von so hohen Offizieren wie Verus erlangten, wurden zuvor in der Regel von einem Offizier zum anderen weitergereicht, bis sie es endlich geschafft hatten und ganz oben angekommen waren. Vectis empfand solche Frauen als hart und gefühllos – Eigenschaften, die er Neeve nicht unterstellen wollte.

»Du musst deswegen nicht gehen«, beruhigte Vectis sie, »aber ich erwarte von dir, dass du dich künftig so verhältst, wie man es von Arbeitskräften des römischen Heers erwarten kann, und mir immer …«, er schaute ihr in die Augen, »immer die Wahrheit sagst.«

»Ja, Wahrheit. Ich sagen Wahrheit … immer.«

21

Die kräftigen Herbstfarben waren dem kalten Graublau gewichen, das das Nahen des Winters ankündigte, und ein leichter Nebel ließ Neeves Gesicht und Hände auskühlen, während sie langsam die Straße fünf Meilen südlich von Faustina entlangritt. Sie legte sich ihren Mantel um die Beine und ließ den Blick über die flachen Hügel in der Ferne schweifen. Obwohl sie wusste, wie gefährlich dieser leere Landstrich sein konnte, war sie froh darüber, hier zu sein, abseits der wachsamen Blicke des Präfekten. Neeve erschauderte, wenn sie daran dachte. Wenn er auch versuchte, seine Absichten hinter oberflächlichem Geschwätz zu verbergen, war doch klar, dass er nur auf eines aus war: Er wollte so viele Informationen wie nur irgend möglich aus ihr herausholen. Und er vertraute keinem.

In den vergangenen drei Wochen hatte sie ihn vier- oder fünfmal gesehen. Nach jenem ersten Tag hatten sie über so banale Dinge wie das kühler werdende Wetter, das Essen in fernen Ländern wie Syrien oder Indien und die verschiedenen Feste in Rom geplaudert. Sie hatten sich große Mühe gegeben, den Anschein zu erwecken, unbedingt die Sprache der Römer lernen zu wollen – eine mühselige Angelegenheit, zumal der Lehrer, den der Präfekt ihr zur Verfügung stellte, sie fast jede freie Stunde in Beschlag nahm. Aber zumindest konnte sie sich mit ihren verbesserten sprachlichen Fertigkeiten nun weniger stockend mit dem Präfekten unterhalten.

Sie musste wieder an ihr erstes Gespräch in seinen Amtsräumen denken. Sie wusste, dass es zum Teil auch ihr Fehler gewesen war. Sie war übereifrig gewesen, hatte zu viel gesagt. Ihr übertriebenes Lob Roms und ihre gespielte Unschuld hatten ihn vermutlich misstrauisch gemacht. Wie dumm es doch von ihr gewesen war, anzunehmen, eine zarte Berührung könnte ihn dazu bringen, ihr mehr zu vertrauen. Sie sah ihn noch immer vor sich, wie er zurückzuckte wie eine Schlange im Angesicht einer Gefahr und dann auf die Uhr zeigte, als habe er völlig einen anderen Termin vergessen. Er war nicht besonders gut darin, seine wahren Motive zu verbergen, dachte sie noch; seine ganze Freundlichkeit zielte nur darauf ab, sie einzulullen und ihre Wachsamkeit zu schwächen. Wahrscheinlich machte er das mit jedem so, den er verhörte.

Doch trotz seines misstrauischen Wesens schien es, als würde der Präfekt ihre Gesellschaft mehr und mehr genießen. Im Großen und Ganzen war Neeve mit der Art und Weise, wie sie sich gehalten hatte, durchaus zufrieden. Im kritischsten Augenblick überhaupt, als er sie über den Legaten Julius Verus ausgefragt hatte, hatte sie sich völlig richtig entschieden. Jetzt war der Präfekt fast mit Sicherheit davon überzeugt, das sie kein Wort lesen konnte, und er schien ihr das offene Eingeständnis, gelogen zu haben, letztlich sogar positiv anzurechnen.

Er ist anders als die meisten Römer, dachte sie. Diejenigen, die sie im Süden kennen gelernt hatte, prahlten gern mit Geschichten über ihr Heimatland, um bei den Einheimischen Eindruck zu schinden. Aber nicht der Präfekt. Er war bei seinen Schilderungen ungewöhnlich zurückhaltend und erzählte keine Märchen über Brunnen voller Milch oder riesige Bäume mit goldenen Früchten – wenngleich auch er, wie alle Römer, die kaiserlichen Paläste rühmte und von fremden Königen berichtete, die nach Rom gekrochen kamen und um die Gunst des Imperiums buhlten.

Der unglaubliche Mangel an Feinfühligkeit anderen gegenüber, den die Römer an den Tag legten, sollte ihr ewig ein Rätsel bleiben. Sie interessierten sich grundsätzlich nur für Dinge, die sie oder ihr kostbares Reich unmittelbar betrafen. Der Präfekt hatte doch tatsächlich Mitgefühl erwartet, als er den Tod seiner Mutter erwähnt hatte – als wäre er der Einzige, der je einen schweren Verlust erlitten hatte. Er hatte ihr sogar den goldenen Ehering seiner Mutter gezeigt – alles, wie er sagte, was ihm von ihr geblieben war. War er blind für den Schmerz, den sein Volk den Kaledoniern zugefügt hatte? Zählten zehntausend tote Kelten für ihn gar nicht? Konnte er wirklich so egozentrisch sein? Seine Mutter war, wie er erklärt hatte, in ihrem Bett gestorben, inmitten der Bequemlichkeiten ihres Zuhauses; Neeves Mutter hingegen war in eines der Römerlager verschleppt und vermutlich vor ihrem Tod mehrfach vergewaltigt worden. Sein Vater war einsam in seinen letzten Lebensjahren; ihrer hingegen war hingerichtet worden, weil er versucht hatte, das Leben unschuldiger Dorfbewohner zu retten. Und was war mit der kleinen Nes? Sie war so gut wie tot.

Und all dieses Leid entstand nur aus dem unersättlichen Drang der Römer, die ganze Welt zu beherrschen. So sehr sie auch versuchte, an andere Dinge zu denken, kamen ihr doch immer wieder seine Worte in den Kopf. Er vermisse seine Diener, hatte er gesagt. Diener! Sklaven war wohl zutreffender. Wann immer er über Britannien redete, dachte er nur daran, was für das Reich am besten war. Britannien ist ein wunderbares Land, sagte er, aus dem wir Getreide, Felle, Kohle und Eisen herausholen. Die Botschaft der Römer war schlicht: Tritt alles, was wertvoll ist, freiwillig an deine Herren ab, und schon fließt der Frieden wie ein breiter Strom.

Bewegungen in der Ferne rissen Neeve aus ihren Gedanken. Vom anderen Ende der Römerstraße kam ihr ein Reiter entgegen. Instinktiv ergriff sie einen ihrer Bogen und heftete ihren Blick auf den Fleck, der allmählich größer wurde. Einsame Reiter machten ihr Angst. Sie waren unberechenbar. Sie überflog das Hügelland zu beiden Seiten der Straße. Noch etwas anderes bewegte sich am westlichen Horizont entlang, und obwohl sie im Osten nichts entdecken konnte, wusste sie, dass auch dort ein Reiter war. Es waren drei, kein Zweifel. Sie kniff die Augen zusammen, um zu überprüfen, ob ihre Einschätzung richtig war, und das war sie. Sie entspannte sich ein wenig. Das waren sicher römische Kundschafter, denn die waren immer zu dritt unterwegs – einer der neuen Wege der Besatzer, die Verbindungsstraße zwischen den Vorposten besser zu sichern und sämtliche Bewegungen der Kaledonier sofort den Soldaten zu melden, die zwischen den Kastellen auf Streife gingen.

Seit der Ankunft des Präfekten Vectis hatte sich die Rolle der Kundschafter der Auxiliarkastelle grundlegend geändert. Sie waren wie disziplinierte römische Legionäre geworden. Sie durften weder zum Essen noch zum Trinken anhalten, nicht mit Reisenden reden und einander im Fall eines Angriffs nicht zu Hilfe eilen. Sie hatten nur Meldung zu machen. Das nächste Kastell oder den nächsten Wachposten aufzusuchen.

Als er näher kam, erkannte Neeve, dass der Kundschafter ein römischer Hilfssoldat war und keine nichtrömische Arbeitskraft wie sie selbst. Wieder eine dieser Neuerungen. Jedem Kundschaftertrupp gehörte nun mindestens ein Hilfssoldat an, um ein professionelles Vorgehen zu gewährleisten. Da sie ihn nicht kannte, nahm sie an, dass er in Stragenia stationiert war – einem Kastell, das für seine Disziplin bekannt war, auch wenn dieser Stützpunkt, was das anging, Faustina nicht das Wasser reichen konnte. Neeve wusste, dass er sie musterte, um herauszufinden, ob sie für ihn eine Bedrohung darstellte. Offenbar kam er zu den Schluss, dass dies nicht der Fall war, und er ritt die Straße weiter hinunter.

»Ganz schön feucht heute Morgen!«, rief sie, ohne eine Antwort zu erwarten.

Er nickte fast unmerklich und schwieg. Neeve hatte gehört, dass der dunkelhäutige Centurio namens Jupiter Informanten einsetzte, um die Kundschafter auf die Probe zu stellen, und Vergehen jeglicher Art streng bestrafte.

»Heil, Caesar!«, rief sie und hob den Arm.

»Heil, Caesar«, erwiderte er automatisch.

Sie lächelte.

Er runzelte die Stirn.

Auf einer einsamen Straße würde das so ungefähr die einzige Ablenkung bleiben.

Zwanzig Minuten später traf sie auf die von römischen Landvermessern am Straßenrand eingeschlagenen Begrenzungsstangen, dünne Eisenpfosten, an denen rote Leinenstreifen im Wind flatterten. Sie liefen schnurgerade nach Westen durch die Heide, setzten sich fort bis zu einem höher gelegenen weiten Moor, das von grasigen Flächen durchsetzt war, und liefen schließlich zu einem Fluss, der sich bis zum Horizont erstreckte. Sie studierte das Gelände, suchte nach einem Platz, von dem aus sie den besten Blick hatte, um ihre Karten zeichnen zu können. Die Kolonne von Soldaten, die sich auf der Straße näherte, nahm sie kaum wahr.

Durch den Nebel sah sie wie ein Spähtrupp aus, aber als die Formation näher kam, sah sie, dass sie mehr Männer zählte. Weitaus mehr. Eine lange Kolonne von Fußsoldaten mit einem einzigen, breitbrüstigen Offizier auf einem grau gescheckten Hengst. Sein Schild und Helm waren an der Flanke seines Pferdes befestigt, und sein Haar war kurz und dicht wie das Gras auf einer frisch gemähten Wiese. Neeve schob die Kapuze ihres Umhangs zurück, ritt an den Straßenrand und wartete.

»Heil, Caesar«, rief sie dem näher kommenden Offizier zu. Ihre Stimme war ruhig und ernst. Es war immer ratsam, unbekannte Offiziere auf die vorschriftsmäßige Weise zu grüßen.

Als er den Kopf in ihre Richtung drehte, sah sie, dass seine rechte Seite von etwas Schwerem eingedrückt worden war; der Kopf sah aus, als wäre er von einem von einer Wurfmaschine geschleuderten Felsbrocken getroffen worden. Der Mann wirkte insgesamt reichlich verwahrlost, und mit den römischen Offizieren, die sie kannte, hatte er nichts gemein. Sein Gesicht war übersät mit schwarzen Bartstoppeln, die zu seinen haarigen Armen und seiner ungepflegten Erscheinung passten. Was für eine Art Offizier war das denn?

Er musterte sie von Kopf bis Fuß, wie ein Sklavenhändler am Markt seine Ware begutachtet. Sie fühlte sich von seinen Blicken regelrecht ausgezogen. »Heil, Caesar«, sagte er schließlich in einem Ton, der klang, als verachte er die ganze Welt, den Kaiser eingeschlossen.

»Ich komme aus Faustina«, sagte Neeve, »und bin Kartenzeichnerin.«

Er fuhr sich mit der Zunge über die Lippen, spuckte auf den Boden und ritt weiter.

Neeve folgte den Soldaten mit ihren Blicken, als sie an ihr vorbeimarschierten, und ihrem vierschrötigen Offizier, den sie nie wieder zu sehen hoffte.

Der morgendliche Nieselregen hatte aufgehört, als die Druiden beim Dorffest eintrafen. Taranis stand bei den Kochgruben, die um das Dorf herum ausgehoben worden waren, als er ihren Gesang und ihre flötenartige Musik hörte. Wenige Augenblicke später kamen die in dunkle Gewänder gehüllten Priester aus einem hoch gelegenen Wäldchen westlich des Dorfes. Taranis hatte sich mittlerweile an die Art der Druiden gewöhnt, sich mit einer Aura des Geheimnisvollen zu umgeben. Alles an ihnen – ihre dicken Kapuzen und fließenden Bewegungen, ihr gleichmäßiger Gesang und ihre wilden Schreie – trug auf merkwürdige Weise zur Schaffung der Illusion bei, dass sie immer und überall auf heiligem Boden wandelten.

Taranis beobachtete sie, wie sie, einer nach dem anderen, wie durch ein Wunder aus dem Wald kamen. In Wirklichkeit hatten sie ihre Pferdekarren am anderen Ende des Wäldchens stehen, aber den Leuten kam es vor, als ob sich eine Eiche geöffnet und ihnen den Übertritt von einem Wald in einen anderen ermöglicht hätte.

Das Dorf quoll über von Kriegern aus einem Dutzend kaledonischer Stämme, und alle reckten die Hälse, um die Prozession der Druiden über die Felder schweben zu sehen. Wenige Augenblicke vorher hatten sich die Massen noch am köstlich duftenden Fleisch gütlich getan, das in den insgesamt zwanzig Gruben gebraten wurde. Die Wildschweine waren enthäutet und bei Sonnenaufgang in die Gruben gelegt worden, wo sie den ganzen Vormittag über langsam über den Kohlen in der Erde brieten. Selbst wenn dieses der einzige Anreiz gewesen wäre, zum Neumondfest zu kommen, wäre das Dorf schon voller Menschen gewesen. Es ging aber auch das Gerücht, dass die Druiden an diesem Fest teilnehmen würden – und nicht nur, um den Leuten ihren Segen zu erteilen. Divicos höchstpersönlich sollte kommen, um etwas zu verkünden, das das Nordland für immer verändern sollte.

Unmengen von Menschen füllten die engen Straßen und die weiten Marktplätze am Rand des Ortes. Auf den Dächern der Rundhäuser und auf jedem Baum sah man junge Krieger hocken, die versuchten, einen Blick auf die Prozession zu erhaschen. Die erwartungsvolle Haltung der Menge gefiel Taranis. Er wusste, dass die Götter genug hatten von der Frechheit der Römer, und jetzt würden die Druiden das tun, was sie schon vor Jahren hätten tun sollen: Sie würden die dunklen Mächte anrufen, um das Böse aus ihrem Land zu vertreiben.

Die Menge verstummte, als der Gesang der Druiden lauter wurde und näher kam. Der alte Priester, hörte er die Leute flüstern, wo ist der alte Priester? Tausend Augen suchten die Kette von Druiden nach Divicos ab, ohne das charakteristische Hinken des alten Hohepriesters zu entdecken. Plötzlich hörte der Gesang auf, und die Magier schritten durch den andächtig schweigenden Ort und verschwanden dann in einem von jungen Bäumen umgebenen Rundhaus.

Taranis machte sich auf den Weg zu dem Rundhaus in der

Mitte des Ortes, wo Eston und die anderen kaledonischen Heerführer versammelt waren. Er war beunruhigt und verwirrt ob Divicos' Abwesenheit. Auf seinem Weg durch die Menge fragten ihn immer wieder Krieger nach dem Hohepriester und der anstehenden Ankündigung.

Bis dahin war alles glatt gegangen, oder zumindest hatte Taranis das geglaubt. Divicos hatte sich ohne größere Schwierigkeiten überreden lassen, seinen heiligen Hain zu verlassen und auf dem Fest zu erscheinen. Zuerst hatte er zwar nur ein paar Priester entsenden wollen, doch dann schickte Taranis einen Boten zu Cathbad, einem Unterpriester, um ihn zu bitten, den greisen Divicos zu vertreten, von dem es hieß, er sei todkrank. Ein paar gezielt eingestreute Bemerkungen des Boten schürten das Gerücht noch weiter und lösten unter den Priestern allgemeines Getuschel aus. Danach dauerte es nicht mehr lange, bis die Heerführer die Nachricht erreichte, dass Divicos, der Hohepriester der Druiden, höchstpersönlich das Neumondfest segnen werde. Danach war es vergleichsweise einfach, ein weiteres Gerücht zu streuen, von dem die Druiden nichts wussten, dem zufolge Divicos eine Ankündigung von großer Reichweite machen wollte.

»Hast du's schon gehört?«, fragte Eston, kaum dass Taranis den großen Versammlungsraum betreten hatte. »Divicos ist nicht unter ihnen. Er muss in seinem Hain geblieben sein.«

»Die Erde soll sich auftun und den alten Priester verschlingen!«, rief Forgall und bahnte sich seinen Weg durch die Truppenführer. »Ich habe seine Tricks, Täuschungen und Lügen allmählich satt.«

»Was schlägst du vor?«, fragte Taranis. »Sollen wir Divicos durch Cathbad ersetzen?«

»Warum nicht?«, erwiderte Forgall. »Wenn Divicos in seinem Hain ist, können wir doch Cathbad leicht als neuen Hohepriester einsetzen.«

»Der wäre auf jeden Fall leichter zu beherrschen als Divicos«, meinte der junge Heerführer Cronn. Er sah recht verwegen aus, wozu auch ein Wundmal auf seiner rechten Wange beitrug, das noch ganz frisch war.

»Aber wir wissen nicht mit Sicherheit, dass Divicos im Hain geblieben ist«, mahnte Eston.

Taranis fragte: »Ist Cathbad hier?«

»Natürlich«, bestätigte Forgall.

Taranis erhob die Stimme. »Hat jemand Cathbad erkannt?«

»Ich dachte, ich hätte ihn an seinem Gang erkannt«, meinte ein älterer Truppenführer namens Eogan, »aber sicher bin ich mir nicht.«

»Glaubt sonst noch jemand, Cathbad gesehen zu haben?«, fragte Taranis.

»Ganz sicher bin ich mir auch nicht, aber ich glaube, Cathbad ging ungefähr in der Mitte des Zuges.«

Etliche Truppenführer stimmten ihm zu.

»Vielleicht hat Forgall ja Recht«, sagte Taranis, »aber Divicos ist ein Meister der Täuschung. Ich kann mir einfach nicht vorstellen, dass der Hohepriester seinem Rivalen Cathbad erlauben würde, ohne ihn hierher zu kommen, zumal er weiß, wie leicht wir dann einen neuen Hohepriester einsetzen könnten.«

»Was sollen wir also tun?«, fragte Cronn.

»Wir machen weiter wie geplant«, sagte Taranis, »genau so, als wäre Divicos hier. Die Leute erwarten von den Druiden eine wichtige Ankündigung, und die werden sie auch bekommen.«

Eston sagte: »Die Druiden haben noch etwas anderes zu verkünden …«

»Kein Tributum!« Forgalls Stimme zitterte vor Wut. »Die Römer haben uns unser Herbsttributum verweigert!«

»Die ganze Geldzahlung?« Taranis war schockiert.

»Ja«, rief Forgall, »bis auf die letzte Münze.«

»So, wie die Druiden es darstellen, haben die Römer die Herbstzahlungen solange zurückgestellt, bis Kaledonien weniger feindselig ist«, erklärte Eston.

»Weniger feindselig!«, fauchte Forgall. »Wenn sie uns das Geld verweigern, werden wir den Römern zeigen, was das Wörtchen feindselig bedeutet.«

Eogan schaute sich um. »Könnte es vielleicht sein, dass die Druiden uns anlügen?«

»Die nehmen sich doch immer mehr, als ihnen zusteht«, meinte auch Forgall.

»Aber sie würden nie alles für sich behalten«, sagte Eston.

»Das glaube ich auch nicht«, sagte Taranis. »Die Druiden sind nicht scharf auf Krieg, und sie wissen genau, was das Ausbleiben des Tributs für uns bedeutet. Ich schlage deshalb vor, wir gehen jetzt zu den Druiden und ziehen unseren Plan durch, ob nun mit oder ohne Divicos.«

Taranis und fünf andere Truppenführer bahnten sich einen Weg durch die Menge auf dem Hauptplatz in der Ortsmitte und dem Siegesweg, wie die Hauptstraße genannt wurde, bis sie an das große Rundhaus kamen, in dem sich die Druiden aufhielten. Taranis wusste, dass das Ausbleiben des Tributs ein schwerer Schlag war, aber vielleicht war die Lage nicht so ernst, wie viele der Heerführer glaubten. Wenn die Kriegsvorbereitungen im selben Tempo weitergingen, konnten sie leicht den Feldzug in den nächsten paar Monaten beginnen, und dann waren sie auf den Wintertribut nicht mehr angewiesen. Das Getreide und die sonstigen Vorräte eines einzigen Kastells würden für ihre Bedürfnisse mehr als ausreichen. Die Frage war nur, ob die Druiden einen Angriff im Winter absegnen würden.

Die Priester hatten in dem Rundhaus einen ganz gewöhnlichen Versammlungsraum in eine Art Druidentempel verwandelt. Die Fensteröffnungen waren verschlossen worden, und am hinteren Ende des Raums stand ein Altar. Die lehmverputzten Innenwände waren mit gefärbten Tierfellen bespannt, was dem Besucher den Eindruck vermittelte, als sei er im Magen eines wilden Tieres gefangen. Die hier und da dennoch durch schmale Schlitze eindringenden Lichtstrahlen wurden vom ekelhaft süßlich riechenden Rauch brennenden Harzes erstickt, der den ganzen Raum erfüllte. Ein Dutzend Schädel säumte den Altar, und in der Mitte des dunklen Raums flackerte eine einzelne Lampe, die die leeren Augenhöhlen in ihrer Schwärze ausgesprochen bedrohlich wirken ließ. Plötzlich flammte die Lampe blutrot auf und zischte wie eine Schlange.

Die Heerführer zuckten zusammen und starrten auf den spritzenden Flachsdocht auf dem Altar. Nun trat ein einzelner Priester vor, breitete die Arme aus und sang langsam, als wolle er einen rasenden Dämon beschwichtigen. Es war Cathbad; Taranis erkannte ihn an der Stimme. Er hatte nie sein Gesicht gesehen, aber die Stimme kannte er. Nach und nach schienen die beschwichtigenden Worte des Priesters die Gemüter der Götter, die die Lampe heimsuchten, zu beruhigen, und das Licht leuchtete wieder golden.

Taranis fuhr sich mit der Zunge über die trockenen Lippen und fragte sich, ob er und die anderen Truppenführer überhaupt etwas dadurch gewonnen hatten, dass sie die Druiden aus ihrem Machtzentrum im Hain weggelockt hatten. Die Götter schienen ihnen auf dem Fuß zu folgen. Er sah sich in dem dunklen Tempel um. Er spürte rundherum die Gegenwart von Geistern, mächtigen, finsteren Geistern, die nur darauf warteten, jene zu verschlingen, die sich dem Willen der Druiden widersetzten. Er holte tief Luft. Dieselben Götter wollten aber auch, dass die Römer Kaledonien verließen. Jetzt war nicht die Zeit zu zögern. Das Schicksal Kaledoniens hing von ihm ab.

»Das ist Cathbad, nicht wahr?«, flüsterte Eston, und es war mehr eine Feststellung als eine Frage.

Taranis nickte.

»Glaubst du immer noch, dass Divicos hier ist?«

Taranis betrachtete durch das schwache Licht die in Umhänge gehüllten Gestalten, die mit dem Gesicht nach unten auf dem Fußboden aus Birkenholz vor dem Altar lagen, als wären sie von einem Geist niedergestreckt worden. »Vielleicht nicht in diesem Raum«, erwiderte Taranis, »aber ich bin mir sicher, dass er irgendwo hier beim Fest ist.«

Taranis fürchtete sich vor dem Zusammentreffen mit den Druiden. Ihre Rituale verblüfften ihn jedes Mal aufs Neue, und er konnte nie mit Sicherheit sagen, ob es sich um eine echte Erscheinung einer Gottheit handelte oder schlicht und einfach nur um einen Winkelzug der Druiden. Heute hatten die Heerführer ihre eigene Überraschung geplant, die, wie er hoffte, die Druiden dazu zwingen würde, einen sofortigen Krieg gegen die Römer abzusegnen.

Im Tempel herrschte Totenstille. Die Truppenführer standen verlegen am unteren Ende des Raums und warteten auf ein Zeichen, mit dem der kniende Cathbad zu verstehen gab, dass die Zeremonie vorüber war. Minuten vergingen, in denen der Priester wortlos kommunizierte. Dann begann das Atmen – schweres, raues Atmen, das überall im Raum zu sein schien. Die Truppenführer tauschten Blicke aus, behielten ihre Gedanken aber für sich.

Cathbad stand auf und wandte sich an die Heerführer. Auch die anderen Priester erwachten aus ihrer Versenkung und stellten sich im Halbkreis um den Altar auf. Sie zollten den Geistern ein letztes Mal Tribut mit ihrem Gesang, der eher ein leises Stöhnen war und an die Laute erinnerte, die ein verendendes Tier von sich gibt.

»Ihr habt uns zu eurem Fest eingeladen«, ließ sich Cathbad vernehmen, als befände er sich noch immer im Reich der Geister. »Was habt ihr euren Mittlern zu sagen?«

Seine Stimme klang für Taranis ausgesprochen künstlich, als wollte er schwache Männer in Angst versetzen. Das ärgerte ihn fast so sehr wie die Tatsache, dass er gezwungen war, ihre Auseinandersetzung in einem fast nachtdunklen Raum zu führen. Aber es verlieh ihm auch Kraft. »Wir haben Divicos eingeladen, den Hohepriester der Druiden«, sagte Taranis schroff. »Wir sind nicht daran interessiert, mit einem seiner Unterpriester zu reden.«

»Es gibt nur einen Unterpriester der Druiden«, entgegnete Cathbad in einem normaleren Ton, »und der bin ich.«

Taranis musste innerlich lächeln. Er hatte Cathbads Stolz verletzt, indem er ihn mit ganz normalen Druiden auf eine Stufe gestellt hatte. »Erklär uns doch mal die Sache mit dem Tribut. Es gibt da Gerüchte –«

»Gerüchte!«, schnaubte Cathbad verächtlich. »Ja, seit unserer Ankunft haben wir nichts als Gerüchte gehört … Gerüchte, die Druiden hätten eine wichtige Ankündigung zu machen, Gerüchte, wir würden einem Krieg gegen die Gottlosen unseren Segen geben.«

»Das werdet ihr auch«, sagte Taranis. Er hielt es für das Beste, mit Cathbad gleich deutlich zu sprechen. »Und jetzt erklär uns, was mit dem Tribut ist.«

Cathbad schien sich nicht ganz sicher, wie er reagieren sollte. Obwohl von Kopf bis Fuß in seinen Umhang gehüllt, konnte er sein Unbehagen nicht verbergen. Er verlagerte das Gewicht in einer ständigen Schaukelbewegung von den Fersen auf die Zehen und wieder zurück, rieb sich die Hände, als wollte er sie auswringen, und hüstelte nervös, als würde ihm seine Verzögerungstaktik irgendwann zur richtigen Reaktion verhelfen. »Darf ich fragen«, sagte er schließlich, »was genau ihr über den Tribut gehört habt?«

Forgall mischte sich empört ein: »Es soll keinen Herbsttribut geben! Das haben wir gehört.« Er fuhr sich mit den Fingern durch sein rotes Haar und schaute die anderen Heerführer an, die mit zustimmendem Gemurmel antworteten.

Cathbad hob die Arme zum Zeichen, dass er verstanden hatte. »Ihr habt richtig gehört. Diesen Herbst gibt es keinen Tribut. Die Gottlosen haben sich für einen närrischen Weg entschieden.«

»Sie haben sich für Krieg entschieden«, sagte Taranis emotionslos. Er wollte den Druiden klar machen, dass ein Krieg unvermeidlich war. »Die Vorbereitungen für einen Feldzug im Winter sind mit den Briganten und den Selgovern bereits getroffen. Alle kaledonischen Stämme stehen hinter uns.«

Erneut zögerte Cathbad, als suche er nach der richtigen Antwort. »Die Gottlosen haben in diesem Herbst die Geldzahlung verweigert«, wiederholte er, »aber die Druiden werden einen Teil des Tempelschatzes aufwenden, um dem Volk zu geben, was es benötigt.«

»Was soll das heißen?«, fragte Forgall.

Cathbad ignorierte den schroffen Ton von Forgalls Frage und antwortete sanft. »Das heißt, dass wir für ein Viertel des gesamten Herbsttributs aufkommen werden. Im Frühjahr bekommen wir dann vielleicht das Geld zurück.«

»Es ist völlig unerheblich, ob die Römer die Zahlung wieder aufnehmen«, sagte Taranis. »Der Krieg beginnt in diesem Winter. Alle Truppenführer sind dafür.« Er starrte in der Dunkelheit auf die gesichtslose Kapuze von Cathbad. »Die Druiden müssen die Götter anrufen, damit sie unsere Hände führen.«

»Die Druiden sind dazu bereit«, sagte Cathbad zur Überraschung von Taranis und den anderen Heerführen im Tempel. »Die Zeichen stehen günstig. Wir werden den Göttern das Blut der Gottlosen nicht länger vorenthalten.«

Einen Augenblick lang waren die Truppenführer sprachlos. Sie hatten erwartet, dass die Druiden sich jeder Kriegshandlung widersetzen würden. Eston brach schließlich das Schweigen. »Meint der Hohepriester auch, dass die Zeichen günstig stehen?«

Cathbad erwiderte: »Der Hohepriester und der Unterpriester sind sich darin einig.«

Taranis fiel auf, wie seltsam diese Antwort war. Cathbad teilte den Heerführern damit praktisch mit, dass er den Krieg absegnen werde, selbst wenn Divicos das nicht tat. Er musste davon überzeugt sein, dachte Taranis, dass er im Kreis der Druiden über einen ausreichenden Rückhalt verfügte, um den Hohepriester abzulösen. Er brauchte nur eine passende Ausrede – und die Unterstützung durch die militärischen Führer.

»Wir wollen den Segen des Hohepriesters jetzt«, sagte Taranis, »hier auf dem Fest. Die Krieger müssen wissen, dass die Geister auf ihrer Seite sind.«

»Du brauchst keine Angst zu haben. Der Segen wird erteilt.«

»Von dir oder von Divicos?« Die Frage war reichlich barsch, aber in der augenblicklichen Stimmung schien sie Taranis durchaus angemessen.

Cathbad erwiderte: »Natürlich wird der Hohepriester den Segen geben. Das war schon immer so.«

Taranis beschloss, nicht weiter zu drängen. Es genügte, dass Cathbad bereit war, das Amt des Hohepriesters zu übernehmen, falls Divicos zögerte, den Krieg abzusegnen. Dann aber stellte Eston offen die Frage, die sich jeder stellte – wo war eigentlich Divicos?

Mit einem Schlag änderte sich die Stimmung, als hätten die Druiden die Frage erwartet. Sie begannen, Gebete zu murmeln, und hoben die Hände. Cathbad verfiel in seine künstliche Stimme und rief Divicos beim Namen, während im Hintergrund die Priester wiederholt sangen: »Wo die Winde wehen und die Bäume schwanken.«

Als der Gesang leiser wurde, wiederholte Taranis Estons Frage nach Divicos. Cathbad hielt den Kopf schräg und lauschte. Plötzlich war hinter dem Altar ein Schlagen von Flügeln zu hören, und ein Rabe flatterte über die Köpfe der Heerführer und dann zurück zum Altar, wo er sich auf der Schulter eines Priesters niederließ.

»Stellt eure Fragen«, sagte Cathbad und verwies sie an den Raben.

Forgall trat ein paar Schritte vor, um mit Divicos in Gestalt eines Raben zu sprechen.

»Aber seid gewarnt«, sagte Cathbad streng, »denn die Geister, die den Hohepriester verwandeln, werden nicht lange eure gewöhnlichen Blicke ertragen.«

Forgall trat zurück. Wenn es um die Welt der ewigen Schatten ging, konnte seine Neugier warten.

Taranis starrte den Raben an, dessen glattes Gefieder im Licht der Lampe glänzte. Konnte das wirklich Divicos sein? Er bezweifelte nicht, dass die Götter Divicos verwandeln konnten, wann immer sie das wollten – die Götter konnten schließlich alles –, aber hatten sie es hier und jetzt getan? Er konnte sich das nicht vorstellen. Es war nicht so, dass er sich bewusst für den Zweifel entschieden hätte; er konnte sich einfach nicht dazu überwinden, es zu glauben. So sehr er es auch versuchte – er konnte den Raben, der auf der Schulter des Priesters ruckartig den Kopf drehte, nicht als Divicos akzeptieren. Außerdem, dachte er, hätte Cathbad in Divicos' Anwesenheit nie so offen und direkt geredet. Divicos musste irgendwo anders sein.

»Sprich!«, schrie Cathbad. »Die Götter verlieren allmählich die Geduld.«

Eston beugte sich zu Taranis hinüber und flüsterte: »Wir können so nicht reden. Wir brauchen das Volk, und wir müssen uns an unseren Plan halten.«

Eston hatte Recht. Er musste die Druiden überreden, ihre vorübergehende Tempelstatt zu verlassen.

»Großer Hohepriester«, sagte Taranis zum Raben, »wir haben diese Großtat gesehen und sind erstaunt. Die Götter sind tatsächlich mit Euch.« Er legte eine kurze Pause ein. »Aber wir sind einfache Krieger und verstehen wenig von der Welt der Geister. Wie sollen wir anderen Truppenführern erklären, wir hätten Euch in Gestalt eines Raben gesehen? Und was ist mit dem Volk? Wie sollen die Leute uns das glauben?«

Plötzlich, wie als Antwort auf seine Frage, erhob sich der Rabe in die Luft und drehte kreischend und flügelschlagend eine Runde im Tempel. Auf dem Altar erzitterte der Kerzenständer und fiel im nächsten Augenblick in sich zusammen; er war geschmolzen wie durch große Hitze. Die Druiden stießen fürchterliche Schreie aus, und ihre Stimmen schienen aus allen Ecken des Raumes zu kommen.

Blinzelnd versuchte Taranis, sich in der Dunkelheit zu orientieren, als auf dem Altar ein grelles Licht aufblitzte. Die Heerführer sprangen auf, und jemand schrie etwas.

Dann Stille.

Dunkelheit.

Nacheinander fielen die Fensterverkleidungen ab, und Licht durchströmte den Tempel. Nur sah dieser nicht mehr wie ein Tempel aus. Keine Totenschädel. Keine Lampe. Nicht einmal ein Altar. Nur ein großer Versammlungsraum in einem Rundhaus mit gefärbten Tierfellen an den Wänden.

Die Druiden waren verschwunden. Taranis hörte noch ihre Schreie in der Ferne, wahrscheinlich auf dem Marktplatz. Er schaute zur Tür des Rundhauses hinüber. Sie war geschlossen. Wie sie den Raum verlassen hatten, war ihm ein Rätsel. Er hob einige der Felle hoch, um nachzusehen, ob sie vielleicht eine Öffnung in die Wand gesägt hatten.

»Ist doch egal, wie sie rausgekommen sind«, meinte Eston. »Entscheidend ist, was sie dem Volk erzählen.«

»Mir ist das aber *nicht* egal«, sagte Taranis. Er war ungehalten. »Weil sie sich mit diesen Spielchen ihre Macht über das Volk sichern. Ich möchte wetten, dass nicht einmal die Hälfte von dem, was sie tun, mit den Göttern zu tun hat.«

»Das glaube ich auch, aber –«

Taranis legte seinem Bruder die Hand auf die Schulter. »Keine Sorge. Wir halten uns an den Plan.« Er sah sich um. »Unsere Überraschung, ist sie hier?«

Eston zeigte auf eine Ledertasche an der Wand. »Sicher und wohlbehalten«, erwiderte er. »Also auf zum Hauptplatz, bevor die Druiden alles in die Hand nehmen.«

Die Nachmittagsluft war vom leichten Nebel geschwängert, aber das fiel niemandem auf; alle lauschten wie gebannt den wilden Schreien der Druiden. Die Menschen standen so dicht gedrängt auf dem Platz, dass selbst die Heerführer Schwierigkeiten hatten, zu dem Steinkreis in seiner Mitte, der mit einem Seil umgeben war, vorzudringen. Hin und wieder mussten sie ihre Ellbogen einsetzen.

Mittlerweile schienen die Druiden außer Rand und Band zu geraten; sie sprangen wie verrückt innerhalb der Absperrung herum und auf die grauen Steine zu. Ihr Gekreische durchdrang die Luft wie die Todesschreie sterbender Götter, und ihre Wildheit ließ Taranis sogar lächeln. Die Leute waren in Ehrfurcht erstarrt und wagten kaum, den Blick zu heben, um nicht womöglich einen hässlichen Dämon unter der Kapuze eines Druiden hervorlugen zu sehen. Als der Wahnsinn allmählich aus den Priestern wich, ihre Körper sich wieder fließend bewegten, verfiel die Menge in ehrfürchtiges Schweigen.

Rauch kräuselte sich um die Druiden, als sie ununterbrochen murmelten: »Wo die Winde wehen und die Bäume schwanken.« Bald waren nur noch die Kapuzen der Druiden zu sehen – so, als schwebten sie auf dem Rauch. Cathbad trat aus dem Kreis und rief Divicos' Namen. Es kam keine Antwort. Er versuchte es noch einmal. Nichts.

Er begann, Gebete zu murmeln, die durchsetzt waren von wilden Schmähreden gegen die Götter. Ein kalter Wind strich über ihre Köpfe, verwirbelte den Rauch zu Spiralen. Die Menge verharrte in andächtigem Schweigen. Cathbad schrie unter Schmerzen auf, als würde er von zornigen Geistern geschlagen; sein Körper wurde mal hierhin, mal dorthin geworfen, und er wand sich wie ein hilfloser Besessener. Hochtöniges Gelächter brach aus ihm heraus, und er deutete auf eine riesige Ulme am Rand des Platzes. Köpfe schnellten herum, um zu sehen, was die jähe Veränderung in seinem Verhalten ausgelöst hatte. Sein Gelächter verklang, und er sang: »Vom Land der endlosen Bäume, von den Winden hinter den Bergen, ist Divicos gekommen.« Plötzlich wurde seine Stimme lauter: »Und nun atmet in der Höhe sein mit dem ewigen Geist vereinter Geist über euch.« Die Menschen schauten nach oben, suchten in der kahlen Ulme den Geist des Divicos.

Und dann sahen sie ihn.

Einen Raben. Glänzend schwarz hob er sich gegen den Himmel ab, er klammerte sich an einen dünnen Ast ganz oben auf dem Baum und verfolgte mit seinen scharfen Augen und seinem ruckartig hin und her zuckenden Kopf jede Bewegung unter ihm. Plötzlich hob der Rabe ab und segelte zu den Druiden hinab, die begonnen hatten zu singen: »Wo die Winde wehen und die Bäume schwanken.«

»Divicos«, rief Cathbad, die Arme zu dem herabsinkenden Raben erhoben. Der Vogel tauchte in den dunklen Rauch und war nicht mehr zu sehen.

Taranis wusste, was als Nächstes geschehen würde, aber er hatte keine Ahnung, wie. Er hatte von der Absperrung aus jede Bewegung der Druiden genau beobachtet. Sie konnten unmöglich Divicos in ihren Kreis geschmuggelt haben – oder vielleicht doch? Der Rauch verzog sich allmählich, und durch seinen Schleier hindurch erblickte Taranis in der Mitte des Kreises die gebeugte Gestalt des Obermagiers Divicos. Taranis schaute seinen Bruder an, der nur ein verwirrtes Lächeln zustande brachte. Keiner der Truppenführer glaubte daran, dass Divicos wirklich die Gestalt eines Vogels annehmen konnte, aber andererseits hatten die Götter schon merkwürdigere Dinge getan. Somit war es vielleicht besser, die eigenen Zweifel im Zaum zu halten, um die Geister nicht zu sehr zu reizen.

Als sich der Kreis öffnete und Divicos vortrat, schrie die Menge auf. »Ich bin Divicos, der Druide«, sagte er in seiner kratzigen Stimme, »Spender des Lebens und des Todes, des Friedens und der Zerstörung.« Er schob seine Kapuze zurück, und zum Vorschein kamen sein eingefallenes Gesicht, das dem eines Toten glich, und sein strähniges graues Haar. »Auf dem Wind eines Traums, aus dem Land tiefer Schichten kalten Feuers …«

Die Menschen lauschten gebannt seinem Vortrag über ein Leben jenseits der sichtbaren Welt. Dreimal verdammte er die Gottlosen, ohne aber den Krieg gegen sie auszurufen. Taranis wurde ungeduldig.

Divicos' Stimme wurde lauter und kräftiger, als steuerte er auf den Höhepunkt seiner Rede zu. »Die Gottlosen vertrauen auf Schwerter und Schilde«, schrie er, »die Söhne des Landes aber auf die heiligen Haine. Die Gottlosen lästern über die heiligen Tempel und verspotten die alten Götter.« Er lachte meckernd. »Aber so sicher, wie der Regen auf die Erde fällt und die Bäche in Flüsse münden, so wird auch das Böse aus unserem Land gespült.« Ein leichter Regen setzte ein, als wollten die Götter ein Zeichen schicken. Divicos trat einen Schritt zurück und hielt sein Gesicht in den heiligen Schauer. Es war ein Akt des Triumphes.

Eine Zeit lang starrte Divicos gen Himmel und genoss den Augenblick. Kalte Tropfen benetzten sein Gesicht und sein Haar, und noch immer bot er sich dem Regen dar wie ein heiliger Schrein.

Taranis dachte fieberhaft nach. Divicos konnte sich womöglich nie überwinden, den Krieg zu verkünden. Er hatte das alles schon einmal erlebt. Der alte Priester hatte das Talent, unangenehme Themen zu umgehen und zugleich den Eindruck zu erwecken, als hätte er sich ausführlich mit ihnen auseinander gesetzt. Das Schicksal Kaledoniens stand auf dem Spiel, und Taranis wusste, dass er den Druiden gegenübertreten musste. Die

Götter wollten ein freies Land, ein unbeflecktes Land – Divicos hatte es ja selbst gesagt. Es ging jetzt nur noch um den richtigen Zeitpunkt, und eine Verzögerung konnte nur Nachteile bringen.

Taranis schluckte schwer, trat in den Kreis und rief laut: »Lasst uns alle das Gesicht zu den Göttern wenden und ihnen danken für Divicos und die Macht der Druiden.« Eine wahre Explosion von Lobpreisungen erfüllte den Himmel. Als die Gebete verstummten, hielt Taranis den Blick auf die Menschen gerichtet, ohne den Hohepriester auch nur einmal anzusehen. Mit Cathbad wurde er fertig, aber der alte Priester war etwas anderes. Er zählte darauf, dass die Kluft zwischen Divicos und Cathbad ihn bei seinem nächsten Schritt schützen würde – und natürlich auf die Überraschung, die die Heerführer eingeplant hatten. »Die Druiden haben die Zeichen der Zeit erkannt«, rief Taranis, bevor Divicos sich einmischen konnte, »und die Zeit für den Feldzug ist gekommen!«

Als Eston ihm die lederne Tasche reichte, brüllte die Menge vor Begeisterung. Behutsam holte Taranis den wertvollen Inhalt heraus und legte ihn wie ein Heiligtum in seine offene Hand, denn um genau das handelte es sich: fünf Eicheln und drei schlanke Zapfen. »Diese heiligen Quellen des Lebens – Eicheln und Eibenzapfen – stammen aus den dunklen Wäldern Galliens, aus dem Heiligtum, in dem die Götter vor Tausenden von Jahren erstmals den Druiden erschienen. Die Gottlosen aus Rom haben versucht, die Macht der Druiden in Gallien auszulöschen, doch noch immer flackert im Wald in ihrem ersten Heiligtum eine Flamme. Dimonus, der Hohepriester von Gallien, hat uns dieses Geschenk gesandt und bittet unseren Hohepriester, die Eicheln und die Zapfen in die Felder zwischen den Wällen zu pflanzen. Der Glaube, sagt er, lässt die Gottlosen verwelken wie die Blätter an einem herbstlichen Baum.« Er hielt einen Augenblick inne, bevor er triumphierend die Stimme erhob: »Die Druiden haben die Zeichen der Zeit erkannt, und die Zeichen stehen auf Krieg!«

Aus der Menge erhob sich ein unbeschreibliches Gebrüll.

Seine Mundwinkel zitterten, als der alte Hohepriester sagte:

»Wenn Dimonus sich der Macht dieser Samen so sicher ist, dann sollte er sie in ganz Gallien säen.« Mit einem Lachen, das wie das Meckern eines Schafbocks klang, nahm er den Beutel entgegen.

Taranis schaute ihm in die Augen. »Entweder Ihr oder Cathbad werdet die Götter anrufen.«

»Ich bin hier der Hohepriester«, zischte Divicos, »und ich allein entscheide darüber, wann ich die Götter anrufe.«

»Dann entscheidet endlich«, zischte Taranis, um in sanfterem Ton hinzuzufügen: »Wir sind stark genug, um die Römer zu vernichten, Hohepriester. Wir werden Euch nicht enttäuschen.«

Divicos wartete, bis die Gemüter sich beruhigt hatten, und sprach dann ausführlich über den Winter und den Übergang zum Leben spendenden Frühling. Er redete von Bäumen, aus denen neues Leben bricht, und verglich die Erde mit einem fruchtbaren jungen Mädchen, das darauf wartete, geschwängert zu werden – aber nicht über den Krieg. Nach und nach begriff Taranis, worauf Divicos hinauswollte – er wollte zum Krieg im Frühjahr aufrufen, was zwar ein beträchtliches Zugeständnis war, aber ganz und gar nicht das, was Taranis wollte. Der alte Magier wusste, dass er in der Falle saß, und machte daraus das Beste, indem er das Unvermeidliche bis zum Frühling hinauszögerte. Auf diese Weise verschaffte er sich vier oder fünf Monate Luft, um die Ereignisse zu beeinflussen und womöglich sogar eine Verschiebung über den Sommer hinaus zu erreichen.

Mit dem Angriff bis zum Frühjahr warten zu müssen war ein schwerer Schlag. Die Heerführer waren zu dem Ergebnis gelangt, dass die Römer einen Vorstoß in den kalten Wintermonaten am wenigsten erwarteten. Sie würden naturgemäß davon ausgehen, dass die Belagerungsmaschinen nur auf Flüssen herangeschafft werden konnten, und nicht auf die Idee kommen, dass die Kaledonier sie mit Schlitten über den Neuschnee ziehen wollten. Jetzt mussten sie bis zum Frühjahr warten. Divicos hatte in kluger Weise das Drängen der Truppenführer auf Krieg unterstützt und die Bedrohung durch Cathbad abgewendet. Wer wollte sich schon wegen ein paar Monaten gegen den greisen Priester stellen?

Senator Atilius Titianus ließ sich am flachen Rand seines Schwimmbeckens treiben. Eine sanfte Brise blies über das Wasser und brachte den Geruch nach Wacholder und Lorbeer mit, die die Wege säumten. Zwei Diener kneteten seine Arme und Beine durch, um die Müdigkeit des Tages aus seinen alternden Muskeln zu vertreiben. Sie verfügten über erstaunliche Hände, die fest und sanft zugleich zupackten. Die Tatsache, dass Atilius am Vortag einen Diener hatte auspeitschen lassen, vergrößerte die Leistungsbereitschaft der anderen ganz beträchtlich. Er wollte sich das merken. Er war in letzter Zeit zu nachsichtig gewesen, viel zu nachsichtig. Sie brauchten ganz offensichtlich öfter mal die Peitsche.

Er stöhnte. Sie hatten begonnen, seinen Hals und seinen Rücken zu bearbeiten. Geschickte Finger suchten jeden einzelnen Muskel nach Verspannungen ab. Er schloss die Augen und ließ die Ruhe auf sich wirken. Es war ein schweres Jahr gewesen. Nach dem Erfolg, den er mit seinen Spielen gehabt hatte, hatte er eindrücklich um die einflussreichen Persönlichkeiten Roms geworben, sich an ihren Lieblingsvorhaben beteiligt, ihre Politik im Senat unterstützt und ihnen vor allem – selbstverständlich ohne es auszusprechen – versichert, dass er seine Freunde immer bedenken würde, falls das Schicksal ihn auf den Kaiserthron spülen sollte. Ihre Unterstützung für ihn sollte ihr Schaden nicht sein, deutete er an.

Dies war der Schlüssel zu allem: Er musste die Mächtigen davon überzeugen, dass sie mit einem Minimum an Risiko ein Maximum an Gewinn erzielen konnten. Er musste sie davon überzeugen, dass Kaiser kommen und gehen, dass die Geschichte fließt wie ein breiter Strom und nur diejenigen, die die Strömungen ihres jeweiligen Zeitalters richtig einzuschätzen wissen, der Nachwelt in guter Erinnerung bleiben. Ein kluger Mann kettet sich nie an das Schicksal eines anderen, denn sonst kann es geschehen, dass die Strömungsverhältnisse sich plötzlich ändern und das Wasser ihn mit sich reißt.

Atilius wusste, dass ein paar Senatoren unter Führung von Titus Severus voller Missgunst auf seine wachsende Macht schauten und sich über jeden noch so kleinen Fehlschlag von ihm diebisch freuten. Sie wollten einfach nicht einsehen, in wie vieler Hinsicht Rom von seiner Herrschaft profitieren würde. Ihnen gegenüber legte Atilius äußerste Vorsicht an den Tag. Da er wusste, dass sie sein Streben nach dem Gipfel der Macht niemals unterstützen und mit jedem bisschen Klatsch, das sie irgendwo aufgeschnappt hatten, sofort zum Kaiser rennen würden, achtete er sorgsam darauf, in ihrer Gegenwart keinerlei Ehrgeiz erkennen zu lassen. Er hoffte, sie damit einlullen und davon abhalten zu können, sich aktiv gegen ihn zu stellen. War dann die Zeit reif, sollten sie zunächst einmal zögern und ihm damit den zeitlichen Spielraum geben, den er für die Machtergreifung brauchte. Dann würden sie die Früchte ihres kurzsichtigen Verhaltens ernten.

»Senator?« Es war Balbinus, der am Rand des Beckens stand. »Ich habe gute Neuigkeiten aus Britannia«, sagte er und tätschelte eine lederne Aktenmappe.

Atilius fiel es schwer, aus seinen Träumen zu erwachen. Er ließ sich von seinen Dienern aus dem Wasser helfen und in warme Tücher wickeln. Andere Haussklaven brachten Liegen und einen niedrigen Tisch, der gedeckt war mit verschiedenen Sorten von Käse, Brot, Fleisch und Wein. Die Diener wussten sehr wohl, was der Gast des Senators schätzte.

Balbinus ließ seinen schweren Körper auf eine Liege sinken und wartete darauf, dass die Diener ihm die müden Füße wuschen und salbten. Dann schickte er sie mit einer Handbewegung weg und griff nach einem Stückchen Fladenbrot. »Ein neuer Bericht von Kallias«, sagte er zwischen zwei Bissen, »den Ihr zweifellos recht interessant finden werdet. Er hat mit einem gewissen Gaius Commodus in Colania gesprochen, Präfekt des ersten Kastells an der Straße nördlich des Walls. Präfekt Commodus ist dort äußerst unglücklich und würde alles dafür tun, um versetzt zu werden.«

»Ich frage mich«, sinnierte Atilius, »was er wohl tun würde, um hier in Rom in den Ritterstand erhoben zu werden. Tritt mit ihm in Verbindung – selbstverständlich unter Verwendung von

Alfenus Crescens' Senatssiegel.« Er schaute seinen Sekretär an. »Was hat Kallias sonst noch zu berichten?«

»Er berichtet von den Druiden.«

Atilius beugte sich vor. »Ist er mit ihnen zusammengetroffen?«

»Ja. Er hat ein Viertel des Tributums übergeben und ist gar nicht freundlich empfangen worden.«

»Erzähl weiter.«

»Die Druiden haben Kallias erklärt, dass selbst der volle Geldbetrag nicht mehr ausreichen würde, um die kaledonischen Heerführer im Zaum zu halten. Sie bräuchten dazu mehr, viel mehr sogar.«

»Und wie ist das Treffen ausgegangen?«

»Sie haben das Viertel genommen und wiederholt die Worte geschrien ...«, er schaute auf seine Notizen. »Mögen unsere Feinde in Schmerzen verbrennen.«

»Ein viel versprechender Satz. Was hat er zu bedeuten?«

»Wie man mir erklärt hat, ist das ein ritueller Fluch der Kelten. Die Kaledonier verwenden ihn oft, ohne groß darüber nachzudenken, aber wird er von einem Druiden ausgesprochen, hat er schwer wiegende Folgen. In diesem Zusammenhang könnte man ihn grob übersetzen als Versprechen, dass Rom mit Blut bezahlen wird.«

»Hervorragend!«, erklärte Atilius. »Hervorragend.«

Vectis und Julian starrten auf eine Reihe von Pergamentlandkarten, die die Gegend nördlich von Faustina wiedergaben. Sie waren schon über fünfzehn Jahre alt, ihre Ränder waren umgeknickt, braun, und auf Grund zahlreicher Wasserflecken waren sie an vielen Stellen nicht mehr lesbar.

»Die Karten sind völlig unbrauchbar«, meinte Julian. »Unsere Streifen sagen das auch; die Meilenangaben stimmen oft nicht mit den Meilensteinen an den alten Straßen überein, und die Entfernungen zu den Flüssen oder Bergen sind nicht mehr lesbar oder gar nicht erst eingetragen.«

»Willst du damit sagen, dass wir die Vermesser nach Norden schicken sollten?«

»Ja. Es gibt zwar auch noch dutzende von Abschnitten östlich und westlich der Straße, die vermessen werden müssen, aber ich glaube, die nördlichen Sektoren sind vorerst wichtiger.« Er nahm eine der bröckeligen Landkarten in die Hand. »Falls wir jemals nördlich von Faustina Probleme haben –«

»Was wahrscheinlich der Fall sein wird«, warf Vectis ein.

Julian nickte. »Dann brauchen wir mehr als das hier, um uns zurechtzufinden.«

»Hast du schon Kartenzeichner gefunden?«

»Es wird immer schwerer, Nichtrömer zu finden, die bereit sind, nördlich des Walls zu arbeiten. Das ist den meisten einfach zu riskant. Aber ich habe vier Hilfssoldaten ausfindig gemacht, die Karten zeichnen können; der Präfekt von Velunia schickt uns zwei und Commodus aus Colania ebenfalls. Sie müssten eigentlich jeden Tag eintreffen. In der Zwischenzeit, meine ich, sollten wir die Vermesser nach Norden schicken, damit sie schon mal mit dem Vermessen und Abstecken beginnen, und Neeve kann sie begleiten und ihre Karten zeichnen.«

Einen Kartenzeichner zusammen mit Vermessern auszuschicken entsprach nicht dem üblichen Vorgehen. Landvermesser brauchten Tage, um ein Gebiet zu vermessen, ein Kartenzeichner für dasselbe Gebiet nur wenige Stunden. Es war klar, was Julian damit bezweckte: Er wollte Neeve schützen. Wenn sie mit den Landvermessern unterwegs war, profitierte sie von deren großem Begleitschutz. Als Vectis angekommen war, hatte er sofort jedem Landvermessertrupp eine Begleitmannschaft zur Seite gestellt, um den andauernden Verlusten dieser so wichtigen Soldaten ein Ende zu setzen. Er wusste, dass die Kastelle in Kriegszeiten auf ihre Techniker angewiesen waren.

Auch Kartenzeichner waren wichtig, aber er konnte es sich nicht leisten, zu ihrem Schutz ebenfalls Begleitzüge abzustellen. Faustinas Soldaten waren bereits überall, nur nicht im Lager selbst – an der Straße, als Streifen in den Bergen oder zum Schutz der Vermesser unterwegs –, und so bestand die Gefahr, dass Faustina zu einer leeren Befestigung wurde, die einem kaledonischen Überraschungsangriff schutzlos ausgeliefert war.

»Wir können Kartenzeichner nicht zusammen mit Vermessern aussenden«, sagte Vectis. »Das weißt du ganz genau.«

»Ich weiß vor allem, dass Kartenmacher für uns im Augenblick sehr wichtig sind«, konterte Julian, »und deshalb sollten sie begleitet werden.«

»Und an wie viele Soldaten hast du gedacht? Zwanzig? Dreißig? Fünf oder zehn wären ja wohl sinnlos. Fußsoldaten kommen nicht so schnell voran wie ein Kartenzeichner zu Pferde und ziehen lediglich die Aufmerksamkeit des Feindes auf sich. Ein Kartenzeichner ist allein sicherer.« Obwohl Vectis selbst nach einer Möglichkeit suchte, Neeve zu schützen, konnte er für eine einzelne Person nicht einfach alle Pläne im Standort auf den Kopf stellen. Die einzig logische Maßnahme war deshalb, ihr weniger Arbeit zu geben, und das war durchaus möglich, wenn erst einmal die anderen Kartenzeichner eingetroffen waren. Sie hatten das Thema so gut wie abgeschlossen, als ein Offizier die Nachricht überbrachte, dass sich eine Kolonne von Soldaten dem Kastell nähere.

Zwanzig Minuten später kamen die Soldaten durch das Haupttor, angeführt von einem kräftigen Mann mit einem Brustkorb wie ein Fass. Vectis blieb in seinen Amtsräumen. Die Form verlangte es, dass ein Lagerpräfekt in seinen Räumen wartete, bis anreisende Offiziere um einen Empfang bei ihm nachsuchten. Auch Vectis hatte bei seiner Ankunft um einen Empfang beim Präfekten Rufinus gebeten und hatte, nachdem Rufinus bereits abgereist war, mit dem schlafenden Nepos vorlieb nehmen müssen. Während Vectis sich von seinem Beigegebenen Offizier die Ankömmlinge beschreiben ließ, rätselte er, warum Rom zu einem so abgelegenen Ort wie Faustina einen Abgesandten schickte.

Vectis fragte: »Hat der Abgesandte gesagt, aus welchem Grund er hier ist?«

Der Offizier antwortete: »Um die Steuerunterlagen der Kastelle am Wall und der fünf Vorposten zu überprüfen.«

»Steuerunterlagen!« Vectis wusste nicht, was er davon halten sollte. »Die Vorposten treiben doch keine Steuern ein!« Er wandte sich wieder Julian zu. »Haben wir hier irgendwelche Steuerverzeichnisse?«

»Sämtliche Unterlagen der fünf Vorposten werden hier aufbewahrt, aber über Steuern haben wir nichts, weil wir, wie du schon gesagt hast, gar keine Steuern eintreiben.«

»Und was ist mit Steuern für die Benutzung unserer Straßen?«

Julian runzelte die Stirn. »Ein paar Grundbesitzer an der Straße wurden aufgefordert, ihren Beitrag zur Erhaltung der Straße zu leisten, aber das sind lächerliche Beträge. Falls ihn das interessiert, kann ich das betreffende Verzeichnis heraussuchen.«

Vectis bedeutete Julian erst mit einer Geste, die Liste zu holen, entschied sich dann aber dagegen. Er hatte das unbestimmte Gefühl, dass der Besuch des Abgesandten gar nichts mit Steuern zu tun hatte; wahrscheinlich hatte ihn ein Senator geschickt, um Informationen aus erster Hand zu sammeln. Manche Senatoren legten großen Wert darauf, immer auf dem neuesten Stand zu sein. Vectis ging zur Tür und rief über die Schulter Julian zu: »Wollen wir doch erst mal sehen, was unser römischer Abgesandter eigentlich will.«

Sie begaben sich zu den Stallungen, wo der Abgesandte gerade an einer Satteltasche hantierte und den Stallburschen genaue Anweisungen gab, wie sie mit seinem Hengst umzugehen hatten. Den Soldaten hatte man bereits ihre Schlafquartiere zugewiesen.

Vectis blieb stehen. Der Abgesandte! Irgendetwas an seinem Körperbau … der Stiernacken. Er hatte plötzlich das Gefühl, dass er auf der Hut sein musste. Langsam näherte er sich dem Mann, schaute ihn genau an und versuchte krampfhaft, sich zu erinnern. Irgendwo vor langer Zeit … in Ägypten. Er befeuchtete sich die Lippen und dachte nach. Nein, nicht Ägypten … Nordafrika. Seine Nackenhaare sträubten sich, als es ihm wieder einfiel. Der Grieche! Er war jetzt ganz sicher. Die eine Seite seines Kopfes war zerschmettert, was alle seine Gesichtszüge verzerrte, aber es war eindeutig der Grieche. Er versuchte, sich an seinen Namen zu erinnern, während er die dicken, behaarten Arme und das breite Kreuz des Mannes musterte. Dann plötzlich kam es ihm: Kallias! Kallias, der stiernackige Grieche, war hier in Britannien, in Faustina, und das als Abgesandter Roms.

Vectis trat auf ihn zu und sagte: »Willkommen im Kastell Faustina. Lagerpräfekt Vectis Trebellius.«

Kallias schaute ihm in die Augen, hielt ihm seine Ermächtigung vom Senat hin und sagte: »Helvius Marcellus, ich soll die Steuerunterlagen der fünf Vorposten einsehen und mich über Eure Einschätzung der Bedrohung durch die Kaledonier informieren.« Er klang leicht gelangweilt, als erwarte er, dass Vectis sich voll und ganz seiner Autorität als römischer Abgesandter unterwarf. »Ihr werdet mir einen Begleittrupp zur Verfügung stellen, wenn ich weiterreite«, fuhr er fort. »Die Auxiliarsoldaten vom Lager Coria am Wall sind lediglich befugt, mich bis zu Euch zu begleiten. Sie werden morgen früh wieder abrücken, ich dagegen werde ein paar Tage hier bleiben.«

Als Vectis das Ermächtigungsschreiben las, fiel ihm auf, dass es von dem alten Senator Alfenus Crescens unterzeichnet war, den er in Rom getroffen hatte. Hatte Kallias das Schreiben gestohlen? Es nannte einen Abgesandten Helvius Marcellus. Oder hatte irgendein Gönner ihm eine neue Identität verschafft? Vectis erinnerte sich wieder an die Geschichten, die unter den nordafrikanischen Legionären die Runde machten, als Kallias aus dem Militärkrankenhaus von Lambaesis entlassen wurde – nachdem er einen Centurio getötet hatte! Wie war es möglich, dass er als freier Mann herumlief? Jemand musste ihn schützen und fördern ... jemand wie Senator Crescens.

Vectis starrte Kallias an. Der Absturz hatte sein Gesicht dramatisch verformt; eine ganze Seite seines Kopfes war flach, abgesehen von einem Durcheinander von Wülsten vernarbter Wunden, die wie Rattenschwänze dick hervortraten. Es war schon merkwürdig, Kallias nach all den Jahren wiederzusehen, und der Mann erkannte ihn nicht einmal. Dann durchfuhr ihn plötzlich ein weiterer Gedanke – die Häufung von Morden unter den Briganten.

»Habt Ihr Steuern eingetrieben?«, fragte Vectis.

»Das habe ich gesagt.«

»Wo?«

»Was wo?« Kallias versuchte gar nicht erst, seine Verärgerung zu verbergen.

»Wo habt Ihr Steuern eingetrieben?«

»Westlich von hier«, sagte er, fast ohne Vectis eines Blickes zu würdigen. »Südlich vom Wall.«

»Es hat Gewalttätigkeiten gegeben.«

»Die gibt es überall.«

»Aber gegenüber den Briganten im Westen besonders viele. Habt Ihr davon gehört?«

»Ich habe nichts gehört. Und jetzt –«

»Centurio!« Vectis wandte sich dem Offizier zu, der Kallias begleitete. »Hat es bei Euren Reisen mit dem Abgesandten irgendwelche Unregelmäßigkeiten gegeben?«

»Nein, Präfekt. Vor ein paar Tagen wurde ein Mann getötet, aber der hatte zuvor den Abgesandten angegriffen.«

»Ist er gereizt worden?«

»Der Abgesandte versuchte, sich die Frau des Mannes zu nehmen.«

»Schluss jetzt!«, brüllte Kallias. »Sehr Ihr das hier?«, fragte er und hielt Vectis seinen Erlass hin. »Dieses Schreiben ermächtigt mich, Verzeichnisse einzusehen und Steuern einzutreiben, und wenn mich jemand angreift, muss er sich über Steuern nie mehr Sorgen machen. Verstanden? Und jetzt gehe ich ins Bad, und wenn ich fertig bin, macht Ihr mir Meldung –«

»Ich mache verdreckten Römern keine Meldung.«

»Was?«

»Schaut Euch die Flecken auf Eurer Rüstung an«, sagte Vectis. »Sie sollte geputzt sein«

Kallias schaute seine Rüstung hinunter und dann wieder zu Vectis.

»Selbst Rekruten halten ihre Rüstung sauber.«

»Was?«

»Ich sagte, selbst Rekruten halten ihre Rüstung sauber.«

»Wovon redet Ihr eigentlich?«

»Ich rede von Nordafrika.«

Kallias öffnete den Mund und leckte sich die Lippen. »Was ist mit Nordafrika?«

»Ich weiß, dass Ihr einen Centurio getötet habt.«

Kallias grinste höhnisch. »Der Regen Britanniens hat dir wohl den Schädel aufgeweicht.«

»Der Centurio hieß Vatinius. Ihr erinnert Euch doch sicher, Rebstock Vatinius.«

Kallias blickte sich um und wirkte dabei zum ersten Mal verunsichert. »Wir verschwenden unsere Zeit. Ich war nie in Nordafrika und kenne keinen Vatinius.«

»Euer Name ist nicht Marcellus. Er ist Kallias.«

Plötzlich erkannte Kallias sein Gegenüber wieder. Dann verzogen sich seine Lippen zu einem Lächeln. »Sieh mal einer an, das kleine Großmaul«, sagte er schließlich.

»Du kriegst hier gar nichts, Kallias, keine Listen, keine Soldaten – nichts.«

Er schwenkte seinen Erlass. »Von wegen, du wirst mir geben, was ich verlange –«

»Verschwinde auf der Stelle, oder ich lasse dich aus dem Lager prügeln.«

Kallias' Lächeln schwand. »Weißt du, was du hier tust? Das ist ein Erlass des Senats! Wenn du mir den Gehorsam verweigerst –«

»Ich verweigere niemandem den Gehorsam. Du bist ein Betrüger.«

»Ich halte die Macht des Senats in der Hand!«

»Du hältst einen gestohlenen Erlass in der Hand.«

»Der römische Senat hat mich ermächtigt –«

»Stallmeister!«, rief Vectis, »bring ihm sein Pferd.«

Kallias starrte Vectis ungläubig an. Dann spuckte er auf den Boden. »Du wirst auch nicht mehr wert sein als Spucke, wenn ich zur Zwanzigsten stoße.«

»Dann steigst du am besten gleich auf dein Pferd –«

»Ich verlange eine Versammlung der höheren Offiziere dieses Vorpostens.«

Vectis wandte sich an die Wachsoldaten hinter ihm. »Dieser Betrüger scheint schlecht zu hören. Peitscht ihn aus und schafft ihn an eine Stelle drei Meilen südlich des Standorts. Er möchte zur Zwanzigsten.«

22

Neeve hockte vor einem Häuflein aus Haar und Stroh, das sie aus ihrer Satteltasche geholt hatte, und legte ihren dicken wollenen Umhang darum, um es vor dem Luftzug zu schützen. Sie hatte sich ein Fleckchen flaches Land ausgesucht, das auf der einen Seite von einer Reihe von Hügeln und auf der anderen von einem Fluss begrenzt war. Mehrmals blitzten ihre Feuersteine auf und sprühten gelbe Funken auf das Stroh, das einfach nicht anbrennen wollte. Selbst in den Satteltaschen war das Stroh vor der alles durchkriechenden Feuchte des Nebels nicht geschützt. Durch vorsichtiges Blasen versuchte sie, ein qualmendes Pünktchen zum Brennen zu bringen, aber es erlosch. Beim nächsten Versuch erging es ihr nicht besser. Endlich flackerte eine winzige Flamme auf. Sie beugte sich über sie, legte ihren Umhang dichter herum und häufte erst kleine, dann größere Zweige darauf, bis die Flammen im Wind loderten. Wenige Minuten später brannte ein großes Feuer, an dem sie sich wärmte und einen Becher Bier erhitzte.

Sie liebte solche Momente, wenn sie sich nach Abschluss ihrer Arbeit durchgefroren an einem offenen Feuer wärmen konnte. Das war zwar nicht mit der Bequemlichkeit ihres einstigen römischen Lebens im Süden Britanniens hinter den beiden Wällen zu vergleichen, war aber trotzdem nicht zu verachten. Zumindest konnte sie hier zur Befreiung ihres Volkes beitragen. Sie nippte am heißen Bier, warf einen Zwieback hinein, fischte ihn wieder heraus und kaute geistesabwesend daran.

Am Nachmittag war es etwas wärmer und trockener geworden, und hin und wieder war die Sonne sogar zwischen den

Wolkenfetzen durchgekommen und hatte das quarzhaltige Gestein und das eisige Wasser des Flusses zum Glitzern gebracht. Bis zur Dämmerung blieb ihr noch etwas Zeit für ihren Rückweg nach Norden – und für ein kurzes Bad im Fluss. Sie schaute über ein Dickicht aus Haselsträuchern zum anderen Flussufer hinüber, wo der Wind sich in den kahlen Weiden fing. Schon beim bloßen Gedanken an das eiskalte Wasser fror sie wieder, und so stand sie auf, um in einem nahen Fichtenwäldchen noch etwas Holz zu sammeln. Wenige Minuten später kam sie mit einem Arm voller Reisig zurück, legte es auf das Feuer, setzte sich ins feuchte Gras und zog ihre ledernen Stiefel aus.

Es war Kallias' schlimmster Tag des Lebens. Ausgepeitscht, gedemütigt, verspottet. Einen schwachköpfigen Barbaren hatten sie ihn genannt. Neunmal hatten sie ihn geschlagen. Er hatte nicht geschrien. Er hatte sich die Lippe durchgebissen, aber keinen Ton des Schmerzes von sich gegeben. Als alles vorbei war, hatte er den Präfekten verhöhnt und ihm gesagt, er spüre nichts, woraufhin der Präfekt erwidert hatte: »Schafft mir diesen schwachköpfigen Barbaren aus den Augen.«

Schwachköpfiger Barbar?

Seine Vorfahren waren Griechen!

Und er war der Gehilfe eines römischen Senators.

Und jetzt ein reicher Mann. Er tätschelte die lange, schmale Tasche, die an seinem Sattel befestigt war. Sie waren nicht einmal auf die Idee gekommen, seine Sachen zu durchsuchen, in denen immerhin der Gegenwert von sechzigtausend Sesterzen steckte. Obwohl sie wussten, dass er Steuern eingetrieben hatte, war niemand auf die Idee gekommen, seine Taschen zu durchsuchen. Wer war hier schwachköpfig?

Er ritt weiter auf der Straße nach Süden. Schon bei der kleinsten Bewegung brannte sein Rücken vor Schmerzen, und er wusste, dass es noch schlimmer kommen würde. Auf den Wunden würden sich dicke Krusten bilden, die dann aufbrachen und bluteten. Er versuchte, sein Gewicht zu verlagern. Sie hatten ihm sogar die Hinterbacken ausgepeitscht. Er dachte nur noch an den

Stützpunkt der XX. Legion und diesen hochnäsigen Vectis Trebellius, der glaubte, er habe einem Abgesandten die Papiere gestohlen. Bald würde er erfahren, wie sehr er sich geirrt hatte. Und dann würde er bitter dafür bezahlen. Sie würden ihn dafür hinrichten, dass er einem Senatserlass den Gehorsam verweigert hatte. Und er würde dabei sein und ihm im Augenblick seines Todes in die Augen schauen.

Der Schmerz war grausam. Er zupfte an seiner Tunika, um zu verhindern, dass sie an seinem blutigen Rücken festklebte, und fragte sich, ob er vielleicht seine Wunden baden sollte, bevor er weiterritt. Schmutz und Schweiß erzeugen Ausdünstungen, erinnerte er sich, und Ausdünstungen in offenen Wunden konnten tödlich sein.

Neeve watete langsam ins eisblaue Wasser und versuchte, sich dabei nicht nass zu spritzen; sie hasste es, wenn das kalte Wasser sie unvorbereitet traf. Die Strömung war überraschend stark, und Neeve war froh, eine Stelle stromaufwärts gefunden zu haben, die von einem umgestürzten Baum geschützt war. Ihr blieb fast das Herz stehen, als der Boden unter ihr plötzlich nachgab und ihr das Wasser über die Taille schwappte. An einem wärmeren Tag hätte sie darüber nur gelacht, aber bei diesem Wetter konnte sie auf solche Überraschungen gut verzichten.

Der Wind frischte auf, fegte über den Fluss, bog die Weiden und kräuselte die Wasseroberfläche. Neeve stand zähneklappernd mit hochgezogenen Schultern und fest auf der Brust verschränkten Armen im Wasser, versuchte, die Kälte auszuschließen. Aber die Kälte durchdrang alles. Sie seufzte, als ihr klar wurde, dass es höchste Zeit war. Mit zusammengebissenen Zähnen tauchte sie unter bis zum Kinn, rieb sich ab und massierte sich. Sie lehnte ihren Rücken an den umgestürzten Baum und tauchte wenige Augenblicke später vor Kälte stöhnend wieder auf. Das war die einzige Möglichkeit, es auszuhalten, sagte sie sich; man konnte sich nur wie ein Stein ins Wasser fallen lassen.

Als sie klein war, hatte es Neeve nie etwas ausgemacht, sich in den kalten Bächen Kaledoniens zu waschen. Die vielen Jahre des bequemen Lebens im römischen Britannien aber hatten sie verwöhnt, und nun sehnte sie sich nach einem schönen warmen Bad und nach einer genüsslichen Ölmassage. Sie schüttelte den Gedanken ab, wusch ihr Haar, wrang es aus und rannte hinüber zum Feuer.

Von der Straße aus sah Kallias den Fluss, der sich in westlicher Richtung durch das Grasland wand. Er hatte das Gewässer bereits bei seinem Ritt nach Faustina registriert, aber keinen Grund gehabt, die Meilensteine zu beachten. Jetzt fiel es ihm wieder ein. Er befand sich unweit der von den Landvermessern gesteckten Stangen – dort, wo die Kartenzeichnerin arbeitete.

Neun Peitschenhiebe. Sie hatten ihm neun Peitschenhiebe verpasst. Der rasende Schmerz in seinem Rücken wurde immer schlimmer; er fühlte sich an, als wäre er auf offenem Feuer gegrillt worden.

Er dachte an die schreienden Opfer, die in Roms Amphitheater bei lebendigem Leib verbrannt worden waren. Mit Pech bestrichen an Pfähle gebunden und schließlich mit Fackeln angezündet, hatten sie sich die Seele aus dem Leib geschrien. Sie hatten geschrien, als plötzlich ihr Haar in Flammen stand, geschrien, bis ihre Stimmen im hochwirbelnden Ruß erstickten, und waren schließlich, als das Pech auf ihren Körpern aufgebraucht war, wie Lampen um Mitternacht nach einem letzten Aufflackern rauchend erloschen.

Er hatte kein Mitleid mit ihnen. Sie waren schließlich Feinde Roms. Er dagegen war ein römischer Abgesandter, Gehilfe eines Senators. Und trotzdem brannte sein Rücken. Vectis Trebellius. Ein echter Römer. Dieser widerwärtige Esel. Er wollte sehen, wie er starb.

Aber erst musste er sich waschen. Die Ausdünstungen aus seinem aufgeplatzten Fleisch spülen. Den brennenden Schmerz in einem kühlen Fluss betäuben. Er sah die Stangen der Vermesser und lenkte sein Pferd zum fernen Fluss.

Nachdem sie sich kurz von der Hitze des Feuers hatte trocknen lassen, zog Neeve ihre lange Hose und ihr Hemd wieder an und hüllte sich in ihren Umhang, und nun hörte sie auf zu zittern. Fünf lange Minuten saß sie reglos da und sog die Wärme in sich auf. Schließlich legte sie sich ihren Gürtel um, zog die Stiefel an und steckte die Messer wieder an ihren Platz, bevor sie auch ihr Haar am Feuer trocknete.

Sie warf einen Blick auf die Sonne, die schon am Sinken war, und stellte fest, dass sie getrödelt hatte. Sie würde sich beeilen müssen, um noch vor Einbruch der Dunkelheit in Faustina anzukommen. Nach einem letzten Schluck heißem Bier und einem letzten Blick auf ihre fünf Kartenskizzen wollte sie sich auf den Weg machen. Sie wollte auf keinen Fall eine Entfernungsangabe vergessen oder später feststellen müssen, dass eine wichtige Einzelheit fehlte.

Sie suchte jede der Karten nach Fehlern ab, schrak plötzlich hoch. Irgendetwas stimmte nicht. Da war ein Geräusch! Sie hielt den Kopf schräg und lauschte. Nichts Bedrohliches. Wahrscheinlich war im Kiefernwäldchen ein toter Ast heruntergefallen, oder ein Hase war durchs feuchte Heidekraut gerannt. Ja, das war's. Ein harmloses Tier. Was sollte es auch sonst sein? Und doch fühlte sie sich, am Feuer sitzend, auf einmal verletzlich. Sie sprang auf und versuchte, vernünftig zu bleiben, kam aber gegen ihre Angst nicht an. Sie ging zu ihrem Pferd, schob die Karten in die Satteltasche, band das Halfter los, ergriff ihren Bogen. Über den Sattel hinweg suchte sie die Felsen und Haselsträucher und die kleinen Hügel ab. Dann schaute sie zu dem Kiefernwäldchen hinüber. Wölfe?, fragte sie sich und legte einen Pfeil auf die Sehne. Tagsüber strichen keine Wölfe umher, auch war ihr Pferd kein bisschen unruhig. Das war kein Tier.

Ein eiskalter Finger fuhr ihr über den Rücken nach oben. Es war hinter ihr. Sie wirbelte herum. Es war nur das Feuer, das im Wind knisterte.

Sie redete sich ein, dass ihre Angst geradezu lächerlich sei. Sie war allein auf weiter Flur. Außerdem hatte sie als römische Kartenzeichnerin unter dem Schutz des Präfekten von Faustina nicht das Geringste von einem Römer zu befürchten. Und die Kaledonier waren schließlich ihr Volk.

Da war es wieder. Ein leises Geräusch, das von irgendwo zwischen den sanften Hügeln kam. Ein Pferd vielleicht? Oder ein Fremder mit einem Pferd, der sie beobachtete? Raus hier, schrie jede Faser ihres Körper. Raus hier, und zwar sofort! Vergiss den Becher, vergiss das Feuer – und nichts wie weg!

Die Angst hatte sie jetzt fest im Griff – eine kalte, irrationale Angst. Sie erstarrte vor Schreck. Aus dem Gebüsch, das auf einer der kleinen Erhebungen stand, kam ein Mann – ein breiter, kräftiger Mann mit einem graufleckigen Hengst.

Neeve atmete erleichtert auf. Ein Römer. Der mit dem eingedrückten Schädel. Irgendetwas an ihm bereitete ihr Unbehagen, aber zumindest war er ein Römer und somit von Geburt an darauf getrimmt, höheren Offizieren zu gehorchen.

»Heil, Caesar«, rief sie.

Er führte sein Pferd auf sie zu, schweigend.

»Ihr seid doch der Offizier, den ich heute schon einmal gesehen habe. Wo sind Eure Soldaten?«

Er schnaubte verächtlich und kam weiter steifbeinig auf sie zu.

Neeve wurde allmählich unruhig, und so sagte sie laut, um den Eindruck von Autorität zu erwecken: »Ich unterstehe dem Präfekten Vectis Trebellius, Befehligender Offizier der fünf Vorposten, und soll diesen Sektor zeichnen.«

Er blieb stehen, und sein gewalttätiges Gesicht verzerrte sich zu einer wütenden Fratze. »Der Präfekt Vectis Trebellius ist tot!«

Der Ausbruch erschütterte und verängstigte Neeve. Sie versuchte, äußerlich ruhig zu bleiben, während sie sich nach einem Fluchtweg umsah. Aber es gab keinen. Sie hatte zu lange gewartet. Sein Stiernacken schwoll an vor Wut, und die Narben in seinem eingedrückten Gesicht flammten dunkelrot auf.

»Ich bin zusammen mit den Landvermessern hier«, sagte sie verzweifelt. »Wir wollten gerade aufbrechen.« Sie sah sich um, als müssten sie jeden Augenblick auftauchen.

»Zieh dich aus. Machen wir's uns doch leicht.«

»Der Tribun in Faustina, Julian Quintillius, hat meinen Schutz befohlen.« Sie versuchte, selbstbeherrscht zu klingen. »Sie werden Euch auf dem Exerzierplatz auspeitschen, wenn –«

Er lachte hart. »Du stinkende Hure. Ich bin schon ausgepeitscht worden.«

Neeve hob ihren Bogen.

Er duckte sich hinter sein Pferd und riss sein Schild aus der ledernen Hülle. Seine Beine bewegten sich mühsam, als hätte er große Schmerzen. Das kam wahrscheinlich von der Auspeitschung, falls er die Wahrheit gesagt hatte. Neeve zerbrach sich den Kopf über die Frage, warum ein römischer Offizier sie vergewaltigen sollte, wenn er doch wusste, dass sie unter dem Schutz des Befehlshabers des Stützpunktes stand. Selbst wenn Präfekt Vectis tot war, hatte es für diese Bestie von Römer keinen Sinn, sie zu belästigen, da er davon ausgehen musste, dass sie ihn melden würde.

Plötzlich begriff sie. Er wollte sie töten. Vergewaltigen und töten. »Ich gehe jetzt«, sagte sie und zielte weiter auf ihn, »und vergesse das hier einfach. Ich werde nicht melden, dass –«

Hinter seinen Schild geduckt, stürzte er über das Gras auf sie zu.

Sie schrie kurz auf, suchte verzweifelt nach einem Zielpunkt, auf den sie ihren Pfeil abfeuern konnte. Ihr Mund wurde trocken, und eine panische Angst packte sie wie das Maul eines Reptils. Mehr oder weniger ungezielt schoss sie den Pfeil ab, der lautlos über den Schild flog und irgendwo im Gras stecken blieb. Im nächsten Augenblick traf er sie mit dem Bronzebuckel seines Schilds und warf sie zu Boden.

Er schrie und fluchte über ihr wie ein Verrückter. In ihrem Kopf drehte sich alles in riesigen Kreisen. Sie versuchte, sich aufzusetzen, schaffte es aber nicht. Als ihre Welt aufhörte, sich zu drehen, merkte sie, dass er mit gespreizten Beinen über ihr kniete und sein Rücken in einer merkwürdig aufrechten Haltung durchgedrückt war, als versuchte er, seine Schmerzen zu verringern.

Sie griff nach dem Messer an ihrer Hüfte, aber es war verschwunden; sie hatte es offenbar beim Sturz verloren. Plötzlich ließ er sich auf sie fallen, und sein Gewicht presste ihr die Luft aus den Lungen. Sie spürte seine schweren Lippen und seinen rauen Bart auf ihrem Mund und eine Hand auf ihren Brüsten. Sie versuchte, sich zu befreien, aber mit seiner anderen Hand hatte er ihr Haar gepackt, an dem er riss, um sie zu bändigen, sein Gesicht fest auf ihres gedrückt. Sie rang nach Luft, Luft, ihr Körper schrie nach Luft! Sie biss in seine Unterlippe und riss daran wie ein wildes Tier.

Er schrie auf wie ein Schwein und riss im nächsten Augenblick ihren Kopf zurück, bis sie glaubte, er würde ihr das Genick brechen. »Beißen willst du, ha?« Blut und Speichel tropften ihm von den Lippen, als er erneut sein Gesicht auf das ihre drückte.

Sie roch seinen fauligen Atem und hörte sich selbst in ängstlichem Ton flehen: »Tut mir Leid, tut mir Leid, bitte, ich mach das ganz bestimmt nicht mehr. Bitte.« Fast so, als stünde sie außerhalb ihres Körpers und schaute auf eine andere Frau hinunter, fühlte sie sich zutiefst gedemütigt von dem, was sie da sah.

Er lachte. »Das würde ich dir auch geraten haben, sonst breche ich dir nämlich dein hübsches Genick.« Dann packte er ihr Hemd und riss es in der Mitte auf, entblößte ihre Brüste.

Neeve hob abwehrend die Hände. »Ich tu alles, was du willst«, sagte sie, »aber tu mir bitte nicht weh.«

Er saugte an seiner zerfetzten Lippe und lächelte in Vorwegnahme des Spaßes, den er gleich haben würde.

Er will mich töten, dachte sie, als sie spürte, wie er nach dem Gürtel ihrer langen Hose griff. Sie stöhnte, zog die Beine an und griff nach dem Messer an ihrem rechten Knöchel. Sie fühlte den beinernen Griff in ihrer Hand, verspürte ein intensives Gefühl von Macht, als sie ausholte und ihm die sechs Zoll lange Klinge bis zum Heft in den Oberschenkel stieß. Er aber fummelte weiter an ihrem Gürtel herum, als sei nichts geschehen. Sie zog das Messer wieder heraus, um es ihm in den Rücken zu stoßen. Er grunzte und schlug mit dem Arm ihre Hand weg, sodass das Messer in weitem Bogen ins Gras flog. Dann schlug er ihr die Faust ins Gesicht. Und noch einmal.

Neeve kämpfte gegen die Welle der Finsternis an, die sie für immer zu überrollen drohte. Sollte sie so sterben, vergewaltigt und geschlagen von einer römischen Bestie? Nein! Nein! Nein! Sie richtete sich katapultartig auf, schob ihre Hände unter seine Tunika und bohrte ihre Nägel in seinen Rücken. Riesige Stücke rohen Fleisches füllten ihre Hände. Er brüllte auf und wand sich wie eine Ratte im Feuer. Neeve nutzte die Gelegenheit, sich unter ihm herauszuwinden, und kroch auf allen vieren über das Gras davon. Sie warf den Kopf herum und suchte nach einem Fluchtweg. Das Pferd! Sie sah ihr Pferd und wollte zu ihm rennen. Eine Hand griff nach ihren Beinen, und sie schlug mit dem Gesicht aufs Gras. Sie schrie auf, versuchte, sich loszureißen – aber es war keine Hand, die sie gepackt hatte, sie war nur über ihre eigenen Hosenbeine gestolpert. Der Mann hatte anscheinend ihre Gürtelschließe geöffnet, und so war ihr die Hose heruntergerutscht. Er war noch immer auf der anderen Seite ihres Lagerplatzes und heulte vor Schmerz. Sie rollte ihre Hose am Bund zusammen und stolperte hinüber zu ihrem Pferd.

Über eine Stunde war vergangen, seit sie Kallias aus dem Kastell geworfen hatten. Vectis schritt unruhig auf dem Eichenfußboden seines Arbeitszimmers auf und ab und dachte über die Lage nach, in die er sich mit seinem Mangel an Überlegtheit begeben hatte. Die Soldaten, die Kallias begleitet hatten, waren soeben zurückgekehrt, und jetzt konnte Vectis den nächsten Schritt seines Plans in Angriff nehmen – falls man von einem Plan überhaupt reden konnte. Er hatte beschlossen, den dreckigen Griechen zu töten. Irgendwo an der Straße würde er ihn finden und töten.

Es klopfte an der Tür.

Herein kamen Julian und Jupiter.

»Ich habe ihm alles berichtet«, sagte Julian. »Deine Entdeckung, Nordafrika war ihm ja bekannt ... und das, was heute Nachmittag geschehen ist.«

Vectis schaute Jupiter an. »Dann weißt du, was ich jetzt tun muss«, sagte er. »Es ist ein weiter Weg bis zum nächsten Vorposten – und Kallias wird in Stragenia übernachten – und Präfekt Priscianus berichten, wie ich ihn gedemütigt habe, dass ich gegen einen Senatserlass verstoßen habe und ihn habe auspeitschen lassen. Dann bleibt Priscianus keine andere Wahl, als – Meldung zu machen.« Er schüttelte den Kopf, erstaunt über seine Tollkühnheit. Ein römischer Abgesandter – ausgepeitscht!

»Er ist ein Betrüger«, meinte Julian.

»Das wissen wir leider nicht mit Sicherheit«, erwiderte Vectis. »Vielleicht sind seine Papiere ja doch in Ordnung. In Nordafrika nannte er sich Kallias, aber er könnte ohne weiteres Marcellus heißen. Irgendein mächtiger Mann muss hinter ihm stehen, sonst wäre er in Nordafrika nie der Hinrichtung entgangen.«

»Wie auch immer er wirklich heißt«, sagte Julian, »nach Stragenia darf er jedenfalls nie kommen. Dort würde er sofort von Priscianus verlangen, dass er ihm einen Begleitschutz zur Zwanzigsten zur Verfügung stellt.«

Vectis ging zum Fenster, von dem aus er die Stallungen überblicken konnte. »Ich habe zwei Pferde bereitstellen lassen. Wenn ich das Pferd wechsle, kann ich ihn leicht überholen, bevor er nach Stragenia –«

»Deswegen sind wir gekommen«, erklärte Julian. »Ich habe Jupiter vorgeschlagen, mit zehn Leuten seiner Spezialeinheit auszurücken –«

»Und wenn Kallias herumposaunt, dass er ein Abgesandter des Senats ist?«, fragte Vectis. »Auspeitschen ist eine Sache, ihn zu töten eine andere. Wir können unmöglich Soldaten in eine solche Lage bringen.«

»Stimmt«, sagte Jupiter. »Ich reite allein.«

»Ich kann Euch nicht erlauben –«

»Präfekt, mit Eurer Erlaubnis …«, sagte Jupiter förmlich und bedeutete Vectis mit einer Geste zu schweigen. »Unsere Straßen sind tagsüber recht sicher, aber nachts ist das eine andere Sache. Allein kommt Ihr vielleicht nie nach Faustina zurück. Ihr dürft nicht vergessen, dass Ihr ein Präfekt seid und kein gemeiner Soldat. Und selbst, wenn Ihr den Kaledoniern entkommt, müsst Ihr womöglich feststellen, dass dieser Kallias ein sehr gefährlicher Gegner ist.«

Vectis runzelte die Stirn. Er fühlte sich in seinem Stolz verletzt, was sein eigenes Geschick im Umgang mit Dolch und Schwert betraf. Er beherrschte sich aber und sagte nur: »Nach der Auspeitschung, die wir ihm verpasst haben, bezweifle ich, dass er in Bestform ist.«

»In Bestform oder nicht«, sagte Jupiter, »ich habe jedenfalls jahrelange Erfahrung darin, in der Dunkelheit zu töten. Außerdem sind die Vorposten weit mehr auf Eure Talente angewiesen als auf meine.«

Ohne die Schmeichelei am Ende ernst zu nehmen, sah Vectis ein, dass sein afrikanischer Centurio wieder einmal Recht hatte. Nach allem, was sein Vater über Jupiters Laufbahn als Untergrundkämpfer erzählt hatte, konnte es keiner mit ihm aufnehmen, wenn es um Anschleichen, List und Geschicklichkeit ging. Vectis hatte zwar durchaus Vertrauen in seine eigene Fähigkeit, Kallias vor Erreichen Stragenias abzufangen, aber bei Jupiter wusste er, dass die Sache so gut wie erledigt war.

Auf einem kleinen Hügel hielt Neeve ihr Pferd an. Sie war so schnell geritten, wie sie konnte, um sich in die Sicherheit der Straße zu retten. Sie hoffte, auf eine von Jupiters Streifen zu stoßen. Sie suchte die grasbewachsenen, mit Felsbrocken und Heidekraut übersäten Hänge nach Anzeichen von Hilfe ab – und nach dem gewalttätigen Römer. Ihr war klar, dass er ihr folgte, aber mit seinem Gewicht und seinen Wunden war er zurückgefallen.

»Jetzt dauert es nicht mehr lange«, flüsterte sie dem Pferd ins Ohr.

Die Götter hatten wahrhaftig ihre schützenden Schwingen über sie gebreitet. Abgesehen von einer Beule auf der Stirn, wo der Römer sie geschlagen hatte, schien sie unverletzt. Zuerst war sie einfach nur geritten, um möglichst schnell möglichst weit weg von ihrem Angreifer zu kommen, aber jetzt bewegte sie sich zielstrebig in einem weiten Bogen auf die Römerstraße zu.

Nachdem sie sich vergewissert hatte, dass keine unmittelbare Gefahr mehr drohte, wendete Neeve ihr Pferd und ritt den Hügel hinunter.

Aber etwas stimmte nicht.

Das Pferd hinkte ein paar Schritte und blieb dann stehen. Sie drückte ihm die Fersen in die Flanken, aber es weigerte sich weiterzugehen. Nervös ließ Neeve den Blick über die leeren Hügel schweifen. Dann stieg sie ab und strich dem Pferd mit der Hand über den einen Vorderfuß. Unten fühlte er sich heiß an. Eine Verstauchung, eine Muskelzerrung – sie wusste es nicht. Als sie sanft auf die Stelle drückte, zitterte das Pferd und zog ihn zurück.

»Ganz ruhig«, beschwichtigte Neeve das Tier und strich ihm über die Nüstern. »Nach einer kleinen Ruhepause geht's schon wieder.« Sie fragte sich, ob das auch für sie galt.

Neeve führte das Pferd, erst langsam, dann schneller. Es hinkte nicht mehr. Sie saß wieder auf und presste ihm die Knie in die Seite in der Hoffnung, es zu einem gemächlichen Trab bewegen zu können. Aber das Pferd blieb stehen. Es konnte Schritt gehen, widersetzte sich aber allen Versuchen, sein Tempo zu erhöhen.

Neeve schätzte, dass sie vielleicht eine Meile von der Straße entfernt war, und überlegte schon, ob sie zu Fuß weitergehen sollte, als sie ihn sah. Oder besser gesagt, er sah sie. Mit wild pochendem Herzen starrte sie auf die Umrisse seines vierschrötigen Körpers, der schräg im Sattel hing. Der Römer ritt mit einer erstaunlichen Geschwindigkeit die Hügel rauf und runter. Instinktiv rammte sie ihrem Pferd die Fersen in die Flanke. Es machte einen Satz nach vorn, blieb dann aber erneut stehen.

»Nein, nein, nein«, stammelte sie. Sie zog die Zügel an, um das Pferd zum Gehen zu bringen. Zu langsam. Er würde sie erreichen, bevor sie auch nur hundert Schritte zurückgelegt hatte. Sie schaute sich verzweifelt nach einem Ort um, an dem sie sicher war. Kalter Schweiß trat ihr auf die Stirn. Felsiges Gelände! Irgendwo musste hier doch felsiges Gelände sein, wo sein Pferd nicht durchkam. Er war verwundet. Sie konnte ihm davonrennen.

Aber nirgendwo waren Felsen zu sehen.

Bäume! Mit zusammengekniffenen Augen blickte sie zu einer fernen Baumgruppe, die von der Abendsonne orange gefärbt war. Vielleicht konnte sie zu den Bäumen rennen und sich dort verstecken. Aber das schaffte sie nie; er würde sie vorher abfangen. Sie spürte schon seine dicken Finger um ihren Hals. Ihr Mund wurde ganz trocken. Sinnlose Hoffnungen gingen ihr durch den Kopf. Vielleicht lahmte das Pferd nicht mehr und konnte doch wieder galoppieren. Denk nach!, sagte sie sich; die Zeit rann ihr durch die Finger. Sie hatte keine Messer mehr. Nur noch einen Bogen. Aber was nützte ihr ein Bogen, wenn er einen Schild hatte?

»Die Götter sind mit mir«, flüsterte sie mit bebender Stimme. Wieder und wieder murmelte sie ihr Gebet. Heute würde sie sterben, aber sie wollte es ihm nicht zu leicht machen. Die Götter waren nicht weit. Sie spürte ihre Kraft. Sie wendete das Pferd, nahm ihren Bogen in die Hand und wartete.

Etwa zwanzig Schritt von ihr entfernt, bremste er sein Pferd ab. Jetzt konnte sie seine grausamen Augen sehen. Und seinen schweineartigen Körper. Er hatte offenbar starke Schmerzen.

»Wie geht's deinem Rücken?«, fragte sie ohne Rücksicht darauf, ob sie ihn wütend machte. »Und deinem Bein?«

Er blieb dreißig Fuß vor ihr stehen. »Ich weiß, dass dein Pferd lahmt.« Er machte eine genüssliche Pause, um die Bedeutung seiner Worte eindringen zu lassen. »Da drüben hätte ich dir nur den Hals aufgeschlitzt, um es dir leichter zu machen.« Er schaute auf die Sonne, die in schmutzigem Orange am Himmel hinter ihm stand. »Bald ist es dunkel. Dann kommen die Wölfe. Wenn ich mit dir fertig bin, binde ich dich an einen Baum, damit die Wölfe auch noch was von dir haben.«

Der Klang seiner Stimme ärgerte sie. Sie würde zwar sterben, aber er sollte keine Freude daran haben. Sie wollte ihn beißen und treten und ihm den Rücken aufreißen. Sie würde auf sein Bein einschlagen und ihm die Augen auskratzen. Sie würde nie aufgeben. Niemals. Und wenn die Wölfe kamen, würde sie den Schmerz ertragen in dem Wissen, dass diese römische Bestie keine Spur von Spaß mit ihr gehabt hatte. Sie riss den Bogen hoch und feuerte den Pfeil ab. Er schlug in den oberen Rand seines Schilds, den er rasch vor den Körper gehalten hatte. Sie schoss noch einmal, aber daneben. Sie sah, wie er jedes Mal, wenn er gezwungen war, sich zu bewegen, vor Schmerz das Gesicht verzerrte. Vielleicht war er ja schwerer verletzt, als sie geglaubt hatte. Wenn er absaß, konnte sie vielleicht irgendwie an sein Pferd herankommen.

Plötzlich schoss er mit einem wilden Schrei nach vorn über den Hals seines Pferdes und trieb es an wie ein skythischer Reitersoldat. Neeve biss sich auf die Lippen und zog ihren nächsten Pfeil bis an ihren Mundwinkel zurück.

Sie stöhnte hörbar.

Sie fand kein Ziel.

Er hatte ihr kein Ziel geboten; nur seine Augen schauten über den Schild, und bei ihrer Schießfertigkeit genügte das nicht. Sein Pferd donnerte auf sie zu. Es hatte Schaum vor dem Maul, und der Atem strömte wie Dampf aus seinen Nüstern. Sie starrte die mächtige Brust des Pferdes an, seine schweren Muskeln und seine stampfenden Beine – und senkte den Bogen.

Der Pfeil drang über dem linken Schultergelenk des Pferdes ein. Wie ein Opfertier fiel es zu Boden und riss seinen Reiter dabei mit. Kallias schlug mit dem Kopf voraus auf die Erde, und das Pferd fiel auf ihn.

Neeves Muskeln spannten sich an, als sie auf den Römer hinunterstarrte, der verzweifelt versuchte, den Kopf zu heben. Sie zielte weiterhin auf seinen Nacken, war unschlüssig, was sie tun sollte. Männer wie dieser waren zu Gefühlen nicht fähig. Sie lebten von der Angst, die sie bei anderen auslösten. Sie genossen es, andere leiden zu sehen. Sie verdienten den Tod. Wie viele Unschuldige hatte er wohl schon geschändet? Wie viele hatten vergeblich um Gnade gefleht?

Er schaute jetzt hoch zu ihr, aber sein Blick war leer. Er hatte beim Sturz einige Zähne verloren, und sein Gesicht schwoll sichtlich an. Neeve setzte den Pfeil auf die Sehne, wurde sich aber bewusst, dass es dumm von ihr wäre, ihn hier in demselben Sektor zu töten, wo sie ihre Karten gezeichnet hatte und ein Kundschafter oder eine Streife ihn finden konnte. Sie hatte einen Auftrag, und der lautete, Informationen zu sammeln. Und nur aus diesem Grund war sie als Kartenzeichnerin tätig, und wenn sie jetzt einen römischen Offizier tötete, gefährdete sie womöglich ihre Aufgabe im Kastell Faustina – selbst wenn dieser Offizier für irgendeinen Ungehorsam ausgepeitscht worden war. Sie war gut beraten, wenn sie ihn am Leben ließ.

»Hilf mir«, stöhnte der Mann. »Ich kann meine Beine nicht bewegen, hilf mir doch bitte.«

»Du verdienst keine Hilfe«, sagte Neeve.

»Bitte, ich … ich habe Gold. Hilf mir, mich aufzusetzen … ich sterbe sonst hier. Such nach einem Kundschafter … dann kannst du das Gold haben.«

»Ich mach dir ein Feuer und schicke jemanden her, aber aufsetzen musst du dich schon selber.« Sie hatte nicht die Absicht, je wieder in seine Nähe zu kommen. Sie wollte schon absitzen, als sie sah, dass seine Hand unter seinem Körper verschwunden war – etwa da, wo sie seinen Dolch vermutete. Er wollte sie töten! Sie war bereit, ihm zu helfen, und er wollte nur Rache.

»Du römisches Schwein!«, schrie sie. Als er versuchte aufzustehen, schoss sie ihm einen Pfeil mitten in den Rücken. Er brüllte auf und versuchte, nach hinten zu greifen, um den Pfeil herauszuziehen, vergeblich. Nun sah Neeve auch den Dolch, der ein paar Fuß von ihm entfernt im Gras lag. Sie wollte jetzt kein weiteres Risiko mehr eingehen. Sie verlagerte das Gewicht und jagte ihm einen weiteren Pfeil in den Leib, diesmal ganz oben an der Schulter. Und noch einen neben den ersten im Rücken. Er kippte vornüber, atmete ein paar Sekunden lang schwer, tat einen tiefen Seufzer, blieb flach ausgestreckt liegen.

Neeve beobachtete ihn noch eine Zeit lang, um ganz sicherzugehen, dass er kein Lebenszeichen mehr von sich gab. Er regte sich nicht mehr, die Arme ausgestreckt, den Kopf auf eine Seite gedreht. Neeve fragte sich, ob sie zur Sicherheit vielleicht noch einen Pfeil auf ihn abschießen sollte, aber der Gedanke erschreckte sie. Wenn er jetzt noch nicht tot war, dann eben in wenigen Augenblicken. Kein Mensch konnte solche Verletzungen überleben. Sie schaute auf den grau gescheckten Hengst, der zwanzig Fuß von ihr entfernt im Gras lag und versuchte aufzustehen. Sie sah, wie er mit zitternden Muskeln die Vorderbeine durchzudrücken versuchte, bis er vor Anstrengung ins Schwanken kam und wieder zusammensackte. Da sie kein Messer mehr hatte, sah sie sich nach einem passenden Stein um. Ein Schlag auf die Stirn würde das arme Tier von seinem Leid erlösen, aber alle Steine, die bloßlagen, waren entweder zu klein oder zu groß. Schließlich zog sie eine Hand voll Pfeile aus dem Köcher an ihrem Sattel, steckte sie unter ihren Gürtel und saß ab.

Der Graue versuchte erneut hochzukommen, als wüsste er, dass liegen zu bleiben den Tod bedeutete. Neeve redete mit sanfter Stimme auf ihn ein: »Ich werde nicht zulassen, dass die Wölfe dich kriegen.« Sie trat auf Armlänge zurück und zielte sorgfältig auf die Vorderseite seines Halses. Der Gedanke, ein so schönes Tier zu töten, tat ihr weh, aber sie wusste, was zu tun war. Als der Pfeil eindrang, schnaubte und wand sich der Hengst, bevor er auf die Seite fiel, still liegen blieb, langsam atmend. Sie hatte die Schlagader verfehlt, aber ohnehin nicht damit gerechnet, das Tier mit einem einzigen Schuss zu töten, sondern es lediglich auf einen Schwertstich vorbereiten wollen.

Neeve suchte den Sattel ab. Kein Schwert. Es musste auf der Unterseite festgemacht sein. Sie ging um das Pferd herum, sah die Schwertscheide, fingerte an den Lederriemen, ohne Erfolg. Sie kniete sich hin und versuchte, das Pferd ein wenig zu verlagern, auch vergeblich. Dann stieß sie einen Pfiff aus in der Hoffnung, das Pferd zum Aufstehen zu bewegen. Auch ohne Erfolg. Das Pferd konnte nicht mehr aufstehen. Neeve zerrte an der Satteltasche, in der Hoffnung, vielleicht auf diese Weise das Schwert aus der Scheide ziehen zu können, aber es rührte sich nicht von der Stelle. Sie versuchte es mit einer schmalen einzelnen Tasche und riss eine der Klappen auf. Dann zerrte sie daran, so fest sie nur konnte; die Tasche riss ab, und heraus fielen unzählige Münzen.

Selbst im nachlassenden Licht des Tages strahlten die Gold-

und Silbermünzen einen fast überirdischen Glanz aus, und Neeve wusste, dass sie über einen gewaltigen Schatz gestolpert war. Der Römer hatte die Wahrheit gesagt! Nicht einen einzigen Augenblick lang hatte sie ihm geglaubt, aber der Schatz lag ihr zu Füßen. Wenn das kaledonische Volk irgendwann römisches Geld zum Kauf von Waffen und Lebensmitteln nötig gehabt hatte, dann jetzt. Die Götter hatten sie nicht nur diese schwere Prüfung bestehen lassen, sondern sie auch noch dafür belohnt. Das Bild dieser römischen Bestie, die, über sie gebeugt, ihr die Kleider vom Leibe riss, verursachte ihr immer noch Übelkeit. Kein Geld der Welt konnte dieses grauenhafte Erlebnis je aufwiegen. Aus dem stinkendsten Mist sprossen die herrlichsten Blumen, und so würde auch dieser Tag dazu führen, dass viele Menschenleben gerettet wurden. Der bloße Gedanke, diesen Schatz ihren Brüdern zu übergeben, wärmte sie innerlich und glättete die Wogen in ihrem Herzen. Sie sammelte die Münzen ein, steckte sie wieder in die röhrenförmige Tasche und schleifte sie zu ihrem Pferd, das ruhig neben dem toten Römer stand.

Neeve musterte kurz seine dicken Arme und Finger, seine stummelartigen Ohren und sein gewalttätiges Gesicht. Sie brauchte seinen Dolch; das war die humanste Art, den Hengst von seinem Leiden zu erlösen. Vier Schritte würden genügen. Vier schnelle Schritte, und sie konnte sich den Dolch schnappen und wegrennen. Der Römer konnte ihr jetzt nichts mehr tun – nicht mit drei Pfeilen im Rücken. Aber so idiotisch es auch war – etwas an seiner Lage störte sie. Er schien seine Arme wirklich nicht bewegt zu haben, doch wirkten sie wie die einer Katze kurz vor dem Sprung. Ein eiskalter Schauer lief ihr den Rücken hinunter, als seine Lider sich plötzlich bewegten – oder hatte sie sich das nur eingebildet?

Ihr Bogen!

Neben dem Graugescheckten! Sie ließ die Tasche fallen, ging rückwärts, die Augen fest auf den Römer gerichtet. Der Graue würde warten müssen. Sie hob ihren Bogen auf und fingerte an einem Pfeil herum, aber er entglitt ihr. Sie zog einen anderen aus dem Gürtel. Er fiel zu Boden. Ihre Finger zitterten, ihr Kopf war wie betäubt. Er war noch am Leben! Aber das konnte gar nicht sein. Nicht mit drei Schüssen aus kurzer Entfernung in den Rücken. Auf Händen und Knien tastete sie blind nach den Pfeilen, noch immer unfähig, den Blick von ihrem Peiniger abzuwenden. Sie war auf dem besten Weg, die Selbstbeherrschung zu verlieren und ihr letztes bisschen Verstand noch dazu. Sie zwang sich, ruhiger zu werden. Als sie sich wieder gefasst hatte; hob sie ihre Pfeile von dem felsigen Boden auf und ging langsam auf den Römer zu.

Die Wolken färbten sich purpurn, und jeder Stein, jeder Busch warf lange Schatten. Neeve hatte ihren Entschluss gefasst. Sie würde den Hengst zurücklassen, den Römer zurücklassen, alles zurücklassen – alles mit Ausnahme der Geldtasche. Die konnte sie unmöglich liegen lassen, egal wie gefährlich ihr Vorhaben auch sein mochte.

Die Tasche lag fünf oder sechs Fuß von den ausgestreckten Armen des Mannes entfernt vor den Füßen ihres Pferdes, was Neeve jetzt erschreckend nah erschien – näher jedenfalls als vorhin. Sie befeuchtete sich die Lippen. Allein der Gedanke, sich dem Römer wieder zu nähern – obwohl sie wusste, dass er tot war, oder zumindest ihr Verstand ihr sagte, dass er tot sein musste –, ließ ihr den Schweiß auf die Handflächen treten. Ihr Herz klopfte wild, und alle möglichen schrecklichen Bilder bedrängten sie. Sie hob den Bogen.

Der Mann war ruhig, sehr ruhig sogar.

Sie schaute auf die Tasche hinunter.

Fast war sie bei ihr.

Nur noch ein paar Schritte.

Sie ging in die Hocke, die Augen immer auf den Mann gerichtet, näherte sich langsam, nahm vorsichtig ihre rechte Hand vom Bogen und streckte die Finger nach der Tasche aus.

Plötzlich spannte sich sein Körper an, seine Muskeln wölbten sich, und er hob den Kopf. Er wollte etwas rufen, aber die Stimmer versagte ihm. Sein Kopf sank nach unten, und er kroch auf allen vieren auf sie zu.

Neeve erstarrte. Sie hatte geglaubt, auf ihn vorbereitet zu sein, aber sie war es nicht. Sie hatte ihren Bogen und ihre Pfeile fallen lassen und war ihm nun schutzlos ausgeliefert.

Wie eine Spinne mit gebrochenen Beinen kroch der Römer auf sie zu, während die Pfeile in seinem Körper hin und her schwankten. Sein gewaltiger Rumpf schob sich über den Boden, und seine Hände griffen wie Krallen in die Erde. Im Nähern hob er den Kopf, und seinem Mund entrang sich ein abstoßendes gurgelndes Geräusch. Neeve richtete sich aus der Hocke auf und schaffte ein paar Schritte rückwärts. Sie versuchte, ihm aus dem Weg zu gehen, stolperte aber und fiel hin. Starr vor Angst lag sie hilflos auf dem Boden.

Nur wenige Schritte von ihr entfernt machte er keuchend Halt. Dann drehte er langsam den Kopf und schaute ihr direkt ins Gesicht. Sein Atem ging schwer, als sein Blick über ihren Körper schweifte und an ihr vorbei. Dann drehte er wieder den Kopf, er schien zu lauschen.

Er konnte sie nicht sehen! Er hatte sie direkt angeblickt, ohne sie zu sehen. War er erblindet? Konnte der Sturz sein Sehvermögen zerstört haben? Totenstill lag Neeve da und beobachtete jede seiner Bewegungen. Er sog die Luft ein und versuchte zu husten, aber in diesem Augenblick kam ein ganzer Schwall von Blut aus seinem Mund. Er riss sich zusammen, erstarrte und lauschte noch einmal. Langsam und vorsichtig griff Neeve nach einem Stein, weil sie befürchten musste, dass die kleinste Bewegung ihres Arms ihn auf sie aufmerksam machen würde, was aber nicht der Fall war. Sie warf den Stein auf die andere Seite von ihm, wo er weich mit einem dumpfen Ton im Gras aufkam.

Sein Kopf peitschte herum, und seine toten Augen starrten in die Richtung, in der der Stein lag. Und dann, in einem plötzlichen Ausbruch von Energie, schoss er auf diese Stelle zu.

Neeve rappelte sich auf, weil sie wusste, dass seine Bewegungen die ihren übertönen würden. Sie warf sich die Geldtasche über die Schulter und rannte zu ihrem Pferd, während der Römer seinen Angriff ruckartig beendete. Wieder lauschte er und versuchte, ihre genaue Position ausfindig zu machen. Neeve befestigte die Tasche an ihrem Sattel, ergriff die Zügel. Sie zog, aber das Pferd bewegte sich nicht. »Keine Angst«, sagte sie leise und rieb ihr Gesicht an seinem Kopf. Der Klang ihrer Stimme reizte den Römer zu einem weiteren wütenden Vorstoß ins Leere. Neeve zwang sich, ruhig zu bleiben, und flüsterte ihrem Pferd beruhigende Worte ins Ohr, während sie die ganze Zeit über sanft an seinen Zügeln zog. Endlich machte das Pferd die ersten Schritte und folgte ihr langsam hinüber ins Grasland, das in der Ferne hinter einer Reihe niedriger Hügel lag. Als Neeve die erste Anhöhe umrundete, warf sie einen letzten Blick zurück, aber alles, was sie sah, waren noch purpurne Schatten. Der Mann und der grauscheckige Hengst verschmolzen mit der dämmrigen Landschaft, als wären sie ein Teil von ihr.

Neeve war schon über eine Meile vom Ort des Grauens entfernt, als die Dunkelheit einbrach. Doch über das Flüstern des Windes hinweg konnte sie seine Schreie hören; die Wölfe waren gekommen. Das Einzige, was sie bedauerte, war, dass sie den Hengst nicht vor ihnen hatte bewahren können.

23

Zwei Tage lang suchte Neeve die Berge nach ihren Brüdern ab. In einem der Dörfer kaufte sie sich ein neues Pferd, und am dritten Morgen fand sie Taranis und Eston in einem kaledonischen Ausbildungslager für Schwertkämpfer. Als Taranis von dem Abgesandten hörte, raste er vor Wut. Mit Vernunft hatte es wenig zu tun, als er Krieger in den Abschnitt, den die Römer vermaßen, mit der Anweisung schickte, den Abgesandten – nach Möglichkeit lebend – zu ihm zu bringen, damit er Rache üben konnte. Doch dafür war es zu spät. Sie fanden lediglich ein Kontingent römischer Soldaten vor, die in den halb aufgefressenen Überresten des Mannes und seines Pferdes herumstocherten.

»Wahrscheinlich sind Kundschafter über den Leichnam gestolpert und haben dann eine Streife alarmiert«, meinte Eston.

»Ich fürchte nur, dass die Römer jetzt Neeve mit dem Tod des Abgesandten in Verbindung bringen.«

»Wenn sie jetzt bei uns bleibt, kann uns das gleich sein.«

»Ich bin aber ganz nahe dran, die Informationen zu bekommen, die wir brauchen«, sagte Neeve.

»Das ist ja alles schön und gut, aber das Wagnis –«

»Ich bin bereit, das Wagnis auf mich zu nehmen. Von uns geht doch jeder Wagnisse ein.«

»Die Römer wissen, wo du zuletzt Karten gezeichnet hast«, sagte Taranis. »Das ist jetzt einfach zu gefährlich geworden.«

Neeve sah sich schon wieder auf den Feldern beim Steineklauben. Wie konnte Taranis behaupten, dass es zu gefährlich sei, wo er und Eston doch seit Jahren ihr Leben aufs Spiel setzten? Sie jedenfalls hatte nicht die Absicht, wieder brav auf die Felder zu gehen. Ihre Arbeit war wichtig für Kaledonien. »Ich sage einfach, dass ich anderswo war«, erklärte sie.

Taranis schüttelte den Kopf. »Du hast den betreffenden Bereich im Kartenraum abgehakt, bevor du hinaus bist. Und jetzt ist ein Abgesandter tot. Wenn du lügst und behauptest, du seist woanders gewesen, dann glauben sie natürlich, du hättest was zu verbergen. Außerdem sind deine Pfeile Sonderanfertigungen.«

»Na und? Dann wissen sie eben, dass ich den Abgesandten getötet habe. Der Mann hat versucht, mich zu vergewaltigen! Kein Mensch käme doch auf die Idee, mir zu unterstellen, dass ich ihm nachgeritten bin, um ihn wegen seines Geldes zu ermorden. Wie sollte ich auch wissen, dass er so viel Gold und Silber mit sich herumschleppt?«

»Und selbst, wenn sie es gewusst hätte«, sagte Eston, der sich auf Neeves Seite schlug, »konnte sie wohl kaum davon ausgehen, einen voll ausgebildeten römischen Soldaten zu überwältigen.«

»Nur ein Verrückter kann glauben, dass ich das von Anfang an geplant hatte«, bekräftigte Neeve.

Taranis saß ein paar Sekunden lang ruhig da, bevor er fragte: »Du sagst, der Präfekt von Faustina hat den Abgesandten wegen Gehorsamsverweigerung auspeitschen lassen?«

Neeve machte sich neue Hoffnungen. Sie bestätigte: »Die Römer sind wahrscheinlich selber froh, ihn los zu sein.«

Taranis runzelte die Stirn. »Trotzdem war er immerhin ein römischer Abgesandter. Und dann ist da noch die Sache mit seiner Geldtasche. Ob sie wohl ahnen, wie viel da drin war?«

»Sie gehen sicher davon aus, dass er etwas Geld dabei hatte.«

»Aber keine ganze Satteltasche voll.«

»Keine ganze Satteltasche«, meinte auch sie. »Nur bewaffnete Soldaten transportieren größere Summen.«

»Und doch hatte er das Geld.«

Neeve schaute ihren Bruder an und sagte: »Der Präfekt hätte ihn nie allein weggeschickt, wenn er geahnt hätte, dass er einen derartigen Reichtum mit sich führte.«

Die Sache war Taranis ein Rätsel. »Kann er das Geld aus einem der Lager gestohlen haben? Wahrscheinlich ist das nicht gerade«, beantwortete er seine Frage selbst. »Selbst Abgesandte aus Rom haben bestimmt keinen freien Zugang zu den Schatzkammern der Kastelle. Er muss die Steuereintreiber südlich des Walls beaufsichtigt haben.«

»Und es dort gestohlen haben«, fügte Neeve hinzu.

»Dann wird kein Mensch eine ganze Tasche voller Münzen vermissen«, meinte Eston.

»Und was noch wichtiger ist – niemand wird Neeve verdächtigen, etwas gestohlen zu haben«, sagte Taranis.

»Vielleicht sollte ich trotzdem ein paar Münzen zurückbringen«, meinte Neeve nachdenklich. »Ich kenne diesen Präfekten; er legt großen Wert auf Ehrlichkeit. Er will mir eigentlich jetzt schon vertrauen, da bin ich mir ganz sicher. Er sucht nur noch einen Grund dafür, sein natürliches Misstrauen gegen die Kelten mir gegenüber zu unterdrücken. Ich denke, ich habe es fast geschafft. Ich war schon in seinen Arbeitsräumen, und ich hoffe, dass ich bald einige Listen vom Lager Faustina zu sehen bekomme.«

»Sei bloß nicht zu gierig darauf, sonst machst du noch einen entscheidenden Fehler.«

Neeve nickte und bemühte sich, Taranis zu versichern, dass sie äußerste Sorgfalt walten lassen wollte. Und sie nahm sich auch wirklich vor, künftig doppelt vorsichtig zu sein. Diese Römer waren ein misstrauisches Pack.

»Na schön«, sagte Taranis, dem sein Mangel an Begeisterung anzusehen war, »legen wir also eine Hand voll Münzen in einen Geldbeutel. Falls zufällig jemand auf den Gedanken kommen sollte, dass der Römer eine Tasche voller Gold dabei hatte, wird er annehmen, dass der Abgesandte nervös geworden ist und sie irgendwo versteckt hat, um sie später unter dem Schutz von Soldaten wieder abzuholen. Auf jeden Fall dürfte jeder davon ausgehen, dass Neeve, wenn sie einen solchen Schatz gefunden hätte, es nicht mehr nötig hätte, Karten zu zeichnen.«

»Wie wahrscheinlich ist es, dass der Abgesandte den Präfekten getötet hat?«, fragte Eston.

»Das halte ich für sehr unwahrscheinlich«, sagte Neeve, »aber es spielt auch gar keine Rolle. Der Offizier, der dann auf seinen Posten nachrücken würde – ein Tribun namens Julian Quintillius –, vertraut mir noch mehr als der Präfekt.«

Ihre Selbstsicherheit bewirkte das Gegenteil von dem, was Neeve erreichen wollte, denn jetzt wiederholte Eston die Warnungen seines Bruders. Beiden war anzusehen, wie sehr der Vorfall mit dem römischen Abgesandten sie erschüttert hatte. Aber das galt auch für sie selbst, und so schwor sie noch einmal, äußerste Vorsicht an den Tag zu legen.

»Noch was«, sagte Taranis. »Geh dem dunkelhäutigen Centurio aus dem Weg. Der ist anders als die anderen Römer … und verdammt gefährlich.«

Die goldenen Dächer und stattlichen Säulen am Ende des Forums leuchteten in der Morgensonne. Schon herrschte überall große Geschäftigkeit, und zwischen rauchenden Holzkohlebecken verkauften Straßenhändler den Vorübergehenden Obst, gegrilltes Fleisch und mit Honig bestrichene Brote. Putzsklavinnen sammelten mit Körben ihre Tücher ein, mit denen sie die Feuchtigkeit der Nacht von den marmornen Treppen gewischt hatten, und am Fundament der Rostra schaufelten Arbeiter

Mörtel in Risse, die das alte steinerne Podium bedrohten. Hier und da hatten sich Grüppchen von Senatoren eingefunden; die einen lachten und unterhielten sich, während andere ihren eilfertigen Sekretären Anweisungen erteilten.

Vor den bronzenen Türen des Senatsgebäudes hörte sich Atilius die Klagen von drei Senatoren und einem Ritter an, dem Besitzer einer Bank. Was für eine Zeitverschwendung, dachte er, während der Bankier sich über gänzlich nebensächliche Dinge ausließ. Was machte es schon, wenn die Priester für ihre mittäglichen Opferungen ein paar Sesterzen mehr verlangten oder ein Emporkömmling aus dem Ritterstand, über den sich die Senatoren jetzt aufregten, dabei erwischt worden war, wie er die Insignien eines Senators getragen hatte? Das Reich war in höchster Gefahr, und Barbaren stürmten überall gegen die Grenzen an! Er seufzte innerlich darüber, wie mächtige Männer sich über die lächerlichsten Kleinigkeiten ereifern konnten.

Er war über sie erhaben, und das nicht nur, weil er im laufenden Jahr als der Favorit für die Ernennung zum Konsul galt. Trotz des Ansehens, das ein solcher Titel brachte, legte er wenig Wert auf diese Ehrung. Das Schicksal hielt für ihn noch weit Größeres bereit. Er war der geborene Herrscher. Er wollte entweder Kaiser werden oder mit Freuden seinen Hals dem Henker darbieten. Seine Berufung war es, unter der Führung und dem Schutz der Götter das Angesicht des Reiches zu verändern.

Seine Blicke schweiften über die Menschen, die über das alte Forum hasteten, und er fragte sich schon, wo Balbinus blieb. Er sollte es bald erfahren. Am anderen Ende des Platzes erblickte er seinen korpulenten Gehilfen, der sich seinen Weg durch die rasch anschwellende Menge bahnte. Atilius entschuldigte sich und stieg über die glänzende Marmortreppe zum Grund des Forums hinab. Es hatte keinen Sinn zu riskieren, dass Balbinus, oben angelangt, vor Anstrengung zusammenbrach, und außerdem war Vertraulichkeit eher im Lärm der Massen gewährleistet als unter den neugierigen Blicken von Senatoren, die nur zu gern in alles ihre Nase steckten. Er sah zu, wie Balbinus um eine Gruppe lächelnder Finanzfachleute herumging, die schamlos versuchten, die Geldbeutel reicher syrischer Kaufleute zu schröpfen. Investoren waren in Rom immer gern gesehen.

»Dieser Morgen ist ein Geschenk der Götter«, rief Atilius seinem Sekretär zu.

»Die Götter bringen zwar einen wolkenlosen Himmel«, erwiderte Balbinus, »aber leider keine guten Nachrichten, wie ich fürchte.« Er runzelte die Stirn. »Der alte Trebellius wird nicht mehr vor dem Senat reden können. Seine Kraft ist zu Ende, und seine Worte kommen nur noch flüsternd. Ich bezweifle sehr, dass er die Woche überstehen wird.«

Atilius verzog angewidert das Gesicht. Ihm war zwar klar gewesen, dass der alte Centurio nicht mehr lange zu leben hatte, aber er hatte doch gehofft, ihn noch einmal für seine Zwecke einspannen zu können. Er betrachtete seinen niedergeschlagen wirkenden Sekretär. »Noch ist nicht alles verloren«, meinte er schließlich. »Ich hätte zwar schon gern die eine oder andere Anmerkung von Trebellius über unsere Politik der Schwäche im Norden Britanniens gehört, aber auch die letzten Worte eines Sterbenden können durchaus ihre Wirkung haben.«

Balbinus wirkte erst verdutzt, lächelte dann aber. »Wir werden seine letzten Worte liefern. Großartige Idee. Nachdem Vectis im äußersten Vorposten Dienst tut, ist es schließlich nur natürlich, wenn Trebellius in seiner letzten Stunde an seinen Sohn denkt.«

»Und an Britannien.«

»Richtig. Vielleicht eine kurze Anmerkung dazu, wie dumm es von Kaiser Antoninus doch war, seinen Wall zu bauen?«

»Ja«, sinnierte Atilius, »aber eine prophetische Anmerkung. Wenn die Wahrheit am Boden liegt, verleiht das der Prophezeiung Flügel.« Er schaute einem abgerissenen Jungen nach, der wahrscheinlich etwas gestohlen hatte und mit zwei städtischen Soldaten auf den Fersen hinter dem Castortempel verschwand. Ein weiteres Anzeichen dafür, dass Rom auf dem absteigenden Ast ist, dachte er, bevor er sich wieder seinen Geschäften zuwandte. »Im Augenblick von Trebellius' Tod möchte ich, dass das Gerücht verbreitet wird, die letzten Worte des Sterbenden auf meine Frage nach dem Antoninischen Wall hätten gelautet:

›Ins Land der Schatten trete ich jetzt ein, und mein Sohn wird mir bald folgen. Verflucht seien Antoninus und sein Wall. Beide sind schon auf dem besten Weg, wieder mit der Erde zu verschmelzen.‹«

»Das wird Rom zum Kochen bringen.«

»Dafür wirst du schon sorgen. Und wenn deine Helfershelfer die Geschichte verbreiten, dann lass sie hinzufügen, dass ich furchtbar wütend auf dich war, weil du es zugelassen hast, dass die Diener die letzten Worte des sterbenden Trebellius weitergegeben haben. Du wirst klarstellen, dass der Senator Atilius Titianus es ungehörig und unverantwortlich findet, dass einige Leute die letzten Worte von Trebellius dazu missbrauchen, unseren hoch verehrten Kaiser bezüglich seiner gescheiterten Politik in Britannien in Verlegenheit zu bringen.«

»Wird erledigt, Senator. Ich werde dafür sorgen, dass sich alle Diskussionen um die gewaltige Verschwendung von Roms Staatsschatz zur Erhaltung eines Walls drehen, der sowieso keine Zukunft hat.«

»Ausgezeichnet.«

»Ich werde es auch nicht versäumen, die Leute dezent daran zu erinnern, dass ihr schon immer das Scheitern dieser Politik vorhergesagt habt.«

»Ja, das war meine Prophezeiung«, murmelte Atilius. Trotz seiner Jugend hatte er damals schon vorausgesagt, dass ein zweiter Wall zum Scheitern verurteilt sei. Zunächst hatte seine Aussage nur den Zweck erfüllt, im Senat auf sich aufmerksam zu machen, aber die Götter waren wieder einmal auf seiner Seite gewesen. Es stellte sich nämlich heraus, dass er Recht gehabt hatte. Es wäre weitaus besser gewesen, wenn Rom massiv in Truppen investiert und mit diesen die Insel ebenso erobert hätte wie Gallien. Im Lauf der Jahre hätte man diese kaledonischen Barbaren zu Musterbürgern umerzogen, und ein dauerhafter Frieden wäre die Folge gewesen. Diese Logik aber konnte der furchtsame Antoninus offenbar nicht nachvollziehen. Er wurstelte lieber so weiter, bis das Reich in Stücke brach oder jemand seiner Unfähigkeit müde wurde und ihn vom Thron stieß.

Zum Glück für Rom sollte Antoninus' Amtszeit als Kaiser bald ein jähes Ende finden.

Neeve wandte die Augen von dem nicht näher gekennzeichneten Dokument ab, das auf dem Tisch des Präfekten Vectis Trebellius lag und nur wenige Seiten umfasste. Sie wusste, um was es sich dabei handelte. Gestern hatte sie Julian damit in einem der Hinterzimmer gesehen, und aus seinem Gespräch mit Vectis schloss sie, dass es etwas mit den Truppenstärken der einzelnen Kastelle zu tun hatte. Es war ein äußerst wertvolles Dokument.

Sie war sehr zufrieden mit sich, wenn sie auf die vorausgegangenen Wochen zurückblickte, in denen es ihr gelungen war, das Vertrauen des Präfekten zu gewinnen – und durch ihn auch an verschiedene Informationen zu kommen, die für die Kriegsführung der Kaledonier von entscheidender Bedeutung waren. Präfekt Vectis war sorglos geworden. Er behandelte sie wie eine hübsche Kartenzeichnerin, die keinen größeren Ehrgeiz hatte, als sich mit den großen Eroberern Britanniens gut zu stellen. Ein demütiges, ehrfürchtig zu ihnen aufblickendes Mädchen – ja, das gefiel ihnen. Benimm dich, wie deine Herren es von dir erwarten, und du bekommst vielleicht den einen oder anderen Krümel von ihrem Tisch ab.

Sie lächelte ihn an; er redete immer noch.

Dass er ihre Gesellschaft genoss, war nicht zu übersehen. Fast jeden Tag, an dem sie nicht ausritt, um Karten zu zeichnen, fand er eine Ausrede, um sich mit ihr zu treffen, und oft lud er sie in sein Arbeitszimmer ein. Natürlich hatte er sie am Anfang auf die Probe gestellt und auf seinem Tisch Dokumente mit der Aufschrift »Dringend« oder »Vorpostenstrategie« liegen lassen, um zu sehen, ob sie auf die Titel schielte und damit verriet, dass sie doch lesen konnte. Doch sie hatte die Taktik durchschaut und keines der Dokumente auch nur angerührt, als er für ein paar Minuten das Zimmer verließ. Sie fürchtete, er könnte sie mit einem Haar oder mit Mehl markiert haben oder mit einer winzigen Gänsedaune. Sie wusste nicht, ob es so war, aber sie hatte nicht die Absicht, darauf hereinzufallen.

Nach diesen ersten Wochen schien er von ihrer Ehrlichkeit überzeugt, und zuweilen ließ er sie sogar allein im Raum, wenn er das eine oder andere zu erledigen hatte. Bei einer solchen Gelegenheit entdeckte sie den Versorgungsplan für die fünf Vorposten und Tage später den Plan über einen Transport von Pferden nach Colania, den Taranis und seine Krieger prompt abfingen.

Sie rutschte auf der Liege hin und her und versuchte, nicht in die Richtung des Dokuments zu schauen. Die Versuchung, die braune Mappe anzustarren, war groß. Er redete noch immer über seine Schwierigkeiten mit den anderen Kastellen und bat sie immer wieder, ihn zu unterbrechen, wenn er sie langweilte. Sie nickte höflich, als hörte sie ihm aufmerksam zu, um dann zu versuchen, das Gespräch in eine Richtung zu lenken, die ihr weitere Informationen bot. Nicht einmal in Londinium – einer Stadt voller Legionäre – hatte sie gemerkt, wie viel Uneinigkeit unter den römischen Offizieren herrschte. Für die Befreiung Kaledoniens ließ das hoffen.

Sein Beigegebener Offizier brachte beiden je eine Tasse Tee. Sie spürte die Blicke des Präfekten auf sich gerichtet, als sie schweigend in ihre Tassen starrte und an dem Gebräu nippte. Sie blickte zu ihm auf und lächelte erneut. Kein Zweifel, er mochte sie – und er vertraute ihr. Sie sah es in seinen Augen. Natürlich konnte sie das nicht alles sich selbst zugute halten, denn ein Großteil seines Vertrauens zu ihr war aus ihrem schrecklichen Zusammentreffen mit dem römischen Abgesandten erwachsen. Der Präfekt erklärte ihr zwar nie direkt, dass er sich für den Zwischenfall verantwortlich fühlte, weil er den Abgesandten nur wenige Stunden zuvor aus dem Kastell hatte werfen lassen, aber seine Bemühungen, seinen Fehler wieder gutzumachen, waren nicht nur für sie, sondern für jeden im Standort unübersehbar.

Auf dem Exerzierplatz hatte er sie im Beisein zahlreicher Soldaten und Offiziere offiziell für ihre Tapferkeit ausgezeichnet und für ihre Ehrlichkeit, die sie mit der Rückgabe des Geldes bewiesen hatte. Ihr Entschluss, eine Hand voll Münzen zurückzubringen, hatte ihr große Sympathien eingebracht. Faustinas Offiziere waren erstaunt darüber, dass eine nichtrömische Hilfskraft eine für sie so beträchtliche Summe zurückgegeben hatte, und Vectis hatte verfügt, dass – gewissermaßen als Finderlohn – in der monatlichen Lohnabrechnung neben ihrem Namen ein goldener *aureus* eingetragen wurde.

Bald darauf informierte Julian sie über weitere Veränderungen. In sachlicher Weise erklärte er ihr, dass ihre Arbeit für Rom und ihr ganzes Verhalten den Offizieren des Kastells positiv aufgefallen seien und sie deshalb in eines der großen Gastzimmer umziehen dürfe, die für Würdenträger, die das Kastell besuchten, reserviert waren. Darüber hinaus sollte sie das Kastellbad am späten Nachmittag für sich allein haben, und außerdem durfte sie in der Küche des Lagerpräfekten besondere Gerichte bestellen. Um ihre Sicherheit zu gewährleisten, bot man ihr auch noch innerhalb des Lagers eine Arbeit in einer der Schreibstuben an, die sie jedoch ablehnte. Sie brauchte, da die Pläne der Nachschubkolonnen und der Streifen jetzt allwöchentlich geändert wurden, auch weiterhin eine Begründung, um das Kastell verlassen zu können.

Die Bewegung der braunen Mappe unterbrach sie in ihren Gedanken. Vectis hatte sie jetzt in der Hand und legte sie ordentlich im rechten Winkel ans Ende des Tisches. Er war äußerst penibel.

»Neeve«, sagte er, während er eine Schachtel mit Griffeln ebenso exakt ausrichtete wie das rechteckige Tintenfass, »ich möchte gerne persönliche Gespräche mit den Präfekten der anderen Vorposten führen, und zwar im *Ianuarius,* bevor es richtig Winter wird. Unterwegs brauche ich vielleicht einen Übersetzer, und deine Sprachkenntnisse haben sich stark verbessert. Möchtest du mich begleiten?«

Das war eine einmalige Gelegenheit, die anderen Kastelle unter die Lupe zu nehmen. Sie nippte an ihrem Tee und sagte schüchtern: »Ich würde gerne besuchen *castellum* Colania.«

Er lachte. »Du meinst, du würdest gern den *praefectus* Commodus kennen lernen.«

»Ich glaube nicht, dass ist ein *praefectus* Commodus, zumindest nicht so, wie du sagen.«

»Wie ich höre, sucht er gerade eine Frau«, meinte der Präfekt. »Eine große keltische Frau.«

»Ich bin groß«, sagte Neeve liebenswürdig.

»Dann kommst du also mit?«

»Du mir zahlst Kartenmacherin-Lohn?«

»Viel mehr sogar. Übersetzer sind besonders wichtig.«

»Hmmm«, sagte sie, als sei sie tief in Gedanken versunken. »Wenn mehr Bezahlung, ich vielleicht finde reichen römischen Mann ... ja, ich komme mit.«

Wieder wurde ihr Gespräch von einem der Offiziere an der Tür unterbrochen. Der Versorgungsoffizier bat Vectis, eine Meinungsverschiedenheit am anderen Ende des Kastells aufzuklären. Da die Kaledonier einen immer größeren Teil der Nachschublieferungen abfingen, waren viele Dinge knapp geworden. Neeve stand auf, als wollte sie gehen, doch als er sie bat, auf ihn zu warten, tat sie so, als ob sie ein wenig unwillig sein würde.

Vom Fenster aus sah sie dem Präfekten nach, bis er von der Hauptstraße abgebogen war. Dann nahm sie die Mappe und zog das Dokument heraus. Ihr stockte der Atem. Auf nur drei Seiten, von Ost nach West, waren die genaue Anzahl und die Art von Soldaten, die in jedem größeren und kleineren Kastell am Antoninischen Wall lagen, aufgelistet. Sie studierte die Zahlen kurz und legte die Blätter dann zurück. Wie sollte sie sich das alles merken? Das war ganz unmöglich. Sie ging wieder ans Fenster, dachte über das Problem nach. Die Listen einfach zu nehmen kam nicht in Frage, und Taranis hatte sie davor gewarnt, Schriftstücke zu kopieren. Aber die Informationen in dieser Mappe waren so wichtig, dass sie das Wagnis eingehen und die Listen abschreiben wollte.

Mit dem Rücken zur Tür, das Dokument halb aus der Mappe gezogen, griff sie nach einem unbeschriebenen Papyrus, hob den Wachsverschluss vom Tintenfass. Dann rührte sie ein paar Tropfen Wasser in die schwarze, zähflüssige Masse, tauchte die Feder ein und kritzelte rasch die abgekürzten Namen der ersten drei Kastelle und daneben die jeweilige Anzahl ihrer Hilfssoldaten auf den Papyrus.

Stimmen vor der Tür.

Neeve erstarrte.

Der Präfekt kam den Flur entlang.

Sie griff nach der Dokumentenmappe.

Die Tür öffnete sich.

Er blieb im Türrahmen stehen.

»Was machst du da?«, fragte der Präfekt. Einen Augenblick lang reagierte Neeve gar nicht. Er hatte sie ertappt. Taranis hatte sie gewarnt, und sie hatte nicht auf ihn gehört. Jetzt würde man sie als kaledonische Spionin hinrichten.

Sie zwang sich zu einem Lachen. »Eine Geheimnis«, antwortete sie und schob die Blätter wieder in ihre Hülle. Wie wild kritzelte sie auf dem Papyrus herum und versuchte, die Namen und Zahlen in Bilder zu verwandeln, in Gesichter und Werkzeuge. Um sie herum zeichnete sie einen kastenförmigen Karren mit großen Rädern, wie ihn die römischen Bautrupps benutzten. Sie hatte gerade begonnen, einen Mann zu zeichnen, der den Karren zog, als er um den Tisch herumkam.

»Nein, nein«, sagte sie in bemüht fröhlichem Ton, »noch nicht fertig.« Sie beugte sich über die Seite, um ihm die Sicht zu versperren, und veränderte die Zahlen dahingehend, dass sie mehr wie Gesichter von Männern in einem Karren aussahen.

»Neeve, zeig mir doch bitte, was du da machst.«

Sie arbeitete weiter. »Fast fertig.«

»Neeve, bitte!« Er zog das Blatt weg.

»Präfekt ist so ungeduldig«, sagte sie mit tadelndem Unterton.

Er überflog das Bild und fragte dann: »Was ist das?«

»Ist nicht serr gutt«, erwiderte sie mit entschuldigendem Blick. »Das Bild ist du – du ziehen das ganze *castellum* und Menschen und alles. Du arbeiten zu viel und brauchen Ruhe. Ich denke, vielleicht wir –«, sie senkte schüchtern den Blick, »– vielleicht wir könnten gehen am Fluss. Ich kenne schöne Ort da.«

Er schaute wieder auf das Bild. »Das wäre schön. Vielleicht ein andermal.«

Vom Eckfenster seines Arbeitszimmers aus schaute Vectis Neeve nach, die wieder einmal zum Kartenzeichnen aufbrach. Diesmal ritt sie nach Norden, was Vectis beunruhigte. Sie hatten bereits einen ihrer neuen Kartenzeichner in einem Sektor im Norden verloren. Es hatte nichts geholfen, dass er ihr relativ angenehme Arbeiten in der Sicherheit des Lagers angeboten hatte – Arbeiten, um die sich die meisten nichtrömischen Hilfskräfte rissen. Neeve hatte darauf bestanden, das Kastell immer wieder einmal zu verlassen, weil sie, wie sie sagte, leidenschaftlich gern Karten zeichnete. Wenn die jüngst eingetroffenen Kartenmacher die nördlichen Sektoren zeichneten, wollte sie nicht zurückstehen.

Drei Wochen waren vergangen seit ihrem Zusammentreffen mit Kallias – drei Wochen, in denen er, wie er sich selbst gegenüber zugeben musste, es genossen hatte, dieser faszinierenden Frau aus dem Norden näher zu kommen. Doch hinter ihrem Lächeln und ihrer offenen Art spürte Vectis eine Leere, die er sich nicht recht erklären konnte. Manchmal spielte er mit dem Gedanken, ihr von der Sklavin mit den durchdringenden Augen zu erzählen, der sie so ähnlich sah und die ihm noch immer in seinen Träumen begegnete, doch immer empfand er zwischen ihnen eine gewisse Distanz, und er fragte sich, ob er je die wahre Neeve Kartenmacherin kennen lernen würde.

Sie hatte gerade ihr Gespräch mit den Wachposten am Tor beendet und ging jetzt wieder zu ihrem Pferd. Einer der Soldaten warf ihr aus Spaß einen Kieselstein über die Schulter, der ihr Pferd an der Flanke traf und es aufschrecken ließ. Sie sagte daraufhin etwas, das ihm und den anderen Wachen ein herzliches Lachen entlockte. Jeder mochte sie, dachte er; sie konnte mit jedem gut umgehen. Eine bemerkenswerte Frau. Und sie lernte rasch. Ihre erstaunlichen Fortschritte in der Beherrschung des Lateinischen gefielen ihm sehr. Er schaute zu, wie das Tor sich öffnete und wieder schloss, und Neeve war fort.

Gleich darauf verließ er sein Arbeitszimmer, überquerte den

Exerzierplatz und bog in eine schmale Gasse ein, die sich mit der nächsten breiten Straße kreuzte. An der Ecke betrat er einen großen, spärlich möblierten Raum – das Schlafzimmer der Kartenmacherin.

Der Raum war mit seinen kiefernholzverkleideten Wänden und den schmalen Fensterschlitzen dunkler, als er erwartet hatte. Links von der Tür an der Wand stand ein Webstuhl mit herabhängenden Kettfäden, die von Webegewichten aus Ton- und Steinringen gehalten wurden. In der Mitte des Raums standen ein hölzernes niedriges Bett und ihre hölzerne Truhe. Auf drei eisernen Eckregalen fanden sich winzige Öllämpchen, während auf dem vierten Garnrollen und fertige Stoffbahnen lagen. Offensichtlich achtete sie peinlich genau darauf, kein offenes Feuer in der Nähe der leicht entzündlichen Wolle zu haben.

Vectis wusste, was er zu tun hatte. Er ging geradewegs auf die hölzerne Truhe am Fuß ihres Betts zu und nahm den Deckel ab. Gründlichst durchsuchte er Neeves Kleidung und zwei weiche Ledertaschen mit ihren persönlichen Habseligkeiten, wobei er sehr darauf achtete, die Dinge genau so wieder zusammenzufalten und hineinzulegen, wie er sie vorgefunden hatte. Falls sie eine Spionin war, würde er es bald herausfinden. Er hatte nicht die Absicht, sich ein zweites Mal von einer Keltin aus dem Norden zum Narren halten zu lassen.

Er schnaubte verächtlich, als er sich bewusst wurde, wie dumm das alles klang. Warum stocherte er als Präfekt des Vorpostens Faustina in den Sachen einer nichtrömischen Hilfskraft herum? Er hätte ganz einfach eine Durchsuchung anordnen sollen. Aber dann hätten andere die Wahrheit erfahren – nämlich dass er der Kartenzeichnerin misstraute. Dabei misstraute er ihr gar nicht wirklich. Nach dem Vorfall mit ihrem Bruder hatte er natürlich Kundschafter ausgeschickt, die sie beim Zeichnen beobachteten. Aber die Überprüfung der Arbeitsmoral nichtrömischer Arbeitskräfte war eine Sache, die Durchsuchung ihrer Zimmer eine andere.

Trotzdem war es unumgänglich. Er war der verlängerte Arm Roms in Britannien, und die Sicherheit des Kastells ging in jedem Fall vor. Er dachte an die jüngsten Probleme, die die Vorposten mit den Kaledoniern hatten. Sie fielen über die Versorgungskolonnen her. Selbst Änderungen im Zeitplan dieser Transporte oder gezielte Täuschungsmanöver beeinträchtigten kaum die Fähigkeit des Feindes, die Wagen abzufangen. Die Kaledonier schienen genau zu wissen, welche Kolonnen tatsächlich Nachschub geladen hatten und welche nicht. Vectis war gezwungen gewesen, mehr Soldaten für Begleitzüge abzustellen und somit andere Gebiete weitgehend ungeschützt zu lassen. Jupiter hatte schon Recht. Die Feinde hatten in letzter Zeit zu viel Glück gehabt; irgendwo musste ein Spion stecken. Und Vectis wusste, was er zu tun hatte. Er musste jede potenzielle Schwachstelle genauestens untersuchen, von römischen Beamten über Kuriere bis hin zu nichtrömischen Arbeitskräften. Und dazu gehörten *alle* Nichtrömer mit Zugang zu wichtigen Informationen.

Seit seiner frühen Schulzeit hatte er gelernt, dass Nichtrömer die Tore waren, durch die die Katastrophe hereinbrach. Und dass Kelten geborene Lügner waren. Angehörige anderer Völkerschaften, so hatte man ihm hundertmal erklärt, mussten sich das Vertrauen eines Römers erst verdienen. Und deshalb war er jetzt hier und durchwühlte die Habseligkeiten der Kartenmacherin Neeve in der Hoffnung, dass er ihr nicht zu Unrecht vertraut hatte. Er untersuchte den Raum nach verdächtigen Gegenständen. Er untersuchte Fußboden und Decke nach möglichen Verstecken. Alles war, wie es sein sollte. Er tastete ihr Federbett nach darin verborgenen Gegenständen ab und zog dann jede Wolldecke einzeln ab, um die Strohmatratze zu untersuchen.

Nichts.

Unter dem Bett fand er eine schmale Kiste und etwas in Wolle Eingeschlagenes. Er öffnete Letzteres und fand eine seltsame Puppe vor, an der, wenn man sie ausrollte, sechs weitere Puppen angenäht waren – ein Vater, eine Mutter und vier kleinere Kinder. Die Puppe war sehr alt und abgenutzt und war im Lauf der Jahre mehrmals gestopft worden. Eingenäht in drei der Puppen – in die Mutter, den Vater und eines der Kinder –, fand

Vectis eine Mondsichel, was womöglich andeuten sollte, dass drei ihrer engsten Verwandten schon in ihrer frühen Kindheit gestorben waren. Er steckte die Puppe behutsam wieder in ihre wollene Hülle, um dem offenbar in Ehren gehaltenen Erinnerungsstück keinen Schaden zuzufügen.

In der Kiste lagen mehrere Zeichenfedern aus Schilfgras, ein Fass Tinte aus Lampenruß, Kreide zum Zeichnen, vier alte römische Landkarten sowie Kopien, die Neeve von ihnen angefertigt hatte. Offensichtlich hatte sie die Karten dazu benutzt, die römischen Techniken im Kartenzeichnen zu üben. Er fand auch mit groben Strichen hingeworfene Zeichnungen von Menschen und Szenen in der Umgebung des Kastells, die erstaunlich lebensecht gezeichnet waren. So deutete Jupiter mit drohendem Blick und dicken Fingern auf eine Gruppe von Soldaten, die exerzierten. Sie hat ihn sehr gut getroffen, dachte Vectis. Die nächste Zeichnung zeigte einen lächelnden Julian auf der grasbewachsenen Böschung des Erdwalls im Gespräch mit drei Frauen. Außerdem gab es noch mehrere Zeichnungen von Rom mit Türmen, edelsteinbesetzten Toren und über der Stadt schwebenden Göttern. Vectis musste lächeln. Sie zog es offenbar vor, von der Wahrheit nichts wissen zu wollen und sich stattdessen ihre Illusionen über Rom zu bewahren.

Und dann sah er sich selbst. Er und Neeve saßen am grünen Ufer eines Flusses und schauten ins vorbeifließende Wasser. Vectis wurde merkwürdig warm ums Herz, als er die Zeichnung betrachtete. Es war eine recht schlichte Szene: Ihr Kopf ruhte auf seiner Schulter, und er drückte sie mit einem Arm fest an sich. In ihrer Hand hielt sie eine Blume, der ein paar Blütenblätter fehlten. Einige Augenblicke lang sog er die imaginäre Szene in sich auf, um dann jäh die Zeichnung an ihren Platz zurückzulegen. Er fühlte sich wie ein Eindringling, und das war er ja auch. Dies waren Neeves private Gedanken, und er kam sich reichlich gewöhnlich dabei vor, ihre Sachen zu durchwühlen – etwa wie ein Mann, der durch einen Spalt in der Wand heimlich eine Frau beobachtet. Hastig blätterte er die übrigen Papiere durch und zwang sich dabei, die Angelegenheit ganz sachlich zu sehen. Er fand nur einen Gegenstand von Bedeutung, und der verstärkte sein Vertrauen zu ihr nur noch mehr. Ziemlich weit unten im Stapel lag eine Tafel, auf der Neeve geübt hatte, ihren Namen zu schreiben.

Nachdem sie Faustina verlassen hatte, ritt Neeve über eine Stunde lang nach Norden, bevor sie ihr Pferd nach Westen lenkte, um ihre Brüder zu suchen. Sie hatte neue Informationen über die Nachschubtransporte. Vorsichtshalber ritt sie immer geradewegs auf den Sektor zu, den sie zeichnen sollte, obwohl sie seit Dienstantritt des Präfekten Vectis in Faustina nicht mehr verfolgt worden war. Misstraue allem und jedem, hatte Taranis ihr gesagt; Misstrauen war ihr Schlüssel zum Überleben.

Nun nahm sie das Terrain im Norden, so schnell sie konnte, auf. Bei all den Umwegen, die sie reiten musste, blieb ihr nur wenig Zeit für ihre eigentliche Aufgabe, das Zeichnen von Karten. Die Morgenluft war frisch und kalt, und Neeve hielt kurz an, um einem Rothirsch dabei zuzusehen, wie er über ein moosbedecktes Moor von einer schützenden Waldung zur nächsten sprang.

Neeve verstand sein Bedürfnis, im Wald Schutz zu suchen, denn sie fühlte sich in Faustina ebenso gefährdet und wünschte sich manchmal, sie könnte einfach in die Berge davonreiten, ohne jemals mehr anzuhalten. Natürlich hatte sie allen Grund, stolz auf ihre Leistungen zu sein, aber wenn ihre Brüder von ihrem Leichtsinn erfahren würden ... Es war dumm von ihr gewesen, die Listen abschreiben zu wollen. Nun, sie würden es nie erfahren, weil sie es ihnen nie erzählen würde, und sie wollte nie wieder so unvorsichtig sein.

Es war umso dümmer gewesen, als sie sich unglaublich viel Mühe gegeben hatte, keinen Verdacht zu erregen, und sogar eigens Bilder von Rom gefertigt hatte, um zu zeigen, wie schlicht und naiv ihre Vorstellungswelt war. Nachdem sie die Arbeitsräume des Präfekten verlassen hatte, war sie auf kürzestem Weg zu ihrem Zimmer geeilt und hatte schnell ein paar weitere Zeichnungen angefertigt, von denen sie annahm, dass sie das Vertrauen des Präfekten in sie fördern würden.

Als sie die Karte ihres Sektors fertig hatte und in ihre lederne Hülle schob, dachte sie über ihre Darstellung von sich selbst und Vectis nach und fragte sich, warum sie die Szene so und nicht anders gezeichnet hatte. Als sie das Arbeitszimmer des Präfekten verließ, hatte sie ein Bild von ihnen beiden im Kopf, in dem sie gemeinsam am Fluss entlangspazierten, und nicht etwa eines, in dem sie sich weltvergessen aneinander lehnten. Schon seltsam, dachte sie, wie oft ihre Bilder doch ihre inneren Bedürfnisse widerspiegelten. Manchmal fühlte sie sich sehr einsam, wenn sie über die stillen Moore ritt, in ihrem Zimmer am Webrahmen saß oder sich in den leeren Bädern schrubbte. Ihre momentane Lebensweise bot ihr zwar einen gewissen Schutz vor allzu aufdringlichen Fragen, forderte aber auch ihren Preis. In ihrem Innersten wusste sie, dass auch sie ihr Zusammensein mit dem Präfekten genoss und ihre Freude daran hatte, wenn er lachte und Geschichten von fernen Ländern zum Besten gab. Er war zwar Römer, doch ansonsten schien er ein anständiger Mensch zu sein, und das hatte sie nun gar nicht erwartet. Vielleicht hatte sie deshalb die Blume mit den fehlenden Blütenblättern hinzugefügt – um sich selbst daran zu erinnern, dass manche Beziehungen von Anfang an zum Scheitern verurteilt sind.

Neeve führte ihr Pferd einen steilen Abhang hinunter und an einem plätschernden Bächlein entlang, das alle paar Schritte seine Richtung änderte. Die Berge waren mit dichten Beständen von Kiefern, Zwergeichen und luftigen Lärchen bedeckt, doch bald schon würden weniger dichte Waldstücke und schließlich leicht zu durchquerende Moore kommen. War sie erst einmal in den tiefer gelegenen Gebieten, konnte sie ungehindert in östlicher Richtung zur alten Römerstraße und nach Faustina im Süden reiten.

Als sie eine felsige Kuppe umrundete, erblickte sie in weniger als einer Meile Entfernung ein kaledonisches Ausbildungslager. Es nahm den Nordhang eines Berges ein und war auf drei Seiten von hohen Bäumen umgeben. Jeder, der von Süden kam, ritt fast mit Sicherheit daran vorbei, ohne es zu bemerken.

Sie schaute sich nervös um. Im Gebiet um die fünf Vorposten erkannten die meisten kaledonischen Kundschafter sie schon auf den ersten Blick. Sie hatten zwar keine Ahnung davon, was sie im Kastell zu tun hatte, wussten aber, dass sie Taranis' Schwester und als solche vertrauenswürdig war. Hier aber war das anders. Die Truppenführer kannten sie zwar, aber es waren keine Truppenführer, die im Umfeld eines Lagers durch die Wälder streiften, um Eindringlinge ausfindig zu machen. Sofort änderte sie ihre Richtung und führte ihr Pferd vom Bach weg. Es war besser, das Lager zu umgehen, als zu riskieren, auf einen übereifrigen kaledonischen Krieger zu stoßen, der nur darauf wartete, einen Feind zu töten. Wenn sie mit Karten angetroffen wurde, musste sie damit rechnen, ebenso plötzlich zu verschwinden wie der Kartenzeichner des römischen Heeres.

Der Weg über die Berge erwies sich als einfacher als der hinunter in den Wald. Neeve folgte einem viel begangenen Wildwechsel, der sich auf natürliche Weise um das Lager der Kaledonier herumzog, und sie war schon fast beruhigt, als sie im Gehölz unter ihr eine Bewegung registrierte. Sie hatte nicht genau erkennen können, ob sich ein Kopf umgewendet hatte oder ein Zweig zurückgezogen worden war, aber irgendetwas war da. Eine endlose Minute lang beobachtete sie fast reglos die Stelle. Ein Eichhörnchen? Ein Fuchs? Sie strich ihrem Pferd sanft über die Nüstern und versuchte, es zu beruhigen, während sie überlegte, was sie tun sollte. Im Wald war es still. Selbst die Vögel waren verstummt, was nichts Gutes verhieß. Die Sonne schaute kurz aus den Wolken und zauberte leuchtende Flecken auf den Waldboden. Plötzlich brach eine Gestalt aus den Bäumen hervor, raste den Hang hinauf und schoss knapp an ihr vorbei – ein großer Rehbock, der so verängstigt war, dass er sogar bergauf floh.

Dort unten war etwas, so viel war sicher. Jetzt hörte sie auch, wie sich etwas bewegte, aber das waren nicht die vorsichtigen Schritte eines Kundschafters, sondern eine gleichmäßige Bewegung auf breiter Front, immer hangaufwärts und unbarmherzig auf sie zu.

Jäger! Eine ganze Gruppe von Jägern. Wahrscheinlich aus

dem Ausbildungslager. Andere waren vermutlich über ihr und warteten schon auf den Rehbock. Sie erkannte, dass sie in der Zwickmühle saß. Wenn man sie entdeckte, musste es so aussehen, als hätte sie das Lager für die Römer gegen Bezahlung ausspioniert und ihr eigenes Volk damit verraten. Und wenn sie dann auch noch ihre Karten sahen … schon vom Gedanken daran bekam sie weiche Knie. Sie wusste, was sie mit Spionen machten; sie stachen ihnen die Augen aus und ließen sie als abschreckendes Beispiel für andere durch die Wälder geistern. In jüngster Zeit waren sie dazu übergegangen, sie an die Spitzen von jungen Bäumen zu binden, die sich dann unter ihrem Gewicht bogen, was hieß, dass die Opfer nur knapp über dem Boden hingen, wo die Wölfe nach ihnen schnappten. Im Lauf der Nacht bog sich dann der Baum immer mehr durch, bis die Wölfe endlich an ihre Mahlzeit kamen. Nur in den seltensten Fällen überlebte ein solches Opfer.

Sie versuchte, ihre Gedanken zu ordnen und sich einen guten Grund dafür auszudenken, warum sie sich in der Nähe des Ausbildungslagers aufhielt, aber ihr fiel nichts Überzeugendes ein. Selbst wenn sie erklärte, dass sie Taranis' Schwester sei und eine Spionin der Kaledonier im Kastell Faustina, konnte es geschehen, dass man sie niederschlug. Verräter behaupteten schließlich immer, in geheimer Mission für einen der Heerführer unterwegs zu sein.

Sie beschloss, sich an ihnen vorbei ins Lager durchzuschlagen, wo die Heerführer sie beschützen würden. Neeve führte ihr Pferd an eine Stelle, von der aus sie ungehindert durch die Bäume absitzen konnte. An einem Felsen machte sie Halt. Am unteren Ende des Weges hörte sie das Knacken eines Zweiges, bevor sie sah, wie die Büsche sich teilten und zwischen den dunklen Blättern ein Jäger hervorkam.

»Hallo!«, rief sie in einem möglichst unbeschwerten Ton, »ist da jemand?« Der Wald schien ihre Worte zu verschlucken, und zurück blieb eine gespenstische Stille. Der Jäger war wie vom Erdboden verschluckt. »Hallo!«, rief sie, noch entschlossener als zuvor. »Ich bin hier oben, bei den Felsen.«

Der Jäger bewegte sich ein wenig und starrte aus seiner Deckung hinter einem Busch zu ihr herauf. Er war nicht darauf vorbereitet, mitten im Wald eine Frau mit einem Pferd anzutreffen, und wirkte noch immer ziemlich durcheinander.

Neeve nutzte die Gunst des Augenblicks. »Ich suche meinen Mann. Man hat mir gesagt, dass er im Ausbildungslager ist.« Sie rang sich ein Kichern ab. »Wir sind ganz frisch verheiratet! Sein Name ist Sencha. Kennst du ihn?«

»Bleib da stehen!« Der Mann klang nicht gerade freundlich. Er gab den Jägern zu beiden Seiten von ihm Zeichen. »Bist du allein?«, fragte er, während er vorsichtig den Weg hinaufging, einen Pfeil auf der Sehne.

»Ja, ich bin allein«, antwortete sie, »von meinem Pferd einmal abgesehen.«

Er kam langsam näher, und Neeve sah, wie die beiden anderen Jäger die Umgebung absuchten, um zu überprüfen, ob sie die Wahrheit gesagt hatte. »Ich kenne keinen Sencha«, erklärte er, während er näher kam. »Was machst du hier oben?«

»Ich muss euren Truppenführer sprechen«, sagte sie, sprang auf einen kleinen Felsvorsprung und schwang sich auf den Rücken ihres Pferdes.

Der Jäger machte einen Satz auf die Zügel zu. Sie gab dem Pferd einen Klaps und presste ihm die Fersen in die Flanken. Das mächtige Tier schoss nach vorn und stieß den Mann zur Seite. Sie jagte den Weg hinunter und prallte fast mit drei anderen Jägern zusammen, die am Fuß des Berges gewartet hatten. Kaum war sie an ihnen vorbei, spürte sie, wie etwas durch ihren Oberarm drang, und sie wusste sofort, dass es der Pfeil eines Jägers war. Sie riss an den Zügeln, und das Pferd bog in den Schutz eines Kieferngehölzes ein. Mehrere Minuten lang lenkte sie ihr Pferd durch die Bäume, ohne sich um den Schmerz in ihrem Arm zu kümmern. Die Angst, einen Pfeil in den ungeschützten Rücken zu bekommen, ließ sie erschaudern und spornte sie an. Zwischen den Bäumen war sie relativ sicher.

Als das waldige Gelände flacher wurde, trieb Neeve ihr Pferd an, und zum ersten Mal schaute sie hinunter auf den Pfeil, der aus der Unterseite ihres Oberarms ragte. Dunkelrotes Blut trocknete bereits in einem langen Fleck, der sich bis zu ihrem Ellbogen erstreckte. Ein höllischer Schmerz durchzuckte ihren Arm, als sie den Schaft berührte, woraufhin sie beschloss, den Pfeil an Ort und Stelle zu belassen, bis sie das Lager erreichte. Sie schaute wieder nach vorn und wurde mit einem Schlag aus dem Sattel gerissen. Als sie sich stöhnend auf dem Boden wiederfand, fühlte ihre Schulter sich an, als wäre ein brennend heißer Blitz in sie hineingefahren. Der Himmel drehte sich über ihr, und Speichel rann ihr aus dem Mund. Ihr war speiübel. Als sie nach oben schaute, sah sie den Aststumpf, an dem sie mit der Schulter hängen geblieben war. Einen Augenblick lang lag sie ganz still da. Die Jäger! Sie hörte schon ihr Geschrei. Mühsam stieß sie sich mit ihrem gesunden Arm vom Boden ab, setzte sich auf und humpelte zu ihrem Pferd, das zu ihrem Glück nur wenige Schritte von ihr entfernt stehen geblieben war.

Die Stimmen wurden lauter, und Neeve war klar, dass sie unbedingt das Lager erreichen musste. Vergeblich versuchte sie aufzusitzen. Dann drückte sie die Stirn an die Flanke des Tieres, spürte sein grobes Haar. »Es geht nicht«, hörte sie sich sagen. »Es geht einfach nicht.« Als sie wieder hochblickte, sah sie, wie sie auf dem Hügel über ihr angerannt kamen und in ihre Richtung deuteten. Eine panische Angst ergriff sie. Dann klammerte sie sich an den vorderen Knauf ihres römischen Sattels, zog sich keuchend mit letzter Kraft über seinen harten Rand, richtete sich dann mit einem plötzlichen Ruck unter furchtbaren Schmerzen auf. »Lauf«, sagte sie und schloss die Augen.

Im Zentrum des Ausbildungslagers hatten die Kaledonier ihr Banner aufgestellt: ein gelbes Quadrat mit dunklen Vögeln im Flug. Neeves Freude war unbeschreiblich, als sie es sah. Der Befehlshaber des Lagers war ein älterer Mann namens Eogan – ein Freund ihrer Brüder, den Neeve schon oft getroffen hatte. Wenige Augenblicke später wurde sie in sein Zelt getragen.

Eogan untersuchte die Pfeilwunde selbst und erklärte ihr, was sie bereits wusste: dass es nicht angenehm sein würde, wenn der

Pfeil herausgezogen, die Wunde aber gut verheilen würde. Dann sah er sich ihre rasch anschwellende Schulter an, verzog das Gesicht und schüttelte den Kopf. »Das sieht schlimm aus«, sagte er, »sehr schlimm.« Er verstand nicht, warum sie unbedingt nach Faustina zurückkehren wollte, und versuchte sie mehrfach zu überreden, bei ihnen zu bleiben, bis ihre Verletzungen verheilt waren. Neeve lehnte ab. In Faustina lag der Schlüssel zu ihrem Sieg; sie konnte ebenso gut dort genesen. Er verstand, gab aber zu bedenken, dass der drei Meilen lange Ritt bis zur Römerstraße sehr qualvoll für sie sein würde – und sie sich von dort an selber durchschlagen müsse.

Ihr Gespräch wurde unterbrochen durch die Ankunft eines kaledonischen Medizinmanns, der den Pfeil herauszog und die Wunde mit Schlamm einrieb. Er erklärte, ihr Schlüsselbein sei gebrochen und habe die Haut durchstoßen; es müsse unbedingt wieder eingerichtet werden. Erneut weigerte sich Neeve. Sie konnte zwar zur Not behaupten, einen kaledonischen Pfeil eigenhändig herausgezogen zu haben, aber nicht, ihr Schlüsselbein selbst eingerichtet zu haben. Er protestierte und versicherte ihr, dass niemand mit Sicherheit sagen könne, ob ein Knochen oder der Ast eines Baumes ihre Haut durchstoßen habe. Neeve war sich da nicht so sicher. Römische Ärzte ließen sich so leicht nicht an der Nase herumführen. Außerdem, argumentierte sie, gebe es kaum ein besseres Mittel, um sich das Vertrauen des Feindes zu sichern, als sich mit letzter Kraft schwer verletzt in den Schutz seines Lagers zurückzuschleppen.

Neeves tapfere Rede blieb ihr fast im Halse stecken. Eogan hatte Recht. In ihrem Zustand waren drei Meilen ein weiter, schmerzhafter Weg. Obwohl sie im stützenden Arm eines Kriegers ritt, linderte das nicht den Schmerz, der ihren ganzen Körper durchströmte. Als sie die Straße erreicht hatten, wollten die sie begleitenden Krieger sie zunächst gar nicht allein lassen; sie behaupteten felsenfest, sie bis kurz vor das Tor von Faustina begleiten zu können, ohne von römischen Kundschaftern aufgespürt zu werden. Sie waren erfahrene Krieger, und Neeve wusste, dass sie wahrscheinlich wirklich dazu in der Lage waren. Trotzdem wollte sie das Wagnis nicht eingehen. Ihre Schmerzen waren unerträglich, aber sie war noch bei vollem Bewusstsein und sicher, dass sie es auch allein schaffen konnte. Wenn jemand sah, wie kaledonische Krieger ihr halfen, war ihr ganzes Spielchen in Faustina zu Ende – und vielleicht sogar ihr Leben.

Der Schmerz durchwogte Neeve in immer heftigeren Wellen. Ihr Kopf schmerzte, ihr Rücken und ihre Schultern brannten, ihr ganzer Körper war ein einziger Schmerz. Schweißperlen bildeten sich auf ihrer Stirn, obwohl es alles andere als warm war. So langsam und gleichmäßig ihr Pferd auch dahintrottete, spürte sie doch jede seiner Bewegungen, und es fiel ihr schwer, sich im Sattel zu halten. Eine Stunde noch musste sie durchhalten, dachte sie, als sie zwei Reiter erblickte, die sich ihr in schnellem Galopp näherten. Es waren der dunkelhäutige Centurio und ein skythischer Offizier.

Der Centurio zog sie sanft vom Pferd und legte sie neben der Straße ins grobe Gras. Er kniete sich neben sie und sagte: »Die Kundschafter, die dein Kommen gemeldet haben, sind jetzt bestimmt schon im Kastell. Bald kommt ein Karren.«

Neeve nickte zum Zeichen dafür, dass sie verstanden hatte.

Er untersuchte ihre schlammverschmierten Wunden. »Ich bringe erst mal das hier in Ordnung«, knurrte er, wischte ihr den Schlamm vom Arm und wusch die Wunde mit Wasser aus einem Ziegenlederschlauch aus. »Du solltest offene Wunden nie mit Schlamm zukleistern. Das führt nur zu Ausdünstungen.« Sein Gesicht verfinsterte sich, als er sich ihrer Schulter zuwandte. »Einer deiner Knochen ist da, wo er nicht hingehört«, erklärte er. »Er muss eingerichtet werden. Bist du bereit für einen kleinen Schmerz?«

»Weißt du auch, was du da tust?«, flüsterte Neeve und versuchte zu lächeln.

»Ich bin Centurio. Ein Centurio kann alles richten.« Er goss Wasser über die Wunde.

»Aaah!« Ein stechender Schmerz fuhr ihr durch die Schulter.

»Bin schon fast fertig«, sagte er, bevor er die eine Hand auf ihre Schulter und die andere auf ihren Nacken legte.

Sie schrie auf. Sie wusste, dass sie geschrien hatte, weil sie spürte, wie ihr Körper sich aufbäumte und ihr die Luft aus den Lungen wich. Der Centurio breitete seinen Umhang über sie, redete beruhigend auf sie ein und erklärte ihr, dass sie das Schlimmste schon überstanden habe. »Du bist ein guter Soldat«, hörte sie ihn von weit her sagen. »Tapferer als die meisten.«

Es schien nur Minuten zu dauern, bis der Karren kam. Der Präfekt Vectis hatte den Sanitätsdienst selbst begleitet und passte auf, dass sie auch möglichst sanft in den mit Stroh ausgelegten Karren gehoben wurde. Sie gaben ihr etwas zu trinken – ein furchtbar schmeckendes Gebräu aus Wein und Myrrhe – und deckten sie mit einer warmen Decke zu.

Jetzt sagte Vectis etwas zu ihr. Er sei dem Schicksal dankbar, dass es sie verschont habe, und er fügte hinzu, sie werde schon bald in Faustina bequem gebettet werden. Dann fragte er: »Wer hat dich angegriffen? Kaledonier?«

Neeve versuchte, einen klaren Kopf zu bekommen. »Gruppe von Jäger«, sagte sie. »Ich ... entkommen.«

»Sind sie aus einem Ausbildungslager gekommen?«

Da sie diese Frage bereits erwartet hatte, erklärte sie wahrheitsgetreu: »Ja, ein großes an eine Berg.«

»Und wo? Kannst du mir sagen, wo du es gesehen hast?«

»Nicht sicher«, sagte sie mit bewusst undeutlicher Aussprache, um möglichst verwirrt zu klingen. Sie kam sich allmählich auch ziemlich verwirrt vor; Wein und Myrrhe blieben nicht ohne Wirkung.

Er bohrte trotzdem nach. »Konzentrier dich. War es in deinem Sektor? Oberhalb? Unterhalb? Wo?«

Neeve wusste, dass sie um eine Antwort nicht herumkam. Sie musste ihm ungefähr sagen, wo es sich befand, zumal sie wusste, dass für Eogan und das Lager der Kaledonier keine große Gefahr bestand. Ausbildungslager wurden beim Nahen des Feindes in aller Regel einfach aufgegeben und nach anderswo verlegt, und bei ihren zahlreichen Kundschaftern würden sie eine größere römische Streitmacht schon bemerken, bevor sie auf fünf Meilen herangekommen war.

»Wie viele Krieger waren im Lager?« Es war die Stimme des Centurio.

»Ich weiß nicht ... zu weit weg. Vielleicht dreihundert.«

»Eine bessere Gelegenheit bekommen wir vielleicht nie«, hörte sie den Präfekten zu Jupiter sagen. »Mit einem Schlag könnten wir jedem Kaledonier von hier bis zur Nordsee gehörigen Respekt vor Rom einpflanzen.«

»Das glaube ich auch«, sagte der Centurio.

»Ist die Größe des Lagers ein Problem?«

»Nein. Wenn es zu viele sind, ziehen wir uns einfach zurück.«

Der Präfekt nickte. »Sind Eure Männer bereit?«

»Wir könnten bis Einbruch der Dunkelheit dort sein.«

Neeve begriff allmählich, was die Römer vorhatten. Mit ihrer Sondereinheit wollten sie Eogan in der Nacht überraschen. Aber es würde keine Überraschung geben. Sie hatte schließlich die genaue Lage des Lagers nicht preisgegeben. Sie würden in den Wäldern umherirren, kaledonische Kundschafter würden sie sehen, und dann würden sie vernichtet werden. Sie verspürte Schuldgefühle bei dem Gedanken; nachdem Jupiter sich ihr gegenüber von seiner sanftmütigen Seite gezeigt hatte, lohnte sie ihm das nun mit dem Tod. Jetzt redete er wieder mit dem Präfekten und äußerte sich sehr lobend über sie – und Jupiter sprach selten von jemandem achtungsvoll.

Sie öffnete die Augen und sah, wie der bärenstarke Centurio sich über das hölzerne Geländer ihres Karrens beugte. »Wenn ich in zwei Tagen zurückkomme«, erklärte er, »erwarte ich von dir, dass du mit dem Bogen übst, statt im Militärkrankenhaus rumzuliegen.«

Neeve lächelte, kam sich innerlich aber ausgesprochen niederträchtig vor. Sie wusste, dass er nicht zurückkommen würde.

Die Gärten und Spazierwege von Atilius' Villa quollen über von römischen Würdenträgern. Dutzende von Dienern bahnten sich ihren Weg durch die Menge und führten die Gäste mit Köstlichkeiten in Versuchung, die selbst in Rom selten zu haben waren: Zungen von Flamingos, in Salat gehüllte Streifen von adriatischem Steinbutt, mit Scheiben von Kirschen und Granatapfelkernen garnierte Lebern vom Saibling oder feinstes Gebäck aus Pisa. In der Mitte des Gartens stand ein acht Fuß hoher Block aus ägyptischem Marmor und auf ihm eine silberne Urne. In der Urne befand sich die Asche des Gaius Trebellius Quadratus, Erster Centurio der besten Legionen Roms.

Viele der Gäste sprachen Atilius ihr Beileid aus. Zu seiner Rechten stand die Büste seines Lieblingskaisers Trajan, der aus Atilius' Sicht der letzte echte Kaiser überhaupt gewesen war – der letzte jedenfalls, der das römische Staatsgebiet erweitert hatte. Hin und wieder sprach ein Gast Atilius seine Anerkennung aus.

»Ein nobler Abschied«, sagte einer.

»Eine stolze Versammlung«, lobte ein anderer.

»Das Schicksal ist auf Eurer Seite«, sagte der zu Besuch in Rom weilende Prokurator von Kilikien. »Und dasselbe gilt auch für mich.«

Atilius verstand, was er damit sagen wollte. Er hatte an diesem Tag schon viele ähnliche Botschaften erhalten und war darüber hoch erfreut. Vor ihm stand ein weiterer mächtiger Freund, der ihn bei seinem Griff nach dem Thron unterstützen würde. Er antwortete: »Ich habe immer schon die griechischen Philosophen bewundert, insbesondere Heraklit, der einmal gesagt hat: ›Das Leben ist ein in ständiger Veränderung begriffener Strom.‹«

»Wie passend, aus diesem Anlass Heraklit zu zitieren«, meinte der Prokurator. »Man weiß nie, welche Veränderungen das Schicksal noch mit sich bringt.«

Senator Alfenus Crescens schlurfte gerade auf ihn zu, während Balbinus ihn von rechts stützte. Er wusste, was der alte Senator auf dem Herzen hatte, und war darauf vorbereitet. Während Crescens näher kam, schüttelte Atilius den Kopf und wunderte sich darüber, wie dieser verfaulende alte Körper noch immer funktionierte. Er gehörte eigentlich zusammen mit Trebellius ins Grab.

»Mein lieber Senator Crescens«, grüßte ihn Atilius.

»Ah, da seid Ihr ja, Senator ... der gute Senator ...«, sagte Crescens, der sich an Atilius' Namen nicht mehr erinnern konnte. »Ihr erweist dem Haus Trebellius fürwahr eine große Ehre.«

»Das ist eigentlich viel zu bescheiden für einen so bedeutenden Menschen«, erwiderte Atilius. »Er hätte noch viel Besseres verdient.«

»Er war einer unserer Besten«, bestätigte Crescens. »Ich kannte ihn schon als kleinen Jungen ... kannte ihn schon als kleinen Jungen«, fügte er schleppend hinzu.

»Ihr seid mit einem wahrhaft langen Leben gesegnet«, sagte Atilius.

»Ja, ein langes Leben.«

»Balbinus hat mir erzählt –«

»Ich bin der älteste noch lebende Senator«, sagte er, ohne die Unterbrechung auch nur bemerkt zu haben. »Sergius Gallienus ist jetzt auch schon von uns gegangen. Ist letzten Winter gestorben, hat man mir gesagt. Hat natürlich schon zwanzig Jahre nicht mehr in Rom gelebt. Insel Rhodos – da gehen sie jetzt ja alle hin. Da ist es wärmer, auf der Insel Rhodos. Hat Gallienus aber anscheinend auch nicht geholfen. Ist jetzt auch weg, gestorben im letzten Winter –«

»Wahrlich eine Schande«, sagte Atilius und brachte dann das Gespräch endlich aufs Thema: »Wie Balbinus mir mitgeteilt hat, habt Ihr gewisse Probleme mit einem Eurer Günstlinge.«

Er wirkte verwirrt.

»In Britannien«, fügte Atilius hinzu.

Crescens wurde plötzlich wach. »In meinem Namen war der nicht unterwegs!«

Atilius lachte. »Ich kann mich nicht mal an die Hälfte der Leute erinnern, denen ich einmal irgendeinen Posten verschafft habe.«

»Ich habe niemals diesen ... diesen Kerl, diesen Marcellus, zu irgendwas ernannt. Ein Dieb ist er, nichts weiter. Hat die Steuer vom Wall gestohlen, heißt es. Kann unmöglich ein richtiger Römer sein. Wahrscheinlich wieder so einer aus den Provinzen.«

Atilius war froh, dass er vorsichtig genug gewesen war, Kallias den Namen Helvius Marcellus zu nennen. Er hatte nicht erwartet, dass die Druiden den Präfekten am Wall von den verringerten Geldzahlungen erzählen würden. Jetzt überschlugen sich natürlich die Gerüchte. Niemand wusste, ob die Druiden logen oder der oberste Steuereintreiber am Antoninischen Wall ein Dieb war.

»Ihr braucht Euch keine Sorgen zu machen«, sagte Atilius. »Der Mann ist tot. Ein kaledonischer Kelte hat ihn ermordet.«

»Ein Kelte?«

»Selbst die Kelten tun manchmal das Richtige«, sagte Atilius.

Crescens antwortete nicht; er schien sich in seiner eigenen Gedankenwelt zu verlieren.

Als der alte Senator ging, war Atilius zufrieden. Man würde Crescens die Schuld dafür geben, einen ungeeigneten Mann zum Steuereintreiber ernannt zu haben, und damit war die Sache für ihn erledigt. Kallias konnte in seinem Grab auch nichts mehr sagen; hätte er weitergelebt, wäre er für Atilius früher oder später zu einer Gefahr geworden. Als er über die Beschwerden der Druiden informiert worden war, hatte Atilius Balbinus sofort Anweisung erteilt, Kallias umbringen zu lassen. Zum Glück hatte schon ein anderer die Sache erledigt. Die letzten paar Wochen waren nicht ganz einfach gewesen, aber die Götter hatten ihren Liebling begünstigt. Trotzdem musste er vorsichtiger sein, bis seine Zeit gekommen war.

Balbinus unterbrach seine Gedanken. »Ich hoffe, Ihr seid zufrieden«, sagte er und wies mit einer weit ausholenden Geste um sich.

Atilius ließ seine Blicke über den terrassenförmig angelegten Garten schweifen, in dem die Mächtigen von Rom versammelt waren. »Der halbe Senat ist hier«, sinnierte er. »Nur schade, dass unser Kaiser nicht kommen konnte.«

»Ja«, sagte Balbinus, der ein Grinsen unterdrücken musste. »Manche meinen, die letzten Worte des edlen Trebellius hätten ihm gar nicht gefallen.«

»Was für ein Pech aber auch«, erwiderte Atilius, »dass diese

Sterbenden einfach keine Angst davor haben, die Wahrheit zu sagen.«

Sie standen noch ein Weilchen zusammen, bis Atilius fand, sein Sekretär habe lange genug gewartet. Er genoss Situationen wie diese, scheute sich aber auch nicht, Lob auszusprechen, wo es angebracht war. »Balbinus«, sagte er und legte ihm eine Hand auf die Schulter, »du hast wirklich hervorragende Arbeit geleistet. Deine Idee, eine Statue des Trebellius für sein Grab meißeln zu lassen, war ausgezeichnet, aber den Marmorblock hierher schaffen zu lassen als Symbol für seine Stärke ist geradezu genial. Weißt du eigentlich, wie viele entsprechende Bemerkungen ich schon zu hören bekommen habe?«

Balbinus dankte dem Senator dafür, dass er die nötigen Ausgaben nicht gescheut hatte.

»Sein Grabmal an der Appischen Straße unterzubringen war wahrhaftig nicht billig«, bestätigte Atilius. »Der alte Trebellius verlangt mir im Tode mehr ab als im Leben.«

»Das ist wahrscheinlich seine Rache«, kicherte Balbinus.

»Die letzten Monate haben mich viel Kraft gekostet«, erklärte Atilius feierlich. »Erst meine geliebte Sabina, und jetzt auch noch der alte Trebellius. So was steckt keiner so einfach weg.«

»Ihr habt es aber wirklich mit Fassung getragen.«

»Ich bin mit beiden Begräbnissen sehr zufrieden«, sagte Atilius, während er seine Blicke über die Gesichter der Anwesenden schweifen ließ. »Diese öffentliche Versammlung im Gedenken an Trebellius ist einfach wundervoll, und auch bei Sabina hast du es genau richtig getroffen. Eine kleine, bescheidene Trauerfeier, wie sie dem tragischen Anlass angemessen war. Alle hatten Verständnis dafür, dass ich in dieser Stunde meines größten Schmerzes allein sein wollte. Ich habe mir eine Menge Freunde dadurch gemacht, dass ich sie um Verzeihung dafür gebeten habe, sie nicht zum Begräbnis eingeladen zu haben. Sie verstanden, dass der Verlust einfach zu schwer für mich war und ich mit ihm nicht in der Öffentlichkeit hausieren gehen wollte.«

»Ja, das war schon ein harter Tag für Euch.«

»Ich vermisse sie ja so sehr.«

»Das kann ich gut verstehen, Senator.«

»Aber wir wollen uns nicht länger mit den Schattenseiten des Lebens aufhalten«, sagte Atilius und rieb sich die Hände. »Schließlich gibt es genug zu feiern, oder?« Ohne auf eine Antwort zu warten, sagte er: »Hast du den Brief an Vectis fertig?«

»Hab ich. Ihr drückt Euer tiefes Beileid für den Verlust von Sabina und dem alten Trebellius aus. Die beiden so kurz aufeinander folgenden Todesfälle haben Euch sehr mitgenommen, und Ihr fleht Vectis Trebellius an, Euch zu vergeben, dass Ihr ihm so schlimme Nachrichten überbringen müsst. Natürlich habe ich Vectis auch dezent auf die gewaltigen Ausgaben hingewiesen, mit denen Ihr dafür gesorgt habt, dass seinem Vater die ihm gebührende Ehre zuteil wird. Aber die eigentliche Leistung Eures Briefes besteht, wenn ich so sagen darf, im subtilen Unterton der Leere und der Einsamkeit, die Ihr empfindet. Und dennoch erhebt Ihr Euch über Euren persönlichen Gram, weil Ihr wisst, dass Eure Berufung darin liegt, Rom zu dienen, und dass Ihr Euch dem nicht entziehen könnt.«

Atilius schwieg für einen Augenblick.

»Habe ich Eure Gefühle angemessen wiedergegeben, Senator?«

»Durchaus. Deine Worte sind wie ein Spiegel meines Inneren, und selbst jetzt noch schmerzt mich der Gedanke an die Schwere meines Verlusts.«

»Vielleicht tröstet Euch ein Becher Wein ein wenig darüber hinweg.«

»Eine wunderbare Idee.«

Balbinus winkte einen Weinträger herbei, und die beiden nippten genüsslich an ihrem Getränk und grüßten die Trauergäste, die an ihnen vorbeidefilierten.

»Ah, Trajan!«, rief eine vertraute Stimme hinter ihnen. Atilius wandte sich um und sah den verhassten Senator Atilius Titianus sich im langsamen Schlenderschritt nähern, gefolgt von mehreren anderen Senatoren, die ebenso unfähig waren, selbstständig zu denken. »Der größte aller Eroberer.« Severus deutete auf die Büste von Kaiser Trajan.

»Das war er in der Tat«, erwiderte Atilius.

»Nur schade, dass sein Ehrgeiz, das Partherreich zu erobern, die römische Staatskasse so gründlich geleert hat.«

»Wenn Kaiser Hadrian nach Trajans Tod nicht die östlichen Provinzen wieder aufgegeben hätte, dann befände sich jetzt auch der Schatz der Parther in der römischen Staatskasse.«

»Kann schon sein«, sagte Severus. »Aber dummerweise hat das Schicksal Trajans Leben zu früh beendet. Was für ein Jammer.« Er grinste. »Aber das kommt ja bekanntlich öfter vor, wenn jemand allzu ehrgeizig wird.« Er ließ den Blick über den Garten schweifen und sagte: »Nette Versammlung.«

Atilius sparte sich jeden Kommentar, und Severus zog mit seinem winzigen Häuflein von Narren weiter. Der Tag der Abrechnung war nicht mehr weit; Atilius konnte warten. Er wandte sich wieder Balbinus zu und sagte: »Wir sprachen gerade über den Brief.«

»Ja«, erwiderte sein Sekretär. »Ich nehme an, Ihr wollt ihn per Schnellkurier nach Britannien schicken.«

»Nein, ich glaube nicht.« Und leiser sprach er weiter: »Ich will, dass jedermann, auch der kluge Senator Severus, von meiner Zuneigung für Vectis erfährt. Schickt den Brief mit einem kaiserlichen Kurier, der sich bestechen lässt. Auf diese Weise stellen wir sicher, dass der gesamte Senat meine Post zu lesen bekommt.«

Balbinus trat näher an Atilius heran und senkte die Stimme: »Es war sehr klug von Euch, den Briefwechsel des Trebellius von mir überwachen zu lassen. Wenige Tage vor seinem Tod hat er noch versucht, einen skurrilen Brief an Vectis zu schicken. Ohne jeden Beweis hat der Alte angedeutet, dass Ihr in Sabinas Tod verwickelt sein könntet.«

»Er war ein ausgesprochen unvernünftiger Mann«, sagte Atilius, »und voller Hass.« Er hielt inne, um mit mehreren an ihnen vorbeiziehenden Frauen ein paar Worte zu wechseln. Seit Sabinas Tod war er der begehrteste Mann von ganz Rom. Ja, sagte er zu einer anderen Gruppe, der Verlust des alten Trebellius sei nicht nur für ihn, sondern für ganz Rom ein schwerer

Schlag. Während Atilius redete, dachte er über seine Rolle in der Familie des Trebellius nach. Er ehrte gerade einen Mann, der sich sein ganzes Leben lang standhaft geweigert hatte, ihn anzuerkennen, der seinen Sohn gegen ihn aufgebracht und sogar eine Tochter gezeugt hatte, die in der Lage war, ihren eigenen Gemahl zu verraten. Es brauchte schon einiges an Charakter, um bei all dem nicht verbittert zu werden.

Atilius nippte wieder an seinem Wein. »Dieser Präfekt Commodus in Colania ... du sagtest, sein Brief bestätigt, was Kallias gesagt hatte?«

»Ja, er will um jeden Preis nach Rom zurück. Er kann es gar nicht erwarten, Euer Angebot als Ritter einen gut dotierten Posten in der zivilen Verwaltung in Rom anzunehmen.«

»So soll es sein.« Er drehte den Becher in seinen Händen. »Vielleicht könnte Commodus ja – diskret, versteht sich – bei den Präfekten der anderen Vorposten nachfragen, ob auch sie an einem solchen Posten in Rom interessiert wären.«

»Den sie unter der Voraussetzung bekommen, dass auch sie ihre Kastelle bloßlegen, sobald Präfekt Commodus das tut?«

Atilius wollte vorerst nicht weiter auf diese unappetitlichen Aspekte der Politik eingehen. »Jedenfalls scheint alles recht erfreulich zu laufen«, meinte er. »Ich nehme an, du hast kein Problem damit, mit Senator Crescens' Siegel Briefe abzuschicken und zu empfangen?«

»Das war bisher ganz einfach.«

»Gut. Aber sorge dafür, dass Commodus jedes unserer Schreiben sofort vernichtet. Ich setze große Hoffnungen in den Mann.«

24

Zurück im Kastell Faustina schlief Neeve den ganzen Tag. Ihr Körper schien sich ausschließlich auf seine Genesung zu konzentrieren. Vectis hatte sie in seine Räume im Praeterium bringen lassen, in dem sie drei Tage lang in seinem breiten hölzernen Bett ruhte und nur gelegentlich aufwachte. Im Vorraum saß eine Magd, eine junge Keltin aus dem Lagerdorf, die sich um ihre Bedürfnisse kümmerte, und zweimal täglich sah der Truppenarzt nach ihr, der Jupiters Arbeit in den höchsten Tönen lobte und meinte, Neeve sei auf dem besten Weg zur Genesung.

Vectis war erleichtert. Der Gedanke, Neeve zu verlieren und ihren leblosen Körper irgendwo in den Bergen zu finden, schmerzte ihn mehr, als er sich je zuvor eingestanden hätte. Es war seine Schuld! Als Präfekt wusste er, welche Gefahren ihre Arbeit mit sich brachte, und als Julian den Ausfall eines zweiten Kartenzeichners meldete, war er nicht sonderlich überrascht. Er konnte es sich zwar nicht erlauben, die Kartenmacher von Soldaten begleiten zu lassen, aber er wollte nicht mehr zulassen, dass Neeve weiterhin im Norden arbeitete – auch wenn sie heftig dagegen protestierte.

Am Nachmittag des dritten Tages fand Vectis sie wach vor. Ihr Gesicht hatte schon wieder ein wenig von seiner ursprünglichen Farbe angenommen, auch wenn sie um die Augen herum noch immer sehr blass war.

»Die Magd sagt, das seien Eure Räume«, sagte sie und versuchte die Hand zu heben.

»Hier bist du am besten aufgehoben«, erklärte Vectis. »Besser als im Krankenhaus.«

»Ihr seid sehr gut zu mir.«

»Keineswegs«, sagte er, zog einen eisernen Hocker an ihr Bett und setzte sich darauf. »Ein Verteidiger Roms verdient das auch – und noch viel mehr. Aber auch so hätte ich darauf bestanden, dass du hierher gebracht wirst.«

»Ich verstehe nicht.«

Vectis wandte verlegen den Blick ab. Er versuchte, ihr indirekt klar zu machen, dass er nicht nur ihren Einsatz für das Römische Reich hoch schätzte, sondern dass sie ihm weit mehr bedeutete. »Ich meine ganz einfach, dass du sehr wichtig bist für dieses Lager ... und für mich, und ich wollte, dass du die bestmögliche Pflege bekommst.«

»Nein, nein«, sagte sie, ohne auf sein schüchternes Eingeständnis seiner Zuneigung einzugehen, »Ihr habt mich Verteidiger Roms genannt.«

»Weil du Jupiter geholfen hast, seinen Auftrag zu erfüllen. Ohne deine Information hätte er das nie geschafft. Für diese Treue zum Reich«, sagte er förmlich, »hat dich der Befehligende Präfekt der fünf Kastelle mit einem silbernen *denarius* belohnt. Er ist bereits im Soldbuch eingetragen.«

»Einem Silberdenar?«

Vectis lächelte. »Wenn du so weitermachst, wirst du noch reich.«

»Ist Jupiter schon zurück?«

»Er hat seine Mission erfolgreich abgeschlossen.«

Sie wirkte ein wenig beunruhigt. »Der Centurio ist hier? Im Lager?«

»Stimmt was nicht?«

»Was hat der Centurio … ich meine, wie hat er …«

Vectis versuchte, sie zu beruhigen; er erklärte ihr kurz von Jupiters Erfolg im Norden, verschonte sie aber mit den grausamen Einzelheiten.

Sie richtete sich auf und rief: »Sie haben alle Kaledonier getötet!«

»Neeve, was ist denn los?«

Sie ließ sich wieder aufs Bett zurückfallen und schloss die Augen. »Nichts. Ich habe nur Angst gehabt … der Centurio hätte im Wald in eine Falle laufen können.«

Endlich verstand Vectis ihre Besorgtheit. Sie war kein Soldat und hatte nie andere in den Tod geschickt. Ihretwegen hatte Jupiter eine gefährliche Mission unternommen, und sie hatte nicht erwartet, dass er zurückkommen würde. Aber jetzt war sie erleichtert. Vectis versicherte ihr, dass alles gut gegangen war. Jupiter sei niemand, der sich im Wald in eine Falle locken ließ, erklärte er; er habe sie bis auf den letzten Mann vernichtet, vom Kundschafter bis hin zum Anführer. Ihr Banner hänge jetzt im Mithrastempel.

Während er ihr das alles erklärte, lag Neeve reglos mit geschlossenen Augen da. Tief aus ihrem Innern kam ein Laut, der Vectis an ein sterbendes Kind erinnerte. Instinktiv kniete er sich neben ihrem Bett nieder, strich ihr übers Haar und versuchte, sie zu beruhigen. »Du hättest deine Schulter nicht so plötzlich bewegen dürfen«, sagt er. »Solche Verletzungen brauchen ihre Zeit.«

»Ich weiß«, sagte sie und bedeckte ihr Gesicht, um ihren Schmerz zu verbergen.

»Tut es sehr weh?«

»Ja, tief innen.«

Er fuhr ihr mit den Lippen übers Haar. »Ich wünschte, ich könnte dir den Schmerz abnehmen.«

»Danke.« Hinter ihren Händen hervor sagte sie: »Ich bin so ... so erstaunt, dass eine so kleine Gruppe von Soldaten ein großes kaledonisches Lager zerstören kann.«

»Ja, Jupiter ist wirklich ein erstaunlicher Centurio«, bestätigte Vectis.

Als Vectis am nächsten Tag Neeve im Bett sitzend vorfand, sah sie schon wieder ganz gut aus. »Das ist aber eine Überraschung«, sagte er, »die Schatten sind aus deinem Gesicht verschwunden.«

»Mir geht es auch wirklich gut. Ich habe Gerstensuppe gegessen und ein heißes Bad genommen.« Sie zeigte auf eine große kupferne Badewanne im Nebenzimmer, aus der immer noch der Dampf aufstieg. »Die Magd hat mir geholfen, mich abzubürsten.«

»Schön, dass du wieder aufstehen kannst.«

»Ich bin ein wenig in Euren Räumen umhergegangen – ich hoffe, das macht Euch nichts aus – und habe mir Eure Sammlung von Hornbechern und seltsamen kleinen Büchern angesehen. Könnt Ihr sie tatsächlich lesen?«

»Die lateinischen und griechischen schon«, erwiderte Vectis, »aber nicht die hebräischen und syrischen.« Er hielt inne. Sie hatte keine Ahnung, dass verschiedene Sprachen auch unterschiedliche Schriften hatten.

»Und der Kopf auf der Säule da – was ist das?«

»Eine Büste des Cheiron«, erklärte er, »des griechischen Gottes der Weisheit. Sie soll mich immer daran erinnern, wie dumm ich manchmal sein kann. Ich habe sie bei einem Straßenhändler in Nordafrika gekauft, als ich noch sehr jung war. Der Schurke erzählte mir, sie sei aus einem sehr seltenen Marmor aus dem Atlasgebirge gehauen.« Er musste lächeln. »Und ich habe daraufhin den Sold eines ganzen Monats bezahlt für das zweifelhafte Privileg, Besitzer einer billigen Gipsbüste zu werden.«

Ihr Lächeln erleuchtete den Raum.

»Du siehst heute wirklich schon deutlich besser aus«, sagte er.

»Mit einer Schlinge um den Arm kann ich schon morgen in mein Zimmer zurück, meint der Arzt.«

»Das freut mich für dich.«

»Und Präfekt ist auch glücklich, seine Räume wieder für sich zu haben, ja?«

»Nenn mich doch einfach Vectis. Nachdem du jetzt vier Tage meine Tunika getragen hast, finde ich das nur angebracht.«

Sie fuhr mit den Fingern über den feinen Stoff der Tunika und lächelte. »Ja, ich werde Euch Vectis nennen. Danke.«

Was hat sie doch für ein nettes Lächeln, dachte er, als er ihrer Einladung folgte und sich aufs Bett setzte.

Sie sprachen über ihre Familien – seine in Rom und ihre in Votadinien. Sie und ihr Bruder seien die einzigen Kinder ihrer Eltern, sagte sie, und ihre Eltern seien nun von ihnen abhängig. Vectis dachte an die vier Kinder, die er in der ausrollbaren Puppe gesehen hatte und an die ausgefransten Mondsicheln, die auf den Vater, die Mutter und eines der Kinder aufgenäht waren. Er sagte aber nichts. Wie konnte er ihr auch erklären, dass er in ihren Sachen herumgeschnüffelt hatte? Außerdem konnte er sich ja gar nicht sicher sein, dass die Mondsichel tatsächlich ein Symbol des Todes war. Vielleicht war Neeve ja von Stiefeltern aufgezogen worden, und die Puppe sollte ihre ursprüngliche Familie darstellen. Oder sie hatte mit ihrer Familie überhaupt nichts zu tun und war ein Geschenk von irgendjemandem, etwa von ihrem früheren Mann.

Er wandte sich wieder Neeve zu, die gerade erklärte, dass ihr

Vater sich vor kurzem bei einem Sturz verletzt habe. Er sei ein stolzer Mann, meinte sie, und es falle ihm schwer, in seinen letzten Jahren einzugestehen, dass er auf Hilfe angewiesen war. Aus diesem Grund lege sie auch so großen Wert darauf, für ein Römerkastell arbeiten und römisches Geld verdienen zu dürfen.

»Du hättest doch den Geldbeutel des Abgesandten für dich behalten können«, meinte Vectis.

Sie schaute ihn an. »Nicht alle Kelten sind Diebe und Lügner.«

So sanft sie ihre Worte auch ausgesprochen hatte, spürte Vectis doch den Stachel des Tadels. Jeder wusste, dass die Römer die Kelten allesamt für Diebe und Lügner hielten. Er versuchte, den Schaden wieder gutzumachen. »Tut mir Leid, ich wollte damit nicht sagen –«

»Nein, bitte«, fiel sie ihm, den Blick gesenkt, ins Wort, »ich muss um Vergebung bitten. Selbst wir Kelten wissen, dass die Schuldigen die Wahrheit hassen. Und ich bin schuldig.« Dann sprach sie ausgiebig über ihren Bruder – ein Thema, das ihr peinlich sei. Dass sie Vectis getäuscht habe, täte ihr Leid. Er aber hätte Gnade vor Recht ergehen lassen und dafür gesorgt, dass ihr Bruder schon bald nach seinem Hinauswurf aus Faustina in einer der Festungen am Wall neue Arbeit gefunden hätte. Sie hob ihren Kopf, berührte in einer Geste des Dankes seinen Arm, und die Kühle ihrer Finger wärmte sein Herz.

Sie plauderten und plauderten, und die Stunden vergingen wie im Fluge. Vectis saß am Fußende des Bettes. Dann fragte sie: »Wie kommt es, dass der dunkelhäutige Centurio über so viel Macht verfügt?«

Vectis lachte. »Das kommt daher, dass er ein Gott ist.«

Das war die falsche Antwort, denn es war klar, dass sie es wirklich wissen wollte. Die Schulter an das hölzerne Bettgestell gelehnt, erklärte Vectis, dass gute Centurionen im römischen Heer weitaus mehr Macht hatten, als ihnen ihrem Rang nach zustand. Er erzählte ihr kurz von der militärischen Laufbahn seines Vaters und dann von der Jupiters, ohne dass sie ihn dabei auch nur ein einziges Mal unterbrochen oder den Blick von ihm abgewandt hätte. Mit beinahe versteinertem Gesicht hörte sie ihm zu, als wollte sie sich jedes Wort einprägen. Nur als er über die afrikanischen Untergrundkämpfer und Jupiters Fähigkeit sprach, den Feind in Angst und Schrecken zu versetzen, glaubte er, in ihrem Gesicht einen Anflug von Angst zu erkennen, aber so wirkte Jupiter eben auf andere.

Er endete mit der Dezimierung, bei der er um Haaresbreite zu Tode gekommen wäre. In ihrem Gesicht meinte er Mitgefühl zu lesen. Er nutzte die Gelegenheit, um zu betonen, dass sie ein zu gutes Bild von Rom habe; es gebe dort zwar jede Menge gute Menschen, aber eben auch böse und verachtenswerte wie Kallias.

Sie blickte ihn mit ihren wunderschönen Augen an und sagte: »Aber Ihr seid keiner von denen. Ihr ... Ihr seid ein anständiger, mitfühlender Römer.«

Vectis dachte an ihre frühere Sprechweise »Du gute Römer« und zuckte innerlich zusammen beim Gedanken daran, wie misstrauisch er sein konnte, und wieder erinnerte er sich an die flachshaarige Sklavin aus der Via Lata, sah vor sich, wie sie ihn durch die Eisengitter ihres Käfigs beobachtet hatte.

Er wusste, dass er ihr von der Sklavin erzählen sollte, aber er brachte es einfach nicht fertig. Er hatte wohl Angst davor, Neeve mit seinem Geständnis vor den Kopf zu stoßen. »Ich habe einmal auf dem Sklavenmarkt in Rom ein Mädchen gekauft, das dir ganz ähnlich sah«, hörte er sich innerlich sagen. »Aber sie hat mich verraten; also habe ich ihren Vater töten lassen und sie an ein Landgut verkauft, wo sie bald danach gestorben ist.« Nein, er wollte sie vorläufig noch nicht mit diesem Geständnis belasten. Stattdessen sagte er: »Es freut mich, dass du mich als mitfühlend empfindest, aber Mitgefühl entspringt mitunter weniger lobenswerten Taten in der Vergangenheit. Und je länger man lebt, desto mehr wünscht man, sich das eine oder andere Mal anders verhalten zu haben.«

»Ich kann mir nicht vorstellen, dass Ihr ... schreckliche Sachen tun könnt.«

»Manchmal ist das Schrecklichste das, was wir eigentlich tun müssten, aber unterlassen.« Er setzte sich um, er hatte schon eine steife Schulter. »Aber ich will lieber nicht von den Schattenseiten meines Lebens reden, zumal ich versuche, dich mit meinen Tugenden zu beeindrucken.«

»Tut Ihr das?«

»Aber sicher.«

»Dann bin ich sehr beeindruckt von Euren Tugenden, Präfekt.«

»Du bist beeindruckt von meinen Tugenden, *Vectis.*«

»Ja, *Vectis*«, wiederholte sie langsam und schaute ihm dabei tief in die Augen.

Es schien, als sehe sie ihn zum ersten Mal. Er lächelte ein wenig und sagte: »Wenn du beim Kartenzeichnen noch öfter überfallen wirst, könnten wir noch richtig gute Freunde werden. Dann besuche ich dich im Krankenhaus, und anschließend lasse ich dich hierher verlegen.«

»Und wir können uns wieder so wunderbar unterhalten.«

»Ja, das war für mich sehr … angenehm«, sagte er, ohne das passende Wort zu finden, »viel angenehmer, als mich um die Angelegenheiten des Lagers zu kümmern.«

Sie lächelte. »Angenehmer als Eure Arbeit im *Kastell*? Und ich dachte immer, römische Offiziere verschwenden nie ihre Zeit.«

»Tun wir auch nicht«, sagte er und erwiderte ihr Lächeln. »Aber du bist ja auch keine Zeitverschwendung. Ganz im Gegenteil«, betonte er ernst.

Sie biss sich auf die Unterlippe und schaute ihn schweigend an.

Er wünschte, er hätte nichts gesagt. »Du musst darauf nicht antworten«, fügte er hinzu.

Sie senkte den Blick. »Ich will aber antworten«, sagte sie fast flüsternd, »weil mir dieser Nachmittag auch sehr gefallen hat.« Dann strich sie die Bettdecke um ihre Mitte glatt und schüttelte langsam den Kopf. »Ich habe schon zu viel gesagt. Es ist alles falsch.«

»Was soll denn falsch daran sein?«

Sie schüttelte noch einmal den Kopf, als wollte sie das Thema wechseln. »So dumme Dinge sind aus meinem Mund gekommen.«

»Ich fand deine Worte gar nicht dumm.«

Sie seufzte schwer. »Ich weiß das, und es tut mir sehr Leid.«

Vectis suchte in ihrem Gesicht nach einer Erklärung für ihr momentanes merkwürdiges Verhalten.

Sie bedachte ihn mit einem tieftraurigen Lächeln. »Wir sind so verschieden, so vollkommen verschieden.«

»Neeve –«

»Bitte«, sagte sie und wandte sich ab, »es ist schwieriger, als du ahnst ...«

Vectis saß still am Fußende des Bettes, unschlüssig, was er sagen oder tun sollte. Er hörte, wie sie am anderen Ende des Betts leise atmete; sie war ihm so nah und doch auf merkwürdige Weise fern. Er konnte nicht zulassen, dass ihr Gespräch in unbeholfenem Schweigen endete. Als er wieder zu ihr hinüberschaute, starrte sie an die leere Wand. »Eines haben wir auf alle Fälle gemeinsam.«

Sie wandte sich fragend um.

»Wir teilen ein und dasselbe Bett.«

Sie schien ihm dankbar für diese frivole Bemerkung. »Bestimmt redet schon das ganze Lager darüber.«

»Klar. Apropos Lager«, sagte er und stand auf, »die Pflicht ruft. Ruh dich noch ein bisschen aus, und dann sieh zu, dass du bis morgen mein Schlafzimmer räumst.«

Im strammen Legionärston antwortete sie: »Ich werde vor der sechsten Stunde verschwunden sein.«

Taranis und Eston hatten gerade mehrere Lager inspiziert, in denen Belagerungstürme, Leitern und Brücken gefertigt wurden, als sie die Nachricht erreichte.

Eston starrte Taranis an. »Die Römer haben allen die Köpfe abhackt? Wo sind die Köpfe jetzt?«

»Wahrscheinlich irgendwo vergraben. Sie versuchen, uns zu verunsichern.«

»Ich habe noch nie gehört, dass römische Soldaten ihren Feinden die Köpfe abhacken.«

»Wir sollten uns besser Gedanken darüber machen, wie sie es

geschafft haben, ein ganzes Ausbildungslager auszulöschen«, meinte Taranis.

»Eogan war ein guter Truppenführer. Ich kann einfach nicht glauben, dass er es versäumt hat, genügend Kundschafter einzusetzen.«

»Ich auch nicht. Die meisten Krieger wurden in ihren Zelten getötet; also hat Eogan entweder zu wenige Kundschafter auf Streife gehen lassen und noch weniger Wachen aufgestellt, oder –«

»Oder was?«

»Oder die Römer haben eine Spezialeinheit, die kaledonische Kundschafter bei Nacht aufspüren und ausschalten kann.«

»Ist dir eigentlich klar, was du da sagst? Die Römer schleichen doch nicht heimlich durch die Wälder wie die Fährtensucher. Sie kämpfen nur in offener Feldschlacht.«

»Das stimmt schon, aber irgendwie ist es ihnen anscheinend gelungen …« Taranis verzog das Gesicht. »Es gibt nur einen unter den Römern, der nicht wie ein Römer aussieht und sich auch nicht wie ein Römer verhält.«

»Der dunkelhäutige Centurio«, sagte Eston.

»Und Neeve hat gesagt, sie hätte gesehen, wie der Centurio Soldaten mit dem Messer im Mund durch den Wald hat kriechen lassen.«

»Sie müssen ganz schön verzweifelt sein, meinst du nicht auch? Sonst würden sie bestimmt nicht in der Nacht herumschleichen und ihren Feinden die Köpfe abhacken.«

»Die Römer wollen erreichen, dass wir uns sogar in unseren eigenen Lagern nicht mehr sicher fühlen«, meinte Taranis. »Aber diesmal sind die Götter auf unserer Seite. Bis zum Sommer sind sämtliche römischen Soldaten verschwunden.«

Neeve blinzelte in die helle Morgensonne und lachte triumphierend zu Vectis hinüber, der neben ihr ritt. »Und du sagst, in Britannien schläft die Sonne nur!« Vectis grinste, hatte aber nichts zu seiner Verteidigung zu sagen, woraus Neeve schloss, dass er ihre kleinen Sticheleien genoss.

Auf ihrem Weg zu den Vorposten wurden sie von sechs berittenen Offizieren und einer ganzen Centurie begleitet. Hinter ihnen kamen die Karren voller Waffen, Schanzwerkzeuge und Schanzpfähle, die im Fall eines längeren Angriffs gebraucht wurden, und schließlich die skythischen Bogenschützen mit je einem Reservepferd. Darüber hinaus begleiteten acht Kundschafter die Truppe, und hin und wieder sah Neeve, wie sie einander in den Bergen Zeichen gaben. Selbst vor einem so kurzen Marsch wie dem zu den Außenposten trafen die Römer immer sehr gründliche Vorkehrungen. Neeve hatte man als Dolmetscherin mitgenommen, obwohl sie stark bezweifelte, dass man auf ihre Dienste würde zurückgreifen müssen. In den letzten Wochen hatte sie demonstrativ noch einmal an ihren Sprachkenntnissen gefeilt und sich in vielen kleinen Dingen verbessert, sodass sie es jetzt endlich nicht mehr nötig hatte, ständig die Lernende zu spielen, was sie viel Mühe gekostet hatte.

Am späten Vormittag kam das Kastell Stragenia in Sicht – ein klobiges Erdkastell, etwa halb so groß wie Faustina. Neeve war schon ein gutes Dutzend Mal an dem Lager vorbeigeritten, aber nie drinnen gewesen. Eine Meile vor dem Stützpunkt fiel die Straße in ein enges Tal ab, von denen es in der Gegend viele gab, und Stragenia war nicht mehr zu sehen. Neeve schaute zu Vectis hinüber, der sich gerade mit einem seiner Soldaten unterhielt, und sie dachte darüber nach, wie wenig er doch ihren Vorurteilen entsprach. Er war weitaus rücksichtsvoller, als sie es von einem römischen Offizier erwartet hätte. Sie verspürte einen Anflug von Zuneigung zu dem Präfekten – und wenn sie ehrlich war, musste sie sich eingestehen, dass es schon weit mehr war als nur ein Anflug. In dem Augenblick, als sie ihm gegenüber Schuldgefühle ob ihrer Täuschungen empfand, wusste sie, dass sie eine gefährliche Grenze überschritten hatte. Und ihr dummes Eingeständnis, dass sie gern in seiner Nähe war, war schlicht unverantwortlich. Was war nur los mit ihr? Sie hätte sich schließlich auch eine andere Antwort einfallen lassen können.

Bislang war es ihr gelungen, ihre Gefühle zu unterdrücken. Er ist ein römischer Offizier, sagte sie sich immer wieder, und will das kaledonische Volk vernichten. Die Ketten der Unterdrückung, die er und seinesgleichen mit sich brachten, ließen jede Spur von Anstand, die er besitzen mochte, verblassen. Ihre Aufgabe war sehr einfach: Sie bestand lediglich darin, sein Vertrauen zu gewinnen und Informationen zu sammeln. Das war alles. Mehr nicht.

Aber ganz so einfach war es dann doch wieder nicht. Nach ihrem Aufenthalt in seinen privaten Räumen und seit ihren täglichen Begegnungen fiel es ihr immer schwerer, ihre Gefühle zu verleugnen. Sie mochte die geradlinige Art und Weise, wie er sie anschaute und anlächelte. Manchmal drückte sie sich bei ihren Spaziergängen am Rand des zugefrorenen Flusses, die mittlerweile zu einem täglichen Ritual geworden waren, fest an ihn, um sich vor dem schneidenden Wind zu schützen. Immer diese Ausreden, dachte sie; es fühlte sich schon wie Liebe an.

Liebe? Das konnte nicht sein. Das würde sie nie zulassen. Gern mit jemandem zusammen zu sein ist schließlich noch lange nicht Liebe, sagte sie sich. Nachts in ihrem Zimmer schloss sie fest die Augen und erinnerte sich daran, dass aus Täuschung nie Liebe erwachsen konnte, dass ihre Beziehung keine Zukunft hatte und sie selbst eine höhere Verantwortung ihren Brüdern in Kaledonien gegenüber. Doch wie eine blinde Frau, die sich an den Geräuschen eines Spiels erfreut, das zu spielen sie nie in der Lage sein wird, genoss Neeve die Zeit mit Vectis und weigerte sich zu glauben, dass er wie alle anderen Römer war.

Er war sanftmütig und verständnisvoll. Sie sah ihn noch immer vor sich, wie er sich über den Karren beugte, das Stroh um sie herum lockerte und sie in Wolldecken hüllte. Er hatte dabei sehr besorgt gewirkt. Trotz der Anwesenheit des schwarzen Centurio und eines ganzen Kontingents von Soldaten hatte er keinen Augenblick lang versucht, seine Sorge um sie zu verbergen. Er war sicherlich kein böser, kein herzloser Mensch. Als Präfekt hätte er alles von ihr verlangen können, doch er tat es nicht. Sie konnte es nicht bestreiten – er hatte etwas Natürliches, Warmherziges, Einladendes an sich.

Sie hatte ihn schon einmal geküsst. Auch wenn es eigentlich kein richtiger Kuss war, redete sie sich zu ihrer Verteidigung ein, sondern eher ein Zeichen einer sich vertiefenden Freundschaft. Als sie eines Abends fertig gewebte Bahnen mit Borten besetzte, klopfte er plötzlich an ihre Tür. Er wollte sich erkundigen, wie es ihrer Schulter ging. Sie plauderten eine Weile, und dann griff er in ihren Korb, holte ein paar Stoffe heraus und legte sie zu verrückten Mustern zusammen, die sie zum Lachen brachten.

Als er sich nach einem Plauderstündchen verabschiedete, schaute er sie wieder auf diese merkwürdige Weise an, wie er es hin und wieder tat – so, als wäre sein Geist an einem fernen Ort gefangen. Sie beugte sich vor und küsste ihn sanft auf die Wange, und er antwortete mit einem Kuss an ihrem Ohr. Es war ein zärtlicher Augenblick, den ein stechender Schmerz in ihrer Schulter jäh abbrach. Als er sie zusammenzucken spürte, zog er sich mit einer liebevollen Entschuldigung zurück. Mit einem Blick auf die Schlinge, in der ihr linker Arm hing, flüsterte sie: »Das ist nicht deine Schuld. Die Kaledonier haben mich mit einem Fluch belegt, und jetzt brenne ich vor Schmerzen.« Dann lachten sie beide.

Stragenia kam erneut in Sicht, als die Straße am Talausgang wieder anstieg. Vor ihnen lag das Kastelldorf, ein Durcheinander von Zelten und Hütten am Flussufer.

Als sie das Haupttor passierten, spürte Neeve auch schon die eiskalte Effizienz eines gut organisierten Römerkastells. Niemand bummelte herum, und sämtliche Soldaten schienen sich zielstrebig von einem Punkt zum nächsten zu bewegen. Die kleinen Werkstätten von Zimmerleuten, Schustern, Walkern, Schneidern und Schmieden an der Hauptstraße waren voller Leben. Ein zackiger Tribun teilte ihnen mit, dass Präfekt Priscianus sich auf dem Exerzierplatz befände und sie bald begrüßen werde. Bis dahin seien sie herzlich in das Speisezimmer der Offiziere geladen, um dort ein Mittagsmahl zu sich zu nehmen. Vectis erlaubte seinen Soldaten, eine Mittagsmahlzeit im großen Speisesaal einzunehmen, für sich selbst und die Offiziere forderte er dagegen Proviant an, den er auf dem Weg zum nächsten Vorposten verzehren wollte. Dann begab er sich mit seinen Offizieren und Neeve an seiner Seite zum Exerzierplatz.

Rund fünfzig Mann ächzten unter dem Gewicht gewaltiger Baumstämme, die man ihnen auf den Rücken gebunden hatte, und schleppten sich damit Runde um Runde um den Platz. Andere sprangen auf Bündel von Zweigen, rammten ihre Schilde in die Reisighaufen und stießen mit ihren Schwertern von unten nach oben zu. Einige warfen hölzerne Übungsspeere auf Strohpuppen, andere wehrten Schläge keltischer Langschwerter ab. Am anderen Ende des Platzes kletterten Männer an Seilen Mauern hoch, während andere von oben versuchten, sie hinunterzustoßen. In der Mitte standen drei Steinschleudergeschütze, daneben lagen ganze Berge von Steinen. Verschiedene Mannschaften wechselten einander beim Laden und Abfeuern der Wurfmaschinen ab. Solche Übungen, hatte Neeve immer geglaubt, konnte nur Jupiter seinen Soldaten auferlegen. Aber Stragenia wurde von einem disziplinierten Soldaten befehligt. Vectis hatte Recht; die Kaledonier würden es mit diesem Kastell sicher schwer haben. Sie musste ihre Brüder unbedingt warnen.

Zwischen den einzelnen Gruppen ging ein Mann mit gelichtetem Haar und buschigen Augenbrauen auf und ab. Man hätte ihn für den ausbildenden Centurio halten können, aber er unterstrich seine Befehle nicht mit einem Rebholzstock, dem Zeichen seiner Gewalt. Er drehte sich um, als er Vectis sah.

»Ich exerziere sie am liebsten selbst«, rief er, während er über den Platz auf Vectis zuging. »Ich verfüge leider nicht über den Luxus eines Centurio wie des Euren, der ihnen die Faulheit aus dem Leib prügelt.« Er blieb vor Vectis stehen, grüßte Neeve und die Offiziere und fuhr fort: »Außerdem weiß ich dann besser, was ich von ihnen erwarten darf, wenn die Zeit gekommen ist.«

»Die Zeit wird kommen«, sagte Vectis.

Sein Gesicht verhärtete sich. »Ein Angriff im Winter?«

»Das bezweifle ich. Sie bauen ihre Brücken allesamt in Flussnähe, und uns liegen keine Berichte darüber vor, dass sie Schlitten bauen oder Maultiere zusammentreiben lassen.«

»Dann also im Frühjahr.«

»Oder im Sommer. Es gibt widersprüchliche Berichte, aber kommen werden sie.«

Priscianus nickte.

Neeve hörte aufmerksam zu. Jeder wusste, dass die Römer bezahlte Spione einsetzten, die durch die Berge streiften, aber nun war sie erstmals Zeuge von ihrer Tätigkeit. Es war schon erschreckend, wie gut informiert die Römer waren, einschließlich ob des Angriffszeitpunkts. Natürlich konnten sie den nicht genau kennen, weil die kaledonischen Heerführer selbst noch nicht wussten, wann die Druiden endlich ihren lang erwarteten Angriff absegnen würden.

Vectis fuhr fort: »Die stärkeren Stämme der Kaledonier haben sich geschworen, die Vorposten zu zerstören, und ich vermute, dass ein Teil der Stämme der Briganten und Selgover den Wall von Süden her angreifen wird, um die Soldaten vom Wall in ihren Stellungen einzuklemmen.«

Diese Einschätzung überraschte Neeve. Die Römer hatten sich verkalkuliert. Sie hatten keine Ahnung, wie tief verwurzelt der Wille zum Aufstand unter den Briganten war, und gingen deshalb davon aus, dass die größte Angriffswucht von den kaledonischen Stämmen nördlich des Walls ausgehen würde. Im kommenden Frühjahr würde sich das gesamte Tiefland gegen die römischen Besatzer erheben. Neeve sah sich mit leerem Blick im Kastell um und tat, als langweilte sie sich zu Tode. Taranis legte größten Wert darauf zu erfahren, wie die Römer die Lage einschätzten.

»Und was ist mit den Stämmen ganz im Norden?«

»Ihr meint die Carnonacer?«

»Ja – und die Cornavier, die Smerter, die Lvgier – alle jenseits der großen Senke. Kundschafter haben mir beunruhigende Gerüchte gemeldet.« Seine buschigen Augenbrauen bewegten sich, unterstrichen seine Worte.

»Ich habe kaum Informationen, aber diese Gerüchte könnten durchaus der Wahrheit entsprechen. Die Kaledonier werden ganz bestimmt versuchen, ihr Heer mit Kriegern aus dem hohen

Norden zu verstärken, aber wie viele es sein werden und ob sich ganze Stämme beteiligen werden, weiß ich nicht.«

»Ich spüre schon den Schnee auf meinen Knochen«, sagte Priscianus nicht ohne Humor.

»Dann will ich Euch ein wenig Mut machen«, sagte Vectis. »In meinen Berichten an den Senat und nach Londinium habe ich erklärt, dass mir nicht weniger als fünf voneinander unabhängige Meldungen darüber vorliegen, dass die Kaledonier, die nördlichen Briganten sowie vierzehn weitere Stämme sich zu Frühlingsbeginn erheben werden.«

»Fünf voneinander unabhängige Meldungen, vierzehn Stämme«, wiederholte Priscianus grinsend. »So genaue Zahlen können nie schaden, wenn man ein wenig übertreiben will – was wohl unerlässlich ist, wenn man weiß, wie gerne Rom sich vor wichtigen Entscheidungen drückt. Habt Ihr konkret um Verstärkung durch Legionen gebeten?«

Neeve war überrascht, dass ein römischer Offizier eine so direkte Frage an seinen Vorgesetzten stellte, aber für Vectis schien das nicht außergewöhnlich zu sein, und er meinte: »Ohne die Legionen werden wir den ganzen Norden verlieren. Das habe ich dem Senat auch mitgeteilt.«

»Das sollte eigentlich reichen«, sagte Priscianus und fügte dann noch hinzu: »Ich hoffe.«

Später, als die Soldaten von Faustina ausrückten, teilte Priscianus Vectis noch etwas mit, aber er sprach so leise, dass seine Worte im Geräusch marschierender Füße untergingen. Er ging um Präfekt Commodus. Neeve ging um ihr Pferd herum und tat so, als wollte sie ihren Sattel richten, konnte aber trotzdem nicht verstehen, was Priscianus genau sagte. Schon ritten die Offiziere durch das Tor, und sie wusste, dass sie eigentlich bei ihnen sein sollte. Sie wartete noch einen Augenblick mit dem Aufsitzen, kam aber zu dem Schluss, dass das Wagnis zu groß war, änderte aber ihre Meinung, als sie Priscianus sagen hörte: »Dann hätte ich noch eine weitere Information.« Neeve nestelte an ihrem Sattelgurt herum und lockerte ihn ein Stückchen. »Es geht um diesen Kaledonier namens Taranis, den die Soldaten den

Blutgott nennen. Er soll angeblich den Angriff auf die Vorposten und speziell auf Faustina anführen. Ich kann Euch aus jahrelanger eigener bitterer Erfahrung sagen, dass er über ein ungewöhnliches Talent verfügt, Angst und Unruhe unter unseren Soldaten zu verbreiten.« Priscianus murmelte noch etwas anderes und schloss mit den Worten: »Ich dachte nur, Ihr solltet das wissen.«

Als sie den Namen ihres Bruders hörte, zuckte Neeve zusammen. Dann hörte sie hinter sich Schritte.

»Was machst du hier?«

Neeve drehte sich um. Einer der Offiziere von Stragenia stand hinter ihr. »Nichts ... ich habe nur –«

»Stimmt was nicht?«, bohrte er nach.

»Nein, alles in Ordnung ... Ihr habt mich nur erschreckt, das ist alles.«

Offensichtlich neugierig geworden, runzelte er die Stirn. Neeve nahm sich zusammen. »Aber hier stimmt wirklich was nicht«, sagte sie und zog am Sattelgurt. »Im Stall hat man –« Sie gab auf und versuchte, ein verzweifeltes Gesicht zu machen. »Ihr seht es ja selber. Jemand hat das nicht richtig angezogen, und ich schaffe es einfach nicht –«

»Neeve?« Es war Vectis.

Sie blies sich das Haar aus den Augen. »Ich dachte, meine Schulter ist wieder ganz verheilt –«

Ohne auf eine entsprechende Anweisung zu warten, ging der junge Offizier in die Hocke, um den Sattelgurt fester anzuziehen. Vectis bestätigte die Schulterverletzung, und Präfekt Priscianus drückte ihr sein Mitgefühl aus. Sie bedankte sich höflich, die Gefahr war überstanden. Den Namen ihres Bruders aus dem Mund eines Römers zu hören sowie Vectis' entschlossener Ton machten ihr klar, wie real der bevorstehende Krieg war.

In Alauna hielten sie sich kaum eine Stunde auf, und im Kastell Julianus blieben sie über Nacht. Den Soldaten stand die Freude über das Ende des Marsches und die Aussicht auf den Besuch des Kastellbades ins Gesicht geschrieben. Vectis führte nur ein kurzes Gespräch mit Senecio, dem Präfekten von Julius, das er beim Nachtmahl und anschließend im Stabsgebäude weiterzuführen gedachte. Zunächst aber wollten auch sie in die Thermen; den Verlockungen heißer und kalter Bäder konnte niemand widerstehen. Neeve durfte sich den Staub des Tages in Senecios privatem, kunstvoll verziertem Badezuber in seinem Haus abwaschen sowie im Speisezimmer, das vor der Küche lag, mit den Offizieren speisen: gebratene Tauben und Spatzeneier mit Honig, weißes Fladenbrot und Kuchen. Der Wein war ihr zwar zu herb, aber stark genug, um sie innerlich zu wärmen.

Bevor Vectis sich zur Lagebesprechung im Stabsgebäude mit Präfekt Senecio traf, schlug er Neeve vor, gemeinsam einen Rundgang durch das Kastell zu machen. Aus Neeves Sicht schien der Posten in einem recht ordentlichen Zustand, doch Vectis erklärte ihr zahlreiche Punkte, an denen noch Veränderungen vorzunehmen waren.

Als sie an der Bäckerei vorbeikamen, zog es Neeve ganz nah heran, der Duft von frischem Brot lud sie ein, auf die Tür zuzugehen. Vectis begleitete sie. Das Brot selbst war bereits weggeschafft, aber der Geruch nach frisch gemahlenem Mehl genügte, um Neeve an die Mühle ihres Heimatdorfes denken zu lassen. Sie nahm sich eine Mehlschaufel, stieß sie in eines der Fässer und erstarrte. Etwas Pelziges sprang auf ihre Hand, krabbelte ihren Arm hinauf. Neeve kreischte, wollte es abschütteln, da flog es auch schon von ihrer Schulter und verschwand in einer dunklen Ecke. Sie zitterte wie Espenlaub.

Vectis wirbelte herum. »Neeve! Was ist los?«

»Eine Ratte! Da ist eine Ratte! Eine borstige, dreckige Ratte!« Sie spürte die Kratzer, die sie auf ihrem Arm hinterlassen hatte, und schnappte verzweifelt nach Luft.

Vectis war auf der Stelle bei ihr und nahm sie in die Arme. »Langsam atmen«, sagte er, »langsam und tief durchatmen.«

Neeve erschauderte; sie hasste Ratten.

»Willst du hier raus?«

»Halt mich einfach nur fest«, flüsterte sie.

Und das tat er auch. Langsam löste er sich aus der Umarmung, zündete die Fackeln an den Wänden an und noch einige Öllämpchen, um sie zu beruhigen. »Keine Angst, die Ratten bleiben in ihren finsteren Löchern«, erklärte er dabei.

»Danke«, sagte sie und gab sich wieder dem Trost seiner Arme hin. Eine kleine Ewigkeit stand sie so da, fest an seinen warmen Körper gedrückt, das Gesicht an seine Schulter gelehnt. Nach und nach wurde es draußen dunkel, und nur noch das flackernde Licht der Fackeln erhellte den Raum.

»Es ist so schön hier mit dir«, sagte sie, ohne es zu wollen.

»Und so natürlich«, fügte er hinzu. Seine Lippen streiften ihre Wange und ihren Nacken, und sie stöhnte. Er küsste sie zärtlich auf den Mund. Sie öffnete einladend die Lippen, und für einen wundersamen Augenblick schien es, als flössen ihre Seelen ineinander.

Es war unvernünftig! Wie konnte sie nur solche Gefühle für einen Römer empfinden? Da stand sie nun und küsste ihn und wollte mehr. Mit brennendem Herzen und schlafendem Verstand klammerte sie sich so fest an ihn, dass ihr selber Angst wurde. Und dann zog er sich, für sie unerklärlich, auf einmal zurück. Sanft, aber entschieden legte er seine Hände auf ihre Arme und schob sie weg. Im ersten Moment war Neeve gekränkt, und sie kam sich reichlich dumm vor, doch das Gefühl verlor sich. Sie hatte schon seit einiger Zeit den Eindruck, dass Vectis von Gespenstern aus der Vergangenheit heimgesucht wurde, die nichts mit ihr zu tun hatten.

»Meine Unterredung mit Senecio und seinen Offizieren«, sagte er, als hätte er sie völlig vergessen.

»Dann sollten wir uns besser beeilen«, erwiderte Neeve. »Du weißt ja, wie schnell das kaiserliche Heer Suchtrupps aussendet.« Sie versuchte nicht einmal, ihre Enttäuschung zu verbergen.

Auf eine beinahe perverse Weise gefiel es Neeve, dass Vectis von einer vergangenen Schuld gequält wurde. Es verringerte ihre Schuldgefühle. Immer wieder musste sie sich daran erinnern, dass er ein Römer und sie eine Kaledonierin war. Er war vielleicht ein nicht so arroganter Römer, behandelte auch seine

Mitmenschen nicht wie Sklaven, aber er repräsentierte das Imperium, und deshalb musste er aus dem Land der Kaledonier vertrieben werden. Warum sollte sie sich schuldig fühlen, wenn sie ihn täuschte? Schließlich war es Rom, sein Land, das freien Menschen ihre Seele nahm und tapfere Krieger auf öffentlichen Plätzen so lange auspeitschen ließ, bis sie vor den römischen Herren weinend zu Kreuze krochen.

Sie musste sich nicht dafür schämen, dass sie ihren Teil dazu beitrug, Kaledonien von solchen Menschen zu befreien. Sie wollte ihre Gefühle unterdrücken und tun, was erforderlich war. Aber Freude machte ihr diese Pflicht keineswegs. Der Gedanke, wie gern sie mit ihm zusammen war, tat weh.

25

Bei Tagesanbruch machten sie sich zum letzten Vorposten ihrer Rundreise, nach Colania, auf. Die Verlegenheit, die Neeve und Vectis noch am Vorabend empfunden hatten, hatte sich gemeinsam mit dem Frühtau in Luft aufgelöst, und so genossen sie jede Minute ihrer Reise.

»Trägt er tatsächlich Beinschienen?«, fragte Neeve. Vectis beschrieb ihr recht bildhaft Präfekt Commodus' Liebe zu unmodernen Panzerungen.

»Ich glaube, ich habe dir jetzt genug erzählt. Ich will schließlich nicht, dass du ihm ins Gesicht lachst.«

»Und stolziert er wirklich mit einem riesigen roten Federbusch auf dem Helm herum?« Neeve kicherte. »Wie soll ich mich da zusammenreißen?«

»Du solltest dir jedenfalls alle Mühe geben«, sagte Vectis und klang dabei plötzlich wieder wie ein Präfekt. »Vielleicht ist Commodus ja doch mehr als einfach nur ein Hanswurst.«

»Was meinst du damit?«

Er wich der Frage aus und sagte stattdessen: »Darf ich dich daran erinnern, dass du als bezahlter Übersetzer unter meinem

Befehl stehst, und ich bitte dich, ein gebührliches Verhalten an den Tag zu legen«

»Jawohl, Präfekt.«

»Außerdem sind Helme mit Federbusch gar nicht ausgefallen.«

»Du hast gesagt, er trägt sie sogar im Lager.«

»Allerdings«, räumte Vectis grinsend ein.

»Ich kann mich nicht erinnern, jemals einen Federbusch auf einem römischen Helm gesehen zu haben.«

»Legionäre tragen sie auch nicht mehr, aber Centurionen tragen sie immer noch während der Schlacht, damit sie für ihre Männer besser sichtbar sind. Und in Rom tragen die Prätorianer sie immer noch bei Paraden. Commodus will damit wahrscheinlich den Ruhm des Julischen Reiches wieder aufleben lassen.«

Neeve biss sich auf die Lippe. Ruhm! Augenblicke wie diese halfen ihr dabei, sich wieder auf ihren Auftrag zu besinnen. Sie wusste alles über das Julische Reich. Seit ihrer Kindheit hatte sie immer wieder Lieder über die blutrünstigen Feldherren aus Rom, Julius Caesar und Agricola, gehört sowie über Britannias heldenhaften, aber vergeblichen Versuch, sich gegen die Versklavung zur Wehr zu setzen.

Neeve wollte Vectis schon ernsthaftere Fragen über Commodus stellen, um herauszufinden, weswegen Priscianus sich solche Sorgen machte, als ihr Gespräch von Kundschaftern unterbrochen wurde, die ihnen mit Spiegeln aus den Bergen Signale gaben.

»Lass die Männer Aufstellung nehmen«, rief Vectis dem Centurio der Auxiliarhundertschaft zu. Der Offizier gab den Befehl an den Trompeter weiter, der einige kurze Signale ertönen ließ. Sofort formierten sich die Soldaten zu einem hohlen Rechteck, in dem sich die Offiziere, die Wagen und die Reservepferde der Skythen befanden. Der gewaltige Block nahm die ganze Straßenbreite ein, bewegte sich aber dennoch mit unverminderter Geschwindigkeit weiter – die Bogenschützen bildeten die Flanken und ritten im Rücken der Formation.

»Es ist nichts Ernstes«, erklärte Vectis, bevor Neeve fragen konnte. »Die Kundschafter melden nur eine Gruppe von Kaledoniern vor uns.«

»Werden sie angreifen?«

»Nein, es ist nur eine kleine Gruppe, und außerdem gibt es derzeit in diesem Gebiet keine Feindseligkeiten.«

Neeve war erleichtert. Sie hätte es nicht ertragen, Kaledonier fallen zu sehen. Und tief in ihrem Innern rührte sich noch eine Sorge – die um Vectis.

»Das Marschieren in Rechteckformation kann ziemlich lästig werden«, fuhr Vectis fort, »aber die Götter beschützen die Wachsamen. Und außerdem«, fügte er lächelnd hinzu, »muss ich einen wichtigen Gast beschützen.«

»Gast? Meinst du mich?«

»Natürlich.«

»Ich dachte, ich bin nur die Übersetzerin.«

»Du hast ja keine Ahnung, wie wichtig Übersetzer für mich sind«, sagte er.

Vor ihnen gab einer der Kundschafter Signale und deutete auf ein Waldstück westlich der Straße. Plötzlich verstand Neeve, auf was sie hier treffen würden. Der bloße Gedanke ließ sie innerlich erschaudern. Als sie sich dem Wäldchen näherten, machte die Rechteckformation Halt. Ein Dutzend oder mehr Soldaten schwärmten in das Gehölz und in die angrenzenden Hügel aus und bildeten einen zusätzlichen Kundschafterschild.

»Die Kaledonier haben jemanden – wahrscheinlich einen unserer Spione – an einen Baum gebunden«, meinte Vectis und deutete auf einen jungen Baum, der unter dem Gewicht des Opfers durchgebogen war.

Neeve wandte sich ab. Sie hatte schon einmal gesehen, was die Wölfe mit solchen Opfern machten.

»Neeve?«

»Ich will das lieber nicht sehen.«

»Er ist nicht … Neeve, dieser Mann lebt noch.«

»Er lebt?«

»Ja.« Vectis klopfte ihr aufmunternd auf die Hand. »Er hängt noch nicht lange hier. Unsere Kundschafter haben die Kaledonier augenscheinlich sofort aufgespürt. Seit die Kaledonier diese Bestrafung eingeführt haben, wird es für uns immer schwieriger, Kelten als Spione zu gewinnen.« Er saß ab. »Komm mit, ich brauche dich zum Übersetzen.«

Sie bahnten sich ihren Weg durch die Reihen des hohlen Rechtecks und durch die Heide hinüber zum Rand des Wäldchens, wo die Soldaten gerade das Opfer vom Baum losbanden. Der Mann lag auf dem Boden und rieb sich die Stellen an Armen und Beinen, wo die Stricke ihm ins Fleisch geschnitten hatten. Neeve befiel ein dumpfes, ungutes Gefühl, als sie ihn sah. Er hatte ein breites, flaches Gesicht mit einer Lücke an der Stelle, wo die Schneidezähne saßen ... und sie hatte ihn schon einmal gesehen. Nein, berichtigte sie sich, sie hatte mit ihm gesprochen. Sie schaute nachdenklich in den Himmel, als erwartete sie von dort eine Antwort. Irgendwo ... in einem Dorf ihres Stammes oder im Kastelldorf von Faustina hatte sie ihn ganz bestimmt schon einmal getroffen. Aber wo? Wenn sie es nicht herausfand, konnte ihr das womöglich das Genick brechen. Ihr Herz hämmerte wie wild.

Vectis stand jetzt über dem Mann und musterte ihn. Dann drehte er sich zu Neeve um. »Frag ihn, warum ihn die Kaledonier an diesen Baum gebunden haben.«

Neeve drängte sich durch die Soldaten. Sie würde lediglich eine Stimme sein, die die Fragen und Antworten übersetzte. Mit etwas Glück sah der Spion sie vielleicht gar nicht. Er würde eher Vectis anschauen und sich kaum zu seiner Übersetzerin umdrehen. Sie stellte ihm die befohlene Frage.

»Seht doch, was sie mir angetan haben«, jammerte der Mann mit der undeutlichen Aussprache der Zahnlosen. »Ich habe kein Gefühl mehr in Händen und Füßen und kann nicht mehr schlucken, so trocken ist meine Kehle. Wein. Ich muss etwas Wein haben.«

Neeve wiederholte seine Worte, und Vectis verlangte nach Wein. Augenblicke später kam ein Soldat von der Straße mit einem Schlauch durch die Heide gelaufen und legte ihn dem

Mann in die ausgestreckten Hände. Dieser schüttete ein paar kräftige Schlucke in sich hinein, bevor er einen Mund voll auf seinen Umhang spuckte. Als er wieder zu sprechen begann, hingen ihm noch immer Tropfen am Kinn.

»Ich bin Morann von den Epidiern, den Pferdemenschen. Ich bin … ich *war* ein Bote meines Stammes.« Während Neeve übersetzte, stand er zitternd auf; dann hielt er inne und schaute sie an. Er runzelte die Stirn.

Neeve erfasste Panik. Er weiß, wer ich bin! Sie versuchte zu übersetzen, aber ihre Zunge wollte ihr nicht mehr gehorchen. Stockend tat sie ihre Pflicht, bevor sie ihre Blicke nervös zwischen Vectis und dem Spion hin- und hergleiten ließ. Sie musste davon ausgehen, dass ihre zögerliche Art sein Misstrauen nur noch verstärken würde, war jedoch unfähig, etwas dagegen zu unternehmen. Innerlich sah sie ihn schon mit ausgestrecktem Zeigefinger anklagend auf sie deuten. Sie musste etwas tun, und zwar sofort. Unter den Gedanken, die ihr binnen Sekunden durch den Kopf gingen, war nur eine schwache Hoffnung: Wenn sie sich nicht erinnern konnte, woher sie ihn kannte, ging es ihm womöglich genauso.

Sie trat vor den Mann hin und sprach ihn mit der ganzen Selbstsicherheit einer Römerin an in der Hoffnung, dass er angesichts ihrer Autorität klein beigeben würde. »Der Präfekt hat dich gefragt, warum dich die Kaledonier an diesen Baum gebunden haben. Bist du ein Dieb oder ein Mörder? Denn wenn du eines von beiden bist –«

»Nein, nein«, beteuerte der Mann.

Neeve trat näher an ihn heran und schaute ihm dabei intensiv in die Augen. »Wozu dann der Baum?«, fragte sie und hielt seinem Blick stand, um damit zu erreichen, dass seine Neugier der Angst wich. Schließlich wusste jeder, dass Verbrecher bei den Römern mit einer harten Bestrafung zu rechnen hatten.

»Man … man hat mich wegen meiner Arbeit für das Reich hier angebunden.« Während Neeve übersetzte, suchte sie seine Gesichtszüge nach Anzeichen des Wiedererkennens ab. Nichts. Sein einziges Ziel bestand darin, jedermann von seiner Loyalität zum Römischen Reich zu überzeugen. Langsam fand er seine Fassung wieder, während er seine Erfolge als Spitzel aufzählte und erklärte, in wie vieler Hinsicht er von der römischen Besatzung profitiert hatte. Neeve konnte es kaum fassen, dass ein im freien Norden geborener Kelte sich so selbstverständlich darüber äußern konnte, wie er sein eigenes Volk verraten hatte. Sein größtes Anliegen schien zu sein, sich die Taschen mit römischem Geld voll zu stopfen.

»Ich habe sehr gute Arbeit geleistet«, versicherte er, »bis diese Bande von Kaledoniern gekommen ist. Die haben mich mit einem Beutel voll Silber erwischt und einfach nicht glauben wollen, dass ich ihn in einem verrotteten Baumstamm gefunden habe.« Er gab ein heiseres Lachen von sich und stellte dabei seinen zahnlosen Mund zur Schau. »Selbst hirnlose Kaledonier schöpfen Verdacht, wenn sie bei einem einzelnen Mann einen ganzen Jahreslohn finden.«

Neeve übersetzte seine Worte scheinbar emotionslos, während sie sich zusammennehmen musste, um dem Mann nicht die Faust in sein breites Gesicht zu rammen. Die Intensität ihrer Wut überraschte sie selbst; noch nie war sie einem derart prinzipienlosen Menschen begegnet. Sein eigenes Volk für Geld zu verraten! Für Silber war dieser Kerl wahrscheinlich auch bereit, auf einem Dorffest kleine Kinder zu kochen. Die Römer verfolgten ihre Ziele wenigstens noch aus Pflichtgefühl ihrem Kaiser gegenüber; dieser Mensch aber interessierte sich ausschließlich für sich selbst und dafür, wie er am besten seine unersättliche Geldgier befriedigen konnte.

Sie hatte jetzt keine Angst mehr. Ihre Furcht war in dem Augenblick von ihr abgefallen, als er begonnen hatte, über seine verräterischen Taten zu sprechen und darüber, wie er arglosen Kelten Informationen entlockt hatte. Sie machte sich keine Gedanken mehr darüber, wo sie ihm schon einmal begegnet war. Seine Zeit als Spion in Kaledonien war vorüber, und er würde keine zusätzliche Bedrohung mehr für sie darstellen.

Während sie weiter in Richtung Colania zogen, trank der Mann ununterbrochen aus seinem Schlauch und grinste sie dabei immer wieder an, als ob sie beide ein Geheimnis miteinander teilten. Neeve war froh, als sie Colania erreichten, denn dort schickte Vectis den Mann fort. »Die Kaledonier wissen jetzt, wer du bist«, sagte er. »Wenn du nicht als Futter für die Wölfe enden willst, rate ich dir dringend, südlich des Walls zu bleiben.«

Neeve übersetzte.

Er stülpte die Lippen über sein Zahnfleisch. »Silber. Ich brauche Silber und ein Pferd. Sie haben mir alles abgenommen.«

»Rom vergisst seine Freunde nie«, sagte Vectis. Dann zog er zwei Silbermünzen, zwei Denare, aus seinem Geldbeutel – eine unangebracht großzügige Summe, wie Neeve fand – und gab sie dem Mann, der gierig zugriff und die Münzen befriedigt zwischen den Fingern drehte.

Doch dann schaute er erneut Vectis an. »Ein Pferd! Ich gehöre den Epidiern an! Wir Pferdemenschen laufen nicht, wir reiten.«

Neeve übersetzte: »Ich verlange ein Pferd. Ich komme aus dem Stamm der Epidier, und wir laufen nie; wir reiten nur.«

Vectis entgegnete: »Heute wirst du laufen. Ein Pferd kannst du dir ja mit dem Silber kaufen, wenn du den Wall erreicht hast.«

Der Mann gab nicht auf. »Präfekt, Rom ist doch so reich, und ich habe nur diese beiden Münzen. Könntet Ihr nicht etwas mehr erübrigen?«

»Präfekt«, übersetzte Neeve, »obwohl Rom so reich ist, gebt Ihr mir nur zwei Münzen. Ich will mehr.«

Als Vectis die Übersetzung hörte, kniff er die Augen zusammen. »Verschwinde«, sagte er, »und sei froh, dass du überhaupt noch am Leben bist.«

Der Mann fluchte leise vor sich hin, sparte sich aber eine Erwiderung. Einer der Offiziere deutete nach Süden und sagte in holprigem Keltisch, dass der Antoninische Wall zu Fuß in einer Stunde zu erreichen sei. Neeve wiederholte dies, um keine Zweifel zu lassen. Wieder starrte er sie lange an, grinste und ging.

Während Neeve ihm nachblickte, fiel ihr plötzlich wieder ein, woher sie ihn kannte. Er war einer der Boten gewesen, die Taranis in den ersten Tagen nach ihrer Rückkehr nach Kaledonien in ihrem Dorf aufgesucht hatten. Erinnerte er sich an sie? Wusste er, wer sie war, oder hatte er nur eine vage Ahnung? Es spielte jetzt keine Rolle mehr. Wenn er nach Kaledonien zurückkehrte, würde ihn das zweifellos das Leben kosten. Zumindest für den Augenblick war sie sicher.

Das Kastell Colania war die mit Abstand imposanteste römische Festung, die Neeve je gesehen hatte. Seine Brustwehre und Türme waren um ein Drittel höher als die von Faustina, seine massiven Erdwälle an der Basis gut vierzig Fuß breit. Mit seinen tiefen Gräben und Fallgruben sah Colania uneinnehmbar aus.

»Erstaunlich«, murmelte Neeve, als sie durch das dicke hölzerne Tor in der Erdumwallung ritten.

»Ja, das sieht schon beeindruckend aus«, räumte Vectis ein. »Aber lass dich nie vom Äußeren eines Lagers täuschen. Jedes Kastell hat seine Schwachstellen.«

»Wo sollte dieses Lager eine Schwachstelle haben?«, fragte Neeve eher aus Neugier als um der Informationen willen, die sie sammelte.

»Der schwache Punkt eines Kastells ist immer derselbe: seine vier Tore. Aber ein kluger Präfekt überprüft alles. Manchmal hat ein Kastell brüchige Mauern, oder es fängt allzu leicht Feuer.« Seine Augen schweiften in die Ferne. »Ich denke da beispielsweise an ein gewaltiges Lager in Ägypten, das über Jahrhunderte nicht zu erstürmen war. Dann aber häuften wir auf einer Seite der mächtigen Mauern Holz und Teer an, ließen alles ein paar Tage brennen und schütteten dann Wasser aus dem Fluss darüber. Ein Stoß mit dem Rammbock genügte, und die Mauer zerbarst wie feinstes Glas.« Er grinste. »Du hättest ihre Gesichter sehen sollen!«

»Bevor ihr sie umgebracht habt oder hinterher?«, fragte Neeve, die ihre Frage in einem humorvollen Ton zu formulieren suchte, dabei aber genauso klang, wie sie sich fühlte – verbittert über die Eroberungen der Römer.

Sein Lächeln verflog. Er war gekränkt.

»Oh, Vectis, das war dumm von mir. Es tut mir Leid.« Und es tat ihr tatsächlich Leid – nicht nur, weil sie ihre wahren Gefühle hatte durchscheinen lassen, sondern auch, weil sie ihn gekränkt hatte.

»Ich verstehe.« Er versuchte, sein Lächeln wieder zu finden.

»Ich wollte damit nicht sagen –«

Er blieb im Tor stehen, an das sich zu beiden Seiten der in den Himmel zu ragen scheinende Erdwall ansetzte. »Neeve, als wir uns kennen gelernt haben, hast du gesagt, du würdest keinen Hass gegenüber Rom hegen. Aber das stimmt nicht. Hab ich Recht?«

Die Wahrheit ist immer das Beste, erinnerte sie sich. Sie schloss kurz die Augen, bevor sie sagte: »Ja, ich werde schon manchmal wütend, wenn ich daran denke, wie ohnmächtig wir in unserem eigenen Land sind und wie zerstörerisch eure gewaltigen Heere sein können.« Sie schaute ihn an. »Ist das zu viel Offenheit von einer Keltin?«

»Nein«, sagte er. »Vieles von dem, was du sagst, ist wahr. Ich würde es an deiner Stelle aber trotzdem nicht zu oft erwähnen. Wir Römer hören die Wahrheit über uns selbst nicht so gern. Wenn wir unsere Ziele verfolgen, sind wir zweifellos manchmal ziemlich rücksichtslos. Aber vielleicht solltest du wissen, dass *ich* in Ägypten jenen Feldzug befehligte und wir keineswegs alle Einwohner töteten – genau genommen nicht einen einzigen. Sie waren so verblüfft darüber, wie leicht wir ihre Verteidigungsanlagen überwinden konnten, dass die Stadtältesten die Tore öffneten und ihr Leben anboten im Tausch gegen das der Bevölkerung.«

»Und was ist mit diesen Ältesten geschehen?«, fragte Neeve, die sich sogleich wünschte, ihre Zunge besser gehütet zu haben, aber irgendwie das Thema abschließen wollte. Sie schalt sich dafür. Was spielte es schon für eine Rolle, wie die Römer die Menschen in Ägypten behandelten? Hier ging es schließlich um Kaledonien, und da waren ihre selbstgerechten Fragen fehl am Platze. Sie seufzte. Ihr Verhältnis zum Präfekten war schon viel zu vertraulich geworden.

»Neeve, wir Römer haben zweifellos unsere Fehler, aber wir töten nicht willkürlich. Die Stadt und ihre Ältesten existieren noch immer, und sie sind längst zuverlässige Freunde des Römischen Reiches geworden.« Er ritt etwas zur Seite, bedeutete ihr, dasselbe zu tun, damit die Formation hindurchmarschieren konnte. »Ich bestreite gar nicht, dass auch ich mitunter zu harten Maßnahmen gegriffen habe, um die Feinde Roms zu unterwerfen. Ich bin schließlich Soldat. Aber ich habe immer versucht, bei der Erfüllung meiner Pflicht Gnade vor Recht ergehen zu lassen. Ich möchte, dass du das weißt. Ich bin kein Schlächter.«

»Das habe ich auch nie geglaubt«, sagte Neeve leise. Sie fühlte sich gar nicht wohl dabei, ihn derart in die Enge getrieben zu haben. »Und außerdem habe ich kein Recht, so etwas zu sagen. Ich darf höchstens am Reich zweifeln, aber nicht an dir. Ich wünschte, ich hätte den Mund gehalten.«

»Auch wenn du den Mund gehalten hättest, gäbe es noch immer eine Mauer zwischen uns – nur wüsste ich dann nichts davon.«

Neeve wurde ganz schwermütig. Er wusste ja so vieles nicht – über sie, über Kaledonien und über das Ausmaß des bevorstehenden Aufstands, der sie für immer auseinander reißen würde.

»Auch ich will keine Mauern zwischen uns«, sagte sie wahrheitsgetreu, »aber du darfst nie vergessen, dass ich eine Keltin bin und dass eroberte Völker manchmal um sich schlagen. Das ist unsere einzige Möglichkeit, uns zur Wehr zu setzen.«

»Aber ihr solltet euch nicht wie ein erobertes Volk fühlen. Britannien ist Teil des Römischen Reiches. Ich dachte, du hättest das verstanden.« Er seufzte tief. »Das Imperium ist die größte Ansammlung von Völkern und Stämmen und Sprachen …« Er suchte nach den richtigen Worten. »Ein stattliches Gebilde, in dem jeder eine Möglichkeit angeboten bekommt.«

Neeve sagte dazu nichts.

»Du denkst jetzt wahrscheinlich, ich wiederhole nur römische Platitüden. Aber hast du gewusst, dass die Vorfahren der letzten drei Kaiser – einschließlich unseres jetzigen Kaisers Antoninus – aus den *eroberten* Provinzen stammten?«

»Nein, das wusste ich nicht.«

»Aber es stimmt! Verstehst du nicht?« Seine Augen glänzten vor Erregung. »Rom ist nicht irgendwo da draußen – Rom, das bist du, und das bin ich, und das sind selbst die Volksstämme Kaledoniens. Eines Tages, da bin ich mir ganz sicher, wird jemand aus Britannien in Rom auf dem Kaiserthron sitzen.«

»Das ist schwer zu glauben.«

»Auch nicht schwerer zu glauben, als es im vergangenen Jahrhundert« – er griff nach dem Zügel ihres Pferdes, zog sie näher zu sich heran, die Wagen mit den Waffen rollten polternd durchs Tor – »für die Menschen in Hispanien oder Gallien vorstellbar war, dass einst die Kaiser Roms aus ihren Reihen kommen würden.«

Sie nickte, um ihm zu bedeuten, dass sie verstanden hatte.

»Ich will dich doch gar nicht zu einer fanatischen Anhängerin Roms bekehren, Neeve. Von der Sorte haben wir schon genug. Aber ich bin nun mal Römer und ein Soldat des Reiches, und ich möchte, dass du mich verstehst, weil ...«, er lächelte verlegen, »... weil ich ... nun, ich glaube, ich habe mich in dich verliebt.«

Staubwolken vom ersten einfahrenden Karren hüllten sie ein. Neeve blinzelte. »Du liebst mich nicht wirklich«, sagte sie laut genug, um das Rumpeln der Wagen zu übertönen. »Du leidest einfach nur unter Heimweh, und da bin ich dir zufällig über den Weg gelaufen.«

»Glaubst du, ich hätte nicht selber darüber nachgedacht?«, rief er ihr über das Räderknirschen hinweg zu. »Ich liebe dich, und das wahrscheinlich von unserer ersten Begegnung an.« Ein weiterer Wagen wirbelte eine so gewaltige Staubwolke auf, dass Neeve sich ihren Umhang über den Kopf zog. Vectis murmelte etwas und postierte sich vor den Karren. Der Fahrer hielt abrupt an, als er das tadelnde Gesicht seines Präfekten sah. Vectis forderte Neeve mit einer Handbewegung auf, ihm zu folgen, und zusammen ritten sie durchs Tor hindurch.

»Das ist nicht gerade der beste Ort für ein persönliches Gespräch«, meinte Neeve.

»Nein, wirklich nicht.«

An seiner angespannten Miene erkannte Neeve, dass Vectis wünschte, er hätte das Thema nie angesprochen. »Das sind aber dicke Wälle«, lenkte sie ab.

»Ja, sehr dick.«

»Wir haben gerade über die Schwachstellen der Befestigungen gesprochen«, fuhr sie fort.

»Ja, und dann habe ich mit meinen militärischen Erfolgen in Ägypten geprahlt, um dich zu beeindrucken, aber damit habe ich dich nur abgestoßen.«

»Vectis, ich finde nicht ...«

»Nein, sag jetzt bitte nichts. Ich könnte es nicht ertragen, wenn du jetzt aus Höflichkeit etwas zurücknehmen würdest.« Sie hielten an und warteten, bis die Wagen durch den Torgang hindurch waren. »Du hast Recht.« Er schien nun mit dem Themawechsel einverstanden. »Wir haben über die Schwachstellen von Kastellen gesprochen, und ich wollte gerade sagen, dass man das Gesamte sehen muss – Angriff und Verteidigung, die örtliche Lage, Nahrungs- und Wasservorräte und so weiter. Aber irgendeinen Schwachpunkt gibt es immer. Der Schlüssel zum Erfolg ist herauszufinden, um welchen es sich handelt.«

Froh darüber, dass ihr Gespräch eine weniger persönliche Richtung eingeschlagen hatte, ließ Neeve den Blick über die Verteidigungsanlagen schweifen. »Colania hat Erdwälle, die weder brennen noch brechen können, und ich habe noch nie schwerere Torflügel gesehen. Das Kastell liegt an einem Fluss und verfügt somit über genügend Wasser, und wenn es so organisiert ist wie Faustina, hat es auch genug Lebensmittel, um eine lange Belagerung zu überstehen.

»Colania ist eine starke Festung«, pflichtete Vectis ihr bei, »aber zuweilen finden sich die schwächsten Schwachpunkte im Innern.«

»Du meinst bei den Soldaten?«

»Manchmal auch das, aber hier ist es eher die Führung.«

»Du meinst Commodus.«

»Ich meine Commodus.«

Als die gewaltigen Torflügel sich schlossen, fragte Neeve leise: »Wenn Präfekt Commodus so unfähig ist – warum hat Rom ihn dann zum Befehlshaber ernannt?«

»Ach, Neeve«, lachte Vectis, »an dieser Frage erkennt man gleich, dass du keine Römerin bist. Du denkst vernünftig, und genau das kann man von den ehrenwerten Politikern Roms nicht unbedingt behaupten. Am besten stellst du sie dir als Huren vor, die ihren Preis fordern. Um etwas zu bekommen, musst du zahlen. Auf diese Weise gelangt oft jemand auf einen hohen Posten, der den Geldbeutel von Senatoren und Magistraten füllt, ihrer Eitelkeit schmeichelt oder ihnen auf andere Weise entgegenkommt. Aber irgendwie funktioniert das System trotzdem. Unsere Politiker weisen nur zu gern darauf hin, dass es Rom seit neunhundert Jahren damit recht gut ergangen ist.«

»Aber in Kriegszeiten –«

»Da wird das Ganze zum Problem.« Er winkte seinen Offizieren, und gemeinsam folgten sie dem Centurio von der Torwache. Sie passierten eine Ansammlung von steinernen Gebäuden und beladenen Sockelbänken, die für Neeves ungeübtes Auge alle recht aufgeräumt wirkten – ganz anders jedenfalls als das, was sie auf Grund von Vectis' Erzählungen von Colania erwartet hatte. Es gab keine mit Unrat übersäten Straßen und keine schmutzigen Karren, keine würfelnden Soldaten oder an die Wand gelehnte Waffen. Colania kam ihr vor wie ein typisches wohlorganisiertes römisches Lager.

Sie bemerkte, wie aufmerksam er alles betrachtete. »Besser als erwartet?«, fragte sie.

Er drehte sich stirnrunzelnd und mit fragendem Blick zu ihr um.

»Ich meine den Zustand des Kastells.«

»Oh«, nickte er, »viel besser.«

»Dann freust du dich sicher.«

»Sehr sogar.« Er sah aber gar nicht erfreut aus.

Colania beeindruckte innen ebenso wie von außen. Im Gegensatz zu den meisten Lagern waren die Gebäude längs der Hauptstraße aus Stein; nur hin und wieder gab es ein Holzhaus.

Als sie um die Ecke des letzten Gebäudes gingen und in die Querstraße einbogen, sahen sie Präfekt Commodus auf den Stufen vor dem zweistöckigen steinernen Stabsgebäude in Sandalen und strahlend weißer Toga stehen.

»Ah, Präfekt Vectis«, rief er jovial. »Willkommen! Willkommen in Colania.«

Vectis stöhnte hörbar auf. »Eine Toga. Der Präfekt eines Kastells in Sandalen und Toga.«

Neeve starrte den hellhäutigsten Römer, den sie je zu Gesicht bekommen hatte, verwundert an. Seine blasse Hautfarbe erinnerte sie an die starren Leichen auf den Begräbnisscheiterhaufen, und er reichte ihr mit seinem haarlosen Kopf, so schätzte sie, allenfalls bis zu den Schultern. Als sie näher kam, stellte sie verblüfft fest, dass er die zarte Haut eines Kleinkinds hatte und keinerlei Haare im Gesicht – nicht einmal Augenbrauen oder Wimpern. An jedem Finger steckte ein Perlenring, mit Ausnahme seines rechten Zeigefingers, den ein schwerer Siegelring zierte, auf welchem ein nackter geflügelter Junge mit Pfeil und Bogen eingraviert war. Lächelnd und mit ausgebreiteten Armen kam Commodus auf sie zu. In der weißen Toga und mit der unbehaarten, blassen Haut wirkte er wie ein gerupftes Huhn in römischen Gewändern.

»Wie schön, Euch zu sehen, Präfekt«, sagte er wie einer, der einen alten Freund begrüßt.

»Präfekt Commodus.« Vectis war kurz angebunden. »Ich muss mich doch sehr wundern, dass Ihr hier im kalten Norden in einer Toga nicht friert.« Ohne eine Antwort abzuwarten, stellte er erst seine Offiziere vor, und dann mit einer beiläufigen Handbewegung auch Neeve, die ein weiteres Mal feststellen musste, wie schwer es ihm fiel, seine Gefühle zu verbergen. Ihn beschäftigte etwas, und zwar nicht nur die Toga.

Commodus schien von der Missbilligung des Befehligenden Präfekten kaum Notiz zu nehmen. Er lächelte allen Offizieren zu und stellte sich auf die Zehenspitzen, um Neeve auf die Wange zu küssen – nicht ungewöhnlich für einen Römer bei gesellschaftlichen Anlässen, aber in einer militärischen Umgebung völlig unüblich. Neeve wischte sich über das Gesicht, um den Geruch von Commodus' frisch eingeölter Haut loszuwerden.

»In der Tat, Präfekt«, sagte Commodus. »Bei der Auswahl meiner Kleidung heute habe ich mich für meine beste Toga entschieden, ohne mir bewusst zu sein, wie unangemessen sie sein könnte. Ich fühle mich nicht nur durch Eure Gegenwart geehrt«, er heftete seine Augen auf Neeve, »sondern auch durch die Inkarnation der Göttin Venus.« Er räusperte sich. »Ihr habt völlig Recht, Präfekt; Togen sind nicht für Britannien gemacht. Aber oben im Besprechungsraum habe ich zwei Kohlebecken stehen. Dort werdet Ihr und Eure Offiziere Euch wohler fühlen.«

»Meine Offiziere werden das Lager inspizieren, während wir uns miteinander unterhalten«, informierte ihn Vectis.

»Aha«, sagte er, als hätte Commodus' Unbeschwertheit ihren ersten Dämpfer erhalten, von dem er sich jedoch rasch erholte. »Ihr werdet feststellen, dass Colania nun weitaus effizienter geführt wird. Ich habe meinen besten Offizier damit beauftragt, die Befehle Eures Ersten Centurio umzusetzen.«

»Auf den ersten Blick«, sagte Vectis, »scheint er seine Arbeit gut gemacht zu haben.«

Commodus strahlte.

Vectis entließ seine Offiziere und wollte gerade auch Neeve irgendwo anders hinschicken, als Commodus intervenierte. Sichtlich geschmeichelt vom Kompliment seines Präfekten und mit Blick auf Neeve sagte er: »Präfekt, ich kann nicht zulassen, dass dieses gallische Täubchen uns verlässt.« Er ergriff ihre Hand und tätschelte sie sanft. »Sag ihm, mein Schätzchen, ob du nicht lieber hier bei uns bleiben möchtest, statt mit einem Haufen langweiliger Offiziere in irgendeinem schäbigen Speiseraum zu essen? Ich kann unsere Mahlzeit ebenso gut hier servieren lassen – die besten Köstlichkeiten, die der Norden zu bieten hat.«

Neeve blickte Vectis an in der Hoffnung, er möge zustimmen. Das war eine gute Gelegenheit, mehr über die Strategie der Festung zu erfahren, und außerdem erschien ihr ein Gespräch mit Commodus recht interessant.

»Ich habe nichts dagegen«, meinte Vectis.

»Großartig«, sagte Commodus und hauchte in die Hände, um sie zu wärmen. »Überlassen wir dieses unfreundliche Wetter den Kelten. Gleich werden wir in meinen Räumen dampfend heiße Steinbuttsuppe genießen.« Er lächelte. »Danach können wir uns in aller Ruhe unterhalten – an einer Tafel, die einer Königin vom Nil würdig wäre.« Er nahm Neeve beim Arm und geleitete sie über den hölzernen Aufgang zum Eingang des Stabsgebäudes.

Das Gespräch erwies sich als ausgesprochen interessant und informativ. Und das Essen war tatsächlich so köstlich wie von Commodus versprochen. Vectis aber hatte nur seine Arbeit im Kopf. Er erklärte Commodus seine Strategie und betonte seine Entschlossenheit, die Kommunikation zwischen den fünf Vorposten und den Posten am Wall aufrechtzuerhalten. Nicht ein einziges Mal hingegen reagierte er auf Commodus' weniger ernsthafte Anmerkungen – nicht einmal dann, wenn es sich dabei um alberne Komplimente an Neeves strahlende Schönheit handelte, die Commodus als Segen der Götter bezeichnete.

Zuerst fragte sich Neeve, ob Vectis' Ernst wohl zu seiner Rolle als Befehligender Präfekt gehörte, in die er sich immer dann hineinsteigerte, wenn es erforderlich wurde. Es kam ihr aber nicht so vor. Schließlich hatte sie ihn schon oft dabei beobachten können, wenn er in Faustina wichtige Dinge besprach; nun aber schien ihn etwas anderes, tiefer Gehendes zu beunruhigen. Es musste etwas mit den Gesprächsfetzen zu tun haben, die sie in Stragenia aufgeschnappt hatte. Priscianus hatte Vectis vor Commodus gewarnt. Aber in welcher Beziehung? Sie dachte an Vectis' seltsame Andeutung, Commodus könne mehr sein als nur ein Hanswurst.

»Na schön«, beendete Vectis schließlich das Gespräch, »das wäre alles, sofern Ihr nicht –«

»Auch ich habe nichts mehr vorzubringen, Präfekt, mit Ausnahme der Bitte, mir diese Göttin hier zu lassen.« Seine Lippen verzogen sich zu einem lüsternen Grinsen. »Colania ist dringend auf ihre Dienste angewiesen, und ich würde persönlich dafür sorgen, dass sie täglich gebadet und eingeölt wird mit –«

»Ihr habt verabsäumt, mich zu fragen, wie es um Euer Versetzungsgesuch steht. Was ist damit?«

Commodus wirkte verblüfft, und zwar nicht, weil Vectis seine ungeheuerliche Anforderung unterbrochen hatte. Unter der Oberfläche schien es noch etwas anderes zu geben.

»Also, was ist damit?«, hakte Vectis nach.

»Ich … ich stehe Euch ganz zu Diensten, Präfekt«, stammelte Commodus. »Falls Ihr mit dem Gedanken spielen solltet, mich zu versetzen, nehme ich an, dass Ihr mich rechtzeitig darüber in Kenntnis setzen werdet.«

»Bei unserem letzten Gespräch wart Ihr doch noch ganz begierig auf eine Versetzung.«

»Ich stehe Euch ganz zu Diensten«, wiederholte der Präfekt.

»Aber Ihr habt um Eure Versetzung nachgesucht.«

Commodus starrte ins Leere, als suchte er nach einer passenden Antwort.

»Ich finde es irgendwie merkwürdig, dass Ihr meine Bedingungen für die Versetzung – die Steigerung der Effektivität in Colania – erfüllt habt, an eine Versetzung aber nicht mehr zu denken scheint.«

»Ah ja!«, rief Commodus, als wäre ihm gerade ein triftiger Grund eingefallen. »Als Ihr zuletzt hier wart, Präfekt, lag ein leichtes Unwohlsein wie ein Schatten über meinem Leben. Ich habe mich in der Tat ganz und gar nicht wohl gefühlt. Aber das hat sich mittlerweile gelegt, wie Ihr seht.«

»Haben die Nachrichten vom Senat Eure Gesundheit befördert?«

Commodus' Blässe ging in ein fahles Aschgrau über. Er versuchte, etwas zu artikulieren, doch ihm versagte die Stimme. Er zwinkerte mehrmals, rieb sich das Gesicht mit den längsten Fingern, die Neeve je gesehen hatte, und quiekste dann: »Das verstehe ich nicht.«

Vectis beugte sich zu Commodus vor. »Ich habe keinerlei Verständnis für politische Spielchen. Also – was stand in diesen Briefen aus Rom?«

»Ach ja, natürlich, die Briefe.« Commodus lachte entschuldigend. »Die hätte ich doch fast vergessen. Sie enthielten nichts Bedeutsames, Ihr versteht schon ... nur Anfragen bezüglich der Lage in Britannien.«

»Lasst sie holen.«

»Aber ich habe sie nicht mehr.«

»Und wo sind sie?«

»Vernichtet. Ich ... sie waren so unwichtig, dass ich sie weggeworfen habe.«

Vectis lehnte sich verärgert auf seinem Sofa zurück. »Von wem stammten sie?«, fragte er schließlich.

»Von Senator Alfenus Crescens.«

Auf der Rückreise nach Faustina machten sie in zwei Vorposten kurz Station, in Alauna übernachteten sie ganze sechs Stunden lang. Sie unterhielten sich über Nebensächlichkeiten und lachten über die lüsternen Blicke, die Commodus ihr zugeworfen hatte. Nur einmal machte Vectis eine ernstere Bemerkung über Commodus: Er meinte, irgendetwas sei mit ihm nicht in Ordnung, er hätte aber keine Ahnung, um was es sich handeln könnte. Über seine Liebeserklärung, die er zu einem alles andere als günstig zu nennenden Zeitpunkt abgegeben hatte, verlor er zum Glück kein Wort.

26

Der Winter vor dem Angriff war bitterkalt. Eisige Winde vom Meer ließen Seen und Flüsse zufrieren und bedeckten die Insel mit harschem, körnigem Schnee. Wölfe wühlten in den Abfallhaufen der Dörfer und heulten vor den Ställen, in denen die Schafe nachts standen. Überall in Kaledonien dichteten die Menschen Fensteröffnungen und Türen ab; sie häuften an den Außenwänden Schnee an und ergänzten ihre rasch schrumpfenden Holzvorräte.

Neeve blieb meist innerhalb der Mauern von Faustina, zeichnete nur hin und wieder an der Straße die eine oder andere Karte. Dies war ihr Zugeständnis an Vectis; er wollte nicht mehr, dass sie im Norden zeichnete, und sie erklärte sich bereitwillig einverstanden. Hier vom südlichen Bereich aus konnte sie Taranis ohnehin leichter mit ihren Informationen versorgen. Wegen der Winterstürme – sie musste jederzeit damit rechnen, in einem Schneesturm stecken zu bleiben – hatte Neeve damit begonnen, ihre Nachrichten über einen Kontaktmann aus einem der Dörfer unweit der Straße zu übermitteln. Dieser Weg funktionierte gut, aber Neeve vermisste ihre Brüder sehr.

Bei den wenigen Gelegenheiten, wo sie sich trafen, waren sie zu Hause und warteten wie die anderen Kaledonier auf das Tauwetter im Frühjahr. Mit dem Geld der Druiden und dem Geldbeutel des römischen Abgesandten besaßen sie alle genügend Vorräte. Truppen überfielen überwiegend Waffentransporte zu den Vorposten und mitunter auch einen der kleineren Posten am Wall. Die ständigen Informationen von Neeve waren für sie lebenswichtig geworden, und ihre Brüder staunten nicht schlecht über ihre Fähigkeit, ihnen die genaue Zeit zu sagen, zu der die römischen Wagen auftauchten, und mehr als einmal bezeichnete Taranis sie als »ersten« Krieger der Kaledonier.

Sie waren an Jupiter interessiert! Offenbar hatte er mit seiner Spezialeinheit mehrere Baulager am Fluss zerstört und sie dazu gezwungen, ausgerechnet in den grausamen Wintermonaten wieder von vorn anzufangen. Neeve hatte nichts von seinen Vorstößen gehört und versprach, so viel wie möglich über sie herauszufinden. Erneut forderten ihre Brüder sie auf, beim Umgang mit dem afrikanischen Centurio größte Vorsicht an den Tag zu legen.

Als der Winter immer kälter wurde, mussten Taranis und Eston enttäuscht feststellen, dass Neeves kleines Badehaus im Felsen nicht mehr funktionierte. Das Sammelbecken für Regenwasser war vollständig zugefroren. Neeve tröstete sie aber damit, dass sie, so oft sie wolle, die Thermen von Faustina benutzen könne. Um sich nicht von den Römern in den Schatten stellen zu lassen, rissen sie den Kessel oben auf, füllten Schnee hinein, zündeten dann das Feuer an und jubelten, denn sie hatten soeben mitten im tiefsten Winter das einzige kaledonische Badehaus in Betrieb genommen.

Neeve begann sich in Faustina immer wohler zu fühlen, bis sie sich fast schon wie zu Hause vorkam. In diesen Wintermonaten hatte sie viele Menschen schätzen gelernt und wünschte sich, der Winter würde nicht zu Ende gehen. Doch der Frühling nahte, und mit ihm der schreckliche Krieg. Es befremdete sie, dass ihr Interesse an Vectis trotz dieser Aussicht zu- statt abnahm. Schließlich stand er für alles, was sie hasste. Rom war böse und korrupt, überlebte nur, indem es andere Völker versklavte. Und dennoch sehnte sie sich danach, mit diesem Bewacher des römischen Reiches zusammen zu sein. Wie befremdend!

Als Neeve eines Nachmittags ins Stabsgebäude kam und im Arbeitszimmer von Vectis vorbeischaute, fand sie ihn in düsterer Stimmung vor. Er bat sie, auf ihn zu warten; er habe einen Kurier zu Besuch, der am Vortag angekommen war. Neeve war zwar froh, ein paar Minuten allein zu sein, machte sich jedoch Sorgen. Bislang hatte er sich immer gefreut, sie zu sehen, und jede Veränderung in seinem Verhalten weckte alte Ängste in ihr. Vielleicht mochte er sie wirklich oder liebte sie sogar, wie er behauptete, aber er war immer noch ein römischer Offizier – eine Tatsache, die sie nie vergessen durfte.

Sie verdrängte den Eindruck, den sie eben gewonnen hatte, und machte sich an die Arbeit. Sie beobachtete Vectis vom Fenster aus, bis er in der Hauptstraße verschwunden war, ging dann rasch ins Hinterzimmer. Sie öffnete die Mappe, die unschuldig auf dem dritten Regal lag – dieselbe Mappe, die sie fast ins Verderben gestürzt hätte. Vor sich hatte sie das vollständige Verzeichnis über Zahl und Art der Truppen am Wall. Vectis war besessen von Zahlen, und Neeve sah, wo er kleinere Veränderungen vorgenommen hatte. Das Abschreiben der Zahlen hatte sie volle drei Wochen gekostet. Sie hatte Vectis erzählt, sie wolle vom Fenster seines Büros aus ein Bild vom Leben im Lager zeichnen – von den Werkstätten der Zimmerleute, Seiler und Töpfer, den riesigen Toren, dem Exerzierplatz und den umhereilenden Soldaten. Und jedes Mal, wenn er sie in seinem Büro allein ließ, trug sie weitere Zahlen und Namen in die Haare der Soldaten ein, in die Querbalken der Torflügel und die kleinen Staubwolken hinter den durchs Bild fahrenden Wagen – ja sogar ins Bildnis der römischen Siegesgöttin Victoria, die so arrogant in einer Ecke des Exerzierplatzes stand. Sie hatte aus ihrem früheren Fehler gelernt.

Bald hatte Neeve ihre Arbeit erledigt und die Unterlagen ins Regal zurückgelegt. Stolz wallte in ihr auf, als sie die Zeichnung betrachtete. Sie hatte das Unmögliche möglich gemacht. Mit Hilfe einiger Kreidestriche, mit denen sie die gefährlicheren Teile etwas verwischt hatte, war es ihr gelungen, alle drei Papyri der wichtigsten Unterlage im Kastell abzuschreiben. Jetzt würden die keltischen Stämme ganz genau wissen, was sie von den einzelnen Kastellen am Wall zu erwarten hatten.

Dann kamen die Schuldgefühle. Immer diese Schuldgefühle. Vectis hatte vollstes Vertrauen zu ihr. Nach ihrer Reise zu den Vorposten hatte er alle – selbst Julian und den Centurio – angewiesen zu klopfen, wann immer sie seine Räume betreten wollten. Jetzt konnte sie die Aufzeichnungen in aller Ruhe durchsehen, ohne Angst haben zu müssen, dabei ertappt zu werden. Ohne Zweifel glaubten alle, Vectis wolle mit seiner Anweisung vermeiden, in einer verfänglichen Situation überrascht zu werden – und das, obwohl er und Neeve nicht ein einziges Mal zusammen auf der Liege gelegen hatten. Er schien mehr zu wollen als nur eine rein körperliche Beziehung.

Als Vectis wiederkam, saß Neeve an einem der beiden Kohlebecken und nippte an einem dampfenden Becher keltischen Bieres. Jemand hatte ein eisernes Tablett auf die glühenden Kohlen gestellt, und als der Winter nahte, hatte Vectis angefangen, Kessel voller Bier zu erhitzen. Der Tag war außergewöhnlich kalt, und der Schneefall schien nicht aufhören zu wollen. Stolz zeigte Neeve Vectis ihre fertige Zeichnung vom Leben im Kastell. Er zeigte ein gewisses Interesse, aber nicht mehr, als die Höflichkeit von ihm verlangte. Kein Zweifel – er war in seinen Gedanken mit etwas anderem, wenig Erfreulichem beschäftigt.

Neeve goss sich einen weiteren Becher Bier ein in der Hoffnung, das heiße Gebräu möge ihre angegriffenen Nerven beruhigen. Viel half es nicht. Nachdenklich saß sie da, während Vectis auf seinem Schreibtisch Papiere hin und her schob. Was konnte wohl diese Veränderung in seinem Verhalten ausgelöst haben? An ihrer Zeichnung war er nicht interessiert; das konnte es also nicht sein. Hatte er vielleicht irgendwie herausgefunden, dass sie regelmäßig in seinen Unterlagen herumstöberte? Sie zupfte an ihrem Haar, bevor sie sich zusammennahm und zum Angriff überging. »Mit dir stimmt doch was nicht, hab ich Recht?«, fragte sie.

Er blickte zu ihr auf. »Das kann warten.«

»Ist es was Ernstes?«

Er richtete erst sein Tintenfass aus und dann zum dritten Mal seine Papiere.

»Es ist also etwas Ernstes.« Neeve spürte, wie ihr Herz schneller zu schlagen begann.

»Ja, Neeve, es ist etwas Ernstes«, bestätigte er und rieb sich die Müdigkeit aus den Augen. »Aber ich bin mir nicht sicher, ob das der richtige Zeitpunkt ist –«

»Ich möchte es lieber jetzt hören als später«, sagte sie und schluckte.

»An deiner Stelle wäre ich mir da nicht so sicher.«

Neeve versuchte, ruhig zu bleiben, während er um den Tisch herumging und sich auf die Kante setzte. Geistesabwesend trommelte er mit den Fingern auf seinem Oberschenkel herum, bevor er den Blick auf sie heftete. »Was würdest du wohl von jemandem halten, der dir nie die Wahrheit gesagt hat?«

»Ich … ich würde fragen, welchen Grund er wohl gehabt hat.«

»Würdest du dich betrogen fühlen?«

Ihr Herz pochte. »Ich würde mich einfach fragen, warum das so ist. Manchmal tun die Menschen etwas, das sie hinterher aus tiefstem Herzen bereuen, aber sie tun es, weil sie nicht anders können … weil sie in ihrem Leben gefangen sind wie ein Vogel in einem Käfig.« Sie wandte sich ab, weil sie seinem Blick nicht länger standhalten konnte.

»Und wie ist es mit der Liebe? Kann ein Mensch jemanden lieben und ihm trotzdem nicht die Wahrheit sagen?«

»Bitte, Vectis …«

»Ich muss wissen, wie du darüber denkst.«

»Dann sage ich: Ja, es ist möglich, jemanden zu lieben, ohne ihm die ganze Wahrheit zu sagen. Manchmal ist die Wahrheit schwer zu ertragen und bleibt besser unausgesprochen. Wer kann schon etwas daran ändern, wie die Götter unser Leben bestimmt haben? Wir möchten es zwar manchmal gern, aber wir können es nicht.« Das Kohlenbecken schien plötzlich eine unerträgliche Hitze auszustrahlen, und Neeve rückte ein Stückchen von ihm weg.

»Ich bin froh, dass du so denkst, weil ich dir nämlich nicht die Wahrheit gesagt habe.«

Neeve beobachtete ihn ruhig, ohne die geringste Ahnung, worauf er hinauswollte. Er nahm eine Nachricht von seinem Schreibtisch und sagte: »Das habe ich gestern von einem Kurier erhalten. Der Brief stammt von dem Senator, von dem ich dir erzählt habe, Senator Atilius Titianus.«

»Der, den du nicht magst.«

Er ging zu Neeve hinüber und setzte sich auf die Bank ihr gegenüber. Seine Stimme klang tonlos, aber sie sah ihm seinen Schmerz an. »Sowohl meine Schwester als auch mein Vater sind gestorben.«

»Das tut mir ja so Leid.« Neeve fiel ein Stein vom Herzen; es ging also nicht um ihre Tätigkeit als Spionin. »Du möchtest jetzt sicher allein sein«, sagte sie, stand auf und ergriff ihre Zeichnung. Als er nicht reagierte, ging sie zur Tür. Dann aber hielt sie plötzlich inne, als ihr bewusst wurde, wie grausam ihr Verhalten ihm gegenüber war. Hier war ein Mann, dem offenbar sehr viel an ihr lag und der sie vielleicht sogar liebte; er hatte sie beschützt und ihren Bruder vor dem sicheren Tod bewahrt, und jetzt, wo er ihr etwas gestehen wollte – auch wenn sie keine Ahnung hatte, was –, ließ sie ihn einfach sitzen. Schlimmer noch – nachdem er ihr vom Tod seiner Schwester und seines Vaters berichtet hatte, verspürte sie nichts als Erleichterung. Ihr Egoismus war wirklich grenzenlos.

»Vectis«, sagte sie, »ich … es tut mir wirklich sehr Leid. Ich wünschte, ich könnte etwas für dich tun … soll ich vielleicht doch noch ein wenig bei dir bleiben?« Sie wartete keine Antwort ab, sondern setzte sich neben ihn auf den Tisch und nahm seine Hände, und obwohl er ein wenig verlegen war, schien er ihre Geste doch zu schätzen.

Mehrere Minuten lang lehnten sie sich schweigend aneinander und lauschten dem Heulen des Windes durch die Fensterläden. Schließlich sagte Vectis mit ruhiger Stimme: »Als wir uns kennen lernten, habe ich dir gesagt, wie wunderbar ich Britannia fand, und du hast erklärt, du würdest alles bewundern, was mit Rom zusammenhängt. Damals haben wir beide nicht die Wahrheit gesagt.«

In solchen Momenten war es am besten abzuwarten, und so wartete Neeve ab.

»Ich habe mich nie darum gedrängt, nach Britannien zu kommen«, erklärte er, »und schon gar nicht nach Kaledonien. Für mich war das wie eine Versetzung ans Ende der Welt. Ich muss gestehen, dass ich auch nicht besser bin als Julian, weil ich Regen und Kälte genauso wenig ausstehen kann wie er.«

»Wenn wir schon bei der Wahrheit sind«, sagte Neeve, die versuchte, ihm eine Unterstützung zu geben, »kann ich dir ja gestehen, dass auch ich die Kälte nicht mag.«

»Aber bei unseren Spaziergängen hast du doch gesagt –«

»Ich weiß. Den Römern gegenüber tun wir immer so, als liebten wir den beißenden Wind und den eiskalten Regen, aber im Innern sehnen wir uns nach den warmen Sommertagen. Nicht, dass wir das ganze Jahr über Sommer haben möchten, aber gegen ein paar Regentage weniger hätten wir nichts einzuwenden.«

»Rom würde dir sicher gefallen. Wir haben zwar auch unsere kalte Jahreszeit, aber bei uns ist sie viel kürzer als hier.«

»Und trotzdem bist du nach Britannien gekommen.«

»Loyalität gegenüber dem Reich ist bei Römern ein hohes Gut. Als sie mich baten, hierher zu gehen, sagte ich also ›Heil dir, Caesar‹ und lenkte mein Pferd nach Norden. Und ich habe alles in meiner Macht Stehende getan, um diese Vorposten zu stärken ... auch wenn es wenig nützen wird«, fügte er finster hinzu. Er schaute sie an. »Dann habe ich dich kennen gelernt. In dieser eisigen Wüste – entschuldige bitte meine Ausdrucksweise, aber ich versuche nur, ehrlich zu sein – habe ich dich gefunden, und jetzt gibt es keinen anderen Ort im Reich, an dem ich lieber wäre.«

Die Aufrichtigkeit seiner Worte bewegte sie sehr.

»Aber ich muss dir noch etwas sagen, was nicht sehr schmeichelhaft ist –«

»Bitte«, sagte sie und berührte seine Lippen, »du musst nicht –«

»Doch, das muss ich«, beteuerte er. »Und du musst mich zu Ende reden lassen.«

In seiner Stimme lag ein leicht tadelnder Ton, der Neeve dazu brachte, ihm zuzuhören. Sie war sich nicht ganz sicher, ob ihr Gewissen ein Geständnis von jemandem ertragen konnte, den sie so schamlos ausgenutzt hatte.

»Als ich die Nachricht über meinen Vater und meine Schwester gelesen habe«, sagte er, »wurde mir klar, wie vergänglich und wie wertvoll Beziehungen sind. Ich habe sie beide sehr geliebt, und jetzt sind sie nur noch Asche in einer verzierten Urne.«

»Es tut mir so Leid, Vectis. Das muss ein schwerer Schlag für dich sein.«

»Allerdings«, sagte er leise, »aber ich habe auch etwas daraus gelernt. Es gibt noch andere Menschen in meinem Leben, die ich nie verlieren möchte.«

Neeve hielt den Atem an. In Gedanken hatte sie schon oft ein solches Gespräch durchgespielt. Sie wusste, dass sie auf dem besten Weg war, sich in Vectis zu verlieben, aber sie hatte sich bislang immer rechtzeitig dagegen gewehrt. Wie hätte sie das auch zulassen können? Er war Römer, sie eine kaledonische Spionin. Sie war im Schatten des Walls groß geworden und hasste diese Menschen, die ihren Vater, ihre Mutter und ihre kleine Schwester ermordet hatten. Diesen Winter aber hatte sie zugelassen, dass ihr Hass auf die Römer aufgeweicht wurde, und in den langen, kalten Winternächten hatte sie, wenn sie im Bett lag, oft an ihren ersten Ehemann gedacht und daran, wie sie mit ihm Liebe machte, und sich dabei Vectis vorgestellt. Ihre Fantasie hatte sie sogar bis in die Welt ihrer Träume verfolgt, und trotz der Kälte war sie häufig mitten in der Nacht schweißgebadet mit wild pochendem Herzen und seinem Namen auf den Lippen aufgewacht. Wenn sie dann merkte, dass alles nur ein Traum war, schalt sie sich selbst wegen ihrer Dummheit und schlief weiter; im Hinterkopf aber blieb immer die Angst, sich in den römischen Präfekten zu verlieben. Und jetzt sah es auch noch so aus, als hätte er sich in sie verliebt.

Neeve holte tief Luft, sagte aber nichts.

Er wandte sich ihr zu und sagte: »Ich kann den Gedanken nicht ertragen, womöglich auch dich zu verlieren.«

Neeve wusste nicht, was sie sagen oder tun sollte, und so murmelte sie etwas vor sich hin. Sie wusste, dass es unverantwortlich war, ihn und sich selbst zu ermutigen weiter zu gehen. Wie konnte ihre Beziehung je funktionieren? Sie musste Abstand halten zu diesem Mann, statt ihm immer näher zu kommen. Wo war nur ihr gesunder Menschenverstand geblieben? Wie konnte sie nur jemanden lieben, der die Macht hatte, sie hinrichten zu lassen?

Nun griff er nach ihrer Hand, und sie spürte, wie sich seine warmen Finger um die ihren schlossen. Sie fühlte sich bei ihm geborgen. Er würde ihr nie etwas zuleide tun. Er strich ihr sanft über den Arm, und seine Berührung ließ sie erschaudern. Ja – in einer anderen Zeit, an einem anderen Ort könnte sie ihn lieben. Wirklich lieben. Aber nicht jetzt, nicht unter diesen Umständen. Und doch empfand sie für ihn etwas, das stärker war als sie selbst. Stärker als ihre Brüder, stärker als ihre Bindungen an ihre Familie und ihr Volk, stärker als ganz Kaledonien und stärker selbst als das ganze Römische Reich. Was sie empfand, war Liebe – reine, unverfälschte Liebe, lebendig und richtig.

Sie blickte zu ihm auf und schaute ihm in die Augen. Sie sah die Liebe, die aus ihnen sprach. Wie sollte es möglich sein, dass sie nicht zueinander fanden? Wie konnten sie verleugnen, was stärker war als sie beide, stärker als Ort und Zeit?

Sie drückte sanft seine Hand und lächelte zurück. In ihr regte sich ein Schmerz, von dem sie nicht recht wusste, was es war. Sie wollte in seinen Armen liegen. Sie wollte die Augen schließen und die übrige Welt einfach aussperren. Zwei Liebende allein in einem Zimmer, in dem es allmählich dunkel wurde – zwei Liebende, die an nichts anderes dachten als an sich selbst. War das denn so falsch? Mussten sie auf immer und ewig ihre Gefühle verleugnen, weil sie eine Pflicht zu erfüllen hatte? Neeve, die kaledonische Spionin. War sie nicht mehr als das? Vectis' Schwester würde die Ewigkeit in einer verzierten Urne verbringen und nie mehr etwas fühlen, nie mehr lieben oder geliebt werden. Neeve wollte nicht, dass es ihr ähnlich erging, und so beugte sie sich vor und vergrub ihr Gesicht in seiner Tunika. Er legte die Arme um sie wie damals in der Bäckerei im Kastell Alauna, und wenn sie sich anstrengte, stieg ihr noch immer der Geruch nach frisch gebackenem Brot und frisch gemahlenem Mehl in die Nase.

Mehrere Minuten lang gaben sie sich damit zufrieden, die Wärme ihrer beiden Körper zu genießen und die prickelnde Vorfreude, die nur Liebende kennen. Sie fühlte seinen Atem in ihrem Haar und seine starken Arme um ihre Hüfte. Sie ließ ihre Hände über seinen Rücken gleiten und spürte seine Schultermuskeln unter der Tunika. Dann schloss sie die Augen und sog das herrliche Gefühl ein, ihm ganz nahe zu sein und seine harte Brust an der ihren zu spüren.

Er beugte sich vor und küsste sie mit einer Zärtlichkeit, die so gar nicht zu seinem stoßweisen Atem und seinen angespannten Muskeln passen wollte. Es war ein sehr sanfter Kuss und so kurz, dass er in Neeve den unwiderstehlichen Wunsch nach mehr weckte. Die zarte Berührung und die Wärme seines Atems verliehen ihren Lippen eine außergewöhnliche Empfindsamkeit, sodass sie selbst das winzigste Zittern seines Mundes wahrnahm. Er saugte sanft an ihrer Unterlippe und fuhr mit der Zungenspitze langsam, ganz langsam darüber. Ihr Atem ging jetzt schneller, und sie fragte sich, ob er das Pochen ihres Herzens hören konnte. Tief in ihrem Innern spürte sie ein nie gekanntes ekstatisches Gefühl und den intensiven Wunsch, sich ihm mit jeder Faser ihres Herzens hinzugeben. Sie küsste ihn leidenschaftlich und verdrängte rasch den Gedanken, dass ihre Liebe womöglich bald unter den Stiefeln marschierender Heere zertrampelt würde.

Seine Hand glitt nun unter ihr Hemd, und sie erzitterte, als sie seine Finger auf ihrer nackten Haut spürte, während er ihr das keltische Gewand über den Kopf zog und ihre sich in raschem Rhythmus hebenden und senkenden Brüste entblößte, die ihn mit harten, erwartungsvollen Knospen begrüßten. Er beugte den Kopf und nahm eine von ihnen in den Mund, während er sanft eine Hand auf die andere legte. Es war genauso, wie sie es sich immer vorgestellt hatte, und ein leiser Freudenschrei kam ihr über die Lippen. Er erregte sie mit dem Mund und leckte zärtlich die pralle Brustwarze mit der Zungenspitze, bis sie glaubte, es fast nicht mehr aushalten zu können. Ungestüm presste er nun seinen Mund auf den ihren, und sie spürte sein Drängen zwischen den Beinen. Sie wusste, dass sie ihn jetzt haben oder sterben musste. Mit derselben Leidenschaft wie er drückte sie sich an ihn, wollte ihn, forderte ihn. Nach und nach löste sich alles, was sie trennte, in Luft auf, und in völliger Hingabe bewegte sie sich und stöhnte und umklammerte Vectis, bis sie das Gefühl hatte, über der Welt zu schweben. Er hatte sie in die Arme genommen, und nun sanken sie beide in die weichen Kissen des blumengemusterten Sofas.

Hastig stießen sie ihre Stiefel weg, und mit fast schon komischer Leidenschaftlichkeit halfen sie einander aus ihren ledernen Hosen und den Lendenschurzen, bis er nackt über ihr stand und auf sie herabstarrte. »Du bist ja so schön«, keuchte er, und Neeve empfing ihn mit offenen Armen. Er kniete sich neben sie und vergrub unter zärtlichen Küssen sein Gesicht in ihrem Hals.

»Ich liebe dich, Neeve, ich liebe dich so sehr«, hauchte er.

»Ich liebe dich auch«, flüsterte sie. Über die Zukunft oder die Vergangenheit war sie schon lange hinweg. Sie liebte ihn, wie sie sich nie hatte vorstellen können, jemanden zu lieben, und sagte wieder und wieder: »Ich liebe dich auch, Vectis, mein Herz, meine Seele, ich liebe dich.« Dann hielt sie ihm ihr Gesicht entgegen, und ihre Lippen berührten einander und dann ihre Wangen, während sie einander fest in den Armen hielten. Sie krallte ihm die Finger in den Rücken und spürte seinen harten Körper auf dem ihren. Wie gut sich das anfühlt und wie richtig, dachte sie. Irgendwie würde schon alles gut werden. Ganz bestimmt! Sie würde schon dafür sorgen. Während sie sich in den nächsten Minuten in gemeinsamem Rhythmus bewegten, fühlte sie sich, als würde sie nackt und frei durch den Wald rennen. Vectis war neben ihr, liebte sie, küsste sie, und sie lachte im Wind. In den Bergen waren weder keltische Krieger noch römische Unterdrücker. Sie waren allein – und sehr, sehr glücklich.

Sie lagen still auf dem Sofa, ein weiches Tuch übergeworfen. Vectis schaute sie an.

»Was ist?«, fragte sie.

Ein zartes Lächeln spielte um seine Mundwinkel. »Commodus hatte Recht«, sagte er. »Du bist wirklich so schön wie die Göttin Venus.«

Neeve errötete. Sie versuchte sich vorzustellen, wie viele wirklich schöne Frauen auf den Straßen Roms wandelten, und ließ sich von Vectis eine Strähne aus dem Gesicht wischen. Sein Kompliment hatte sie verlegen gemacht.

Er strich ihr zärtlich übers Haar. »So fein und so sauber«, sinnierte er. »Fast so, als würdest du jede Strähne einzeln waschen.«

»Du weißt wenig über keltische Frauen«, sagte sie. »Wir waschen unser Haar jeden Tag mit starker keltischer Seife.«

»Bei den römischen Walkern ist in jüngster Zeit eure keltische Seife als Waschmittel für Kleider in Mode gekommen, aber in den Bädern habe ich sie noch nie gesehen. Die römischen Frauen verbringen so viel Zeit damit, ihr Haar hochzustecken und mit Pomade einzureiben, dass sie es vermutlich als glatte Verschwendung betrachten würden, das Parfüm auszuwaschen.«

»In Londinium habe ich mein Haar auch eingeölt und parfümiert.«

»Du?« Er lachte.

»In Löckchen. Eine ganze Woche lang.«

»Das muss ja schrecklich gewesen sein«, witzelte er.

»War es auch. Ich konnte mich selber nicht mehr leiden.«

»Und deshalb hast du dein Haar mit Walkerseife gewaschen.«

»Bis mir von der Lauge die Kopfhaut brannte.«

Vectis lächelte und fuhr ihr mit den Fingern durchs Haar. »Ich mag es so, wie es ist.«

»Vielleicht überrasche ich dich ja eines Tages und stecke mein Haar hoch.«

»Das kann ich mir nicht vorstellen«, sagte er. »Dass ausgerechnet meine süße Neeve versucht, den Römern zu gefallen.«

»Nicht den Römern. Ich würde höchstens versuchen, dir zu gefallen.«

»Mir gefällt schon jetzt alles an dir«, sagte er und zog sie näher zu sich. Er küsste sie zärtlich auf die Lippen und sagte: »Ich dachte nie, dass dieser Tag kommen würde. Aus irgendeinem Grund hatte ich immer das Gefühl …« Er hielt inne. »Nun ja, es klingt vielleicht dumm, aber mir kam es immer so vor, als gäbe es eine Art Hindernis zwischen uns. Ich dachte, du würdest mich aus deinem Leben ausschließen, aber jetzt weiß ich, dass es nur an mir lag.« Sein Gesicht spannte sich an. »Neeve, ich habe vorhin gesagt, ich müsste dir etwas erklären, was gar nicht schmeichelhaft für mich ist.«

Sie lachte. »Du musst wohl irgendwie abgelenkt worden sein.«

Er lachte leise und tätschelte ihr Bein. »Ja, so muss es wohl gewesen sein.« Dann wurde er ernster. »Aber ich muss dir wirklich –«

»Ach, Vectis«, sagte Neeve, »lassen wir doch die Vergangenheit Vergangenheit sein. Ich habe auch so einiges hinter mir, aber können wir nicht einfach das, was war, vergessen und noch einmal von vorn anfangen? Ganz von vorn. Solange du keine kleinen Kinder umbringst, verzeihe ich dir alles.«

Er lächelte. »Nicht einmal Römer bringen kleine Kinder um, aber etwas solltest du trotzdem noch wissen.« Und dann erzählte er ihr von der Sklavin, vom Tod ihres Vaters und von seinen Schuldgefühlen, dass er dem Mädchen so viel Schmerz zugefügt hatte.

Als er geendet hatte, sagte sie nach einer langen Pause des Schweigens: »Das ist eine traurige Geschichte.«

»Ja, das stimmt, aber diese Geschichte hat bis heute mein ganzes Denken geprägt. In meiner jugendlichen Naivität habe ich sie geliebt, und ihr Verrat führte dann dazu, dass ich allen Fremden – vor allem Kelten – misstraue.«

»Also Menschen wie mir.«

»Besonders Menschen wie dir. Kannst du das verstehen?«

»Ja, sicher.«

»Deshalb habe ich auch dir und deinem Bruder von Anfang an nicht getraut und schon das Schlimmste vermutet, als du versucht hast, dich dadurch zu schützen, dass du eine Freundschaft mit dem Legaten Julius Verus vorgetäuscht hast. Ich habe dich von Kundschaftern beschatten lassen und sogar dein Zimmer durchsucht –«

»Bitte, Vectis, ich verstehe das doch. Und ich verzeihe dir. Wir können doch noch einmal von vorn anfangen. Ganz von vorn.«

»Noch eine Sache, und dann habe ich mein Gewissen erleichtert.« Er runzelte sie Stirn. »Ich weiß nicht genau warum, aber irgendwie kann ich der Sklavin bis heute nicht verzeihen. Sie ist stets gegenwärtig, und wenn ich die Erinnerung verdränge, kommt das Mädchen in meinen Träumen wieder. Ich weiß nicht warum, Neeve, aber sie ist immer da und greift durch die Stäbe des Käfigs nach mir.« Er schaute ihr tief in die Augen, als erwarte er einen Kommentar von ihr.

»Vielleicht möchte sie, dass du ihr verzeihst, dass sie dich betrogen hat«, meinte Neeve.

Vectis schüttelte den Kopf. »Es klingt vielleicht seltsam, aber es kommt mir vor, als sei sie noch immer gefangen und fordere eine zweite Möglichkeit.« Er hielt inne. »Und das Verrückteste daran ist, dass du aussiehst wie sie, Neeve, es sind deine, eure Augen.«

»Ich sehe wie die Sklavin aus?« Der Vergleich beunruhigte sie. Sie sah also aus wie das Mädchen, das ihn getäuscht hatte. Sie lachte ungläubig. »Ihr Römer denkt doch immer, dass alle Kelten gleich aussehen, weil so viele von uns blondes Haar und blaue Augen haben –«

»Es ist nicht nur wegen der äußeren Ähnlichkeit. Im Lauf der Jahre habe ich viele keltische Mädchen gesehen, und nie eine wie sie oder wie dich. Deshalb war ich auch so erschrocken, als du plötzlich in meinem Arbeitszimmer standest und mich mit deinen unglaublichen Augen anschautest. Aus deinem Haar tropfte sogar Wasser, genau wie damals bei ihr.«

»Sie hatte nasses Haar?« Allmählich begannen die Übereinstimmungen, sie zu beunruhigen.

»Sie hatten sie vorher in eine Wanne getaucht, um sie zu waschen.«

Neeve brauchte Zeit, bis sie wieder sprechen konnte. Ihr war plötzlich kalt, und sie zog die Decke um sich. Jetzt verstand sie endlich, warum er sie manchmal so merkwürdig anstarrte. Sie richtete sich auf und sagte: »Ich bin für dich also wie ein Albtraum, den du loswerden möchtest.«

Er aber schüttelte den Kopf. »Ich möchte nicht, dass du gehst. Niemals. Ich habe mein ganzes Leben lang auf dich gewartet, aber jetzt muss ich befürchten, dass dich die Wahrheit vertreiben wird. Ich fürchte nämlich, dass du jetzt glaubst, ich möchte mich nur von meiner Vergangenheit befreien … und in gewisser Weise stimmt das ja auch. Aber glaub mir – meine Vergangenheit hat nichts mit meinen Gefühlen für dich zu tun.« Seine Augen suchten ihr Gesicht ab. »Ich liebe *dich*, Neeve. Ich habe dir nur von dem Mädchen erzählt, weil ich möchte, dass es zwischen uns keine Geheimnisse gibt, und weil ich will, dass du verstehst, warum ich dir misstraut habe.«

»Ich verstehe.«

»Wirklich?«

Sie nickte.

»Gut.« Er klang sichtlich erleichtert. Er fuhr sich mit den Fingern durch sein dunkles Haar und blickte sie ernst an. »Neeve, ich weiß, dass ein Römer und eine Keltin –«

Jemand klopfte an die Tür.

»Oh, nicht jetzt«, stöhnte Vectis. Er sprang von der Liege auf und zog seine Tunika an. Auch Neeve merkte plötzlich, dass sie nackt war, und kleidete sich, so schnell sie konnte, an. Vectis richtete noch seinen Gürtel und seine geschürzte Tunika, bevor er die Tür einen Spalt breit öffnete. Es war Julian. Neeve hörte, wie Vectis seinem Freund eindringlich etwas zuflüsterte und wie Julian zu lachen begann.

»Tut mir Leid«, sagte Vectis, als er sich neben sie setzte.

»War das Julian?«, fragte sie, obwohl sie es wusste.

»Ich habe ihn weggeschickt.«

»Was war denn so lustig?«

»Keine Ahnung«, wich er aus. »Er kann einfach über alles lachen.«

Neeve ließ es dabei bewenden.

Vectis richtete sich auf und machte ein sehr ernstes Gesicht. »Ich weiß, dass es für einen Römer und eine Keltin nicht leicht sein könnte ... aber eigentlich meine ich, dass wir miteinander keine Schwierigkeiten haben sollten, weil die Menschen überall gleich sind. Zumindest ist das meine Erfahrung«, fügte er hinzu.

Neeve starrte ihn nur an.

»Ich habe das nicht sehr geschickt angefangen, was?«, fragte er verlegen. »Ich wollte eigentlich nur sagen, dass sich mit der Zeit alles für uns zum Guten wenden wird.«

»Ich bin mir nicht ganz sicher, was du damit meinst«, sagte Neeve. »Habe ich dich richtig verstanden, dass du an unserer Verbindung festhalten willst?«

»Ja, aber ... heiraten«, sagte er mit leicht bebender Stimme. »Ich rede vom Heiraten.«

»Heiraten?« Ihr Herz pochte lauter.

»Ja, ich bitte dich, mich zu heiraten.«

Neeve blinzelte. »Das kann nicht dein Ernst sein.« Aber etwas in seinen Augen sagte ihr, dass er es durchaus ernst meinte. »Warum solltest du mich heiraten wollen?«, fragte sie verblüfft.

»Warum? Weil ich dich liebe.«

»Eine Keltin? Du willst eine Keltin heiraten?«

»Ich will *dich* heiraten.«

»Aber ich kann dich nicht heiraten«, sagte Neeve mit einem verlegenen Lachen.

Er wirkte enttäuscht.

»Du bist ein Römer«, fügte sie hinzu, als erklärte das alles.

»Ich war schon Römer, als wir uns kennen gelernt haben, und das hat uns bisher an nichts gehindert.«

Neeve starrte in die glühende Kohle im Becken. »Damit habe ich nicht gerechnet«, meinte sie, unfähig, den Blick von der roten Glut abzuwenden. »Die Römer nehmen sich sonst immer, was sie brauchen. Ich dachte, du möchtest mich vielleicht als Geliebte haben, aber niemals als Ehefrau. Wie willst du das deinen Freunden in Rom erklären?«

»Voller Stolz.«

Seine Worte drangen kaum zu ihr durch. Sie fragte sich, wie sie ihre Beziehung zu Vectis ihren Brüdern erklären sollte, vor allem Taranis.

Er fuhr fort. »Ich wollte dich nie zur bloßen Befriedigung meiner Gelüste – wie eine Hure aus dem Lagerdorf. Glaubst du wirklich, ich hätte so lange damit gewartet, wenn ich nichts anderes im Kopf gehabt hätte?«

Plötzlich fiel es ihr nicht mehr schwer, sich auf seine Worte zu konzentrieren. »Du hast mich immer mit außergewöhnlichem Respekt behandelt«, bestätigte sie, »und ich weiß, dass wir eine besondere Beziehung zueinander haben. Aber heiraten … das ist mir einfach nie in den Sinn gekommen.«

Seine Gesichtszüge entspannten sich. »Liebst du mich genug, um mich zu heiraten? Das würde darauf hinauslaufen, dass du Britannia verlassen und mit mir nach Rom ziehen müsstest.«

»Ich liebe dich, Vectis, und würde dir sogar bis an den Indus folgen, wenn du mich darum bitten würdest. Aber ich –« Sie brach ab, weil sie nicht wusste, wie sie es ihm erklären sollte. Wie konnte sie einer Ehe zustimmen, die auf Lügen aufgebaut war? »Ich war schon einmal verheiratet«, sagte sie hastig. »Ich habe dir das nie erzählt.«

»Das steht alles in deinen Unterlagen – das Scheidungsurteil, die Zeugen, alles.«

Sie schaute ihn flehend an. »Du weißt doch gar nichts über mich«, sagte sie. »Absolut nichts.«

»Ich liebe dich mehr, als ich je in meinem Leben einen Menschen geliebt habe.« Er nahm ihre Hand.

»Nein!« Sie zog ihre Hand zurück. »Das ist alles so verkehrt, so schrecklich verkehrt.«

»Das hast du schon einmal gesagt. Aber es ist nicht verkehrt. Unsere Liebe ist schön und gut.«

»Das meine ich doch gar nicht.« Sie vergrub ihr Gesicht in ihren Händen. Sie brauchte Zeit zum Nachdenken. Warum nur hatte sie es zugelassen, dass sie in dieses Dilemma geschlittert war? Jetzt würde sie gezwungen sein, noch mehr Lügen zu spinnen, um zu überleben. Nein, sagte sie sich, keine Lügen mehr. Aber was blieb ihr anderes übrig? Von ihrer Tätigkeit als Spionin konnte sie ihm auf keinen Fall erzählen.

»Neeve, was ist denn los? Ist in deiner Ehe etwas passiert, das –«

»Nein«, sagte sie und rang sich ein Lächeln ab.

»Was ist es dann?«

Neeve saß steif da und versuchte zu denken. Sie hatte das Gefühl, keine Luft mehr zu bekommen, und in ihrem Kopf schwirrten die Gedanken, ohne dass ihr etwas Vernünftiges eingefallen wäre.

»Ich habe dir von dem Mädchen erzählt«, erinnerte er sie.

»Ja, aber das hier ist anders.«

»Anders! Wie meinst du das?«

»Es ist eben einfach anders«, sagte sie und stand auf.

»Mehr hast du dazu nicht zu sagen?«, fragte er enttäuscht.

Neeve ging zum Fenster. Der Schneefall hatte aufgehört, und

eine weiße Decke lag über dem Lager. Gruppenweise schaufelten Männer die Straßen und Gehwege frei, aber sie registrierte sie kaum. »Ich weiß ja, dass ich furchtbar unfair bin«, sagte sie in Richtung des Fensters, »und wenn ich die Dinge ändern könnte, würde ich das auch tun. Du bist der wunderbarste Mann der Welt, und ich … ich bin deiner Liebe nicht würdig.«

Sie hörte, wie er auf dem Sofa das Gewicht verlagerte, aber er blieb sitzen. Als er schließlich zu ihr sprach, war seine Stimme sanft und ohne jede Spur seiner vorherigen Gereiztheit. »Ich weiß nicht, was ich dazu sagen soll. Ich kann einfach nicht glauben, dass du ein böses Geheimnis mit dir trägst.«

Sie wandte sich zu ihm um. »Du kannst ganz beruhigt sein. Ich war nie Priesterin bei den Druiden oder so etwas. Es ist einfach nur so, dass dies keine gute Zeit für uns ist zum Heiraten. In ein oder zwei Jahren werde ich dir alles erklären, und dann kannst du dir ja überlegen, ob du mich immer noch heiraten möchtest.«

»Wir haben aber kein Jahr oder zwei.«

»Es tut mir so Leid, Vectis.«

Er nickte nur.

In der einsetzenden Stille hörte Neeve die Karren, auf denen der Schnee von den Straßen abtransportiert wurde. Ihre Schultern fühlten sich plötzlich kalt an vom Wind, der durch die Fensterläden pfiff. »Ich sollte jetzt vielleicht besser gehen«, sagte sie.

Vectis durchquerte das Zimmer und legte die Arme um sie. Der Stoff seiner Tunika war ganz heiß von der Wärme des Kohlebeckens, und sie kuschelte sich an ihn, um sich zu wärmen. »Und wenn du hundert Geheimnisse hast«, murmelte er, »lasse ich dich trotzdem nicht fort. Wir werfen einfach die Vergangenheit in eine tiefe Grube und bauen uns gemeinsam eine wunderschöne Zukunft auf.«

»Du willst mich immer noch heiraten?«

»Mehr als alles andere auf der Welt.«

Sie legte das Gesicht in seine Halsgrube. »Ich verdiene dich nicht«, flüsterte sie. Tausend Gedanken schwirrten ihr durch den Kopf. Was war mit ihren Brüdern, mit Kaledonien, mit ihrem Auftrag im Kastell? Sie hatte ihren Auftrag erfüllt, sagte sie sich. Sie musste ihren Brüdern nur noch die Informationen über die Truppenstärke liefern, und das konnte sie auch noch tun, wenn das kalte Wetter vorüber war. Und Täuschung? Eigentlich täuschte sie Vectis gar nicht wirklich, redete sie sich ein, weil sie diese ganze Arbeit getan hatte, bevor sie ihm ihre Liebe erklärt hatte. Von nun an wollte sie absolut loyal sein und ihn nie wieder in die Irre führen.

Doch was war mit ihrem Versprechen, ihm in zwei Jahren alles zu erzählen? Sicher würde er eine Erklärung erwarten. Sie stöhnte innerlich auf. Sie würde ihm noch eine Lüge auftischen müssen. Sie würde ihm sagen, dass sie nur einen Teil der Münzen des Abgesandten zurückgegeben und den Rest ihrem Bruder gebracht hätte und deswegen seit diesem Zeitpunkt von Schuldgefühlen geplagt werde. Die Wahrheit aber würde sie ihm nie sagen können – dass sie eine Spionin für die Kaledonier gewesen war und ihn immer wieder systematisch hinters Licht geführt hatte. Die Wahrheit würde für immer in den geheimen Kammern ihres Herzens verborgen liegen. Vielleicht konnte sich ja Vectis den Luxus leisten, ihr seine Verfehlungen zu gestehen; sie jedenfalls konnte es nicht.

Seine Stimme unterbrach ihre Gedanken. »Ich weiß, dass du mich nicht verdienst, aber bedeutet dein Schweigen vielleicht, dass du einverstanden bist?«

Sie lächelte und gab ihm einen leichten Klaps auf die Brust. »Ich verdiene dich wirklich nicht, aber du hast Recht – meine Antwort lautet ja.«

»Deine Antwort lautet ja?«

»Meine Antwort lautet ja.«

Seine Augen begannen zu leuchten. »Meine Frau«, sagte er langsam und glücklich.

Sie standen am Fenster, hielten einander in den Armen, küssten einander wieder und wieder und sogen die feuchte Wärme ihrer Münder ein.

Plötzlich kam ihr ein schrecklicher Gedanke: Sie hatte keine

Mitgift. Alles, was sie besaß, war das Stückchen Land, auf dem ihr Rundhaus stand, und das konnte sie ihm ja schlecht anbieten. »Vectis«, sagte sie, »ich weiß, dass römische Männer von ihrer Braut erwarten, dass sie eine Mitgift beisteuert, aber ich –«

»Eine Mitgift!«, rief er und ließ sie los. »Wenn ich auf Ländereien oder Geld aus wäre, hätte ich mir eine dieser knochigen alten reichen Witwen aus Rom ausgesucht. Außerdem«, sagte er verschmitzt, »haben wir doch deine ständig wachsenden Einnahmen von hier, stimmt's?«

»Daran habe ich ja gar nicht gedacht! Ein goldener *aureus* und ein silberner *denarius*. Nicht zu verachten, würde ich sagen.«

»Wer weiß – vielleicht heirate ich dich ja wegen deines Geldes!«

»Wenn ich dich dafür bekomme, ist es mir auch recht.«

»Ich werde immer dir gehören«, sagte er und fügte dann hinzu: »Ich bete nur zu den Göttern, dass das Schicksal dich mir nie wegnimmt.«

»So grausam kann das Schicksal gar nicht sein.«

Seine Miene wurde ernst. »Das Schicksal ist manchmal schwer zu ertragen. Irgendwo im Hinterkopf habe ich immer noch meine Ängste –«

»Was denn für Ängste?«, fragte Neeve und strich ihm zärtlich über den Arm. Es war ein heikles Thema, aber es war noch heikler, nicht darüber zu sprechen.

»Ich weiß es selber nicht«, gestand er. »Das ist ja das Merkwürdige. Es ist einfach nur ein Gefühl von Kälte, eine Art böser Vorahnung, denke ich.« Er schnaubte verächtlich angesichts seiner eigenen Dummheit. »Jetzt klinge ich schon wie ein finsterer Hellseher. Bald werde ich den Tag des Weltuntergangs vorhersagen, an dem der Himmel auf uns niederstürzt.« Er starrte schweigend auf die dunklen Holzläden. »Jedenfalls habe ich so ein Gefühl«, sagte er, schaute sie dabei an und fragte: »Geht es dir nicht auch so? Kommt dir nicht auch unsere Liebe so verletzlich vor wie eine Fackel im Nachtwind?«

»Halt mich fest«, sagte sie, »ich brauche dich jetzt ganz nah bei mir.« Plötzlich erfüllte sie ein Gefühl innerer Leere. Ihre Liebe konnte keinen Bestand haben, und irgendwie spürten sie das beide. Die Nacht, in der ihr vergängliches Licht nach einem letzten Aufflackern erlöschen würde, wartete schon auf sie.

Noch immer an Vectis geklammert, sagte Neeve schließlich: »Versprich mir, Vectis, dass du mich immer lieben wirst.«

»Für alle Zeiten«, sagte er.

»Und dass du mich immer nach den Beweggründen meines Herzens beurteilen wirst, was auch immer geschehen mag.«

Er blickte sie an. »Das werde ich immer tun«, sagt er, doch in seinen Augenwinkeln flackerte wieder Besorgnis auf.

Sie konnte nicht aufhören. »Und versprich mir, dass du selbst, wenn der Himmel auf uns niederstürzt, mich noch immer in deinem Herzen tragen wirst.«

Er fasste sie an den Schultern und sagte: »Ich werde nie aufhören, dich zu lieben.«

»Und ich schwöre bei den alten Göttern, dass auch ich dich selbst in der schwärzesten Finsternis noch lieben werde.«

Die beiden standen reglos da, als könnte die kleinste Bewegung, das leiseste Geräusch die Götter in Versuchung führen, ihnen das bisschen Glück, dass sie ihnen vergönnt hatten, wieder zu entziehen. Neeve neigte zwar nicht zum Aberglauben, teilte aber dennoch Vectis' Befürchtungen. Es schien, als wären die Kräfte der Natur gegen sie.

»Heirate mich jetzt«, sagte sie. »Ich will ganz dir gehören.«

»Jetzt?«

»Wenn du es willst.«

Er tätschelte ihre Hände und ging zur Tür. Er öffnete sie und sagte ruhig zu den Soldaten am Eingang: »Hol mir auf der Stelle Julian. Und sieh zu, dass du einen Flötenspieler auftreibst.«

Wenige Minuten später erschien Julian mit Jupiter an der Tür. Die beiden waren im Kastellbad gewesen, als plötzlich der Vectis Beigegebene Offizier dort erschienen war. Hinter ihnen im Gang stand ein halbes Dutzend Offiziere, darunter auch der Verantwortliche Offizier der Ingenieure und der für die Verteidigung der Festung zuständige Offizier. Sie alle hatten einen angespannten Ausdruck im Gesicht.

»Ich dachte, du brauchst sie vielleicht«, meinte Julian. »Was ist passiert? Kaledonier?«

»Schlimmer noch«, erwiderte Vectis. »Eine Hochzeit. Ich nehme Neeve zur Frau.« Dann schaute er an ihnen vorbei und rief: »Lasst den Flötenspieler durch!«

Alle brachen in Lachen aus – alle außer Jupiter, der seinen Blick auf Neeve heftete und sich keinerlei Mühe gab, seine nachdenkliche Miene zu verbergen. Sein Blick machte sie nervös, und so schaute sie weg und versuchte, fröhlich zu lachen, doch aus ihrer Kehle drang nur ein erstickter Laut. Nach ihrer Verwundung hatte er sich eine Zeit lang um ihr Wohlergehen gesorgt und manchmal sogar ein paar Worte mit ihr gewechselt, aber sie war immer auf Abstand geblieben. Geh dem dunkelhäutigen Centurio aus dem Weg, hatte ihr Bruder gesagt, der ist sehr gefährlich.

Als alle Offiziere sich um sie versammelt hatten und der Flötist leise in der Ecke spielte, erklärte Vectis seine Liebe zu Neeve und seine Absicht, sie zu heiraten. Sie war bei vielen römischen Hochzeiten zugegen gewesen und wusste, dass bei den Römern der Mann gemeinhin nur seine Pläne für die Zukunft erklärte, nicht aber seine Liebe zur Braut, und so war sie tief bewegt.

»Wir sollten ein Opfer darbringen«, meinte Vectis, »aber nachdem die Kaledonier vor unseren Toren stehen und die Priester es wie immer als ihre wichtigste Aufgabe ansehen, die Gesalbten Roms – also sich selber – zu schützen, sind sie naturgemäß dem göttlichen Ruf nach Süden gefolgt.«

Aus dem allgemeinen Gelächter erhob sich Julians Stimme. »Ich denke, wir können auf ihren Segen zählen. Ich schicke gleich einen Reiter los, der den wenigen verbliebenen Priestern in Colania die Anweisung überbringt, einen Gottesdienst abzuhalten. Ich bin sicher, sie werden gute Omen finden.«

»Hat man je von einem Priester gehört, der bei einer Hochzeit schlechte Omen gefunden hat?«, fragte der Verantwortliche Offizier der Ingenieure zur allgemeinen Belustigung.

Alle verstummten, als Vectis Neeves Hand nahm und die traditionelle Formel sprach: »Willst du die Mutter meiner Familie sein?«

»Ich will«, antwortete Neeve.

Mit Julian als Souffleur fragte Neeve dann: »Und willst du der Vater meiner Familie sein?«

»Ich will«, sagte Vectis. Dann steckte er den Ehering seiner Mutter auf den Mittelfinger an Neeves linker Hand.

Wieder wartete Neeve auf das, was Julian ihr vorflüsterte, und wiederholte die alte römische Formel: »Wo du Gaius bist, bin ich Gaia.« Nach diesen Worten brachen die Glückwünsche über die Jungvermählten herein. Mehrere Offiziere klopften Vectis auf die Schultern und küssten Neeve auf die Wange, und der Flötist spielte seine fröhlichste Weise. Julian strahlte Neeve an und küsste sie gleich dreimal, davon einmal auf den Mund. »Ich habe Vectis noch nie so glücklich gesehen«, sagte er. »Du hast ja keine Ahnung, wie sehr er dich liebt.«

Nun bahnte sich Offizier Nepos seinen Weg zu ihr und gab ihr einen schmatzenden Kuss auf die Wange. »Das ist der glücklichste Tag meines Lebens«, plapperte er. »Ich bin mir ganz sicher, dass euch beide ein langes Leben in Glück und Wohlstand erwartet.«

Schließlich trat auch Jupiter vor und küsste sie. Neeve spürte den stählernen Griff seiner Hände auf ihr, als er sagte: »In Afrika gibt es ein Sprichwort: ›Neue Gefährten, neue Loyalitäten‹.« Seine schwarzen Augen bohrten sich in die ihren: »Möge das Schicksal mit dir sein«, sagte er noch, bevor er sich umdrehte und den Raum verließ.

Neeve lief es eiskalt den Rücken herunter. Schon merkwürdig, dachte sie, was er da gesagt hatte. Er konnte damit nicht einfach nur gemeint haben, dass sie als Frau eines Präfekten neue Verpflichtungen einging. Seine Worte hatten weitaus ominöser geklungen. Sie biss sich auf die Unterlippe. Er weiß es! Warum sollte er sonst so etwas sagen? Er musste wissen – oder zumindest vermuten –, dass sie den Kaledoniern Informationen hatte zukommen lassen. Sie atmete einmal tief durch, um sich zu beruhigen, und zwang sich, vernünftig zu bleiben. Es konnte keinen Verdacht gegen sie geben. Unmöglich. Wenn Jupiter etwas wüsste, hätte er längst ihre sofortige Exekution gefordert, wie er es in solchen Fällen immer tat.

Vectis blickte sie vom anderen Ende des Raumes an. Sie brachte ein schwaches Lächeln zustande und versuchte, sich aus ihren düsteren Gedanken zu reißen. Er stand jetzt neben ihr, nachdem er sich vom letzten Offizier verabschiedet hatte. »Du hast soeben den wichtigsten Römer von ganz Kaledonien geheiratet«, sagte er. »Warum siehst du so traurig aus?«

»Nur von Kaledonien?«, fragte sie allzu laut in ihrem Bestreben, ihr inneres Gleichgewicht wieder zu finden. »Und ich dachte, du wärst wie diese fetten Senatoren aus Rom mit ihren riesigen Villen und Schatzkammern und beheizten Becken.«

»Was weißt du denn von fetten Senatoren?«

»Dass keiner von ihnen so ist wie du.« Sie bedachte ihn mit ihrem warmherzigsten Lächeln, und die Freude, die aus seinem Gesicht sprach, ließ ihre Angst vor der Zukunft dahinschmelzen. »Ich bin ja so glücklich«, sagte sie und warf sich ihm in die Arme.

Er strich ihr zärtlich übers Haar und ließ die Finger durch ihr glattes Haar gleiten, und als er ihren Nacken streichelte, erschauderte sie. Während sie die Wärme seiner Hand genoss, dachte sie über die Gepflogenheit der Römerinnen nach, sich das Haar hochzustecken oder zu langen Flechten zu ordnen. »Ich meine es ernst«, sagte sie. »Eines Tages werde ich mein Haar so tragen, dass ich wie eine richtige unterwürfige Römerin aussehe.«

»Ich bezweifle, dass du jemals unterwürfig sein könntest«, sagte er, umfasste ihre Taille und zog sie an sich.

»Ich werde sein, wie immer du es möchtest«, sagte sie, »und tun, was immer du möchtest.« Ihre letzten Worte waren fast geflüstert. Sie wollte so sehr, dass er spürte, wie tief ihre Liebe zu ihm war. Von Anfang an hatte sie ihn getäuscht und ausgenutzt und seine Liebe für ihre Zwecke missbraucht. Sie war vor keiner Lüge zurückgeschreckt, solange sie bekam, was sie wollte. Aber das war jetzt vorbei. Sie wollte alle ihre Lügen und Täuschungen dadurch wieder gutmachen, dass sie ihm die ergebenste, treueste und liebevollste Gefährtin war, die er sich nur vorstellen konnte. Vectis war ein weitaus besserer Mann, als Neeve ihn je zu bekommen erhofft hatte, und es war einfach nicht gerecht, dass er ihretwegen leiden sollte.

Noch einmal tauschten sie lange, warme, süße Küsse aus. Dann zog sie den Kopf zurück und schaute ihm in die dunklen Augen. »Oh, Vectis«, sagte sie, »ich liebe dich ja so sehr. Führ mich noch einmal zum Sofa, ich brauche dich jetzt.« Irgendwo im Hinterkopf sah sie Jupiters finstere Augen, aber er war weit, weit weg.

27

In der Tiefe des Winters sucht der Wahnsinn unter den Menschen des Nordens seine Opfer. Die Tage sind kurz und eisig kalt, die Nächte finster und endlos. Und die Menschen verbringen so viele Stunden damit, von innen die Wände ihrer Behausungen anzustarren, dass sie mitunter eine Art Fieber überkommt – eine Spielart der Klaustrophobie, die sich oft in einem merkwürdig streitsüchtigen Verhalten äußert.

Kaum hatten die Krokusse ihre Köpfe durch den schmelzenden Schnee gesteckt, zogen auch schon rastlose kaledonische Krieger durch die Berge und kämpften mal gegeneinander und mal gegen römische Einrichtungen und Vorratslager an den Nachschubwegen. Sie schienen weit mehr daran interessiert, Chaos zu erzeugen, als an die Vorräte des Gegners zu kommen, und mehr als einmal musste sich Vectis Berichte von Kaledoniern anhören, die zwar römische Soldaten getötet, aber deren Vorräte nicht angerührt hatten.

Nachdem Priscianus Vectis gewarnt hatte, wie verderblich sich die langen Wintermonate auf die Kampfmoral der Soldaten in den Vorposten auswirken konnten, hatte dieser Jupiter angewiesen, rechtzeitig etwas dagegen zu unternehmen. So hatte der

Centurio dafür gesorgt, dass jedem Soldaten immer wieder einmal neue Aufgaben übertragen wurden; der harte Drill wurde durch Spiele mit Wettkampfcharakter ersetzt, einzelne Abteilungen wurden zwischen den Vorposten ausgetauscht, und das Kastellbad durfte ausgiebiger genutzt werden als sonst. Ständige Abwechslung war angesagt, und obwohl diese Strategie nicht auf der ganzen Linie erfolgreich war, brachte sie doch überwiegend kerngesunde Soldaten hervor.

Auch Vectis hatte die Abwechslung in seinem Leben kennen und schätzen gelernt. Noch nie hatte er eine solche Freude und Zufriedenheit gekannt. Die Tage nach seiner Hochzeit mit Neeve waren so voller Liebe und Lachen, dass er sich für alle Mühsal seines Aufenthalts in der Provinz Britannia entschädigt sah – selbst angesichts der Aussicht, womöglich in den kommenden Monaten von Kaledoniern getötet zu werden.

Doch der Frühling war gekommen, und seine im Herbst abgeschickten Berichte und Nachrichten an den Senat und den Kaiser waren unbeantwortet geblieben. Er musste also davon ausgehen, dass Rom sich vorerst nicht entschließen konnte, zusätzliche Truppen nach Kaledonien zu entsenden.

Weitere Sorge bereitete ihm auch eine beunruhigende Veränderung in Neeves Verhalten. Seit ihrer Heirat hatte sie Faustina nicht mehr verlassen, doch jetzt war sie fest entschlossen, noch einmal und ein letztes Mal zum Kartenzeichnen auszureiten. Wochenlang wartete sie auf ein Ende des wechselhaften Frühlingswetters, und als es endlich so weit war, konnte Vectis sie nicht davon abhalten, die Festung zu verlassen.

Bei Tagesanbruch erteilte sie einem Stallburschen den Auftrag, ihr Pferd zu satteln. Vectis stand in der Tür ihres Empfangszimmers, sah ihr zu, wie sie die Nadel der Bronzeschließe ihres warmen Reitumhangs durch den Stoff schob. Sie sah sehr entschlossen aus.

»Du weißt doch, dass das sinnlos ist«, sagte er.

»Ich hatte gehofft, du würdest mich verstehen.«

»Das kann ich leider nicht«, erwiderte er, um es ihr so schwer wie möglich zu machen.

»Ich bin doch keine drei Tage weg. Außerdem habe ich schon öfter Karten gezeichnet.«

»Und dabei wärst du zweimal fast getötet worden!«, erinnerte er sie.

Sie warf sich den Umhang über die Schulter, ohne auf seinen Einwand einzugehen.

Vectis schüttelte ungläubig den Kopf. »Interessiert es dich eigentlich gar nicht, dass ich mir Sorgen um dich mache?«

»Natürlich interessiert es mich«, sagte sie. »Sehr sogar.«

»Warum willst du dann um jeden Preis weiter Karten zeichnen?«

»Das haben wir doch gestern Abend schon ausführlich besprochen«, entgegnete sie gereizt und schloss die Fibel auf der Schulter.

»Aber deine Antworten gestern Abend haben für mich keinen rechten Sinn ergeben.«

»Ich habe versucht, dir zu erklären –«

»Dass du ohne vernünftigen Grund zum Kartenzeichnen ausreiten willst«, brachte er ihren Satz zu Ende.

»Bitte, Vectis, mach es mir doch nicht so schwer. Als wir geheiratet haben, warst du damit einverstanden, dass ich auch weiter Karten zeichne.«

»Ich weiß, aber die Kaledonier da draußen hat anscheinend der Frühlingskoller erfasst. Du setzt ohne vernünftigen Grund dein Leben aufs Spiel.«

»Ich brauche –«

»Brauche! Was brauchst du denn? Das Geld bestimmt nicht. Jedes Mal, wenn ich dir anbiete, deinem Vater welches zu schicken, sagst du, das wäre nicht nötig.«

»Es geht nicht um das Geld. Es geht nur darum, dass –«

»Aus welchem Grund willst du dann um jeden Preis Karten zeichnen?«

»Ich brauche Zeit, um –«

»Der Grund! Nenn mir einen Grund!«

»Wenn du mich nicht ständig unterbrechen würdest«, sagte sie scharf, »käme ich vielleicht dazu.«

Er forderte sie mit einer Handbewegung auf zu sprechen.

»Ich habe dir doch schon zwei- oder dreimal erklärt«, sagte sie in betont geduldigem Ton, »dass ich es nicht gewohnt bin, den ganzen Winter über hinter hohen Wällen eingesperrt zu sein. Ich muss einfach mal für ein paar Tage hier raus.«

»Na wunderbar! Dann schließ dich doch einem der Nachschubtransporte an und reite mit ihm nach Süden. Dann habe ich wenigstens die beruhigende Gewissheit, dass du von Soldaten beschützt wirst.«

»Ich möchte aber lieber Karten zeichnen.«

»Jetzt hör mir doch mal zu, Neeve –«

»Nein, du hörst mir zu. Wir haben vereinbart, dass ich auch nach unserer Hochzeit weiter Karten zeichnen darf. Und jetzt willst du es mir auf einmal verbieten?«

Vectis fühlte sich ertappt. »Aber nein«, sagte er, »verbieten will dir gar nichts. Ich möchte einfach nur, dass du dir darüber klar bist, in welche Gefahr du dich begibst.«

»Das ist mir klar, und ich werde auch vorsichtig sein. Ich verspreche es dir.«

Vectis murmelte etwas vor sich hin.

»Du tust ja gerade so, als hätte ich vom Hochland keine Ahnung. Als ich hierher gekommen bin, war ich deine einzige Kartenzeichnerin, falls du das vergessen hast.«

»Karten zeichnen willst du? Dann tu es. Zeichne so viele Karten, wie du willst«, sagte er mit erhobener Stimme, obwohl er sich bemühte, ruhig zu bleiben. »Ich habe nichts dagegen. Aber nimm wenigstens Soldaten als Begleitschutz mit. Ist das wirklich zu viel verlangt?«

»Wir wissen doch alle, dass du dafür keine Soldaten abstellen kannst.«

»Ich habe genügend Soldaten, um das Leben meiner Frau zu schützen.«

»Ich brauche sie nicht.«

Vectis riss resignierend die Arme hoch.

»Ich *will* sie nicht. Ich will allein sein.«

»Vielleicht ist es dir ja noch nicht aufgefallen«, brauste er auf,

»aber durch die Berge da draußen ziehen tausend betrunkene Kaledonier, und die haben es auch satt, in ihren Hütten eingesperrt zu sein. Die warten doch nur darauf, eine verräterische Keltin zu erwischen, die für römisches Silber Landkarten anfertigt.«

Mit dem Wort »Verräterin« wollte er sie verärgern, aber sie biss nicht an. Sie wiederholte lediglich ihr Versprechen, sich in Acht zu nehmen.

»Was ist bloß mit dir los? Da draußen herrscht pure Anarchie. Die Kaledonier haben selber größte Schwierigkeiten, ihre Krieger zu sammeln. Sie bringen einander schon gegenseitig um. Nächste Woche werden drei Kerle, die mordend und vergewaltigend durch die mittleren Sektoren gezogen sind, zur Exekution hierher gebracht – und das sind keineswegs die einzigen. Uns erreichen ständig Berichte über Frauen und Kinder, die in ihren Rundhäusern abgeschlachtet wurden. Das ist wirklich kein günstiger Zeitpunkt, um irgendeinen Berg zu zeichnen. Du kommst womöglich nie zurück.«

Sie ging zur Tür.

Er war nun der Verzweiflung nahe. »Ich habe dir erlaubt zu gehen, Neeve, und ich halte mein Wort, aber ich bitte dich inständig zu bleiben.«

Doch etwas in ihrem Gesicht verriet ihm, dass sie das nicht tun würde.

Da verlor Vectis die Beherrschung. Er hatte sie höflich gebeten, ja, er hatte beinahe gebettelt, und sie hatte ihm einfach den Rücken zugekehrt. »Willst du wirklich gehen?«, hörte er sich schreien. »Dann geh!« Er packte sie am Arm, riss die Tür auf und stieß sie nicht gerade sanft auf den Gang hinaus. »Auf Wiedersehen!«, rief er. »Ich hoffe nur, dass du nicht allzu sehr leiden musst, wenn sie dir die Kehle bis zum Rückgrat durchschneiden.« Er knallte die Tür zu, sah sich der Büste des grinsenden Chiron gegenüber und versetzte ihr mit der Handfläche einen Schlag, dass sie zu Boden krachte. Sie hatte nicht einmal einen Riss abbekommen und schaukelte noch ein Weilchen mit dem Gesicht nach oben hin und her. Mit einem Fußtritt beförderte er den Gott der Weisheit hinter einen Vorhang; er war nicht in der Stimmung, sich verspotten zu lassen.

Einen Augenblick lang starrte er auf die dunkle Maserung der geschlossenen Tür. Er wusste, dass sie noch auf der anderen Seite war, sagte aber nichts; er war zu erschöpft, um zu sprechen, und hoffte doch weiterhin, dass sie zur Vernunft kommen würde. Schließlich hörte er sie leise »Ich liebe dich« sagen, und dann war sie weg.

Vectis schleppte sich auf das nächste Sofa, streckte sich aus, stützte sich auf den Ellbogen. »Wunderbar!«, sagte er laut. »Die Götter lächeln heute auf mich herab.«

Er starrte nachdenklich auf den Fußboden. Was war nur mit ihr los? Mit einem Mal verspürt sie diesen unstillbaren Drang, Karten zu zeichnen. Nur ein paar Tage, sagt sie, und meine Verrücktheit wird weg sein. Ebenso wie ihr Kopf womöglich, dachte er. Er rieb sich Gesicht und Augen und strich sich das Haar aus der Stirn.

Die Minuten vergingen und mit ihnen sein Zorn, bis er nur noch Scham verspürte. Eine tiefe Traurigkeit erfüllte ihn, als er sich erinnerte, wie glücklich sie gestern noch gewesen waren und wie grob er sie heute behandelt hatte. Er hatte schon eine merkwürdige Art, ihr seine Liebe zu zeigen. Wie konnte er nur so grausam sein? Sie wollte sich doch nur nützlich machen, ein paar Karten zeichnen und unter freiem Himmel allein sein. Hatte er ihr nicht versprochen, dass sie das durfte? Eine innere Stimme flüsterte ihm zu, dass er sie doch nur schützen wolle, aber das war nur die halbe Wahrheit. Er war so egoistisch, dass er jede freie Minute mit ihr verbringen wollte. Die Zeit wurde immer knapper. In etwa einem Monat würden die Kaledonier ihn zwingen, sie zu ihrer eigenen Sicherheit nach Süden zu schicken, und wenn Rom zu lange mit der Entsendung von Truppen zögerte, würde keiner der Vorposten dem Ansturm der Feinde standhalten können. Die ungeschminkte Wahrheit lautete, dass Neeve und er womöglich nicht einmal mehr einen Monat zusammen verbringen würden.

»Oder nur noch ein paar Tage«, murmelte er, falls ihr Kaledonier über den Weg liefen. Er sprang auf und schritt wild entschlossen zur Tür. Er wollte sie einholen, bevor sie die Stallungen verließ, sich bei ihr entschuldigen und ihr seinen Segen geben. Das war das einzig Richtige. Wahrscheinlich würde ihr nichts passieren, aber er durfte sie einfach nicht so gehen lassen.

Vor den Stallungen traf er auf Jupiter. Er beobachtete Neeve über die halbhohe Mauer, während sie mit einem Stallknecht sprach, der sich um ihr Pferd kümmerte.

»Will sie Karten zeichnen?«, fragte Jupiter.

Vectis nickte nur.

»Die Kaledonier schlagen einander da draußen die Schädel ein.«

»Frühjahrstollwut.«

Jupiter überlegte kurz, bevor er weitersprach. »Hat sie Begleitschutz abgelehnt?«

Vectis musterte ihn. »Warum fragt Ihr das?«

»Reine Neugier.«

»Ja, sie hat jede Begleitung abgelehnt«, sagte er schließlich.

»Habt Ihr Eurer Frau skythische Reiter angeboten? Die würden ihr Vorwärtskommen in keiner Weise verlangsamen.«

»Ich habe ihr alles angeboten, aber sie will einfach ein paar Tage allein sein. Sie hat es wohl satt, immer im Lager eingesperrt zu sein.«

»Kann man ihr nicht übel nehmen.«

»Nein.«

»Aber gefährlich ist es trotzdem«, meinte Jupiter. Er atmete einmal tief durch und beugte sich zu seinem Präfekten. »Morgen reite ich los, um die Vorposten zu inspizieren. Ich könnte problemlos allein reiten und ihr unauffällig folgen. Zwei oder drei Tage Mehraufwand machen für mich keinen großen Unterschied – für sie vielleicht schon.« Trotz seines sachlichen Tons hatten seine Worte einen unheilvollen Beiklang.

»Sie darf auf keinen Fall merken, dass Ihr in der Nähe seid.«

»Ich werde mich gut verstecken.«

»Danke«, sagte Vectis.

Er nickte und ging.

Kurz darauf trat Vectis neben Neeves Reittier. Ihre Bogen waren befestigt, sie war aufgesessen und trieb ihr Pferd an.

»Ich wollte dir nur noch etwas sagen.«

Sie hielt an, drehte sich zu ihm um und musste lächeln.

Sie freut sich wirklich, mich noch einmal zu sehen, dachte er. Ihm tat das Herz weh. Das war die Neeve, die er so sehr liebte. »Ich hatte ganz vergessen, dir zu sagen, dass ich dich liebe.«

»Ich trage deine Liebe sowieso hier drin«, erwiderte sie, zeigte auf ihre Brust und beugte sich hinunter in seine Arme. »Trotzdem bin ich froh, dass du es gesagt hast. Ich will so viel wie möglich von deiner Liebe mitnehmen.«

»Es tut mir Leid«, sagte Vectis. »Es tut mir so schrecklich Leid.«

»Es ist nicht wegen dir«, flüsterte sie, »mein liebster, liebster Vectis, es ist nicht wegen dir.«

Ihr Kuss war heiß und feucht, und dann sagte sie: »Wenn du möchtest, dass ich bleibe, dann bleibe ich auch – und zwar ohne mich zu beklagen.«

»Nein, du reitest«, sagte er. »Aber pass gut auf dich auf.«

Sie küsste ihn noch einmal, saß wieder auf, er nahm die Zügel und führte sie bis zum Haupttor und hinaus.

An jenem Nachmittag wurde Neeve von einem äußerst merkwürdigen Gefühl verfolgt. Wie immer war sie geradewegs in den ihr zugeteilten Sektor geritten und von der Straße abgebogen, und wie immer hatte sie die Gegend nach Anzeichen dafür abgesucht, dass ihr jemand folgte. Aber da war nichts: kein Staub in der Ebene, kein plötzliches Aufschrecken von Vögeln oder anderen Tieren, keine ungewöhnliche Stille im Wald. Nichts. Aber irgendetwas stimmte nicht. Sie verdrängte das Bild des Abgesandten mit dem eingeschlagenen Gesicht, der ihr auflauerte. Wenn dort draußen jemand war, dann ein römischer Kundschafter.

Sie ritt durch ein einsames Moor und bog in einen dichten Wald ein. Sie wusste, dass jeder, der ihr folgen wollte, das Moor sehr schnell durchqueren musste, wenn er nicht Gefahr laufen wollte, im Wald ihre Spur zu verlieren. Sie wartete dreißig Fuß hinter dem Waldrand, aber niemand war zu sehen. Sie fragte sich schon, ob ihr Verfolger vielleicht sein Pferd zurückließ, um durchs Gras zu kriechen, tat diesen Gedanken aber im nächsten Augenblick als Unsinn ab. Wie wollte er ihr folgen, wenn sie hinter dem Wald wieder auf ihr Pferd stieg? Dann kam ihr ein Gedanke, der ihr das Blut in den Adern gefrieren ließ. Vielleicht wollte er sie ja im Wald umbringen. Aber auch diesen Gedanken verwarf sie sogleich als unsinnig, denn schließlich hätte jeder, der sie töten wollte, dies auch schon viel früher und leichter tun können.

Sie ließ noch einmal den Blick übers Moor schweifen, suchte die Halme des Grases und die Zweige des Heidekrauts nach der kleinsten Bewegung ab – vergeblich.

Sie beschloss, sich ihren Weg durch den dichten Wald zu bahnen, indem sie ihr Pferd, so gut es ging, über Wildpfade führte. Alle paar Schritte warf sie einen Blick zurück, und häufig hielt sie an, um zu lauschen. Wenn da jemand war, dann war er sehr leise. Unmittelbar vor ihr lichtete sich der Wald, bevor das Gelände jäh in ein enges Tal abfiel. Auf dem gegenüberliegenden Talhang erspähte sie eine keilförmige Lichtung, eine Waldblöße, die einst ein Erdrutsch, der Baum und Strauch und Felsbrocken in die Tiefe beförderte, geschaffen hatte und die nun mit saftigem grünem Gras bewachsen war. Sie führte ihr Pferd, so schnell es der Hang erlaubte, hinunter. Der Frühlingsregen mit seinen Sturzbächen hatte das Tal an vielen Stellen überschwemmt, und das eiskalte Wasser ließ ihre Füße fast taub werden. Mit Mühe schaffte sie es den gegenüberliegenden Hang hinauf, bis sie die grasige Waldblöße erreicht hatte. Sie blickte sich um. Es war eine gute Stelle, um ihrem Pferd eine Ruhepause zu gönnen und sich einen Becher Wurzeltee zu kochen. Sie band ihr Pferd an eine dünne Eiche, an einem Platz, der für jeden, der von der anderen Seite kam, gut zu sehen war, und entfachte ein Feuer, das gerade groß genug war, dass es von der Talsohle aus gesichtet werden konnte. Dann stieg sie mit dem Bogen in der Hand lauernd den Hang wieder hinunter.

An der Stelle, wo der Pfad steiler wurde und sie einen guten Überblick über das Tal hatte, zwängte sich Neeve in eine Felsspalte und wartete. Mittlerweile bezweifelte sie zwar, dass sich jemand die Mühe gemacht hatte, ihr bis hierher zu folgen, aber sie wollte sich ganz sicher sein.

Eine halbe Stunde verging, dann eine Stunde. Sie wusste, dass sie wahrscheinlich übervorsichtig war, wurde aber das Gefühl nicht los, dass irgendwo da draußen jemand war. Sie wollte schon aufgeben, als sie plötzlich auf einen Impuls hin oder aus schierer Angst ein letztes Mal die Teile des Waldes absuchte, wo die Bäume besonders dicht standen. Ihr Blick blieb an den überschwemmten Arealen hängen. Sie hatte jeden Baum und jeden Felsbrocken längs der Hügelkette abgesucht, aber kaum auf die unter Wasser stehenden Stellen geachtet. Wer würde schon die ganze Zeit über reglos im eisigen Wasser liegen? Selbst die berühmten Spurensucher der Iceni konnten keine Stunde in solch bitterer Kälte überleben.

Sie ließ den Blick über den dunklen Sumpf schweifen, suchte ihn nach verdächtigen Wurzeln und abgeknickten Zweigen ab. Ein Iceni, überlegte sie, würde seine Gesundheit schonen und versuchen, sich so trocken wie möglich zu halten, sich auf einen Baumstamm legen oder Schutz auf einem von Buschwerk überwachsenen Felsbuckel suchen. Rund fünfzig Fuß von ihr entfernt lagen etliche umgestürzte Bäume, die von einem Sturm geknickt worden waren, wie die ausgefransten Bruchstellen bezeugten. Auf einem von ihnen bemerkte sie eine seltsame längliche Verdickung, die wie eine Verwachsung aussah und ein Gesicht zu haben schien, das ihr zugewendet war. Das kann nicht sein, sagte sie sich, aber je länger sie hinschaute, desto deutlicher sah sie den an das Holz gepressten Körper, Augen, die sie anblickten.

Neeve zog einen Pfeil aus dem Köcher. Ihr gesunder Menschenverstand befahl ihr, den Platz zu verlassen, aber sie wollte es wissen. Sie setzte den Pfeil auf die Sehne, streckte den einen Arm aus, zog mit dem anderen den Pfeil zurück bis an den Mundwinkel und sah zu, wie der Pfeil sich nach kurzem Flug vor dem Baumstamm in den Boden bohrte. Das wulstige Etwas blieb so reglos, als sei es ein Teil des Stammes. Es geht nicht mit rechten Dingen zu, flüsterte ihr eine innere Stimme zu. Angenommen, auf dem Stamm liegt wirklich ein Kundschafter, der gleich auf dich zurennt. Sie feuerte einen weiteren Pfeil ab, der über den Baumstamm hinwegflog und in der Rinde eines gebrochenen Baumes stecken blieb. Plötzlich erwachten die Baumstümpfe zum Leben und sahen aus wie stämmige auf sie zumarschierende Krieger. Das ist alles nur Einbildung, redete sie sich ein; der Wald spielt dir einen Streich. Sie wandte schnell den Kopf um. Im Dunkel vor ihr sah sie etwas oder jemanden sich bewegen. Eine dunkle Gestalt schien so lange anzuschwellen, bis sie aussah wie das hässliche, im Tempel der Druiden kauernde Tier, von dem Taranis ihr erzählt hatte – das, aus dessen Mund menschliche Gliedmaßen ragten.

Jetzt ging ihre Fantasie mit ihr durch. Jeder Felsspalt und jede Höhlung schien voller Leben, und sie verspürte einen schier unwiderstehlichen Drang wegzurennen. Sie schloss die Augen und holte tief Luft, doch das war ein Fehler. Die geschlossenen Augen vergrößerten nur ihre Angst, die ihr weitere Streiche spielte, schon glaubte sie eine Hand, die nach ihr griff, zu spüren. Sie warf sich den Bogen über die Schulter, verließ ihren Ausguck, kroch, von ihrem eigenen Herzschlag verfolgt, die Böschung hinauf, warf ständig ihren Blick zurück, was sie aber auch nur noch ängstlicher machte und sie mehr als einmal ins Rutschen geraten ließ. Dann, auf halber Höhe angelangt, bezwang sie ihre Angst, und ein letztes Mal suchte sie ganz genau das Gelände unter ihr nach einem möglichen Verfolger ab. Sie bekam weiche Knie. Der Baumstamm hatte keine Verwachsung mehr; von hier oben sah er aus wie ein ganz gewöhnlicher, gerader Baumstamm.

Neeve zog ihr Messer aus seiner Scheide, kämpfte sich gezielt den Talhang hoch. Als sie die Wiese erreicht hatte, begann sie zu rennen. Ohne sich auch nur die Zeit zu nehmen, die verbliebene Glut ihres Feuers mit Erde zu löschen, riss sie am Zügel ihres Pferdes und schlug ihm auf die Schenkel, bewegte sich zügig hinauf zum Talrand. Ein Zweig peitschte ihr ins Gesicht, und ihre Wange brannte. Sie zog sich die Kapuze ihres Umhangs über die Stirn, senkte den Kopf, ergriff die Zügel, zog ihr Pferd die Abdachung hinunter. Unten, auf dem ebenen Gelände, sprang sie in den Sattel und trieb das Pferd durch die Bäume, bis sie in einem anderen Sektor des welligen Graslands angelangt war.

Über eine Stunde lang trieb Neeve ihr Pferd an, bis sie sich halbwegs sicher fühlte, und selbst dann zuckte sie noch bei der kleinsten Bewegung in jedem Busch oder Baum zusammen. Sie versuchte, ihre Vernunft zu gebrauchen. Hatte jemand sie verfolgt? Lächerlich! Warum sollte sich jemand diese Mühe machen? Sie wusste genau, was geschehen war: Der Wald hatte ihr einen Streich gespielt. Kein Spurensucher – kein Iceni und schon gar kein römischer Kundschafter – konnte ihr heute gefolgt sein. Und wenn, dann konnte jemand, der ihr in den Wald nachgeschlichen war, dies nur zu Fuß getan haben, und spätestens, als sie das offene Grasland erreicht hatte, hatte er aufgeben müssen. Kein Mensch konnte so schnell laufen wie ein Pferd.

Sie machte sich ein Feuer, aß mehrere Stücke Zwieback und spülte sie mit heißem Bier hinunter. Sie starrte in die Finsternis um sich herum und fühlte sich auf einmal am Feuer schrecklich verwundbar. Schon wieder war ihre Angst auf dem besten Weg, ihr den gesunden Menschenverstand zu rauben. An einem anderen Abend hätte sie sich dichter ans Feuer gesetzt und ihr Alleinsein genossen, aber hier lag das Problem – sie fühlte sich nicht allein. Jemand war hinter ihr her. Jemand wie der Abgesandte. Er war irgendwo da draußen, und wenn er ihr Feuer noch nicht entdeckt hatte, würde er es bald schon tun. Sie überlegte schon, ob sie die Flammen mit Erde ersticken und sich nur noch an der glühenden Asche wärmen sollte, aber das wäre dumm gewesen. Ohne die Flammen – das wusste sie genau – würden die Wölfe kommen.

Die ganze Lage ist unnormal, sagte sie sich. Sie hatte nicht den kleinsten Hinweis darauf, dass tatsächlich etwas nicht in Ordnung war. Selbst dieser Baumstamm mit seiner geschwellten

Rinde war ein Produkt ihrer Fantasie. Sie musste sich wohl eingestehen, dass ihre Tätigkeit als Spionin bei ihr Spuren hinterlassen hatte, und deshalb war sie froh, dass diese Zeit endlich vorüber war.

Neeve suchte die Dunkelheit ab, auch wenn dieser sinnlose Versuch nur ihre Angst verstärkte. Jederzeit konnte jemand nur zwanzig Fuß von ihr entfernt sein oder gar nahe genug, um sie zu berühren – während sie nichts sah als die finstere Nacht.

Aber es war niemand da.

Der Wind heulte im Heidekraut.

Oder war es eine menschliche Stimme?

Die Angst hatte sie jetzt fest im Griff.

Sie musste weg.

Sie wollte ihren imaginären Verfolger – denn ein solcher war er bestimmt – von seinem Versteck aus das Feuer beobachten lassen, während sie sich in die Dunkelheit davonmachte. Morgen würde sie wieder an ihrem Rundhaus sein, und dort würde sie ihren Brüdern die Informationen über die Verteilung der römischen Truppen überbringen, und dann hatte sie das alles hinter sich. Ein paar Tage später würde sie wieder in Vectis' Armen liegen, und sie beide würden vergessen, dass sie je miteinander gestritten hatten. Und sie würde nie mehr darauf bestehen, zum Kartenzeichnen auszureiten.

Hastig durchwühlte sie ihren kleinen Brennholzvorrat und zog einen geraden Ast und drei schwere Klötze heraus. Sie legte die Holzstücke aufs Feuer und häufte sie seitlich mit Steinen an. Sie würden stundenlang brennen, und wenn es tatsächlich einen Verfolger gab, würde er nie auf die Idee kommen, dass sie so dumm war, durch die Dunkelheit zu reiten. Dann nahm sie das Messer aus der Scheide an ihrer Hüfte und hackte die Seitentriebe des Astes ab, bis sie einen kräftigen Stab in der Hand hielt. Anschließend band sie ihr Messer mit einen Stück Schnur aus ihrer Satteltasche an sein Ende. Wenn sie schon das Wagnis einging, durch die Nacht zu reiten, wollte sie wenigstens eine Waffe haben, mit der sie neugierige Wölfe in Schach halten konnte.

Bei Tagesanbruch hatte Neeve das Tal erreicht, das zur Hofstatt ihrer Familie führte. Über dem Land lag ein dichter Nebel, der die Sicht so stark einschränkte, dass sie langsamer reiten musste. Die hoch aufragenden Granitfelsen, die den Eingang zum alten Talweg markierten, rückten näher. Am Taleingang aber war der Nebel so dicht, dass sie die Felsen kaum erkennen konnte und plötzlich den Eindruck hatte, als würde sich eine der niedrigeren Felsenspitzen am Weg bewegen und in die Höhe wachsen.

Das Blut schoss Neeve ins Gesicht. Sie riss heftig an den Zügeln, um ihr Pferd zu wenden, aber es war schon zu spät. Der Felsen hatte Gestalt angenommen und kam auf sie zugerannt. Sie rammte ihrem Pferd die Fersen in die Flanken, doch eine dunkle Gestalt tauchte vor ihr auf, ergriff die Zügel und riss sie ihr aus der Hand. Sie drehte sich um. Sie waren zu zweit!

Der erste Mann stand neben ihr, die Streitaxt erhoben, bereit zum Schlag. »Runter«, brüllte er, »oder du hast gleich ein Bein weniger.«

Ein eiskalter Schauer durchlief Neeve, als sie sich vorstellte, wie die Axt ihren Hüftknochen splittern ließ. Sie schwang das Bein über den Sattel und glitt hinunter auf den schlammigen Pfad.

Ihr Angreifer ließ die Axt sinken, packte Neeve, kaum dass ihre Füße den Boden berührt hatten. Er riss den Stab mit dem Messer aus der Befestigung am Sattel, warf ihn auf den Boden, packte Neeve an der Kapuze, riss sie herum, drückte sie an den Sattel und fuhr mit den Händen unter ihren Mantel, tastete sie grob an den intimsten Stellen ab, ohne jedes sexuelle Interesse. Er wollte ihre Waffen, und als er zurücktrat, lag das Messer, das sie am Fußknöchel trug, im Schlamm. Der zweite Mann hob das Messer auf, dann den Stab mit dem Messer, entknotete und wickelte die Schnur ab.

»Eine Frau«, stellte der Mann, der sie angegriffen hatte, mit einiger Verblüffung fest.

Neeve wandte sich an ihn. »Wenn ihr mir die Möglichkeit gegeben hättet zu sprechen«, sagte sie reichlich indigniert, »hätte ich euch gleich sagen können, dass ich Taranis' Schwester bin.«

Er beugte sich zu ihr vor und musterte sie, wobei sie an seiner gefurchten und ledrigen Haut erkannte, dass er nicht mehr ganz jung war. »Stimmt«, sagte er, nachdem er ihre Kapuze zurückgeschoben hatte, »dich hab ich schon mal gesehen. Aber warum reitest du mitten in der Nacht?«

»Jemand ist hinter mir her ... ein römischer Fährtensucher vermutlich.«

Er schüttelte den Kopf. »Nicht mehr. Du bist schon an zwei Wachen vorbeigeritten.«

Neeve lief es eiskalt den Rücken hinunter. »Woher wisst ihr, dass sie noch –?«

»Am Leben sind?«, beendete er ihre Frage, und auf seinem ledrigen Gesicht erschien ein Lächeln. »Keine Angst, die leben noch. Ich habe sie selber ausgebildet, genau wie diesen Jungen«, sagte er und deutete auf seinen jüngeren Kameraden. Dann trat er ein paar Schritte beiseite, hielt die hohlen Hände vor den Mund und erzeugte einen ganz besonderen Pfiff, der anders war als der Ruf aller Vögel, die Neeve je gehört hatte. Sekunden später drang ein ähnlicher Ruf durch den Nebel, dann ein zweiter und schließlich zwei kurze Pfiffe von jedem Wachposten. »Die leben noch«, sagte er, sichtlich stolz auf seine Leistung. »Den Ton macht keiner so schnell nach, und keiner weiß, wie viele Pfiffe er schließlich machen muss.«

Neeve atmete auf. Sie merkte, dass der alte Mann ein Meister seines Fachs war. »Ich hab ein Lockfeuer zurückgelassen«, erklärte sie, »und bin dann aufgebrochen. Aber ich hatte immer noch Angst, dass er sich womöglich nicht täuschen lassen könnte. Dieser Fährtensucher ist so gerissen wie ein Iceni.« Dass er womöglich nur in ihrer Fantasie existierte, verschwieg sie vorsichtshalber.

»Hier brauchst du vor Römern keine Angst mehr zu haben. Wenn er wirklich so gut ist, wie du meinst, hätte er gemerkt, wann er kaledonisches Gebiet betreten hat, und ein schlechter Fährtensucher wäre schon längst entdeckt worden. In diesem Gebiet befindet sich ein ganzes Dutzend kaledonischer Lager, und hunderte von Kundschaftern durchkämmen die Berge und

Wälder. Wir geben einander ständig Zeichen und halten uns durch kurze Schichten frisch.« Dann gab er dem jüngeren Mann ein Zeichen, woraufhin dieser vortrat und ihr ihre Messer reichte.

»Willst du auch den Stab?«, fragte der junge Mann.

Neeve schaute auf den am Boden liegenden Ast und die Schnur. »Nur die Messer«, sagte sie. Dann wandte sie sich wieder an den älteren Mann. »Ich muss weiter. Gibt es im Tal noch weitere Kundschafter, die mich womöglich aufhalten könnten?«

»Unser Anführer Taranis hat überall Posten aufgestellt«, erwiderte er. »Aber du wirst den Führer nicht in seinem Rundhaus antreffen. Er ist vor ein paar Tagen aufgebrochen, um die einzelnen Lager zu inspizieren.«

Neeve konnte ihre Enttäuschung nicht verhehlen. Die Zeichnung, die sie dabeihatte, war voller Informationen über römische Truppenstärken, die nur sie allein lesen konnte. Sie musste Taranis unbedingt so rasch wie möglich sprechen. Die Zeit rann ihr durch die Finger. Sie hatte versprochen, innerhalb von drei Tagen nach Faustina zurückzukommen. Wie sollte sie jetzt in diesem kurzen Zeitraum Taranis finden, ihre Karten zeichnen und zurückkehren?

»Ich weiß, wo der Anführer sich aufhält«, sagte der Kundschafter, als er merkte, wie enttäuscht sie war. »Oder zumindest weiß ich, wie ich herausfinden kann, wo er gerade ist. Sämtliche Informationen über seinen momentanen Aufenthaltsort gehen an den Kundschafterposten von Lanaxi, einen Tagesritttt von hier.«

»Lanaxi«, sagte Neeve erschreckt. »Das ist eine weite Strecke.« Dann biss sie auf die Zähne. »Na schön, wenn ich da hinmuss, mache ich mich am besten gleich auf den Weg.«

»Ich begleite dich.«

»Das brauchst du nicht. Ich finde schon selber nach Lanaxi.« Sie hatte zwar keinen Grund, dem Wachposten zu misstrauen, aber seit ihrer unseligen Begegnung mit dem römischen Abgesandten war sie allen etwas merkwürdig anmutenden Männern gegenüber misstrauisch geworden.

Der alte Mann hielt davon wenig. »Ich habe dir zwar gesagt, dass du hier von Römern nichts zu befürchten hast, aber im Augenblick sind massenhaft wild gewordene Krieger auf dem Weg in ihre Ausbildungslager, und da kann ich dich unmöglich allein reiten lassen. Unser Anführer würde mir das nie verzeihen.«

»Du hast ein Pferd?«, fragte sie von oben herab, um anzudeuten, dass sie ihm den entsprechenden Wohlstand nicht zutraute.

»Ja, hinter diesen Felsen«, bestätigte er. »Selbst der miserabelste Kundschafter hätte sein Schnauben vor ein paar Sekunden gehört.«

Neeve glaubte, in seinen Augen eine gewisse Belustigung zu erkennen. Lächelnd gab sie sich geschlagen. Sie mochte ihn, und seltsamerweise vertraute sie ihm sogar.

Was man ihr in Lanaxi mitteilte, entmutigte sie. Taranis hielt sich gerade in einem zwei Tagesritte entfernten Lager auf, das auch noch in der entgegengesetzten Richtung von dem Sektor lag, den sie zu zeichnen hatte. Es würde eine ganze Woche oder gar noch länger dauern, bis sie nach Faustina zurückkehren konnte. Sie konnte nichts daran ändern. Sie musste ihren Bruder unbedingt sehen.

Das Reiten mit ihrem ledergesichtigen Begleiter erwies sich als recht angenehm. Er hatte in jeder Situation eine passende Geschichte parat. Als sie auf die Druiden zu sprechen kamen, erzählte er ihr, wie einmal einer der Priester völlig falsch gesungen und Divicos ihm daraufhin angedroht hatte, ihn über dem Feuer zu braten. Er habe nie mehr falsch gesungen, erklärte der Alte. Und seine zahlreichen Geschichten von seiner Tochter waren eine zwar leicht durchschaubare, aber von ihr dennoch geschätzte Geste, um ihr die Angst davor zu nehmen, nachts mit einem fremden Mann allein zu sein.

Am Vormittag des dritten Tages erreichten sie das Tal, in dem sich das Ausbildungslager befand. Es hatte nur einen Ausgang. Überall standen Zelte in allen Größen und Farben, was ein so ganz anderes Bild ergab als die schnurgeraden Reihen langrechteckiger Zelte in den römischen Lagern. Abgesehen von zwei

Wachposten war in dem Lager kein Mann zu sehen. Offensichtlich waren die Krieger gerade bei Kletterübungen in den Felsen, die sich hinter dem Lager erhoben. Gemeinsam mit ihrem Begleiter folgte sie einem der Wachen zum größten Zelt im Zentrum, das liebevoll aus Ziegenhäuten genäht und in der Mitte bis zu zehn Fuß hoch war. Dort fand sie Taranis, der gerade im Gespräch mit fünf anderen Heerführern war.

»Neeve!« Taranis war seine Freude anzusehen. Er umarmte sie, und während er sie noch immer mit einem Arm umfangen hielt und wie eine Trophäe präsentierte, sagte er laut: »Kaledoniens Erste Kriegerin ist wieder da und hat weitere Informationen über die Römer mitgebracht.«

Neeve warf ihrem Bruder einen verblüfften Blick zu. Zwar waren die Heerführer über ihre Tätigkeit in Faustina informiert, aber die beiden Wachen am Eingang des Zelts bekamen Taranis' Erklärung ebenso mit wie ihr Begleiter.

»Du brauchst keine Angst mehr zu haben«, sagte Taranis. »Ich bin froh, dir mitteilen zu können, dass deine Zeit als Spionin im Vorposten Faustina vorbei ist und du, meine liebe Schwester, dir erst mal eine verdiente Ruhepause gönnen kannst. Der Krieg steht unmittelbar bevor, und bald wird Kaledonien wieder den Kaledoniern gehören. Die Götter sind mit uns.«

»Die Götter sind mit uns«, antwortete Neeve mit einem Flüstern, das in den tiefen Stimmen der anderen Truppenführer unterging. Sie starrte ihren Bruder verständnislos an. »Du willst, dass ich hier bleibe?«

»Nicht hier«, sagte Taranis mit einem breiten Lächeln. »Irgendwo außerhalb der Kampfzone, beispielsweise in Celywic im Norden. Erinnerst du dich noch an Celywic? Dir hat es da sehr gefallen, als du noch klein warst.«

Neeve nickte. »Ich erinnere mich«, sagte sie und dachte an die Tage, die sie ganz allein am Fluss Ordvgi zugebracht und darauf gewartet hatte, dass ihre Brüder aus dem Krieg gegen die Römer zurückkehrten. Damals hatte sie sich gefragt, wie sie ihnen erklären sollte, dass ihre Mutter und die kleine Nes verschleppt worden waren. Und dann hatte sie erfahren müssen, dass sie zu Pablius und Matilda geschickt werden sollte. Aber keines dieser Erlebnisse war mit dem zu vergleichen, was ihr jetzt bevorstand. Wie konnte sie Taranis je erklären, dass sie die Absicht hatte, nach Faustina zurückzukehren, weil sie einen Römer geheiratet hatte?

Sie verdrängte den Gedanken und sagte: »Ich habe sehr wichtige Informationen dabei.«

Taranis wartete.

»Über die Verteilung der Truppen am Wall«, fuhr sie fort, »und die genauen Stärken sowie die Art der Soldaten in den einzelnen Lagern.«

Taranis blickte die anderen Heerführer an, deren Äußerungen zwischen Überraschung und Freude schwankten. Als er sich wieder Neeve zuwandte, stand ihm seine Besorgnis ins Gesicht geschrieben. »Zahlen über *alle* Posten am Wall? Wie hast du dir die nur merken können ... du hast doch wohl keine römische Liste gestohlen? Ich habe dich doch ausdrücklich davor gewarnt!«

Neeve hob eine Hand, um ihn zu beruhigen. »Ich habe die Informationen in einer Zeichnung versteckt«, sagte sie. »Selbst der Präfekt hat mich für das Bild gelobt. Aber ich brauche einen Schreiber, der die Daten niederschreibt.«

Taranis' Miene entspannte sich. »Du hast so gründlich gearbeitet wie immer, Neeve, aber ein derartiges Wagnis hättest du nie eingehen dürfen.« Stolz drückte er ihre Schulter. »Aber jetzt bist du hier, und du wirst nie mehr mit Römern zu tun haben. Das verspreche ich dir.«

Die Kelten hatten noch keine eigene Schrift, aber seit einiger Zeit griff Taranis zur Übermittlung seiner Botschaften immer häufiger auf Kelten zurück, die der römischen Schrift mächtig waren. Während sie auf den Schreiber warteten, holte Neeve die Zeichnung aus ihrer Satteltasche und zeigte Taranis und den anderen Truppenführern, wie sie die Zahlen und die Namen der Kastelle in die Zeichnung eingefügt hatte.

»Erstaunlich«, meinte Taranis, »wirklich erstaunlich. Diese

Römer hatten ja keine Ahnung, was sie sich da in ihr Kastell geholt haben, als sie dir die Tore öffneten.«

Mit einem schwachen Lächeln nahm Neeve die Glückwünsche der Heerführer entgegen. Der Hass, der aus Taranis' Augen sprach, wann immer es um die Römer ging, war unübersehbar. Wie sollte sie es ihm nur erklären?

Die Tatsache, dass sie nun die genauen Truppenstärken der Kastelle und Streckenposten am Wall kannten, erregte die Anführer, die allesamt über ihre Fähigkeit staunten, die römische Schrift lesen zu können. Als der Schreiber das Zelt betrat, versammelten sie sich um die Zeichnung und starrten auf jeden Schnörkel, den sie als Namen eines Postens oder als Zahl von Soldaten deutete. Das Schreiben war für sie alle ein Mysterium, und sie konnte sich vorstellen, was für einen Eindruck es machte, wenn sie auf eine Staubwolke deutete und sagte: »Kastell Caracalla am Wall: hundertsechzig Hilfssoldaten, zwanzig Skythen.«

Es dauerte über eine Stunde, bis alle Informationen schriftlich aufgezeichnet waren, und zum Schluss waren die Heerführer einer nach dem anderen wieder auf ihre Posten gegangen. Schließlich entließ Taranis den Schreiber und wies ihn an, vier Abschriften für die Morgenmeldung anzufertigen.

Und dann war sie mit Taranis allein.

Neeve nahm ihre Zeichnung vom Kastell Faustina und dachte über ihr dortiges Leben mit Vectis, Julian und Jupiter nach, das jetzt so unendlich weit entfernt schien. Nervös fingerte sie an der Papyrusrolle herum. Eine Ecke war eingerissen, und sie fuhr mit dem Finger über den Riss, dachte daran, wie zerrissen ihr eigenes Leben war. Sie schaute ihrem Bruder dabei zu, wie er dem Koch, den er gerufen hatte – dem einzigen, der ihm zufolge fähig war, unterschiedlichen Gerichten auch einen unterschiedlichen Geschmack zu verleihen –, genaue Anweisungen gab. Ihr entging nicht, dass Taranis sich für eines ihrer Lieblingsgerichte entschieden hatte: gekochtes Lamm mit Gerstenbrot und Ziegenkäse.

Sie trank einen Becher Kräutertee, der sie bis in die Zehen wärmte. »Der ist sehr gut«, sagte sie und schaute ihren Bruder über den Rand des Bechers an. Taranis nickte. Dann zog er eine schwere Reisekiste neben sie, setzte sich darauf und trank seinen Tee. »Du bist bestimmt erleichtert, aus diesem Lager heraus zu sein.«

Neeve hielt die Arme um sich geschlungen. Sie musste es ihm erzählen. Nein, noch nicht. Vielleicht nach dem Essen. Ja, sie würden erst essen, und dann wollte sie es ihm erzählen.

»Neeve?«

Sie blickte auf. Er hatte etwas gesagt, aber ihr Gehirn war wie vernebelt.

»Geht's dir gut?«, fragte er. »Du bist bestimmt müde vom tagelangen Reiten.«

»Ja, das bin ich wohl.«

»Jetzt wird alles anders. Kein Herumschleichen mehr um die Lager, keine gefährlichen nächtlichen Ritte, keine Angriffe durch dreckige Römer. Kaledonien wird bald wieder frei sein.« Ihr Blick schweifte ins Leere. »Stell dir nur vor, Neeve – du und ich und Eston, wir können bald endlich wieder unser Land bestellen. Natürlich müssen wir einen passenden Mann für dich finden. Schließlich können wir nicht zulassen, dass alle Männer vom Dorf um unser Haus schleichen und um dich werben; die zertrampeln sonst nur unsere Felder.« Er lachte über seinen eigenen Scherz.

Neeve versuchte vergeblich, sich ein Lächeln abzuringen. Sie dachte ununterbrochen darüber nach, wie sie ihm die Wahrheit beibringen konnte.

»Ich dachte schon, du drohst jetzt, eine Frau für mich zu suchen, aber wie ich sehe, bist du zu müde dazu.« Er erhob sich, schob die Kiste weg. »Ruh dich erst mal aus. Ich bin morgen wieder da.«

»Du gehst weg?«

»Ich halte mich an einen genauen Zeitplan, damit mich jeder schnell finden kann, wenn es erforderlich ist. Morgen Nachmittag werde ich zusammen mit Eston wieder in diesem Lager sein. Aber vorher treffe ich mich noch mit Forgall, um den Angriff auf die Vorposten zu koordinieren.«

»Aber ich muss mit dir reden.«

Er ging auf den Zelteingang zu. »Du ruhst dich erst mal aus. Reden können wir morgen.«

»Ich bin aber morgen nicht mehr hier.«

Er blieb stehen.

Neeve biss sich auf die Unterlippe. »Es ist schwer zu erklären, aber ich muss nach Faustina zurück.«

»Was?«

»Ich muss nach Faustina zurück.«

»Du musst nicht zurück. Du hast uns mehr Informationen gegeben, als wir erhofft haben, und jetzt, wo wir auch noch die Truppenstärken sämtlicher Lager kennen, gibt es nichts mehr, was wir unbedingt noch wissen müssten.«

»Es geht nicht um die Beschaffung neuer Informationen.«

»Um was geht es dann?«

»Könntest du dich vielleicht erst mal setzen?«

Taranis machte zwei schnelle Schritte auf die Reisekiste zu, ohne die Augen von ihr abzuwenden. Seine Besorgnis war ihm anzusehen; sie kannte diesen Gesichtsausdruck. »Ich höre«, sagte er.

»Ich habe mich in eine etwas komplizierte Lage gebracht.«

Er wartete.

»Ich muss zurück, weil ich … weil ich jetzt dort hingehöre.«

»Was sagst du da?«

Neeve holte tief Luft. »Ich bin mit dem Präfekten von Faustina verheiratet.«

Er runzelte die Stirn. »Der Präfekt hat dich gezwungen, ihn zu heiraten?« Ein dunkler Schatten legte sich über sein Gesicht. »Dieses römische Schwein! Du musst aber deswegen nicht zurück, weil –«

»Er hat mich nicht zur Heirat gezwungen. Er heißt Vectis Trebellius –«

»Ich weiß, wer er ist. Er hat mich rausgeworfen.«

»Ich liebe ihn, Taranis, und zwar mehr, als ich je glaubte, einen Menschen lieben zu können.«

Eine Ewigkeit schien zu vergehen, bis ihr Bruder wieder etwas sagte. Er starrte einfach nur vor sich hin. »Du liebst ihn nicht«, sagte er schließlich. »Die Angst hat schon so manchen verwirrt, und du hast in diesem Kastell unter einem enormen Druck gestanden.«

»Das hat nichts mit dem Druck zu tun. Ich habe ihn dort schon geliebt, und ich liebe ihn immer noch.«

»Du liebst ihn nicht«, sagte Taranis lauter.

»Du verstehst nicht –«

»Oh, ich verstehe sehr wohl –«

»Gar nichts verstehst du«, sagte sie ruhig.

»Er ist ein Römer! Mehr brauche ich nicht zu wissen.«

»Ja, er ist ein Römer, aber er ist nicht so wie andere Römer.«

Taranis schnaubte verächtlich. »Alle Römer sind gleich. Sie zwingen freien Menschen ihren Willen auf und töten alle, die ihnen dabei im Weg stehen.«

»So ist er nicht.«

»Doch, so ist er!«, sagte Taranis und schlug mit der Faust auf den hölzernen Deckel der Kiste. »Er stammt aus demselben Volk, das deinen Vater getötet und deine Mutter und deine Schwester auf dem Sklavenmarkt verkauft hat. Hast du das etwa schon vergessen?«

»Das ist lange her.«

»Lange her? Deine Schwester lebt vielleicht noch! Hast du je daran gedacht? Was glaubst du wohl, was deine teuren Römer gerade mit ihr machen? Vielleicht schlagen sie sie oder vergewaltigen sie wieder und wieder –«

»Hör auf! Ich will das nicht hören ...«

»So, du willst das nicht hören? Aber genau das ist Rom! Den Römern geht es nur um Macht. Macht über Länder und Macht über Menschen, über ihren Körper wie ihren Verstand. Sie wollen Macht über alles. Kriech oder stirb, so heißt es bei ihnen. Verehre den großen Caesar – und den Herrn, der dich besitzt –, und Rom lässt dich ein glücklicher Sklave sein. Vielleicht erlaubt man dir sogar, dein eigenes Land zu bestellen, solange du Steuern bezahlst und solange sie dein Land nicht irgendeinem Verräter schenken, der ihnen in den Hintern gekrochen ist.«

»Ich bin keineswegs blind für das Schlechte an Rom, aber ich liebe ja nicht Rom. Ich liebe einen Mann, der im Grunde nicht anders ist als du.«

»Oh, doch, er ist anders. Er kommt vom Ende der Welt nach Kaledonien, pflanzt hier in unserem Land seine Standarte auf und spielt sich als unser Herr auf –«

Als Taranis sich umdrehte, sah er seine beiden Burschen unschlüssig in der Tür stehen. Das Essen war da. Sie stellten es auf einen niedrigen Tisch und gingen wieder hinaus. »Neeve«, sagte er in sanfterem Ton, »sei doch bitte vernünftig. In ein paar Tagen werden die kaledonischen Krieger beim Fest der Erneuerung den Segen der Druiden erhalten, und wenn dann im nächsten Monat die Wasserwege eisfrei sind, greifen wir an. Alle kaledonischen Stämme werden sich erheben und das römische Joch abschütteln. Diese lächerlichen Kastelle können uns nicht widerstehen; wir werden jedes einzelne mit tausenden von Kriegern angreifen und vollständig zerstören. Du kannst nicht nach Faustina zurück. Bis zum Sommer ist vom Kastell nichts mehr übrig.«

»Aber ich muss zurück.«

»Um dort zu sterben? Denn genau das wird geschehen. Wenn der Angriff erst einmal ins Rollen gekommen ist, kann ich dich dort nicht mehr beschützen.«

»Taranis, vielleicht kann ich dort doch noch etwas ausrichten – beispielsweise den Präfekten davon überzeugen, dass es besser wäre, freiwillig aus Kaledonien abzuziehen.«

»Du verstehst gar nichts. Die Römer verlassen erobertes Land nicht freiwillig, sie kämpfen darum. Aber diesmal werden sie sterben.«

Neeve erinnerte sich daran, irgendwann einmal gehört zu haben, dass die Römer ihre Provinzen im Osten verlassen hätten, weil ihnen ihre Unterhaltung zu teuer geworden war. Das könnte schließlich auch hier geschehen, dachte sie, wenn sie Vectis dazu überreden könnte, sich kampflos zurückzuziehen.

Taranis stand auf. »Ich kann jetzt nicht länger bleiben«, sagte er. »Ich bitte dich nur um eines: Warte, bis Eston morgen kommt, und dann suchen wir alle drei zusammen nach einer Lösung. Findest du nicht auch, dass das ein vernünftiger Vorschlag ist?«

»Schon, und ich würde Eston auch sehr gern sehen, aber ich kann nicht so lange warten. Selbst, wenn ich noch heute Nachmittag losreite, ist es eigentlich schon viel zu spät.«

»Zu spät! Was ist nur mit dir los?« Er lief rot an, und auf seinem Hals traten die Adern hervor. »Ziehst du Römer deinem eigenen Volk vor? Ist es das? Schämst du dich denn gar nicht? Zu jemandem zurückzulaufen, der jeden von uns in diesem Lager mit dem größten Vergnügen an den nächstbesten Baum nageln würde.« Er knirschte mit den Zähnen.

»Du bist wütend auf jemanden, den du nicht einmal kennst. Wenn du ihn nur einmal kennen lernen könntest –«

»Ich habe ihn kennen gelernt! Und ich kann von Glück reden, dass ich mit dem Leben davongekommen bin.«

»Ich meinte, wenn du mit ihm reden könntest«, sagte sie ruhig.

»Also gut, ich rede mit ihm, sobald ich ihn auf mein Schwert gespießt habe.«

»Ich liebe diesen Mann, Taranis, und das weißt du. Wie kannst du nur den Wunsch hegen, ihn zu töten?«

»Weil ich Kaledonier bin. Du übrigens auch, nur für den Fall, dass du das vergessen hast.«

»Ich habe es nicht vergessen. Ich weiß, wer ich bin.«

»Dann solltest du auch wissen, dass wir Kaledonier anders sind. Wir waren nie ein Volk von Sklaven, und selbst wenn feindliche Heere uns besiegen, hören wir nicht auf, uns zu wehren. Und genau deswegen sind wir frei.« Er richtete seinen Zeigefinger auf sie. »Seit Urväterzeiten werden wir jetzt schon von den Römern gequält; da kann man leicht des Kämpfens müde werden. Sie marschieren über unser Land, bauen nach Gutdünken Kastelle und Straßen und treiben Steuern ein in einem Land, das ihnen nicht gehört. Aber wir dürfen nie vergessen, dass andere vor uns schon in derselben Situation waren wie wir jetzt – und dass viele von ihnen ihr Leben gelassen haben, um uns das bisschen Freiheit zu erhalten, das uns noch geblieben ist.« Wieder lief sein Gesicht rot an. »Wenn du zu diesem verdammten Römer zurückgehst, dann bist du auch nicht besser als einer dieser kriecherischen Votadinier, als deren Angehörige du dich ausgegeben hast. Du verrätst –«

»Genug! Ich habe genug gehört! Das reicht!« Neeve spürte, wie sie am ganzen Körper zitterte.

»Dann solltest du vielleicht einmal zuhören, *was* ich sage.«

»Wer gibt dir das Recht, so mit mir zu reden?«

»Ich will doch nur sagen –«

»Wer gibt dir das Recht dazu? Erklär mir das doch bitte mal.«

»Würdest du mir vielleicht mal zuhören?«

»Ich habe es satt, dir zuzuhören!«

»Ich will doch nur sagen, dass die Söhne wie die Väter und die Großväter zusammenstehen müssen gegen Völker, die sie versklaven wollen, und jetzt sind wir, die Söhne und Enkel, an der Reihe. Wenn unsere Väter so gedacht hätten wie du – glaubst du nicht auch, dass wir dann jetzt alle Sklaven des Römischen Reiches wären? Natürlich wären wir das, und das weißt du auch.«

Neeve funkelte ihn an. »Ich möchte wissen, was du glaubst, was ich in den vergangenen Monaten gemacht habe. Glaubst du vielleicht, dass es einfach war, all die Informationen aus Faustina herauszuschmuggeln? Oder zählt meine Arbeit auf einmal nicht mehr als Einsatz gegen Rom?«

Er wirkte reichlich verlegen. »Ich habe nie unterstellt, dass deine Arbeit leicht war. Du hast das wirklich großartig gemacht –«

»Ganz genau! Und verdammt gefährlich war es auch. Ich habe mein Leben aufs Spiel gesetzt, um dir das Geld dieses Abgesandten zu bringen. Also versuch bitte nicht, mir einzureden, dass ich nicht meinen Teil zum Kampf gegen Rom beigetragen habe.«

»Du hast deinen Teil beigetragen – und noch viel mehr. Vater wäre stolz auf dich. Tut mir Leid, wenn ich dir was anderes unterstellt haben sollte.« Er rieb sich das Gesicht, als wollte er ihr damit zeigen, wie zerknirscht er über sein eigenes Verhalten war. »Ich denke, ich habe einfach nur Angst um dich, wenn du nach Faustina zurückkehrst. Wir müssen unbedingt noch darüber reden. Bleib doch wenigstens, bis Eston morgen kommt.«

»Vergib mir, Taranis, aber das kann ich nicht.«

»Wenn du willst, kannst du es.«

»Nein, ich kann wirklich nicht –«

»Das verstehe ich nicht. Ich bin doch dein Bruder. Ich würde mein Blut für dich geben, und du gibst mir nicht einmal einen Tag, damit wir über alles reden können?«

»Tut mir Leid.«

»Dann werde ich dich zwingen zu bleiben – was nur zu deinem Besten ist. Ich werde Wachen vor deinem Zelt aufstellen, und dann bist du morgen noch hier.«

»Ich bin doch kein Kind mehr! Ich bin deine Schwester, aber ich lasse mir von dir nichts vorschreiben. Du benimmst dich wie ein Römer.«

Ihre Worte waren für ihn wie ein Schlag ins Gesicht. Er fuhr sich mit den Fingern durch sein langes blondes Haar und lehnte den Kopf an die Zeltstange. »Wie könnte ich dich gehen lassen«, sagte er und schloss die Augen. »Zumal ich weiß, dass in dem Lager nichts als der Tod auf dich wartet.«

»Taranis«, sagte Neeve sanft, »die Götter haben es bislang immer gut mit mir gemeint. Ich bitte dich – lass uns noch ein bisschen länger auf sie vertrauen. Gib mir doch die Möglichkeit, den Mann, den ich liebe, zu retten. Auch wenn du es mir nicht glauben willst – er ist wirklich anders als die anderen.«

»Er ist nicht anders, aber ich will dir weitere Auseinandersetzungen über dieses Thema ersparen.« Seine Stimme klang resigniert. »Das ist alles meine Schuld. Ich darf niemandem sonst Vorwürfe machen. *Ich* habe dich in dieses römische Kastell geschickt und dich damit all den Gefahren ausgesetzt. Aber an diese eine Gefahr habe ich nicht gedacht. Und deswegen ist das alles ganz allein meine Schuld.« Er schaute sie an und schüttelte den Kopf. »Meine kleine Neeve. Bist du schon so erwachsen.« Seine Augen waren auf ihr Gesicht geheftet, als befürchte er, sie nie wieder zu sehen. Dann sagte er noch: »Meine Kundschafter bringen dich zur Römerstraße, sobald du fertig bist, falls du das möchtest.«

»Danke. Ich werde sie brauchen, während ich einen Sektor

zeichne; das war nämlich meine Ausrede, um das Kastell verlassen zu können.«

Er nickte.

»Außerdem möchte ich, dass unter ihnen auch der ledergesichtige Kundschafter ist, der mich hierher gebracht hat.«

»Ich werde dafür sorgen. Mögen die Götter mit dir gehen.«

»Mit dir auch.«

Er küsste sie auf den Scheitel und ging.

28

Vectis starrte auf den Stapel Papyri auf seinem Tisch. Dreimal hatte er schon versucht, den Bericht über Truppenbewegungen der kaledonischen Stämme zu lesen, aber es hatte keinen Zweck; er konnte sich einfach nicht konzentrieren. Neeve war in Gefahr. Er spürte es förmlich. Vor acht Tagen war sie aufgebrochen, um lediglich eine Karte zu zeichnen. Acht Tage! Zweimal hatte er Kundschafter entsandt, um den entsprechenden Sektor nach ihr abzusuchen, aber sie hatten nichts gefunden. Sie war weder dort noch an der Straße oder in den angrenzenden Sektoren. Vectis musste mit dem Schlimmsten rechnen.

Jemand klopfte an die Tür. Es war sein Beigegebener Offizier. »Präfekt, Ihr wolltet benachrichtigt werden, sobald der Erste Centurio eintrifft. Er ist gerade gekommen. Soll ich ihn holen lassen?«

»Sag ihm, er soll mir Bericht erstatten, nachdem er gegessen und sich den Staub der Reise abgewaschen hat.«

Vectis ging zum Kohlebecken und goss sich einen halben Becher keltisches Bier ein. Der eiserne Aufsatz über dem Becken hatte sich als sehr geeignet erwiesen, um seine Getränke heiß zu halten. Als er am dampfenden Gebräu nippte, wünschte er, er könnte sein Arbeitszimmer verlassen, Jupiter aufsuchen und ihn fragen, was aus Neeve geworden sei. Er hatte sie verfolgt und musste etwas wissen. Aber natürlich würde er warten; er war römischer Offizier, und ein Offizier seines Ranges hatte Zurückhaltung zu beweisen.

Im Gang vor seiner Tür ertönte ein tiefes Knurren. Es war Jupiter, der sich anmeldete.

»Herein«, rief Vectis ohne jede Zurückhaltung.

Jupiter stieß die Tür auf und schritt durchs Zimmer. Sein Gesicht wirkte müde, seine Uniform ungepflegt.

»Ihr hättet nicht sofort kommen müssen«, sagte Vectis und forderte seinen Centurio mit einer Geste auf, sich zu setzen.

Er blieb stehen. »Wie kann ich Euch dienen, Präfekt?«

»Ihr könnt mir von meiner Frau berichten«, erwiderte Vectis. Er hatte längst gelernt, Jupiters schroffe Art nicht als beleidigend zu empfinden.

»Ich schließe daraus, dass sie nicht zurückgekehrt ist.«

»Sie ist jetzt schon acht Tage weg.«

Jupiter schien die Information erst verarbeiten zu müssen.

Immer ungeduldiger werdend, fragte Vectis schließlich: »Wie lange habt Ihr sie beschattet?«

»Einen Tag lang und die erste Hälfte der Nacht.«

»War sie da schon mit dem Kartenzeichnen fertig?«

»Nein. Sie ist ohne Aufenthalt durch den ihr zugewiesenen Sektor geritten und dann weiter nach Westen.«

»Nach Westen?« Vectis war nun vollends verwirrt. »Warum sollte sie … seid Ihr ihr gefolgt?«

»Jawohl.«

»Und?«

»Und dann habe ich ihre Spur verloren.«

»*Ihr? Ihr* habt ihre Spur verloren? Wie war das möglich?«

Jupiter zuckte mit den Achseln. »Ich glaube, sie hat gespürt, dass jemand ihr folgte. Ich habe mir die größte Mühe gegeben, aber sie schien es irgendwie zu wissen.«

»Und wo habt Ihr sie zuletzt gesehen?«

»Westlich von Sektor vierzig auf dem Weg nach Westen. Ich war ihr zu Fuß gefolgt und musste zurück, um mein Pferd zu holen. Dann habe ich die Gegend abgesucht, bis ich auf ihr Feuer gestoßen bin. Als es mitten in der Nacht ausging, habe ich mich ihrem Lager genähert und festgestellt, dass sie nicht mehr da war.«

»Habt Ihr bei Sonnenaufgang weiter ihre Spur verfolgt?«

»Ein paar Stunden lang, bis es zu riskant wurde. Ihre Spur führte von Sektor vierzig genau nach Westen in diesen Gürtel kaledonischer Ausbildungslager. Selbst bei dem starken Nebel, der an dem Tag herrschte, habe ich es nicht gewagt, weiterzureiten. Alle paar hundert Schritt bin ich auf kaledonische Kundschafter gestoßen.«

»Wenn sie Euch entdecken konnten ...« Vectis hielt inne. Der Gedanke, dass kaledonische Krieger Neeve mit römischem Material zum Zeichnen von Karten angetroffen haben könnten, war zu viel für ihn. »Ich verstehe nicht, warum sie weiter nach Westen geritten ist, wo sie doch ganz genau wusste, dass es in den westlichen Sektoren von Kaledoniern nur so wimmelt. Meinst du, sie hat Angst bekommen und die Orientierung verloren?«

Jupiters nachdenkliches Gesicht irritierte ihn. Er hätte sich wenigstens Mühe geben können, um besorgt zu wirken. »Nun, was meint Ihr?«, fragte Vectis. »Hat sie sich auf dem Weg hierher verirrt, oder ist sie tot?«

»Sie ist nicht tot, so viel ist sicher.«

Vectis war erleichtert. Er war für jeden Hoffnungsschimmer dankbar. »Dann glaubt Ihr also nicht, dass die Kaledonier sie erwischt haben. Könnte es vielleicht sein, dass sie sich verstecken musste und jetzt auf dem Rückweg nach Faustina ist?«

Jupiter zögerte, als müsste er sich erst entscheiden, wie er antworten sollte.

»Centurio«, sagte Vectis förmlich und ziemlich verärgert, »ich erwarte eine Antwort.« Er hatte noch nie erlebt, dass Jupiter bei irgendetwas gezögert hatte, und sein ungewohntes Verhalten verblüffte und verärgerte ihn.

»Ich glaube nicht, dass die Kartenzeichnerin nach Faustina oder in irgendein anderes römisches Lager zurückkehren wird. Sie hat ihren Auftrag erledigt und ist jetzt wieder bei ihrem Volk.«

»Ihren Auftrag?«

»Sie war eine kaledonische Spionin«, sagte Jupiter mit ausdrucksloser Stimme.

»Eine Spionin? Das ist unmöglich. Ich kenne diese Frau.«

Jupiters Miene war wie versteinert.

In der einsetzenden Stille hörte Vectis die Warnung seines Vaters: »Unterschätze nie den Feind und traue ihm nie. Die Kelten sind die geborenen Lügner.« Aber nicht Neeve. Sie war das wieder zum Leben erwachte kleine Sklavenmädchen seiner Träume. Sie liebte ihn. »Ich nehme an, Ihr habt Beweise für Eure Unterstellung«, brachte er mit Mühe heraus.

»Auf meiner Reise zu den Vorposten habe ich einen Centurio gesprochen, der mir von einem Mann berichtete, den er bei Velunia am Wall getroffen hatte und der Nachrichten für den Pferdestamm überbrachte.«

»Für die Epidier?«

»Genau. Ihr habt ihn bei Eurer winterlichen Inspektion der Vorposten vor dem sicheren Tod bewahrt; er war an einen Baum gebunden.«

»Ich erinnere mich.«

»Der Mann behauptete, die Kartenmacherin zusammen mit dem kaledonischen Anführer Taranis gesehen zu haben.«

»Zusammen? Was soll das heißen? Ist sie mit ihm zusammen geritten? Hat sie mit ihm zusammengelebt? Im selben Ort? Was denn nun?«

»Er hat sie im selben Ort gesehen –«

»Das soll ein Beweis sein?« Vectis konnte seinen Zorn nicht verbergen. »Ich nehme an, da waren auch hunderte anderer Leute. Das hat gar nichts zu bedeuten.«

»Sie haben im selben Rundhaus gewohnt.«

»Wer? Neeve und dieser Barbar namens Taranis? Das glaube ich einfach nicht.«

»Der Informant behauptet, dass Taranis sich letztes Jahr im Frühsommer in diesem Dorf mit anderen kaledonischen Anführern getroffen habe und dass die Kartenmacherin die Geliebte dieses Taranis sei. Sie sollen über eine Woche im selben Rundhaus zugebracht haben.«

»Seine Geliebte! Das ist doch lächerlich. Im Frühsommer war sie doch gerade erst aus Londinium zurückgekommen. Wie soll sie in so kurzer Zeit eine Liebesbeziehung zum großen Blutgott höchstpersönlich aufgebaut haben? Die Kaledonier sind so extrem misstrauisch bei neuen Gesichtern, dass ich das für schlicht unmöglich halte.«

»Woher wisst Ihr, dass die Kartenmacherin in Londinium war?«

Vectis wandte den Blick ab. Er wusste es nicht wirklich. Er hatte zum Beweis dafür lediglich ein paar vage Bemerkungen Neeves über Dinge, die sie in der Stadt gesehen hatte. In seinem Innern nahm die Verunsicherung zu. Auf Fragen des Vertrauens, die er längst für geklärt gehalten hatte, fehlten ihm in Wirklichkeit die Antworten, und Jupiters konsequente Verwendung des Begriffs »Kartenmacherin« anstelle der gebührenden Anrede zermürbte ihn zusehends. Er bemühte sich um einen ruhigen Ton, als er fragte: »Wenn dieser Informant so gesprächig ist – warum hat er dann nicht von all dem erzählt, als er sich in meiner Gegenwart befand?«

»Er sagte, er habe befürchtet, dass seine Worte nicht richtig übersetzt würden. Die Kartenmacherin war doch Eure Übersetzerin, oder?«

»Ihr wisst doch, dass sie das war. Was hatte unser Freund sonst noch zu sagen?«

»Nichts weiter – außer, dass er für seine Information Silber wollte.«

Vectis schnaubte verächtlich. »Klingt das vielleicht so, als könnte man sich auf seine Information verlassen?«

»Nicht unbedingt.«

Vectis stieß einen weiteren Laut der Verachtung aus. »Für mich macht die Geldforderung die Information schlicht wertlos. Dieser Informant ist der Letzte, dem ich trauen würde. Der sagt doch alles, um an römisches Geld zu kommen.«

»Nur seltsam, dass im Mittelpunkt seines Lügengebäudes ausgerechnet die Kartenmacherin steht.«

»Habt Ihr noch andere Beweise oder zumindest Hinweise?«

Vectis versuchte nun gar nicht mehr, seine Verärgerung zu verbergen.

Jupiter machte weiter. Vectis' Gemütsverfassung schien er gar nicht zu bemerken. »Seit wir hier sind, haben die Kaledonier immer wieder unsere Nachschubtransporte überfallen. Selbst unser ständiger Wechsel im Zeitplan und die verschiedenen Täuschungsmanöver haben nicht verhindern können, dass sie die Wagen abfingen. Sie haben augenscheinlich immer gewusst, wann, wo und in welchen Wagen welche Vorräte waren. Ich habe es Euch schon einmal gesagt, und ich wiederhole es jetzt: Jemand mit Zugang zu streng geheimen Unterlagen hat die Kaledonier mit Zahlen und Zeitplänen versorgt. Ich kenne das Vorgehen, ich habe so etwas selbst gemacht, als ich noch die nordafrikanischen Untergrundkämpfer befehligte: Ich habe einfach die nichtrömischen Arbeiter der Kastelle bestochen, damit sie mir die nötigen Informationen beschafften.«

»Ja, wir haben hier sicher einen Spion, vielleicht sogar mehr als einen; das habe ich nie bezweifelt«, gab Vectis zu. »Aber der Spitzel muss in einem der anderen Vorposten sitzen oder am Wall, wo der Nachschub herkommt. Warum soll meine Frau dieser Spion sein? Sie kann ja nicht einmal lesen. Und das weiß ich mit Sicherheit.«

»Tatsächlich?«

»Ja. Wo sollte sie es denn gelernt haben? In Londinium, wo sie Eurer Ansicht zufolge nie gewesen ist? Und wenn sie doch dort gewesen ist – wie soll sie dann so schnell eine Beziehung zu Taranis aufgebaut haben?« Vectis schüttelte den Kopf. »Das passt doch alles nicht zusammen.«

»Nicht, wenn sie erst im Frühsommer aus Londinium gekommen ist. Aber nehmen wir einmal an, sie ist schon im letzten Jahr oder gar ein Jahr vorher zurückgekommen?«

Vectis winkte ab. »Ihr habt wohl schon vergessen, dass die Kaledonier sie fast getötet hätten, als sie zu nah an ihrem Ausbildungslager Karten zeichnete? Wenn Neeve mit diesem Kriegsherrn Taranis so gut befreundet wäre, würden auch andere davon wissen und sie beschützen.«

»Das gibt mir auch Rätsel auf, sofern es nicht einfach ein Versehen war. Aber die Indizien, die wir haben, passen zusammen. Sie ist eine nichtrömische Hilfskraft gewesen mit Zugang zu Unmengen von Informationen und häufig außerhalb des Kastells unterwegs. Wir haben jemanden, der sie mit Taranis in Verbindung bringt, und jetzt, kurz vor dem Krieg, reitet sie geradewegs auf die kaledonischen Lager zu, von denen wir wissen, dass Taranis sie befehligt.«

»Ich glaube nichts von alledem.«

»Sie ist nach Westen geritten«, wiederholte Jupiter, »auf kaledonisches Territorium.«

»Sie muss sich verirrt haben.«

»Sie verbrachte die Nacht in Taranis' Rundhaus.«

Vectis warf seinem Centurio finstere Blicke zu. Er war wütend, aber vielleicht war seine Wut ungerechtfertigt. Der Afrikaner verstand von Spionage weit mehr als er und war obendrein ein hervorragender Menschenkenner. Vectis erinnerte sich daran, welch großen Wert sein Vater darauf gelegt hatte, dass Jupiter ihn nach Britannien begleitete. Aus gutem Grund, wie sich nun herausstellte. Selbst Neeves zusammenfaltbare Puppe mit ihren verstorbenen Eltern sprach gegen sie. Wie konnte er nur so blind gewesen sein? Die Wahrscheinlichkeit, dass er sich hatte täuschen lassen, war ebenso groß wie deprimierend. Mit hochgezogenen Augenbrauen räumte er ein: »Sie bestand darauf, ohne Begleitschutz zu reiten.«

»Sie wollte keinen Begleitschutz und hat nicht einmal den Versuch gemacht, ihren Sektor zu zeichnen.«

Sie wollte wohl so schnell wie möglich zurück zu ihrem blutrünstigen Liebhaber, dachte Vectis und versank bei dem Gedanken immer tiefer in der Dunkelheit seiner Seele. Er drohte die Kontrolle über sich selbst zu verlieren und brachte nur mit Mühe die Frage heraus: »Euer Wunsch, ihr zu folgen, entsprang dann also nicht Eurer Sorge um ihr Wohlergehen?«

»Nein.«

Vectis starrte auf die Auszeichnungen an Jupiters Brust, als könnten sie ihm Trost spenden. Es stimmte; tief in seinem Herzen wusste er es. Sie war genau wie die Sklavin in dem Käfig. Sein Vater hatte ihn gewarnt, doch er hatte trotzdem zugelassen, dass sein Herz ihn in die Irre führte. Er hatte geglaubt, vorsichtig zu sein und richtig zu handeln, doch ihre funkelnden Augen und süßen Worte hatten ihn wie eine Sirene zu den Felsen gezogen. Und jetzt lag sie in Taranis' Armen und lachte darüber, wie leicht es gewesen war, seine kindischen Liebesschwüre auszunutzen. Er hatte sich selbst zum Narren gemacht! Sogar den Ehering seiner Mutter hatte er ihr an den Finger gesteckt. Er hatte keine Worte mehr.

Jupiter räusperte sich.

Vectis blickte sich um und richtete sich auf. Er hatte sich zwar zum Narren gemacht, doch nun wollte er sich mit Würde aus der Angelegenheit zurückziehen. »Holt Julian und lasst ihn die Unterlagen in meinen Räumen genau untersuchen. Wir müssen wohl davon ausgehen, dass die Kaledonier ihren Inhalt kennen.«

»Das ist eine kluge Entscheidung, Präfekt.«

Vectis warf Jupiter einen fragenden Blick zu, als wüsste er nicht recht, ob dieser ihn verspotten wollte; dann aber sah er, dass dies nicht der Fall war, und er entließ seinen Centurio.

Jupiter blieb an der Tür stehen. »Sie war eine sehr kluge Frau«, sagte er. »Auch ich habe vieles über längere Zeit falsch gedeutet, und für mich stand nichts auf dem Spiel. An Eurem Verhalten ist nichts Unehrenhaftes.«

Vectis schwieg, als Jupiter den Raum verließ. Ihm war klar, dass sein Centurio zum ersten Mal seit ihrer Ankunft in Britannien aus seiner Rolle als römischer Offizier herausgetreten war und versucht hatte, ein persönliches Wort an ihn zu richten. Er wusste seine Geste zwar zu schätzen, doch zugleich schmerzte es ihn, sich eingestehen zu müssen, dass er einen solchen Trost nötig hatte.

Am zehnten Tag nach ihrer Abreise aus Faustina kehrte Neeve ins Kastell zurück. Angesichts der Schwierigkeiten, ihren Bruder zu finden, und der Suchaktion römischer Kundschafter in ihrem

Sektor konnte sie noch von Glück reden, es überhaupt so schnell geschafft zu haben. Aber natürlich konnte sie keinen dieser Punkte als Erklärung für ihre Verspätung anführen, und so legte sie sich eine Geschichte über kaledonische Krieger zurecht, die ständig durch ihren Sektor gezogen seien und dadurch immer wieder große Verzögerungen in ihren Bemühungen verursacht hätten, das Gebiet zu zeichnen – eine weitere Lüge, von der sie hoffte, dass es die letzte sein würde.

Neeve lächelte die Wachposten am Haupttor an, ritt durch den Torgang. Sie musste den Drang unterdrücken, laut aufzuschreien, so glücklich war sie über ihre Rückkehr. In wenigen Augenblicken würde sie wieder in Vectis' schwarze Augen schauen und ihn zärtlich auf den Mund küssen. Sie würde ihre Hand in die seine legen und spüren, wie seine Finger sich um die ihren schlossen und sie wärmten und beschützten. Wie sehr hatte sie doch den Klang seiner Stimme und seine Umarmung vermisst. Der Krieg stand bevor, doch ihrer Liebe konnte er nichts anhaben. Ihre Liebe war etwas Einmaliges, noch nie Dagewesenes, und irgendwie war sie davon überzeugt, dass sie beide gemeinsam den schrecklichen Zusammenstoß der gegnerischen Heere verhindern konnten.

Neeve übergab ihr Pferd einem der Stallburschen, die im inneren Wachlokal auf hereinreitende Soldaten warteten, rannte dann über die Hauptstraße auf das Stabsgebäude zu. Auf dem Exerzierplatz marschierten Soldaten in ihrer charakteristischen Rechteckformation, und Neeve fragte sich im Vorübergehen, aus welchem besonderen Anlass sie das wohl taten. Am anderen Ende des Platzes erkannte sie die dunkle Gestalt Jupiters, der wie ein Panther durch die Truppe schlich. Plötzlich blieb er stehen. Selbst aus dieser Entfernung spürte Neeve seine sengenden Blicke und wandte sich ab. Als sie erneut in seine Richtung schaute, musste sie bestürzt feststellen, dass der Centurio quer über den Exerzierplatz auf sie zugelaufen kam. Jupiter war der Letzte, den Neeve jetzt sehen wollte. Was immer er auch von ihr wollte – es hatte Zeit. Sie beschleunigte ihre Schritte auf das Hauptgebäude zu, hastete an den Wachen vorbei und durch den

Korridor auf das Vestibül zu, in dem Vectis' Beigegebener Offizier saß.

Endlich in Sicherheit, beruhigte sich Neeve und grüßte den Offizier. Dieser stand sofort auf und ging auf die Tür der Arbeitsräume zu, als wollte er anklopfen. Plötzlich aber öffnete sich die Tür einen Spalt breit, was ihn ebenso verblüffte wie sie. Als der Offizier wieder auf seinen Posten zurückging, sah Neeve eine Hand, die das Türblatt umfasste, und an der Stimme erkannte sie Julian, der im Begriff war, das Allerheiligste zu verlassen.

Voller Vorfreude schritt sie auf die Tür zu. Spielerisch umfasste sie Julians Handgelenk und sagte in scharfem Ton: »Aufmachen!«

Julian riss die Tür auf und wurde auf der Stelle aschfahl wie einer, dem der Geist eines Verstorbenen begegnet. »N-Neeve«, stotterte er, »du bist wieder da?«

»Habt ihr vielleicht geglaubt, ihr wärt mich los?«, sagte sie fröhlich, doch dann sah sie über seine Schulter einen nicht weniger bleichen Vectis. »Oh«, sagte sie ernster, »ihr habt anscheinend wirklich geglaubt, dass mir etwas zugestoßen ist. Das tut mir Leid.« Dann lief sie auf Vectis zu. »Keine Angst, mir geht's gut.«

Sie zog ihn dicht an sich heran, rieb mit den Handflächen über seinen Rücken und seufzte: »Ich habe dich ja so vermisst, mein Liebster.« Dann küsste sie ihn mehrere Male auf die Wange und schließlich auf den Mund.

Vectis glich einer Statue, stand starr und steif da, als hätte ihr Anblick ihn gelähmt. Dann zog er abrupt seine Arme zurück und schaute ihr tief in die Augen, ohne ein Wort zu sagen.

»Was ist los?«, fragte sie.

Er starrte sie weiter fassungslos an.

»Vectis«, sagte sie, »was ist denn geschehen?«

Seine Stimme war distanziert und kalt. »Ich habe zu tun.« Dann wandte er sich an den Offizier, der mit leicht entgeistertem Blick in der offenen Tür stand, und sagte: »Sorge dafür, dass diese Frau hier bleibt, bis ich zurückkomme.« Mit diesen Worten verließ er den Raum.

»Vectis, so warte doch!«

Aber er war schon weg.

»Julian?«

Ihre Augen suchten die seinen und flehten ihn um Hilfe an, doch auch er drehte sich um und folgte Vectis durch den Korridor.

Der Offizier schloss lautstark die Tür.

Eine volle Minute lang stand Neeve wie eine abgeräumte Statue mitten im Büro. Sie war verzweifelt. Sie atmete so vorsichtig, als könnte der kleinste Lufthauch jemanden durch die Tür wehen, der mit ausgestrecktem Zeigefinger anklagend auf sie deutete. Nur ihre Augen bewegten sich von einem römischen Möbelstück zum anderen. Alles sah so fremdartig, so feindselig aus. Sie war gefangen in einem Albtraum, den sie selbst heraufbeschworen hatte – nur, dass dieser Albtraum sehr, sehr wirklich war. Und sehr gefährlich obendrein.

Ihr Herz pochte wild, und ihr war schwindlig. Sie wissen es! Sie mussten es wissen. Und nun ... was nun? Sie hielt sich am Rand der Tischplatte fest und versuchte nachzudenken. Was würden sie wohl tun? Sie aus dem Kastell jagen? Sie hinrichten? Aus ihrer Kehle drang ein leiser, verzweifelter Laut. Sie wusste schon, was sie tun würden. Sie hatte keinen Zweifel. Hinrichtungen waren ein fester Bestandteil der römischen Kultur – vor allem, was Spione anbelangte.

Neeve stützte sich noch eine Zeit lang auf den Tisch, bevor sie sich zu einer schmalen Liege vortastete. Sie setzte sich ganz behutsam, als könnten die schweren Eichenstreben jeden Augenblick unter ihrem Gewicht brechen. Ihre Hände zitterten. Sie betrachtete sie intensiv und ballte sie dann entschlossen zur Faust, als wollte sie ihre Angst aus ihnen herauspressen. Sie musste ihre Angst in den Griff bekommen, fühlte sich aber gänzlich unvorbereitet auf das, was nun auf sie zukam. In ihren ersten Tagen im Kastell, als sie noch hinter jeder Ecke Gefahr gewittert hatte, hätte sie vielleicht besser damit umgehen können – aber nicht jetzt. Sie spürte den bitteren Geschmack von Asche auf der Zunge. Ihre Träume vom Glück waren zerschlagen worden wie Töpferwaren auf einem Stein, und ihr naiver Versuch, Vectis treu zu sein, kam ihr nun selbst fast schon lächerlich vor. Man stelle sich vor – eine Kaledonierin versucht, einem Römer ihre Treue zu beweisen.

Vectis – ihr geliebter Vectis – hatte sie »diese Frau« genannt. Er war nicht mehr ihr Mann; sie hatte ihn verloren. Seine Stimme klang wie die der gefühllosen römischen Soldaten, die durch Londinium stolzierten. Sie hatten kein Mitleid, wenn Kelten vor ihnen auf die Knie fielen und um Gnade bettelten; sie führten einfach nur Befehle aus. Ihnen kam es nur auf Treue zum Kaiser an. Aber Vectis war nicht wie die anderen Römer; er war anders. Oder etwa doch nicht?

Hornsignale rissen sie aus ihren Gedanken, und draußen hörte sie die Rufe von Centurionen und das Wiehern von Pferden. Sie ging zum Fenster und öffnete die Läden. Dutzende schwer bewaffneter Soldaten standen reglos in Reihen auf dem Exerzierplatz vor einem quadratischen hölzernen Podium.

Von der Hauptstraße kam ein Zug von Männern, den Vectis auf einem kohlschwarzen Hengst anführte. Hinter ihm ritten in Zweierreihen Jupiter, Julian und mehrere andere Offiziere. Hinter den Offizieren gingen drei halb nackte Männer mit auf den Rücken gebundenen Händen. Um den Hals des einen war ein Lederriemen geschlungen, dessen Enden bis auf seine Knie herabhingen. Rechts und links von dem Verurteilten gingen zwei Soldaten.

Wie gelähmt beobachtete Neeve die Szene. Sie hatte dieses Spektakel schon einmal gesehen. Als sie näher ans Fenster herantrat, sah sie zahlreiche nichtrömische Hilfskräfte, die die Straße säumten. Offenbar hatte man ihnen erlaubt zuzusehen. Die Römer liebten solche Spektakel.

Hinter den Verurteilten gingen die Standartenträger, die ihren Soldaten, die in Sechserreihen marschierten, vorangingen.

Als die Soldaten sich zu beiden Seiten des Podiums, jeweils zu einem Rechteck formiert, aufgestellt hatten, zerrten die Wachsoldaten die Verurteilten nach vorn. Vectis und seine Offiziere saßen ab. Julian übergab Vectis ein Pergament. Dann wandte

Vectis sich an die Verurteilten und verlas den Beschluss der Vollstreckung des Urteils, Tod wegen Vergewaltigung und Mord. Als er geendet hatte, stießen die Soldaten unisono einen lauten Ruf aus und streckten den rechten Arm mit flacher Hand schräg nach oben. Vectis gab den Wachen ein Zeichen, worauf diese zwei der Männer auf das Podium zerrten. Der Wächter hinter jedem Gefangenen zog dessen Kopf zurück, während der vor dem Verurteilten stehende Soldat sein Schwert hob und es dem Mann mit aller Kraft in die Brust rammte. Der Jubelruf der Soldaten ließ die Fensterläden erzittern.

Neeve starrte entsetzt hinunter. »Nein, bitte nicht«, flüsterte sie, »nicht Vectis.« Ihr Flüstern ging in ein Stöhnen über, und ein heftiger Schmerz durchwogte sie. »Nicht, Vectis«, flüsterte sie wieder und wieder, »bitte nicht, Vectis.« Aber es war Vectis, dessen unbeugsame Gestalt sie beim Podium sah. Mit einer Handbewegung wies er die Soldaten an, die Leichen wegzuschaffen. Sie warfen sie in einen bereitstehenden Karren.

Bilder aus ihrer Kindheit wirbelten ihr durch den Kopf. Bis zu diesem Tag hatte sie den betäubenden Augenblick der Hinrichtung ihres Vaters verdrängt. Das war lange her, hatte sie vor kurzem zu Taranis gesagt, aber nun drohten diese fernen Ereignisse sie zu überrollen wie ein von Sekunde zu Sekunde immer größer erscheinender Felsbrocken an einem steilen Abhang. Sie starrte aus dem Fenster als Gefangene ihrer eigenen leidvollen Vergangenheit.

Plötzlich begann der Mann mit dem Lederriemen um den Hals laut zu fluchen und um sich zu treten und zu schlagen wie einer, der von einem Dämon besessen ist, bis ein Soldat aus der Formation trat und dem Verurteilten das Heft seines Schwerts ins Gesicht schlug, sodass er an den Rand des Podiums taumelte. Blut rann über seine Wange auf seine nackte Brust, und sofort packten ihn vier oder fünf Soldaten an den Armen und zerrten ihn in die Mitte des Podiums zurück, wo er heulend auf die Knie sank.

Nein, sagte Neeve sich, das war nicht ihr Vater. Das hier war ein gemeiner Mörder – der Schlimmste von den dreien, der nun für seine Missetaten büßen musste. Und dennoch sah sie die ganze Zeit über nur ihren Vater vor sich und den Römer, der ihn hingerichtet hatte. Ein plötzliches Gefühl der Trauer und des Verlusts überkam sie, und dann spürte sie, wie der Boden unter ihren Füßen nachzugeben schien und sie in einer finsteren Grube versank.

Sie merkte kaum, dass sie auf den Boden glitt oder dass ihr Rücken über die raue Holzwand schrammte. Der Schmerz fühlte sich gut, beinahe läuternd an. Den Kopf an die Wand gelehnt, starrte sie ins Leere wie zu Stein erstarrt. Vectis war da draußen, das wusste sie, und wies nun mit erhobener Hand die Henker an, an dem Lederriemen zu ziehen. Bald würden die Soldaten wieder in Jubel ausbrechen … ja, sie hörte schon ihr Triumphgeschrei durch das Fenster über ihr.

Ihr geliebter Vectis – auch er war letztlich nur ein Römer wie jeder andere.

Sie bekam keine Luft mehr. Ihre Lippen begannen zu zittern, dann auch ihre Hände, und schließlich bebte sie am ganzen Körper. Sie fühlte sich, als würde sie ertrinken, drückte das Gesicht auf den Boden und rang verzweifelt nach Luft. Sie spürte nur noch die beißende Kälte jenes Tages in den Bergen und die nasse Erde an ihrem Gesicht. Sie erinnerte sich daran, wie sie sich Taranis in die Arme geworfen und hemmungslos geschluchzt hatte, aber von jenem Tag an bis zu diesem hatte sie nie mehr geweint – nicht, als sie auf den glühenden Kohlen gestanden hatte, nicht, als ihre Brüder sie zu Matidia geschickt hatten, ja nicht einmal, als ihr die Römer ihre Mutter und ihre Schwester geraubt hatten. Sie hatte sich auf die Unterlippe gebissen, bis sie blutete, aber nie auch nur eine einzige Träne vergossen.

Jetzt aber, da sie auf dem Fußboden von Vectis' Arbeitszimmer lag, begann sie zu weinen. Heiße Tränen flossen aus ihren Augen über ihr Gesicht und tropften schließlich auf den Boden. Sie hatte versucht, sich vor der Welt zu verstecken, aber die Welt ließ sie nicht in Ruhe. Bilder von Soldaten des Reiches, die ihre Brüder durch die Straßen zerrten, gingen ihr durch den Kopf, und für einen kurzen Augenblick sah sie ihre Schwester in der Ecke eines Zimmers kauern, während der Abgesandte mit dem eingedrückten Gesicht über ihr stand. Taranis hatte Recht. Sie hatte vergessen, wie sehr Rom von Grund auf böse war. Ihre Pflicht gegenüber ihrer Familie und Kaledonien musste immer an erster Stelle stehen. Alles andere würde bedeuten, jene zu entehren, die für die Freiheit des Nordens ihr Leben gegeben hatten.

Neeve wartete stumm, als die sieben Offiziere sich in einem Halbkreis um sie herumsetzten: Julian, Jupiter, ein Offizier, der ihre Aussagen aufzeichnen sollte, der Verantwortliche Offizier der Ingenieure, der für die Verteidigung zuständige Offizier, der für den Nachschub verantwortliche Offizier Nepos und der Präfekt Vectis. An der Tür standen zwei Wachposten.

Julian eröffnete das Verhör mit einem Treueschwur auf den Kaiser und den römischen Staat. Dann teilte er dem Protokoll führenden Offizier mit, dass der Präfekt sich wegen seiner persönlichen Beziehung zur Angeklagten an dem Verhör nicht beteiligen, sondern lediglich als Beobachter anwesend sein wolle.

Neeve versuchte, normal zu atmen. Sie befeuchtete ihre Lippen und räusperte sich. Sie rutschte auf ihrer Bank hin und her, um eine bequemere Sitzposition zu finden. Julian erklärte etwas über römische Gerichte, das sie nicht ganz verstand. Sie konnte die ganze Zeit über nur an eines denken: an das schreckliche Ende ihrer Liebe zu Vectis. Julian fragte sie, ob sie sich der Bedeutung eines ganz bestimmten Punktes im römischen Recht bewusst sei. Sie zupfte an ihrem Haar. Ja, nickte sie, sie habe das verstanden. Was verstanden? Sie wusste es nicht.

Erneut rutschte Neeve auf der Bank umher und faltete die Hände im Schoß. Alles war so verwirrend. In ihrer Nervosität wusste sie nicht, was sie mit ihren Händen anfangen sollte. Sie im Schoß zu falten sieht wohl noch am natürlichsten aus, dachte sie, aber im nächsten Augenblick zupfte sie schon wieder an ihren Beinen, als wollte sie nach einem Ritt Kletten aus der Kleidung entfernen.

Julian sagte: »Nenne dem Protokoll führenden Offizier deinen Namen.«

Neeve ließ ihre Blicke über die ernst dreinblickenden Offiziere schweifen. Sie waren soeben Zeugen von drei Hinrichtungen geworden und nun dabei, eine vierte anzuordnen. Sie wurde der Spionage beschuldigt, und darauf stand nach dem römischen Gesetz die Todesstrafe. Nicht einmal Vectis konnte gegen das Gesetz etwas ausrichten, und er hatte es vorgezogen, schweigend den Prozess zu verfolgen. Ihre Augen hefteten sich auf ihren einstigen Beschützer. Er saß reglos da und starrte ins Leere. Es war, als hätte er sie nie gekannt. Selbstmitleid stieg in ihr auf. Ja, sie hatte ihn getäuscht und betrogen, und er hatte ein Recht darauf, gekränkt zu sein, aber er wusste, was nun mit ihr geschehen würde. Er konnte zumindest Mitleid mit ihr haben.

»Nenne dem Protokoll führenden Offizier deinen Namen«, wiederholte Julian.

Oh, Vectis, flehte sie innerlich, bitte schau mich an. Nur einmal. Ich brauche dich. Und dann – fast, als hätte er ihr Flehen gehört – wanderten seine Augen in ihre Richtung. Aber es waren leere Augen, die an ihr vorbeiblickten.

Sie zog ihren römischen Ehering ab und ließ ihn auf den niedrigen Tisch vor ihr fallen. Er rollte ein Stückchen und blieb dann liegen. Irgendwie liebte sie ihn noch immer, und doch war alles vorbei. Die Freude, das Glück ihres Lebens – alles war zu Asche zerfallen, und ihr war längst gleichgültig, ob sie am Leben blieb oder sterben musste. »Mein Name ist Neeve«, antwortete sie, »Neeve Kartenmacherin.«

»Neeve«, fuhr Julian fort, »du bist der Aufwiegelung gegen Rom angeklagt. Hast du das verstanden?«

»Ja«, sagte sie.

»Dir wird vorgeworfen, für Kaledonien spioniert zu haben. Hast du das verstanden?«

»Ja.«

Julian öffnete eine Mappe und zählte die Indizien auf, die gegen sie sprachen – ihren Ritt in kaledonisches Gebiet, den Zeugen, der sie zusammen mit Taranis gesehen hatte, und ihren Zugang zu Informationen im Stabsgebäude, die mit den Angriffen der Kaledonier auf Nachschubtransporte übereinstimmten.

»Gibst du zu, mit dem Anführer des Aufstandes, Taranis, zusammengetroffen zu sein?«, fragte Julian.

»Ja.«

»Und gibst du auch zu, die römische Sprache lesen zu können?«

»Ja.«

»Also hast du in den Räumen von Präfekt Vectis Trebellius Unterlagen eingesehen und die darin enthaltenen Informationen an die Kaledonier weitergegeben.«

Neeve blickte Vectis an, der sichtlich Schwierigkeiten hatte, seine Gefühle im Zaum zu halten. »Ja«, sagte sie. Es hatte ohnehin keinen Sinn, noch etwas abzustreiten. Jupiter war ihr gefolgt – sie hatte doch gewusst, dass jemand hinter ihr her war –, und der Kerl, den die Kaledonier am Baum angebunden hatten, hatte sie zusammen mit Taranis gesehen. Selbst wenn sie alle Vorwürfe abstritt, würde man sie zum Tode verurteilen. Sie hatte das schon einmal erlebt. Und wenn sie schon sterben sollte, wollte sie wenigstens, dass sie die Wahrheit kannten. Sie hatte das Lügen satt.

»Und der Kartenmacher, der mit dir gekommen ist«, fragte Julian, »war ein kaledonischer Krieger?«

»Ja, er war aber auch mein Bruder.« Sie hatte sich entschieden, ihnen zu verschweigen, dass ihr Bruder der Heerführer Taranis war. Sie spürte, dass Vectis sich ohnehin schon reichlich dumm vorkam, auch ohne zu wissen, dass Taranis persönlich in seinem Kastell gewesen war und ihn an der Nase herumgeführt hatte.

Julian war fürs Erste fertig, und nun war sie an der Reihe.

»Alles, was Ihr sagt, ist wahr«, erklärte sie. »Aber ich stamme nicht aus einem Stamm von Schafen, wie die Votadinier es sind. Ich bin Kaledonierin.« Sie konnte ihren Stolz nicht verbergen. »Ich habe nicht für Geld spioniert wie der, den ihr vom Baum losgebunden habt, sondern für meine Heimat. Die Kaledonier haben schon immer um ihre Freiheit gekämpft, und ich war stolz, zu diesem großen Kampf meinen Teil beitragen zu können. Das Einzige, was mir Leid tut, ist …« Sie brach den Satz ab; es fiel ihr einfach zu schwer.

»Mach weiter.« Julians Stimme war sanft und nicht im Geringsten unfreundlich.

»Ich … ich hätte nie gedacht, dass es jemals etwas geben könnte, das meine Loyalität zu Kaledonien in Frage stellen könnte«, sagte Neeve. Es war keine besonders gute Antwort und wohl die Mühe nicht wert, aber besser konnte sie es nicht sagen. Sie hatte Vectis klar machen wollen, wie sehr es ihr Leid tat, dass ihre Pflicht sie gezwungen hatte, ihn derart zu hintergehen, und dass sie ihn noch immer liebte, auch wenn ihre Liebe keine Zukunft hatte. Aber sie brachte nicht mehr heraus.

Julian dankte ihr und fragte sie noch, ob jemand sie dazu gezwungen hätte, den Kaledoniern Informationen zu übermitteln.

»Sie *ist* Kaledonierin«, warf Jupiter angewidert ein.

»Schon«, meinte Julian, »aber –«

»Niemand hat mich gezwungen«, bestätigte Neeve. Sie wusste, dass Julian ihr zu helfen versuchte, doch dafür war es zu spät.

Julian knetete seinen Nacken, wie man es tut, wenn man eine lästige Verspannung loswerden möchte. Dann rief er die Offiziere auf, ihr Urteil zu fällen.

Jupiter sprach als Erster und blickte sie dabei mit seinen grausamen Augen an. »Diese Kaledonierin hat regelmäßig den Feind mit Informationen versorgt. Sie hat sich deshalb der Aufwiegelung schuldig gemacht und muss hingerichtet werden. Wir haben keine andere Wahl.«

Dann war der für die Verteidigung des Kastells zuständige Offizier an der Reihe. Ihm fiel es sichtlich schwer, ein Urteil über die Frau seines Präfekten zu fällen, doch Jupiters klare Worte machten ihm Mut. »Auch ich meine, dass diese Frau sich der Aufwiegelung schuldig gemacht hat«, sagte er mit bebender Stimme. »Und dass ihre Hinrichtung die einzig angemessene Strafe darstellt.«

»Schuldig der Aufwiegelung«, erklärte der Verantwortliche Offizier der Ingenieure. »Hinrichten.«

»Schuldig der Aufwiegelung«, sagte auch der Protokoll führende Offizier. »Hinrichten.«

»Aufwiegelung«, wiederholte Nepos, der für den Nachschub verantwortliche Offizier. »Hinrichten.«

Neeves Blick war zu Boden gerichtet, als ihre Richter ihre Urteile fällten. Es schien eine Ewigkeit, bis Julian sprach, und als Neeve zu ihm aufblickte, trafen sich ihre Augen. Mit fester Stimme sagte er: »Ich bin der Ansicht, dass sich diese Person eines groben Fehlverhaltens schuldig gemacht hat, und empfehle, sie in die Sklaverei zu verkaufen.«

»Die Anklage lautet auf Aufwiegelung«, warf Jupiter ein, »nicht auf Fehlverhalten. Wie lautet also Euer Urteil?«

»Unschuldig der Aufwiegelung«, antwortete Julian. »Schuldig des groben Fehlverhaltens.«

Jupiter murmelte etwas vor sich hin. Julians Empfehlung, Milde walten zu lassen, ging ihm klar gegen den Strich. Es konnte kein Todesurteil geben, wenn der Militärtribun dagegen war, und war sie erst einmal auf dem Sklavenmarkt, konnte jedermann sie erwerben, auch Julian oder Vectis. Neeve wusste, wie schwer es Julian fallen musste, sich gegen den Centurio zu stellen, insbesondere angesichts der überwältigenden Beweise für ihre Schuld.

Jupiter stand auf – zweifellos in der Absicht, die anderen einzuschüchtern. »Diese Frau ist eine kaledonische Kriegerin«, sagte er und legte eine seiner gewaltigen Fäuste auf den Tisch, »und eine Spionin noch dazu. Die Kaledonier machen keinen Unterschied zwischen Männern und Frauen, und wir sollten es genau so halten. Sie hat ihre Schuld eingestanden, und die Strafe für solche Vergehen ist der Tod. Ist der Tribun bereit, sich in Rom zu verantworten, wenn unser heutiges Handeln vor den kaiserlichen Gerichtshof kommt?«

Der für die Verteidigung zuständige Offizier mischte sich ein: »Vielleicht könnte ja der Präfekt das Urteil –«

»Der *Präfekt*«, sagte Jupiter mit Nachdruck, »hat sich selbst für befangen erklärt. Er kann kein Urteil fällen. Fünf der sechs Offiziere, die über diese Kaledonierin zu richten haben, haben sie der Aufwiegelung für schuldig befunden. Und dafür gibt es nur ein Urteil.«

»Dem stimme ich zu«, sagte Vectis ruhig. Dann wandte er sich an Julian. »Ich weiß deine Loyalität zu schätzen, aber die Angeklagte hat sich der Aufwiegelung schuldig gemacht und muss dafür auch verurteilt werden. Ich kann nicht zulassen, dass du dich für sie oder für mich opferst.«

Seinen Worten folgte Schweigen, bis Nepos dann, mit einem allzu dienstfertigen Ton in der Stimme, an Julian gerichtet sagte: »Ich denke, wir sind uns alle darin einig, dass die Gefangene Faustina in eine schwierige Lage gebracht hat. So sehr ich es auch hasse, ein solches Urteil fällen zu müssen, sehe ich doch keine andere Möglichkeit, als mich in dieser Angelegenheit dem Präfekten und dem Ersten Centurio anzuschließen.«

Julian ignorierte diese Auslassung und schaute Vectis lange und prüfend an, bevor er seine Mappe zuklappte. Schließlich wandte er sich an den Protokoll führenden Offizier und erklärte: »Ihr könnt ein einstimmiges Urteil aufzeichnen: Aufwiegelung. Die Hinrichtung findet morgen bei Sonnenaufgang statt.«

»Ich möchte ja schon gerne wissen«, tönte Atilius in seiner würdevollsten Stimme, »was unser Kaiser gegen den Aufstand in Britannien zu tun gedenkt.« Dann ließ er die Blicke über die versammelten Senatoren schweifen. »Sollen wir warten, bis Britanniens wilde Horden den Boden mit dem Blut unserer edlen Soldaten tränken, bevor wir in dieser Sache eine Empfehlung abgeben?«

»Das sind doch alles nur Vermutungen«, meinte einer der älteren Senatoren. »Woher wollen wir überhaupt wissen, dass die britannischen Stämme sich auf den Krieg vorbereiten?«

»Wir haben die Berichte von unserem Statthalter Julius Verus«, erwiderte ein anderer Senator verärgert.

»Statthalter pflegen die Gefahren gemeinhin zu übertreiben«, wandte ein anderer nicht weniger verärgert ein.

Dann erhob sich Senator Titus Severus. »Seit zehn Jahren höre ich immer dasselbe von immer denselben Mitgliedern dieses

Hauses«, erklärte er mit einer Handbewegung in Richtung Atilius. »Es ist immer dasselbe: Wenn wir nicht einen Teil unserer germanischen Legionen nach Britannien verlegen, verlieren wir die ganze Insel. Lasst euch sagen, meine lieben Freunde: Hätten wir jedes Mal, wenn ein paar Krieger auf dieser armseligen Insel mit ihren Schwertern herumgefuchtelt haben, auf diese Panikmacher gehört, dann hätten wir in Germanien längst keinen einzigen Legionär mehr stehen.«

Durch den Senat zog sich allgemeines Gelächter.

»Wenn ich vor der Wahl stünde«, fuhr Severus fort, »würde ich lieber einen Aufstand in Britannien riskieren als zulassen, dass die germanischen Horden an den Toren Roms rütteln.«

Seine Anmerkungen wurden mit lautem Beifall begrüßt.

Atilius erhob sich. »Unsere Truppen in Britannien stehen keineswegs nur ein paar wild gewordenen Kriegern gegenüber. Der Bruder meiner verstorbenen Frau, Vectis Trebellius, berichtet, dass der Norden Britanniens ohne Verstärkungen nicht gehalten werden kann. In der Vergangenheit hat sich Trebellius in Ägypten und Nordafrika große militärische Verdienste erworben, und ich halte ihn keineswegs für einen Panikmacher.« Atilius setzte sich würdevoll wieder hin in dem Bewusstsein, dass seine Worte nicht ohne Wirkung bleiben würden.

Dann ergriff einer von Atilius' Anhängern das Wort. »Haben wir etwa schon vergessen, dass der Vater von Vectis Trebellius, der Erste Centurio Gaius Trebellius, den Senat immer wieder davor gewarnt hat, den Befehlshabern auf dem Schlachtfeld das Gehör zu verweigern? Gibt es hier vielleicht jemanden, der auch ihn als Panikmacher bezeichnen würde?«

Ein wildes Durcheinander von Stimmen erfüllte den Senat, wobei die Anhänger des Atilius in der Überzahl waren.

»Der alte Trebellius hat diese Katastrophe für Britannien vorhergesagt«, rief einer.

»Wir sollten immer an seine letzten Worte denken«, schrie ein anderer.

»Er hat sogar vorhergesagt, dass sein Sohn auf Britanniens Boden fallen würde«, rief ein Dritter.

Ein Konsul rief die Versammlung zur Ordnung, aber es dauerte mehrere Minuten, bis er in der Lage war, die Ruhe wiederherzustellen. Schließlich erteilte er Titus Severus das Wort.

»Senatoren von Rom«, begann dieser, ein wenig in die Defensive gedrängt, »ich will keineswegs die Gefahr in Britannien herunterspielen und habe prinzipiell auch nichts dagegen, zur Vorbeugung einen Teil unserer berittenen Hilfstruppen aus den germanischen Provinzen abzuziehen. Aber der Abzug ganzer Legionen würde unnötigerweise die gesamte Grenze zu Germanien in Gefahr bringen.«

Atilius erhob sich langsam. Auf diesen Augenblick hatte er gewartet. »Ich sage schon lange, dass der Wall unseres Kaisers das Denkmal einer verfehlten Politik ist. Ich sage das mit allem Respekt. Wir würden heute nicht in dieser Krise stecken, wenn wir die ganze Insel eingenommen hätten, statt Zeit und Geld auf den Bau eines zweiten Walls zu verschwenden.«

Murmelnd bekundeten die Senatoren ihre Zustimmung.

»Aber ich muss zugeben«, fuhr Atilius mit ernster Stimme fort, »dass mein gegenwärtiges Urteil nicht objektiv sein kann, weil ... nun ja, ihr wisst es ja alle ... weil in Britannien das Leben eines Mitglieds meiner Familie auf dem Spiel steht. Vectis Trebellius befehligt den äußersten Posten des Imperiums, steht in Feindesland.« Er hielt inne, damit seinen Zuhörern genug Zeit blieb, sich seine schmerzliche Lage zu vergegenwärtigen. Jemand ließ ihm ein paar tröstliche Worte zukommen, und Atilius schluckte und zwinkerte. Er war den Tränen nahe. In solchen Momenten empfand er sogar den Schmerz, den er simulierte, empfand seine Fähigkeit, Gefühle vorzutäuschen, als Gabe der Götter. In diesem Augenblick waren die Präfekten von drei Vorposten bereit, ihre Kastelle aufzugeben und Vectis praktisch allein nördlich des Walls zurückzulassen. Der Junge war – auf seine Anweisung hin – dem Tod geweiht. Atilius zeigte die Gefühle, die von ihm erwartet wurden. Wahrhaft eine erstaunliche Gabe! In Wirklichkeit berührte ihn das Schicksal seines Schwagers nicht im Geringsten. Roms Schicksal ging schließlich vor. Selbst Vectis war dieser Überzeugung. Die Opferung des Jungen war absolut notwendig, um Atilius beim römischen Volk beliebter zu machen für den Tag, an dem er es brauchte, wenn er nach der Macht griff. Er hatte nur das Wohl Roms im Auge, und sein Handeln gewährleistete eine reibungslose Übergabe der Macht.

Der Senator holte tief Luft und sprach mit der vollen Stimme eines Staatsmanns. »Meine erste Verantwortung«, sagte er, »gilt immer Rom – unabhängig davon, inwieweit dies meine Familie betrifft.« Er verneigte sich in Richtung Titus Severus. »Senator Severus ist durchaus weise in seiner Beurteilung der Lage. Von der Grenze zu Germanien Truppen abzuziehen ist in der Tat gefährlich, und nun, da die Daker kurz davor stehen, sich zu erheben, brauchen wir unsere germanischen Legionen vielleicht schon bald im Osten. Aus diesem Grund werde ich mich in diese Debatte nicht weiter einmischen und mich dem Willen des Senats beugen.«

In der nächsten Stunde lauschte Atilius intensiv der heftigen Diskussion im Senat. Er hatte die Sache, wie er fand, genau richtig angepackt. Er hatte ausreichend deutlich gemacht, dass die falsche Politik des Kaisers für das gegenwärtige Dilemma verantwortlich war und dass die Bedrohung durch die Daker allenfalls die Entsendung eines kleineren Truppenkontingents nach Britannien zuließ. Er hatte sich leidenschaftlich hinter die Verteidigung Britanniens gestellt, sich aber am Ende staatsmännisch bereit erklärt zu akzeptieren, dass der Senat im Interesse Roms ein Mitglied seiner Familie opferte.

Mit größter Genugtuung registrierte er, dass der Senat für Severus' Antrag stimmte, nur eine begrenzte Zahl von Soldaten nach Britannien zu schicken. Bei einer so lächerlichen Verstärkung musste der Antoninische Wall zwangsläufig zusammenbrechen, und damit ging auch die Zeit kaiserlicher Inkompetenz ihrem Ende entgegen.

Quälend langsam vergingen die Stunden für Neeve, als sie in der kleinen quadratischen Zelle des inneren Torhauses wartete. Wie bei den Römern üblich, war der Raum nur mit den wichtigsten Dingen ausgestattet: mit einer Bank, einem Tisch mit

Wasser, Brot und hartem Käse, einem Nachttopf und einem Balken, an dem die schweren Fälle angekettet wurden, wie jetzt auch sie.

Sie hatte gehofft, Vectis allein sprechen zu können, hatte ihn nach dem Urteilsspruch um ein Gespräch gebeten, aber er hatte sich umgedreht und nur ein Wort gesagt: »Wache.« Als sie ihm nachsah, begannen ihre Lippen zu zittern. Die Wachen brachten sie aus dem Stabsgebäude, zum Arrestlokal in der Nachbarschaft der Principia und gegen Abend dann ins Torhaus. Vielleicht beabsichtigten sie, eine größere Parade zu veranstalten, die im Durchlass der Erdumwallung beginnen sollte. Aber das spielte für sie alles keine Rolle mehr; sollten sie doch machen, was sie wollten.

Eine Stunde nach Sonnenuntergang erwachte Neeve, als der Schlüssel die Halterung des Schiebeschlosses anhob und der Riegel beiseite geschoben wurde. Sie rieb sich das Gesicht und streckte den Rücken an der Wand durch, an der sie lehnte.

Die Tür ging auf.

Kalte Luft kroch in den engen Raum und ihre Beine hoch.

»Wer ist da?«, fragte sie, als die Tür sich wieder schloss.

Keine Antwort.

Blinzelnd suchte Neeve die finstere Zelle ab, doch sie sah nur die Umrisse einer dunklen Gestalt, die an der Wand entlang auf sie zuglitt. Dann ging er vor ihr in die Hocke, packte sie an den Beinen. Sie wollte zur Seite ausweichen, wurde aber von der Kette daran gehindert.

»Nicht bewegen«, flüsterte er, während er ihre Knöchel ergriff und ihr die Beine wo weit auseinander zog, wie die Kette es zuließ – vielleicht acht oder zehn Zoll.

Es war Jupiter. Er wollte sie vergewaltigen!

»Was machst du –«

»Sei still!«

Er versuchte mit einem Schlüssel, ihre Fußfesseln zu öffnen, damit er ihre Beine auseinander bekam.

»Oh, nein, das wirst du nicht tun«, rief sie, stemmte sich mit dem Rücken gegen die Wand und trat ihm mit voller Kraft mit beiden Füßen ins Gesicht. Von der Härte des Schlags überrascht, fiel er nach hinten. Neeve trat noch einmal nach ihm, doch er wich zur Seite aus und warf sich im nächsten Augenblick auf sie, bis sein Gesicht nur noch eine Handbreit von ihrem entfernt war. Sie wand sich unter seinem Gewicht, konnte sich aber nicht bewegen. Mit einer Hand hatte er ihre beiden Hände umfasst, mit der anderen Hand verschloss er ihren Mund. Sie biss ihm, so fest sie konnte, in seine kräftigen Finger.

»Ich will dir nur das Leben retten«, zischte er ihr ins Ohr.

Sie hörte auf, ihn zu beißen.

»Jetzt halt den Mund«, sagte er, »und beiß und tritt mich nicht wieder.«

»Aber warum –«

Wieder schloss sich seine Pranke über ihrem Mund. »*Kein Wort.*«

Neeve gehorchte.

Sekunden später hatte er ihr Hand- und Fußfesseln abgenommen. Im Lager war es ruhig, nur die Fackeln an den Kreuzungen der Lagerstraßen flackerten im Wind. Neeve suchte nach den Wachen, sah aber keine. Sie hasteten durch den Tordurchgang, wobei Jupiter sie hinter sich herzerrte. Als sie das Außentor erreichten, sah Neeve, was mit den Wachen geschehen war. Sie sah zwei, nein drei von ihnen, darunter auch den Centurio von der Torwache, an Händen und Füßen gefesselt mit dem Gesicht nach unten auf dem Boden liegen. Jupiter hatte das offenbar mit den Soldaten am Innentor genauso gemacht. Sie wollte ihn schon fragen, ob ihn nicht jemand erkannt haben könnte, beschloss dann aber, den Mund zu halten. Sie spürte noch den Schmerz auf ihrer Wange, wo sich seine Finger nach ihrer letzten Frage wie die Backen eines Schraubstocks über ihrem Mund geschlossen hatten. Neeve folgte ihm durch das Portal in dem großen Tor und über eine doppelte Planke, die über den Graben gelegt war, auf das offene Gelände vor dem Kastell.

»Hör gut zu«, sagte Jupiter gedämpft. »Über uns auf dem Wall stehen Wachen, deren Aufgabe es ist, dieses Gelände zu beobachten. In einer finsteren Nacht wie der heutigen müssen sie sich größtenteils darauf beschränken, auf ungewöhnliche Geräusche zu horchen; verhalte dich also absolut ruhig. Das Gelände ist voller Fallen und Gruben und Widerhaken, die dir den Bauch aufreißen, wenn du nicht genau hinter mir bleibst, bis wir die Grenze der Todeszone überschritten haben. Dort können wir reden, aber nicht hier. Hast du verstanden?«

Neeve nickte.

»Halt dich an meiner Tunika fest«, sagt er und drückte ihr den hinteren Saum in die Hand, »und halt den Mund.«

Auf ihrem Weg durch die Todeszone verspürte Neeve entgegen ihrer Natur nicht den leisesten Drang zu reden. Mehrere Male schlug der Centurio einen falschen Weg ein und musste umkehren, und einmal ließ sein tastender Fuß den Boden vor ihm einbrechen, woraufhin sie die zugespitzten Pfähle und Stangen auf dem Grund der Fallgrube erkennen konnte.

Mit größter Vorsicht bewegten sie sich zwischen Reihen eiserner Widerhaken und knöchelhoher messerähnlicher Metallsplitter, strohbedeckten Flächen mit weiteren Fallen und Fallgruben hindurch, wobei Neeve Jupiter immer dicht auf dem Fuß folgte. Das ebene Gelände ging in felsigeres über und fiel dann allmählich zu einem Terrain ab, das mit kleinen Bäumen durchsetzt war. Noch immer folgte sie Jupiter.

Vor ihnen sah sie ein Pferd stehen, das an einen dieser kleinen Bäume angebunden war. Sie zog Jupiter an der Tunika, was er aber nicht zu bemerken schien. Er ging weiter.

»Jupiter«, flüsterte sie, um dann lauter zu wiederholen: »Jupiter!«

Er blieb stehen.

»Wir müssen die Todeszone doch inzwischen hinter uns haben«, meinte sie.

»Schon lange«, erwiderte er und ging weiter. Sein Ziel war das Pferd.

Neeve stolperte hinter ihm her. »Nur gut, dass Ihr den Plan im Kopf hattet«, sagte sie. »Zwischendurch dachte ich schon mal, Ihr kennt Euch nicht aus.«

»Es gibt keinen Plan«, sagte Jupiter. »Normalerweise benutzen wir schließlich die Aufgänge und durchqueren die Todeszone nicht, vor allem nicht in der Nacht.«

»Es gibt keinen Plan?«

Er ignorierte sie. Als sie das Pferd erreicht hatten, sagte er: »Ich schlage vor, du nimmst bis Sonnenaufgang die Straße, und dann reitest du nach Westen in kaledonisches Territorium.«

»Warum tut Ihr das?«

Er suchte die wellige Landschaft um sie herum ab. »Du solltest jetzt besser losreiten.«

»Heute wolltet Ihr mich noch hinrichten lassen, und jetzt setzt Ihr Euer Leben aufs Spiel, um mich zu befreien.«

»Deine Messer«, sagte er und reichte sie ihr. »Einen Bogen, Pfeile, etwas zu essen und Wasser findest du auf dem Pferd.«

»Ihr wollt mir den Grund nicht erklären?«, fragte sie und schaute ihm suchend in die Augen.

»Du stellst zu viele Fragen«, entgegnete Jupiter. »Nimm dein Schicksal einfach an; das ist leichter.« Dann drückte er ihr die Zügel in die Hand.

Neeve ergriff seine Hand. »Sagt mir wenigstens, warum Ihr nicht wolltet, dass ich in die Sklaverei verkauft werde. Auf diese Weise hätte ich doch auch fliehen können – viel leichter sogar.«

»Den wenigsten Sklaven gelingt die Flucht.«

»Aber Ihr wolltet trotzdem nicht, dass ich auf den Sklavenmarkt gebracht werde …«

Er nickte. »Ich befürchtete, dass der Tribun oder der Präfekt versucht sein könnten, dich zu kaufen, denn das hätte sie in große Gefahr gebracht. Die kaiserlichen Behörden bestehen schließlich nicht nur aus Narren.«

»Ihr wolltet also, dass in den Unterlagen nichts steht, was gegen die Offiziere von Faustina verwendet werden könnte. Sie haben mich wegen Aufwiegelung verurteilt, aber ich konnte fliehen.«

Jupiter äußerte ein bestätigendes Brummen.

»Deshalb hat Vectis auch für die Todesstrafe gestimmt, nicht wahr? Weil er wusste, dass Julian wegen Missachtung seiner Dienstpflicht in ernsthafte Schwierigkeiten kommen könnte.«

Er bedeutete ihr, aufs Pferd zu steigen.

»Bitte, ich ... ich muss noch etwas wissen.« Ihre Stimme bebte. »Hat Vectis darum gebeten ... oder vielleicht angedeutet, dass Ihr mich befreien könntet?« Sie hielt den Atem an, so sehr fürchtete sie sich vor der Antwort.

»Er weiß von nichts.«

»Von nichts«, wiederholte Neeve leise. Sie fühlte sich unendlich verlassen. Sie hatte kein Recht, seine Hilfe zu erwarten, nach allem, was sie getan hatte – aber weh tat es trotzdem. »Aber ausgerechtet *Ihr* habt Euer Leben für mich aufs Spiel gesetzt.«

»Nicht für dich. Für den Präfekten.«

»Das verstehe ich nicht.«

»Das musst du auch nicht.«

»Doch, das muss ich, unbedingt.«

Resignierend stieß der Centurio den Atem aus. »Als der Präfekt das Todesurteil bestätigt hatte, wusste ich, dass er dich in der Nacht befreien würde. Und das konnte ich nicht zulassen.«

»Vectis hätte mich gerettet?« Der Gedanke ließ ihr warm ums Herz werden.

»Er hatte etwas vor. Deswegen hat er dich auch aus der regulären Arrestzelle ins Torhaus verlegen lassen. Außerdem hat er die Wachen der nächsten Schicht durch sehr unerfahrene Soldaten ersetzen lassen.«

»Und Ihr wolltet ihn schützen.«

»In solchen Dingen bin ich besser. Wachen unschädlich zu machen, ohne dabei erkannt zu werden, lernt man nicht in einer einzigen Nacht. Der Präfekt hätte sich damit zwangsläufig selbst geschadet. Aber jetzt kann man alles auf unerfahrene Wachposten schieben, die sich von heranschleichenden kaledonischen Kriegern haben überrumpeln lassen, und der Präfekt ist aus dem Schneider. Im Gegenteil – der Präfekt hat bis zuletzt seine Pflicht erfüllt und sogar auf der Todesstrafe für seine Frau bestanden, nachdem er ihr Täuschungsmanöver entdeckt hatte.«

»Ein edler römischer Charakterzug.«

Er zuckte mit den Achseln.

»Ich danke Euch dafür, dass Ihr mir das erzählt habt.«

Er nickte nur und half ihr aufs Pferd.

Sie schaute auf den dunkelhäutigen Centurio hinunter. »Ihr müsst mich hassen für das, was ich getan habe.«

»Hassen?« Er schüttelte den Kopf. »Ich hasse dich nicht, Neeve Kartenmacherin. Ich bewundere dich. Du hast dich einwandfrei verhalten – und einmal sogar mich an der Nase herumgeführt.«

»Aber Ihr hättet mich mit Freuden hinrichten lassen.«

»Mit Freuden ganz bestimmt nicht.«

»Aber Ihr hättet es getan.«

Er tätschelte ihr Bein. »Du bist schließlich der Feind.«

»Ja, ich bin der Feind, aber ich will nicht, dass Ihr oder sonst jemand im Lager getötet werdet. Und ich liebe Vectis noch immer. Ich wollte nie ... ich meine, sobald ich mich für ihn entschieden hatte, habe ich versucht, loyal zu sein ...« Sie wandte den Blick ab. »Aber das würdet Ihr sowieso nie verstehen.«

»Vielleicht verstehe ich mehr, als du glaubst.«

Sie schaute ihm in die Augen. »Das Gefühl habe ich inzwischen auch.« Der Wind ließ die Blätter des Baums, unter dem sie standen, rascheln. »Jetzt müsst Ihr aber zurück.« Sie rang sich ein Lächeln ab. »Bis zur nächsten Wachablösung ist es nicht einmal mehr eine Stunde.«

Ihre Besorgnis schien ihn zu amüsieren. »Ich schaffe das schon. Und bei Morgengrauen schicke ich einen Suchtrupp los. Aber wenn du gleich nach Westen reitest, sobald es hell wird, dürftest du keine Probleme bekommen.«

»Ich schulde Euch mein Leben.«

»Das stimmt.« Dann gab er ihrem Pferd einen Klaps aufs Hinterteil.

29

Zwei Monate später

Noch nie hatte Atilius einen Morgen so genossen wie diesen.

Kurz nach Sonnenaufgang hatte ihn Balbinus mit einer höchst erfreulichen Nachricht in seiner römischen Villa aufgesucht. Vier der neun Prätorianerkohorten sowie alle drei städtischen Kohorten waren bereit, den Senator in seinem Vorgehen gegen Kaiser Antoninus zu unterstützen. Atilius Titianus fühlte sich wie ein Gott, kurz davor, sich auf den Wolken in den Himmel tragen zu lassen. Er hatte den obersten Tribunen der Kohorten große Versprechungen machen müssen, doch nun verfügte er über die städtischen Truppen zur Kontrolle der Straßen und vier Kohorten von Prätorianern für den Sturm auf den Palast. Angesichts der Tatsache, dass der Norden Britanniens unmittelbar vor dem Kollaps stand und die germanischen und dakischen Horden immer unruhiger wurden, waren viele Römer von Kaiser Antoninus' übervorsichtiger Politik enttäuscht. Die Vorwürfe gegen ihn wurden immer lauter; die Zeit für einen Wechsel war reif. Mit Hilfe des Überraschungseffekts konnte es nicht lange dauern, bis er den Kaiserthron für sich erobert hatte.

Den ganzen Morgen warteten sie auf den Kurier. Seit Tagen schon zirkulierten Gerüchte über eine Katastrophe am Antoninischen Wall, und Atilius überraschte es nicht, dass Kaiser Antoninus wenig getan hatte, um sie abzuwenden. Zuletzt hatte es geheißen, diese Witzfigur von einem Kaiser habe Britanniens Soldaten angewiesen, ihre Stellungen zu halten, bis Verstärkung eintraf. Verstärkung! Wie konnte er glauben, dass eine halbe Legion von der germanischen Grenze etwas ausrichten könne? Höchste Zeit, dass Rom diesen Titus Antoninus und seine Angsthasenpolitik loswurde.

Er speiste mit Balbinus, als der Diener eintrat, um ihm zu melden, dass der Kurier eingetroffen sei.

»Die Nachricht«, sagte Atilius und streckte die Hand aus.

»Es gibt keine, mein Herr«, erwiderte der Diener.

»Keine?«

»Der Kurier hat lediglich eine mündliche Botschaft.«

»Dann holt ihn herein.«

Atilius und Balbinus tauschten Blicke aus, doch keiner sprach ein Wort, um nicht durch eine unbedachte Äußerung den Gang der Geschichte ungünstig zu beeinflussen. Als der Diener gegangen war, öffnete Atilius den Mund und sagte ruhig: »Du kannst anfangen.«

Der Kurier spulte seinen auswendig gelernten Text ab. »Der Statthalter Julius Verus berichtet, dass alle Stämme der Briganten, der Selgover und der Kaledonier sich erhoben haben. Er glaubt nicht, dass er den Antoninischen Wall oder den Hadrianswall halten kann, und hat deshalb den Befehl erteilt, eine größere Zahl der britannischen Militärlager zu räumen. Er beabsichtigt, seine Legionen und Hilfstruppen an strategisch günstigen Punkten zusammenzuziehen, um ihre Kampfbereitschaft zu erhalten.«

»Ist das alles?«, fragte Atilius mit einem Gesicht, in dem keinerlei Gefühlsbewegung zu lesen war.

»Ich habe noch eine weitere Botschaft von den Konsuln. Sie verlangen eine sofortige Sitzung des Senats, in der über die Entsendung weiterer Verstärkungen diskutiert werden soll.«

Atilius entließ den Kurier und wandte sich an Balbinus. »Du gehst persönlich zu jeder der uns loyalen Kohorten und weist die Tribunen an, sich bereit zu halten. In spätestens drei Tagen werde ich mir holen, was von Rechts wegen mir gehört.«

»Ich werde der Erste sein, der Euch anbetet«, sagte Balbinus mit einer tiefen Verbeugung.

Atilius blickte seinen Sekretär an, der ihm so treu ergeben war und ein so feines Gespür für den Willen des Schicksals hatte. Balbinus fühlte wieder die besondere Aura, die seinen Herrn und Meister umgab, und konnte einfach nicht anders, als vor ihm niederzufallen und ihn zu verehren. Atilius wurde auf einmal bewusst, wie wichtig er für Balbinus war, für die ihm treu ergebenen Kohorten, die bereit waren, für ihn zu sterben, und für die Senatoren und Statthalter, die seinen Stern am Horizont aufgehen sahen. Ja, ungeheuer viele Menschen brauchten ihn, aber am meisten brauchte ihn Rom selbst. Er wollte es nicht enttäuschen. Noch in Jahrhunderten würden die Loblieder auf Atilius in den Bergen und Tälern der ganzen Welt widerhallen und Millionen seinen Namen ehren.

Das Schicksal wollte es so.

Die Gefangene war geflohen, und Vectis war erleichtert.

Neeve hatte ihn ausgenutzt, belogen und betrogen, und was am schlimmsten war – sie hatte sich dem blutigen Häuptling Taranis geschenkt. Aber er liebte sie noch immer. Er hatte sogar die ausgefranste alte Puppe aufgehoben, auf die sie offenbar so großen Wert gelegt hatte. All das ergab keinen Sinn. Wenn es um Neeve ging, ergab nichts einen Sinn.

Er war gekränkt, ja sogar verbittert; das konnte er nicht leugnen. Er zuckte innerlich zusammen, wenn er daran dachte, wie sie vorgegeben hatte, sie wolle die lateinische Sprache erlernen – und daran, wie leicht es ihr gelungen war, ihn zu umgarnen. Sie war lediglich eine sehr raffinierte kaledonische Spionin, ausgeschickt mit dem Auftrag, die Schwachstelle in der römischen Verteidigungslinie zu finden, und er war prompt auf sie hereingefallen. Er erinnerte sich daran, wie sie mit gespielter Schüchternheit die Augen niedergeschlagen und verzweifelt versucht hatte, sich verständlich zu machen. Wie idiotisch er ausgesehen haben musste bei dem Versuch, ihr die richtigen Worte zu entlocken, und bei seiner prahlerischen Beschreibung Roms, während sie ausgerufen hatte: »Ich weiß, dass sein Türme in Rom Stadt!«

Er war manipuliert worden wie eine Marionette, und das Gefühl der Demütigung saß tief. Sein Stolz hatte einen schweren Dämpfer erhalten. Und dennoch war ihm das alles nicht peinlich genug, als dass es ihn dazu gebracht hätte, sie hinrichten zu lassen. Als Neeve das Kastell betreten hatte, mochte sie eine Spionin gewesen sein, aber als sie geflohen war, war sie seine

Frau – und sie liebte ihn. Er war fest davon überzeugt. Er hätte ihr nie etwas zuleide tun können.

Nach ihrem Ausflug zu den Lagern der Kaledonier, das wusste er, kam für sie nur die Todesstrafe in Frage. Er verhielt sich dienstlich einwandfrei, indem er ein sofortiges Gerichtsverfahren anstrengte und sich selbst aus diesem zurückzog. Er selbst hatte ihre Exekution verlangt. In den Gerichtsakten war seine Entscheidung vermerkt, und niemand würde je den Präfekten von Faustina verdächtigen, ihre Flucht geplant zu haben.

Doch befreit hatte sie jemand anders.

Jemand mit ungewöhnlichen Fähigkeiten.

Jupiter war empört über die Unfähigkeit der Wachen, feindliche Soldaten am Betreten des Lagers zu hindern. Eine Stunde lang dauerte seine Befragung der Soldaten, doch am Ende zeigte er sich den Schuldigen gegenüber gnädig. Hin und wieder unterschätzen wir alle mal den Feind, meinte er. Die Frage sei nur, wie wir uns anschließend verhalten. Mit diesen Worten entließ er die Soldaten und zog den Schuldigen lediglich einen Monatslohn ab.

Vectis konnte es nicht glauben. So milde hatte er Jupiter noch nie erlebt. Der Centurio erklärte seine Entscheidung damit, dass er meinte, so kurz vor dem Krieg müsse er die Moral der Truppe stärken. Vectis akzeptierte seine Erklärung, auch wenn er ganz sicher war, dass in jener Nacht keine Kaledonier die Wälle der Festung erklommen hatten. Wie hätten sie auch wissen können, dass ihre Spionin schon wenige Stunden nach ihrer Rückkehr in Schwierigkeiten steckte? Und wie hätten sie so viele Wachen überwältigen können, ohne dabei gesehen zu werden? Nur ein Mensch war zu so etwas in der Lage, und der hatte nicht in Britannien das Licht der Welt erblickt.

Die folgenden Wochen waren nicht einfach. Rom erteilte den Vorposten und den Kastellen am Wall den strikten Befehl, die Stellung zu halten, bis die Legionen aus dem Süden eintrafen. Aber die Legionen würden nie kommen. Bald schon flammten in den Bergen die Lagerfeuer auf, begleitet von lautem Geschrei und wilden Tänzen. Als die Kaledonier Faustina von den anderen Vorposten abschnitten, wussten Vectis und seine Leute, dass die Belagerung unmittelbar bevorstand.

Vectis stieg die Leiter hinauf, die in den oberen Stock des südlichen Wachturms führte. Oben stand Julian, die Arme auf das Geländer der hölzernen Galerie, die das Stockwerk umzog, gestützt, und starrte über das eingeebnete Gelände der Todeszone hinaus zur dahinter liegenden Straße. Schon krochen die ersten Schatten über das Land, und bald würde es dunkel werden.

»Ich fürchte, sie kommen nicht zurück«, sagte Vectis. Er sprach von einem Suchtrupp, der am Morgen ausgeschickt worden war, um die Nachtstreife zu suchen.

»Nein, die kommen nicht zurück«, meinte auch Julian, die Augen noch immer auf die ferne Straße gerichtet. »Du hattest Recht. Ein Suchtrupp bedeutete nur eine Verschwendung wertvoller Männer.«

Vectis legte seinem Freund die Hand auf die Schulter. »Das ist doch nicht deine Schuld«, sagte er. »Es war schließlich meine Entscheidung.«

Julian ließ sich davon nicht trösten. »Ich habe dich dazu getrieben. Ich war der Idiot, der es als unverantwortlich bezeichnet hat, Männer im Stich zu lassen, von denen wir nicht wissen, ob sie leben oder tot sind.«

»Wir haben einen Versuch gemacht. Er ist gescheitert, aber jetzt wissen die Soldaten, dass wir sie nicht im Stich lassen, wenn es hart auf hart kommt.«

»Und was willst du jetzt wegen des Suchtrupps unternehmen?«

»Nichts.«

Julian nickte. Noch mehr Männer zu entsenden wäre Irrsinn gewesen, und jeder hatte dafür nun Verständnis. »Es sieht so leer aus da draußen«, sagte er, um das Thema zu wechseln. »Ich hätte nie gedacht, dass ich je den Rauch aus den Öfen des zivilen Gefolges vermissen würde. Ich fürchte, jetzt dauert es nicht mehr lange.«

»Ja«, pflichtete Vectis ihm bei, »das Gefolge von Militärlagern verfügt über eine wahrhaft göttliche Begabung, rechtzeitig vor der großen Flut zu verschwinden.«

Julian lächelte. »Spricht ja auch einiges dafür, seine Zelte abzubauen, solange die Leinwand noch heil ist.«

»Sollen wir etwa dieses prächtige Kastell den Kaledoniern überlassen? Ich nehme an, die versprochenen Legionen marschieren bereits auf der Straße und lassen sich womöglich gerade von Commodus in seiner Toga unterhalten.«

Sie grinsten bei dem Gedanken, doch trotz der Versicherungen des Atilius Titianus, unverzüglich Legionen zu entsenden, hegten beide ernsthafte Zweifel, ob die Verstärkungen rechtzeitig eintreffen würden. An alle Vorposten und Kastelle am Wall war Befehl ergangen, kampfbereit zu bleiben, bis Verstärkung aus dem Süden kam. Das war durchaus vernünftig für den Fall, dass die Legionen sich tatsächlich nach Norden in Marsch gesetzt hatten. Sollten sie aber durch irgendetwas aufgehalten worden sein, stand eine Katastrophe bevor. Jüngsten Berichten zufolge hatten die Stämme der Briganten und Selgover damit begonnen, römische Stützpunkte zwischen den Wällen anzugreifen, und manche stießen bereits nach Norden zum Antoninischen Wall vor. Mit den kaledonischen Stämmen auf der einen Seite des Walls und den Briganten und Selgovern auf der anderen würden die Kastelle am Antoninischen Wall abgeschnitten sein und dem Druck des Gegners nicht lange standhalten können.

Vectis fragte sich, wo nur die versprochenen Legionen blieben. Er wusste, dass er möglichst bald handeln musste. Aber wie sollte er das tun? Sein Befehl lautete, die Vorposten zu halten, bis die Legionen eintrafen.

Julian las seine Gedanken. »Du suchst eine Konfrontation mit den Kaledoniern, hab ich Recht?«

»Wir sind besser bewaffnet, verfügen über die besser ausgebildeten Soldaten und haben gemeinsam mit den anderen Vorposten eine gute Chance, das kaledonische Heer in einer offenen Feldschlacht zu besiegen. Dann würden sie Monate brauchen, um sich neu zu formieren, und bis dann haben die Legionen längst die Ordnung wiederhergestellt.«

»Sie sind vier- oder fünfmal so viele wie wir.«

»Die Kelten kämpfen um den Ruhm; wir dagegen, um zu gewinnen. Hast du schon die Schlacht des Suetonius Paullinus gegen Boudiccas riesiges Heer vergessen?«

»Nein, das habe ich nicht«, räumte Julian ein. Das war zu Neros Zeiten gewesen. Das Heer des Keltenführers Boudicca war zwar der der XIV. und XX. Legion zahlenmäßig um das Zehnfache überlegen, doch am Abend nach der Schlacht lagen 80 000 Kelten tot auf dem Boden. Der Rest floh. »Suetonius hat einen ruhmreichen Sieg errungen«, pflichtete Julian ihm bei, »aber das war vor hundert Jahren. Mittlerweile kennen die Kelten unsere Methoden der Kriegführung. Hast du dir schon mal überlegt, was wir im Fall einer Niederlage tun sollen?«

Vectis zuckte mit den Achseln. »Wir ziehen uns in den nächsten Vorposten zurück. Aber wenn wir gewinnen – und ich glaube, das können wir –, dann wird der Druck von Norden geringer, und die Soldaten am Wall können sich auf die Bedrohung aus dem Süden konzentrieren.

»*Wenn* wir gewinnen.«

»Ich weiß, dass es ein Glücksspiel ist«, meinte Vectis, »aber wenn wir uns nur hinter unseren Mauern verkriechen, verlieren wir garantiert, und dann haben wir genau die Katastrophe, die wir vermeiden wollen. Jupiter ist davon überzeugt, dass die entscheidenden kaledonischen Stämme keinen Druck auf den Wall ausüben, sondern die Vorposten zerstören sollen.«

»In der Hoffnung, uns zu überwältigen und zur Flucht hinter den Wall zu zwingen.«

»Genau.«

»Und wenn dann die Verteidiger des Walls versprengte Soldaten sehen, die sich in Panik an ihre Tore klammern und um Einlass betteln –«

»Dann glauben sie, dass der Zorn der Götter über sie gekommen ist. Panik gebiert immer neue Panik.«

»Wir haben also keine große Wahl«, sagte Julian.

»Dann meinst du also auch, dass wir angreifen müssen.«

»Ja, aber was ist mit deinen Befehlen?«

»Befehle? Die Vorposten um jeden Preis zu halten ist eine politische Fantasie, die nichts mit Befehlen zu tun hat.«

»Du würdest also riskieren, ungehorsam –«

»Nein, ich werde keinen Befehl aus Rom missachten. Ich werde mich an das normale Prozedere halten und ein Drittel der Männer in den Vorposten lassen, um die Wälle zu verteidigen. Aber wenn ich könnte«, fügte er mit entschlossenem Blick hinzu, »würde ich alle Kräfte an einem Vorposten konzentrieren und diesen dann als Ausgangsbasis für unseren Angriff benutzen.«

»Damit hätten wir zweifellos mehr Männer auf dem Schlachtfeld«, räumte Julian ein.

»Genau. Aber Rom erwartet von uns, dass wir *alle* Vorposten retten, was darauf hinausläuft, dass wir vermutlich alle verlieren werden.«

»Ich glaube, dein Plan könnte funktionieren«, sagte Julian überzeugt. »Wir fassen alle verfügbaren Soldaten der Vorposten zusammen, greifen die Kaledonier an und besiegen sie – und verlieren damit keinen einzigen Vorposten.«

Vectis klopfte Julian auf den Arm. Er konnte aufmunternde Worte gut gebrauchen.«

»Und wann sollen wir ausrücken?«, fragte Julian.

»So bald wie möglich. Morgen gegen Abend vielleicht.«

»Soll ich Boten entsenden?«

Vectis nickte. »Sobald es dunkel wird, schicken wir sie zu den anderen Vorposten.«

Genüsslich betrachtete Taranis die Soldaten der römischen Vorposten, die auf der Straße in Richtung Wall marschierten. Der Anblick war unbeschreiblich befriedigend. In ihrer dichten, aus einem hohlen Rechteck bestehenden Formation, gedeckt von Schildmauern und einem Schilddach, marschierten sie in doppelter Marschgeschwindigkeit in die Sicherheit ihres Walls.

Taranis genoss das Spektakel von einer Anhöhe aus. Die rasch dem Horizont entgegensinkende blutrot leuchtende Sonne schleuderte Flammenblitze gegen die sich im Rhythmus ihrer

Schritte auf und ab bewegenden Schilde der Römer. Taranis lächelte. Hunderte Reiterkrieger donnerten über die Ebene, griffen das Rechteck im Rücken an. Estons Auftrag bestand aber nicht darin, die Römer in eine Schlacht zu verwickeln; er sollte sie vielmehr mit einem Pfeilregen überschwemmen, dass sie die Flucht ergriffen. Bislang aber hatten die Römer offenbar nicht die Absicht zu rennen, geschweige denn sich ihren Peinigern zum Kampf zu stellen. Sie wollten lediglich die Sicherheit ihres Walls erreichen, bevor es dunkel wurde. Als aber Pfeil um Pfeil die Schilddeckung durchdrang und immer mehr Soldaten der letzten Reihe schreiend fielen, franste das Rechteck immer weiter aus. Dennoch schafften sie es, die Disziplin aufrechtzuerhalten. Niemand rannte in wilder Panik davon, niemand weigerte sich, die Lücken zu schließen, und so marschierte die Rechteckformation weiter vor.

Es war schon ein verrückter Tag gewesen. Früh am Morgen hatten sich plötzlich die Tore von Colania geöffnet, und heraus kamen die Soldaten und berittenen Offiziere, die wie eine verschreckte Herde auf den Antoninischen Wall zuliefen. Da sie nicht einmal eine Meile bis zum Wall zurückzulegen hatten, schafften sie es ohne Probleme, auch wenn man ihren Abzug für römische Verhältnisse als ausgesprochen schlampig bezeichnen musste. Jedem Heerführer mit einem Rest an Selbstachtung hätte es die Schamröte ins Gesicht getrieben, aber nach Neeves Beschreibung des merkwürdigen kleinen Mannes, der die Festung befehligte, spielte Scham in diesem Fall wohl keine entscheidende Rolle. Hier ging es nur noch ums nackte Überleben.

Dann – fast als fürchteten sie, zurückgelassen zu werden – gaben auch die nächsten beiden Außenposten, Julianus und Alauna, ihre Kastelle auf, setzten die Holzgebäude und Verschanzungen in Brand, wie es bei der Evakuierung eines Militärlagers üblich war. Römer hinterließen dem Feind nichts. Am späten Vormittag hatten die beiden Besatzungen sich vereinigt und marschierten in einem hohlen Rechteck in Richtung Süden.

Die Belegung von Stragenia steckte ihr Erd-Holz-Kastell in Brand und machte sich auf den Weg nach Süden. Als die Truppen dann aber Alauna erreichten und das Kastell entblößt vorfanden, kehrten sie merkwürdigerweise wieder um und marschierten zu Roms entferntestem Vorposten, nach Faustina. Zwölf Meilen vor Faustina fing Forgall sie ab und vernichtete den größten Teil ihrer Truppen, wenngleich unter schweren eigenen Verlusten. Die Soldaten von Stragenia kämpften verbissen gegen eine gewaltige Übermacht und behielten ihre Formation bis zum bitteren Ende bei. Einer kleinen Gruppe von ihnen gelang es sogar, sich durch Forgalls Reihen zu schlagen, und nun marschierten sie nach Faustina, wo sie noch vor Einbruch der Nacht ankommen würden. Aber das spielte keine große Rolle. Die geschlagenen Soldaten würden in der fernen Festung nur eines erreichen – nämlich Angst und Schrecken verbreiten.

Taranis konzentrierte sich wieder auf die Soldaten von Julianus und Alauna, die in ihrem hohlen Rechteck vorrückten. Sie waren jetzt schon fast am Wall. Vor Estons Angriffen hatten sie immer angehalten, um ihre hochheiligen Meilensteine an der Straße zu vergraben. Jetzt aber, unter dem Eindruck der ständigen Nadelstiche durch Eston und seine Leute, bewegten sie sich zielstrebig auf den Wall zu und ignorierten einfach den letzten Meilenstein. Und dann – eine Viertelmeile vom Wall entfernt – löste sich das Rechteck plötzlich auf. Soldaten von hinten und von den Seiten rannten Hals über Kopf los, und die Offiziere in der Mitte stießen mit ihren Befehlen auf taube Ohren. Der Wall! Der Wall! Die Männer sahen nur noch eines: den Wall und die Sicherheit, die er ihnen bot.

Als das Haupttor sich öffnete und Soldaten herausmarschierten, blies Eston seinen Angriff ab und zog sich mit seinen Männern in die Berge zurück.

Wieder musste Taranis lächeln. Er konnte es schon fast riechen, das blanke Entsetzen, das den Poren der Feinde entströmte. Genau wie er vorhergesagt hatte, waren keine Legionen gekommen, und die Soldaten am Wall begriffen allmählich, dass sie abgeschnitten waren. Angesichts der von Norden nachdrängenden Kaledonier und der von Süden kommenden Stämme der

Briganten und Selgover war es nur eine Frage der Zeit, bis der Kampfeswille der Besatzungen erlahmte.

»Ein großer Tag für Kaledonien«, sagte Cronn und ließ seine Blicke über die Ebene schweifen. »Jetzt ist nur noch ein Außenposten übrig.«

»Ein großer Tag wird es erst, wenn auch der letzte Soldat des Reiches von unserem Boden verschwunden ist«, erwiderte Taranis.

Cronn überlegte. »Ich habe über diesen nördlichsten Außenposten nachgedacht. Warum lassen wir nicht von ihm ab und greifen gleich den Wall an? Die Römer wissen, dass die Briganten und Selgover in den Krieg ziehen. Wir haben schon drei Berichte über Stützpunkte im südlichen Tiefland, die geräumt worden sind, und im Westen soll sogar der Wall selbst schon allmählich bröckeln. Ich meine deshalb, wir sollten den Wall gleich angreifen.«

»Ich glaube nicht, dass der Wall schon am Bröckeln ist, jedenfalls noch nicht.«

»Aber die Berichte …«, warf ein anderer Heerführer ein.

Taranis hatte Verständnis dafür, dass sie alle so schnell wie möglich den Sieg wollten; auch in ihm brannte dieses Verlangen wie Feuer. Doch die Erdgötter rieten zur Geduld. »Die Berichte besagen lediglich, dass es römische Truppenbewegungen von kleineren zu größeren Lagern gibt. Ich denke, dass sie begriffen haben, dass sie ihren Grenzwall auf Dauer nicht halten können, und deshalb verlegen sie jetzt ihre Soldaten in die größeren Kastelle, um Angriffe besser abwehren zu können. Ich bin nicht besonders scharf darauf, eine gewaltige Streitmacht gut ausgebildeter römischer Soldaten im Rücken zu haben, wenn der richtige Kampf beginnt. Faustina muss deshalb vernichtet werden.«

Auf dem Weg zurück in ihr Lager fragte sich Taranis, warum ausgerechnet das am weitesten vorgeschobene Bollwerk Roms nun ganz auf sich allein gestellt war. Wenn die Römer Faustina halten wollten, warum belegten sie den Posten dann nicht mit Soldaten der anderen Außenposten? Es ergab für ihn einfach keinen Sinn. Das Kastell Faustina konnte sich ohne Unterstützung unmöglich halten.

Vectis hörte den Jubel vom anderen Ende des Kastells. Eine Viertelstunde, nachdem er und Julian den Wachturm verlassen hatten, begannen die Wachen auf den Wehrgängen des südlichen Walls zu melden: »Die Legionen kommen!« Als Vectis am Innentor angelangt war, hatte sich bereits eine beträchtliche Menge von nicht im Dienst befindlichen Soldaten dort versammelt, und Jupiter war dabei, sie mit einem drohenden Blick zu vertreiben.

»Was gibt es?«, fragte Vectis.

»Soldaten«, sagte Jupiter. »Das ist das Einzige, was wir wissen.«

»Legionäre?«

Jupiter zuckte mit den Achseln. Dann wandte er den Kopf nach oben und befahl den Wachen im Südturm: »Ständige Meldung.«

»Centurio«, rief einer der Posten zurück, »ich sehe eine Einheit in Rechteckformation auf der Straße auf uns zukommen.«

»Größe?«

»Schwer zu sagen, Centurio; zu dunkel.«

»Das werden wir bald wissen«, meinte Jupiter, an Vectis gewandt.

Vectis schaute sich um. Die Soldaten, die dienstfrei hatten, waren verschwunden, doch diejenigen, die noch immer in den Werkstätten zu tun hatten oder Karren über die Lagerstraßen zogen, versuchten, das Gespräch zwischen Jupiter und dem Wachposten zu belauschen. Vectis konnte es ihnen nicht verübeln. Legionäre bedeuteten Leben.

»Centurio«, rief der Posten vom Turm, »ich erkenne ein Rechteck von der Größe einer Centurie.«

»Andere Abteilungen?«

»Nein, Centurio.«

»Dann wäre das mit der Legion erledigt«, meinte Vectis.

Jupiter pflichtete ihm bei. »Das müssen Soldaten von den Vorposten sein«, sagte er.

»Aber wir erwarten doch gar keine –«

»Centurio«, rief der Wachposten herunter, »das Rechteck besteht nur aus einer einzigen Reihe, vielleicht fünfzig Soldaten.«

»Von einem Vorposten?«

»Ja, Centurio, Hilfssoldaten mit der Standarte von Stragenia.«

»Keine weiteren Soldaten?«

»Centurio, ich habe vierzig bis fünfundvierzig Soldaten gezählt, und einige von ihnen sind verwundet.«

Vectis spürte einen schrecklichen Druck auf der Brust. Warum hatte Priscianus eine Kolonne von Soldaten nach Norden geschickt? In Stragenia musste etwas passiert sein.

Er wandte sich an Jupiter. »Isoliert die eintreffenden Soldaten. Das Letzte, was wir jetzt brauchen können, sind Gerüchte über Katastrophen. Bringt den höchsten Offizier zu mir und sorgt dafür, dass jeder in Faustina über unsere Lage auf dem Laufenden bleibt. Sag ihnen, dass sie in spätestens einer Stunde alles wissen werden, was es zu wissen gibt.«

Totenstille herrschte im Raum, als Vectis mit seinen Offizieren auf Jupiter und den höchsten Offizier aus Stragenia wartete. Niemand stellte Spekulationen darüber an, warum sich die Soldaten aus Stragenia nach Norden geflüchtet hatten. Angesichts der Verwundeten war klar, dass es nichts Gutes zu bedeuten hatte.

Jupiter trat ein und warf Vectis viel sagende Blicke zu. »Präfekt, wir haben ein Problem.«

Vectis versuchte, sich auf das Schlimmste gefasst zu machen. »Wird Stragenia belagert?«

»Stragenia gibt es nicht mehr, Präfekt. Was von seinen Soldaten übrig ist, haben wir soeben bei uns aufgenommen.« Jupiter blickte zur Tür. »Präfekt Priscianus wird es Euch gleich erklären.«

Vectis starrte den alten Befehlshaber mit den buschigen Brauen an, der durch die Tür geschwankt kam; sein rechter Arm hing schlaff herab, und seine Hand zuckte merklich. Ein Arzt stand hinter ihm und stützte ihn.

»Er wollte unbedingt aus eigener Kraft gehen«, erklärte der Stabsarzt.

Priscianus befreite seinen Arm aus dem Griff des Arztes, tat einen unsicheren Schritt nach vorn und streckte den Rücken durch. Mit bebender Stimme stieß er hervor: »Präfekt, man hat Euch verraten.« Dann gaben seine Knie nach. Sie betteten ihn auf ein Sofa und gaben ihm heißes keltisches Bier zu trinken. Er war dem Tode nahe.

»Was könnt Ihr uns noch erzählen?«, fragte Vectis den schwer verwundeten Präfekten.

Priscianus hüstelte und sagte: »Faustina ist von den anderen Vorposten im Stich gelassen worden. Ihr seid ganz allein hier draußen.«

»Aber wie konnten sie ihre Stellungen verlassen?«, fragte Vectis. »Unser Befehl lautet doch, die Stützpunkte zu halten!«

Priscianus antwortete nicht, doch die Verzweiflung in seinem Blick sagte alles.

Jupiter mischte sich ein. »Präfekt Priscianus hat mir erklärt, dass der Legat Julius Verus dies widerrufen hat.«

»Widerrufen?« Vectis war fassungslos. »Und warum hat man mich darüber nicht informiert?«

»Priscianus hat diese Befehle auch erst gestern erhalten«, sagte Jupiter. »Er hat Euch Kuriere geschickt, aber die Kaledonier haben sie offenbar abgefangen.«

»Und wie lauten die neuen Befehle?«, fragte Vectis.

»Wir sollen die Standorte räumen«, erwiderte Priscianus. »Und unsere Truppen ... in der Mitte, in Alauna zusammenlegen.«

Ein vernünftiger Befehl, dachte Vectis. »Und warum sind die Truppen nicht dort?«

»Das weiß ich auch nicht«, sagte Priscianus. Er konnte jetzt nur noch flüstern. »Wir waren schon fast in Alauna, als ... Kundschafter uns ... berichteten, dass der Vorposten aufgegeben worden war.«

»Ein Angriff?«, fragte Vectis.

Priscianus winkte ab. »Ein geordneter Abzug«, erklärte er.

»Gebäude, Verschanzungen in Brand gesetzt?«

»Ja.«

Vectis atmete schwer, er war bestürzt. Er begann sich zu fragen, ob Faustina zu halten war.

»Dann habe ich ... Boten zum nächsten ... Vorposten geschickt.« Priscianus sprach heiser, mit fast geschlossenem Mund, als wollte er verhindern, dass sein Geist aus ihm weiche.

Vectis beugte sich zu ihm hinunter. »Ihr habt Boten nach Julianus geschickt und festgestellt, dass die Festung ebenfalls aufgegeben worden war. Ist das so?«

Er nickte.

»Und was ist mit Colania?«, fragte Jupiter. »Ihr sagtet, dass auch dieses Kastell verlassen worden sei. Woher wisst Ihr das?«

»Ich kenne doch Commodus«, flüsterte Priscianus mit dem Röcheln des Todes in der Kehle. Dann schloss er die Augen und murmelte nur noch: »Ich sehe ... Schnee auf meinen Gebeinen.«

Der Arzt beugte sich über ihn und legte das Ohr auf seine Brust. »Er ist tot.«

»Das Schicksal hat seinen Lebensfaden durchtrennt«, sagte Nepos.

»Hatte er Frau und Kinder?«, fragte Vectis.

»Nur einen Sohn«, antwortete Jupiter. »Er hat darum gebeten, sein Schwert und seine Rüstung zu ihm nach Tarraco in Hispanien zu schicken.«

Vectis befahl dem Arzt, Priscianus zu waschen und von seinem Gesicht einen Abguss aus Wachs anzufertigen, der seinem Sohn geschickt werden sollte, falls es den Legionen doch noch gelang, Faustina zu retten.

Wenige Minuten später versammelte sich ein kleiner Kreis von Offizieren, um über die neue Lage zu beraten. Ihre starren Gesichter sagten alles. Faustina war abgeschnitten. Vectis nickte Jupiter zu.

»Gestern haben die Vorposten Befehl erhalten, ihre Truppen in Alauna zusammenzulegen«, begann der Centurio mit seiner Zusammenfassung der Lage. »Und heute sind die Vorposten aufgegeben worden. Ich habe dafür nur eine Erklärung: Die drei haben uns ganz bewusst im Stich gelassen.«

»Irgendwelche Kommentare?« Vectis schaute in die Runde.

Julian stand die Verblüffung ins Gesicht geschrieben. »Selbst bei Commodus kann ich mir nicht vorstellen, dass er einen unmittelbaren Befehl des Statthalters von Britannien und eines Legaten nicht befolgen würde.«

»Außer, wenn er und andere noch von jemand anderem Befehle erhalten«, meinte Jupiter.

»Anderweitige Befehle, sich zum Wall zurückzuziehen?« Julian schüttelte den Kopf. »Wer sollte solche Befehle geben?«

Jupiter zuckte mit den Achseln. »Sie sind jedenfalls weg, das steht fest. Ich bin auch der Meinung, dass kein Präfekt seinen Posten ohne Erlaubnis verlassen würde. Aber Rom ist voller Intrigen.«

Vectis krampfte der Magen. Atilius! Atilius Titianus war ohne weiteres fähig, solche Befehle zu erteilen. Er rief sich Sabinas Worte ins Gedächtnis: »Atilius ist ein stolzer und ehrgeiziger Mann. Manchmal glaube ich sogar, dass er Kaiser werden möchte.« Atilius – und nicht der alte Senator Alfenus Crescens – hatte die Nachrichten an Commodus geschickt. Wahrscheinlich hatte er Commodus und den anderen als Gegenleistung dafür, dass sie ihre Posten verließen, Villen auf dem Esquilin versprochen. Jetzt verstand er auch, warum Commodus plötzlich gar nicht mehr an einer Versetzung interessiert gewesen war. Dann dachte Vectis an Kallias. Er hatte einen von Crescens unterzeichneten Senatserlass dabei gehabt. Auch dahinter steckte Atilius; wahrscheinlich hatte er Kallias als Spion eingesetzt. Und zweifellos war Atilius auch derjenige Senator gewesen, der für Kallias' Freilassung aus der Haft in Nordafrika nach dem Mord an Rebstock Vatinius gesorgt hatte. Ja – es lag auf der Hand, warum Atilius wollte, dass Commodus und die anderen ihre Vorposten räumten. Und der Grund erschütterte ihn.

Jupiter redete immer noch. »Der letzte echte Befehl kam vom Legaten Julius Verus, der wollte, dass wir unsere Kräfte in Alauna bündeln. Dasselbe ist vermutlich im ganzen Tiefland passiert; Stützpunkte legen ihre Truppen zusammen, um ihre Kampfbereitschaft zu erhalten, bis die Legionen vom Festland eintreffen.«

»Vom Festland werden keine Legionen kommen«, warf Vectis ein. Dann wandte er sich zum Offizier an der Tür und befahl, fünf Kuriere mit einer Nachricht an den Kaiser auszuschicken.

Julian fragte: »Hat das vielleicht was mit deinem Schwager zu tun, der uns die Legionen versprochen hat?«

Vectis nickte. »Atilius Titianus hatte nie die Absicht, Legionen nach Britannien zu schicken. Er will nur den Kaiser in Verlegenheit bringen, und dieses Ziel hat er erreicht, sobald der Antoninische Wall fällt. Und um sich die Gunst des Volkes zu erhalten, hat er Commodus dazu benutzt, sicherzustellen, dass sein lieber Verwandter im Norden Britanniens den Heldentod stirbt.«

»Ganz schön gewagt«, meinte der Verantwortliche Offizier der Ingenieure. »Und was hat er davon?«

»Vielleicht das ganze Reich«, erwiderte Vectis.

»Er plant ein Komplott gegen den Kaiser?«, fragte der Offizier verblüfft.

»Das nehme ich an.«

Der Offizier der Verteidigung warf ein: »Commodus und die anderen haben um Versetzung gebeten, seit sie hier waren. Sieht ganz so aus, als habe der Senator sie dafür bezahlt, ihre Vorposten zu verlassen, damit Stragenia und Faustina abgeschnitten und zerstört werden.«

Der Ingenieur meinte: »Damit Commodus später behaupten kann, der Präfekt Vectis habe den Rückzug zum Wall befohlen.«

Vectis beendete die Diskussion mit erhobener Hand. »Was würdet Ihr jetzt raten?«

In ruhigem Ton sagte der für die Verteidigung zuständige Offizier: »Wenn der Centurio Recht hat – und davon gehe ich aus –, dann will der Legat Julius Verus die größeren, im Landesinneren gelegenen Kastelle in Nordbritannien verstärken. In diesem Fall sollten vielleicht auch wir uns so schnell wie möglich dorthin zurückziehen. Die fünf Vorposten sollten ihre Truppen in Alauna zusammenlegen, was jetzt ja nicht mehr möglich ist; hier bleiben können wir aber auch nicht, weil wir ohne die Unterstützung durch die anderen Festungen an der Straße auf verlorenem Posten stehen.«

Nepos ergriff die Gelegenheit, mit fast schon peinlicher Inbrunst zu intonieren: »Es werden keine Legionen kommen! Dann können wir nicht bleiben. Wir müssen auf der Stelle aufbrechen.« Er suchte im Kreis der Offiziere nach Bestätigung. »Versteht ihr denn nicht? Wir sind hier fünfundvierzig Meilen nördlich vom Antoninischen Wall. Fünfundvierzig Meilen! Wenn wir hier bleiben, werden wir sterben. Wir haben keine andere Wahl, als nach Süden zu marschieren.«

»Ingenieur«, forderte Vectis diesen auf, seine Meinung zu sagen.

Der Offizier beugte sich auf seinem Sofa vor. »Diese Anlage ist zwar sehr stark, Präfekt, aber einem anhaltenden Druck kann sie nicht lange standhalten.«

Vectis wandte sich an den für die Verteidigung zuständigen Offizier. »Und wie lange wohl?«

»Kommt drauf an, mit wie vielen Angreifern wir es zu tun haben«, meinte der Offizier und spitzte den Mund.

»Rechnen wir mal mit zehntausend«, sagte Jupiter trocken.

Wieder spitzte der Offizier den Mund. »Besonders effizient sind sie ja nicht gerade; sagen wir einen Monat, bis sie die Todeszone geräumt haben, einen weiteren Monat, bis sie ihre Rammböcke und Belagerungstürme in Stellung gebracht haben, und dann noch eine Woche, bis sie unsere Wälle überwinden. Irgendwann im dritten Monat sind wir fällig, schätze ich; vielleicht sogar noch früher, wenn dieser blutrünstige Taranis so ist, wie man es ihm nachsagt.«

Vectis lief bei der Erwähnung von Taranis rot an. Jeder Offizier im Raum wusste, dass Neeve mit ihm das Bett geteilt hatte, und noch immer … nein, er wollte es einfach nicht glauben. Sie würde ihren Körper nie einem anderen Mann schenken – nicht, solange er am Leben war. Er blickte sich um, konnte aber nicht erkennen, dass seine Offiziere sich seines Problems bewusst waren. Sie schienen alle nur an eines zu denken: ans nackte Überleben. Vectis fixierte Jupiter. »Was gewinnen wir, wenn wir bleiben?«

Jupiter antwortete sofort. »Solange die Kaledonier um uns herumschwirren, verringern wir den Druck auf den Wall; vielleicht sogar für ein paar Monate.«

»So lange, bis Verus' Truppen aus dem Süden am Antoninischen Wall eintreffen?«

»Nein«, erwiderte Jupiter. »Wenn Verstärkung zu erwarten wäre, würde Julius Verus nicht befehlen, die Truppen der Festungen zusammenzulegen.«

»Eine ausgezeichnete Beobachtung«, bekräftigte Nepos. »Diesen Vorposten zwei oder drei Monate lang halten zu wollen wäre vollkommen sinnlos. Wenn wir aber jetzt unsere Zelte abbrechen, könnten wir unsere Kräfte mit denen einer Festung im Süden vereinen und damit unsere Schlagkraft –«

»Und was ist mit unserem Befehl, nördlich des Walls präsent zu bleiben?«, warf Julian ein.

»Der Offizier Nepos ist offenbar der Ansicht, dass wir unser Leben ohne vernünftigen Grund opfern würden«, sagte Jupiter.

Nepos nickte vehement, ohne die Verachtung in der Stimme des Centurio zu registrieren.

»Und vielleicht hat er damit sogar Recht«, fuhr Jupiter fort. »In drei Monaten kann von der *Präsenz*, die Verus nördlich des Walls haben möchte, sowieso keine Rede mehr sein.«

»Jawohl«, sagte Nepos, »das ist genau meine Meinung.«

»Dann meint Ihr also auch, dass wir abziehen sollten«, sagte Vectis zu Jupiter.

»Uns bleibt wohl kaum eine andere Wahl.«

Vectis musterte seine Offiziere. »Die Frage ist nur, ob wir es überhaupt bis zum Wall schaffen. Priscianus' Soldaten sind unterwegs auf Tausende von Kaledoniern gestoßen.«

»Die werden von verschiedenen Häuptlingen befehligt«, meinte Jupiter, »und sind deshalb trotz ihrer großen Zahl nicht besonders effektiv, solange sie sich nicht unter einem gemeinsamen Heerführer vereinigen. Vielleicht gelingt es uns ja, uns durchzukämpfen und einen beträchtlichen Teil unserer Soldaten zu retten.«

»Drei Viertel? Zwei Drittel?«, wollte Vectis wissen.

»Die Hälfte, wenn wir Glück haben.«

Die Soldaten von Faustina arbeiteten die ganze Nacht über fieberhaft, tränkten ihre Maultiere und Pferde, beluden Wagen, vergruben Münzen und Altäre und rissen zentrale Gebäude nieder. Hoffnung erleichterte jede Last und beschleunigte jeden Schritt. Sie standen kurz vor dem Abzug nach Süden.

Vectis stand zusammen mit Nepos an der Hauptseite des Lagers. Wagen stellten eine Kolonne zusammen, als Julian zu ihm trat. Der Sonnenaufgang stand unmittelbar bevor, und Julians Rüstung glitzerte schwach im ersten Morgenlicht. »Ich bringe leider schlechte Nachrichten«, begann er.

»Kaledonier?«

»Ja. Sie sind in der Nacht eingetroffen.« Traurig blickte Julian Vectis an. »Jetzt haben wir schon zweimal geplant, Faustina zu verlassen. Ich fürchte, das Schicksal hat beschlossen, dass wir hierher gehören – und dabei habe ich gerade angefangen, von Nordafrika zu träumen.«

»Tut mir Leid, Julian. Komm, wir sehen nach.«

»Wartet!« Nepos packte Vectis am Arm. »Wir müssen so schnell wie möglich hier weg! Die Kaledonier haben sich noch nicht versammelt; jetzt haben wir noch die Chance, uns durchzukämpfen.«

»Nehmt Eure Finger von mir«, sagte Vectis scharf.

Nepos gehorchte auf der Stelle. »Präfekt«, versuchte er zu beschwichtigen, »wenn wir hier bleiben, werden wir alle sterben. Stunde um Stunde kommen immer mehr Kaledonier, bis sie uns einfach mit ihrer schieren Übermacht erdrücken. Sicher, wir werden Verluste haben, aber wir sind alle bereit, dieses Risiko auf uns zu nehmen. Darf ich Euch daran erinnern, dass die Offiziere sich in der Mitte des Rechtecks aufhalten werden –«

Vectis warf Nepos einen vernichtenden Blick zu. »Noch ein Wort, und ich lasse Euch auspeitschen.«

Nepos stand da wie erstarrt.

»Und für den Fall, dass wir uns zurückziehen«, sagte Vectis, »kann ich Euch eines versprechen. Ihr, Mamercus Nepos, werdet nicht bei den Offizieren in der Mitte des Rechtecks stehen. Ihr werdet in der äußersten Reihe das Schwert schwingen – zusammen mit den tapferen Soldaten, die dort kämpfen und ihr Leben lassen werden.«

Jupiter war bereits auf dem Wehrgang, als sie kamen. Im grauen Licht wirkten die Kaledonier wie Schatten, während sie Karren mit Waffen, Belagerungstürme und hölzerne Brücken heranschafften, mit deren Hilfe sie den Schutzgürtel um das Kastell überwinden wollten. Sie hatten sich im äußersten Norden und Süden des Kastells versammelt, das Zentrum offen gelassen.

Vectis deutete nach Norden. »Sie kämpfen unter der Fahne des aufgerichteten Bären«, sagte er. »Das ist Forgall. Und wer steht im Süden?«

»Eine Ansammlung kleinerer Stämme«, gab Jupiter Auskunft. »Die meisten Banner habe ich noch nie gesehen: den Raben, das Band mit Stern, den Fuchs. Aber wahrscheinlich unterstehen sie für die Dauer der Belagerung einem einzigen Häuptling – wem, weiß ich nicht.«

»Das Zentrum ist offen«, sagte Julian. »Wollen sie uns etwa dazu einladen auszubrechen?«

»Das würde ihnen so passen«, erwiderte Jupiter. »Dann könnten sie uns in die Zange nehmen.«

»Könnten wir vielleicht ihre Reihen durchbrechen, beispielsweise über eines der anderen Tore?«, fragte Vectis.

Jupiter ließ den Blick über die Kaledonier schweifen. »Dafür sind es zu viele, Präfekt.«

»Ihr habt doch einmal gesagt, Rom habe Heere und Ersatz ohne Ende.«

Jupiter ließ Vectis die Andeutung eines Lächelns zukommen. »Da habe ich mich wohl geirrt.«

»Was ist denn das?«, fragte Julian und deutete auf eine Staubwolke, die sich rasch längs des Flusses und vom Kastell wegbewegte.

»Fahnenflüchtige«, sagte Jupiter trocken.

Es war Offizier Nepos mit rund dreißig Reitern, die versuchten, am Fluss entlang zu entkommen. Plötzlich bogen sie nach Westen ab, dann nach Norden. Sie saßen in der Falle. In den nächsten paar Minuten schauten die drei Offiziere auf dem Wehrgang schweigend zu, während die Staubwolke wütend herumwirbelte und sich schließlich legte.

Ohne auf das einzugehen, was sie soeben hatten mit ansehen müssen, fragte Julian: »Und was machen wir jetzt?«

Vectis verzog das Gesicht. »Jetzt sind wir eben die Präsenz nördlich des Walls, die Statthalter Verus haben wollte.« Dann wandte er sich an Jupiter. »Bereitet die Männer auf die Verteidigung Faustinas vor. Erzählt ihnen alles über unsere schwierige Lage – dass wir auf uns allein gestellt sind, dass wir einer gewaltigen kaledonischen Streitmacht gegenüberstehen und dass jeder Tag, den wir den Feind hier beschäftigen, eine Entlastung für unsere Truppen im Süden bedeutet. Aber gebt ihnen auch Hoffnung. Erinnert sie an die Zwanzigste und Vierzehnte, die an der Südküste dieser Insel an einem einzigen Tag 80 000 Kelten getötet haben. Erklärt ihnen, sie seien ebenso gut ausgebildet wie jede Legion Roms, und sagt ihnen dann, dass die Legionen in drei Monaten eintreffen würden.«

Vectis hatte das sichere Gefühl, dass sein Centurio mit seinen Befehlen einverstanden war. Sie konnten nicht auf Legionen hoffen und hatten keine Möglichkeit, diesen Ort lebend zu verlassen. Keiner von ihnen – nicht Jupiter, nicht Julian und auch nicht er selbst – würde seinem Schicksal entkommen, aber zumindest wollten sie im Gegensatz zu Nepos in Ehren sterben. Vectis befingerte den weichen Beutel an seinem Gürtel, in dem sein Familienring steckte, und fragte sich, ob sich unter den Kaledoniern, die sich jenseits des Grabens versammelten, auch Neeve befand.

Der Ritt zum letzten römischen Bollwerk im Herzens Kaledoniens tat Neeve in der Seele weh. Zwei Tage lang war sie mit Taranis und seinen Kriegern in nördlicher Richtung unterwegs, und alle paar Stunden tauchte ein Reiter auf, der von weiteren getöteten Römern berichtete. Die meisten der Toten waren Besatzungssoldaten von Stragenia, aber auch etliche nichtrömische Hilfskräfte gehörten zu den Kriegsopfern.

Neeve war ebenso wütend wie jeder andere über das, was die Römer Kaledonien angetan hatten, und wusste, dass sie erst abziehen würden, wenn ihre Verluste für sie unerträglich geworden waren. Sie wusste aber auch, dass viele Römer gute Menschen waren, die einfach nur den Befehlen ihres Kaisers gehorchten. Aus ihrer Sicht gab es keine Rechtfertigung dafür, jeden Einzelnen, den sie aufgriffen, zu töten – am allerwenigsten diejenigen, die lediglich in den römischen Militärlagern gearbeitet hatten. Dass Taranis diesen Befehl gegeben hatte, störte sie sehr.

Schließlich konnte sie ihr Unbehagen nicht mehr für sich behalten. Als sie die verlassene Festung Stragenia und ihre Ruinen erreichten, sahen sie und Taranis den hunderten von kaledonischen Kriegern zu, die Wälle überwanden und sich durch die offenen Tore drängten. Kurz darauf hörten sie Geschrei, und es klang, als würden die Krieger Wildschweine jagen.

»Was machen die da drin?«, fragte Neeve.

»Das ist wie eine Jagd«, erwiderte Taranis. »Es war doch klar, dass sich noch Römer in der Festung versteckt halten. Sie haben die Tore offen gelassen, um uns glauben zu machen, dass das Kastell verlassen ist.« Er lächelte, als fände er das ausgesprochen amüsant.

Neeve starrte ihren Bruder entsetzt an.

Sein Lächeln erstarb.

Aus dem Lager kamen Schreie, die sie durchbohrten wie ein Dolch.

»Neeve«, sagte er entschuldigend, »das ist nicht der richtige Ort für dich. Krieg kann ziemlich –«

»Ich verstehe, was Krieg bedeutet. Ich verstehe auch, dass du die Feinde töten musst und nicht zulassen kannst, dass sie fliehen und dann andere Lager verstärken. Aber ich verstehe nicht, dass du dieses … dieses Spiel zulässt! Hör dir das doch mal an!«

Er durchbohrte sie mit seinen Blicken, sagte aber nichts.

»Wenn es schon nötig ist, sie zu töten«, sagte sie, »warum dann nicht mit einem Mindestmaß an Ordnung?«

»Jetzt hörst du mir zu«, sagte er mit tiefer Stimme, in der Ärger mitschwang: »Du hast nicht die geringste Ahnung vom

Krieg oder von Menschenführung. Wir sind keine römischen Lakaien, die in gerader Linie marschieren oder Hornsignalen gehorchen. Wir sind freie Kaledonier, die von Herzen kämpfen, weil wir dieses Land lieben. Wir wollen nur das römische Joch abschütteln, um wieder frei atmen zu können. Dieses *Spiel*, wie du es nennst, ist unverzichtbar für die Kampfmoral.« Er zeigte auf die unzähligen Kaledonier, die sich um das Kastell versammelt hatten. »Jeder einzelne dieser Krieger wäre gern da drinnen. Aber allein schon das Angstgeschrei fliehender Römer erfüllt sie mit der Macht der Götter. Verstehst du nicht? Krieger müssen das Gefühl haben, Macht über den Feind zu besitzen. Und dieses *Spiel* verleiht sie ihnen. Zumindest trägt es dazu bei. Wenn dir das grausam erscheint, kann ich es auch nicht ändern.«

Neeve wollte sich damit nicht zufrieden geben. »Warum kannst du nicht –«

Taranis riss sein Pferd herum.

»Warte«, rief sie ihm nach, »ich bin noch nicht fertig.«

»Aber ich«, sagte er und ritt zurück zu den Männern, die sich um die Festung versammelt hatten.

Gegen Ende der Woche war der Blutgott eingetroffen.

Taranis' Krieger füllten das Zentrum zwischen Forgall und den untergeordneten Heerführern aus. Sein rotes Banner flatterte Unheil verkündend im Wind und ließ das Herz eines jeden Soldaten in Faustina zu Eis erstarren. Vectis schlug eine Versammlung der Truppen vor, um ihre Kampfmoral zu stärken, und Jupiter pflichtete ihm bei. Keiner konnte die Soldaten besser motivieren als er.

In den folgenden Wochen waren Vectis und Julian oft auf den Wehrgängen, um die Kaledonier zu beobachten und ihre Schwachstellen zu entdecken. Taranis' Ankunft schien ein wahrer Energieschub für die Feinde gewesen zu sein. Die meisten Fallen und Widerhaken in der Todeszone waren viel schneller beseitigt, als ihr Gegner erwartet hatte. Tag für Tag rückten die Räumtrupps der Kaledonier näher an die Umwallung heran, und Tag für Tag fielen immer mehr von ihnen den Pfeilen der Skythen und den Bolzen der Skorpione zum Opfer. Schließlich gingen die Kaledonier dazu über, ihre Einsätze in die Nachtstunden zu verlegen. Vectis sah sich gezwungen, seine Schützen anzuweisen, nur noch dann zu feuern, wenn die Wahrscheinlichkeit eines Treffers groß genug war. Faustinas Waffenkammer barg schließlich keinen endlosen Vorrat an Pfeilen oder Bolzen. Zu Beginn der dritten Woche war die Todeszone endgültig geräumt.

Mit erstaunlicher Geschwindigkeit schafften es die Kaledonier auch, ihre Belagerungsmaschinen in Position zu bringen, und so stellten sie schon bald die Verteidiger der Festung auf die Probe. Gruppen von Kriegern rollten hölzerne Wurfmaschinen heran und versuchten, den Wehrgang, der auf den Wällen entlanglief, zu zerstören. Ihre eigentliche Absicht aber war es, die Zielgenauigkeit der leichten Pfeilgeschütze, der Skorpione, und der schweren Katapulte zu testen, doch die skythischen Bogenschützen pickten sich die Kelten heraus, sobald sie einen Augenblick ohne Deckung waren, und machten so den Einsatz der römischen Geschütze überflüssig. Fest entschlossen, die Verteidigungswaffen in Aktion zu sehen, karrten die Kelten dicke, aus Baumstämmen gefertigte Schutzschilde heran und drohten, die Tore in Brand zu stecken. Diesmal tat Vectis ihnen den Gefallen. Die Katapulte im Zentrum der Festung schleuderten riesige Felsbrocken über die Wälle und zertrümmerten damit mühelos die hölzernen Schilde.

Stunden später gingen Vectis und Julian wieder den Wehrgang ab, als sie Holz splittern hörten, die Ecktürme der Umwallung fielen eisernen Brechstangen zum Opfer. »Was geht hier vor?«, fragte Vectis.

»Keine Ahnung«, erwiderte Julian, der verblüfft von Turm zu Turm schaute. Hilfssoldaten waren dabei, die Türme abzutragen.

»Sieh nach«, befahl Vectis schroff. »Du solltest darüber Bescheid wissen.«

Minuten später kam Julian mit Jupiter zurück.

»Ihr wolltet mit mir sprechen, Präfekt«, sagte der Centurio.

»Warum bauen die Zimmerleute die Türme ab?«, fragte er.

»Weil ich es ihnen befohlen habe.«

»Ihr habt das angeordnet?«

»Ja.«

Vectis spürte seine Wut anwachsen. »Und habt Ihr dafür auch eine Erklärung?«

»Unsere Katapulte schießen schlecht über die Ecktürme hinweg«, sagte er. »Ich glaube, die Kaledonier haben das bemerkt.

»Also habt Ihr den Befehl zum Abriss gegeben?«

»Ja.«

»Könntet Ihr Euch vielleicht vorstellen, Centurio, mich eines Tages zu konsultieren, bevor Ihr solche Befehle erteilt?«

Emotionslos erwiderte Jupiter: »Das kann ich mir nicht vorstellen, Präfekt. Wir haben nämlich nur noch ein oder zwei Tage Zeit.«

Vectis schaute ihn verblüfft an, ohne Jupiters schwarzen Humor recht würdigen zu können. Die Wochen der Anspannung hatten seine Stimmung nicht gerade verbessert, und Vectis war sich dessen auch bewusst, aber irgendwie bekam er seine Wut nicht in den Griff. »Centurio«, sagte er, »von jetzt an –«

»Oder wenigstens für die nächsten paar Tage«, warf Julian sarkastisch ein.

Vectis starrte den grinsenden Julian an, und plötzlich wurde ihm klar, wie lächerlich das war, was er soeben hatte sagen wollen.

»Ich entschuldige mich hiermit förmlich, Präfekt«, sagte Jupiter.

»Also ... gut.« Vectis spürte, wie sein Zorn verflog. »Aber von jetzt an möchte ich gerne darüber informiert werden, wenn wieder mal jemand einen Teil dieses Kastells niederreißt.«

»Eigentlich würde man von einem Präfekten erwarten, dass er in seinen letzten Stunden seinen Centurio und seinen Tribunen lobt, statt sie zu tadeln«, meinte Julian.

Vectis konnte seine Verlegenheit nicht verbergen. »Dasselbe dachte ich auch gerade«, sagte er.

»Römer!«, ertönte eine harte kaledonische Stimme von jenseits der Mauer. Sie wandten augenblicklich den Blick hinüber ans andere Ende des offenen Geländes, der einstigen Todeszone, wo ein hoch gewachsener Krieger allein auf einem kleinen, grasbewachsenen Buckel stand. Sein langes rotes Haar hatte er im Nacken zusammengebunden, und mit verschränkten Armen vermittelte er den Eindruck unbändiger Kraft.

Vectis rief zum Centurio von der Torwache hinunter: »Ich brauche sofort einen Übersetzer – aber einen mit lauter Stimme.«

Sekunden später stand der Übersetzer oben auf dem Wehrgang neben den drei Offizieren und bestätigte, was sie schon vermutet hatten: Es war Forgall.

»Seht euch heut Abend den Sonnenuntergang ganz genau an«, polterte er, »denn es wird euer letzter sein. Sobald die Dunkelheit hereinbricht, werden die grausamsten Krieger, die je ein Schwert in Händen gehalten haben, über eure Wälle herfallen wie Ameisen über einen Berg von Honig. Und wisst ihr auch, was für uns der Honig ist?« Lachend zeigte er mit dem Finger auf sie. »Eure Köpfe! Hört ihr mich, Römer? Morgen früh wird keiner von euch mehr seinen Kopf haben.«

»Ist er außerhalb der Reichweite der Skorpione?«, fragte Vectis.

»Nicht weit außerhalb«, antwortete Jupiter.

»Vielleicht können wir ihn ja ein bisschen näher heranlocken«, sagte Vectis und wandte sich an den Übersetzer. »Erklär ihm, dass wir ihn nicht gut verstehen.«

Während der Übersetzer Forgall anrief, befahl Jupiter, die Skorpione vom vorderen Wall auf das Ziel zu richten.

Forgall aber redete weiter, ohne sich näher an die Umwallung locken zu lassen. »Die Krieger warten schon sehnsüchtig auf die Dunkelheit«, rief er. »Jeder möchte gern einen Römerkopf haben. Aber wir sind so viele und ihr so wenige. Vielleicht könnten wir ja eure Köpfe in zwei Hälften hacken!«

Jupiter warf Vectis einen viel sagenden Blick zu. »Er weiß genau, wie weit die Pfeilgeschütze reichen.«

»Lasst sie trotzdem abfeuern«, befahl Vectis.

Zwölf Bolzen zerrissen die Luft, schossen auf den kaledonischen Heerführer zu. Als Forgall sie sah, schwarze Pfeile am Himmel, rannte er sofort zu seinen Linien zurück.

»Lachen!«, rief Vectis, und die Soldaten auf dem Wall lachten und höhnten.

Als die Skorpionbolzen sich in den Boden bohrten – sie hatten Forgall nur knapp verfehlt –, rief Vectis ihm mit lauter Stimme nach: »Der Feigling Forgall trägt den aufrechten Bären im Banner. Vielleicht wäre ein rennender Bär angemessener.« Er ordnete noch einmal Gelächter an. »Ist Forgall jetzt der Anführer der Kaledonier? Wo ist Taranis, der Furcht erregende Blutgott? Versteckt er sich in seinem Zelt? Hat er vielleicht Angst vor Forgall?«

»Römer!«, schrie Forgall, der versuchte, sich von seinem Schreck zu erholen. »Heute Nacht werdet ihr sterben!«

Als wieder Ruhe einkehrte, erklärte Jupiter Vectis: »Zwietracht zu säen funktioniert zwar nur selten, aber den Versuch war es wert.«

»Werden sie tatsächlich heute Nacht schon kommen?«, fragte Julian.

»Unwahrscheinlich«, meinte Jupiter. »Sie wollen uns nur eine schlaflose Nacht bereiten.«

»Sie haben immer noch nicht die Nordseite geräumt«, sagte Vectis. »Aus irgendeinem Grund ziehen sie es vor, ihre Krieger durch Korridore aufs offene Gelände zu bringen.«

»Das ist ein Fehler«, kommentierte Jupiter.

»Allerdings«, stimmte Vectis ihm zu. »Aber was haben wir davon, wenn wir hinter den Wällen bleiben?«

»Nichts.«

»Und was würdet Ihr empfehlen?«

»Dass wir erst einmal abwarten«, meinte Jupiter. »Vielleicht ergibt sich ja einmal die Gelegenheit, sie vor der Umwallung in einen Kampf zu verwickeln.«

Neeve hatte schon seit Wochen nicht mehr mit ihren Brüdern gesprochen, aber das spielte nun auch keine Rolle mehr. Seit sie vor Faustina standen, hatte sie eine tiefe Verzweiflung erfasst. Sie hatte in der Festung eine so glückliche Zeit verlebt. Manchmal erwartete sie schon fast, dass Vectis jeden Augenblick über das Gras auf sie zugeritten kam, sie anlächelte und ihr zuwinkte. »Wie wär's mit einem Spaziergang zum Fluss?«, würde er sie fragen, und sie würde in seine Arme fallen. Doch die Tage der Unschuld waren vorüber. Nun war die Stunde des Leids gekommen, die Stunde des Tutorix, des Blutes und der Rache.

Ihre Brüder gingen ihr aus dem Weg.

Seit sie sich über die Tötung der Römer in Stragenia beklagt hatte, waren sie auf einmal immer irgendwo anders beschäftigt. Aber sie hatten tatsächlich viel zu tun. Viele Stunden hatten sie darauf verwendet, die Arbeitsabläufe im Lager effizienter zu gestalten, indem sie ihre Krieger in miteinander konkurrierende Gruppen einteilten. Diejenige Gruppe, welche den größten Abschnitt des Schutzgürtels vom Kastell Faustina geräumt hatte, beim Bau einer Belagerungsmaschine am schnellsten vorangekommen war oder das meiste Wild erlegt hatte, wurde jeweils gegen Ende des Tages vor der gesamten Truppe belobigt. Diese Methode erwies sich als recht wirkungsvoll, auch wenn es dabei häufig zur Konfrontation einzelner Heerführer kam und Taranis und Eston immer dann, wenn untergeordnete Anführer ihre Vorgesetzten in den Schatten stellten, vermittelnd eingreifen mussten, damit keiner sich gedemütigt fühlte.

Ja, ihre Brüder waren sehr beschäftigt. Sie konnten es kaum erwarten, auch den letzten römischen Vorposten in Kaledonien zu zerstören, und da spielte es für sie keine Rolle, dass sich in diesem Kastell auch Vectis befand.

Neeve war allein in ihrem Zelt und rieb sich die Stiefel zum Schutz gegen die Nässe mit Bärenfett ein. Es hatte den ganzen Morgen über so sehr geschüttet, das sich wahre Sturzbäche über die Zeltwand ergossen hatten. Neeve fühlte sich an ihre Kindheit erinnert, in der sie immer barfuß durch die Ströme von Wasser gelaufen war, die die Straßen bei ihrem Hof zerfurchten. Einmal war sie dabei gestürzt und hatte verwundert festgestellt, wie warm das Wasser war, das ihre Arme und Beine umspülte.

Aber heute war es kalt.

Vor dem Zelt erklang eine vertraute Stimme. Dann kam Taranis herein. »Ich möchte, dass du gehst«, sagte er, noch bevor er richtig eingetreten war.

Neeve rieb unbeeindruckt weiter ihre Stiefel ein.

»Hast du mich gehört?«

»Ja.«

»Und?«

»Ich bleibe.«

»Ich möchte aber, dass du gehst«, wiederholte er und fügte wenig überzeugend hinzu: »Eston hält das auch für besser.«

»Hast du mit Eston über Stragenia gesprochen?«, fragte sie und blickte zu ihm auf. Von seinem knielangen Umhang tropfte noch immer das Wasser und bildete um seine Füße herum kleine Pfützen.

»Ich habe ihm gesagt, dass du dich darüber ziemlich aufgeregt hast.«

»Und jetzt fürchtest du, dass ich euch hier im Weg stehe?« Sie starrte ihn unverwandt an.

»Das ist eine harte Zeit für dich. Aber in ein paar Monaten, wenn erst mal alles anders geworden ist –«

»Ich bleibe.«

»Sei doch vernünftig. Wenn du bleibst, musst du nur noch mehr leiden.«

Neeve inspizierte ihren anderen Stiefel.

»Glaubst du vielleicht, es macht mir Spaß, dich leiden zu sehen?« Er wischte sich das Wasser vom Nacken. »Es tut mir richtig weh.«

»Dann unternimm was, Taranis.«

»Du weißt ganz genau, dass ich das nicht kann. Wir müssen dieses Militärlager zerstören.«

»Aber musst du wirklich jeden Römer im Kastell töten?«

»Darüber möchte ich nicht reden.«

»Aber ich«, beharrte sie. »Müsst ihr wirklich alle töten?«

»Auf dich wartet schon ein Wagen«, sagte er, ohne auf ihre Frage einzugehen.

»Ich denke, ich verdiene eine Antwort!«, rief sie.

Er blickte sie an. »Ja, ich denke, die meisten werden sterben.«

»Die Besatzungen der anderen Vorposten haben sich zurückgezogen. Warum kannst du diese Römer nicht auch abziehen lassen?«

»Glaubst du vielleicht, die würden freiwillig ihre Sicherheit aufgeben, bei so vielen kaledonischen Kriegern um sie herum?« Er schnaubte verächtlich, um ihr klar zu machen, wie dumm ihre Idee war. »Kein römischer Präfekt traut dem Wort eines Kaledoniers. Außerdem kann ich den anderen Stämmen nicht einfach befehlen, untätig mit anzusehen, wie die römischen Soldaten ihr Lager verlassen und in aller Ruhe nach Süden zum Wall marschieren.«

»Wenn du den Befehl geben würdest –«

»So einfach ist das nicht«, sagte Taranis in scharfem Ton. »Du hast doch selber gesehen, wie Forgall gestern herumstolziert ist und die Römer herausgefordert hat, als wäre er Bronix persönlich. Glaubst du vielleicht, ich könnte ihm und den anderen einfach so Befehle erteilen? Die sind genauso Heerführer wie ich. Forgall weigert sich zum Beispiel immer noch, aus seinem Bereich die römischen Fallen zu entfernen. Er hält das für Zeitverschwendung und zieht Korridore vor. Wenn ich ihn nicht einmal davon überzeugen kann, einfach Hindernisse aus dem Weg zu räumen – wie soll ich ihn da überreden, die Belagerung einzustellen?«

Neeve wandte den Blick nicht von ihm ab. »Bist du etwa nicht der für die Belagerung verantwortliche Truppenführer?«, fragte sie herausfordernd. Sie war nicht bereit, auch nur eine Handbreit nachzugeben.

»Schon, aber ich kann nicht einfach eine Schlacht absagen, nur weil meine Schwester sich in den Präfekten des Feindes verliebt hat.«

»Und warum nicht?«

»Was glaubst du denn, warum nicht?«, zischte Taranis sie an. Neeve hielt weiter seinem Blick stand.

»Du weißt ganz genau, warum nicht«, sagte er. »Weil eine

ganze Menge Kaledonier fast zwei Monate lang ihr Leben aufs Spiel gesetzt haben, um die Hindernisse wegzuräumen und die Gräben um die Festung aufzufüllen.« Er schüttelte deprimiert den Kopf. »Bleib meinetwegen, wenn du unbedingt willst, aber glaub mir – was du hier zu sehen bekommst, wird dir nicht gefallen. Ich kann den Lauf der Dinge nicht aufhalten. Die Götter wollen ein Ende der römischen Tyrannei, und ich bin einfach nur ihr Werkzeug. Wenn ich jetzt zögere oder versuche, die Entwicklung in eine andere Richtung zu lenken, wird eben ein anderer – einer wie Forgall – die Sache zu Ende bringen.«

Mit diesen Worten verließ er ihr Zelt.

30

Der Tag des Triumphes war gekommen.

Atilius betrachtete sich in dem polierten silbernen Spiegel. Großartig! Einfach großartig! Noch nie zuvor hatte er eine Uniform getragen, aber als Befehlshaber einer militärischen Operation musste er natürlich angemessen gekleidet sein. Mit einer Handbewegung schickte er seine aufgeregt um ihn herumflatternden Haussklaven weg, die ihn zurechtmachen wollten und an ihm herumzupften; ein Mann des Militärs brauchte keine derart kriecherischen Diener.

Er trat einen Schritt zurück, um sich ganz betrachten zu können. Was für ein erhebender Anblick! Seine scharlachrote Tunika und der silberne Brustpanzer repräsentierten die Macht der römischen Prätorianergarde – derselben Garde, deren Einheiten im Palast des Kaisers auf dem Palatin bereits gegen Antoninus putschten. Er berührte die Lederscheiden seines kurzen spanischen Schwerts an seiner Rechten und des rasiermesserscharfen Dolchs an seiner Linken, die sich so fremd anfühlten und doch bestens zu der Mission passten, mit der die Götter ihn betraut hatten.

»Senator«, meldete ein Sklave vom Eingang des Atriums,

»eine Kutsche kommt, begleitet von einer Hundertschaft Prätorianer.«

»Ist Balbinus' Kutsche auch dabei?«

»Ja«, bestätigte der Sklave.

»Dann Dank den Göttern für ihr unfehlbares Urteilsvermögen. Die Stunde der Thronbesteigung ist gekommen.« Er gab ein Zeichen, und ein Diener schüttete ihm ein Fläschchen Narzissenparfüm über den Kopf. Anschließend tupften andere ihm die überschüssigen Öltröpfchen aus dem Haar und puderten ihm den Nacken. Der Senator schloss die Augen und kommunizierte still mit den vergöttlichten Kaisern vergangener Zeiten, die ihn wie eine Wolke von Zuschauern umgaben. Er spürte förmlich, wie Caesar und Vespasian und vor allem Trajan ihn drängten, seinen Weg fortzusetzen. Es war allerhöchste Zeit, die Schwäche und das Chaos, die Rom einen fast vierzigjährigen Stillstand beschert hatten, durch eine neue Ordnung abzulösen. Höchste Zeit, die Legionen wieder so einzusetzen, wie Trajan sie eingesetzt hätte: um das Reich zu erweitern und seine Schatzkammern mit Gold zu füllen. Doch zunächst, sinnierte er genüsslich, würde er im Triumph zum Palatin hinaufreiten. Er wollte dem Kaiser Antoninus in die Augen schauen, wenn dieser Narr für seine letzte Fahrt in Fesseln zu seinem Reisewagen gebracht wurde.

Und dann würde er die Regierung neu organisieren. Er würde die trägen kaiserlichen Bürokraten durch dynamische Beamte mit einer Vision für das Reich ersetzen. Die alte Verwaltermentalität würde er nicht länger tolerieren. Der Kaiser Atilius Titianus sollte in die Geschichte eingehen als Herrscher, der keinen Widerspruch duldete, mit eiserner Faust regierte und das Reich zu neuer Blüte brachte.

Selbst der Senat sollte den Willen des Kaisers widerspiegeln. Wer es wagte, sich ihm zu widersetzen, würde seinen Posten als Senator schnell verlieren. Atilius bezweifelte nicht, dass sich der Senat nach gründlichen Säuberungen ihm voll und ganz unterwerfen würde. Er hatte diejenigen nicht vergessen, die sich über seine Reden zu militärischen Fragen lustig gemacht und ihn als

»Atilius, den Krieger« verspottet hatten; jetzt aber war seine Zeit gekommen. Jetzt würden sie für ihre Demütigungen bitter bezahlen.

Und wie sie bezahlen würden!

Vor allem Senator Titus Severus.

Bei Sonnenaufgang hatten die städtischen Kohorten Severus ebenso in Gewahrsam genommen wie eine ganze Reihe anderer Senatoren, die so dumm gewesen waren, sich diesem anzuschließen. Wie er es genießen würde, wenn Severus ihn um sein Leben anflehen und vergeblich um Gnade betteln würde! Atilius würde den niedersten Soldaten in seinem Palast um seinen Dolch bitten, Severus in einen fensterlosen Raum bringen lassen und persönlich dafür sorgen, dass er dort unter seinen Augen sein verdammungswürdiges Leben aushauchte.

Rom gehörte jetzt ihm. Die Prätorianer hatten den Palast und die kaiserlichen Beamten unter ihrer Kontrolle; die städtischen Kohorten hatten die Hauptstadt mit ihren Straßen und Brücken, Wasserwegen und Stallungen besetzt. Alles lag nun in seiner Hand.

Atilius folgte seinen Haussklaven in den Hof, wo gerade Balbinus' Kutsche einfuhr. Das Hufgeklapper der Prätorianerpferde klang wie die süße Musik eines siegreichen Heeres bei einer Militärparade.

»Ave, Erhabener!«, rief Balbinus mit verzücktem Blick.

Atilius rang um Selbstbeherrschung. Auch du bist nur ein Sterblicher, flüsterte er sich zu. Als er die Fassung wiedergefunden hatte, fragte er: »Wie steht es um das Reich?«

»Das Reich ist in guten Händen«, erwiderte sein Sekretär.

Atilius nickte befriedigt, ließ die Blicke über die Prätorianer schweifen, nickte kurz ihrem Centurio zu und stieg dann in den offenen Wagen. »Lasst uns diesen gemeinen Boden verlassen«, sagte er. »Auf zum Palatin!«

Es hatte fast den ganzen Tag geregnet. Irgendwo hinter den dichten Wolken ging die Sonne unter und warf eine Mischung aus Purpurrot und Schwarz an den Himmel. Vectis ließ den Blick über den Wehrgang schweifen, der voller Soldaten und skythischer Bogenschützen war. Nach dem Abriss der Ecktürme wirkte die Umwehrung viel flacher.

»Wenn sie heute Nacht kommen«, sagte Jupiter, »besteht wenig Gefahr, dass sie die Tore in Brand stecken.«

»Und der Boden ist viel zu aufgeweicht für ihre Belagerungsmaschinen.«

»Somit bleiben ihnen nur noch Stricke und Leitern – falls sie heute Nacht kommen.«

Im Morgengrauen kamen sie wie ein riesiger, immer größer werdender Schatten, der sich über das Land legte und sich dem Kastell näherte. Vectis befahl den Schützen an den Skorpionen und Wurfmaschinen, ihre Geschosse mitten in die sich nähernden Heerhaufen zu schleudern. Schreie erhoben sich aus den kaledonischen Horden, als die schweren Felsbrocken der Wurfmaschinen aufkamen und die Skorpionbolzen durch die Nachtluft zischten und Krieger trafen, die sich an die Umwallung anschlichen.

Kaledonische Hörner ertönten, und im selben Augenblick sprangen tausende von Kriegern unter ohrenbetäubendem Gebrüll auf. Der plötzliche Lärm ließ viele der Auxiliarsoldaten auf dem Wehrgang vor Angst aufschreien. Kreischend und heulend rannten die entfesselten kaledonischen Krieger auf die Wälle zu. Sie warfen ihre Haken und Sturmleitern in die weichen Erdwälle und kletterten hinauf wie Tiere, die im Jagdfieber hinter einem verletzten Vogel her sind.

Die Skythen auf dem Wehrgang schossen ihre Pfeile ab und schlugen damit Welle um Welle der knurrenden Kreaturen zurück. Soldaten stießen mit ihren Lanzen nach vorwitzigen Kaledoniern, die es schafften, sich an den Balken hochzuziehen, die den Wehrgang stützten.

Sie rannten immer weiter an.

Sie durchbrachen die südwestliche Ecke der Verschanzung an der Stelle, wo sich ein Turm befunden hatte. Vectis sah, wie sein für die Verteidigung verantwortlicher Offizier fiel. Er brüllte den Soldaten den Befehl zu, den Abschnitt zu sichern, doch seine Stimme ging im Kampfgetöse unter. Plötzlich waren die Kaledonier überall und überrannten von allen Seiten die Wälle. Julian befahl den restlichen Männern, die Leitern hoch und auf die Wälle zu steigen. Sie besaßen nun keinerlei Reserven mehr; auch die Köche, Handwerker, Bäcker und Schreiber, jeder, der einen Arm besaß, schwangen auf dem Wall ihre Schwerter.

Nach und nach erkämpften sich die Römer die Kontrolle über den Wehrgang zurück und dann auch über den ganzen Erdwall. Die Sonne war bereits aufgegangen, als die Hörner der Kaledonier zum Rückzug bliesen. Doch Faustina hatte über zwei Drittel seiner Männer verloren.

Ein Dutzend kaledonische Heerführer waren in Taranis' Zelt am Hauptplatz des Lagers versammelt. Jeder hatte seinen Stellvertreter mitgebracht sowie zwei Krieger, die sich im Kampf durch besonderen Mut ausgezeichnet hatten. Offizieller Zweck der Zusammenkunft war es, Informationen auszutauschen und den nächsten Angriff zu planen. Der wahre Grund aber bestand darin, den Heerführern Gelegenheit zu geben, ihren Triumph auszukosten und sich in der Tapferkeit ihrer Krieger zu sonnen.

»Ich schwöre auf die Brauen der Götter«, schrie einer der jüngeren Truppenführer, »dass ich sah, wie der Erdboden sich auftat und Esus mit einem flammenden Schwert herausstieg.«

»Ich spürte seine Kraft«, rief ein anderer.

»Die Götter sind mit uns«, dröhnten tiefe Stimmen.

Heerführer Cronn führte mit vier Kriegern gleich doppelt so viele wie erwartet vor den Rat und lobte in allen Einzelheiten ihre außergewöhnliche Tapferkeit. Sein von Narben bedecktes Gesicht verzerrte sich triumphierend, als er rief: »Ich denke, die Römer haben endlich begriffen, dass sie sich auf kaledonischem Boden befinden.« Die Männer stimmten ihm jubelnd zu.

Während ein Anführer nach dem anderen sich erhob, um den Mut seiner Krieger zu rühmen, trat Eston zu Taranis. »Du machst ja ein Gesicht, als hätten wir eine Niederlage erlitten«, sagte er und verschränkte die Arme. »Was ist denn los?«

Taranis schaute seinen Bruder an und betrachtete seinen gelbrot karierten, vom Kampf befleckten Rock. »Ich muss an Neeve denken«, sagte er schließlich. »Sie will einfach nicht weg, und so, wie ich sie kenne, besteht sie darauf, den Leichnam ihres Römers zu finden, wenn alles vorbei ist.«

Eston stöhnte. »Was sollen wir machen?«

Taranis schüttelte den Kopf. »Da ist nichts zu machen – so stur, wie sie ist.«

»Sie liebt ihn eben«, sagte Eston. »So merkwürdig das auch klingt – ich glaube, sie liebt diesen Römer wirklich.«

Taranis dachte einen Augenblick darüber nach, bevor er sagte: »Ich habe Angst um sie, Eston. Ich sehe keinen Ausweg und habe große Angst um sie.«

Forgall hatte gerade mit donnernder Stimme seine Rede begonnen, als ein Bote rief: »Die Druiden sind da!«

Im Zelt brach eine wilde Kakophonie von Stimmen aus. Forgall bahnte sich seinen Weg durch die anderen Heerführer und blieb nur bei Taranis und Eston kurz stehen. »Wir haben doch schon beim Fest der Erneuerung ihren Segen erhalten«, stieß er hervor. »Was wollen sie denn jetzt noch?«

»Divicos will uns eben einen doppelten Segen geben«, meinte Eston.

Der rothaarige Krieger schnaubte verächtlich. »Divicos! Der will sich doch nur unseren Sieg als seinen eigenen Verdienst anrechnen!«

Taranis trat vor Forgall. »Was auch immer seine Gründe sein mögen«, sagte er, »eines steht fest: Wir müssen den Hohepriester respektieren. Und du, Forgall, solltest deine Zunge im Zaum halten. Schließlich sind hier im Zelt auch einfache Krieger.«

Der bullige Krieger schloss den Mund und stürmte an Taranis vorbei aus dem Zelt.

»Da tut sich was«, rief ein Wachposten vom Wehrgang herunter.

Vectis stieg die Leiter hoch und blickte über den Wall. Jenseits der einstigen Todeszone wallte ein seltsamer grüner Nebel.

Plötzlich traten wie aus dem Boden gewachsen Druiden mit dunklen Kapuzen auf den Plan. Ihr überirdischer Gesang klang wie ein Klagelied, das er einst nach dem Tod eines Kindes aus einer ägyptischen Grabkammer hatte dringen hören.

»Vielleicht ist das Schicksal uns doch noch hold«, murmelte eine tiefe Stimme neben ihm. Es war Jupiter. »Wenn wir diese Druiden töten, fassen die Krieger das womöglich als Omen auf und ziehen ab.«

Vectis schaute Jupiter an und wandte sich dann wieder den Druiden zu. Konnte die Sache wirklich so einfach sein? Oder griffen sie schon bereitwillig nach jedem Strohhalm? »Wisst Ihr das mit Sicherheit?«, fragte er.

»Nein«, erwiderte Jupiter, »aber keltische Krieger glauben daran, dass ihre Druiden über besondere Kräfte verfügen, die den Feind aufhalten.«

»Ihr meint also, wenn wir ihre Magier töten –«

»Erschüttern wir die Grundfesten ihres Glaubens.«

Vectis wandte sich wieder den Druiden zu, die damit begonnen hatten, sich unter ständigem Singsang im Kreis zu drehen, bis plötzlich die dunklen Umrisse eines Leiterwagens aus dem Nebel auftauchten. Er war ganz sicher, dass kurz zuvor noch kein solcher Wagen da gewesen war, doch dann schien der Nebel sich zu verdichten und die Form eines Wagens anzunehmen.

»Wie viele von Eurer Einheit haben den Angriff überlebt?«, fragte Vectis.

»Siebenunddreißig.«

Die Erde schien um die Magier zu dampfen, und der grüne Nebel zog bereits über das ganze Gelände, streckte seine Finger zum Wall aus. Nun entdeckte er die gebeugte Gestalt ihres Hohepriesters, der offenbar schon so alt war, dass er sich an den Wagenwänden festhalten musste.

»Dieser Nebel kann nicht lange anhalten«, sagte Vectis. »Wie lange dauert es, bis Eure Einheit einsatzbereit ist?«

»Sie ist einsatzbereit und wartet auf Euren Befehl.«

Vectis fiel auf, dass Jupiter zum ersten Mal keinen Befehl gegeben hatte, der jenseits seiner Befugnis lag. In einer anderen Situation hätte er sich dazu geäußert, doch jetzt gingen ihm ernstere Dinge durch den Kopf. »Das ist ein Todesurteil«, sagte er. »Ich hoffe, Ihr seid Euch dessen bewusst.«

»In diesem Vorposten zu bleiben ist auch ein Todesurteil.«

Vectis verstand, was Jupiter damit sagen wollte. Selbst mit ihren einfachen Belagerungsmaschinen würden die Kaledonier das Kastell fast mit Sicherheit beim nächsten Anlauf einnehmen. »Sobald Ihr die Druiden erreicht habt«, sagte er, »führe ich eine Kolonne von Soldaten aus dem Nordtor – so, als wollte ich Forgall im Rücken angreifen.« Er hob die Hand, um zu verhindern, dass Jupiter ihm widersprach. »Bei all den Hindernissen, die noch nicht weggeräumt sind, wird es ihnen schwer fallen, mich zu kriegen. Auf jeden Fall gehe ich davon aus, dass sie zögern werden, Euch anzugreifen, wenn sie davon ausgehen müssen, dass die Hauptstreitmacht von Faustina dabei ist, ihre Nordflanke anzugreifen.«

Jupiter rief Befehle hinunter und wandte sich dann wieder zu Vectis. »Ihr habt Euch besser gemacht, als ich erwartet hätte«, sagte er. »Und das, obwohl ich hohe Erwartungen hatte. Ich bete darum, dass das Schicksal Euch verschonen möge.«

»Und ich bete für Euch. Aber …« Vectis blickte Jupiter in die Augen, »meine Gebete werden unerhört bleiben, wenn Ihr nicht zielstrebig genug vorgeht. Euer Auftrag lautet, die Druiden zu vernichten, und sonst gar nichts.«

»Ich verstehe«, sagte Jupiter nur und stieg die Leiter hinab.

Die Krieger sogen aus respektvoller Entfernung die Kraft in sich auf, die von den heiligen Priestern ausging. Der beißende grüne Nebel, der beim Erscheinen der Magier aus dem Schoß der Erde aufgestiegen war, war nun in ihre Richtung gezogen und brannte ihnen in den Augen.

Eines musste Taranis den Priestern lassen: Sie verfügten über eine geradezu unheimliche Fähigkeit, den Kampfgeist der Krieger zu wecken. Von überallher hörte er Lobpreisungen auf die alten Götter. »Die Götter sind mit uns«, riefen die einen, »Die Druiden sind da«, die anderen. In der Ferne hörte er, wie die

Magier den Gottlosen Beschimpfungen entgegenschleuderten und kreischten »Mögen sie in Schmerzen brennen.« Und fast, als habe der sich verziehende Nebel die Heere des Tutorix mit sich gebracht, hörten sie ein immer stärker anschwellendes Donnern von Hufen.

In Begleitung zweier Offiziere führte Vectis eine Kolonne von Soldaten aus dem Nordtor. Am Wall entlang hatte er als Vorsichtsmaßnahme für den Fall eines übereilten Rückzugs sechs Pfeilgeschütze aufstellen lassen, obwohl er seine Zweifel am Nutzen der Maschinen hatte. Julian und den obersten Ingenieur hatte er zurückgelassen; Julian sollte die Verteidigung des Lagers verstärken und der Ingenieur die Geschütze befehligen.

Durch den grünen Nebel sah Vectis, wie Jupiters Soldaten über die dunkel gewandeten Druiden herfielen und ihnen im Vorbeidonnern die Lanzen in den Leib rammten. Die entsetzten Magier stoben in alle Richtungen davon, um den eisernen Spitzen der römischen Lanzen zu entkommen. Nur der greise Hohepriester blieb angesichts des Todes standhaft. Kreischend und zischend und sich wie eine Schlange windend blieb er in seinem Wagen stehen, und aus seinem Mund kamen ein abscheuliches Gelächter und gespenstische Stimmen. Immer, wenn ein Soldat auf ihn zukam, zeigte er mit seinen knochigen Fingern auf seinen Peiniger und rief den Fluch der Götter auf ihn herab. Feuer züngelte aus seinen Fingerspitzen, und stinkender Rauch umgab ihn. Kein Soldat hatte den Mut, einen Priester mit einer derartigen Macht anzugreifen.

Plötzlich aber fegte durch den Nebel Jupiters unverkennbare Gestalt auf den alten Priester zu. Mit einem einzigen Schwerthieb holte er den Magier von den Beinen, sodass Divicos über das Geländer des Leiterwagens in die Nebelschwaden stürzte.

»Präfekt«, rief einer seiner Offiziere, »der Feind kommt auf uns zu – auf beiden Flanken.«

»Blast zum Rückzug«, sagte Vectis. »Vorwärts marsch, Schilde auf den Rücken.« Er hatte bereits registriert, dass die schlecht organisierten Haufen von Forgalls Truppen zu reagieren versuchten, aber da die nicht geräumten Hindernisse der Todeszone ihr Vorwärtskommen stark einschränkten, konnten sich lediglich die äußeren Reihen einigermaßen ungehindert bewegen. Was ihm Sorgen machte, waren Taranis' Krieger. Jupiter hatte sie ebenso überrascht wie die Kolonne von Soldaten, die aus dem Nordtor ausgerückt war. Die Unentschlossenheit der Kaledonier hatte sie das Leben zahlreicher Priester gekostet, doch jetzt kamen sie über den Todesstreifen gerannt und versuchten, Jupiter und seine Einheit abzufangen.

»Vorwärts!«, rief Vectis laut, als könnte seine Stimme Jupiter und seinen Leuten helfen, die ihre Pferde herumgerissen hatten und sie auf die Festung zutrieben. Auch Vectis hatte seine Soldaten im Eilschritt bewegt.

Er blickte zurück zu Jupiters Reitern, die verzweifelt versuchten, auf dem holprigen Boden, aus dem die Fallen entfernt worden waren, ihr Tempo zu halten. Auf festerem Untergrund kam eine größere Gruppe kaledonischer Reiter rasch auf sie zu und schnitt ihnen den Rückweg ab. Jupiter und seine Einheit hatten keine Chance.

Plötzlich drehte Jupiter um und hielt in vollem Tempo auf die Kaledonier zu. Mit einem Schwert in der einen und einem Dolch in der anderen Hand stieß er mit herumwirbelnden Armen in sie hinein, und in diesem Augenblick wirkte er wie der rasende Barbar, den Vectis immer in ihm vermutet hatte. Ein halbes Dutzend Kaledonier stürzten vom Pferd oder sackten leblos auf ihren Reittieren zusammen, aber es kamen immer mehr Kaledonier nach. Einer von ihnen – ein schlaksiger junger Mann mit einem gelbrot karierten Rock – sprang vom Pferd und rammte dem Centurio das Messer in die Brust. Während die beiden Männer miteinander ringend zu Boden stürzten, stieß Jupiter noch immer mit dem Dolch um sich. Jetzt standen sie alle um ihn herum wie eine Meute von Hunden um ein Schaf.

Jupiters Opfer hatte seinen Soldaten die wertvollen Sekunden verschafft, die sie benötigten, um das Nordtor zu erreichen. Julian winkte sie herein; sie wurden auf den Wällen dringend gebraucht.

Vectis lag mittlerweile in seinem eigenen Kampf um Leben und Tod. Seine Truppen waren noch gut hundert Fuß vom Nordtor entfernt, als Forgalls Horden um die Hindernisse herum auf sie zukamen und sie zu vernichten drohten. »Skorpione«, rief Vectis, und sein Befehl wurde weitergegeben zu den Soldaten, die die Geschütze bedienten. Sechs eiserne Pfeile schossen durch die Luft, landeten in den anstürmenden Horden, in die sie für wenige Augenblicke Löcher rissen, ohne damit die Masse der führungslosen Krieger aber entscheidend bremsen zu können.

»Flache Schussbahn!«, befahl der für die Skorpione verantwortliche Offizier. Es war gerade noch Zeit für eine letzte Salve, bevor die Kaledonier über sie herfielen.

Dann kamen die riesigen Steine von den Katapulten über die Wälle geflogen. Nichts flößte Barbaren mehr Angst ein als mächtige Felsbrocken, die vom Himmel fielen. Als die Soldaten sich dem Tor näherten, verwandelte sich das Rechteck in eine sechs Mann breite Kolonne, die zügig marschierte, bis die schweren Torflügel sich ächzend hinter ihnen schlossen. Draußen feuerten die Pfeilgeschütze noch ein zweites Mal ihre Geschosse ab, bevor die Mannschaften hastig ihre Maschinen im Stich ließen und auf die kleine Tür in dem einen Torflügel zurannten.

Der Angriff war kurz und ungeordnet. Ein paar kaledonischen Krieger verfügten über Leitern und Seile, aber die meisten krochen einfach nur auf allen vieren die Erdwälle hoch. Erzürnt über den Tod ihrer Priester warfen sie sich den Soldaten entgegen, die den Wehrgang verteidigten, und an einigen Stellen gelang ihnen sogar der Durchbruch, bevor ihre Anführer zum Rückzug bliesen.

Vectis ließ den Blick über die Verwundeten und Sterbenden auf dem hölzernen Wehrgang gleiten. Die Soldaten hatten sich – nicht zuletzt dank Jupiter – hervorragend geschlagen, aber mittlerweile waren sie zu wenige, um die Umwallung zu verteidigen. Die Tötung der Priester war ein letzter verzweifelter Versuch gewesen, das Unausweichliche doch noch abzuwenden, doch nun waren die Kaledonier nicht mehr aufzuhalten. Sie würden sich neu formieren und einen weiteren Angriff starten, und diesmal würde Faustina fallen.

Senator Atilius Titianus winkte den städtischen Soldaten zu, die an jeder Straßenkreuzung postiert waren. Noch nie hatte er die Straßen Roms so leer gesehen. Das Gefühl von Macht brachte sein Blut in Wallung, als er die Hauptstadt des Reiches von der offenen Kutsche aus betrachtete und dem Hufgeklapper der Prätorianerpferde um ihn herum lauschte.

Mit einem Mal spürte er die volle Last der Verantwortung, die zu übernehmen er im Begriff war. Das Reich hing nun von ihm ab, von den Wällen Britanniens bis hin zum Euphrat. Die Vorposten in Britannien waren, wie er vermutete, mittlerweile verloren, und zweifellos wurden soeben gerade die Wälle erstürmt. Aber das würde sich bald ändern. Nach einer ausgiebigen Strafaktion würde jeder Barbar auf dieser vermaledeiten Insel mit Freuden vor ihm auf die Knie fallen. Einen flüchtigen Augenblick lang fragte er sich, ob er tatsächlich das Land erobern könne, das zu unterwerfen den anderen Kaisern nicht gelungen war, und den Wohlstand schaffen könne, von dem er so gern und oft träumte. Doch die Zweifel behelligten ihn nicht lange; schließlich hatte es das Schicksal immer gut mit ihm gemeint.

Die Augen des Senators ruhten kurz auf Balbinus, der ihm über so viele Jahre treu zur Seite gestanden hatte. Er lächelte, als könnte er den großen Augenblick gar nicht erwarten. Über zwanzig Jahre lang hatte Balbinus ihm gedient, und das zu seiner vollen Zufriedenheit, und so beschloss Atilius, diese Treue gebührlich zu belohnen. Sein schlampiges Äußeres passte schlecht zum neuen Bild von Effizienz, das er seiner Regierung verleihen wollte, aber Atilius dachte daran, ihn irgendwo anders hinzuschicken; vielleicht konnte er ja seine Ländereien in den Provinzen verwalten.

»Ich möchte, dass du weißt«, sagte er, »dass bei mir immer ein Platz für dich ist.«

Balbinus bekam leuchtende Augen. »Eure Großzügigkeit ist grenzenlos, mein Herr.«

»Natürlich werde ich in meiner neuen Stellung andere Berater benötigen.«

»Natürlich.«

»Und natürlich muss ich damit rechnen, dass nun von vielen Seiten Druck auf mich ausgeübt wird, diejenigen in Amt und Würden einzusetzen, die mich unterstützt haben ... und so weiter, du verstehst schon.«

»Ich bin mit meinem Posten als Euer Privatsekretär voll und ganz zufrieden«, meinte Balbinus. »Ein höheres Amt anzustreben liegt mir fern.«

»Ja ... nun, wir müssen da vielleicht die eine oder andere Veränderung vornehmen«, sagte Atilius. »Aber das besprechen wir später.« Er lächelte. »Lass uns erst einmal den Tag genießen. Er ist wie kein anderer.«

»In der Tat, Senator, wie kein anderer.«

Vor sich sah Atilius schon den Palatin, wo sein neues Leben beginnen würde. »Die Prätorianer haben die Lage gut im Griff«, meinte er mit Blick auf das Meer scharlachroter Uniformen, die an jedem Eingang des Palastes standen.

»Sie sind kaum auf Widerstand gestoßen. Einige der Kohorten im Palast haben sich sogar auf die Seite unserer Truppen geschlagen.«

Kein Widerstand! Genau, wie er es vorhergesagt hatte. Atilius befeuchtete sich die Lippen. Angesichts der Wahl zwischen einem kleinen Verwalter und einer tatkräftigen neuen Führungspersönlichkeit hatten sich die Prätorianer schnell an seine Seite gestellt.

»Und wo ist Antoninus?«, fragte Atilius.

»Die Prätorianer haben den Kaiser – den früheren Kaiser«, berichtigte sich Balbinus, »in die Empfangshalle gebracht, wo er nun auf Euch wartet.«

»Und was ist mit Senator Severus?«

»Ich habe die Wachen angewiesen, ihn ebenfalls herzuschaffen.«

»Noch bevor dieser Tag zu Ende geht, möchte ich, dass jeder Senator – und zwar wirklich jeder einzelne –, der Severus oder den Kaiser unterstützt hat, zu mir gebracht wird. Ich möchte persönlich das Urteil sprechen.«

»Wird erledigt, mein Herr.«

Atilius fiel auf, dass Balbinus offenbar nicht recht wusste, wie er ihn ansprechen sollte – als Senator, Herr oder Kaiser.

Die Kutsche blieb stehen.

Er wandte sich zu Balbinus und sagte: »Wenn ich meinen Fuß auf die Marmortreppe setze, bin ich nicht mehr Senator, sondern Kaiser. Dann darfst du mich auch so ansprechen.«

Balbinus verbeugte sich, als ein Prätorianer dem neuen Kaiser die Tür der Kutsche öffnete.

Die Empfangshalle war leer, abgesehen von den an den Türen Wache stehenden Prätorianern. Aus dem angrenzenden Raum kam Titus Fulvus Antoninus der Fromme, der fünfzehnte Kaiser seit Abschaffung der Republik durch Julius Caesar. Als er mit gesenktem Kopf und schwerem Gang den Kuppelsaal betrat, wirkte er irgendwie benommen. Als er dann zur kaiserlichen Liege kam, zupfte er nervös an seiner Toga, richtete den Oberkörper auf und setzte sich. Seine gerunzelte Stirn ließ ahnen, was in ihm vorging.

Senator Atilius Titianus kostete jeden Schritt aus, als er den Raum durchmaß. Er versuchte sich vorzustellen, wie Kaiser Augustus sich gefühlt haben musste, als er Marcus Antonius die Krone vom Kopf riss. Jetzt, zweihundert Jahre später, war ein neuer Augustus herangewachsen, vor dem die gesamte Menschheit zittern sollte. Hinter ihm kamen Balbinus und die Leibwache der Prätorianer. Atilius hielt den Blick auf Antoninus gerichtet. Wie still er doch war bei seinem letzten Kaiserspiel. Atilius war versucht, mit lauter Stimme auszurufen: »Runter von der kaiserlichen Liege«, aber das hätte gegen seinen Ehrenkodex verstoßen. Er war ein barmherziger Mann und wollte Antoninus einen Abgang in Würde ermöglichen. Wenn der Narr es vorzog, das Urteil über sich zu hören, während er noch einmal den Kaiser abgab, sollte er seinen Willen haben.

»Nun seid Ihr also gekommen«, sagte der Kaiser, »und auch

noch im Rot des Militärs. Ich hätte nie gedacht, dass Ihr den Weg Eures Vaters einschlagen würdet.«

»Das ist genau Euer Problem, Antoninus. Ihr seid unfähig, den Lauf des Schicksals vorwegzunehmen.«

»Das mag wohl sein. Ich wusste zwar, dass Ihr sehr ehrgeizig seid, aber –«

»Mit *Ehrgeiz*«, widersprach Atilius, »hat das nichts zu tun. Was ich tue, tue ich für Rom!«

»Ach ja, Rom.« Er stand auf. »Und was soll jetzt aus mir werden?«

»Ihr folgt Euren Vätern«, sagte Atilius. »Und nach einem angemessenen Zeitraum sorge ich vielleicht sogar dafür, dass der Senat Euch zum Gott erhebt.«

Antoninus lachte heiser. »Das ist zweifellos etwas Neues. Erst bringt Ihr mich um, und dann macht Ihr mich zu einem Gott.«

»In mancher Hinsicht wart Ihr ja ein guter Kaiser. Ich habe das nie bestritten.«

»Und was soll mit meinem Thronfolger Marcus Aurelius geschehen?«

»Der geht mit Euch.«

»Und mit Titus Severus und meinen Anhängern im Senat?«

»Genug!«, schrie Atilius wutentbrannt. »Wer seid Ihr eigentlich, dass Ihr mich so ins Verhör nehmt?« Dann befahl er Balbinus: »Lass diesen Mann in meiner Gegenwart von den Prätorianern fesseln. Sein Reisewagen wartet schon.«

Balbinus trat vor und fiel vor Antoninus auf die Knie.

»Was machst du da, du Schwachkopf?«, rief Atilius entgeistert.

»Er huldigt seinem Kaiser«, erklärte Antoninus. »Steh auf, Gaius Balbinus; du hast dem Kaiserreich einen großen Dienst erwiesen.«

Atilius spürte, wie ein Ruck durch seinen Körper ging. Als er sich umdrehte, sah er, wie Senator Titus Severus aus einem angrenzenden Raum in den Saal trat.

»Euer Sekretär«, sagte Antoninus, »ist zu Senator Severus mit einer Information gekommen, die so ... so abgrundtief schändlich war, dass ich mich geweigert habe, das Urteil über Euch zu sprechen, bevor ich es aus Eurem eigenen Mund gehört habe.«

»Prätorianer!«, rief Atilius verzweifelt in der Hoffnung, vielleicht doch Herr der Lage zu sein.

»Das sind nicht Eure Prätorianer«, sagte der Kaiser ruhig.

Atilius spürte, wie sein Herz pochte. Er versuchte zu begreifen, was um ihn herum vorging, aber er konnte es einfach nicht fassen. Er hatte verspielt! Alles verloren! Der Kaiser würde jetzt seine Besitztümer aufteilen – ein Viertel für Balbinus, ein Viertel für Severus, und der Rest ging an den Staat.

»Atilius Titianus«, sagte der Kaiser, »Ihr habt Euch des Hochverrats schuldig gemacht und werdet auf die Insel Psara im Ägäischen Meer verbannt.«

»Ich fürchte den Tod nicht«, meinte Atilius, der verzweifelt versuchte, Haltung zu bewahren.

»Aber ich«, sagte der Kaiser. »Ich möchte nämlich, dass meine Nachfolger mit Gnade schneller bei der Hand sind als mit Vergeltung.« Dann wandte er sich um und verließ schweigend den Saal.

»Antoninus der Fromme!«, rief Balbinus. »Mögen die Götter Euren Namen für immer segnen.«

Als die Prätorianer Atilius am Arm packten, warf dieser seinem früheren Sekretär finstere Blicke zu und klagte bitterlich: »Wie konntest du mir das bloß antun?«

Balbinus zuckte mit den Achseln. »Einer meiner Informanten hat eine Nachricht von Vectis Trebellius abgefangen, in der er den Kaiser vor Eurem Verrat warnte.« Er senkte die Stimme. »Ich konnte es nicht zulassen, dass eine andere Nachricht zum Kaiser durchkam.« Er lächelte. »Ein kluger Mann kettet sich nie an das Schicksal eines anderen. Er folgt dem Lauf der Zeiten.«

Die letzten Worte, die Atilius hörte, bevor er abgeführt wurde, waren die des Titus Severus. »Die Insel ist zwar ziemlich klein«, gluckste er, »aber wie man hört, wächst dort ein erstklassiger Spargel.«

Eston war tot.

Neeve starrte auf die kalte, reglose Gestalt, die auf der Kiefernholzbank unter dem Vordach des Hauptzeltes stand. Wie fremdartig er doch wirkte, so reglos und mit gräulich anmutender Haut. Sein Gesicht trug den verwelkten Ausdruck des Todes. Die grünen Stechpalmenzweige, die seine Brust schmückten, bildeten einen scharfen Kontrast zu seinem schneeweißen Totenhemd. Verzweiflung stieg in ihr auf, als sie sein gut geschnittenes Gesicht und seine einst so hellwachen Augen betrachtete, die nun für immer geschlossen bleiben sollten. »Oh, Eston«, murmelte sie, und ein kalter Wind, der sich im Vordach des Zelts verfing, ließ sie frösteln bis ins Mark.

»Neeve?« Es war Taranis. »Die Krieger nehmen ihn jetzt mit.«

»Nein, bitte«, sagte sie, »noch nicht.«

»Der Scheiterhaufen ist fertig«, sagte er und legte ihr die Hand auf die Schulter. »Einige von Estons Kriegern haben zehn Jahre mit ihm zusammen gekämpft. Für sie ist das wichtig.« Er führte sie zurück ins Zelt und drückte sie auf eines der Feldbetten.

Fast eine Stunde lang blieb sie reglos dort sitzen. In Gedanken sah sie Eston lachend hinter ihr herjagen, wie er es als kleiner Junge immer getan hatte. Ihr kam es vor, als wäre sein Körper noch vor wenigen Augenblicken voller Leben gewesen, und jetzt war er von ihr gegangen. Überall um sie herum roch es nach Tod, aber irgendwie war sie immer davon ausgegangen, dass nur die Römer in Gefahr seien und nicht ihre Brüder.

»Taranis«, sagte sie, »schwör mir, dass du nun ganz besonders auf dich aufpassen wirst.«

Er nickte wortlos.

»Ich will, dass du es aussprichst.«

Er setzte sich neben sie und legte seine rauen Finger auf die ihren. »Ich schwöre bei den Göttern, vorsichtig zu sein«, sagte er.

Sie lehnte sich an ihn, als wollte sie an seiner Stärke teilhaben. In der Stille dachte sie an Vectis und fragte sich, was sie für ihn tun konnte. Noch war er am Leben, aber in wenigen Stunden …

Sie riss sich aus ihren Gedanken und schaute wieder ihren Bruder an. »Du weißt schon, um was ich dich bitten möchte«, sagte sie. »Ich habe gerade Eston verloren und kann den Gedanken nicht ertragen, bald noch jemanden zu verlieren. Wenn ich dich jemals gebraucht habe, dann jetzt. Du darfst nicht zulassen, dass Vectis stirbt.«

Er hörte zu, sagte aber nichts.

Sie schloss die Augen.

»Ich setze die Druiden ein«, sagte er schließlich. »In ihrem gegenwärtigen Zustand können sie keine Forderungen stellen. Ich sage ihnen, die Götter wollten die Römer aus Kaledonien ausspucken, wie man fauliges Wasser ausspuckt. Lebende Boten der Niederlage – das ist es, was die Götter wollen.«

»Oh, Taranis«, sagte Neeve mit Tränen in den Augen. Sie umarmte ihn und drückte das Gesicht an seine Schulter.

Schon aus einiger Entfernung erkannte Vectis an den schlanken, anmutigen Linien ihres Körpers und dem flachsfarbenen, im Wind wehenden Haar, dass die Reiterin, die sich dem Kastell näherte, Neeve war. Flankiert wurde sie von zwei imposanten Kriegern in langen Umhängen und ledernen weiten Hosen, von denen einer das rote Banner des Taranis trug.

»Strikter Befehl an die Bogenschützen«, rief Vectis. »Pfeile in die Köcher!«

Sein Befehl wurde den ganzen Wehrgang entlang wiederholt. Vectis wollte auf keinen Fall, dass irgendein Verrückter Neeve aus dem Sattel schoss.

Julian zeigte auf das rote Banner. »Muss wohl der Blutgott höchstpersönlich sein.«

»Der wird sich noch wünschen, er wäre nie gekommen«, sagte Vectis, und seine Augen verengten sich zu Schlitzen. »Lass einen der Skythen hierher kommen.«

Die Reiter hielten fünfzig Fuß vor der Umwallung an, und der mit dem Banner rief in seiner Muttersprache etwas herüber. »Römer«, übersetzte Neeve, »Taranis, der ruhmreiche Führer des kaledonischen Volkes, hat euch Gnade gewährt. Ihr werdet euer Kastell aufgeben, eure Standarte im Stich lassen und das Lager auf der Stelle verlassen.«

Vectis starrte Neeve an. Wie Kristalle leuchteten ihre Augen zu ihm herauf, aber mit einer Spur von Traurigkeit. Julian bemerkte etwas über Jupiters Attacke gegen die Druiden und meinte, diese habe doch tatsächlich die Kampfmoral der Kaledonier gebrochen. Vectis aber wusste es besser. Es war Neeve gewesen. Irgendwie war es ihr gelungen, Taranis zu überreden, sie ziehen zu lassen. Ein finsterer Gedanke geisterte durch sein Hirn: Sie hatte sich ihm noch einmal hingegeben. Er schaute sich den arrogant wirkenden Krieger mit der Fahne in der Hand an, über dessen hartes Gesicht sich eine lange Narbe zog. Er sah genau so aus, wie Vectis sich Taranis immer vorgestellt hatte. Er konnte den Blick nicht von ihm wenden. Taranis! Und keine fünfzig Fuß von ihm entfernt. Der Skythe konnte ihn mit Leichtigkeit erledigen.

Nein!, ermahnte er sich. Was geschehen war, war geschehen. Beim Gerichtsverfahren hatte sie von geteilten Loyalitäten gesprochen. Wie sollte er wissen, was sie nun antrieb? Er konnte nicht zulassen, dass seine Gefühle das Leben seiner Männer in Gefahr brachten. Sie waren von ihm abhängig. Wenn es überhaupt noch eine Chance gab, dann wollte er sie ergreifen – gleichgültig, von welcher Seite sie kam.

»Bist du Taranis?«, fragte Vectis.

»Der große Taranis spricht nicht mit besiegten Römern«, kam zur Antwort. »Mein Name ist Cronn.«

»Wir können unsere Standarte nicht im Stich lassen«, sagte Julian leise zu Vectis, als ob er das nicht selbst gewusst hätte.

Vectis rief zu dem Krieger hinunter: »Sag Taranis, dass wir sein Angebot annehmen. Wir übergeben und verlassen das Lager innerhalb einer Stunde.«

Neeve rief zurück: »Taranis braucht auch die römische Standarte.«

Vectis war klar, dass er die Standarte des Kastells unmöglich den Kaledoniern überlassen konnte. »Römische Soldaten müssen ihre Fahne immer mit sich führen«, sagte er, so überzeugend er konnte.

Cronn, der auch ohne Übersetzung zu verstehen schien, wirkte nicht sonderlich beeindruckt. Er schrie und zeigte auf die Soldaten am Wall: »Ihr werdet eure Standarte übergeben oder alle sterben.« Neeve, die übersetzt hatte, fügte in einem Ton hinzu, der eindeutig an Vectis adressiert war: »Die Standarte ist doch wirklich nicht zu viel verlangt.«

Als Vectis wiederholte, dass er unmöglich die Standarte übergeben könne, wurde sie blass. Sie rutschte in ihrem Sattel hin und her und biss sich auf die Lippe, als ob sie um eine Lösung ringen würde. »Ihr müsst wissen«, sagte sie schließlich, »dass sämtliche Truppenführer einhellig der Meinung sind, dass ihr eure Standarte übergeben müsst.« Und nach einer kurzen Pause fügte sie hinzu: »Taranis braucht diese Standarte unbedingt.«

Die Botschaft war unmissverständlich. Um die anderen Heerführer zu überreden, den Römern freies Geleit zuzusichern, hatte der Anführer der Barbaren versprochen, den Feind zu demütigen, indem er Faustina einschließlich seiner Standarte forderte. Sie saßen in der Sackgasse.

Da mischte sich Julian ein. »Für einen römischen Befehlshaber ist es eine schwere Demütigung, dem Feind seine Rüstung zu überlassen«, log er. »Würde der große Taranis vielleicht die Rüstung des Präfekten akzeptieren?«

Vectis wartete Neeves Übersetzung ab. Die beiden Krieger berieten sich kurz, ohne zu einem Ergebnis zu gelangen. Schließlich rief Neeve: »Er wird sie annehmen. Dafür werde ich sorgen.«

»Können wir ihr vertrauen?«, fragte Julian.

»Das habe ich mich auch gerade gefragt«, gestand Vectis.

»Eine große Wahl haben wir wohl ohnehin nicht«, meinte Julian mit schiefem Grinsen.

»Das ist richtig, aber wir müssen trotzdem dafür sorgen, dass wir in Würde abziehen.« Vectis wandte sich wieder an Neeve. »Römischen Soldaten ist es nicht erlaubt, ihre Lager dem Feind zu übergeben. Wird Taranis, nachdem wir die Tore geschlossen haben, solange warten, bis wir abgerückt sind, bevor er von dem Lager Besitz ergreift?«

Ohne die beiden Krieger zu fragen, antwortete Neeve: »Die

Geduld meines Bruders ist zwar nicht unbegrenzt, aber er wird damit einverstanden sein.«

Die Worte trafen Vectis wie ein Hammerschlag. Ihr *Bruder.* Sie nannte Taranis ihren Bruder! Er legte den Kopf zurück und starrte in den Himmel, und eine tiefe Traurigkeit überkam ihn.

»Hast du das gehört?«, fragte Julian. »Kann Taranis dieser angebliche Kartenmacher sein, den wir aus Faustina verbannt haben?«

Vectis war noch immer wie betäubt und zu keiner Antwort fähig. Sie hatte von geteilten Loyalitäten gesprochen. Mit einem Schlag wurde ihm klar, wie sehr er ihr Unrecht getan hatte, und erst jetzt verstand er die Bedeutung ihrer Worte. Versprich mir, dass du mich immer lieben wirst, hatte sie ihn angefleht; versprich mir, dass du mich immer nach den Beweggründen meines Herzens beurteilen wirst. Er schloss die Hand um den kleinen Beutel mit dem Ring an seinem Gürtel und schaute seiner schönen Neeve in die Augen.

Die kaledonischen Truppenführer saßen steif auf ihren Pferden. Die wie bei einer Truppenparade gerade Linie, die sie bildeten, stand in krassem Gegensatz zur Farbenpracht ihrer Kleidung und zur Vielfalt an Formen und Größen ihrer Rüstungen. Hinter jedem Truppenführer stand ein Krieger mit dem Banner eines Stammes, und hinter ihnen warteten in einiger Entfernung die Horden der Kaledonier. Vectis erkannte Taranis sofort wieder. Er war der Kartenmacher, Neeves Bruder.

Er lenkte sein Pferd auf die Heerführer zu und hielt vor Taranis an. In seinen Augen war nichts zu erkennen, weder Hass noch Triumph. Vectis löste die Riemen seines Brustpanzers und nahm den Helm ab. Er reichte sie einem Krieger, der Taranis jedes Stück einzeln brachte. Der Blutgott nahm die Teile und hielt sie unter ohrenbetäubendem Jubel seiner Krieger hoch über den Kopf, um sie anschließend in den Dreck zu werfen.

Die Kaledonier verfielen in ohrenbetäubendes Triumphgeschrei, und Vectis betrachtete Julian und die kläglichen Überreste seiner Truppen. So schmutzig und abgerissen sie auch aussahen, saßen sie doch überwiegend aufrecht im Sattel, den Blick geradeaus gerichtet, als sei der Kaiser persönlich gekommen, um sie zu inspizieren. Sie durften keinerlei Emotionen zeigen und keinem Kaledonier auch nur einen einzigen Blick zuwerfen. Selbst in der Niederlage hatten römische Soldaten noch immer die Kraft, dem Feind zu trotzen. Die Kaledonier würden nichts von dem bekommen, was sie gefordert hatten – nicht die Standarte von Faustina und nicht den Bestand des Kastells. Der Vorposten brannte bereits. Mit Hilfe von Seilen und Fackeln und Fässern mit Pech hatte der Ingenieur die Zerstörung der Werkstätten, Getreidespeicher, Karren, Waffen und Katapulte vorbereitet. In diesem Augenblick brannten schon die ersten Seile durch, und Fackeln fielen auf pechbestrichene Oberflächen. Die Kaledonier ernteten nur verbrannte Erde.

Taranis war mittlerweile näher an ihn herangeritten, zog nun sein langes, schweres, scharfes Messer, beugte sich aus seinem Sattel hinüber zu Vectis und ergriff seinen Gürtel. Mit einer raschen Bewegung aus dem Handgelenk durchschnitt er das Leder, der Gürtel fiel in den Dreck.

Die Demütigung war vollkommen. Als Vectis sein Pferd wenden wollte, musste auch noch der große rothaarige Anführer namens Forgall seine Autorität dadurch unter Beweis stellen, dass er ihn bespuckte. Er traf daneben.

Am äußersten Ende der Reihe saß Neeve auf ihrem Pferd, die Hände zwischen den Sattelknöpfen, und beobachtete stumm die Prozedur. Ihre Blicke trafen sich mit den seinen, bis sie ihn anschaute wie damals, als sie sich zum ersten Mal begegneten. Er hielt sein Pferd vor ihr an. Etwas an ihr war anders ... ihr Haar! Es war hochgesteckt wie das einer unterwürfigen römischen Ehefrau. Er öffnete seine Satteltasche und holte die Stoffpuppe heraus. Dann beugte er sich zu ihr hinüber, legte sie ihr in die ausgestreckte Hand, und für einen wunderbaren Augenblick spürte er ihre kühlen Finger.

Die Kolonne von Soldaten verschwand schnell auf der Römerstraße gen Süden – einige zu Pferd, andere zu Fuß, und ein paar

Verwundete hingen, in Planen gewickelt, wie Gepäck auf den Maultieren.

Neeve rollte die Puppe auf. In ihr fand sie den Beutel mit ihrem goldenen Ehering. Sie steckte sich den Ring an den Finger. Sehnsüchtig schaute sie Vectis hinterher und fragte sich, wie sie ihn jemals wieder finden sollte. Kurz danach, während Taranis neben ihr stand, überbrachte man ihnen die Nachricht. Die Römer hatten es offenbar geschafft, einen Brand mit Verzögerungseffekt zu legen, und die meisten Waffen und Getreidevorräte waren vernichtet. Taranis blickte erst zu Neeve und dann in Richtung der dunklen Linie von Römern, die am Horizont schon fast außer Sichtweite waren.

»Dein Römer würde einen guten kaledonischen Heerführer abgeben«, stellte er fest.

Neeve wollte gerade etwas antworten, als der Singsang begann und auf das anfängliche tiefe Stöhnen Schreie und Flüche folgten. Auf einer kleinen Erhebung im ansonsten flachen Gelände hatte sich ein Häuflein überlebender Druiden im Kreis formiert, und von Sekunde zu Sekunde schienen sie hysterischer zu werden.

»Was machen die da?«, fragte Neeve, instinktiv abgestoßen von den im Kreis herumtanzenden, heulenden Priestern, die mit Stöcken nach etwas stocherten.

»Ich vermute, sie haben einen Römer gefunden, der noch nicht ganz tot ist.«

»Und warum sind sie so aufgeregt?«

Taranis zuckte mit den Achseln. »Vielleicht ist es ja ein wichtiger Römer.«

Sofort war Neeve klar, um welchen Römer es sich handeln musste. Sie rannte über den weichen Boden, der von den kaledonischen Räumtrupps aufgewühlt worden war, und rammte die Fäuste in den Rücken des erstbesten Druiden. Er war leichter, als sie erwartet hatte, flog durch die Luft und landete in einer Gruppe anderer Druiden, die in einem Chaos wallender Gewänder zu Boden gingen.

»Lasst ihn in Ruhe, ihr Aasgeier!«, schrie sie, hob einen ihrer knorrigen Gehstöcke vom Boden auf und schwang ihn wie eine Keule. Angesichts ihres Zorns zogen sich die Priester rasch zurück.

Neeve ging neben Jupiter auf die Knie. Seine Augen waren fast geschlossen, doch um seine Lippen spielte unzweifelhaft ein Lächeln.

»Kartenmacherin«, sagte er mit krächzender Stimme.

»Ich bin hier«, sagte sie.

»Dich fürchten selbst die Druiden.«

Sie rang sich ein Lächeln ab. »Die wissen, dass Taranis mein Bruder ist.«

»Ah«, sagte er, »dein Bruder.«

»Vectis ist abgezogen«, erklärte sie ihm, »und zwar mit allen seinen Soldaten.«

»Gut.«

Sein Atem ging rau und unregelmäßig. »Sie werden ihn nach Rom schicken«, sagte er plötzlich.

»Rom?«

»Nicht schwer zu finden. Alle Straßen, so sagt man ...« Seine Stimme versiegte.

Seine Augen waren jetzt ganz geschlossen, und Neeve verspürte eine seltsame Traurigkeit. Jupiter hatte ihren Bruder getötet, aber für ihn war Eston nur ein Kaledonier gewesen wie jeder andere auch. Sie konnte ihn deswegen nicht hassen. Und außerdem verdankte sie ihm ihr Leben.

Kratzend kamen seine letzten Worte: »Mein Kopf ... lass nicht zu, dass sie mir den Kopf abhacken ... diese Druiden.«

Neeve nahm seine Hand. »Sie werden dich nicht anrühren. Dafür werde ich sorgen.«

Sie war ganz sicher, dass der Centurio zum Schluss gelächelt hatte.

Die Flammen loderten hoch in den nächtlichen Himmel, während rot glühende Stämme unter Jupiter krachend barsten. Auf dem Erdwall des Kastells hatte sie einen Scheiterhaufen errichtet, und als Zugeständnis an die Druiden seinen Leichnam mit

Pech einstreichen lassen, um seine Gottlosigkeit zu symbolisieren. Den Centurio, da war sie sich sicher, hätte das nicht gekümmert.

Irgendwo hinter dem Horizont war Vectis auf dem Weg nach Süden. Jupiter hatte gemeint, man würde ihn nach Rom schicken. Sie fragte sich, wie die Hauptstadt des Römischen Reiches wohl aussah.